W0273814

KNAUR

LISA JACKSON

LIAR

TÖDLICHER VERRAT

THRILLER

Aus dem amerikanischen Englisch von
Kristina Lake-Zapp

KNAUR

Die amerikanische Originalausgabe erschien 2020 unter dem Titel
»You Betrayed Me« bei Kensington, New York.

Besuchen Sie uns im Internet:
www.knaur.de

Aus Verantwortung für die Umwelt hat sich die Verlagsgruppe
Droemer Knaur zu einer nachhaltigen Buchproduktion verpflichtet.
Der bewusste Umgang mit unseren Ressourcen, der Schutz unseres Klimas und der
Natur gehören zu unseren obersten Unternehmenszielen.
Gemeinsam mit unseren Partnern und Lieferanten setzen wir uns
für eine klimaneutrale Buchproduktion ein, die den Erwerb von Klimazertifikaten
zur Kompensation des CO_2-Ausstoßes einschließt.
Weitere Informationen finden Sie unter: www.klimaneutralerverlag.de

FSC www.fsc.org
MIX
Papier aus verantwortungsvollen Quellen
FSC® C014496

Vollständige Paperbackausgabe August 2022
Knaur Verlag
Copyright © 2020 by Lisa Jackson, LLC
Published by Arrangement with
KENSINGTON PUBLISHING CORP., NEW YORK, NY 10018 USA
© 2022 der deutschsprachigen Ausgabe Knaur Verlag
Ein Imprint der Verlagsgruppe
Droemer Knaur GmbH & Co. KG, München
Alle Rechte vorbehalten. Das Werk darf – auch teilweise –
nur mit Genehmigung des Verlags wiedergegeben werden.
Redaktion: lüra - Klemt & Mues GbR, Wuppertal
Das Bibelzitat in Kapitel 10 stammt aus der Lutherbibel von 1912:
1. Korinther 6,18. Das Zitat in Kapitel 22 stammt aus »To Althea, from Prison«
von Richard Lovelace, hier übersetzt von Kristina Lake-Zapp.
Covergestaltung: ZERO Werbeagentur, München
Coverabbildung: Collage unter Verwendung von
Ayal Ardon / Arcangel und nikamata / Shutterstock
Satz: Adobe InDesign im Verlag
Druck und Bindung: GGP Media GmbH, Pößneck
ISBN 978-3-426-22787-9

2 4 5 3

KAPITEL 1

EINE ABGESCHIEDENE HÜTTE IN DEN
CASCADE MOUNTAINS, WASHINGTON STATE
10. DEZEMBER

Ich lebe!

Ich lebe noch!

Ich blinzele. Ungläubig. Starre an die Decke, die über mir zu tanzen und zu kreisen scheint.

Mein Körper liegt zitternd auf dem Fußboden.

Zuckend.

Meine Arme und Beine rudern unkontrolliert.

Speichel läuft aus meinem Mund.

Aber man hat mich nicht umgebracht.

Zumindest noch nicht.

Die zwei kleinen Brandmale in meinem Nacken schmerzen. Sie erinnern mich daran, dass ich genauso gut hätte tot sein können, hätte man mir die Mündung einer Pistole auf die Haut gedrückt anstelle der kalten Metallkontakte des Elektroschockers. Dann würde ich jetzt in meiner eigenen Blutlache liegen, mausetot.

Das ist nur eine Frage der Zeit, mahnt mich mein Verstand.

Ich versuche, meinen Blick zu fokussieren. Stöhnend liege ich auf dem Boden des Minihauses, zucke und blinzele. Die gewölbte Decke über dem kleinen Wohnbereich erscheint mir unendlich hoch. Sie schwankt, als ich die Augen darauf hefte.

Ich fixiere die eingebaute Couch mit ihren farbenfrohen Dekokissen, dann betrachte ich die Leiter, die zu der Schlafkoje unter dem Dach führt, aber alles wankt und schwankt und will einfach nicht aufhören, sich zu bewegen. Ich versuche, mich auf eine Sache zu konzentrieren: die Tür, die nach draußen führt. Meine einzige Chance zu entkommen, aber die Tür ist geschlossen und wackelt ebenfalls.

Lieber Gott, bitte steh mir bei.

Für eine Sekunde schließe ich die Augen, versuche, das Zittern zu unterdrücken, doch es gelingt mir nicht, meinen Körper unter Kontrolle zu bringen.

Klack, klack, klack.

Schritte! Die Dielen vibrieren. Stiefelabsätze auf dem Hartholzboden erinnern mich daran, dass ich nicht allein bin.

Es kostet mich große Anstrengung, meinen zitternden Hals anzuheben und den Kopf zur Seite zu drehen, damit ich meinen Entführer sehen kann, der etwas in den kleinen Kühlschrank stellt.

»Warum?«, versuche ich hervorzustoßen, aber über meine Lippen dringt nur ein gequältes Stöhnen. »Warum?« Ich probiere es noch einmal, aber die Person, die mich in die Falle gelockt hat, antwortet nicht. Stattdessen knallt sie die Kühlschranktür zu, wirft einen letzten Blick auf meinen bebenden Körper, steigt über mich hinweg und öffnet die Hüttentür.

Ein Schwall winterkalter Luft weht herein, begleitet von ein paar Schneeflocken. *Nein!*, möchte ich schreien, doch heraus kommt ein lang gezogenes »Nnniiiööö!«. Es klingt wie ein Schrei der Verzweiflung, ein animalischer Laut, unverständlich.

Aber mein Entführer versteht ihn.

Zögert für den Bruchteil einer Sekunde.

Dann tritt er zur Tür hinaus und zieht sie fest hinter sich zu.

Wumm!

Ich versuche, darauf zuzukriechen.

Klick!

Das Schloss rastet ein.

Hat mich mein Entführer wirklich hier eingeschlossen? Oder habe ich mich verhört? So grausam kann doch niemand sein!

Verlass mich nicht!, flehe ich stumm, während ich den Mund öffne und schließe wie ein Barsch auf dem Trockenen. *Wie kannst du das nur tun? Hast du nicht geschworen, dass du mich liebst? Wie kannst du mich hier zurücklassen?*

Der Verrat zerreißt mir das Herz. Ich spüre Galle in meiner Kehle. Verzweifelt unternehme ich einen weiteren Versuch, das unablässige Muskelzittern unter Kontrolle zu bekommen.

Reiß dich zusammen! Tu etwas!

Ich versuche aufzustehen. Es gelingt mir, die Füße anzuziehen, doch als ich mich hochrappeln will, rutschen meine Schuhsohlen weg, und ich sacke zurück auf den Fußboden.

Über das panische Hämmern meines Herzens hinweg höre ich knirschende Schritte im vereisten Schnee, dann das Piepen einer Autofernbedienung.

Tu's nicht! Bleib!

Ich robbe zur Tür, strecke den Arm aus und gebe mir große Mühe, den Knauf zu erreichen. Vergeblich.

Mit all der Kraft, die ich aufbringen kann, versuche ich es erneut, und diesmal gehorchen meine Muskeln, ich bekomme das kalte Metall zu fassen. Ächzend ziehe ich mich hoch und lehne mich schwer atmend gegen den Türrahmen.

Als ich mich anschicke, den Knauf zu drehen, erwacht draußen ein Motor zum Leben. Der Knauf bewegt sich nicht. Die Tür ist abgeschlossen. Tatsächlich. Ich habe mich nicht verhört. Wirklich abgeschlossen.

Verdammt!

Tränen schießen mir in die Augen. Ich schleppe mich zur Leiter. Für eine Sekunde gerate ich ins Wanken. Meine Muskeln zucken. Ich beiße die Zähne zusammen. Vorsichtig einen Fuß nach dem anderen setzen. Ich rutsche aus. Halte mich an der Leiter fest. Presse die Kiefer zusammen, damit meine Zähne nicht so heftig klappern, dann steige ich langsam Sprosse für Sprosse hinauf, bis ich durch eines der fünf schmalen Fenster direkt unterhalb der Decke blicken kann.

Hinter der Scheibe sehe ich in den Scheinwerferkegeln die tief verschneite Lichtung, umgeben von hohen Tannen, deren Zweige schwer sind von Eis und Schnee. Ich sehe das Auto, das die einspurige, unbefestigte Zufahrt hinunterfährt, die Rücklichter zwei leuchtend rote Punkte vor der in Dunkelheit gehüllten weißen Landschaft.

Tieftraurig und verletzt blicke ich dem Wagen hinterher.

Hör auf damit! Diese Person hat es nicht verdient, dass du ihretwegen traurig bist. Du solltest lieber wütend werden, verdammt noch mal!

Endlich lässt das Zittern ein wenig nach, und prompt fühle ich, wie Zorn in mir aufsteigt. Meine Finger umschließen die oberste Leitersprosse so fest, dass die Knöchel weiß hervortreten. Das Motorengeräusch wird leiser.

»Ich kriege dich«, schwöre ich. Meine Worte klingen heiser, aber zumindest verständlich. Der Wagen verschwindet zwischen den Bäumen, die Heckleuchten blinken noch einmal zwischen den Ästen auf, zeichnen blutrote Pfützen in den Schnee. »Damit kommst du nicht davon.«

Dafür werde ich sorgen, und wenn es das Letzte ist, was ich tue.

KAPITEL 2

CASCADE MOUNTAINS
1. DEZEMBER

Du Mistkerl!« Mühsam gegen die Tränen ankämpfend, hämmerte Megan aufs Lenkrad ihres kleinen Toyotas, dann gab sie Gas. Die Reifen drehten durch, Schnee und Kies spritzten auf, als sie ruckartig zurücksetzte, den Gang einlegte und die lange Zufahrt entlangraste, die von James Cahills Farmhaus zur Straße führte. Die Lichtkegel ihrer Scheinwerfer glitten über die schneebedeckte Landschaft. Dieser verfluchte Betrüger! Und als säße er neben ihr auf dem Beifahrersitz, tobte sie weiter: »Wie konntest du nur? Wie zur Hölle konntest du mir das antun?«

Sie hätte nicht überrascht sein dürfen.

Einmal ein Betrüger, immer ein Betrüger.

Warum hatte sie erwartet, dass er zu ihr stehen würde, der Mann, den sie für die Liebe ihres Lebens gehalten hatte, für ihren Seelenverwandten, für den »Einen«, wenn man denn an diesen romantischen Unsinn glaubte? War doch klar, dass er früher oder später sein wahres Gesicht zeigen und sich als untreues Arschloch entpuppen würde.

Energisch blinzelte sie gegen die Tränen an, die ihre Wangen hinabrollten. Sie erreichte die Landstraße, bog knapp vor einem Schneepflug auf die rechte Spur ein und fuhr mit hoher Geschwindigkeit durch den dunklen Abend Richtung Stadt, mit dem Handrücken immer wieder über ihr nasses Gesicht wischend. Zaunpfosten und Felder, umhüllt von einer weißen Decke, zogen verschwommen an ihr vorbei. Vor einem Stoppschild bremste sie ab, riss das Lenkrad herum und raste nach Westen, um das Zentrum von Riggs Crossing zu umfahren und sich durch die nahezu menschenleeren Nebenstraßen dieser verschlafenen Kleinstadt zu schlängeln. Hier lebten lauter brave, gottgefällige Einwohner, aber Megan wusste so gut wie jeder andere, dass der äußere Schein nicht selten trog.

Aus dem Augenwinkel bemerkte sie eine ältere Dame, die einen kleinen schwarzen Scottish-Terrier mit Pullover Gassi führte. Unter ihrer roten Baskenmütze schauten graue Löckchen hervor. Als Megan an ihr vorbeizischte, blieb sie unter einer Straßenlaterne stehen, schüttelte den Kopf und drohte ihr mit dem Finger. Gleichzeitig machte sie mit der anderen Hand eine beschwichtigende Geste, um ihr zu bedeuten, dass sie langsamer fahren solle.

Megan interessierte das nicht. Im Gegenteil – sie musste sich große Mühe geben, der Frau nicht den Mittelfinger zu zeigen. Es gelang ihr gerade noch, sich zu beherrschen.

Kein Grund, so auszuflippen.

Auch wenn ihr Herz gebrochen war und in ihrem Inneren ein absolutes Gefühlschaos herrschte.

Warum, warum, warum war sie so dumm gewesen, sich in James Cahill zu verlieben? Sie hätte es doch besser wissen müssen. »Unsinn.« Sie *hatte* es besser gewusst. Im Rückspiegel sah sie, wie die ältere Dame ihr Handy aus der Tasche zog, vermutlich um die Neun-eins-eins zu wählen und eine unberechenbare Autofahrerin zu melden, die die für gewöhnlich so ruhigen, idyllischen Sträßchen von Riggs Crossing, der gemütlichen Kleinstadt inmitten der Berge im Bundesland Washington, unsicher machte.

Pech.

Trotzdem nahm sie den Fuß vom Gas.

Wollte keinen Strafzettel riskieren. *Durfte* keinen Strafzettel riskieren.

Sie war nicht blind, sie hatte gesehen, wie James die Neue im Café angestarrt hatte. Genau so hatte er einst sie angeschaut. Was hatte sie erwartet? Wusste sie nicht aus persönlicher Erfahrung, wie leicht man James den Kopf verdrehen konnte? Die Frauen flogen nur so auf ihn, einen hochgewachsenen, gut aussehenden Kerl mit einem draufgängerischen Lächeln, das selbst das argwöhnischste Herz erobern konnte. Auch wenn sie nicht mal ahnten, wie reich er war und wie reich er sein würde, wenn er den Rest seines Anteils am gigantischen Familienvermögen erbte, verliebten sie sich reihenweise in ihn.

Genau wie sie selbst.

»Du bist so ein Dummkopf«, schalt sie sich nicht zum ersten Mal.

Oh, sie konnte es kaum erwarten, zu ihrer Schwester nach Seattle zu kommen. In Rebeccas Wohnung würde sie sich eine Flasche Wodka zu Gemüte führen und den Bastard vergessen.

»Verlogener Weiberheld«, knurrte sie.

Er gehörte zu ihr!

Kapierte er das denn nicht?

Vielleicht *noch* nicht.

Aber er würde es kapieren, und zwar schon bald, dafür wollte sie sorgen.

Doch dazu musste sie erst einmal verschwinden.

Damit er sie vermisste.

Damit er zutiefst bereute, dass er sie betrogen hatte.

Ja, das war das Geschickteste.

Das würde sie tun. Für eine Weile untertauchen, bei ihrer Schwester.

Schniefend wischte sie sich erneut die Tränen ab, dann umfasste sie das Lenkrad noch fester. So fest, dass ihre Finger schmerzten, als sie aus der Stadt hinausfuhr und die umliegenden Berge ansteuerte. Es schneite heftiger. Megan stellte die Scheibenwischer an.

Rebecca erwartete sie.

Ihre Schwester. Gott sei Dank. Sie konnte sich kaum noch vorstellen, dass James sich zuerst für Rebecca interessiert hatte. Und – wer hätte das gedacht? – auch Rebecca, die Eiskönigin, hatte sich in ihn verliebt.

Zum Glück war sie über ihn hinweg.

Schon lange.

Oder etwa nicht?

Egal, redete Megan sich ein und blinzelte mit trotzig vorgerecktem Kinn durch die Windschutzscheibe. Schneeflocken wirbelten und tanzten im Scheinwerferlicht. Ihre Schwester hatte den Verlust bestimmt schon verschmerzt. Sie war schon immer hart im Nehmen gewesen.

Rebecca.

Ihre große Schwester. Sie würde wissen, was zu tun war.

Das wusste sie immer. Und wie immer würde Rebecca Megan mit eiserner Entschlossenheit helfen, die Dinge wieder ins Lot zu bringen. Rebecca war Megans Fels in der Brandung. Ganz gleich, welche Gefühle ihre Schwester für James auch hegen mochte.

Megan verspürte einen Anflug von schlechtem Gewissen. Wie oft hatte sie sich schon auf ihre Schwester verlassen? Wie oft war sie heulend zu Rebecca gerannt, und wie oft hatte ihr diese schon geholfen? Sogar als …

Das schlechte Gewissen wuchs, wenngleich es vermutlich sogar noch um einiges größer hätte sein sollen. Sehr viel größer. Sie betrachtete ihr Konterfei im Rückspiegel.

Rot geränderte blaue Augen, die nicht unbedingt reuevoll dreinblickten. Wenn sie noch einmal hätte entscheiden, das Unrecht hätte wiedergutmachen können – sie hätte es nicht getan. Megan biss sich auf die Unterlippe und verbannte die Vorstellung aus ihrem Kopf. Ihr kleiner Wagen kämpfte mit der Steigung. Sie war kein schlechter Mensch. Nicht wirklich. Und James … Ach Gott, James …

Ein Kloß bildete sich in ihrer Kehle. Der Corolla legte Meter um Meter bergauf zurück. Je höher sie kam, desto dichter wurde der Schneefall, eine weiße Schicht bedeckte den Asphalt, am Straßenrand türmten sich Schneehaufen, die ein Schneepflug dorthin geschoben hatte. Megan stellte die Heizung höher und schaltete die Scheibenlüftung ein, weil die Fenster beschlugen.

Nichts tat sich.

Die Lüftung war defekt. Seit Wochen schon.

»Verdammt.« Sie nahm die gebrauchte Serviette aus dem Coffeeshop aus dem Becherhalter und wischte den Beschlag weg, so gut sie konnte, dann spähte sie angestrengt hinaus in die Dunkelheit.

So spät am Abend herrschte nur wenig Verkehr. Bald darauf war sie allein auf der kurvigen Bergstraße und schraubte sich mit jaulendem Motor immer höher in die tief verschneiten Cascade Mountains hinauf. »Komm schon«, feuerte sie ihren Corolla mit zusammengebissenen Zähnen an und trat fester aufs Gas. »Komm schon!« Die Sicht war inzwischen gleich null. Nichts als ein Vorhang aus Schneeflocken vor der beschlagenen Scheibe. Sie griff erneut nach der Serviette. Anscheinend war sie mitten in einen Schneesturm geraten.

»Großartig.«

Sie dachte wieder an James, und ihr Herz zog sich schmerzerfüllt zusammen. Eine Flut von Erinnerungen überrollte sie, und abermals flossen Tränen. Sie gab Gas, um auf der steilen Straße die nächste scharfe Kurve zu nehmen.

Ihre Reifen drehten durch.

Der Wagen geriet ins Rutschen.

Hastig nahm sie den Fuß vom Pedal. »Reiß dich zusammen«, murmelte sie, als sie den Wagen wieder unter Kontrolle hatte und sich weiter bergauf kämpfte. Millionen Flocken wirbelten vor ihr im Scheinwerferlicht.

Ihre letzte Auseinandersetzung war die schlimmste gewesen. Noch nie zuvor waren Zorn und hässliche Worte in körperliche Gewalt umgeschlagen, doch heute Abend war ihre Wut außer Kontrolle geraten.

Weitere Tränen.

Tränen, die sie blind machten, genau wie ihr Zorn.

Sie schüttelte den Kopf, um die Erinnerung zu vertreiben, und wischte noch einmal über die beschlagene Scheibe. Plötzlich ging es steil bergab.

»Herrje!«

Sie erstarrte.

Sah eine weitere Kurve auf sich zukommen, eng wie eine Serpentine.

Automatisch trat sie auf die Bremse.

Die Hinterreifen drehten durch.

Der Corolla traf auf Eis und fing an, langsam, aber stetig zu kreisen.

»Nein … nein, nein, nein!« Sie befand sich hoch oben in den Bergen, auf einer Seite die steile Felswand, auf der anderen die Gipfel der riesigen Tannen, die an den Abhängen der tiefen Schlucht neben ihr emporwuchsen. »O Gott!« Sie nahm den Fuß von der Bremse, gab auch kein Gas, lenkte nicht, machte gar nichts … So reagierte man doch in einer solchen Situation, oder? Sollte man sich nicht einfach drehen lassen, ohne dagegen anzulenken? Ihr Herzschlag dröhnte in ihren Ohren.

Wie in Zeitlupe sah sie den Straßenrand auf sich zukommen, die hohen Schneehaufen, die die Leitplanke verdeckten, sofern es denn eine gab.

Bleib ruhig, Megan. Keine Panik. KEINE Panik!

Ein Schrei löste sich aus ihrer Kehle.

Auf einmal fanden alle vier Räder gleichzeitig Halt, und sie hatte wieder Kontrolle über den Wagen.

Halleluja!

Nervös leckte sie ihre trockenen Lippen. Das war knapp gewesen! Verdammt knapp! Erleichtert stieß sie die Luft aus, konzentrierte sich auf die Straße vor ihr und verbannte den Streit mit James aus dem Kopf. Sie musste jetzt kurz vor dem Gipfel sein. Noch ein paar Meilen, dann ginge es bergab.

Raus aus dem Schneesturm.

Nach Seattle.

Zu Rebecca.

Dort konnte sie zur Ruhe kommen.

Als sie den höchsten Punkt der Straße hinter sich hatte, nahm der kleine Wagen Geschwindigkeit auf.

Megan trat auf die Bremse und umklammerte das Lenkrad.

Konzentrier dich!

Noch eine Kurve. Der Corolla wurde immer schneller.

Brems!

Doch der Wagen raste bergab, wie angezogen von der Schwerkraft. Die beschlagene Windschutzscheibe sah aus, als wäre sie aus Milchglas.

Megan trat fester auf die Bremse und nahm schlitternd eine Kurve.

Nur noch ein paar Meilen, dann hätte sie es geschafft.

O Mist, was ist das? Mitten auf der Straße? In der nächsten Kurve? Nein!

Mit zusammengekniffenen Augen spähte sie durch den schmalen Spalt, den sie mit der Serviette freigewischt hatte.

Auf der Straße vor ihr bewegte sich etwas.

Etwas, das sich groß und dunkel von dem weißen Vorhang aus Schneeflocken abhob.

Ein Reh? Ein Elch? Ein anderes Wildtier?

Die Kreatur sprang zur Seite.

Auf zwei Beinen?

»Verdammt!«

Ein Mann? Eine Frau? Ein Bigfoot?

Jetzt trat der Schemen wieder auf die Straße.

Ein Mensch. Definitiv ein Mensch.

Was zum Teufel …?

»He!«, schrie Megan und trat auf die Bremse. »Idiot!«

Der Wagen geriet ins Rutschen.

Nein!

Begann, sich zu drehen.

Schneller und schneller.

Sie schaltete in einen niedrigeren Gang.

Doch es war zu spät. Der Toyota brach zur Seite aus. Durch die Windschutzscheibe sah sie, wie der Straßenrand mit dem steilen Abgrund dahinter auf sie zukam. Und mitten auf der Straße stand noch immer die dunkle Gestalt. Ein hirnverbrannter Spinner. »Scheiße,

Scheiße, Scheiße!« Sie versuchte zu lenken, vergeblich. Die vordere Stoßstange streifte die Felswand, und der Wagen kreiselte wieder in Richtung Schlucht.

Es war vorbei.

Durch das beschlagene Glas sah sie, wie die verschneiten Baumwipfel im Scheinwerferlicht auftauchten, dahinter lauerten die schwarzen Tiefen des Canyons.

So würde sie also sterben – durch die Luft geschleudert in ihrem kleinen Auto, über die Baumwipfel, bis sie schließlich im eisigen Wasser des Flusses am Grund der Schlucht mehr als hundert Meter unter ihr landete.

Du lieber Gott!

Eines der Räder fand Halt.

Entgegen allen Ratschlägen, befeuert von Adrenalin, riss Megan am Steuer und lenkte gegen.

Weg vom Abgrund.

Der Wagen drehte sich. Nun zeigte die Front direkt auf die massive Felswand.

Auf der Straße war niemand zu sehen.

Wo war die finstere Gestalt?

Ihr blieb keine Zeit, darüber nachzudenken. Jetzt ging es nur darum, den Toyota gerade zu ziehen und – wenn möglich – die Geschwindigkeit zu verringern.

Die graue Wand aus Eis und Stein raste unaufhörlich auf sie zu.

Megan wappnete sich.

Bamm!

Der Corolla prallte gegen den Felsen.

Der Sicherheitsgurt straffte sich.

Sie schloss die Augen.

Hörte, wie die Stoßstange zerknautschte, dann das grässliche Ächzen von sich zusammenschiebendem Metall und berstendem Plastik. Die Windschutzscheibe zersprang.

Etwas flog nach vorn und zerschmetterte den Rückspiegel.

Gleich würde der Airbag aufgehen.

Der Wagen kam schlingernd zum Stehen.

Megan flog nicht durch die Luft. Wurde auch nicht vom Airbag in den Sitz gedrückt.

Stattdessen senkte sich Stille auf sie herab.

Eine plötzliche, ohrenbetäubende Stille.

Sie war am Leben.

Auf wundersame Weise unverletzt.

Ungläubig starrte sie auf ihre Finger, die noch immer das Lenkrad festhielten. Sie löste vorsichtig einen nach dem anderen und atmete tief aus. Ihre Hände zitterten, ihr ganzer Körper bebte.

Nimm dich zusammen. Es geht dir gut.

Sie blickte durch die zersprungene Scheibe und versuchte, ihr wild galoppierendes Herz zu beruhigen, sich zu konzentrieren.

Der Wagen. Kann er noch fahren?

War es möglich, dass sie so viel Glück hatte?

Sie drehte den Schlüssel, hörte den Anlasser. »Komm schon, na los.« Wenn sie den Toyota zum Laufen brachte, konnte sie ihn zumindest so zurücksetzen, dass er nicht mehr quer auf der Straße stand. Vielleicht konnte sie sogar in den Leerlauf schalten und bergab rollen, vorausgesetzt, die Bremsen funktionierten. So lange, bis sie sich wieder in der Zivilisation befand. Sie würde ihre Schwester anrufen …

Anrufen? Wo war eigentlich ihr Handy? Ihr Blick schweifte durchs Wageninnere, doch dann fiel ihr ein, dass etwas gegen den Rückspiegel gesegelt war. Ihr Smartphone? Verzweifelt tastete sie den Beifahrersitz ab, der nass war von verschüttetem Kaffee, doch außer ihrem Rucksack und ein paar Sachen, die sie hastig in den Wagen geworfen hatte, fand sie nichts.

Kein Handy.

Nervös bückte sie sich und suchte den Fußraum ab. Abfall und zwei Paar Schuhe und …

Verdammter Mist!

Egal. Erst einmal solltest du den Wagen von der Fahrbahn steuern, damit dir nicht irgendwer in die Seite fährt. Ein Schneepflug oder ein anderer Wahnsinniger, der nachts bei diesem Schneesturm in den Bergen unterwegs war.

Sie drehte den Zündschlüssel erneut. Der Anlasser leierte, aber nichts passierte.

»Nun komm schon!«

Ein weiterer Versuch, und der Motor sprang tatsächlich an. Im selben Moment nahm sie aus dem Augenwinkel eine Bewegung wahr. Im zersplitterten Glas des Rückspiegels sah sie eine verzerrte dunkle Gestalt wie in einem Spinnennetz.

Ihre Kehle wurde knochentrocken.

O Gott. Die Person, die sie vorhin gesehen hatte.

Der Grund für ihren Unfall.

Sie starrte in den Spiegel und versuchte zu erkennen, welcher Idiot für dieses Desaster verantwortlich war. Der dämliche Spinner war jetzt hinter dem Wagen – kaum zu erkennen, aber er war definitiv da. Jetzt ging er zur Straßenmitte.

Als wolle er ihr erneut den Weg verstellen.

Erneut ihrer beider Leben in Gefahr bringen.

Zorn stieg in Megan auf. Welcher Schwachkopf würde …

Jegliche Vorsicht in den Wind schlagend, stieß sie die Tür auf. »Bist du verrückt geworden?«, schrie sie und verrenkte sich beinahe den Hals, um ihn besser sehen zu können. »Geh aus dem Weg! Was zum Teufel stimmt nicht mit dir?«

Keine Reaktion.

Eiskalter Wind schlug Megan entgegen.

Nichts regte sich, bis auf die wirbelnden Schneeflocken.

Die Gestalt war nirgendwo zu sehen.

Megan erstarrte. Sie lauschte angestrengt, doch außer dem Heulen des Windes und dem angestrengten Rasseln des Motors war nichts zu hören.

Ihre Nackenhärchen sträubten sich.

Hatte sie sich das alles etwa nur eingebildet?

Nein, das konnte nicht sein.

Sie zog die Tür zu und wollte gerade zurücksetzen, als sie die Gestalt wieder erblickte. Mitten auf der Straße … *abermals.* Beinahe so, als wolle sie sie verspotten.

Wer um alles auf der Welt mochte das sein?

Es ist doch völlig egal, wer das ist. Auf alle Fälle ist das Ganze schrecklich unheimlich. Und ganz bestimmt nicht gut. Sieh zu, dass du dich aus dem Staub machst, und zwar schnell!

Sie kämpfte gegen die Furcht an, die immer stärker in ihr aufwallte.

Was, wenn die Person mitgenommen werden möchte? Wer weiß, ob sie hier in der Nähe stecken geblieben ist, bei diesem Sturm war alles möglich …

»Wen interessiert's?«, murmelte sie. Zumal es nicht danach aussah, als würde der Spinner Hilfe benötigen.

Sie tippte mit der Stiefelspitze aufs Gas.

Der demolierte Wagen machte einen Satz nach vorn, die Reifen drehten durch.

»Bitte nicht«, murmelte sie und verspürte einen neuerlichen Anflug von Panik. Sie musste hier weg, sofort.

Im Seitenspiegel sah sie, wie die Gestalt auf sie zukam. Definitiv ein Mensch, ganz in Schwarz gekleidet.

Sie drückte das Gaspedal durch. »Nun mach schon!«

Die Person kam näher. Jetzt konnte sie die Skikleidung erkennen, inklusive Maske und Mütze.

Megan ging vom Gas, dann trat sie das Pedal erneut durch. Das Heck fing an zu rutschen, aber die Reifen fanden keinen Halt.

Die Gestalt in Schwarz stand nun direkt an der Fahrertür. Megan wollte soeben losbrüllen und dem Schwachkopf die Leviten lesen, als sie die Waffe sah – eine schwarze Pistole in einer schwarz behandschuhten Hand.

Ach du liebe Güte!

Sie schüttelte den Kopf, hoffte verzweifelt, der Wagen würde endlich losrollen, doch nichts tat sich.

Megans Herz hämmerte vor Furcht.

»Steig aus!«, hörte sie den Angreifer knurren.

Megan erstarrte.

Die Stimme!

Sie kam ihr bekannt vor. War sie diesem Irren etwa schon einmal begegnet?

Sie wusste es nicht, wusste nur, dass sie in die Mündung seiner Pistole blickte.

Schwarz.

Tödlich.

Und direkt auf ihr Herz gerichtet.

KAPITEL 3

VALLEY GENERAL HOSPITAL,
RIGGS CROSSING, WASHINGTON
4. DEZEMBER

Ich muss hier weg.« James Cahill warf der Krankenschwester, die seinen Infusionsbeutel herrichtete, einen durchdringenden Blick zu. Es gefiel ihm gar nicht, im Bett zu liegen und zum Nichtstun verdonnert zu sein. Die Krankenhauswände schienen ihn zu erdrücken. Hinzu kam, dass er sich an nichts erinnern konnte, und das brachte ihn schier um.

»Sie werden zu gegebener Zeit entlassen«, versicherte ihm die Schwester freundlich und lächelte ihn aufmunternd an. »Sonja Rictor, examinierte Fachpflegekraft« stand auf dem Namensschild an dem Schlüsselband, das sie um den Hals trug. Schlank, um die vierzig, ein wissendes Lächeln auf den Lippen, die roten, lockigen Haare von einer Spange aus dem Gesicht gehalten, ein paar Sommersprossen auf der Stupsnase. Sie war eine durchaus attraktive Frau. Und, so vermutete er, ausgestattet mit einem eisernen Willen, der sich hinter ihrem einfühlsamen Gesichtsausdruck verbarg.

»Ich denke, die gegebene Zeit ist jetzt.« Er musste sich alle Mühe geben, sie nicht beim Handgelenk zu packen und zu schütteln, um zu unterstreichen, dass er es ernst meinte. Er war immer schon ein wenig klaustrophobisch gewesen, dazu voller Energie, zumindest daran erinnerte er sich. Wobei er nicht klar sagen konnte, ob Letzteres ein Fluch oder ein Segen war. In ein Krankenzimmer eingesperrt zu sein, war definitiv nicht sein Ding.

»Ich verstehe.«

»Tatsächlich?«

Sie warf ihm einen »Es gibt nichts, was ich nicht schon gehört habe«-Blick zu, der ihn vermutlich zum Schweigen bringen sollte, auch wenn sie damit das genaue Gegenteil bewirkte.

»Mr Cahill …«

»James. Nennen Sie mich James«, sagte er, wenig interessiert an Formalitäten.

»Ich werde mit dem Arzt reden, *James.*«

Er spürte ein kurzes Piksen, als sie die Nadel erneuerte, aber er zuckte nicht zusammen, wollte nicht wirken wie ein Waschlappen.

»Er wird Sie entlassen, sobald Sie so weit sind.« Sie schüttelte den Kopf. »Glauben Sie mir, wir behalten die Patienten nicht länger da als unbedingt nötig.« Sie trat ein paar Schritte vom Bett zurück und fragte: »Wie sieht es mit den Schmerzen aus?«

»Es geht schon.«

»Wo würden Sie Ihren Schmerz auf einer Skala von null bis zehn ansiedeln, wenn zehn die höchste Stufe ist?« Sie deutete auf die Wand, an der ein Schaubild mit zehn verschiedenen Gesichtern hing. Neben der Null sah James ein grinsendes Gesicht, neben der Zehn eine knallrote, schmerzverzerrte Grimasse. »Wenn Sie sagen, ›Es geht schon‹, meinen Sie damit, dass Sie sich so fühlen?« Sie deutete auf das ruhige, entspannt dreinblickende Gesicht neben der Nummer zwei. »Oder eher so?« Sie tippte mit ihrem in medizinischen Plastikhandschuhen steckenden Zeigefinger auf ein schwitzendes Gesicht mit in tiefe Falten gelegter Stirn neben der Acht.

James setzte sich im Bett auf und verspürte ein heftiges Stechen in der Schulter. *Verdammt.* »Es geht mir gut.«

»Selbstverständlich.« Ungläubig.

»Doch, ganz bestimmt. Es ist alles okay.«

»Das wage ich zu bezweifeln.« Ihre Augenbrauen schossen in die Höhe. »Und? Wie hoch schätzen Sie nun Ihre Schmerzstufe ein?«

»Fünf … vielleicht sieben. Ja, eine Sieben.« In Wirklichkeit höher, aber er wollte sich nicht eingestehen, wie schlecht es ihm tatsächlich ging. Hasste es, wenn er nicht alles unter Kontrolle hatte.

»Hm.« Sie kaufte ihm seine vorgetäuschte Tapferkeit nicht ab, so viel stand fest. »Es gibt keinen Grund, den Helden zu spielen.«

»Ein Held bin ich ganz bestimmt nicht«, versicherte er ihr. Das war nicht gelogen, sondern eine der Sachen, die er mit Bestimmtheit über sich wusste – etwas, woran er sich erinnerte, auch wenn alles andere weg zu sein schien, vor allem das, was vor Kurzem passiert war.

»Ich werde Ihnen etwas geben, was die Schmerzen erträglicher macht«, versprach sie, streifte ihre Handschuhe ab und warf sie in den Mülleimer neben der Tür.

»Warten Sie!«, sagte er, als sie nach dem Knauf griff. »Wie lange bin ich schon hier?«

»Heute ist Sonntag. Sie wurden am Donnerstagabend eingeliefert.«

Ich bin schon seit drei Tagen hier? Er hatte nicht gemerkt, wie die Zeit verstrichen war, erinnerte sich lediglich daran, dass immer wieder Leute sein Zimmer betreten und wieder verlassen hatten, was ihn nervte, weil sie ihn nicht schlafen ließen, sich ständig erkundigten, wie es ihm ging, ihm Nadeln in die Venen stachen oder sonst wie quälten.

Jetzt verriet ihm ein Blick auf die Digitaluhr über der Tür, dass es kurz nach zwei Uhr am Nachmittag war. Der Himmel hinter der Fensterscheibe war trüb und grau.

»Ich werde mit Dr. Monroe reden«, versprach Sonja Rictor, bevor sie das Zimmer verließ. »Er hat an diesem Wochenende Dienst.«

Zweieinhalb Tage seines Lebens – einfach weg. Verschwunden im schwarzen Loch seiner Erinnerung. Was war passiert? James hatte keinen blassen Schimmer, warum er hier war, auch wenn er davon ausging, dass man ihm das mitgeteilt hatte. Er meinte, sich vage zu erinnern, dass ein Arzt mit ihm gesprochen hatte, doch der Name wollte ihm partout nicht einfallen, genauso wenig wie die Diagnose. Wenn das Gespräch überhaupt stattgefunden hatte.

Anscheinend hatte er sich an der Schulter verletzt. Sie schmerzte höllisch, ganz gleich, was er der Schwester erzählt hatte. Auch seine Brust tat weh – ein scharfer, stechender Schmerz, sobald er sich bewegte, vermutlich gequetschte oder gebrochene Rippen. Und dann war da noch der ominöse Verband um seinen Kopf. Wange und Kinn schmerzten ebenfalls, wenn er darüber strich.

Er sah sich um.

Das Krankenzimmer war klein – ein Bett, ein Fernseher oben an der Wand, ein Plastikstuhl neben der Heizung unter dem Fenster. Die Aussicht war nicht gerade berauschend – freier Blick auf einen Parkplatz. Ein paar Fahrzeuge standen auf der großen Fläche verstreut, auf allen sammelte sich der Schnee, der unablässig vom Himmel fiel. Auch auf dem Asphalt lag eine dicke, weiße Decke, durchbrochen von vereinzelten Reifenspuren.

War er in einen Autounfall verwickelt gewesen? In eine Kneipenschlägerei? War er gestürzt? Was war geschehen? Er veränderte seine Liegeposition, zuckte zusammen und versuchte, sich zu erinnern, aber es ging nicht. Was nicht zuletzt mit der einsetzenden Wirkung des Schmerzmittels zusammenhing, das ihm die Schwester in den Tropf getan hatte.

Egal.

Er musste hier raus. So oder so. Musste nach Hause in sein altes Farmhaus. Er besaß eine Farm für Weihnachtsbäume und ein Hotel, das wusste er, außerdem einen Laden für Weihnachtsartikel und ein Café – »Cahills Weihnachtswelt« –, dazu eine Fertigungsfirma für Tiny Houses, und das alles auf seinem Land hinter der Stadtgrenze.

Er rieb sich die Augen.

Fühlte sich, als hätte er keinen klaren Kopf mehr gehabt seit … seit … Herrgott, warum konnte er sich nicht erinnern? Er drückte auf einen Knopf am Bettgestell und fuhr die Rückenlehne so weit hoch, dass er sich im Spiegel über dem kleinen Waschbecken sehen konnte. Er erkannte sich kaum wieder. »Herrje«, flüsterte er erschrocken. Sein für gewöhnlich wettergebräuntes Gesicht war bleich und wirkte ausgemergelt unter dem Drei-, wenn nicht gar Viertagebart. Die Augen lagen tief in den Höhlen, die braunen Haare standen dort, wo sie nicht unter dem Verband verschwunden waren, wirr von seinem Kopf ab. Auf der linken Wange entdeckte er tiefe Kratzspuren wie von einer Raubtierkralle. Als hätte er den Kampf mit einem Puma verloren …

Die alte Pointe, *Du solltest erst mal den anderen Kerl sehen*, ging ihm durch den Kopf, doch er brachte nicht einmal ein schiefes Grinsen zustande. Denn er wusste, dass es keinen anderen Kerl gab. James wusste, dass Kampfspuren wie diese für gewöhnlich von Frauen stammten. Das war gar nicht gut.

»Verdammt noch mal, Cahill«, stöhnte er und ließ sich zurück in die Kissen fallen.

Hatte er wirklich mit einer *Frau* gekämpft?

Er schloss die Augen.

Eine Erinnerung, glühend heiß und finster, drängte an die Oberfläche: Das zornverzerrte Gesicht einer Frau tauchte aus den Tiefen seines Gedächtnisses auf, dann verschwand es wieder.

Das alles war völlig daneben.

Verkehrt.

Er beschloss, aufzustehen, und schlug gerade die Bettdecke zurück, als die Tür aufging und ein glatzköpfiger Mann jenseits der vierzig und mit einem gepflegten, grau melierten Kinnbart den Raum betrat: Dr. med. Grant P. Monroe, wie James auf seinem Namensschild lesen konnte. Seine Augen hinter der randlosen Brille begegneten denen von James. Er stellte sich vor und fügte hinzu: »Wir kennen uns bereits.«

Ach? Tun wir das?

»Es ist möglich, dass Sie sich nicht daran erinnern.«

James schüttelte den Kopf. »Ich erinnere mich tatsächlich nicht.«

»Hm.« Unverbindlich, doch seine Augen verengten sich kaum merklich.

»Ich weiß noch nicht einmal, wie und warum ich hierhergekommen bin.«

»Folgen eines Schädel-Hirn-Traumas.« Er zog eine Stablampe aus der Kitteltasche und leuchtete in James' rechtes Auge. »Sollten in ein paar Tagen vorüber sein.«

»Sollten?«

Dr. Monroe zuckte die Achseln. »Manchmal dauert es länger. Es gibt Fälle, da kehrt alles auf einmal zurück, wie aus heiterem Himmel, doch meistens kommt die Erinnerung in klitzekleinen Stückchen, wenn man etwas Bestimmtes sieht oder hört und das Gehirn eine Verbindung herstellt. Mit der Zeit können Sie hoffentlich alles wieder zusammensetzen.« Er nahm sich das linke Auge vor.

»Hoffentlich?«

»Das kann niemand mit Bestimmtheit vorhersagen.«

»Wie tröstlich.«

Der Anflug eines Lächelns. Offenbar gefiel ihm James' Sarkasmus. »Lassen Sie sich Zeit.«

»Bleibt mir eine Wahl?«, knurrte James.

Der Arzt gab keine Antwort, stattdessen erklärte er, dass James nicht nur ein Schädel-Hirn-Trauma erlitten, sondern noch dazu drei gebrochene Rippen sowie einen Bänderriss in der rechten Schulter davongetragen hatte, außerdem diverse Schürfwunden und Quetschungen.

»Sie haben trotzdem Glück gehabt«, schloss Dr. Monroe. »Die Sache hätte viel schlimmer ausgehen können.«

»Inwiefern?«

»Nun, die Kopfverletzung hätte Sie umbringen können.«

»Hat man mich niedergeschlagen?«

»Sie sind gestürzt.«

»Ich bin *gestürzt?*«, wiederholte James ungläubig. Wie konnte ein einfacher Sturz einen solchen Schaden anrichten?

»Oder wurden gestoßen«, sagte Schwester Rictor, die soeben ins Zimmer zurückkehrte, um etwas in den Injektionsbeutel zu füllen, während der Arzt James' Schulter untersuchte.

Dr. Monroe hob James' rechten Arm an, drehte ihn vorsichtig, und James zog scharf die Luft ein und spürte, wie ihm die Farbe aus dem Gesicht wich. »Schlimm?«, wollte der Arzt wissen.

»Ich werde es überleben.«

»Gut.« Dr. Monroe legte James' Arm zurück in die Schlinge. »Die Schulter ist nicht gebrochen«, erklärte er dann. »Wie ich schon sagte: Sie hatten Glück.«

James schnaubte ungläubig. »Noch einmal«, wandte er sich an die Krankenschwester. »Was ist passiert?«

Bevor diese antworten konnte, sagte der Arzt: »Die Polizei möchte mit Ihnen reden. Man hat uns angewiesen, nicht auf Ihre Fragen zu antworten.«

»Wie bitte? Warum nicht?«

Trotz Dr. Monroes warnenden Blicks antwortete Schwester Rictor: »Wegen der Ermittlungen.«

»Welche Ermittlungen?« Das klang ja immer ominöser.

»Das müssen Sie die Polizei fragen.«

»Na schön.« James konnte sich zwar nicht erinnern, was in den letzten Tagen, wenn nicht gar Wochen passiert war, aber er wusste, dass er eine instinktive Abneigung gegen die Cops hegte. »Dürfen Sie mir wenigstens verraten, was wohl der Grund für diesen Sturz oder Stoß war?«

»Sie waren in eine körperliche Auseinandersetzung verwickelt«, teilte die Schwester ihm mit. Der Arzt sah sie streng an, was sie jedoch nicht davon abhielt, hinzuzufügen: »Er hat ein Recht darauf, das zu erfahren.«

»Eine Auseinandersetzung?« Mein Gott, er war doch viel zu alt für Kneipenschlägereien oder sonstige Prügeleien, hatte schon vor Jahren gelernt, sein aufbrausendes Temperament unter Kontrolle zu halten!

»In eine häusliche Auseinandersetzung.«

Das konnte sie nicht ernst meinen. »Mit wem?«

»Das wissen wir nicht«, schaltete sich Dr. Monroe ein. Schwester Rictor verdrehte genervt die Augen.

»Die Polizei hat uns nicht viel mitgeteilt«, sagte sie. »Nur dass es bei Ihnen zu Hause passiert ist. Jemand hat den Notruf gewählt, die Sanitäter haben Sie gefunden und hierhergebracht. Offenbar sind Sie gestürzt – vielleicht wurden Sie auch gestoßen – und mit dem Kopf gegen die Kante des Kamins geprallt.«

James setzte sich etwas aufrechter und versuchte wieder einmal, sich zu erinnern. Vor seinem inneren Auge sah er die gemauerte Feuerstelle vor sich, sah, wie er zurücktaumelte, stolperte, fiel, als er … wovor auswich? Oder vielmehr, vor *wem?*

Einer Frau.

Unwillkürlich fasste er an seine Wange.

Eine verschwommene Erinnerung tauchte auf …

Du wirst mich niemals wiedersehen!

Die Worte trafen ihn wie Dolchstöße.

Wer hatte sie ihm so brutal entgegengeschleudert?

Das müsste er doch wissen.

Aber er wusste es nicht.

»Wer hat mich gestoßen?«, fragte er, an die Schwester gewandt.

»Keine Ahnung«, gab sie zu.

Er sah, wie ein Schatten über Dr. Monroes Gesicht huschte. »Das weiß anscheinend keiner. Die Polizei möchte mit Ihnen reden, um Ihre Version der Geschichte zu erfahren.«

»Diese andere Person – er … sie ist also nicht hier? Wurde nicht ins Krankenhaus eingeliefert?«, hakte er nach. Müsste sein Gegner … seine Gegnerin nicht ebenfalls verletzt sein?

»Nicht, dass ich wüsste.«

»Sie könnte auch woanders hingebracht worden sein«, überlegte die Schwester.

»Sie?«, fragte James, der seine schlimmsten Befürchtungen bestätigt sah. »Wer ist es?«

Sonja Rictor schüttelte den Kopf. »Niemand weiß, was genau passiert ist. Noch nicht.«

»Aber fest steht, dass ich in eine Auseinandersetzung mit einer Frau verwickelt war und hier gelandet bin«, stellte er aufgewühlt klar. »Geht es ihr gut?« Er setzte sich richtig auf und ignorierte den Schmerz.

»Die Polizei geht davon aus, dass es sich um Ihre Freundin handelt.«

Ein mulmiges Gefühl machte sich in James' Magengrube breit. Vor seinem inneren Auge zogen die Gesichter von Frauen vorbei, mit denen er sich in der Vergangenheit getroffen hatte – Gesichter, zu denen er keine Namen fand.

»Megan Travers.«

»Megan«, wiederholte er bedächtig und spürte die neugierigen Blicke des Arztes und der Schwester auf sich ruhen, als er versuchte, den Namen zuzuordnen. Das Bild von einem Gesicht flackerte in seinem Gehirn auf, aber es war dunkel und verschwommen, die Züge so gut wie nicht zu erkennen. Langsam schüttelte er den Kopf, dann kam ihm plötzlich ein entsetzlicher Gedanke. Was, wenn sie es nicht überlebt hatte? Was, wenn Dr. Monroe und Schwester Rictor so zurückhaltend waren und die Polizisten so versessen darauf, mit ihm zu sprechen, weil sie tot war ... O Gott ... Hatte er sie umgebracht? Es musste sich um einen Unfall gehandelt haben, da war er sich ganz sicher. »Die Frau ... Megan ... geht es ihr gut?«, fragte er erneut.

»Darüber weiß ich nichts.« Dr. Monroe wich James' Blick aus. Ein schlechter Lügner. »Sie werden den Detective danach fragen müssen.«

Den Detective? Nicht einfach einen Cop, den man wegen Ruhestörung gerufen hatte? Die Schwester hatte von »Ermittlungen« gesprochen. Da ergab es Sinn, dass Detectives eingeschaltet waren.

»Aber sie ist nicht gestorben, oder?«, presste James angespannt hervor. Mein Gott, was war passiert?

Die Schwester öffnete den Mund, um etwas zu erwidern, doch der Blick von Dr. Monroe brachte sie zum Schweigen.

James fasste sie am Arm.

»Ich muss es wissen«, drängte er. Seine Stimme war kaum mehr als ein heiseres Flüstern. Sie schaute ostentativ auf seine Finger. Er bemerkte ihren Blick und zog die Hand zurück.

»Das kann Ihnen nur die Polizei sagen«, erklärte der Arzt mit Nachdruck.

»Scheiß auf die Polizei! Ich muss es wissen! Jetzt!« Er schwang die Beine über die Bettkante und spürte einen reißenden Schmerz in seinem Brustkorb.

»Mr Cahill, ich rate Ihnen dringend, sich zu beruhigen. Und wagen Sie es ja nicht noch einmal, Schwester Rictor oder irgendwen aus meinem Team anzufassen. Die Polizei wird Ihnen mitteilen, was Sie wissen möchten.«

»Dann rufen Sie sie!«, blaffte James.

Der Arzt nickte. »Das habe ich bereits getan.«

James' Furcht wurde noch größer. Er presste die Kiefer zusammen, um sich zu wappnen, zwang sich, sich auf die letzten Tage zu konzentrieren, auf das, woran er sich erinnern konnte: Es hatte geschneit, und auch jetzt fielen dicke, weiße Flocken von Himmel, wie ein Blick aus seinem Zimmerfenster bestätigte. Im Moment herrschte in der Weihnachtswelt Hochsaison, die Feiertage standen unmittelbar bevor.

Die Schwester hatte gesagt, man habe ihn am Donnerstag eingeliefert. Was hatte er gemacht? Das Letzte, woran er sich erinnerte, war, dass er an einem der Minihäuser gearbeitet hatte … richtig? Es hatte irgendeine Verzögerung gegeben, welcher Art genau, konnte er nicht sagen. Nach der Arbeit war er zum Hotel gefahren, hatte sich im Restaurant etwas zum Abendessen geholt und … und … und sich auf den Heimweg gemacht. Er erinnerte sich, die Haustür aufgesperrt und den Hund begrüßt zu haben. Kurz darauf hatte er auf der Auffahrt Scheinwerferlicht gesehen. Und dann?

Verdammt noch mal, er konnte sich nicht erinnern!

Dr. Monroes Handy klingelte, was James abrupt in die Gegenwart zurückholte. Der Arzt nahm das Gespräch an, sagte ein paar Worte und legte auf.

»Detective Rivers ist unterwegs«, teilte er James mit.

»Der Cop, mit dem ich reden soll?«, fragte James.

»Ja.«

Okay, das war's. James wusste, dass er gegen Wände anrennen würde, ganz gleich, wie sehr er sich noch bemühen würde, etwas herauszubekommen. Es lag auf der Hand, dass der Arzt die Antworten entweder nicht kannte oder aber angewiesen worden war, den Mund zu halten. Auch Sonja Rictor hatte dichtgemacht. Sie am Arm zu packen, war ein Fehler gewesen. Sie gab sich jetzt genauso zugeknöpft wie Dr. Monroe und sagte lediglich: »Ich bin mir sicher, Sie werden die Situation klären können, sobald Ihr Gedächtnis zurückkehrt.« Sie sah noch einmal nach seinem Tropf und legte einen weiteren Infusionsbeutel parat. »Das hilft gegen die Schmerzen.«

»Ich muss hier raus«, beharrte er.

»Heute Abend nicht mehr.« Dr. Monroe ließ sich nicht umstimmen, und James hatte Probleme, sich zu konzentrieren, vermutlich wegen des neuen Schmerzmittels, das nun in seine Vene tropfte.

»Wenn Sie mich nicht rauslassen …«

Der Arzt legte den Kopf schief, als wolle er fragen: *Was dann? Wohin wollen Sie in Ihrem Zustand schon gehen?*

»Dann geben Sie mir wenigstens mein Telefon.«

»Das haben wir nicht«, sagte Monroe. Schwester Rictor nickte.

James blinzelte gegen die plötzliche Müdigkeit an. »Es muss noch zu Hause liegen …«

»Ich sehe morgen wieder nach Ihnen.« Dr. Monroe wandte sich zum Gehen. James schaute ihm nach, als er das Krankenzimmer verließ, gefolgt von Schwester Rictor.

Benommen legte er sich zurück in die Kissen. Die Medikamente zeigten ihre Wirkung. Seine Augenlider wurden schwer, und plötzlich war es ihm gleich, dass er hier im Krankenhaus festgehalten wurde und dass er sein Handy nicht bei sich hatte. Er meinte, das Geräusch der sich öffnenden Zimmertür zu hören, und versuchte angestrengt, wach zu bleiben, aber es wurde immer schwerer. Es gelang ihm, wenigstens ein Auge einen Spalt offen zu halten. Kurz darauf nahm er eine Bewegung wahr, dann sah er den Rücken von jemandem, den er nicht kannte. Von jemandem in Klinikkleidung, mit einem langen, geflochtenen, pechschwarzen Zopf. Er blinzelte. Die Frau mit dem Zopf war verschwunden. Hatte das Zimmer offenbar schon wieder verlassen. Er war allein.

War wirklich jemand bei ihm gewesen?

Oder spielte ihm sein Verstand einen Streich, und er hatte es sich nur eingebildet?

Aber hing da nicht ein Hauch von Parfüm in der Luft?

Egal. Es war nicht wichtig, zumindest nicht im Moment. Nicht, wenn er so verdammt müde war und dankbar für den Schlaf, der ihn mehr und mehr übermannte.

Kurz bevor er eindämmerte, sah er das Gesicht einer Frau vor sich – einer schönen Frau mit gleichmäßigen Zügen, einem ironischen Lächeln, kastanienbraunem Haar und einem misstrauischen Funkeln in den goldenen Augen, aber er konnte nicht sagen, ob sie echt war oder lediglich ein Trugbild seiner Fantasie. Nein, es musste jemand sein, den er kannte, möglicherweise nur flüchtig. Ihr Name – konnte er sich an ihren Namen erinnern? Kannte er ihn überhaupt? Schwester Rictor hatte gesagt, seine Freundin heiße Megan, aber das klang irgendwie nicht richtig. Er zog die Augenbrauen zusammen und dachte angestrengt nach. Wer zum Teufel war die Frau, die er da gerade vor sich gesehen hatte?, fragte er sich. Und dann schlief er endgültig ein.

KAPITEL 4

Amnesie? Bist du sicher?« Detective Brett Rivers glaubte es nicht. Nicht für eine Sekunde. Er warf seiner Partnerin über die schneebedeckte Motorhaube seines Jeep Cherokee einen skeptischen Blick zu, bevor er einstieg. Stunden zuvor war er schlecht gelaunt aufgewacht, und seine Stimmung hatte sich im Laufe des Tages nicht sonderlich gebessert.

Wynonna Mendoza glitt auf den Beifahrersitz und schnallte sich an. Rivers' Partnerin war eine zierliche Frau Mitte zwanzig, mit glatter, weicher Haut, die völlig ohne Make-up auskam, und unbändigen schwarzen Haaren, die sie für gewöhnlich zu einem festen Knoten am Hinterkopf zusammenzwirbelte, was ihre riesigen Kreolen hervorragend zur Geltung brachte. Zudem war sie blitzgescheit und dafür bekannt, kein Blatt vor den Mund zu nehmen. Ihre hellgrünen Augen sprühten vor Intelligenz, ihr Humor hatte einen starken Hang zum Sarkasmus. Genau wie seiner. Mendoza warf ihm einen Seitenblick zu. »Der Arzt sagt, das ist durchaus möglich.«

»Möglich oder wahrscheinlich?«

»Möglich.« Ihr Handy piepte. Sie zog es aus ihrer Jackentasche und warf einen Blick aufs Display.

»Verdammt praktisch, wenn du mich fragst.« Er setzte rückwärts aus der Parklücke, dann rollte er über den Platz zur Straße. Noch immer fielen die Schneeflocken wie ein dichter, gleichmäßiger Vorhang vom Himmel. Rivers stellte die Scheibenwischer an, reihte sich in den Verkehr ein und hielt auf die erste Kreuzung Richtung Stadtzentrum zu. »Das kaufe ich dem Kerl nicht ab.«

»Schädel-Hirn-Trauma.«

»Jaja.«

Sie fuhren an den Ladenfronten der hundert Jahre alten Gebäude vorbei, die meisten davon mit Westernfassaden und Markisen. Fußgänger in dicken Jacken mit Kapuzen oder warmen Wollmützen eilten von einem Geschäft ins nächste. Mendoza, die ganz auf ihr Smartphone konzentriert war, beantwortete eine Textnachricht und erwiderte nur: »Das kommt vor.«

»Wenn du das sagst.«

»Das sage nicht ich, das sagt der Arzt.« Eine Pause. Dann: »Willst du wirklich noch mal zum Tatort?« Sie blickte von dem kleinen Display auf.

»Hm.« Er hatte das Gefühl, auf der Stelle zu treten. Jetzt schon festzustecken. Ohne neue Antworten, und das, obwohl er schon zweimal im Krankenhaus gewesen war. Keine Chance, Cahill zu befragen. Beide Male hatte er geschlafen, und der diensthabende Arzt wollte nicht, dass sie den Patienten störten.

Scheiß drauf.

»Es ist deine Show.«

»Fall«, erinnerte er sie. »Mein Fall.«

»Wie auch immer.« Sie klang gelangweilt, doch sie warf ihm einen weiteren verstohlenen Seitenblick zu. Er wusste, dass sie ihn piesackte. Ganz schön nervend für einen Grünschnabel. Aber es lockerte zumindest die Stimmung auf.

Außerdem war er selbst nicht unbedingt der älteste Hase im Department, dachte er, als er aus dem Stadtzentrum hinausfuhr. Hier wichen die Ladenfronten Einkaufszentren, Tankstellen und Parkplätzen. Er hatte jahrelang beim San Francisco Police Department – kurz SFPD – gearbeitet, bevor ein Führungswechsel mit seiner Scheidung zusammenfiel und er beschloss, alles hinter sich zu lassen, in einen anderen Bundesstaat zu ziehen, fernab vom Trubel der Großstadt.

Er hatte dieses County mitten im Nirgendwo ausgesucht, im Westen des Bundesstaats Washington, weit weg von Astrid und ihrem neuen Ehemann, weit weg von dem Lärm, den Kopfschmerzen und den wimmelnden Menschenmassen.

Keine Schwerverbrechen mehr.

Wenigstens hatte er das gedacht.

Aber jetzt hatte er es mit einer vermissten Person zu tun, die möglicherweise entführt, vielleicht sogar ermordet worden war.

Und James Cahill war in den Fall involviert. Der Mann ohne Gedächtnis.

Der ständig schlief, benebelt von Schmerzmitteln.

Rivers spähte durch die vereiste Windschutzscheibe seines Jeeps. Hier, am Stadtrand, standen nur noch vereinzelt ein paar Häuser am Fluss, dessen verschneite Ufer sich weiß von dem dunklen, schnell fließenden Wasser abhoben. Er fuhr über die Brücke. Am anderen Ufer gab es gar keine Häuser mehr, nichts als die unberührte, weiße Landschaft, Morgen um Morgen Farmland, durchbrochen von kleinen, immergrünen Wäldchen und Viehzäunen. Die Straße führte an langen Zufahrten vorbei, ab und an sah man in der Ferne Licht aufblitzen, dort, wo sich landwirtschaftliche Gebäude, Farm- oder Ranchhäuser befanden.

Rivers achtete nicht darauf, stattdessen konzentrierte er sich auf die Straße vor ihm. Die Scheibenwischer kratzten die dicken Schneeflocken von der Windschutzscheibe, Mendoza hatte sich wieder in ihr Smartphone vertieft. Keine Ahnung, was sie da derart fesselte. Der Motor brummte, die Heizung blies angenehm warme Luft ins Wageninnere, und Rivers' Gedanken schweiften wieder einmal zu James Cahill.

Als Rivers noch bei der Polizei von San Francisco gearbeitet hatte, waren ihm Gerüchte über die Familie Cahill zu Ohren gekommen – Klatsch und Tratsch, wie man ihn nicht nur auf dem Revier hörte. Der Reichtum der Cahills, ihre Menschenfreundlichkeit und ihre Skandale waren legendär und sorgten immer wieder für Schlagzeilen in den Nachrichten und für Kopfschmerzen im Department. Immer wieder traten in der Familie schwere psychische Erkrankungen auf, und das seit Generationen. James, der in diesem Kaff am Ende der Welt lebte, trug die Cahill-Gene in sich. Die ihm als Erben zu einem gewaltigen Vermögen verhelfen würden, das ebenfalls seit Generationen existierte.

»Altes Geld« aus San Francisco.

Und nun steckte der Goldjunge bis über beide Ohren in Schwierigkeiten.

Das musste man sich mal vorstellen.

Rivers' Finger schlossen sich ums Lenkrad.

»Nett hier draußen.« Mendoza hatte sich von ihrem Smartphone losgerissen und schaute aus dem Beifahrerfenster. Ein paar Pferde trabten übermütig mit flatternden Mähnen und wehenden Schweifen durch die Schneewehen, gefolgt von einer Wolke aus aufgewirbeltem Schnee.

»Klar.«

»Entspann dich.«

Doch er entspannte sich nicht. Seine Gedanken waren so finster wie der sich herabsenkende Abend, als er die ansteigende Straße zum Cahill-Anwesen in den Ausläufern der Cascade Mountains entlangfuhr. Ein riesiges Gelände mit fast vierhundert Morgen Land, auf dem sich ein Farmhaus, eine Weihnachtsbaumfarm mit Hotel, Restaurant, Laden und Café sowie mehrere neuere, scheunenähnliche Gebäude befanden, in denen Cahill die derzeit so angesagten, megateuren Tiny Houses entwarf und bauen ließ. Alberne Modulhütten, nicht selten auf Rädern, Luxustrailer, in denen man sich kaum umdrehen konnte und neben denen jedes Apartment in New York City geräumig wirkte.

Die Gegend war dicht bewaldet. Hier einen Leichnam zu finden war wie die Suche nach der berühmten Nadel im Heuhaufen. Sämtliche Fahndungsaufrufe nach Megan Travers' Toyota Corolla waren im Sande verlaufen. Dabei hätte die Polizei nicht einmal nach ihr gesucht, hätte ihre Schwester, Rebecca Travers, nicht eine Vermisstenanzeige aufgegeben. Rebecca gab an, Megan habe sie völlig aufgelöst angerufen und ihr von einer Auseinandersetzung mit James Cahill erzählt, anschließend sei sie in ihren kleinen Wagen gesprungen und durch den heftigen Schneesturm zu ihr nach Seattle aufgebrochen.

Wo sie nie angekommen war.

Mittlerweile war Megan Travers seit mehreren Tagen vom Radar verschwunden.

James Cahill wiederum war, offenbar nach einer häuslichen Auseinandersetzung, bewusstlos und verletzt in seinem Wohnzimmer entdeckt worden. Jemand – vermutlich die verschwundene Megan – hatte ihm eine Nachricht hinterlassen, in der sie ihm mitteilte, dass sie ihn verlassen würde.

»Wir haben Knowltons Aussage doch schon«, erinnerte Mendoza ihn und drehte am Temperaturregler der Heizung. Sie verstand nicht, warum sie noch einmal zum Cahill-Anwesen fahren mussten.

Robert »Bobby« Knowlton, Vorarbeiter für die Minihausfertigung und Verantwortlicher für Cahills Weihnachtswelt – »Mädchen für alles«, wie er sich selbst nannte –, hatte Cahill gefunden und den Notruf gewählt.

»Vielleicht ist ihm noch etwas eingefallen.«

»O-kay.«

»Außerdem würde ich mir gern noch einmal den Tatort ansehen, wenn keine Kriminaltechniker, Deputys und Rettungssanitäter durch die Gegend trampeln.« Rivers wusste selbst nicht, warum er sich rechtfertigte, immerhin war es sein Fall, wie Mendoza vorhin richtig bemerkt hatte. Er bremste vor einer Kurve ab, gerade als ein entgegenkommender Pick-up, der offenbar mit überhöhter Geschwindigkeit unterwegs war, ins Schlingern geriet und über die Fahrbahnmitte rutschte.

»Pass auf!«, schrie sie.

Rivers ruckte am Lenkrad. Sein SUV machte einen Schlenker, einer der Reifen holperte über den Rand einer schneebedeckten Böschung.

Der Pick-up verfehlte den Dienstjeep nur um Haaresbreite.

Mendoza stieß die Luft aus. »Heilige …«

»Idiot«, murmelte Rivers.

Mendoza drehte sich um und versuchte, mit ihrer Handykamera Aufnahmen durchs Rückfenster zu machen. »Du solltest umdrehen und dem Kerl nachfahren! Der hätte uns umbringen können!«

»Jaja.«

»Ich meine es ernst, Rivers! Das Arschloch ist gefährlich! Den schnappe ich mir, darauf kannst du wetten.«

Rivers warf einen Blick in den Rückspiegel, aber der Pick-up war bereits außer Sichtweite, verschwunden hinter einer Kurve und dem dichten Schneevorhang.

Mendoza drückte ihr Handy ans Ohr und beschrieb jemandem am anderen Ende der Leitung den Pick-up. »Keine Ahnung ... Chevy, ein älteres Modell ...«

»Ein Ford«, korrigierte Rivers sie. Sie warf ihm einen genervten Blick zu.

»Rivers meint, es war ein Ford. Weiß, glaube ich.«

»Silber.«

Ein weiterer finsterer Blick in seine Richtung. »Silber. Mit ... Nummernschildern aus Washington. Glaube ich. Ich konnte sie nicht richtig erkennen. Und nein, ich habe mir das Kennzeichen nicht notiert.«

Als sie dem Officer in der Zentrale die GPS-Daten durchgab, unterbrach er sie nicht erneut. Er wusste, dass das Ganze ein aussichtsloses Unterfangen war, aber Hauptsache, Mendoza konnte Dampf ablassen. Sie wischte das Gespräch weg.

»Er ist wahrscheinlich auf eine Eisplatte geraten und auf unsere Spur geschlittert.«

Sie runzelte die Stirn. »Egal. Entweder man weiß, wie man bei diesem verdammten Schnee zu fahren hat, oder man bleibt zu Hause.« Sie verrenkte sich erneut den Hals, um aus dem Heckfenster zu starren, als erwarte sie, dass der Pick-up wieder auftauchte. Was er nicht tat. »Wie dem auch sei«, murmelte sie, atmete tief durch und machte es sich wieder auf dem Beifahrersitz bequem, »die Kollegen von der Verkehrspolizei werden nach dem Wagen Ausschau halten. Ich hoffe, sie schnappen den Spinner.«

»Vielleicht haben sie Glück.«

Mendoza schnaubte. »Das scheint dich ja herzlich wenig zu interessieren.«

»Ich habe andere Dinge im Kopf.«

»Größere Probleme, als wegen dieses Bekloppten einen Spontantermin bei Petrus zu bekommen?« Sie klang immer noch aufgebracht.

»Ja.«

»Wir sind ohnehin da«, sagte sie. Im selben Moment entdeckte auch Rivers das rustikale Inn, James Cahills Weihnachtswelt-Hotel. Von der Landstraße führte eine asphaltierte Zufahrt dorthin ab. »Und wir sind nicht allein«, fügte sie hinzu, als Rivers an der langen Schlange von Fahrzeugen vorbeifuhr, die langsam auf den Parkplatz vor dem Cahill Inn rollten. Wie die meisten gewerblich genutzten Gebäude hatte auch das zweigeschossige Hotel die für diese Gegend typische Westernfassade aus verwittertem Zedernholz und eine überdachte Veranda, die rund um das Gebäude führte. Außerdem sorgten Pferdestangen und Viehtränken neben den breiten Stufen zum Eingang für ein authentisches Flair.

»Wie ein Hollywood-Filmset«, bemerkte Mendoza. »Du weißt schon, wie die Kulisse eines alten Westerns. *Rauchende Colts.* Oder *Westlich von Santa Fé.*« Als rechne sie mit einer Frage, fügte sie hinzu: »Mein Großvater ist ein großer Westernfan. Auf Kabel gibt es einen eigenen Kanal, und wenn er nicht gerade Sport schaut, sieht er sich alte Schwarz-Weiß-Streifen an. *Maverick* ist seine Lieblingsserie.«

Rivers, der gerade die Abzweigung zum Wohnhaus entdeckte, hörte nicht genau hin. Stattdessen setzte er den Blinker und bog ab. Ein breiter Grünstreifen mit Tannen und Fichten trennte die private Zufahrt vom kommerziell genutzten Teil des Geländes. Von hier aus konnte man die Rückseite des Cahill Inn sehen. Ein zusätzlicher Parkplatz lag zwischen dem Hotel nebst Restaurant und einem Café mit angrenzendem Laden, dahinter entdeckte Rivers den Eingang zur Weihnachtsbaumfarm. »Cahills Weihnachtswelt« stand in großen Lettern auf einem holzgeschnitzten Bogen, hinter dem sich zahlreiche gekieste, vom Schnee freigeräumte Wege durch die Flächen mit dicht gepflanzten Nadelbäumen schlängelten. Am Rand des Parkplatzes standen festlich geschmückte Buden und Verkaufsstände, es wimmelte nur so von Leuten in Skikleidung, dicken Winterjacken, Handschuhen und Mützen. Junge Paare zogen Kinder auf Schlitten hinter sich her. Angestellte in roten Jacken zurrten frisch geschlagene Weihnachtsbäume auf Autodächern fest.

Der Cherokee holperte über eine Wurzel unter der Asphaltdecke, dann kam ein Tor mit einem Schild in Sicht. »Privat«, las er.

»Ich kümmere mich darum«, sagte Mendoza und zog ihre Handschuhe an.

Noch bevor Rivers widersprechen konnte, war sie aus dem Wagen gestiegen und drückte das Tor auf, wobei sie einen kleinen Schneehaufen zusammenschob. Er fuhr hindurch, und sie machte das Tor wieder zu und sprang auf den Beifahrersitz, begleitet von einem Schwall eisiger Luft.

»Mein Gott, ist das kalt«, sagte sie bibbernd.

»Winter eben.«

»Ich hasse den Winter.«

»Dann bist du definitiv an den falschen Ort gezogen.«

»Vermutlich hast du recht.« Sie ging nicht näher auf seine Bemerkung ein, und er hakte nicht nach. Die Wahrheit war, dass er nicht viel über sie wusste, nur dass sie sich aus einem Department in der Gegend von Albuquerque in New Mexiko hierher hatte versetzen lassen. Ihre Akte war sauber, sogar mustergültig, und als er sich einmal nach den Umständen für ihren Wechsel erkundigt hatte, hatte sie nur geantwortet: »Es wurde Zeit.« Er hatte sie nicht weiter bedrängt, denn er hatte schließlich auch seine eigenen Gründe für den Umzug nach Riggs Crossing. Persönliche Gründe.

Er folgte der Zufahrt etwa eine Viertelmeile durch Tannen-, Fichten- und Lärchengruppen, die sich nach einer lang gestreckten Kurve zu einer großen Lichtung öffneten. Ein weißes Farmhaus mit einem grünen Giebeldach, umgeben von einer breiten Veranda, stand auf einer kleinen Anhöhe, dahinter befanden sich mehrere Nebengebäude, unter anderem ein Pumpenhaus, ein Schuppen und eine Scheune.

»Sieht genauso aus wie neulich Abend«, bemerkte Mendoza, als Rivers den Motor abstellte. Sie betrachtete das Haus, das leer, beinahe verlassen wirkte.

»Nur dass jetzt nicht ein Dutzend Deputys, Sanitäter, Feuerwehrleute und Spurensicherer herumwuseln. Das Nachrichtenteam ist weg, und auch die üblichen Schaulustigen sind verschwunden.«

»Zusammen mit sämtlichen Beweismitteln.«

»Ja, möglich.«

»Was es zu finden gab, ist doch längst im Labor.«

Das wollte er nicht bestreiten, doch er musste den Ort noch einmal mit eigenen Augen sehen, ohne sich ständig von seinen Kollegen ablenken zu lassen. Was zum Teufel war hier passiert? Warum war James Cahill im Krankenhaus gelandet, seine Freundin verschwunden?

Rivers würde es niemals offen sagen, weil es verrückt klang, aber wann immer er einen Tatort betrat, konnte er sich vorstellen, was passiert war, konnte in seinem Kopf eine Art Video abspielen, »sehen«, wie das Verbrechen stattgefunden hatte.

Dabei handelte es sich nicht um eine außersinnliche Wahrnehmung. Und auch nicht um das »Bauchgefühl«, das man Cops im Allgemeinen nachsagte.

Es war eher eine Art Intuition, die ihm half, die Vorgänge zu rekonstruieren. Er hatte bislang nur einem einzigen Menschen davon erzählt – seiner Ex-Frau Astrid, als sie noch verheiratet gewesen waren. Und sie hatte ihm ins Gesicht gelacht, wie immer.

»O Gott, Brett, dann bist du also unter die Hellseher gegangen?«, hatte sie mit funkelnden Augen gefragt und ihm gegenüber am Küchentisch Platz genommen. »Oder ist das etwas Psychotisches? Nun mach aber mal halblang!« Sie hatte kopfschüttelnd einen Schluck Wein getrunken. »Ich würde nicht allzu vielen Leuten davon erzählen, schon gar nicht im Department. Deine Kollegen könnten denken, du hättest nicht alle Tassen im Schrank.«

An diesen einen Rat hatte er sich gehalten. Er wusste, dass dieser »sechste Sinn« auf andere verrückt wirken musste, also sprach er nicht mehr darüber und behielt seine außergewöhnliche Fähigkeit für sich.

Mendoza stieg bereits aus dem Cherokee. Rivers zog den Zündschlüssel ab und trat hinaus in den knöchelhohen Schnee. Ein eisiger Wind peitschte ihm ins Gesicht.

Die Kapuze über den Kopf gezogen, eilte Mendoza aufs Haus zu. »Wir treffen uns hier mit Knowlton, richtig?«

»Ja.«

»Und du hoffst wirklich, dass er seiner Aussage noch etwas hinzufügt, was uns weiterhelfen könnte?«

»He, ich weiß, dass du denkst, wir würden hier bloß unsere Zeit verschwenden, aber mir ist das wichtig«, sagte er, nachdem er zu ihr aufgeschlossen hatte.

Sie stiegen die rutschigen Stufen zur Haustür hinauf, wo das Polizeiband, das die Kollegen gespannt hatten, im Wind flatterte. Über das Heulen der Böen in den Ästen der umstehenden Bäume hinweg hörte Rivers das Motorengeräusch eines sich nähernden Fahrzeugs.

»Da ist er ja«, sagte Mendoza und reckte das Kinn in Richtung Zufahrt.

Rivers sah einen alten Pick-up durch die Bäume auf die Lichtung zukommen.

Bobby Knowlton.

Er war es gewesen, der die Neun-eins-eins angerufen hatte.

Gerade noch rechtzeitig.

KAPITEL 5

James? Kannst du mich hören? James?«

Die Stimme drang aus weiter Ferne zu ihm durch. Sanft. Weiblich.

James tauchte aus den Tiefen des Schlafs auf und öffnete blinzelnd ein Auge. Für eine Sekunde wusste er nicht, wo er sich befand, dann fiel ihm ein, dass er in einem Einzelzimmer im Krankenhaus lag. Sein Blick wanderte zum Fenster. Es schneite. Eine Frau – eine umwerfende Frau – stand neben seinem Bett und schaute mit besorgten blauen Augen auf ihn herab.

Er fühlte sich benommen, was an den Medikamenten liegen musste, und hatte den Eindruck, neben sich zu stehen wie bei einer außerkörperlichen Erfahrung.

»Ich bin's«, flüsterte die umwerfende Frau und warf einen nervösen Blick auf die Tür. »Sophia.«

Keine Krankenschwester.

Feine, blonde Ponyfransen schauten unter der fellbesetzten Kapuze ihres langen, schwarzen Mantels hervor – vielleicht war es auch Kunstfell, das konnte er nicht sagen. Sie hatte einen dicken Schal um den Hals gebunden. Ihre Nase war klein und gerade, die Wangen gerötet, als wäre sie gerade von draußen aus der Kälte gekommen.

Er blinzelte erneut und versuchte, sich zu konzentrieren. *Sophia?*

Ihr Blick suchte seinen. Hoffnungsvoll. »Erinnerst du dich?«

Er erinnerte sich nicht.

»Gott sei Dank geht es dir halbwegs gut«, sagte sie. Ihre Mundwinkel zuckten nach oben. »Das hätte auch schlimmer ausgehen können.«

Sie hatte ein wunderschönes Lächeln. Ihre vollen Lippen mit dem rosa Lipgloss öffneten sich leicht und enthüllten eine Reihe gerader weißer Zähne.

»Ja«, erwiderte er gedehnt. Verdammt, warum konnte er sie nicht einordnen?

Das war nicht die Frau, die er vor sich gesehen hatte. Nicht die Frau mit dem kastanienbraunen Haar und dem misstrauischen Blick, die aus den Tiefen seines benebelten Gehirns aufgetaucht war.

»Du erkennst mich doch, oder?«

»Klar«, log er. Sie kam ihm tatsächlich bekannt vor. Wo hatte er sie schon einmal gesehen?

Doch sie war zu clever für ihn. »Klar«, wiederholte sie und verdrehte ihre wunderschönen Augen. »Ich bin Sophia«, wiederholte sie, etwas lauter diesmal, als würde das seiner Erinnerung auf die Sprünge helfen. »Sophia Russo.« Eine feine Falte erschien zwischen ihren Augenbrauen.

Er zerbrach sich den Kopf, um irgendeine Verbindung herzustellen – vergeblich.

Sie wartete auf seine Reaktion, versuchte, seinen Gesichtsausdruck zu deuten. Als keine Reaktion erfolgte, seufzte sie und verdrehte erneut die Augen. »Dann stimmt es also. Du erinnerst dich wirklich nicht.«

»Nicht an alles.«

»Aber an mich. An mich erinnerst du dich doch, oder?« Ihre Stimme klang beinahe flehentlich. Sie räusperte sich. »Nach alldem musst du dich doch an mich erinnern können.«

Was zum Teufel bedeutete »alldem«? Er wusste, dass es besser war, ihr diese Frage nicht zu stellen.

»Irgendwie schon.« Er blinzelte. Es fiel ihm schwer, sich zu konzentrieren. Der Schlaf drohte ihn erneut zu übermannen.

»Du bist so ein Lügner!«, schimpfte sie, aber sie klang nicht wütend. Nicht wirklich. Ihr Blick wanderte zu seinen Lippen, und für einen kurzen Moment dachte er, sie würde sich über ihn beugen und küssen. Doch das tat sie nicht. Stattdessen stöhnte sie leise und strich mit der Hand vorsichtig seine Bettdecke glatt. Er meinte, ihren Duft riechen zu können, ein Parfüm, das ihm vage vertraut vorkam. »Ich bin deine Freundin.«

Das klang nicht richtig. Er betrachtete sie. Sie war wunderschön, und trotzdem … Hatte die Schwester nicht gesagt, seine Freundin heiße Megan? So angeschlagen er war, war er sich sicher, dass er das richtig mitbekommen hatte.

Als hätte sie seine Gedanken gelesen, sagte Sophia: »Wow. Ich hoffe, diese … Amnesie? Ich hoffe, diese Amnesie ist nur vorübergehend.«

»Das hoffe ich auch.«

Sie sah sich hastig, beinahe verstohlen im Zimmer um. »Weißt du, ich darf eigentlich gar nicht hier sein. Keiner weiß, dass ich mich zu dir geschlichen habe, und das sollte auch besser keiner erfahren.«

»Warum nicht?« Er versuchte sich aufzurichten und eine sitzende Position einzunehmen, doch es gelang ihm lediglich, sich auf den Ellbogen seines unverletzten Arms zu stützen.

»Du darfst keinen Besuch empfangen.« Ihr Blick schweifte zur Tür, die einen kleinen Spalt offen stand. »Ich habe mich heimlich auf die Station geschlichen und gewartet, bis die Schwestern Schichtwechsel hatten. Als jemand ein Stück den Gang hinunter auf den Notruf gedrückt hat, habe ich die Gelegenheit genutzt und bin zu dir ins Zimmer geschlüpft. Bestimmt hat mich irgendeine Kamera dabei gefilmt, aber ich hab mir den Schal vors Gesicht gehalten.«

»Warum darf ich keinen Besuch haben?«

»Das weiß ich nicht genau. Entweder wollen die Ärzte das so oder die Polizei.«

Die Cops. Wieder einmal. Er spürte, wie er sich verspannte. Jetzt richtete er sich doch auf.

»Ich wollte mich nur vergewissern, dass mit dir alles in Ordnung ist.« Sie drehte sich um und schickte sich an, das Zimmer zu verlassen.

Er streckte die Finger aus und fasste sie am Handgelenk. »Warum sollten die Cops mich daran hindern wollen, dich zu sehen?«, fragte er und versuchte, sich auf das Gespräch zu konzentrieren. Es schien wichtig zu sein. Es *war* wichtig.

»Das weißt du doch.«

»Das weiß ich nicht.«

Sie blickte auf seine Finger. Er ließ los.

»Oh. Natürlich nicht. Es ist wegen Megan.«

Megan. Die Frau, die angeblich seine Freundin war.

Ein flüchtiges Bild zuckte vor seinem inneren Auge auf – das wutverzerrte Gesicht einer Frau, die Haare feucht vom Schnee, die Augen sprühend vor Hass. Und dann war das Bild verschwunden, so schnell, wie es gekommen war.

Sein Magen zog sich zusammen.

Die wütende Frau war Megan. Er hatte keine Ahnung, woher er das wusste, dennoch war er sich ganz sicher. »Was ist mit ihr?«

»Sie ist verschwunden.«

»Verschwunden?« Das also hatte die Schwester ihm mitteilen wollen, als der Arzt ihr ins Wort gefallen war.

»Ja. Als hätte sie sich in Luft aufgelöst.« Sophia warf die Hände hoch. »Einfach so. Puff! Seit der Nacht, in der du hier eingeliefert wurdest, hat sie keiner mehr gesehen. Es heißt, ihr zwei hättet einen Riesenstreit gehabt, und danach war sie weg.«

Wieder sah er die Frau vor sich. Diesmal schrie sie ihn an, warf ihm vor, sie betrogen zu haben …

»Laut den Nachrichten hat seitdem niemand etwas von ihr gehört, und ihr Auto ist auch verschwunden.«

Das ergab keinen Sinn. Weitere Bruchstücke, Erinnerungsfetzen wirbelten durch den Nebel in seinem Gehirn.

»Ich nehme an, bei der Auseinandersetzung ging es um mich«, flüsterte Sophia. »Zumindest denken das die anderen.«

»Wer sind ›die anderen‹?«, fragte er, während die Frau vor seinem inneren Auge vor Zorn fauchte und geiferte. Was war passiert? Was hatte er getan?

»Na ja, du weißt schon. Alle im Hotel und auf der Weihnachtsbaumfarm sind sich sicher, dass sie das mit uns herausgefunden hat und stinksauer war.«

Er hob die Hand und zuckte vor Schmerz zusammen. Verdammt. »Woher weißt du das?«

»Komm schon, wenigstens das musst du doch wissen.«

Er wusste es nicht.

Sophia schnalzte ungläubig mit der Zunge, dann sagte sie: »Weil ich dort arbeite.«

»Du arbeitest für mich?«

»Was dachtest du denn?« Sie schenkte ihm ein kurzes, strahlendes Lächeln, bevor sie hinzufügte: »Okay, okay, offiziell arbeite ich natürlich für Cahill Industries, aber wem wollen wir etwas vormachen? Du *bist* Cahill Industries, also ja, ich arbeite für dich, und das seit mittlerweile einem guten halben Jahr.« Sie nickte, als wolle sie ihn ermutigen, sich zu erinnern. »Und wir zwei sind ...« Sie biss sich auf die Lippe. »Wir zwei sind zusammengekommen.«

»Wir haben uns getroffen, privat?«

»Wenn du es so nennen möchtest, ja.« Sie zwinkerte ihm kokett zu und krauste die Nase. »Ich wusste, dass du dich erinnern würdest.«

Das tat er nicht, aber er beließ es dabei. Es war wichtig, dass er die Teile seines Lebens – oder wenigstens seines Liebeslebens – wieder zusammensetzte. »Und Megan?«

»Oh. Tja ...« Sie zog eine Schnute. »Du hattest noch nicht ganz mit ihr Schluss gemacht.«

Es klang, als sagte sie die Wahrheit.

Und es roch nach Ärger.

»Es ist durchaus möglich, dass sie von uns erfahren hat ...«, sagte Sophia, »und vermutlich hat ihr das gar nicht gefallen.« Sie zuckte die Achseln. »Ich glaube, dass sie zu dir nach Hause gefahren ist. Ihr habt euch gestritten, und du bist hier gelandet.«

»Und dann ist Megan verschwunden ...«

Sophia biss sich auf die Lippe und musterte ihn durchdringend, als würde sie ihm nicht recht trauen. »Du erinnerst dich nicht an euren Streit?«

»Nein.«

»An gar nichts?« Sie wirkte nach wie vor skeptisch.

»Das ist das Seltsame«, gab er zu. »Der Doktor hat gesagt, ich wurde in die Notaufnahme gebracht.«

Sie berührte seine Finger. Ihre waren kühl. Vertraut. »Bobby hat dich gefunden.«

»Knowlton?«

»Er hat den Notruf gewählt.«

»Und Megan war nicht da?«

Sie schüttelte den Kopf, die blonden Haare glänzten im Schein der Deckenbeleuchtung. »Ich habe Bobby danach gefragt, und er hat behauptet, du seist allein gewesen, als er zu dir kam.«

»Hat er sonst noch etwas gesagt?«

»Zu mir nicht.«

James' Kopf fing an zu pochen, trotzdem gab er nicht den Versuch auf, Licht in diesen düsteren Albtraum zu bringen.

Sie senkte die Stimme und drückte kurz seine Finger, bevor sie ihre Hand zurückzog. »Hast du mit den Cops geredet?«

»Nein, noch nicht.«

»Aber sie waren hier?«

»Laut Auskunft des Arztes ja. Aber ich erinnere mich nicht daran.« Und dann fiel ihm plötzlich etwas anderes ein. »Ich vermisse mein Handy. Und das da ...«, er deutete auf das altmodische Telefon auf seinem Nachttisch, »... nützt mir gar nichts, weil ich mich an keine einzige Telefonnummer erinnere.«

»Ich werde sehen, was ich tun kann«, sagte sie, doch ihre Stimme klang nicht sonderlich sicher. »Die Polizei hat dein Haus durchsucht und jede Menge Sachen mitgenommen.«

»Wie bitte?«

Sie zuckte die Achseln. »Das ist das, was ich gehört habe. Bobby hat gesagt, sie hätten dein Zeug rausgeschleppt.«

»Und mein Handy?«

»Das haben sie wahrscheinlich ebenfalls mitgenommen. Genau wie Computer und Tablets.«

»Dürfen die das denn so einfach tun?«

»Es sind Cops. Die können machen, was sie wollen.«

»Aber es gibt doch Grenzen.« Er dachte nach. Aus welchem Grund beschlagnahmte die Polizei sein Eigentum? Hielt sie ihn wirklich für einen Kriminellen? Für einen Drogendealer? Oder gar für einen Mörder? Er schauderte. War Megan tot? War es das, was der Arzt ihm nicht hatte mitteilen wollen?

Draußen im Flur ertönten Schritte, und Sophia erstarrte. Mit weit aufgerissenen Augen hielt sie einen Finger vor die Lippen und huschte zur Wand, damit sie von der Tür verdeckt wäre, sollte diese plötzlich aufgehen.

Nichts passierte.

Die Schritte eilten vorüber und verhallten.

Sophia stieß die Luft aus, die sie vor Aufregung angehalten hatte. »Ich sollte jetzt lieber gehen. Ich liebe dich«, flüsterte sie. »Denk daran.« Sie lächelte schüchtern, ihre Wangen verfärbten sich rosig bei diesem Geständnis.

Liebe?

Das klang irgendwie falsch. »Warte«, sagte er.

Er brauchte weitere Informationen, doch sie spähte bereits durch den Türspalt und schickte sich an, auf den Gang hinauszuhuschen. Auf der Schwelle drehte sie sich noch einmal um und formte mit den Lippen: »Ich komme wieder«, dann zog sie ihren Schal über die Nase und verschwand mit raschen, nahezu lautlosen Schritten.

James sah auf die Tür, die langsam wieder zuschwang.

Hatte er Sophia *und* Megan gedatet? Nicht nur gedatet, er war mit ihnen zusammen gewesen. Sexuell, wie Sophia ihm klar zu verstehen gegeben hatte, Gefühle inklusive. Es war sogar das Wort »Liebe« gefallen.

Tief im Innern spürte er, dass Megan etwas zugestoßen war und dass ihn zumindest eine Mitschuld daran traf. Die Kratzer auf seiner Wange pochten. Wieder blitzte ein Erinnerungsfetzen in ihm auf: Fingernägel, bereit, sich in seine Haut zu graben. Sie – Megan, so vermutete er – war außer sich gewesen vor Zorn.

Mehr fiel ihm nicht ein zu ihrer Auseinandersetzung, aber er spürte, dass weitere Bilder an die Oberfläche drängten.

Megan.

Und nun behauptete Sophia, dass sie ihn liebte.

Kein Wunder, dass sich die Cops mit ihm unterhalten wollten.

Vielleicht sogar mehr als das.

Wo hatte er sich da bloß hineingeritten?

Er legte sich schützend die Hände auf die Rippen und schwang die Füße über die Bettkante. Schmerz schoss durch seinen Oberkörper, sein Kopf hämmerte, doch er ignorierte das dumpfe Pochen und tappte zum Fußende des Betts, um den Fernseher oben an der Wand einzuschalten. Der Infusionsschlauch dehnte sich gefährlich. Es gelang James, den Ein-Knopf zu drücken, bevor sich die Nadel aus der Vene löste, dann legte er sich wieder hin, griff nach der Fernbedienung auf dem Nachttisch und versuchte, durch die Programme zu zappen. Nichts. Er drehte die Fernbedienung um, öffnete das Fach an der Rückseite und stellte fest, dass man die Batterien entfernt hatte.

Er musterte die Knöpfe am Bett, doch deren Funktion war eindeutig: Er konnte damit die Schwester rufen sowie die Höhe des Kopf- und Fußteils verstellen. Einen Knopf für den Fernseher gab es nicht.

Erschöpft lehnte er sich zurück und spürte, wie ihn der Schlaf übermannte.

Irgendwie, irgendwann würde es ihm gelingen, sich zu erinnern.

Vielleicht willst du dich ja gar nicht erinnern, meldete sich eine nagende Stimme in seinem Kopf zu Wort. *Vielleicht würde dir nicht gefallen, worauf du stößt.*

Hm.

Alles war besser als das hier, dachte er, während er langsam eindämmerte.

Nicht zu wissen, was passiert war, brachte ihn schier um.

KAPITEL 6

Bobby Knowlton stieg aus seinem Pick-up – ein in die Jahre gekommener, zerbeulter Chevy – und warf seine Kippe in den Schnee, die zischend verglühte, während er im Eilschritt auf das Haus zuhielt. »Herrgott, ist das kalt«, sagte er mit einem übertriebenen Schaudern, als er bei Rivers und Mendoza ankam.

Knowlton ging auf die sechzig zu, ein drahtiger Mann mit markanten Gesichtszügen. Seine wettergegerbte, von der Sonne und der Arbeit an der frischen Luft gebräunte Lederhaut war am Kinn von einem silbergrauen Bartschatten überzogen. Er trug eine Jeansjacke, eine abgewetzte Levi's und eine Baseballkappe, die er gegen die Schneeflocken tief in die Stirn gezogen hatte.

»Ah, die beiden Detectives. Rivers und …« Knowlton runzelte die Stirn.

»Brett Rivers vom Department des Sheriffs von Riggs Crossing, und das ist meine Partnerin, Wynonna Mendoza.«

»Ich würde gern behaupten, es sei mir ein Vergnügen …« Knowlton drückte Rivers' Hand. »Unter den gegebenen Umständen ist das jedoch wohl eher nicht der Fall.« Er schüttelte auch ihre Hand.

»Sie sind also James Cahills rechte Hand, Mr Knowlton«, sagte Mendoza, doch er fiel ihr ins Wort: »Nennen Sie mich Bobby. Eigentlich heiße ich Robert, aber meine Leute haben mich schon als Kind nur Bobby gerufen, und der Name ist irgendwie hängen geblieben. Hören Sie, ich habe keine Ahnung, warum Sie mich sprechen wollen. Ich habe meine Aussage bereits bei einem Ihrer Deputys gemacht, und mir will partout nichts einfallen, was ich Ihnen noch erzählen könnte.« Er durchsuchte nervös die Taschen seiner Jeansjacke, bis er eine zerdrückte Schachtel Marlboros hervorzog. Er warf einen Blick darauf, schien es sich anders zu überlegen und steckte die Schachtel wieder ein. »Wie gesagt, ich habe bereits mit Ihrer Kollegin gesprochen.«

»Kate Mercado«, sagte Mendoza.

Bobby nickte. »Ja, so hieß sie.«

Rivers begegnete dem fragenden Blick des Vorarbeiters und sagte: »Ich würde Ihre Aussage gern noch ein weiteres Mal durchgehen.«

»Ooo-kay«, erwiderte Knowlton zögernd. »Sie glauben doch nicht etwa, ich hätte etwas mit dem Ganzen zu tun?«, fragte er, plötzlich misstrauisch.

So weit hatte Rivers noch gar nicht gedacht, aber er ließ den Vorarbeiter reden. Mal sehen, was der so zu sagen hatte. »Ich war im Brass Bullet, da gehe ich ganz gern mal hin. Ich war ungefähr zwei, vielleicht zweieinhalb Stunden dort, habe auf eine Futtermittellieferung gewartet, die sich wegen des Wetters um Stunden verspätet hatte.« Er zog die buschigen Augenbrauen unter der Baseballkappe zusammen. Als Rivers nichts erwiderte, hob er abwehrend die Hand. »Wenn Sie mir nicht glauben, können Sie gern mit Mike, dem Barmann, reden. Mike … Mist, wie heißt er noch gleich mit Nachnamen? Mike … Mike …« Er schnipste mit den Fingern. »Mike McGillicuddy, ja, so heißt er. Reden Sie mit ihm. Er wird das bestätigen.«

Rivers nickte. »Keine Sorge, Bobby, ich wollte es nur von Ihnen persönlich hören.«

Knowlton musterte ihn einen kleinen Moment, als versuche er, ihn einzuschätzen, dann sagte er: »Ist schon okay. Lassen Sie uns reingehen, bevor wir uns hier draußen den Hintern abfrieren.«

Als Knowlton den Schlüssel ins Schloss steckte, fing ein Hund auf der anderen Seite der dicken Eichentür wie verrückt an zu bellen und scharrte am Türblatt. »Das ist Ralph«, erklärte der Vorarbeiter, dann rief er: »Still, Ralph! Benimm dich, klar? Ich komme ja schon.« An die Detectives gewandt, fügte er halb entschuldigend hinzu: »Ich habe angeboten, mich um Ralph zu kümmern, weil ich nicht möchte, dass er ins Tierheim oder sonst wohin kommt, während James im

Krankenhaus ist. Er ist ein braver Bursche.« Den Geräuschen auf der anderen Seite der Tür nach zu urteilen, war Ralph alles andere als brav, denn er hörte nicht auf zu bellen und zu kratzen.

»Ist er gefährlich?«, fragte Rivers und sah, dass Mendoza eine Stufe tiefer stehen blieb.

»Ralph? Nein. Sie kennen doch sicher das alte Sprichwort: ›Hunde, die bellen, beißen nicht.‹«

Rivers war sich da nicht so sicher, doch als Knowlton die Tür aufdrückte, schoss der Hund wie ein schwarzbrauner Pfeil an ihnen vorbei die Verandastufen hinunter in den Schnee, wo er aufgeregt kläffend große Kreise drehte.

»Der muss sich bloß ein bisschen austoben«, erklärte Bobby, als sie hineingingen. »Ich hätte ihn mit zu mir nach Hause nehmen sollen, aber ich dachte, James würde bald entlassen werden und den Hund bei sich haben wollen.« Er knipste die Innenbeleuchtung an. Rivers sah sich erneut in James Cahills Haus um.

Im vorderen Teil des Erdgeschosses trennte eine breite Treppe Wohn- und Esszimmer voneinander. Der Wohnbereich war dominiert von bequemen Sitzmöbeln, die sich im Halbkreis um einen Kamin mit erhöhter Feuerstelle gruppierten – Fernsehsessel aus Leder, eine gemütlich wirkende Couch sowie zwei weitere Sessel, die jetzt mit der Sitzfläche nach unten auf dem Boden standen. An einer Ecke der gemauerten Feuerstelle entdeckte Rivers einen Blutfleck.

Cahills Blut, vermutete er.

Die Laborergebnisse würden dies sicher bald bestätigen.

Das Haus war in demselben Zustand, wie die Polizei es zurückgelassen hatte, nachdem die Spurensicherung sämtliche Oberflächen auf Fingerabdrücke untersucht und auf der Suche nach verwertbarer DNA jedes einzelne Staubkorn umgedreht hatte. Wieder schweifte Rivers' Blick zum Kamin. In der Luft hing ein leichter Geruch nach kalter Asche.

»Wow, ihr Jungs wisst, wie man ein Haus verwüstet«, stieß Bobby mit einem Blick auf die ausgeräumten Regale und die feine Schicht Fingerabdruckpulver hervor, die alles mit einem gräulichen Schleier überzog. »Macht ihr eigentlich jemals hinterher sauber? James wird stinksauer sein.«

Nun, ein verwüstetes Haus dürfte das kleinste von James Cahills Problemen darstellen.

Knowlton nahm die Kappe ab, strich sich über den kahl werdenden Schädel und setzte sie wieder auf. »Ist das nicht ein bisschen zu viel des Guten? Ich meine, es ist ja niemand gestorben.«

»Hoffentlich nicht.« Rivers hatte schon vor langer Zeit gelernt, dass man gründlich sein musste, wenn man etwas in Erfahrung bringen wollte. Noch wussten sie nicht, ob es bei dem Fall einen Toten gab, da hatte Knowlton recht, aber es war ihre einzige Chance gewesen, das Haus von oben bis unten zu durchsuchen, bevor Cahill aus dem Krankenhaus entlassen wurde. Es war immer besser, auf Nummer sicher zu gehen.

»Mir ist schon klar, dass Sie in alle Richtungen ermitteln müssen, trotzdem kommt es mir ein bisschen überzogen vor.« Knowlton schaute zur offenen Haustür. Rivers folgte seinem Blick. Draußen rannte der Schäferhund noch immer mit hängender Zunge und hoch aufgerichteter Rute durch den Schnee. »Er gibt bloß an«, sagte der Vorarbeiter. »Wahrscheinlich fühlt er sich einsam. Ich werde ihn mit zu mir nehmen, bis James zurückkommt.«

Rivers wandte sich wieder dem Chaos im Wohnzimmer zu. »Lassen Sie uns noch einmal durchgehen, was passiert ist.«

»Okay.« Mit lauter Stimme rief Knowlton: »Komm rein, Ralph! Die Party ist vorbei!«

Rivers und Mendoza traten zur Seite, als der Hund die Stufen herauf und ins Wohnzimmer gestürmt kam. Knowlton schloss die Haustür und sperrte die Kälte aus.

»Es war alles genau so, wie es in meiner Aussage steht«, fing er an. »Nach ein, zwei Bier habe ich die Futtermittellieferung entgegengenommen und mich anschließend auf den Weg gemacht, um nach den Tieren zu sehen, was zu meinem Job als Vorarbeiter gehört. Ich habe hier schon gearbeitet, als Cahill die Farm vor fünf … nein, vor sechs Jahren gekauft und mich übernommen hat. Wofür ich ihm dankbar bin.« Er zog die Handschuhe aus und schaute aus dem Fenster. »Auf der Rückfahrt war ich noch ungefähr eine Viertelmeile von hier entfernt, als ich einen Wagen gesehen habe, der von der Zufahrt auf die Landstraße eingebogen ist.« Er deutete auf die schneebedeckte, asphaltierte Strecke vor dem Haus. »Wer auch immer hinter dem Steuer saß – er ist gefahren wie ein Irrer. Hat beinahe den Schneepflug gerammt, der vor mir gerade die Straße freiräumte, und eins kann ich Ihnen versichern: Mit dem Riesending will niemand zusammenstoßen. Wie dem auch sei, der Wagen hat es knapp geschafft, ist vor dem Schneepflug auf die Straße geschossen und anschließend in Richtung Stadt davongerast.« Er deutete mit dem Daumen vage über die Bäume hinweg, dorthin, wo die Stadtgrenze von Riggs Crossing begann.

»Haben Sie den Wagen erkannt?«, wollte Mendoza wissen.

»Ich bin mir nicht sicher. Es schneite heftig, und es war fast dunkel. Ich weiß nur, dass es sich um ein dunkles Auto handelte. Blau. Oder schwarz. Vielleicht auch anthrazitgrau.«

»Megan Travers' Wagen?«

»Davon ging ich aus, aber ich würde es nicht beschwören, zumal ich den Fahrer nicht sehen konnte. Die Scheiben waren beschlagen, und ich war viel zu sehr darauf konzentriert, nicht in den verdammten Schneepflug zu rutschen. Der Fahrer ist wie ein Blöder auf die Bremse gestiegen, um einen Zusammenstoß zu vermeiden.« Knowlton schüttelte den Kopf und stieß einen leisen Pfiff aus. »Das war echt knapp.«

»Sind Sie sicher, dass es sich um ein normales Auto handelte, nicht um einen SUV oder einen Pick-up?«, hakte Mendoza nach.

»Ja, absolut.« Knowlton zog die buschigen Augenbrauen noch mehr zusammen, dann schüttelte er den Kopf. »So was Verrücktes. Wie dem auch sei: Ich habe gewartet, bis der Schneepflug an der Zufahrt vorbei war, dann bin ich abgebogen und zum Haus gefahren, wo ich James gefunden habe. Gleich dort drüben.« Er deutete auf den Kamin. »Er fühlte sich kalt an, aber er hatte Puls – das habe ich sofort überprüft –, und er hat geatmet. Ich habe das Blut gesehen und dachte … Hm, eigentlich weiß ich gar nicht, was ich gedacht habe. Ich hab einfach die Neun-eins-eins angerufen, und dann ist der Rettungswagen gekommen und die Feuerwehr und Sie alle … und das war's. Mehr weiß ich nicht.«

»Um wie viel Uhr war das?«

»Schwer zu sagen. Gegen sieben. Halb acht? Ja, um die Zeit muss es ungefähr gewesen sein. Wegen des Sturms kam mir an jenem Tag alles viel später vor.«

Mendoza wechselte das Thema. »Hatte James Cahill Feinde?«

»Selbstverständlich.« Knowlton schien zu bemerken, wie das klang, denn er ruderte hastig zurück. »Na ja, nicht solche, die einen gleich umbringen.«

»Wen, zum Beispiel?«

»Nun, in erster Linie seine Freundinnen, nehme ich an.« Er schaute auf den rotbraunen Fleck am Kamin.

»Er hatte also mehr als nur eine?«, fragte Rivers.

»Oh, ja.« Knowlton nickte und rieb über die Bartstoppeln an seinem Kinn. Seine Augenbrauen wanderten ein Stück in die Höhe. »Das Problem ist, dass Frauen nicht gern teilen.«

»Nur damit ich das richtig verstehe«, vergewisserte sich Mendoza, »er war mit mehreren Frauen gleichzeitig zusammen?«

»Ja.«

»Und die waren darüber alles andere als begeistert?«

»Davon ist auszugehen. Es ist schließlich nicht wie in dieser Fernsehsendung, wo alle Frauen so wunderbar miteinander klarkommen.« Er verdrehte die Augen. »Im echten Leben läuft das anders.«

»Hat James das gesagt?«

»Nicht zu mir.« Er sah von einem Cop zum anderen. »In meinen Augen ist es immer ein Problem, wenn man eine Beziehung nicht ordentlich beendet, bevor man eine neue anfängt. Frauen mögen so etwas gar nicht.«

»Männer auch nicht«, fügte Mendoza an, und Rivers fragte sich, ob es eine allgemeine Bemerkung war oder ob seine Kollegin aus persönlicher Erfahrung sprach.

Knowltons Blick schweifte zu einem alten Gewehr, das am Kaminsims hing. »Wahrscheinlich kann er froh sein, dass er nicht erschossen wurde.«

»Dann waren seine Freundinnen wohl ziemlich aufbrausend?«, schlussfolgerte Mendoza.

»Kennen Sie nicht die alte Redensart: ›Nichts ist so tödlich wie eine betrogene Frau‹ oder so ähnlich?«

»Oder so ähnlich«, sagte Mendoza. »Wissen Sie, wie seine Freundinnen hießen?«

»Nur die neuesten«, sagte er und bückte sich, um Ralph hinter den Ohren zu kraulen. »James war mit Megan Travers zusammen, der Frau, die vermisst wird. James und sie hatten schon ein paar Monate etwas miteinander, vielleicht länger, da bin ich mir nicht sicher.«

»Was wissen Sie über sie?«

»Nicht viel.«

»Hat sie außer ihrer Schwester noch mehr Familie? Freunde?«, drängte Mendoza.

»Es tut mir leid.« Knowlton wirkte aufrichtig. »Ich schenke dem nicht allzu viel Aufmerksamkeit. Wie ich schon sagte: Die Freundinnen kamen und gingen.«

»Und Ihnen fällt wirklich kein weiterer Name ein? Wen könnte sich Cahill sonst noch zum Feind gemacht haben?«, erkundigte sich Mendoza.

»Lassen Sie mich überlegen.« Knowlton verzog konzentriert das Gesicht. »Da war mal eine Lehrerin aus … Marysville oder Everett, irgendwo nördlich von Seattle, glaube ich.«

»Wie hieß sie?«

»Janice oder Jenny? Keine Ahnung. Sie hatten sich getrennt, schon vor einer ganzen Weile. Das muss über ein Jahr her sein, wenn nicht gar zwei.«

»Sonst noch wer?«

»Nun, da ist diese Blonde, die im Hotel arbeitet, als Servicekraft und im Büro. Sie hat ein Auge auf James geworfen, und ich habe die zwei ein paarmal zusammen gesehen. Sie heißt Sophie, nein, Sophia Russo. Tut mir leid, mehr weiß ich nicht über sie.«

»Und sie hat sich mit James getroffen?«, hakte Rivers nach.

»Ich glaube schon, aber nageln Sie mich nicht darauf fest. Dass die beiden des Öfteren allein waren, muss ja nicht unbedingt etwas bedeuten. Gut möglich, dass sie über Geschäftliches gesprochen haben, immerhin arbeitet sie für ihn. Trotzdem ... sie hat ihn angesehen, als würde sie sich für ihn interessieren, wenn Sie wissen, was ich meine. Außerdem war sie ständig in seiner Nähe. Als wollte sie, dass James sie bemerkt.«

»Und das ist noch nicht so lange her?«

Er schüttelte den Kopf. »James hat nichts gesagt, aber ich hatte den Eindruck, dass es mit ihr mehr war. Die Frauen fliegen nun mal auf ihn. Willow Valente, die als Zimmermädchen im Cahill Inn arbeitet, hat ebenfalls ein Auge auf ihn geworfen, zumindest glaube ich das. Aber mit ihr läuft nichts.« Er runzelte die Stirn. »Sie starrt ihn bloß an wie eine Katze, die darauf wartet, dass die Maus den Kopf aus dem Loch steckt.« Als würde ihm plötzlich klar, dass er zu viel redete, rieb er sich mit der Hand über den Nacken und versuchte, das Thema zu beenden. »Aber was weiß ich schon? Am besten, Sie fragen ihn selbst, sobald er aufwacht. Ich führe schließlich nicht Buch über sein Liebesleben.« Knowlton tätschelte Ralphs Kopf. »Ich muss jetzt los, mich um die Tiere kümmern.« Er griff in seine Tasche und zog erneut die zerknautschte Marlboro-Schachtel hervor. Diesmal klopfte er sich eine Zigarette heraus und deutete mit dem Filter auf Rivers. »Reden Sie mit James.«

»Das machen wir«, versicherte ihm Mendoza.

Knowlton steckte sich die Zigarette in den Mund. »Auf geht's, mein Junge«, sagte er zu dem Hund. »Du kommst heute Nacht mit zu mir.« An Rivers gewandt, fügte er hinzu: »Hören Sie, ich hab jetzt einiges zu tun. Sollten Sie weitere Fragen haben, können Sie auf mich zählen, aber ich weiß wirklich nicht, was ich noch sagen könnte. Es steht alles in meiner Aussage.«

»Warten Sie«, sagte Mendoza, aber Knowlton hatte sich bereits in

Bewegung gesetzt und bedeutete ihnen unwillig, ihm zu folgen. Er führte sie durch die Küche, die schwach nach dem hart gewordenen Chiligericht roch, das in einer offenen Take-away-Schachtel auf dem Tisch stand. Sie folgten ihm durch die Hintertür in einen Windfang, der gleichzeitig als Waschküche diente. Von dort aus gelangten sie in einen dunklen Holzschuppen mit Lehmfußboden, in dem sich Eichen-, Tannen- und Zedernscheite stapelten.

Am anderen Ende des Schuppens ging eine Tür auf einen Hof zwischen Haus und Nebengebäuden hinaus. Knowlton blieb stehen, um seine Marlboro anzuzünden. Der Geruch nach Rauch erfüllte die eisige Luft. Der Hund stürmte davon und schreckte zwei Krähen auf, die in die kahlen Äste eines Apfelbaums flatterten und ihn aus sicherer Höhe empört ankrächzten.

Knowlton sah die beiden Detectives an. »Haben Sie noch weitere Fragen?«

»Ja«, antwortete Mendoza leicht gereizt. »Gab es, abgesehen von den Frauen, irgendwen, mit dem Cahill nicht klargekommen ist? Kollegen? Angestellte? Die Partner der Frauen, mit denen er zusammen war?«

»Es ist nicht so, dass wir eine große, glückliche Familie sind«, gab Knowlton zu, »aber nein, ich weiß nicht, wer ihm etwas hätte antun wollen.« Er starrte mit zusammengekniffenen Augen in die herabfallenden Schneeflocken. »Sonst noch was?«

Rivers schüttelte den Kopf. »Im Augenblick nicht.«

»Gut.« Der Vorarbeiter hob beide Hände, fast so, als wolle er sich ergeben, dann drehte er sich um und ging mit weit ausholenden Schritten durch den unberührten Schnee zur Scheune.

»Du lässt ihn einfach so laufen?«, fragte Mendoza.

»Wolltest du noch etwas fragen?«

»Nein. Ja. Im Augenblick fällt mir zwar nichts Konkretes ein, trotzdem habe ich den Eindruck, es sind noch Millionen Fragen offen.«

»Dann knöpfen wir ihn uns später eben noch einmal vor.«

Mendoza sah stirnrunzelnd Knowlton und dem Hund hinterher, die soeben in der Scheune verschwanden.

»Da haben wir unsere Zeit ja super genutzt.« Ihr Atem bildete kleine Wölkchen in der Luft.

»Wir treffen uns am Jeep.« Rivers warf ihr seine Autoschlüssel zu. »Ich komme gleich nach.«

»Meinetwegen.«

Rivers kehrte in den Holzschuppen zurück und sah sich um. Eine Axt steckte in einem vernarbten Holzstumpf, der offenbar als Hackklotz diente, überall lagen Staub und Holzsplitter. Die aufgeschichteten Scheite boten ideale Verstecke für Ratten und Mäuse. Er verließ den Schuppen und betrat den Windfang, in dem unter einer Bank Arbeitsstiefel standen, mehrere Skijacken hingen an Haken darüber. Alles war so, wie es sein sollte, auch wenn man sah, dass die Spurensicherung hier gewesen war.

Eine der Jacken war fleckig und ausgefranst. Abgetragen. Rivers ging darauf zu und zog ein Paar Arbeitshandschuhe, die ebenfalls abgetragen wirkten, aus den Taschen. Lieblingshandschuhe. Starr vor Schweiß. Ohne nachzudenken, steckte er sie in seine eigene Jackentasche und drückte die Hintertür auf.

Er durchquerte die Küche und den Essbereich, den Cahill anscheinend als Büro genutzt hatte, anschließend betrat er erneut das Wohnzimmer, wo er in den kalten Kamin blickte. Die Feuerstelle war rußgeschwärzt, verbrannte Scheite und eine dicke Ascheschicht lagen im Feuerkasten. Sein Blick blieb an der Kante hängen, an den blutbefleckten Steinen und dem rot verfärbten Mörtel.

Was zum Teufel war passiert? Er wusste, dass es eine Auseinandersetzung gegeben hatte, in deren Verlauf Cahill gestürzt war und sich den Schädel angeschlagen sowie ein paar Rippen gebrochen hatte, und dass Megan Travers seitdem mitsamt ihrem Auto verschwunden war. Doch was war der Auslöser des Streits gewesen? Wie hatte er derart eskalieren können? Hatte sich ein erwachsener, kräftiger Mann von einer zierlichen Frau überwältigen lassen? Und wo zum Teufel war diese Frau?

War sie überhaupt noch am Leben?

Rivers stellte sich James Cahill vor, wie er ihn in jener Nacht gesehen hatte. Der reiche Erbe in spe war bewusstlos gewesen. Zwei Sanitäter, ein Mann und eine Frau, hatten ihn auf eine Bahre gehoben. Anfangs waren lediglich zwei Deputys zum Haus beordert worden, kurz darauf war Rivers zusammen mit Mendoza nachgekommen. Da war bereits die Spurensicherung anwesend. Einer der Kriminaltechniker hatte ein zusammengeknülltes Blatt Papier mit einer Nachricht auf dem Fußboden neben einem der Stühle am Fenster entdeckt. Die Worte darauf waren kurz und eindeutig:

J.,
ich verlasse dich.
Diesmal für immer.
Du wirst mich nie wiedersehen!
M.

Die Kürzel legten die Vermutung nahe, dass die Nachricht von Megan Travers stammte. Ziemlich dramatisch und altmodisch in Zeiten von E-Mail und Messenger-Diensten. Warum war sie mit der Nachricht zu ihm gefahren? Um sie ihm zu hinterlegen? Hatte sie gedacht, er sei nicht da? Wer hatte den Zettel zerknüllt? Lag er vielleicht schon länger da und stammte gar nicht von Megan, sondern von einer anderen Frau? Laut Knowlton waren viele Frauen an James Cahill interessiert. Die Handschrift sah definitiv weiblich aus, aber das konnte vorgetäuscht sein. Gefälscht.

Irgendetwas stimmte nicht.

Das Labor würde bald Antworten liefern, vorausgesetzt, es konnten Fingerabdrücke oder DNA-Spuren auf dem unlinierten Papier nachgewiesen werden. Doch die Frage blieb: Warum eine Nachricht hinterlassen, wenn man die Botschaft seinem Gegenüber direkt ins Gesicht sagen konnte?

Rivers dachte an den Wagen, der laut Knowlton aus der Zufahrt geschossen war. Es lag nahe, dass er Megan gehörte und dass sie hinter dem Steuer gesessen hatte.

»Wo bist du?«, murmelte er.

Ob sie sich irgendwo versteckte?

Oder tot war?

War noch jemand bei Cahill gewesen, als der Wagen wegfuhr? Oder erst danach eingetroffen? War es möglich, dass sich James Cahill seine Verletzungen selbst beigebracht hatte?

Nein, das schien ihm zu weit hergeholt. Zu gefährlich. Wieder heftete er den Blick auf den Kamin. Jemand, der seinen Kopf gegen die Steinkante rammte, hegte definitiv Suizidabsichten.

War völlig verzweifelt.

Rivers schloss die Augen und tastete in seiner Jackentasche nach den Handschuhen, dann stellte er sich vor, wie die Frau zu James kam. Zornig, die Gesichtszüge wutverzerrt, die Hand ausgestreckt, um mit den Fingernägeln tiefe Furchen in seine Haut zu ziehen.

Sie schreit, schubst ihn und reißt seine linke Wange auf, als sie ihn mit den Nägeln streift. Er tritt einen Schritt zurück, um der Attacke auszuweichen, stolpert und schlägt mit dem Schädel auf der Kante der Feuerstelle auf. Wird bewusstlos. Bricht sich bei dem Sturz die Rippen.

Oder war er der Aggressor gewesen?

Jetzt stellte er sich die Szene aus einem anderen Blickwinkel vor, drehte sich sogar um, obwohl seine Augen weiterhin geschlossen blieben. Lauerte da eine dunkle Gestalt neben der Treppe? Ein Komplize, der nur darauf wartete, endlich zuschlagen zu können? Wenn ja, mit wem hatte sich dieser Komplize verbündet, mit James oder mit Megan? Oder mit jemand ganz anderem?

War der berühmte dritte Mann mit im Spiel oder vielmehr die berühmte zweite Frau? Nein, das wirkte nicht stimmig. Niemand, der im Hintergrund lauerte, aber jemand, der die Fäden zog, die Gelegenheit beim Schopf ergriff …

»Rivers?«

Er riss die Augen auf.

Verlegen warf er einen Blick über die Schulter und sah Mendoza am Fuß der Treppe stehen.

»Alles okay?«, fragte sie und musterte ihn durchdringend.

Er hatte nicht einmal gehört, wie sie die Tür geöffnet hatte, geschweige denn den eisigen Windstoß gespürt, der ins warme Hausinnere geschwappt sein musste.

»Jap. Ich wollte mich lediglich noch mal umsehen.«

»Was hast du gemacht?«

»Nachgedacht.«

»Hm.« Ungläubig. »Und? Ist dir etwas aufgefallen?« Sie beäugte ihn skeptisch unter dem Rand ihrer Kapuze hinweg.

»Nein.« Er schüttelte den Kopf, verärgert, weil sie ihn gestört hatte, aber er ließ sich nichts anmerken. »Lass uns gehen.«

»Okay«, erwiderte sie und ging ihm voran nach draußen. Er zog die Tür hinter sich zu und hörte, wie das Schloss einschnappte.

Schweigend kehrten sie zum Cherokee zurück.

Sie hatte sich bereits angeschnallt, als er endlich einstieg. »Was ist bloß los mit dir?«, fragte sie ihn und wandte ihm das Gesicht zu. »Ich hatte den Eindruck, du wärst in einer Art Trance.«

»Ich hab doch gesagt, dass ich nachgedacht habe.« Er ließ den Motor an und setzte zurück, dann legte er den Gang ein. »Ich wollte mir lediglich ein Gefühl für den Ort verschaffen.«

»Was hast du denn gefühlt?«

Er warf ihr einen Seitenblick zu und gab Gas. »Nichts«, antwortete er und dachte an Astrids Gelächter, als er ihr diese spezielle Ermittlungsmethode anvertraut hatte. »Absolut nichts.«

KAPITEL 7

James öffnete benommen die Augen.

Draußen hinter dem Fenster herrschte pechschwarze Dunkelheit, die nur erhellt wurde von der spärlichen Außenbeleuchtung des Krankenhauses und den wenigen Laternen auf dem Parkplatz, die die ausgedehnte Fläche in ein verwaschenes, bläuliches Licht tauchten.

Er hoffte, dass er nur ein paar Stunden geschlafen und nicht etwa einen weiteren ganzen Tag verloren hatte. Schwester Rictor war ins Zimmer gekommen, um seine Vitalwerte zu überprüfen und den Injektionsbeutel auszutauschen, aber er hatte halb geschlafen und nichts zu ihr gesagt. Was immer sie in seinen Tropf füllte, knockte ihn völlig aus.

Der Parkplatz war bis auf einige Fahrzeuge leer. Es schneite noch immer, die weiße Decke auf den Sträuchern, dem Asphalt und den Motorhauben und Dächern der Autos wurde immer höher.

James hob die rechte Hand, um sich das Kinn zu reiben, aber ein stechender Schmerz ließ ihn innehalten, also nahm er die linke. Die Stoppeln fühlten sich an, als seien sie seit mindestens vierundzwanzig Stunden nicht mehr rasiert worden. Er warf einen Blick auf die Uhr über der Tür. Zwanzig Uhr sechsundzwanzig. Hoffentlich noch Sonntag. Seine Schmerzen waren nicht mehr ganz so heftig wie zuvor.

Er strich sich mit der Hand über die Augen und erinnerte sich plötzlich an eine schwarz gekleidete Frau.

Die Blonde. Sie war bei ihm gewesen.

Sophia.

Nachdem sie gegangen war, war er wieder eingeschlafen. Gut möglich, dass er sich das nur eingebildet hatte und sie nicht mehr gewesen war als eine Halluzination, hervorgerufen von der Kopfverletzung und den Medikamenten.

Nein, das konnte nicht sein.

Sie war echt. Sie war hier gewesen. Und das, was sie gesagt hatte, klang richtig. Er kannte sie, und ja, er meinte, sich zu erinnern, dass sie im Hotel arbeitete, aber hatte er wirklich ein Verhältnis mit ihr? Hatte er mit ihr geschlafen? Daran müsste er sich doch erinnern …

Aber nein, er erinnerte sich nicht.

Trotzdem glaubte er nicht, dass sie log.

Er verlagerte sein Gewicht und strich sich erneut über die Bartstoppeln.

Zuckte zusammen.

Verfluchte Schmerzen.

Sein Kopf war jetzt klarer, abgesehen von dem dumpfen Pochen hinter seinen Augen.

Er musste hier raus. Musste sich um sein Leben kümmern, um seine Geschäfte. Um die Farm mit den Weihnachtsbäumen und den Rindern und Pferden. Um seinen Hund. Ralph. Verdammt, er konnte doch nicht einfach tatenlos im Krankenhaus liegen! Er zwang sich, sich aufzusetzen, und knetete seinen verspannten Nacken. Er fühlte sich immer noch benebelt, aber eins wusste er ganz sicher: Er musste nach Hause. Sein Blick schweifte durch den Raum, auf der Suche nach seinen Sachen. Die Tür zu seinem Zimmer stand einen Spaltbreit offen.

Seine Kehle war völlig ausgetrocknet. Er griff nach dem Glas Wasser, das auf dem Nachttisch stand. Gerade als er trinken wollte, hörte er das leise Pingen des Aufzugs. Die Armbewegung schickte einen stechenden Schmerz durch seinen Brustkorb, und mit dem Stechen kehrte ein Erinnerungsstück zurück.

Megan.

Ihr Name strömte zurück in sein Bewusstsein.

Sophia hatte sie erwähnt, aber er hatte ihren Namen nicht mit einem Gesicht in Verbindung bringen können. Jetzt schon. Mitte zwanzig. Strahlend blaue Augen, kleines Näschen mit Sommersprossen, honigblondes Haar, das ihr etwas über die Schultern reichte.

Ja!

Sein Herzschlag beschleunigte sich.

Die Erinnerungen wirbelten in ihm herum, aber er bekam sie nicht richtig zu fassen.

Dann blitzte plötzlich ein weiteres, intensives Bild auf – Megan, das hübsche Gesicht wutverzerrt, die Haare voll Schnee, die Lippen vor Ärger gekräuselt, die Augen funkelnd vor Hass.

»Ich schwöre dir, James«, hatte sie atemlos hervorgestoßen, »du wirst mich nie wiedersehen. Das, was du getan hast, wird dir dein Leben lang leidtun!«

»Scheiße«, murmelte er.

Es stimmte.

Es hatte eine Auseinandersetzung gegeben. In seinem Haus. Sie war wütend auf ihn gewesen und hatte mit einer langen Waffe vor ihm herumgefuchtelt, vielleicht mit einer Machete oder einem Baseballschläger – während sie mit der anderen nach ihm ausgeholt hatte. Sie hatte irgendetwas herausgefunden … O Gott, vielleicht war es um Sophia gegangen? Hatte Sophia nicht vorhin so etwas erwähnt? Dass sie glaube, sie hätten sich ihretwegen gestritten? James fuhr sich mit der Hand durch die Haare, die unter dem Verband hervorlugten. *Denk nach, Cahill, denk nach!*

Er erinnerte sich, dass sie im Wohnzimmer gewesen waren. Er war vor ihr zurückgewichen, hatte versucht, sie zu beruhigen, hatte versucht, ihr die Waffe zu entwenden, doch sie hatte sich auf ihn gestürzt wie eine Furie. War völlig außer sich gewesen. Fest entschlossen, ihn ernsthaft zu verletzen.

Die Waffe … *ein Schürhaken.* Ja, der Schürhaken vom Kamin. Keine Machete. Kein Baseballschläger. Sie hatte ihn gekratzt, er hatte sich kurz zur Seite gewandt und sich die Wange gehalten, und sie hatte ihm den Schürhaken über den Schädel gezogen. Er hatte das Gleichgewicht verloren und …

»Ich weiß wirklich nicht, ob das eine gute Idee ist. Er schläft gerade.« Eine strenge Frauenstimme riss ihn aus seinen Gedanken. »Haben Sie nicht gehört?« Sie klang verärgert. Das Bild in James' Kopf verblasste. Sein Blick wanderte zur Tür. »Sie können da jetzt nicht reingehen.« Die Stimme war voller Nachdruck und wurde begleitet von dem stakkatohaften Klackern schneller Schritte, die in seine Richtung kamen.

»Es dauert doch nur eine Minute.« Eine weitere Frauenstimme, ebenso autoritär.

Kam sie ihm bekannt vor?

Vielleicht. Er konnte die Stimme nicht zuordnen.

Die Tür zu seinem Zimmer wurde so heftig aufgestoßen, dass sie beinahe gegen die Wand flog.

»Nein, Moment!«, rief die erste Stimme, die anscheinend der diensthabenden Krankenschwester gehörte. »Das geht nicht!«

Doch es war bereits zu spät.

Die hochgewachsene Frau zögerte nur eine Sekunde, dann marschierte sie schnurstracks auf sein Bett zu.

Kannte er sie?

»James.« Sie spuckte seinen Namen aus, als hätte sie sich die Zunge daran verbrannt. Sie kannte ihn. Definitiv. Und ganz offensichtlich hasste sie ihn. »Wo ist sie?«

»Wie bitte? Wer sind Sie?«

Sie zögerte kurz, doch ihre Augen sprühten Funken. »Meinst du das ernst? Du glaubst doch wohl nicht, dass du damit bei mir durchkommst!«

»Kenne ich Sie?« Er drückte auf den Knopf am Bettgestell, um das Kopfteil hochzufahren.

Sie gab einen ungläubigen Laut von sich. »Ob du mich kennst?«, wiederholte sie verächtlich. »Hör auf mit diesem Scheiß. Ich kaufe dir deinen Gedächtnisverlust nicht ab.«

»Hören Sie …«

»Ich höre mir dein Gequatsche ganz bestimmt nicht länger an.« Sie verdrehte die ausdrucksstarken Augen und kniff die Lippen zusammen. In dem Moment blitzte eine Erinnerung in ihm auf. Er kannte sie. Erinnerte sich an ihr Gesicht, an die intelligenten, braunen Augen mit dem goldenen Schimmer, die hohen Wangenknochen und das Grübchen am Kinn, wenn sie lächelte. Aber warum war sie so zornig?

»Was hast du mit ihr gemacht? Wenn du ihr etwas angetan hast … Ich schwöre dir, dann …«

»Schluss jetzt!« Schwester Rictor betrat das Zimmer. Offenbar hatte die andere Krankenschwester Verstärkung geholt. »Sie werden auf der Stelle den Raum verlassen«, wies sie die Frau mit einer Stimme an, die keine Widerrede duldete.

»Was dann?«, wollte James von seiner Besucherin wissen.

»Sie werden dem Patienten doch nicht etwa drohen?«, sagte Schwester Rictor, aber die Frau wich keinen Millimeter zurück. Ihr kastanienbraunes Haar war im Nacken zu einem unordentlichen Knoten geschlungen, das Gesicht gerötet, die Haut glatt und ohne Falten. Sie trug Jeans, Stiefel und einen Mantel mit einem Gürtel, den sie in der Taille eng zusammengezogen hatte. Und sie war sauer, stinksauer. Doch er sah noch etwas anderes in ihren Augen, ein Gefühl, das nicht zu ihrem Zorn passte.

Furcht?

Schuld?

Irgendetwas stimmte hier nicht, das spürte er. Sein Gedächtnis mochte zwar trügerisch sein, aber er war stets stolz auf seine Menschenkenntnis gewesen, und diese Frau kam ihm definitiv nicht ganz koscher vor. »Wer sind Sie, und warum um alles auf der Welt drohen Sie mir?«

»Ms Travers«, ging die Krankenschwester dazwischen, etwas ruhiger diesmal, aber nicht weniger bestimmt. »Wenn Sie bitte warten würden, bis Mr Cahill mit dem Arzt gesprochen hat …«

»Ich würde gern hören, was sie zu sagen hat«, unterbrach James. *Ms Travers?* Nein, das war nicht die Frau, die ihn angegriffen hatte, nicht die Frau, deren Gesicht er vorhin vor sich gesehen hatte.

»Wo ist Megan?«, fragte diese Ms Travers jetzt.

»Wer sind Sie?«

Ihre Augen wurden dunkel, aber nicht nur vor Ärger. Nein, da war noch etwas anderes, aber was? Kummer? Reue? »Du erinnerst dich wirklich nicht an mich, oder?«

»Es tut mir leid …«

»Verschon mich. Ich glaube nicht, dass dir im Leben schon mal etwas leidgetan hat.«

Die Schwester stieß einen frustrierten Seufzer aus. »Ms Travers …«

»Rebecca«, sagte er. Der Name war ihm ganz plötzlich eingefallen.

»Ah, du erinnerst dich ja doch. Ich bin Megans Schwester.« Sie verengte die Augen und sah ihn herausfordernd an, als warte sie auf ein Geständnis. Als er nicht reagierte, fügte sie hinzu: »Ich habe von deiner angeblichen Amnesie gehört, aber glaub mir, das kaufe ich dir nicht ab. Keine Sekunde. Und jetzt sag mir endlich, was mit Megan passiert ist.«

Er schüttelte den Kopf. Verspürte stechende Schmerzen. Er *kannte* diese Frau, und zwar nicht nur, weil sie die Schwester seiner Freundin war. Vor seinem inneren Auge blitzte ein Bild von ihr an einem Strand auf. Die Sonne schien, und sie lief auf Wasser zu, den endlosen Ozean, dessen schaumige Wellen auf den hellen Sand rollten. Über das Rauschen hinweg hörte er sie lachen, sie drehte den Kopf, ihre ungebändigten Haare flatterten im Wind, ihre Arme und die langen, schlanken Beine waren sonnengebräunt, ein rot-weiß gestreifter Bikini bedeckte kaum ihre Pobacken …

O ja, er kannte Rebecca.

Und zwar ganz persönlich.

»Antworte mir endlich«, riss sie ihn aus seiner flüchtigen Erinnerung. Die Frau, die ihm jetzt gegenüberstand, lachte nicht, ihr Blick war todernst.

»Ms Travers, würden Sie jetzt bitte gehen?« Schwester Rictor ließ sich nicht beirren.

»Ich gehe … sobald ich erfahren habe, was mit meiner Schwester passiert ist.«

»Ich habe doch gesagt …«

»Ich weiß, was du gesagt hast«, blaffte sie. »Aber ich glaube dir nicht.«

»Warum erzählen Sie mir dann nicht einfach, was Ihrer Meinung nach passiert ist?«

»Ich wünschte, das wüsste ich.« Rebecca seufzte, dann schimpfte sie: »Glaubst du, ich wäre hier, wenn ich irgendeinen blassen Schimmer hätte, wo sie ist? Und hör verdammt noch mal auf, mich zu siezen, das nervt!«

»Okay ...«

»Ich habe nichts mehr von ihr gehört, seit sie mich angerufen hat. Sie war völlig aufgelöst, hat hysterisch geschluchzt und gesagt, sie würde sich auf den Weg zu mir nach Seattle machen, aber dort ist sie nie angekommen. Kein Anruf, keine Textnachricht, nichts!« Rebeccas Gesicht war tiefrot angelaufen, ihr Blick vernichtend.

Sie hasst mich, dachte er. *Und der Hass reicht tief.*

Rebecca war noch nicht fertig. »Sie hat mir von eurem Streit erzählt, hat gesagt, du hättest ihr etwas Schreckliches angetan – hättest dich mit einer anderen Frau getroffen. Genaueres sollte ich in Seattle erfahren, aber dazu ist es ja nicht gekommen. Was hast du mit ihr gemacht?«

James erwiderte nichts. Stattdessen hob er die Hand an seine zerkratzte Wange.

»Ich habe sie immer wieder angerufen und ihr geschrieben, aber sie ist nicht drangegangen, hat einfach nicht reagiert. Da habe ich die Polizei benachrichtigt, habe ihre Freunde abtelefoniert, die Krankenhäuser, aber ... aber ...« Sie stieß die Luft aus und begann zu zittern, als würde sie jeden Augenblick zusammenklappen, doch sie fing sich und reckte das Kinn vor. »... aber sie ist und bleibt einfach verschwunden«, beendete sie leise ihren Satz.

»Und du glaubst, dass ich etwas damit zu tun habe?«

»Nicht nur ich denke das.« Rebecca presste die Lippen zusammen. »Davon sind alle überzeugt. Und was mich persönlich betrifft: Du weißt, dass ich dir nicht traue. Wie konntest du nur? Wie konntest du dich mit dieser Blondine ... Suzi, nein, Sophia ... treffen, während du noch mit Megan zusammen warst? Megan hat dich eine ›männliche Hure‹ genannt, was mich nicht überrascht.« Bevor er etwas erwidern konnte, räusperte sie sich und fügte drängend hinzu: »Komm schon, James, spuck's endlich aus. Wo zum Teufel ist sie?«

»Schluss jetzt, Miss.« Schwester Rictor hatte endgültig genug. Sie trat auf das Bett zu und versuchte, ihren Patienten von der Besucherin abzuschirmen. »Wenn Sie das Zimmer nicht auf der Stelle verlassen, werde ich den Sicherheitsdienst rufen.«

Ohne den Blick von James zu wenden, sagte Rebecca: »Tun Sie das. Alles, was ich will, sind Antworten.« Sie stieß mit dem Zeigefinger in James' Richtung. »Von ihm.«

James zuckte nicht zurück, doch er spürte, wie er langsam, aber sicher gereizt wurde. »Ich habe keine Ahnung, was an jenem Abend geschehen ist, und ich weiß auch nicht, was davor war. Solltest du deine Schwester ausfindig machen, wäre es nett, wenn du sie bittest, etwas Licht in die Angelegenheit zu bringen.«

Schwester Rictor hatte ein Handy aus ihrem Kittel gezogen. »Sie beide können das klären, sobald der Patient entlassen ist.«

»Gut«, sagte James, »dann will ich sofort hier raus.«

Die Schwester schüttelte den Kopf, sichtlich um Geduld bemüht. »Ohne ärztliche Erlaubnis gehen Sie nirgendwohin.«

»Sie können mich nicht gegen meinen Willen festhalten«, hielt er dagegen.

»Das reicht«, sagte die Schwester und wählte eine Nummer, doch Rebecca war bereits auf dem Weg zur Tür, nicht ohne James einen letzten hasserfüllten Blick über die Schulter zuzuwerfen.

»Es ist noch nicht vorbei«, sagte sie.

»Das sehe ich genauso«, pflichtete er ihr bei, schwang die Beine über die Bettkante und zog scharf die Luft ein.

»Diesmal kommst du nicht so leicht davon, James.« Damit war sie verschwunden.

Ihre Drohung hallte in seinem pochenden Schädel nach.

Diesmal?

Herrje, was hatte er bloß getan?

Schwester Rictor verharrte neben seinem Bett, den Blick auf die Tür geheftet. Der Aufzug im Flur pingte. »Sie hätte nicht ins Zimmer gelangen dürfen«, sagte sie, mehr zu sich selbst als zu James.

»Ist schon gut«, erwiderte er beschwichtigend, obwohl gar nichts gut war. Er bezweifelte, dass jemals wieder alles gut werden würde. Doch seine Erinnerung kehrte zurück, in winzigen Bruchstücken, aber immerhin. »Wo sind meine Sachen?«

»Das müssen Sie den Arzt fragen.«

»Dann rufen Sie ihn.«

Sie schürzte für einen kurzen Moment die Lippen. »Ich werde mit Dr. Monroe reden und ihm Bescheid geben, dass Sie darauf bestehen, entlassen zu werden. Wir werden uns um die entsprechenden Papiere kümmern. Bis dahin bleiben Sie hier und warten.« Ihre Augenbrauen hoben sich bis über die Gläser ihrer randlosen Brille.

»Wie lange wird das dauern?«

»Das weiß ich nicht.« Zumindest war sie ehrlich. »Ich werde tun, was ich kann, damit alles schnell erledigt wird, da Sie ja förmlich versessen darauf sind, so schnell wie möglich hier rauszukommen.« Ihre Stimme klang beinahe ein wenig beleidigt. »Und jetzt«, fuhr sie fort, »lehnen Sie sich bitte zurück, damit ich in Ruhe telefonieren und anschließend noch einmal Ihre Vitalwerte überprüfen kann. Ich würde Ihnen auch gern noch etwas gegen die Schmerzen geben.«

»Die Schmerzen halten sich in Grenzen.«

Sie schnitt eine Grimasse, die wohl besagen sollte, dass sie ihm nicht glaubte.

Er setzte sich noch ein Stück aufrechter hin. »Könnten Sie bitte dafür sorgen, dass der Fernseher funktioniert?«

Die Schwester zögerte.

»Sobald ich hier draußen bin, stelle ich ihn zu Hause sowieso an.«

»Dr. Monroe dachte, es sei das Beste, wenn …« Sie verstummte.

»Das hatten wir doch schon, oder?«

Sie überlegte kurz, dann sagte sie: »Okay, geben Sie mir eine Sekunde«, und verließ das Zimmer. Nach drei, vier Minuten kehrte sie zurück und schob zwei Batterien in die Fernbedienung, dann drückte sie auf den Programmknopf. Der Fernseher erwachte zum Leben, auf dem Bildschirm erschien der Werbespot eines örtlichen Matratzenladens. Schwester Rictor reichte James die Fernbedienung und verließ das Zimmer.

Er zappte durch die Kanäle, auf der Suche nach den Nachrichten, doch noch bevor er einen entsprechenden Sender gefunden hatte, kehrte sie auch schon wieder zurück, entfernte die Infusionsnadel und nahm den Tropf ab.

»Ich habe mit Dr. Monroe gesprochen«, teilte sie ihm mit. »Es sollte nicht mehr lange dauern, dann dürfen Sie gehen.«

»Gut.« Er nahm mehrere Tabletten, die sie ihm in einem kleinen Döschen reichte und die er angeblich brauchen würde, um »die Schmerzspitzen« zu mindern.

Sie sollte recht behalten.

Keine zehn Minuten später wurden seine Kopfschmerzen und das Stechen in der Schulter so unerträglich, dass er sich kaum auf den Fernseher konzentrieren konnte. Er hoffte, dass die Wirkung der Schmerzmittel bald einsetzen würde, und heftete den Blick auf den zweigeteilten Bildschirm, über dessen eine Hälfte gerade ein Bericht über das mysteriöse Verschwinden von Megan Travers flackerte. Im Nachrichtenstudio in der anderen Hälfte saßen zwei Sprecher, die mit einer Reporterin in blauer Skijacke redeten. Schneeflocken fingen sich in den roten Haaren der Frau, die vor einem großen Schild mit der Aufschrift »Cahills Weihnachtswelt« stand.

James' Magen schnürte sich zusammen, als sie das Mikrofon hob und sagte: »… befindet sich noch immer unter ärztlicher Aufsicht im Krankenhaus. Cahill ist der Besitzer mehrerer Betriebe, einschließlich dieser Weihnachtsbaumfarm.«

»Na großartig«, murmelte er.

»Und was ist mit Megan Travers?«, fragte die Nachrichtensprecherin mit ernstem Gesicht.

»Nach Polizeiangaben hatte James Cahill eine Beziehung mit Megan Travers, die zum jetzigen Zeitpunkt als vermisst gilt.« Auf dem Bildschirm erschien das Foto einer Frau mit honigblondem Haar, einem ovalen Gesicht und blauen Augen.

Megan.

Die Frau, die gebrüllt hatte: »Du wirst mich niemals wiedersehen.«

Die Frau, die ihm einen Schürhaken über den Kopf gezogen hatte.

Nun kehrten noch andere Erinnerungen zurück. Vor seinem geistigen Auge sah er sie vor sich, wie sie lachte und auf einer Veranda mit Blick über den Puget Sound Wein trank, wie sie einen Schneeball nach ihm warf, als er sich umdrehte ... Die Bilder stürmten nur so auf ihn ein. Seine Kehle wurde eng, als er daran dachte, wie er neben ihr aufgewacht war, wie er sie geküsst hatte und ...

Er schloss für eine Sekunde die Augen und versuchte, sich an den Abend zu erinnern. Vor dem Streit. Was war passiert? Er hatte sich etwas zu essen aus dem Restaurant mitgenommen, hatte Ralph ein Stück Maisbrot abgegeben und die Reste auf dem Küchentisch stehen lassen. Er hatte das Geschirr zur Spüle tragen wollen, aber da hatte der Hund gebellt, und er hatte aus dem Fenster geblickt und in der Dunkelheit Scheinwerfer auf der Zufahrt gesehen.

Und dann?

Und dann ...

Hatte es geklingelt? Hatte sie die Haustür mit ihrem Schlüssel aufgesperrt?

»... arbeitete an der Anmeldung der McEwen-Klinik in Riggs Crossing und wurde nicht mehr gesehen, seit sie ihren Arbeitsplatz vergangenen Donnerstagabend verlassen hat«, unterbrach die Reporterin seine Gedanken. »Angeblich hat es einen Kampf in Cahills Haus kurz hinter der Stadtgrenze gegeben. James Cahill wurde schwer verletzt von einem seiner Angestellten aufgefunden, der die Neun-eins-eins wählte. Cahill wurde ins Krankenhaus eingeliefert, wo er sich momentan von seinen Verletzungen erholt.«

»Und Megan Travers war nicht dort?«, fragte die Nachrichtensprecherin.

»Nein. Megan Travers und ihr Wagen sind verschwunden. Ein

Zeuge, der Fahrer eines Schneepflugs, der zum fraglichen Zeitpunkt auf der Landstraße vor der Zufahrt von Cahills Haus unterwegs war, hat einen schwarzen Wagen mit hoher Geschwindigkeit vom Tatort wegfahren sehen, der beinahe mit dem Pflug kollidiert wäre. Der Gedanke liegt nahe, dass Megan Travers am Steuer saß. Sie befand sich nach Auskunft ihrer Schwester auf dem Weg zu ihr nach Seattle, wo sie jedoch nie angekommen ist. Die Polizei sucht nach weiteren Zeugen und Personen, die Megan Travers seit Donnerstagabend gesehen oder gesprochen haben. Bitte melden Sie sich unter der auf dem Bildschirm eingeblendeten Nummer oder bei der nächsten Polizeiwache.« Sie las die Nummer vor, die auf dem Bildschirm erschien, dann fügte sie hinzu: »Megan Travers fährt einen schwarzen Toyota Corolla, Baujahr 2010.« Sie ratterte das Kennzeichen herunter, dann folgte Werbung.

James schaltete den Fernseher aus, warf einen Blick auf die Uhr und beschloss, Dr. Monroe noch eine Stunde zu geben.

Dann würde er aufbrechen, komme, was wolle.

KAPITEL 8

Rivers starrte auf den Computermonitor auf seinem Büroschreibtisch. Darauf zu sehen war das Führerscheinfoto von Megan Travers – keine großartige Aufnahme, eher das »Verbrecherfoto« einer ernst dreinblickenden Frau Mitte zwanzig mit stufigem honigblondem bis hellbraunem Haar und tief liegenden blauen Augen, hohen Wangenknochen und Sommersprossen. Er kannte ihre Daten auswendig: Größe, Gewicht, Geburtsdatum. Sie war in Yakima aufgewachsen und hatte das Evergreen State College in Olympia besucht, bevor sie ihr Studium aus unbekannten Gründen hingeschmissen hatte. Sie hatte im Büro eines Autohändlers sowie in verschiedenen medizinischen Einrichtungen gearbeitet, war nie verheiratet gewesen und vor einem knappen Jahr nach Riggs Crossing gezogen, wo sie eine Stelle an der städtischen Klinik angenommen hatte. Ungefähr zu jener Zeit musste sie James Cahill kennengelernt haben, gut möglich, dass sie seinetwegen aus der Großstadt in ein verschlafenes Nest mit weniger als dreitausend Einwohnern gezogen war. Sie wohnte in einer Ein-Zimmer-Wohnung im Abernathy-Apartmentkomplex in der Cedar Street.

»Unser Mann ist aufgewacht«, sagte Mendoza, die an Rivers' Arbeitsplatz stehen geblieben war.

»Cahill?« Rivers sah vom Monitor auf.

»Genau. Ich habe gerade mit dem Krankenhaus telefoniert.«

»Der Arzt sollte mich doch anrufen«, sagte Rivers verärgert.

»Macht er ja vielleicht noch.«

Rivers rollte bereits seinen Stuhl von dem übervollen Schreibtisch zurück und griff nach der Jacke. »Ich dachte, du wärst nach Hause gefahren.«

»Bin ich auch. Davor war ich sogar noch beim Kickboxen. Anschließend habe ich mir etwas zu essen mitgenommen und bin unter die Dusche gesprungen, bevor ich mit dem Krankenhaus telefoniert habe. Laut der diensthabenden Schwester ist James Cahill vor etwa zwanzig Minuten aufgewacht. Offenbar hat ihn eine ungebetene Besucherin aus dem Schlaf gerissen – Megan Travers' Schwester, Rebecca Travers.«

Rivers zog die Augenbrauen hoch.

»Es war kein freundschaftlicher Krankenbesuch. Schwester Rictor sagt, Rebecca Travers sei ausgesprochen aggressiv gewesen und habe das Zimmer trotz wiederholter Aufforderung nicht verlassen wollen. Angeblich stand sie kurz davor, den Sicherheitsdienst zu rufen.«

»Hast du mit dieser Rebecca gesprochen?«, wollte Rivers wissen und schob einen Arm in den Jackenärmel.

»Nein. Sie ist die Frau, die Megan als vermisst gemeldet hat, aber sie lebt nicht in Riggs Crossing, sondern in Seattle.«

Er nickte. Das wusste er bereits.

»Sie hat mit einem Deputy telefoniert und will morgen persönlich vorbeikommen.«

»Gut.« Vielleicht würden sie dann endlich Fortschritte machen. Er wollte verschiedene Personen erneut befragen, außerdem wollte er sich wegen Megan Travers' Toyota an die State Police wenden, die für den gesamten Bundesstaat zuständig war und ganz andere Möglichkeiten zur Verkehrsüberwachung hatte als das Department des Sheriffs von Riggs Crossing. Vielleicht konnten die Kollegen den schwarzen Wagen ausfindig machen.

Er suchte in seinen Jackentaschen nach den Autoschlüsseln und seiner Brieftasche. Ja, beides war da.

Mendoza trat zur Seite, ließ ihn vorbei und folgte ihm zum Ausgang. »Die Schwester, Sonja Rictor, hat bereits mit Dr. Monroe gesprochen, und der hat uns grünes Licht gegeben, mit seinem Patienten zu reden.«

»Toll«, sagte Rivers sarkastisch.

»Wir müssen uns alle an Vorschriften halten.«

»Und manche davon ergeben keinen Sinn.«

»Deshalb versuchst du auch ständig, sie zu umgehen, oder?«, frotzelte Mendoza.

Er antwortete nicht. »Ich fahre«, sagte er stattdessen.

»Hast du schon zu Abend gegessen?«

»Nein.«

»Dann fahre *ich*. Ich hab dir ein halbes Veggie-Sandwich von Jerry's Deli mitgebracht.«

»Veggie?«, wiederholte er, öffnete die Hintertür und hielt sie für Mendoza auf. Der bitterkalte Wind war wie ein Schlag ins Gesicht.

»Mit zweierlei Käse – Havarti und Cheddar –, es ist also nicht vegan.« Sie warf ihm einen Blick zu. »Du weißt doch, was man über den geschenkten Gaul sagt, oder?«

»Ja, das hab ich irgendwo schon mal gehört.«

»Gut.«

Sie überquerten den Parkplatz. Mendoza drückte auf die Fernbedienung für ihren Prius. Rivers öffnete die Tür und ließ sich auf den Beifahrersitz fallen. Mendoza stieg ebenfalls ein, dann griff sie hinter sich auf den Rücksitz und reichte ihm eine weiße Papiertüte. »Du kannst unterwegs essen. Hoffentlich ist das Sandwich nicht gefroren.«

»Danke.«

Es war nicht gefroren, und es schmeckte besser, als er erwartet hatte. Hungrig nahm er einen weiteren Bissen und wünschte sich, sie hätte ihm auch ein Bier mitgebracht. Während er kaute, betrachtete er die weihnachtlich geschmückten Straßen, deren Lichterketten im stürmischen Wind tanzten. »Erzähl mir von Rebecca Travers«, forderte er sie zwischen zwei Bissen auf.

»Viel weiß ich nicht. Sie ist unverheiratet – ich bin mir nicht sicher, ob sie geschieden ist oder einfach nie geheiratet hat. Auf alle Fälle hat sie keine Kinder und ist ein paar Jahre älter als Megan. Wie wir ja wissen, lebt sie in Seattle. Sie besitzt eine Eigentumswohnung im Queen-Anne-Stadtviertel, die sie vor ein paar Jahren gekauft hat, und arbeitet wohl für ein Brautmodengeschäft. Aber auch da weiß ich nichts Genaueres. Irgendwas im gehobenen Preissegment.« Mendoza bremste vor einer roten Ampel ab.

»Hat sie ein enges Verhältnis zu ihrer Schwester?«

»So eng, dass Megan sie nach ihrem Streit mit Cahill angerufen hat.«

»Mutmaßlichem Streit«, stellte er klar.

»Das bestätigt die Auswertung des Anrufprotokolls von Rebecca Travers' Handy. Als wir das letzte Mal im Krankenhaus waren und du mit dem Arzt gesprochen hast, bin ich übrigens kurz in seinem Zimmer gewesen – er sieht aus, als hätte er mit einer Raubkatze gekämpft.«

»Und das hast du mir nicht erzählt, weil ...«

»... weil du nicht wissen solltest, dass nicht nur du die Vorschriften ab und an großzügig auslegst.«

»Verstehe.«

»Ach ja, ich habe auch noch den Schneepflugfahrer angerufen, der die Straße vor Cahills Zufahrt freigeräumt hat ... du weißt schon, den, der mit Deputy Mercado gesprochen hat. Er bleibt bei seiner Aussage. Dunkler Wagen, wahrscheinlich ein Importmodell. Ist knapp vor ihm mit überhöhter Geschwindigkeit auf die Straße eingebogen. Er hat die Nummernschilder nicht richtig erkennen können, aber er meint, sie wären aus Washington gewesen.« Mendoza bog auf den Krankenhausparkplatz ein, der zwar geräumt, aber schon wieder von einer frischen Schneeschicht überzogen war. Rivers knüllte die weiße Tüte von Jerry's Deli zusammen. »Schmeiß sie einfach auf die Rückbank«, sagte Mendoza. »Ich kümmere mich später darum.«

Sie stellte den Prius ab, und zusammen gingen sie zum Haupteingang des Valley General Hospital und fuhren mit dem Aufzug hinauf in den zweiten Stock.

James Cahill saß in seinem Krankenzimmer auf der Bettkante. Er trug Jeans und Socken, dazu ein Krankenhaushemd, unter dem sie einen Schulterverband ausmachen konnten. Sein Kopf war mit einer dicken Bandage umwickelt, doch sein Blick war klar.

»James Cahill?«, fragte Rivers, obwohl er den Mann natürlich erkannte.

»Wer will das wissen?« Schmale Lippen, wachsame Augen.

Rivers zeigte ihm seinen Dienstausweis. »Detective Brett Rivers vom Department des Sheriffs von Riggs Crossing. Das hier ist meine Partnerin, Detective Mendoza.« Auch sie hielt Cahill ihren Dienstausweis entgegen.

Cahill schaute kurz darauf, dann begegnete er, ohne mit der Wimper zu zucken, Rivers' Blick. »Aha.«

Arroganter Scheißkerl, dachte Rivers. »Wir würden Ihnen gern ein paar Fragen stellen über die Nacht, in der Sie verletzt wurden.«

»Ich erinnere mich an nur sehr wenig.«

Rivers spürte, wie sich seine Nackenmuskeln anspannten. »Nun, vielleicht können Sie uns ja erzählen, woran Sie sich erinnern.«

»Einen Augenblick, bitte. Würde es Ihnen etwas ausmachen ...?« Er deutete auf ein zerknittertes Hemd auf dem Bett neben ihm, das ihm vermutlich jemand vorbeigebracht hatte, Bobby Knowlton vielleicht. Anscheinend hatte die Polizei die Kleidung, mit der er eingeliefert worden war, konfisziert. Noch bevor Rivers reagieren konnte, ließ Cahill auch schon das Krankenhaushemd fallen. Rivers hielt ihm das Hemd hin, und Cahill schob mit schmerzverzerrtem Gesicht die Arme in die Ärmel. »Sie sind nicht die Einzigen, die gern wüssten, was an jenem Abend passiert ist.«

»Waren Sie allein?«

»Wie ich schon sagte – ich weiß es nicht.« Er schnitt eine Grimasse, dann fuhr er sich mit der Hand über die Stirn. »Warum reden wir nicht Klartext? Ich habe die Nachrichten gesehen und weiß, dass Megan Travers vermisst wird. Es geht das Gerücht, sie und ich wären bei mir zu Hause in eine körperliche Auseinandersetzung geraten, aber ich kann mich wirklich nicht daran erinnern.«

»An gar nichts?«, hakte Mendoza nach.

Cahill zögerte eine Sekunde, was Rivers darauf schließen ließ, dass er lügen oder zumindest die Wahrheit etwas großzügiger auslegen würde.

»Was jenen Abend betrifft – nein. Zumindest weiß ich nichts Konkretes.«

»Erinnern Sie sich daran, dass Sie mit Megan zusammen waren?«, fragte Mendoza.

Er schüttelte den Kopf.

»Sie war an jenem Abend in Ihrem Haus.«

»Ja, das behaupten alle, und ja, es ist offensichtlich, dass etwas vorgefallen ist, sonst wäre ich ja nicht hier gelandet. Ansonsten kann ich Ihnen leider nicht weiterhelfen.« Beinahe trotzig hielt er Rivers' Blick stand.

Mendoza räusperte sich. Sie war ganz offensichtlich skeptisch.

»Was ist denn das Letzte, woran Sie sich erinnern?«, wollte Rivers wissen.

Cahill senkte den Blick und schien sich zu konzentrieren. Spielte er ihnen etwas vor? Um irgendetwas zu verschleiern? Oder war er wirklich ein Mann mit Amnesie, der verzweifelt versuchte, seine Erinnerung wiederzuerlangen? »Ich weiß, dass ich an jenem Tag in meiner Firma für Minihäuser gearbeitet habe. Wir fertigen im Moment eins für ein Paar aus ... Oregon an. Ja, aus Welches in Oregon. Sie wollen es als Skihütte nutzen. Wie dem auch sei – es soll eigentlich noch vor Weihnachten fertig werden, weil sie es schon während der Feiertage beziehen möchten, aber es gibt eine Verzögerung. Die Fliesen, die die Frau ausgesucht hat, sind momentan nicht lieferbar.« Er holte tief Luft und zuckte zusammen. »Ich habe den Fliesenhersteller angerufen, aber es war schon keiner mehr da – die Firma befindet sich an der Ostküste, müssen Sie wissen. Also hab ich das Büro in der großen Fertigungshalle verlassen und bin zum Hotel gefahren. Im Restaurant habe ich mir ein Chili mit Maisbrot zum Mitnehmen geholt und mich anschließend auf den Heimweg gemacht. Zu Hause ...« Er verstummte und schüttelte nachdenklich den Kopf. Nach einer Weile sprach er weiter. »Ich bin mit Ralph, meinem Hund, rausgegangen und habe nach den Pferden gesehen. Anschließend habe ich Ralph gefüttert, das Chili in der Mikrowelle warm gemacht und vor dem Fernseher gesessen.«

»Gegen wie viel Uhr war das?«

»Gegen halb sieben, vielleicht sieben. Ich habe die Inlandsnachrichten gesehen, aber die nehme ich immer auf. Und anschließend …« Er zog die Augenbrauen zusammen und starrte auf den Fußboden. »Verdammt«, murmelte er. »Und anschließend weiß ich nichts mehr.«

»War jemand bei Ihnen?«, fragte Rivers.

»Nein. Nicht, soweit ich mich erinnere.«

Eine Schwester betrat den Raum, stellte eine Flasche Wasser und eine Dose mit Tabletten auf Cahills Nachttisch und zog sich wieder zurück.

»Ist jemand vorbeigekommen?«, erkundigte sich Mendoza. »Während Sie ferngesehen haben?«

»Ich glaube nicht … Ach, zum Teufel, ich weiß es nicht, aber ich bin mir ziemlich sicher, dass niemand da war, als ich vom Restaurant nach Hause gekommen bin. Nur der Hund.«

»Haben Sie am fraglichen Tag Megan Travers getroffen?«, bohrte Mendoza.

»Nein … nun … kann sein.« Cahill rieb sich die Bartstoppeln an seinem Kinn, wobei er sorgfältig darauf achtete, nicht die tiefen Kratzspuren auf seiner Wange zu berühren. »War das der Tag, an dem sie ins Büro gekommen ist?« Er überlegte. »Es tut mir leid, ich muss passen. Ich weiß es nicht.«

»Könnte es jemand anders wissen? Jemand, der mit Ihnen im Büro war oder sich auf dem Firmengelände befand?«

»Ja, das ist durchaus möglich.« Cahill stieß einen frustrierten Seufzer aus und schaute aus dem Fenster. »Hören Sie, ich weiß es wirklich nicht.« Er wandte sich an Mendoza. »Und von Ratereien halte ich nichts.«

Ohne die Miene zu verziehen, fragte sie: »Wann haben Sie Megan Travers zum letzten Mal gesehen?«

»Ich weiß es nicht! Genau das versuche ich, Ihnen begreiflich zu machen!« Er runzelte verärgert die Stirn. Wenn er schauspielerte, dann machte er seine Sache gut. Trotzdem war auch Rivers nicht ganz überzeugt.

»Hören Sie, Detectives«, sagte Cahill, »ich kann mich kaum an

Megan erinnern, und ich habe keinen blassen Schimmer, wann ich sie zum letzten Mal gesehen habe.« Er zuckte die Achseln. »Es ist einfach alles weg.«

»Aber Sie erinnern sich grundsätzlich an sie?« Rivers ließ nicht locker.

Cahill nickte bedächtig. »Es ist alles wirr und verschwommen. Ich erinnere mich daran, wie sie aussieht, und … und dass wir ein Verhältnis hatten.«

»Ein sexuelles Verhältnis«, ergänzte Mendoza.

Cahill zögerte. »Ich denke schon. Muss ich meinen Anwalt anrufen?«

»Niemand sagt, dass Sie einen Anwalt brauchen«, beschwichtigte Rivers.

Cahill presste die Lippen zusammen, dann fügte er hinzu: »Wissen Sie was? Ohne meinen Anwalt sage ich gar nichts mehr.«

»Wir sind hier nicht in einer Folge von *Law & Order*«, betonte Mendoza.

»Egal. Ach übrigens, haben Sie mein Handy? Und meine Computer?«

»Ja, die haben wir beschlagnahmt.«

»Sch…«, fluchte Cahill, doch dann riss er sich zusammen und sagte: »Ich will die Sachen zurückhaben.«

»Sobald wir damit fertig sind.«

»Ich brauche sie jetzt!«, stieß er aufgebracht hervor. »Auf der Stelle! Ich habe keine Ahnung, welche rechtlichen Befugnisse Sie haben, aber ich will, dass Sie mir mein Eigentum zurückgeben!«

»Ich werde sehen, was ich tun kann«, sagte Rivers, obwohl er wusste, dass die Auswertungen von Cahills Telefonlisten und Computerdateien noch eine Weile dauern konnten. Es war interessant zu sehen, wie leicht James Cahill aus der Fassung zu bringen war.

»Tun Sie das!«, brüllte er jetzt. »In der Zwischenzeit rufe ich meinen Anwalt an.«

Als hätte sie draußen vor der Tür gewartet, kam die Krankenschwester ins Zimmer geschossen.

Rivers nickte knapp.

»Sind wir jetzt hier fertig?« Eine Ader an Cahills Schläfe pochte, seine linke Hand ballte sich zur Faust.

»Ja, ich denke, das reicht«, antwortete die Schwester an Rivers' Stelle. »Keine weiteren Fragen mehr. Ich bitte Sie dringend, zu gehen.«

Rivers hätte Cahill gern weiter aus der Deckung gelockt, aber an dessen stur vorgerecktem Kinn erkannte er, dass er keinen Erfolg damit haben würde.

Mendoza dagegen war noch nicht bereit, das Handtuch zu werfen. »Nur noch ein, zwei Fragen …«

»Nein«, entgegneten Cahill und die Schwester wie aus einem Munde.

»Falls Sie Ihre Meinung ändern sollten …«, sagte Rivers.

»… weiß ich, wo ich Sie finde.«

»Gut.« Mendoza gab sich keine Mühe, ihren Verdruss zu verbergen.

Gefolgt von dem finsteren Blick der Schwester, verließen die beiden Detectives den Raum.

Diesmal, davon waren sowohl Rivers als auch Mendoza überzeugt, sagte James Cahill tatsächlich die Wahrheit.

Aber wenn er tatsächlich entlassen wurde oder sich selbst entlassen sollte, würden sie dafür sorgen, dass er beschattet wurde.

Vielleicht erzielten sie dann endlich einen Durchbruch.

KAPITEL 9

Manchmal musste man einfach Glück haben.

Manchmal fiel einem eine Story förmlich in den Schoß.

Manchmal schrie sie förmlich danach, zu Papier gebracht zu werden.

Heute war Charity Spritz' Glückstag.

Und das wurde auch Zeit.

Sie war dreiunddreißig und wurde nicht jünger, was ein Blick in den Rückspiegel bestätigte. Stirnrunzelnd fuhr sie durch die Stadt, die kalt war wie ein Eisberg, und dachte über ihr Leben nach.

Unverheiratet.

Keine Kinder.

Eine Sackgasse.

Bis heute.

Heute hatte sie Glück.

Sie gestattete sich ein Lächeln.

Die harte Arbeit und die vielen Opfer machten sich bezahlt. Endlich. Ihr Blick schweifte über die funkelnden Lichterketten, die über die Straßen gespannt waren, glitt über die auf die Schaufensterscheiben gemalten Schneemänner und blieb kurz an der Heilsarmee hängen, die Spenden bei den dick vermummten Passanten sammelte.

Vielleicht war Riggs Crossing letztendlich doch nicht so schlecht, zumal hier die größte Story ihres Lebens auf sie zu warten schien. »Danke, James Cahill«, sagte sie laut, dann fuhr sie auch schon hinaus aus der Stadt mit ihrer glitzernden Weihnachtspracht. Sie musste sich auf die Straße konzentrieren. Ihr vierzehn Jahre alter Hyundai-Minivan geriet leicht ins Rutschen – nicht gerade ein ideales Fahrzeug bei diesen Wetterverhältnissen, nicht gerade ein ideales Fahrzeug für sie. Aber sie hatte es zu einem Spottpreis von ihrer älteren Halbschwester bekommen, deren Kinder buchstäblich in diesem Wagen gelebt hatten. Die Flecken auf dem Boden und die uralte Pommes-Sammelstelle unter dem Beifahrersitz, die sie neulich entdeckt hatte, sprachen Bände. Nein, der Hyundai war wirklich nichts für sie. Nicht auf lange Sicht. Sie war mehr der Typ für einen Cadillac, Mercedes oder BMW. Und irgendwann würde sie sich genau so einen Wagen leisten. Doch im Augenblick war dieser Van hier für sie nicht nur Auto, sondern gleichzeitig mobiles Büro, ausgestattet mit Computer, Kameras, WLAN, Schlafsack und Klamotten zum Wechseln – nur für alle Fälle.

Oder wenn sie die Miete nicht mehr aufbringen konnte.

Sie schauderte bei dem Gedanken und rief sich eilig vor Augen, dass ihr Schicksal heute eine Wende zum Positiven genommen hatte.

Es war allerhöchste Zeit, dass sie von dem beknackten Lokalressort wegkam. Wer zur Hölle interessierte sich für den Themenkatalog der Schulbehörde, für irgendwelche neu anfallenden Steuern oder dafür, wer auf dem hiesigen Jahrmarkt den Preis für den besten Kuchen erhalten hatte? Oder – schlimmer noch – wer zum sexysten Junggesellen von Riggs Crossing gewählt worden war?

Gott bewahre!

Man hatte sie auf eine langweilige Story nach der anderen angesetzt, wenngleich sie ab und an auch im Fernsehen zu sehen war, immer dann, wenn sich in der Nähe von Riggs Crossing irgendwelche Vorfälle ereigneten, die einer landesweiten Berichterstattung wert waren. Diesmal bestand eine reelle Chance, ihre Story vor der Kamera zu lancieren, und sie war bereit. Anders als Seamus O'Day, der Chefreporter, der eigentlich über die vermisste Frau berichten sollte. Charity schnaubte empört. O'Day war derjenige, den man ins Wald-und-Wiesen-Ressort verbannen sollte. Über sechzig und ehemaliger Sportreporter bei der *Seattle Times,* hatte er einen gewaltigen Absturz hingelegt. O'Day hockte lieber auf einem Barhocker in der Kneipe und sah sich irgendein Ballspiel an, als an der Story über Megan Travers zu arbeiten.

Anders als Charity.

Sie war an dem Fall dran, und das hier war ihre Story.

Sie witterte ein Geheimnis und einen Skandal – genau die Art von Geschichte, die ihr landesweite, wenn nicht gar nationale Aufmerksamkeit bescheren würde. Und wenn sie es damit nicht bis in die Fernsehnachrichten schaffte, würde sie eben ihr eigenes Video ins Internet stellen. Das hier war genau die reißerische Geschichte, die sie aus diesem Kaff am A… der Welt mit seinem lächerlichen Lokalblättchen hinauskatapultieren würde in eine sehr viel größere, weitaus bedeutendere Redaktion.

Wenn schon nicht zur *New York Times*, zur *Washington Post* oder der *Chicago Tribune*, dann wenigstens zu einer der nationalen Boulevardzeitungen – alles, wenn sie nur endlich aus Riggs Crossing, Washington, fortkäme!

Diese Story sollte ihr Ticket sein, das Ticket zur großen, weiten Welt nationaler, nein vielleicht sogar internationaler Berichterstattung.

Dafür würde sie sorgen.

Sie fuhr an schneebedeckten Feldern mit durchhängenden Zäunen und an mehreren Tannenschonungen vorbei, bis sie das Inn entdeckte – ein altes Hotel, das James Cahill zu neuem Leben erweckt hatte. O ja, der Mann hatte Visionen, dachte sie, bog auf den gekiesten Parkplatz ein und wartete, während ein älteres Paar im Schneckentempo aus einer der Lücken setzte.

Aber er war ja auch ein Cahill.

Geboren mit dem sprichwörtlichen Silberlöffel zwischen den Lippen.

Die Reichen werden nun mal immer reicher.

»Genau das ist die Wahrheit«, sagte sie zu sich selbst, als sie in die nun freie Lücke fuhr. Hinter dem Rücken ihres Verlegers und des sportbesessenen Chefredakteurs arbeitete sie bereits an einer Story über die Familie Cahill aus San Francisco. Sie hatte ziemlich tief gegraben, und wenn sie Glück hatte – sie *würde* Glück haben, denn heute war schließlich ihr Glückstag –, sicherte sie sich damit eine Fahrkarte zu der Stadt an der Bucht, der Stadt mit den vielen Hügeln in Kalifornien. Dort musste sie dann nur noch den Hintergrund unterfüttern und die Leichen aus dem Keller der Cahills ans Tageslicht befördern.

Lächelnd stellte sie den Motor aus, warf einen Blick in den Rückspiegel und trug etwas Lipgloss auf ihre von Natur aus rosigen Lippen auf. Dunkle Ponyfransen lugten unter ihrer roten Skimütze hervor. Ihre Augen, von einem rauchigen Grau, strahlten, ihre Haut war leicht gerötet. Sie sah gut aus, und das wusste sie, hatte es schon heute Morgen beim Aufwachen gewusst. Glück gehabt.

Da war es wieder, das Wort.

Sie sperrte den Minivan ab, dann ging sie zu dem malerischen Gebäude mit der dunkel gebeizten Zedernholzverkleidung und der Veranda aus dicken Holzplanken. Die typische Westernidylle. Als sie die Tür aufzog und eintrat, erwartete sie beinahe, von einer Saloonlady begrüßt zu werden – wie an einem Hollywood-Set. Doch ihre Hoffnung wurde enttäuscht, drinnen war das Hotel nüchtern-elegant und modern eingerichtet.

Sie hatte versucht, im Krankenhaus zu James Cahill vorzudringen, um ihm ein paar Fragen zu stellen, doch eine resolute Schwester, die gebaut war wie ein Footballspieler, hatte ihr die Tür zu seinem Zimmer versperrt. Als Charity erfahren hatte, dass Cahill endlich aufgewacht war, aber mit einer Amnesie – was dem Ganzen noch die Krone aufsetzte –, hatte sie beschlossen, dass es besser war, andere Quellen anzuzapfen und die Fakten zu Papier zu bringen, bevor sie ihn direkt damit konfrontierte. Ihr Bauchgefühl sagte ihr, dass er sich vermutlich wenig entgegenkommend zeigen würde.

Charitys Augen wanderten durch die Lobby zu der langen Rezeption, hinter der eine Frau in den Fünfzigern stand und einem Gast behilflich war. Daneben befanden sich ein Aufzug und eine Treppe, unter der ein großer Weihnachtsbaum, geschmückt mit weißen Lichtern und roten Bändern, alle Blicke auf sich zog. Auf der gegenüberliegenden Seite der Rezeption öffnete sich der Raum zu einem geräumigen Restaurant mit Bar, an der mehrere Gäste saßen, an ihren Drinks nippten und auf einen riesigen Flachbildfernseher gleich unterhalb der Decke starrten.

Der Türbogen zum Barbereich war mit blinkenden Lichterketten geschmückt, und Charity konnte sich des Gefühls nicht erwehren, dass der ganze Weihnachtskram hier doch ein wenig übertrieben wurde. Andererseits verdiente James Cahill genau damit sein Geld – kein anderer in Riggs Crossing profitierte so sehr vom Geist der Weihnacht wie er.

Sie betrat die Bar und rutschte auf den freien Hocker neben einem Mann Mitte vierzig mit Mariner's-Käppi und einem akkurat geschnittenen Ziegenbart, der die ersten grauen Haare aufwies. Vor ihm stand ein halb leeres Glas Bier, seine Augen waren auf das lautlose Basketball-Spiel gerichtet, das im Fernsehen lief. Er wandte den Blick gerade lange genug vom Bildschirm ab, um sie zu mustern, dann griff er nach seinem Bier und konzentrierte sich wieder auf das Spiel.

Die blonde Barfrau ließ eine Limettenscheibe in ein Glas plumpsen und blickte in Charitys Richtung. »Ich bin gleich bei Ihnen«, sagte sie und stellte den Drink vor eine Dame, die drei Hocker weiter saß. Dann war Charity an der Reihe. »Was darf ich Ihnen bringen?«, erkundigte sich Blondie freundlich. Sie war hübsch mit ihren leuchtend blauen Augen, der kleinen Stupsnase und dem unbefangenen Lächeln, fand Charity. Auf ihrem Namensschild stand *Sophia.* Volltreffer. Diese Sophia – Sophia Russo – war die Frau, mit der James Cahill angeblich eine Affäre hatte, obwohl er noch immer mit Megan Travers zusammen gewesen war.

Perfekt.

»Ich nehme einen Whiskey. Ohne Eis.«

»Wünschen Sie eine bestimmte Marke?«

Charity betrachtete die Flaschen, die auf den beleuchteten Regalen vor den Barspiegeln standen. »Ja. Ich nehme einen Jack Daniel's. Black Label.«

»Kommt sofort.«

Obwohl er nicht zu ihr herüberschaute, schossen die Augenbrauen von Ziegenbart ein kleines Stück in die Höhe. Gut. Sie nahm die Mütze ab, legte sie zu ihrer Handtasche auf den freien Hocker neben ihrem und schüttelte die Haare aus.

Endlich hatte sie seine Aufmerksamkeit. Er musterte sie neugierig.

»Was?«, fragte sie. »Haben Sie erwartet, dass ich einen Cosmo bestelle? Eine Lemon Drop oder doch lieber eine Piña Colada?«

»Möglich«, gab er zu und nahm einen großen Schluck Bier.

Das war das Problem, dachte sie. Alle, einschließlich dieser Dumpfbacke mit dem dämlichen Käppi, unterschätzten sie.

Aber nicht mehr lange.

»Nun«, sagte sie, als die Barfrau den Whiskey vor sie stellte. »Dann haben Sie sich wohl getäuscht.« Sie setzte das Glas an die Lippen und lächelte, gerade so lange, dass er kapierte, wie heiß sie war, und dass er bestimmt nicht bei ihr landen konnte.

James unterdrückte einen Fluch. Wenn er nicht per Anhalter nach Hause fahren wollte, würde er wohl oder übel warten müssen, bis ihm jemand seinen Pick-up brachte, und so lange saß er hier fest.

Leider gab es in Riggs Crossing kein Uber, nicht mal einen lächerlichen Taxi-Service!

Allerdings sollte es nicht lange dauern, bis Bobby kam.

Entgegen den Anweisungen des Arztes würde er die Klinik verlassen, und deshalb hatte er seinen Freund und Vorarbeiter angerufen. »Du hast im Augenblick keinen fahrbaren Untersatz«, hatte Knowlton ihm mitgeteilt. »Die Cops haben deinen Explorer beschlagnahmt.«

»Dann nehme ich eben den Firmen-Pick-up.«

»Den haben sie ebenfalls einkassiert.«

Am liebsten hätte er den Hörer des grauen Klinikapparats auf die Gabel geknallt, aber er riss sich zusammen. »Okay, ich kümmere mich darum. Komm einfach her und hol mich ab.«

»Bist du sicher?«

»Klinge ich irgendwie unsicher?«

»Schon gut, schon gut. Ich mache mich gleich auf den Weg.«

Es blieb ihm also nichts anderes übrig, als zu warten. Eine halbe Stunde würde es mit Sicherheit dauern, bis Knowlton hier war.

Er schwang die Beine aus dem Bett.

Spürte ein Stechen in der Seite und ignorierte es. Er würde schon klarkommen. Es war ja nicht so, als befände er sich zum ersten Mal in einer solchen Situation.

Daran erinnerte er sich.

Mehr als einmal war er in Kneipenschlägereien verwickelt gewesen.

Doch das lag schon eine ganze Weile zurück. Wann hatte er sich zum letzten Mal geprügelt? Auf der Highschool? Im College? Er wusste es nicht. Aber er war wiederholt in körperliche Auseinandersetzungen geraten. Langsam, Stück für Stück, würde sein geschundenes Gehirn die Erinnerungen an die Oberfläche holen. Wenn er erst zu Hause war und sich ausruhte, würde ihm vielleicht mehr zu Megan einfallen – in welcher Beziehung sie tatsächlich zueinander standen, warum sie sich gestritten hatten, was genau passiert war. Er warf einen Blick auf die Uhr.

Zwanzig, vielleicht fünfundzwanzig Minuten waren verstrichen.

Auf dem Gang klapperte ein Rollwagen, Schritte kamen näher, dann betrat Dr. Monroe das Zimmer. »Sie möchten also entlassen werden, Mr Cahill? Mir wäre es lieber, Sie würden noch eine Nacht bleiben, aber gut. Stellen Sie sich kommende Woche noch einmal bei mir vor, Sie können an der Anmeldung einen Termin vereinbaren. Alles Gute.« Dr. Monroe stand auf und verließ das Zimmer.

James hörte, wie seine Schritte draußen auf dem Gang verhallten. Er warf einen weiteren Blick auf die Uhr.

Höchste Zeit, dass Bobby endlich aufkreuzte.

KAPITEL 10

Sophia betrachtete den neuen Gast in dem großen Spiegel über der Bar – eine hübsche Frau, die gerade ihre Mütze abnahm und zusammen mit einer kleinen Handtasche auf den leeren Barhocker neben ihr legte. Sie hatte einen Whiskey bestellt.

Sie kam ihr bekannt vor, aber Sophia konnte sie nicht einordnen. Die Frau wechselte ein paar Worte mit Marshall, einem Stammgast, der auf ihrer anderen Seite saß. Sophia kannte Marshall schon seit einer Weile, denn er arbeitete als Schreiner für James. Er war ein netter Kerl, auch wenn er ständig die Freundinnen wechselte.

Genau wie James.

Sie schob den Gedanken beiseite. Der Körpersprache der Frau neben ihm konnte sie entnehmen, dass Marshall sich mehr für sie interessierte als sie sich für ihn. Und dann war da noch die Tatsache, dass sie immer wieder durchs Fenster zu der Seite des Hotels blickte, auf der sich, hinter einer Reihe von Bäumen, die Zufahrt zu James' Haus befand.

Was hatte das zu bedeuten?

Nicht, dass es Sophia ernsthaft interessierte.

Sie trat ohnehin auf der Stelle.

So lange, bis James aus dem Krankenhaus zurückkehrte.

Es hatte ihn ganz schön erwischt, aber er war ein harter Brocken, dachte sie und steckte eine Limettenscheibe auf den Rand eines Martiniglases. Dann stellte sie es, zusammen mit einer Flasche Budweiser, auf ein Tablett für die Kellnerin, die es zu einem Paar bringen sollte, das eng zusammengekuschelt in einer der Sitznischen saß.

Anschließend nahm sie die Flasche Jack Daniel's vom Regal. Ihre Gedanken schweiften zu James' Streit mit Megan. Das Wichtigste war, dass er wieder auf die Beine kam und Megan aus dem Rennen war.

Gut.

Dieses Miststück hatte ihn in den Wahnsinn getrieben. Was für eine Irre!

Sophia füllte Eis in einen Metall-Tumbler und schüttete den Whiskey darauf. Normalerweise arbeitete sie nicht an der Bar, doch sie hatte zögernd eingewilligt, diese Schicht zu übernehmen, als sie auf der Rückfahrt vom Krankenhaus nach ihrer heimlichen Stippvisite bei James einen panischen Anruf von Donna, der Nachtmanagerin, erhalten hatte. Donna hatte sie förmlich angefleht, für Zena einzuspringen, die wieder einmal krank war. Was für eine Überraschung. Zena war im dritten Monat schwanger und litt an Übelkeit, die seltsamerweise immer genau dann auftrat, wenn ihre Schicht im Hotel begann. Zena schwor, dass schon der Geruch von Alkohol sie zum Erbrechen brachte.

Wer's glaubte …

Sophia glaubte es nicht, aber heute Abend, als Donna sich so verzweifelt um Ersatz bemühte, hatte sie einfach Ja gesagt. Denn Sophia sehnte sich mindestens ebenso verzweifelt danach, sich unentbehrlich zu machen und sich als echter Team-Player zu beweisen.

Denn das alles hier gehörte James, und je mehr sie sich bei ihm einschmeichelte …

Sie merkte, dass die Frau auf dem Hocker neben Marshall sie beobachtete. Ihre Blicke begegneten sich im Spiegel. In den Augen der Frau lag ein Ausdruck, der Sophia misstrauisch machte, sogar besorgt.

Zweifelsohne hatte sie Sophia erkannt, »James' Geliebte«, die womöglich etwas mit dem Verschwinden von Megan Travers zu tun hatte.

Super.

Sophia hatte sich an die Blicke gewöhnt, sogar an die Fragen.

»Sind Sie nicht diejenige, die …?«, hatte eine besonders neugierige Kundin gefragt, als sie in dem Café auf der anderen Seite des

Parkplatzes bediente. Die Frau mit den lockigen roten Haaren und der schmalen Brille kam aus dem Geschenkeladen und wartete darauf, an ihren Platz geführt zu werden. Sie musterte Sophia missbilligend und befingerte einen Weihnachtsbaumanhänger an einer bunt geschmückten Tanne.

»Entschuldigung?« Sophia nahm vier Speisekarten und schickte sich an, eine Vierergruppe zu ihrem Tisch zu begleiten.

»Sie wissen schon, die junge Frau, mit der James Cahill seine Freundin betrogen hat.« Sie reckte ihr spitzes Kinn in die Höhe.

Sophia hatte gespürt, wie sie errötete, während sie die anderen Gäste, ein Paar mit zwei Kindern, in den Essbereich führte.

Als sie zurückkehrte, um das nächste Paar zu platzieren, stand die Frau, die die spitze Bemerkung gemacht hatte, an der Kasse, um den Weihnachtsbaumschmuck, für den sie sich entschieden hatte, zu bezahlen: einen kleinen Engel mit angelegten Flügeln. Sie hatte Sophia einen Zettel auf dem Empfangstisch hinterlassen:

1.Korinther 6,18

Später hatte Sophia den Fehler begangen, den Vers online zu recherchieren.

Fliehet die Hurerei! Alle Sünden, die der Mensch tut, sind außer seinem Leibe; wer aber hurt, der sündigt an seinem eigenen Leibe.

Es hatte auch noch weitere fragende Blicke und andere geflüsterte Kommentare gegeben, aber die hatte sie geflissentlich ignoriert.

Die Frau auf dem Barhocker beunruhigte sie daher jetzt nicht weiter, außer dass sie nach wie vor meinte, sie von irgendwoher zu kennen.

Das war das Problem, wenn man hier arbeitete.

Sie war viel zu exponiert.

Während sie den eiskalten Whiskey durch ein Sieb in ein Glas füllte, hoffte sie inständig, Zenas Schwangerschaftsübelkeit würde bald abklingen. Was unwahrscheinlich war. Zena war eine Drückebergerin. Und sie führte sich auf, als wäre sie der erste Mensch auf

Erden, der schwanger geworden war. Bestimmt würde Donna sie, Sophia, in Zukunft noch öfter bitten, Zenas Schichten zu übernehmen.

Sie würde einen Weg finden müssen, um Nein zu sagen. Und das wäre um einiges leichter, wenn James aus dem Krankenhaus zurückkam.

Je früher, desto besser.

Im Spiegel sah sie, wie die Frau, die den Jack Daniel's bestellt hatte, ein wenig mit Marshall flirtete, aber nur, um das Gespräch in Gang zu halten. Sophia kannte das Spiel. Hatte sie es nicht selbst Millionen Male gespielt?

Bis sie James kennengelernt hatte.

James Cahill hatte alles verändert.

Sie musste nur an ihn denken, und ihr stockte der Atem. Innerlich schalt sie sich dafür, dass sie sich so heftig in ihn verliebt hatte.

Ein Paar am anderen Ende des Tresens gab ihr ein Zeichen, und sie setzte ein Lächeln auf, stellte den Whiskey vor die Frau neben Marshall und ging zu den beiden, um die Bestellung aufzunehmen. Seit sie an die Bar gekommen waren, hatten sie gestritten, aber nach dem ersten Drink schien sich die Lage ein wenig zu entspannen.

Allerdings half Alkohol nicht immer. In den meisten Fällen fachte er die Streitigkeiten sogar noch an. Jetzt aber bestellte der Mann zwei weitere Martini und streckte die Hand nach der Frau aus.

Gott sei Dank.

Leute kamen und gingen, lachten und bestellten Drinks oder machten sich über die Nüsse und Salzbrezeln her, die sie zusammen mit den Getränken auf den Tresen stellte. Sophia schnappte immer wieder Gesprächsfetzen auf, in denen es um James Cahill ging. Sie hatte das Gefühl, dass die Geschäfte seit Megan Travers' Verschwinden noch besser liefen, nicht nur im Laden und im Café, sondern auch im Inn und an der Bar. Was absurd war, wenn man genauer darüber nachdachte.

Ruhm und Schande schafften es immer, die Aufmerksamkeit der Leute zu wecken.

Zwei Männer Anfang dreißig nahmen an der Bar Platz. Gus Jardine, unrasiert, mit langen schwarzen Locken, und Bruce Porter, kleiner und kräftiger als Gus und wie immer mit seiner heiß geliebten Yankee's-Baseballkappe auf dem Kopf. Beide arbeiteten für James. Sophia hatte ein paarmal mit ihnen gesprochen, kannte sie aber nicht näher. Beide rochen nach Rauch, und Jardine spielte unablässig mit seinem Feuerzeug. Ohne Sophia eines Blickes zu würdigen, bestellten sie Tequila, dann unterhielten sie sich über Basketball und ihren letzten Jagdausflug, bevor sie auf Megan zu sprechen kamen.

»… er hat's erst ihr besorgt und dann *ihr*, wenn du weißt, wen ich meine«, sagte Gus zu Bruce. In dem Augenblick brachte Willow, die verhuschte Küchenhilfe, frisches Eis. Sie schüttete es in den Eiskübel neben der Sodamaschine, was so laut klackerte, dass Sophia den Rest von Gus' Bemerkung beinahe nicht mitbekommen hätte. Sie meinte, Gus hätte gesagt, irgendetwas sei »schiefgelaufen«.

»Hm, Kumpel. Klar ist das schiefgelaufen«, pflichtete Bruce ihm dann auch bei. »Der Kerl hatte zwei Weiber gleichzeitig!«

Sophia verspannte sich und warf einen Blick in den Spiegel, um herauszufinden, ob ihm klar war, dass er eins der beiden »Weiber« vor sich hatte.

Anscheinend war das nicht der Fall, denn Bruce beachtete sie noch immer nicht. Stattdessen sah er Willow hinterher, die durch die Schwingtüren zurück in die Küche eilte. Ihr langer, schwarzer Zopf tanzte auf ihrem Rücken. Sophia konnte das dürre Mädchen nicht ausstehen, ständig steckte es mit der unzuverlässigen Zena zusammen. Schlimmer noch: Sophia hatte sie dabei ertappt, dass sie James mit einer Ehrfurcht im Blick anstarrte, die ihr unter die Haut ging, auch wenn sie sich einredete, dass sie sich daran wohl gewöhnen musste. Sogar die schwangere Zena ließ James nicht aus den Augen, wenn er sich mal blicken ließ.

Das war nervenaufreibend. Und ärgerlich.

Das Problem war, dass Sophia diesen Gesichtsausdruck kannte, dass sie wusste, wie es sich anfühlte, wenn man jemanden so sehr wollte, der im Grunde unerreichbar war. Es tat weh. Sehr weh sogar.

Nun, Pech.

James war für die beiden tabu!

»Es ist nie gut, bei den Weibern zweigleisig zu fahren«, sagte Gus jetzt und steckte endlich das Feuerzeug ein.

Bruce nickte. »Du hast recht. Nicht viele Kerle kriegen das auf die Reihe.« Er wandte sich wieder seinem Kumpel zu.

»Es sei denn, die Weiber sind doof wie Stroh.« Gus kippte seinen Drink, wischte sich den Mund am Ärmel ab und knallte das Tequila-Glas auf den Tisch. Bruce tat es ihm gleich.

Beide lachten – ein hässliches, kehliges Kichern.

Sophia kochte innerlich, aber es war wichtig, dass sie hier, in der Bar, professionell und freundlich blieb.

Die Frau, die den Jack Daniel's bestellt hatte, leerte ihr Glas, sammelte ihre Sachen zusammen und legte einen Schein auf die Bar, dann brach sie eilig auf.

Für eine Sekunde dachte Sophia, Marshall hätte etwas gesagt, was sie verärgert hatte, vielleicht war sie aber auch einfach nur von Gus und Bruce genervt. Sophia warf einen Blick aus dem Fenster und sah Scheinwerferlicht auf der Zufahrt zu James' Haus. Ihr Herz schlug schneller. Er kam nach Hause! War aus der Klinik entlassen worden! Die Frau mit der roten Mütze eilte schon über den Parkplatz.

Sie hatte auf James gewartet.

Genau wie Sophia vermutet hatte.

Eifersucht flammte in ihr auf, und dann fiel ihr plötzlich ein, woher sie die Frau kannte. *Aus dem Fernsehen.*

»Mist«, murmelte sie.

Ms Whiskey-ohne-Eis war in Wirklichkeit Charity … Charity Spitz, nein Spritz – wie in Aperol Spritz. Sie arbeitete gelegentlich als Lokalreporterin fürs Fernsehen, wann immer es in der Metropolregion im Osten oder in Seattle und Tacoma im Westen über irgendwelche Belanglosigkeiten etwas zu berichten gab, vorzugsweise über das Wetter.

Und jetzt würde sie mit James reden.

»He! Wo bleibt die nächste Runde?«, rief Bruce. »Wir sind durstig!«

»Kommt sofort«, sagte Sophia automatisch und setzte das künstliche Lächeln auf, das den Gästen vorbehalten war. »Noch einmal das Gleiche?«

»*Sí, sí*«, antwortete er. »Noch einen Tequila für mich und meinen *amigo!*«

Sie lachten dröhnend, und Sophia musste sich alle Mühe geben, nicht in ihre Drinks zu spucken.

Das ist verrückt, dachte Rebecca und schauderte. Durch und durch verrückt.

Und illegal.

Und vermutlich emotionaler Selbstmord.

Nichtsdestotrotz stapfte sie durch den Schnee auf der Zufahrt zu James Cahills Haus. Ihr Atem bildete eine weiße Wolke vor ihrem Gesicht. Mit ein bisschen Glück würde der Neuschnee ihre Spuren verdecken, und niemand würde bemerken, dass sie da gewesen war. Sie schob die Hände in die Jackentaschen und warf einen Blick über die Schulter, um sich zu vergewissern, dass sie nicht verfolgt wurde.

In der nächtlichen Dunkelheit und im dichten Schneetreiben meinte sie, eine Gestalt hinter den Bäumen zu bemerken und eine weitere an der Seite von einem der Nebengebäude, einem lang gestreckten Holzschuppen, aber niemand kam auf sie zugesprungen. *Bleib ruhig, Rebecca,* ermahnte sie sich, *du darfst jetzt nicht die Nerven verlieren.* Dennoch schlug ihr das Herz bis zum Hals, der Puls dröhnte in ihren Ohren.

Geh einfach weiter!

Sie kämpfte sich weiter vor und hoffte, dass niemand ihren Wagen entdeckte, den sie auf dem überfüllten Parkplatz vor dem Hotel abgestellt hatte. Wenn irgendwer die Nummernschilder mit denen der eingebuchten Gäste abglich …

Daran darfst du nicht denken. Es wird schon alles gut gehen. Es dauert ja auch nicht lange – ruck, zuck bist du wieder draußen.

Ihr Schritt wurde schneller. Getrieben von ihren eigenen Zweifeln, hastete sie durch die Dunkelheit. Aller Wahrscheinlichkeit nach war das hier ein aussichtsloses Unterfangen, aber irgendetwas musste sie ja schließlich tun.

James war ein Lügner. Und Schlimmeres.

Aber ein Mörder?

Das erschien ihr nun doch ein bisschen weit hergeholt. Aber wer wusste das schon? Der Platz vor dem weißen Farmhaus war leer. Sie schlich zum hinteren Tor und folgte einem vor Kurzem erst freigeschaufelten Pfad zum Holzschuppen, der an die Veranda grenzte. Die Veranda war lang und breit und hatte mehrere Türen, die, wie Megan ihr erzählt hatte, zu einem alten Rübenkeller und einer großen Abstellkammer sowie einer Waschküche führten. Kurz darauf stand sie vor der Hintertür. Von dort aus gelangte man durch einen Windfang in die Küche – vorausgesetzt, sie erinnerte sich richtig an Megans ausführliche Schilderungen. Sie drehte den Knauf, doch die Tür sprang nicht auf. Abgeschlossen. Sie hatte nichts anderes erwartet. Hoffentlich war James' Hund nicht auf dem Gelände. Sie lauschte, sah sich nach allen Seiten um, dann ging sie auf die Knie und krabbelte durch die breite Hundeklappe. Sie musste sich ein bisschen drehen und winden, aber sie schaffte es ohne allzu große Schwierigkeiten. Im Haus richtete sie sich auf und blieb reglos stehen, die Ohren gespitzt.

Sie hörte das Summen des Kühlschranks und das Rumpeln der alten Heizrohre, aber nicht das Klackern von Krallen auf dem Hartholzboden, kein tiefes Knurren aus einem der Zimmer.

Kein Hund.

Gut.

Erleichtert stieß sie die Luft aus und versuchte, ihr galoppierendes Herz zu beruhigen. *Was zum Teufel machst du da eigentlich?*, fragte die unliebsame Stimme der Vernunft in ihrem Kopf. Rebecca zog ihr Handy aus der Hosentasche, schaltete die Taschenlampe ein und bahnte sich vorsichtig einen Weg durch die Räume. Der bläuliche Lichtstrahl glitt über das Chaos.

Als sie James im Valley General Hospital verlassen hatte, war er fest entschlossen gewesen, sich auf eigene Verantwortung selbst zu entlassen, es bestand daher durchaus die Möglichkeit, dass er bereits auf dem Weg hierher war. Ihr blieb nicht viel Zeit.

Sie wusste nicht, was sie in seinem Haus zu finden hoffte, aber sie konnte doch nicht einfach untätig warten, bis James Cahill »sein Gedächtnis wiederfand« oder die Polizei etwas über Megans Verbleib in Erfahrung brachte. Die Zeit verstrich, und ihre Schwester – ihre *rücksichtslose, unbesonnene* Schwester – steckte in Schwierigkeiten. Davon war Rebecca überzeugt.

Glaubte sie wirklich, dass James Megan etwas angetan hatte?

Sosehr sie ihm misstraute, das konnte sie sich doch nicht vorstellen.

Aber was genau wusste sie eigentlich über ihn?

Und dann war da noch seine Affäre mit Sophia Russo. Die sie nicht überraschte. Sophia mit den glänzenden, blonden Haaren arbeitete für ihn. Megan hatte ihr von Sophia erzählt und behauptet, die Frau sei nahezu allgegenwärtig.

»Überall, wo ich bin, ist sie auch«, hatte Megan bei einem ihrer Telefonate gesagt. »Sie arbeitet im Restaurant, im Laden, an der Hotelrezeption – auf dem ganzen Gelände. Auch in der Stadt läuft sie mir ständig über den Weg. Ich weiß, dass Riggs Crossing ein Kaff ist, aber *so* klein ist es auch nicht!«

»Vielleicht folgt sie dir oder spioniert dich aus.«

»Das ist wirklich seltsam«, hatte Megan ihr beigepflichtet.

Und Rebecca hatte sich verkniffen, das auszusprechen, was ihr durch den Kopf ging: *Vielleicht will sie an deiner Stelle sein.*

Auf alle Fälle wollte Sophia Russo James Cahill.

Rebecca tappte geräuschlos durch James' Haus. In den Zimmern herrschte ein unglaubliches Durcheinander – die Spurensicherung hatte gründliche Arbeit geleistet. Gut. Sie ging von der Küche ins Esszimmer, dann zum Fuß der Treppe und daran vorbei ins Wohnzimmer, wo sie die Handytaschenlampe auf einen Kamin richtete, dessen Steine an einer Ecke dunkel gefleckt waren.

James' Blut?

Oder das von Megan?

Oder von jemand anderem?

Ihr drehte sich der Magen um bei der Vorstellung, wie jemand gegen die scharfkantigen Steine stürzte und sich mit einem Übelkeit erregenden Knacken den Schädel anschlug. Sie dachte an den Verband um James' Kopf, an die Schlinge um seinen Arm und seine angebliche Amnesie, die ihr in diesem Augenblick glaubwürdiger erschien als zuvor in der Klinik.

Sie spürte, wie ihre Haut zu kribbeln begann, als sie zum Kamin ging und die dunkle Stelle mit ihrem Handschuh berührte. Sie versuchte, sich vorzustellen, was geschehen war, den Streit zwischen Megan und James. Megan war launisch, das wusste sie, und sie fuhr leicht aus der Haut. Auch das war eine Tatsache. Megan hatte irgendwann das Haus verlassen, um zu ihr zu fahren. Und dann musste irgendetwas passiert sein, weshalb sie nie bei ihr angekommen war.

Nicht zum ersten Mal kam ihr der Gedanke, dass Megan sich irgendwo versteckt hielt, dass es ihr gut ging und sie das Ganze inszeniert hatte, um James einen Denkzettel zu verpassen. Und ihr.

Oder war das zu weit hergeholt? Selbst für Dramaqueen Megan?

»Nein«, sagte Rebecca laut und erschrak vor ihrer eigenen Stimme. Sie ließ den Lichtstrahl durch den Raum schweifen und ging zur Treppe. Die alten Stufen knarrten, als sie in den ersten Stock hinaufstieg. Niemand schien da zu sein, die beiden vorderen Schlafzimmer wirkten unbenutzt. In einem der Räume stand lediglich ein Doppelbett, das andere war vollgestellt mit überschüssigen Möbeln, Säcken voller Klamotten, Büchern und allem möglichen Kleinkram. Beide Zimmer, das Bad und der Wäscheschrank oben waren durchsucht worden, genau wie die unteren Räumlichkeiten. Sie stieg über einen Stapel Handtücher, der auf dem Fußboden neben dem Treppengeländer lag, dann betrat sie den letzten Raum im ersten Stock.

Schon als sie die Tür öffnete, verspürte sie erneut ein mulmiges Gefühl im Magen, denn das hier war definitiv James Cahills Schlafzimmer. Es war, als würde sie eine unerlaubte Grenze überschreiten.

Hier kam sie sich definitiv noch unerwünschter vor als im Rest des Hauses. Angespannt betrachtete sie das riesige Bett mit der umgedrehten Matratze, das Bettzeug lag auf dem Fußboden. In diesem Zimmer hatten James und Megan …

Schluss damit!

Rebecca zwang sich, sich auf den Grund ihres Kommens zu konzentrieren: Sie wollte etwas finden, irgendeinen Hinweis, der ihr etwas über Megans Aufenthaltsort verriet.

Als könntest du das besser als die Polizei!

Vielleicht konnte sie das tatsächlich. *Sie* kannte Megan, die Polizei nicht. Bemüht, ihre Gefühle im Zaum zu halten, leuchtete sie das Schlafzimmer ab. Der Akku wurde merklich schwächer. Sie hatte gehört, dass viele Einbrecher einfach das Licht anschalteten, um die Nachbarn nicht misstrauisch zu machen, aber hier gab es keine Nachbarn. Nein, sie ließ das Licht lieber aus. Sollte James überraschend zurückkehren, würde er ihren Schatten am Fenster sehen, und das wäre gar nicht gut.

Sie warf einen Blick in die Nachttischschränke, doch beide Schubladen waren ausgekippt und lieferten ihr keinerlei Hinweise. Auf dem Boden lagen einige persönliche Gegenstände, die sie näher ins Auge fasste, darunter eine Packung Kondome.

Ungeöffnet.

Erinnerungen füllten ihren Kopf.

Sie kräuselte die Lippen und verdrängte die verbotenen Bilder.

Von James Cahill.

Wie hatte sie sich jemals einbilden können, ihn zu lieben?

Wie dumm sie gewesen war!

Sie straffte die Schultern und machte sich bewusst, dass ihre Aktion zum Scheitern verurteilt war. Gedankenverloren blickte sie aus dem Fenster – und bemerkte plötzlich zwei Scheinwerfer, die die Dunkelheit durchschnitten. Ein Wagen fuhr auf den Platz vor der Eingangsveranda.

Um Himmels willen, nein!

Sie wirbelte herum, rannte aus dem Schlafzimmer und durch den

Flur und wollte soeben die Treppe hinunterlaufen, als sie eine Stimme unten vor der Haustür hörte. Dann drehte sich ein Schlüssel im Schloss, und die Tür schwang auf.

O nein!

»Langsam, Ralph.« James' Stimme übertönte das eilige Klackern von Krallen auf dem Fußboden.

Der Hund?

Es klickte, dann war das Erdgeschoss hell erleuchtet. Am Fuß der Treppe sah sie Beine, die in einer Jeans steckten.

»Himmel, Arsch und Zwirn, ist das kalt draußen!« Eine weitere Männerstimme. Die Haustür fiel geräuschvoll ins Schloss. Rebeccas Herz hämmerte. Sorgfältig darauf bedacht, keinen Laut von sich zu geben, zog sie sich in James' Schlafzimmer zurück und ließ die Tür gerade so weit auf, dass sie durch einen schmalen Spalt in den dunklen Flur spähen konnte.

Und jetzt?

Sie atmete langsam aus. Geräuschlos.

Denk nach, Rebecca, denk nach. Wie um alles auf der Welt kommst du aus diesem Haus, ohne erwischt zu werden?

KAPITEL 11

Was für eine Sauerei«, murmelte James, als er mit großen Schritten die Küche durchquerte und dabei eine Packung Cornflakes aus dem Weg trat. Die Packung platzte auf, und Hunderte kleiner Maisflocken machten das Chaos komplett.

James sah sich um. Die Schubladen waren herausgezogen, die Schränke ausgeleert, Töpfe und Pfannen lagen überall in der Küche verstreut, Teller und Besteck waren auf den Arbeitsflächen verteilt. Mit zusammengebissenen Zähnen ging er hinüber ins Esszimmer. Er trug die Sachen, die Bobby ihm ins Krankenhaus gebracht hatte, sein Kopf war noch immer bandagiert, sein Arm in einer Schlinge. Sein Schädel hämmerte.

Das Haus war völlig verwüstet. Alles, was die Polizei nicht mitgenommen hatte, war durchwühlt oder mit schwarz-grauem Fingerabdruckpulver überzogen. »Scheiße.« Sein Laptop und sein Computer waren weg, genau wie seine Fahrzeuge. Er schüttelte den Kopf. Fassungslos.

»Ich hab's dir ja gesagt«, ließ sich Bobby hinter ihm vernehmen. Er hatte James von der Klinik abgeholt und Ralph mitgebracht, der jetzt wild kläffend durch die Räume rannte. Er hatte sich vor dem Krankenhaus voller Freude auf sein Herrchen gestürzt und ihn winselnd abgeleckt, doch seit er hier war, benahm er sich irgendwie merkwürdig.

Jetzt stürmte er die Treppe hinauf.

»Ich nehme an, er hat dich vermisst«, sagte Bobby, der eine kleine Tasche mit den wenigen Sachen trug, die er James ins Krankenhaus gebracht hatte.

Oben bellte Ralph wie ein Irrer. So bellte er sonst nur, wenn er ein Eichhörnchen auf einen Baum getrieben hatte. »Ralph! Aus!«, rief James und pfiff. »Bei Fuß!«

Jaulend und hechelnd kam der Schäferhund die Stufen herunter zu James, der immer noch ungläubig das Tohuwabohu im Wohnzimmer begutachtete.

»Das ist …«

»Ziemlich schlimm.«

»… ein gottverdammter Albtraum.«

Sein Fernsehsessel und die beiden anderen Sessel waren umgekippt, Bücher und Zeitschriften waren auf dem Fußboden verstreut, die Regale ausgeleert. Auf dem Kaminsims stand nichts mehr, Sturmlampe und Feuerzeug lagen ebenfalls auf dem Boden.

James spürte, dass er wütend wurde.

»Das sieht ja so aus, als hätten sie nach Drogen gesucht«, knurrte er. Als Bobby den Kopf schüttelte, stieß er genervt hervor: »Wonach dann, verflucht noch mal?«

»Nach einer Waffe.«

»Was? Nach meiner … Pistole? Wieso?«

»Weil sie ebenfalls verschwunden ist.«

James ging ins Esszimmer und schaute in die Schublade, in der er normalerweise seine Waffe aufhob. Sie stand offen, die Glock war nicht darin.

Sie denken, dass du sie umgebracht hast.

Zum ersten Mal wurde ihm bewusst, dass er bei der Polizei als Tatverdächtiger Nummer eins galt, solange Megan nicht gefunden wurde.

»Ich hab's dir ja gesagt, du hättest im Krankenhaus bleiben sollen«, ließ Bobby sich vernehmen, als James wieder im Wohnzimmer erschien. »Keine Ahnung, warum der Doktor dich gehen lassen hat.«

»Es war meine Entscheidung.«

»Eine ziemlich beschissene, wenn du mich fragst.«

»Dich fragt aber keiner.«

»Du kannst bei mir pennen, wenn du willst«, bot Bobby an. »Mein Frauchen wird schon nichts dagegen haben.«

James war sich da nicht so sicher. »Das Frauchen« war Bobbys dritte Ehefrau Cynthia – »Du kannst mich Cyn nennen« –, eine vollbusige Brünette, die James stets abschätzig musterte, die Lider leicht geschlossen, damit der Qualm der importierten Zigaretten, die sie ständig rauchte, nicht so in ihren Augen brannte. Er war sich sicher, dass »Cyn« ihn intensiv gegoogelt und strengstens unter die Lupe genommen hatte.

»Ralph und du könnt das ehemalige Kinderzimmer nehmen. Es steht leer, seit Cyns Tochter ausgezogen ist. Und zum Glück mag Ralph die Prinzessin.«

Das konnte sich James nicht vorstellen. Die Prinzessin, Cyns Langhaarkatze, war alles andere als liebenswert.

»Danke, aber ich bleibe lieber hier«, schlug er das Angebot aus und verzog die Lippen zu einem zynischen Grinsen. »Du weißt schon: Zu Hause ist es am schönsten.«

Bobby sah sich im Zimmer um und wäre um ein Haar auf die Fernbedienung getreten. »Wenn du meinst.« Er deutete auf die Treppe: »Schaffst du es bis ins Schlafzimmer?«

»Wenn's sein muss.« Aber heute Abend würde er sich das nicht antun. Die Stufen, die er sonst zwei auf einmal nehmend hinaufsprang, erschienen ihm im Augenblick unüberwindbar. Außerdem hatte er nichts zu essen im Kühlschrank, ganz davon abgesehen, dass das Haus kaum bewohnbar war.

Ralph rannte immer wieder zur Treppe und schaute hinauf in den ersten Stock, als wolle er sagen: *Komm, lass uns ins Bett gehen.*

»Okay, wie wär's damit? Ich quartiere mich für ein paar Tage im Hotel ein und sorge dafür, dass das Haus wieder in Ordnung gebracht wird.« Das Hotel bot Zimmer- und Wäscheservice, außerdem gab es Telefon und ein gut funktionierendes WLAN. Er würde sich außerdem im Restaurant etwas bestellen und bringen lassen.

»Was ist mit Ralph?«

»In einigen der Zimmer sind Hunde erlaubt.«

»Da werden Cyn und die Prinzessin aber enttäuscht sein.«

James schnaubte. »Wärst du so freundlich, mir ein paar Sachen zusammenzupacken?«, fragte er seinen Vorarbeiter. »Im Kleiderschrank findest du Jeans und ein paar Hemden, im Bad liegt mein Rasierzeug.«

»Kein Problem. Bin gleich wieder da.« Er ging die Stufen hinauf und wurde von Ralph überholt, der Bobby voran ins Schlafzimmer stürmte.

Rebeccas Herz galoppierte. Sie spitzte die Ohren, doch sie bekam nur einzelne Gesprächsfetzen mit. Es klang so, als würden sie gleich wieder aufbrechen – James und der andere Mann. Hoffentlich nahmen sie den Hund mit. *O Gott, der Hund.* Er war die Treppe heraufgerannt, gerade als Rebecca sich aus dem Schlafzimmer stehlen wollte. Sie hatte noch rechtzeitig zurückhuschen und die Tür schließen können, doch der Hund hatte sich nicht täuschen lassen und gewinselt und gebellt.

Jetzt schien schon wieder jemand die Stufen heraufzukommen. Sie warf einen panischen Blick auf Schrank und Badezimmer, dann überlegte sie, unters Bett zu kriechen. Nein, das würde nichts bringen. Das einzige Versteck war ein kleiner Kriechboden unter der Dachschräge, dessen Tür kaum einen Meter hoch war. Rebecca hastete durchs Zimmer, ging auf die Knie und krabbelte in die kalte, dunkle Kammer, in der sie mit Sicherheit auf Insekten oder sonst etwas Ekeliges treffen würde.

Sie bekam eine Gänsehaut. Schaudernd hörte sie, wie die Tür zu James' Schlafzimmer aufschwang. Der Lichtschalter klickte, dann klackerten Krallen über den Hartholzfußboden, und der Hund bezog bellend und schnüffelnd vor der Kammertür Position. *O Gott, bitte nicht!*

»Ralph! Aus! Hör auf damit, du verrückter Kerl. Warum bellst du so? Hat sich etwa ein Waschbär in dem Kämmerchen versteckt?«

Rebecca rechnete beinahe damit, ein wütendes Fauchen von einem dieser allgegenwärtigen Plagegeister zu vernehmen, doch in ihrem mit Gepäckstücken und Kartons zugestellten Versteck blieb alles ruhig. Es war staubig hier drinnen, und Rebecca musste sich alle Mühe geben, ein Niesen zu unterdrücken.

Der Hund kläffte noch immer. Sie sah seinen Schatten in dem Licht, das durch den Türspalt in die Kammer fiel.

Bitte mach die Tür nicht auf! Bitte mach die Tür nicht auf!

Sie vernahm Schritte, die sich der Dachschräge näherten, und wagte kaum zu atmen. Panisch umklammerte die den kleinen Griff, der auf dieser Seite der Kammer als Türklinke diente, und wappnete sich. Sie würde die Tür mit aller Kraft zuhalten. Trotz der Kälte wurden ihre Finger schwitzig.

»Willst du nachsehen, was in dem Kämmerchen ist?«, hörte sie den Mann fragen und schloss resigniert die Augen.

Das Herz schlug ihr bis zum Hals. Wie um alles auf der Welt sollte sie erklären, dass sie hier drin saß? Sie würde sich etwas einfallen lassen müssen. Eine Lüge. Sie konnte unmöglich zugeben, dass sie Megans Sachen nach einem Hinweis auf ihren Aufenthaltsort hatte durchwühlen wollen, solange James noch im Krankenhaus war. Denn dann würde man sie womöglich wegen unbefugten Betretens, Einbruchs, Raubs und Schlimmerem verhaften.

»Schluss jetzt, Ralph. Ich möchte gar nicht wissen, was in der Kammer ist. Außerdem haben wir im Augenblick keine Zeit, um auf Eichhörnchen- oder Waschbärenjagd zu gehen. Das kannst du später machen. Mit James. Komm, lass uns ein paar Sachen für dein Herrchen einpacken, und dann bringen wir ihn ins Hotel!«

Wundersamerweise hörte der Hund auf zu bellen. Rebecca bekam mit, wie der Mann in den Schränken kramte, dann verließ er zusammen mit dem Hund das Schlafzimmer.

Sie stieß die angehaltene Luft aus und sackte zusammen. Sie musste hier raus, bevor noch jemand kam. Hektisch ging sie ihre Optionen durch. Sie hatte das Haus durch die Hundeklappe betreten, und genau auf diesem Weg würde sie es auch wieder verlassen, es sei denn, die Haustür wäre unversperrt. Eventuell konnte sie auch aus einem der Fenster und von einem der Balkone an der Rückseite klettern, aber dann bemerkte womöglich jemand ihre Fußabdrücke in der unversehrten Schneedecke hinter dem Haus.

Also lieber nicht, und wenn doch, dann nur als allerletzte Möglichkeit.

Sich in anderer Leute Häuser zu schleichen und darin herumzuschnüffeln, war definitiv nicht ihre Stärke. Für gewöhnlich suchte sie die direkte Auseinandersetzung, und auch jetzt wäre es besser gewesen, James noch einmal gegenüberzutreten und seinem Gedächtnis auf die Sprünge zu helfen.

Vorsichtig schob sie die Tür des Kriechbodens einen Spaltbreit auf und spähte durch den schmalen Schlitz. Im Schlafzimmer war es wieder dunkel, doch draußen brannte noch Licht, das unter der geschlossenen Tür hindurchschien.

Keine Spur von Mann oder Hund.

Gut.

Im Flur und unten war alles ruhig.

Trotzdem.

Mit angehaltenem Atem schlängelte sie sich aus dem Kämmerchen und schlich lautlos zur Tür.

Der Hund stieß ein kurzes, gereiztes Bellen aus. Rebecca stolperte und stieß sich schmerzhaft am Bett, doch sie fing sich wieder. Sie wimmerte leise, aber es gelang ihr, einen Aufschrei zu unterdrücken.

Der Hund bellte erneut.

Vielleicht sollte sie sich lieber wieder verstecken.

Plötzlich klingelte es unten an der Haustür.

Durchs Wohnzimmerfenster sah James, wie sich die Scheinwerfer eines Fahrzeugs näherten und um die letzte Kurve der Zufahrt bogen.

Wer kann das sein?

Bobby und Ralph kamen die Treppe herunter.

Ein Van hielt neben Bobbys Pick-up, eine Frau mit einem langen, grauen Mantel und roter Mütze stieg aus und lief über den schneebedeckten Rasen aufs Haus zu. Sie trug kniehohe Stiefel und schien den Schnee gar nicht zu bemerken.

Als sie klingelte, gab Ralph ein warnendes Bellen von sich. James ging zur Tür und öffnete. Die junge Frau, die unter der Lampe des Vordachs stehen geblieben war, lächelte ihn an.

»Hi!«, sagte sie. »Ich bin Charity Spritz vom *Clarion* und würde Ihnen gern ein paar Fragen stellen. Die Öffentlichkeit ist daran interessiert, was passiert ist und wo Megan Travers –«

»Nein«, fiel er ihr ins Wort.

»Sie wissen nicht, was ihr zugestoßen sein könnte?«

»Wie ich schon sagte: nein«, wiederholte er und gab sich keine Mühe, seine Gereiztheit zu verbergen. Ralph bellte jetzt wie verrückt. »Aus!«, befahl er scharf. »Ralph, sitz!«

Der Schäferhund gehorchte, die Ohren angelegt, die Augen auf James gerichtet.

»Wer ist denn da?«, fragte Bobby hinter ihm.

»Ich bin Charity Spritz«, stellte sich die junge Frau eilig erneut vor. »Vom *Clarion.*«

»Ich kenne Sie aus dem Fernsehen.« Bobby nickte knapp.

»Ich arbeite gelegentlich für den Sender KPTD, und ich würde Mr Cahill … und Ihnen gern ein paar Fragen stellen. Sie sind *wer?*«

Bobby richtete sich zu seiner vollen Größe von einem Meter achtzig auf. »Robert Knowlton, der Vorarbeiter.«

»Dann sind Sie also derjenige, der Mr Cahill gefunden hat? In diesem Haus?« Sie deutete ins Hausinnere.

»Das ist richtig«, antwortete Bobby mit einem strahlenden Lächeln.

»Schluss!«, schaltete sich James ein. Er hatte keine Lust auf Menschen, die in seinem Leben herumschnüffelten. Er wollte weder mit der Polizei noch mit Megans Schwester reden, auch nicht mit Sophia und schon gar nicht mit irgendwem von der Presse. Sein Kopf schmerzte, seine Schulter pochte, und es kam ihm so vor, als habe er seit Ewigkeiten nicht mehr geduscht. »Bitte gehen Sie.«

»Ich will doch bloß ein paar Fragen stellen.«

»Es tut mir leid.«

Es tat ihm nicht leid.

»Aber ich würde gern Ihre Version schildern.«

»Meine Version?« Das klang gar nicht gut. »Es gibt keine ›Versionen‹.«

»Doch, selbstverständlich«, widersprach sie mit einem Lächeln und verrenkte sich beinahe den Hals, um einen Blick ins Innere des Hauses werfen zu können, *seines* Hauses. »Ich würde gern die Wahrheit veröffentlichen.«

»Dann sprechen Sie mit der Polizei.«

»Noch einmal: *Ihre* Version interessiert mich. Ich möchte hören, was Sie zu sagen haben.« Sie musterte ihn mit ernstem Blick. »Ich bin ins Krankenhaus gefahren, aber man hat mich weggeschickt.«

»Hören Sie, Ms Spritz. Ich bin gerade erst nach Hause gekommen – heute Abend ist wirklich kein guter Zeitpunkt.«

»Dann morgen?«, fragte sie hoffnungsvoll.

»Nein.«

»Die Bewohner von Riggs Crossing stellen Fragen.«

»Tun wir das nicht alle?«

Er wollte die Tür schließen, doch sie rief eilig: »Sie sind der ›Goldjunge‹ von Riggs Crossing, der Mann, der aus San Francisco hierhergekommen ist und alles, was er in dieser kleinen Stadt anfasst, in Gold verwandelt.«

»Ich bin *nicht* aus San Francisco.«

»Aber Ihre Familie ist dort ansässig«, beharrte sie. Sie griff in ihre Manteltasche, zog eine Karte heraus und hielt sie den Männern hin.

Bobby nahm sie ihr aus den behandschuhten Fingern.

»Morgen«, sagte sie. James machte die Tür zu.

»Das war unhöflich.« Bobby blickte auf die Visitenkarte.

James schloss für eine Sekunde die Augen und meinte, oben eine Bodendiele knarzen zu hören. »Was war das?«

»Ich denke, du hast ungebetene Gäste. Ralph ist an der Tür zum Kriechboden fast durchgedreht. Wahrscheinlich haben es sich dort irgendwelche Nagetiere oder Waschbären gemütlich gemacht.«

James runzelte die Stirn. Er würde der Sache später nachgehen, jetzt wollte er erst einmal ins Hotel, dort duschen und sich ausruhen. Durchs Fenster sah er Charity Spritz hinterher, die in ihren silbernen

Hyundai stieg, wendete und davonfuhr. Gut. »Hast du meine Sachen?«, fragte er Bobby.

»Hier«, sagte Bobby und hielt die Tasche hoch, die er gepackt hatte.

»Dann lass uns fahren.« Er war müde und freute sich auf ein anständiges Bett.

»Kein Problem. Aber ich an deiner Stelle würde mir durch den Kopf gehen lassen, ob du nicht doch mit dieser Reporterin sprichst«, riet ihm Knowlton, als sie durch das verwüstete Esszimmer in die Küche gingen. »Wenn Megan nicht wieder aufkreuzt, wird es nur noch schlimmer. Es schadet nie, einen Freund bei der Presse zu haben.«

»Ich denke darüber nach«, versprach James. Er stieß einen scharfen Pfiff aus, und Ralph kam in die Küche gesprungen. »Komm, mein Junge, sehen wir zu, dass wir von hier wegkommen.«

KAPITEL 12

Rebecca atmete hörbar aus.

Puh!

Sie wischte sich mit dem Handrücken über die Stirn.

Im Haus war es seit geschlagenen zehn Minuten totenstill. Sie war allein. Kein winselnder Hund, kein Krallengeklacker, keine Gesprächsfetzen, die von unten zu ihr heraufdrangen, kein Licht mehr unter der Türritze. Nur das Rumpeln der Heizrohre und das Hämmern ihres eigenen Herzens.

Sie hatte gehört, wie James zusammen mit dem anderen Mann weggefahren war. Jetzt schlich sie zögernd zur Tür und drehte den Knauf.

Was, wenn sie den Hund hiergelassen haben?

Sie meinte sich zu erinnern, dass James den Hund gerufen hatte, aber sie war sich nicht sicher. Saß Ralph mit im Auto, oder hatte James ihn in die Hundehütte gesperrt?

Allerdings blieb ihr keine andere Wahl, als das Risiko einzugehen, wenn sie nicht die ganze Nacht hier sitzen wollte. Außerdem wusste sie nicht, wann irgendwer zurückkam. Langsam zog sie die Tür auf und blickte in Richtung Treppe. Ein letztes Zögern, dann huschte sie die Stufen hinunter und rannte zur Haustür. Durch die beiden Fenster rechts und links neben der Tür fiel das verwaschene Licht der Außenlampe und tauchte alles in einen gräulichen Schein. Was, wenn die Tür abgeschlossen war?

War sie nicht.

Schwitzend und mit trockenem Mund trat sie unter das Vordach und blickte sich um.

Niemand zu sehen.

Alles ruhig.

Trotzdem kribbelte ihre Haut wie verrückt.

Rebecca setzte sich in Bewegung. Jetzt musste sie nur noch die Stufen runter, dann die Zufahrt entlanglaufen zur Straße und zum Parkplatz vor dem Hotel, wo sie ihren Wagen abgestellt hatte. Noch einige Minuten, dann wäre sie …

Knarz!

Sie wirbelte herum, doch sie sah nichts.

Das Geräusch kam von der Seite.

Ein Knacken wie von Holz, wie von einer Verandadiele.

Das bildest du dir bloß ein.

Ihr Puls schnellte in die Höhe. Noch einmal wanderte ihr Blick über die verschneite Landschaft, aber es war zu dunkel, um irgendetwas zu erkennen.

Gut möglich, dass sich jemand hier versteckte.

Sieh zu, dass du dich aus dem Staub machst!

Rebecca wollte gerade die Eingangsstufen hinunterspringen, als sie es erneut hörte.

Knaaarz!

Lauter diesmal.

Das ist nur der Wind, der einen Ast gegen das Dach weht …

Mit wild pochendem Herzen joggte sie über den verschneiten Rasen.

Von der Veranda her hörte sie ein dunkles Grollen.

Sie erstarrte.

Drehte sich um.

Sah zwei dunkle Gestalten auf der Veranda stehen. Einen Mann und einen Hund mit zotteligem Fell und aufgestellten Ohren, dessen Augen in dem unheimlichen Licht grün schillerten.

Ihr Magen verknotete sich, und sie fing an zu rennen, doch eine nur allzu vertraute Stimme ließ sie wie angewurzelt gleich wieder stehen bleiben. »Rebecca.«

Ach du liebe Güte. *James.*

»Hast du mich erschreckt! Was … was machst du denn hier?«, stammelte sie.

»Ich habe etwas vergessen«, sagte er.

Sie blickte auf den Vorplatz, aber es war nirgendwo ein Auto zu sehen. Sein Freund musste ihn abgesetzt haben, und er war noch einmal zu Fuß zurückgekommen, um zu holen, was immer er im Haus vergessen hatte.

»Außerdem wohne ich hier«, fügte er hinzu. Er stieß sich vom Verandageländer ab. »Die Frage sollte daher wohl eher ich *dir* stellen: Was machst du hier?« Der Hund folgte ihm, die Augen auf sie geheftet.

»Aber du … Ich dachte, du wärst im Krankenhaus.«

»War ich auch, wie du ja sehr gut weißt.« Langsam ging er die Stufen hinunter. Er war sauer, das konnte sie selbst in dem spärlichen Licht sehen. »Warum zum Teufel bist du in mein Haus eingebrochen?«

»Ich bin nicht eingebrochen.«

»Es war abgesperrt.«

Sie wusste, dass sie einfach davonlaufen konnte. Dass sie schneller war als er in seinem angeschlagenen Zustand, doch schneller als der Schäferhund war sie nicht. Das Spiel war aus. »Die Hundeklappe war offen.«

»Du bist durch die *Hundeklappe* gekrabbelt? Herrgott, Rebecca, was ist los mit dir?« Als er merkte, dass sie tatsächlich eine Antwort auf seine Frage suchte, hob er eine Hand und fragte schlicht: »Warum?«

»Ich … ich dachte, ich würde vielleicht auf etwas stoßen, was mir weiterhilft.«

»Was dir weiterhilft? Und deshalb brichst du in ein Haus ein, das bereits von der Polizei durchsucht wurde?«

Er hatte recht. Selbst in ihren Ohren klang das lächerlich.

Aufgebracht musterte er sie von oben bis unten. Nicht zum ersten Mal, wie sie sich sehr wohl erinnerte. »Was dachtest du, worauf du stoßen würdest?«

»Keine Ahnung. Auf irgendetwas, was mir hilft, Megan zu finden.«

»Bei mir?«

»Ja!«, stieß sie hervor und spürte, wie sie sauer wurde. »Sie wollte von hier aus zu mir fahren.« Rebecca deutete mit dem Zeigefinger aufs Haus. »Sie hat gesagt, sie habe sich furchtbar mit dir gestritten. Anscheinend hatte sie Angst vor dir und wollte nur noch weg.«

»Sie hatte Angst vor mir?«

»Warum wiederholst du alles, was ich sage? *Ja!* Sie war außer sich vor Angst. Hysterisch. Deshalb dachte ich, wenn ich herkomme, kann ich mir vielleicht ein Bild von dem machen, was passiert ist. Du bist mir schließlich keine große Hilfe, wenn es darum geht, die Fakten zusammenzutragen.«

»Ich würde dir gern helfen, wenn ich könnte, aber …«

»Jaja, ich weiß! Du kannst dich nicht erinnern.«

Er presste die Lippen zusammen. Eine eisige Böe fuhr durch die kahlen Zweige der Bäume rund ums Haus. »Komm rein, es ist saukalt hier draußen.« Mit unsicheren Schritten ging er die Stufen wieder hoch.

»Ich denke, ich sollte besser verschwinden.«

»Noch nicht. Erst habe ich ein paar Fragen.« Er zog einen Schlüssel aus der Hosentasche und sperrte die Haustür auf. »Wo ist dein Auto?«

»Auf dem Parkplatz vor dem Hotel.« Sie warf erneut einen Blick auf den leeren Vorplatz. »Und deins?«

Er schnaubte. »Bei der Polizei. Genau wie du scheinen die Cops davon auszugehen, dass ich deiner Schwester etwas angetan habe.«

»Hast du?«

»Selbstverständlich nicht.«

»Du erinnerst dich also«, stellte sie herausfordernd fest und machte einen Schritt auf ihn zu.

»Schön wär's.«

»Und woher weißt du es dann?«

»Ich weiß es einfach, okay?«, blaffte er. »Ich bin nicht gewalttätig.« Doch an seiner Schläfe pulsierte eine Ader, gleich unterhalb des Verbands. »Ich würde niemals jemanden verletzen.«

»Aha. Da bist du dir sicher?«

Der Hund knurrte.

Sie wandte den Blick nicht ab.

»Ich würde ihr niemals wehtun.«

Er wirkte überzeugend, aber sie wusste, wie leicht ihm Lügen über die Lippen gingen. Daher sagte sie provozierend: »Du bist mit dem anderen Mann weggefahren und anschließend zurückgekommen, weil du wusstest, dass ich im Haus war.«

»Ralph wusste, dass jemand im Haus war«, korrigierte er sie. »Bei mir gibt es keine Schädlinge.«

Gefolgt von seinem Schäferhund, betrat er das Haus und schaltete das Licht an. »Sieh dich um. Gründlich. Bei voller Beleuchtung, nicht mit der Taschenlampe oder was immer du dabei benutzt hast. So habe ich mein Haus vorgefunden, von der Polizei verwüstet.«

»Und von dem, was davor passiert ist.« Sie ging an ihm vorbei ins Wohnzimmer und starrte auf den dunklen Fleck am Kamin. »Ist das Blut wirklich nur von dir?«

»Keine Ahnung.«

»Eine weitere Gedächtnislücke?«

Er warf ihr einen finsteren Blick zu, dann schaute er zur Seite. »Ich nehme an, das wird die Polizei herausfinden.« Er stellte einen Sessel auf und bedeutete ihr, Platz zu nehmen. »Erzähl mir, was *du* weißt.« Als sie zögerte, fügte er hinzu: »Du willst doch herausfinden, wo deine Schwester ist, oder?«

Sie nickte.

»Also gut. Dann hilf mir auf die Sprünge.«

Rebecca ließ den Blick durch das verwüstete Zimmer schweifen. Ja, sie wollte Antworten finden, und James war offensichtlich bereit zu reden. Was hatte sie zu verlieren?

»Megan hat mich angerufen. Nach eurer Auseinandersetzung. Sie war auf dem Weg zu mir.« Sie dachte an die hysterische Stimme ihrer Schwester. »Zunächst habe ich mir keine Sorgen gemacht. Sie ist ja dafür bekannt, dass sie des Öfteren … überreagiert.«

Er schnaubte. »Aus welchem Grund hat sie diesmal … überreagiert?«

Rebecca taxierte ihn abschätzig. »Sie dachte, ihr zwei wärt ein festes Paar. Anscheinend warst du anderer Meinung.« Als er nichts erwiderte, fügte sie hinzu: »Ich weiß nicht, warum das so ein Schock für sie war. Sie kannte dich doch.«

Rebecca hoffte, ihre Bemerkung würde seinem Gedächtnis auf die Sprünge helfen.

Wenn ja, ließ er es sich nicht anmerken.

»Als sie nicht zu mir kam, glaubte ich zunächst, sie hätte sich wieder eingekriegt und wäre vielleicht umgedreht. Dachte, ihr hättet euch wieder versöhnt und sie hätte bloß vergessen, mich auf den neuesten Stand zu bringen.« Sie blickte aus dem Fenster. Es schneite immer noch. »Ich habe mir nicht einmal Sorgen gemacht, als sie nicht ans Telefon ging und auch meine Textnachrichten ignorierte. Vielleicht kam sie sich blöd vor und wollte mir keine Erklärung liefern müssen. Aber als sie sich am nächsten Abend immer noch nicht gemeldet hatte, wurde ich nervös und fing an, ihre Freunde und Kollegen anzurufen. Letztere teilten mir mit, dass sie nicht zur Arbeit erschienen war. Mehr wussten sie nicht. Also habe ich alle abtelefoniert, die mir sonst noch einfielen, außerdem habe ich mich an die umliegenden Krankenhäuser gewandt.«

»Doch du hast nichts herausfinden können?«

Rebecca nickte. »Absolut gar nichts.«

»Woraus du geschlossen hast, dass ich etwas mit ihrem Verschwinden zu tun habe.«

Wieder schweifte ihr Blick zum blutbefleckten Kamin. »Anscheinend hat sie die Wahrheit gesagt, was euren Streit anging.«

»Und es ergibt Sinn für dich, dass ich schwer verletzt in die Klinik gebracht wurde und gleichzeitig in bewusstlosem Zustand deine Schwester aus dem Weg geschafft habe?«

»Vielleicht hattest du eine Komplizin? Megan hat mir erzählt, dass du dich mit einer anderen Frau getroffen hast. Bei deinem Reichtum ist es durchaus möglich, dass du jemanden bezahlt hast, um sie beiseiteräumen zu lassen.«

»Dann habe ich also einen heftigen Kampf inszeniert und jemanden engagiert, der sie entführt oder ihr sonst etwas antut? Das kannst du doch nicht ernst meinen, Rebecca.« Er ging ins Esszimmer und beugte sich vor, um eine mit dunklem Fingerabdruckpulver überzogene Flasche Scotch von der Anrichte zu nehmen, wobei er vor Schmerz leicht zusammenzuckte. »Verdammt«, knurrte er und hielt die Flasche in die Höhe. »Ich kann einen Drink gebrauchen. Und du?«

»Nein danke.«

Er richtete sich auf und nahm zwei Gläser aus einem anderen Schrank. »Sicher?«

»Ich möchte keinen Drink.« Sie hatte schon öfter etwas mit ihm getrunken, und es hatte nie ein gutes Ende genommen. »Die Sache ist ernst, James.«

»Ja, das habe ich verstanden.«

»Außerdem stehst du unter Schmerzmitteln, da ist Alkohol eine ganz schlechte Idee.«

Er nickte knapp. »Du hast recht. Allerdings habe ich eine ziemlich beschissene Zeit hinter mir, da macht ein Whisky auch nichts aus.« Er stellte die Gläser auf einen kleinen Beistelltisch, den die Polizei bei ihrer Suche nicht umgedreht hatte, gab einen ordentlichen Schuss in jedes Glas und setzte die Flasche unverschlossen dazwischen ab.

»Du solltest wirklich vorsichtig sein«, warnte sie ihn.

»Ach, zur Hölle.« Er leerte das erste Glas. »Und weißt du auch, warum? Jeder in dieser verfluchten Stadt, dich eingeschlossen, scheint mich für das verantwortlich zu machen, was Megan zugestoßen ist – keine Ahnung, was es ist. Jeder traut mir zu, dass ich ihr etwas angetan habe … Mein Gott, ich möchte mir gar nicht vorstellen …« Er füllte sein Glas nach.

»Wow. Jetzt mach mal langsam.«

»Genau deshalb bist du doch auch hier. Weil du mich ans Kreuz nageln möchtest.« Er ließ sie nicht aus den Augen.

Am liebsten hätte sie abgestritten, dass seine Bemerkung ins Schwarze traf, doch sie tat es nicht. Vor dem Haus dröhnte ein Motor. Weißes Scheinwerferlicht fiel durch die Wohnzimmerfenster.

Rebecca sah hinaus und entdeckte einen alten, ramponierten Pick-up, der vor dem Eingang anhielt. Kamen etwa noch weitere ungebetene Gäste?

James kippte den zweiten Scotch, dann machte er sich, gefolgt von Ralph, auf den Weg zur Haustür.

Rebecca stand auf.

»Wir bringen dich zu deinem Wagen.«

»Wer ist ›wir‹?«

»Bobby. Mein Vorarbeiter. Er fährt mich ins Hotel.«

Einige Sekunden später betrat ein drahtiger Mann mit einer Kappe, die er tief in die Stirn gezogen hatte, das Wohnzimmer, gefolgt von einem Schwall kalter Luft, durchmischt von Zigarettenrauch. Er warf Rebecca einen durchdringenden Blick zu. »Nun, Ralph hatte recht. Hätte ich mal lieber nachgesehen.«

James nickte. »Bobby, das ist Rebecca, Megans Schwester«, stellte er vor. »Megan, das ist Bobby.«

»Was machen Sie hier?«, fragte Bobby.

»Sie dachte, sie würde hier auf etwas stoßen, was ihr helfen könnte, ihre Schwester zu finden«, antwortete James an Megans Stelle.

»Und deshalb ist sie *eingebrochen?*« Bobby runzelte die Stirn. »Ich hatte das Haus abgeschlossen, und zwar höchstpersönlich!«

»So was in der Art.« James winkte ab. »Lange Geschichte. Fakt ist, dass sie ihren Wagen vor dem Inn geparkt hat, weshalb wir sie dorthin mitnehmen.«

Bobby sah aus, als wolle er widersprechen, doch dann schien er es sich anders zu überlegen und rückte stattdessen seine Kappe zurecht. »Okay«, sagte er gedehnt.

»Nein danke«, lehnte Rebecca ab. »Ich kann laufen. So weit ist das ja nicht. Du bist verletzt, und es ist bestimmt nicht viel Platz in der Fahrerkabine.« Der Gedanke, zusammen mit den beiden Männern in einem Pick-up eingepfercht zu sein, selbst auf dieser kurzen Strecke, war abschreckend.

»Es macht keinen Sinn, ihm zu widersprechen«, sagte Bobby.

»Wir sollten uns beeilen. Cyn, meine Frau, bombardiert mich bereits mit Textnachrichten. Ich muss nach Hause.«

»Ich hole mir nur schnell einen Hut.« James verschwand im Flur und kam mit einem schwarzen Cowboyhut zurück, der seinen Kopfverband verdeckte. »Gehen wir.«

Rebecca musste wohl oder übel in den alten Chevy klettern. Ralph sprang ebenfalls hinein und rollte sich, ohne sie aus den Augen zu lassen, im Fußraum vor ihr zusammen. Bobby half James auf den Beifahrersitz, dann setzte er sich ans Steuer und fuhr los.

Du schaffst das, es ist ja gleich überstanden, redete sie sich ein und ignorierte die Tatsache, dass ihr Bein gegen James' Schenkel drückte, dass er so nahe war, was eine wahre Flut von Erinnerungen in ihr auslöste. Er mochte sich vielleicht nicht an ihre gemeinsame Zeit erinnern, sie dagegen erinnerte sich umso lebhafter daran. Noch nie war ihr Seattle so pulsierend, so lebendig erschienen wie in den wenigen Monaten, die sie dort mit James verbracht hatte. Für sie selbst galt das Gleiche, dachte sie. Sein Betrug war bitter gewesen und hatte ihr viel von ihrer Lebensfreude genommen.

Kein Wunder, hatte er sie doch mit ihrer eigenen Schwester hintergangen.

Und jetzt hatte er Megan das Gleiche angetan und sie ebenfalls betrogen.

Rebecca hätte vermutlich eine gewisse Befriedigung verspüren sollen, aber das tat sie nicht. Mit Mühe blendete sie all die albernen Gedanken aus, die sie zu überwältigen drohten, und – noch schlimmer – all die albernen Gefühle. Was geschehen war, war geschehen.

Der Geruch nach Zigarettenrauch, Schnaps und warmer Heizluft umhüllte sie. Zum Glück dauerte die Fahrt keine fünf Minuten, wenngleich ihr diese wie eine Ewigkeit vorkamen.

Bobby fand eine freie Parklücke gleich neben dem Hoteleingang und stellte den Motor ab. James öffnete die Beifahrertür und stieg aus, ohne auf die Hilfe seines Vorarbeiters zu warten. Anscheinend hatte er es genauso eilig wie sie, aus der engen Kabine hinauszukommen.

Gut.

Den Schlüssel ihres Wagens in der Hand, sprang sie hinter James her in die eisige Kälte und bedankte sich bei Bobby. Zu James, der neben der offenen Beifahrertür stehen geblieben war, sagte sie: »Wir sind noch nicht fertig.«

»Sie scheint dich nicht besonders zu mögen«, bemerkte Bobby, während er James' Reisetasche die Stufen zum Hoteleingang hinauftrug.

»Das beruht auf Gegenseitigkeit«, erwiderte James.

Bobby warf ihm einen ungläubigen Blick zu und hielt ihm die Tür auf. James betrat die Lobby und sah sich um. Keine Amnesie. Alles kam ihm vertraut vor. Die Rezeption, das Restaurant, die Bar auf der einen, der Aufzug und die Treppe mit dem prächtig geschmückten Weihnachtsbaum auf der anderen Seite.

Das Laufen fiel ihm schwer. Rebecca hatte sich nicht getäuscht: Es war ein Fehler gewesen, Alkohol zu trinken. Er fühlte sich benommen und etwas unsicher auf den Beinen. Schlimmer noch: Es war ihm durch und durch gegangen, Rebecca in Bobbys Pick-up so dicht neben sich zu spüren.

Eine halbe Stunde später stellte Bobby in einer der beiden geräumigen Suiten des Inns James' Reisetasche ab, und er war endlich allein. Er schlenderte langsam durch das Wohnzimmer mit der Schreibecke, an das ein Schlafzimmer mit Bad angrenzte. Im Wohnzimmer stand eine große Ausziehcouch, falls eine Familie die Suite beziehen wollte, außerdem gab es eine Kitchenette mit einem kleinen Herd und einem Kühlschrank. Er hatte Glück, dass in allerletzter Minute jemand abgesagt hatte, denn normalerweise war das Hotel das ganze Jahr über ausgebucht.

Da zählte es auch nicht, dass ihm das verdammte Ding gehörte. Ihm und der Bank von First Crossing.

James ging ins Bad, zog sich aus und betrachtete in dem großen Ganzkörperspiegel die Blessuren, die sein Körper davongetragen hatte. Er sah furchtbar aus. Die Beine und die untere Hälfte seines Körpers waren unverletzt, dafür gab es oben herum jede Menge blaue Flecke. Die Rippenprellung. Er beugte sich vor und betrachtete die Kratzer auf der linken Gesichtshälfte. Sie waren gereinigt und desinfiziert worden, doch sie schienen tief zu sein. Dunkle Krusten überzogen seine Wange. Egal, in einer Woche würden die Kratzer verheilt sein. Und wenn nicht, ließ er sich eben einen Bart stehen.

Er stellte die Dusche an und trat unter den Strahl, darauf bedacht, dass Kopfverband und Schlinge nicht nass wurden. Was ihm nicht gelang. *Auch egal.* So gut er es mit einer Hand konnte, wusch er sich, dann ließ er Seife und Shampoo vom heißen Wasser abspülen. Er war auf dem Weg der Besserung, das spürte er. Die körperlichen Verletzungen heilten.

Trotzdem konnte er sich noch immer nicht erinnern.

Zumindest nicht deutlich. Und manches fehlte ganz.

Die Schmerzen waren ein weiteres Problem. Trotz des Scotchs würde er auf keinen Fall ohne entsprechende Medikamente schlafen können. Er fragte sich, ob er nicht lieber eine Nacht länger im Krankenhaus hätte bleiben sollen, dann schob er den Gedanken entschlossen beiseite.

Stattdessen dachte er an Rebecca. Sie war noch immer wunderschön. Und sie war wütend. Höllisch wütend. Überzeugt, dass er etwas mit dem Verschwinden ihrer Schwester zu tun hatte. Sie traute ihm nicht. Mochte ihn nicht.

Doch es hatte eine Zeit gegeben, in der sie ihm sehr wohl vertraut, ihn sehr wohl gemocht hatte.

Er konnte sich nicht genau erinnern, aber er spürte, dass sie sich um ihn gesorgt, sich zu ihm hingezogen gefühlt hatte, vermutlich weitaus mehr als er sich zu ihr. Sie waren zusammen gewesen, auch wenn ihm keine Details ihrer Beziehung mehr einfielen. Frauen waren schon immer seine Schwäche gewesen– und sein Verderben.

War sie wirklich wegen Megan hier?

Oder ging es vielmehr um ihn?

Sein Ego … Mist. Auch das war wohl schon immer ein Problem gewesen. Er nahm die Packung mit Schmerzmitteln, die Bobby ihm auf der Rückfahrt von der Klinik besorgt hatte, aus seiner Reisetasche und schluckte zwei. Warum um Himmels willen konnte er sich nur an einzelne Bruchstücke erinnern?

Weil du dich nicht erinnern willst. Du weißt aus irgendeinem Psychologieseminar, dass das Gehirn eine Schutzfunktion einschaltet, wenn Erinnerungen zu schmerzhaft werden. So kann es allzu brutale Erlebnisse ausblenden und verdrängen.

Er betrachtete sein Gesicht in dem beschlagenen Spiegel und kam zu dem Schluss, dass sein Gehirn vielleicht gar keine schlechte Lösung gefunden hatte.

KAPITEL 13

Wenn James Cahill glaubte, sie würde ihn so einfach vom Haken lassen, dann hatte er sich getäuscht, beschloss Charity, als sie zu ihrem Apartment fuhr. Das winzige Studio, das wohl einst als Dienstbotenquartier in dem großen viktorianischen Haus gedient hatte, erinnerte mit seinen schneebedeckten Gauben und Giebeln von außen an eine Weihnachtspostkarten-Idylle. Sogar Eiszapfen hingen von den Dachrinnen. Schon vor Jahren hatte man das Innere so umgebaut, dass fünf kleine Wohnungen entstanden waren. Die Räumlichkeiten des Besitzers befanden sich im Erdgeschoss, Charitys Mini-Apartment unter dem Dach.

Sie kannte ihre Nachbarn vom Sehen und wusste von der Beschriftung auf den Briefkästen, wie sie hießen, doch das war schon alles. Der Mann im Souterrain, ein Computernerd, blieb gern für sich. Im ersten Stock wohnte ein Pärchen, die Frau war schwanger. Bald wäre ein schreiendes Baby im Haus – Charity konnte es kaum erwarten. Der einzige halbwegs normale Mensch war eine Frau um die vierzig, die im Apartment unter ihr wohnte, neben dem Pärchen. Maribelle Edwards arbeitete als Köchin für das Restaurant des Cahill Inn, was Charity für pures Glück hielt. Sie nahm sich vor, ganz besonders freundlich zu Maribelle zu sein und ihr mal eine Flasche Wein vorbeizubringen. Vielleicht wurde sie gesprächig und erzählte ihr, was hinter den geschlossenen Türen des Hotels so vor sich ging.

Sie betrat den Hausflur und ging die Treppe hinauf zu ihrer kleinen Wohnung. Es war unordentlich, auf dem Fußboden lag eine Jeans, die Tagesdecke war vom Sofa gerutscht, auf dem Tisch standen mehrere benutzte Gläser, doch das war nichts, verglichen mit dem Chaos in James Cahills Haus, das sie schon von der Eingangstür aus hatte sehen können.

Charity schloss die Wohnungstür, streifte ihre Stiefel ab und schlüpfte aus dem Mantel. Anschließend machte sie sich an der Heizung zu schaffen, die nur zwei Temperaturbereiche zu kennen schien: kälter als die Antarktis im Winter oder heißer als die Hölle. Sie entschied sich für Letzteres.

Nach wie vor befeuert von ihrer Story über Cahill, nahm sie eine angebrochene Flasche Merlot aus dem Kühlschrank, schenkte sich ein Glas ein und stellte es auf den Tisch, der ihr gleichzeitig als Schreibtisch diente. Sie nahm ein paar Schlucke und wartete darauf, dass es endlich warm wurde, dann fuhr sie ihren Laptop hoch.

Es war an der Zeit, mehr über James Cahill herauszufinden. Sie hatte vor, morgen früh, bewaffnet mit tonnenweise Informationen, in die Redaktion zu gehen und darauf zu bestehen, dass ihr der Chefredakteur die Aufgabe übertrug, über Megan Travers zu berichten. Das war *ihre* Story, verdammt noch mal, und Seamus O'Day, der senile alte Knacker, würde ohnehin nichts als Schwachsinn produzieren. Es musste endlich jemand den Stier bei den Hörnern packen und James Cahill als den Hochstapler entlarven, der er war – und dieser Jemand hieß Charity Spritz.

Sie war sich sicher, dass er mehr wusste, als er zugab.

Amnesie?

Pah.

Wer glaubte denn so was?

»Du bindest mir keinen Bären auf«, murmelte sie und startete ihre Google-Recherche.

Sie stellte Informationen über die alten Skandale zusammen, in welche die Familie Cahill verwickelt gewesen war, und spürte, wie ihr plötzlich warm wurde. Vom Whiskey? Oder doch eher von der stickigen Hitze, die die Heizung abstrahlte? Egal.

»Sieh an, sieh an«, sagte sie laut, als sie Artikel um Artikel über Marla Cahill, deren Tochter Cissy und – Trommelwirbel! – den unschuldigen, kleinen James überflog.

Der gar nicht so unschuldig war.

Sie füllte ihr Glas nach und druckte weitere Berichte aus, die ihr ins Auge stachen. Die Familie Cahill zählte zum alten Geldadel von San Francisco und hatte ihr Vermögen über Generationen hinweg vermehren können. Sie hatte eine Stiftung für schwangere Mädchen eingerichtet, für die es keine andere Anlaufstelle gab – Cahill House –, und die Familienmitglieder blickten auf eine lange Reihe von Skandalen rund um Sex, Geld, Lügen und ominöse Geheimnisse zurück, die sich einfach nicht geheim halten ließen. Aber all das hatte die Familie nicht unterkriegen können, auch dann nicht, als Eugenia Cahill, die Matriarchin, starb – ein weiteres Mordopfer.

Morde und Geisteskrankheiten zogen sich nämlich ebenfalls durch die Familiengeschichte, und Charity fragte sich, ob sich beides bei James, dem jüngsten Erben und Goldjungen der Familie, wiederholen würde. War es möglich, dass er seine Freundin umgebracht und ihre Leiche versteckt hatte? War er vielleicht sogar so weit gegangen, sich selbst zu verletzen, um sein Verbrechen zu vertuschen?

Nein, das erschien ihr doch zu weit hergeholt, und außerdem hieß es, Megan sei nach dem Streit auf dem Weg zu ihrer Schwester gewesen. Sie war also noch am Leben, als sie sich ins Auto gesetzt hatte, doch es war nicht ausgeschlossen, dass James einen Komplizen hatte. Oder war er ihr hinterhergefahren und hatte sie umgebracht?

Charity lehnte sich auf ihrem Stuhl zurück und dachte nach.

Irgendwie würde sie James Cahill schon auf die Schliche kommen.

Und sie würde sämtliche Leichen aus dem Keller seiner Familie holen.

Er war nicht der Einzige, der Verbindungen nach San Francisco hatte. Ihre Tante lebte in Oakland, nur ein kurzes Stück über die Bucht entfernt, und momentan war Weihnachtszeit. Zeit für Charity, ihre Familie zu besuchen und eine berufliche Reise mit privatem Vergnügen zu verbinden?

Lächelnd ging sie in die Küche, nahm ihr Handy und scrollte durch ihre Kontaktliste, um herauszufinden, ob sie Tante Maureens Nummer gespeichert hatte.

Der Traum war so real!

Eine Frau liebkoste ihn, küsste ihn, ihr Atem strich heiß über seine Haut, während er auf dem Bett lag. James stöhnte heiser, als ihre Zunge über seine Brust und tiefer glitt.

Er reagierte. Seine Erektion war steinhart. Schmerzhaft.

Sein Blut kochte.

Sie nahm ihn in den Mund und umspielte mit ihrer nassen, verführerischen Zunge seine Eichel.

Rebecca? Er sah ihr Gesicht vor sich, auch wenn er die Augen geschlossen hatte. Das Bild blieb für eine Sekunde, dann verblasste es, doch das lustvolle Prickeln nahm weiter von ihm Besitz.

Die Hitze.

Die Feuchtigkeit.

Die Begierde.

Der Druck stieg, und gerade, als er meinte, nicht länger an sich halten zu können, senkte sie sich auf seine Hüften herab und fing an, ihn zu reiten … so quälend langsam … so feucht … so heiß. Sie wurde schneller und schneller, genau wie sein Herzschlag und sein Atem. O Gott, o Gott …

Er bäumte sich auf.

Ein Zucken ging durch seinen Körper, gefolgt von weiteren Wellen seines Höhepunkts.

Er stöhnte auf vor Erleichterung.

Seine Hüfte sackte auf die Matratze.

Schmerz schoss durch seinen Brustkorb.

Er riss die Augen auf und sah, wie die Frau von ihm heruntergleitt.

Kein Traum.

Kein Trugbild, hervorgerufen durch die starken Medikamente.

Die Frau war echt, und sie lag in seinem Bett.

Im Zimmer war es fast dunkel, es fiel kaum Licht durch die teilweise geschlossenen Vorhänge, und James fühlte sich für eine Sekunde desorientiert. Er war nicht zu Hause, er lag nicht in dem Bett im Krankenhaus, er war … Ach du Scheiße! Er tastete nach der Nachttischlampe, fand den Schalter, und schlagartig wurde es hell im Raum.

Sophia lag neben ihm, nackt, das blonde Haar zerzaust, den Körper an seinen gedrückt. Ihre Augen blitzten amüsiert. »Guten Morgen«, flüsterte sie dicht an seinem Ohr und versuchte, die Decke über ihn zu ziehen.

»Was machst du hier?«

Er sah sich blinzelnd um, dann dämmerte es ihm. Er war im Hotel.

»Ist das nicht offensichtlich?« Sie lächelte ihn verführerisch an, stützte sich auf einen Ellbogen und warf das Haar über die Schulter, wobei sie ihren Nacken mit den vielen kleinen Sommersprossen entblößte, der für gewöhnlich unter ihrer vollen, hellblonden Mähne verborgen war.

»Ich meine …« Er rückte ein Stück von ihr ab, brachte Abstand zwischen ihre nackten Körper. »Warum bist du hier?«

»Du hast mich eingeladen.«

Das hörte sich nicht richtig an. »Wann?«

»Gestern Nacht. Als du an der Rezeption eingecheckt hast … Ich habe gerade die Bar geschlossen und einen Blick in die Lobby geworfen, als ich dich mit Bobby dort stehen sah. Du hast mir zugezwinkert und mir ein Zeichen gegeben.«

»Was für ein Zeichen?«

»Du hast genickt, was bedeutet, dass ich zu dir kommen soll, und das habe ich getan.«

Er konnte sich nicht daran erinnern. War es möglich, dass sie log?

Sie zog eine Augenbraue kokett in die Höhe. »Freust du dich nicht?«

»Doch …« Was hätte er sonst sagen sollen?

Sie drehte sich auf den Bauch, stützte sich auf beide Ellbogen und legte den Kopf schräg. Die langen Haare fielen über ihre Schultern auf die nackten Brüste.

Ihr Lächeln verblasste. »Du erinnerst dich nicht?«

Er konnte sich daran erinnern, dass er ins Hotel eingecheckt hatte, immer noch ausgesprochen schlecht gelaunt. In seinem Haus herrschte Chaos, sein Computer, Laptop, iPad und Handy waren bei der Spurensicherung, er stand unter dringendem Tatverdacht, etwas mit dem Verschwinden von Megan Travers zu tun zu haben, und er konnte sich nur an einzelne Bruchstücke aus der jüngsten Zeit erinnern. Er wusste noch, dass er Rebecca Travers vor seinem Haus angetroffen hatte, in das sie kurz zuvor eingedrungen war, außerdem hatte er schnell nacheinander zwei Whisky getrunken – oder waren es drei gewesen? Vermutlich rührte daher der leichte Kopfschmerz, der sich hinter seinen Augen zusammenbraute.

»Oh. Na dann …« Sie rollte sich aus dem Bett und errötete. »… dann gehe ich mal.«

»Entschuldige, ich bin einfach etwas daneben.«

»Ich hatte gehofft, ich könnte dich ein wenig aufbauen.« Sie sah ihn an, doch als ihr klar wurde, dass er sie nicht auffordern würde zu bleiben, griff sie nach ihrer Kleidung. »Ich dachte, ich könnte mich um dich kümmern, während du wieder gesund wirst.« Sie schloss ihren hauchzarten BH, dann schlüpfte sie in einen Stringtanga, zog ihn über die wohlgeformten Beine, stand auf und drehte ihm ihre perfekte Kehrseite zu.

Sie war schön.

Umwerfend schön.

Was ihr absolut bewusst zu sein schien.

»Ich könnte doch zu dir ins Haus ziehen, oder du bleibst bei mir.« Sie streifte einen grauen Rollkragenpulli über und zog die blonden Haare heraus. »Du wirst Hilfe brauchen, jemanden, der dich versorgt.«

»Ich komme schon klar.«

Sie stieg in einen kurzen schwarzen Rock. »Nun, bleib zumindest hier, allerdings müssen wir dann einem Gast absagen. Das Zimmer ist ab morgen belegt. Das gesamte Inn ist ausgebucht – bis Ende der ersten Januarwoche.«

»Es wird schon jemand stornieren.«

»Wenn du meinst. Meine Einladung steht: Du kannst jederzeit zu mir kommen und bleiben. Wenigstens, bis dein Haus wieder bewohnbar ist und du nicht mehr den Arm in der Schlinge tragen musst.«

Das Angebot ergab Sinn, aber das wollte er nicht eingestehen.

Sie bemerkte seine Unentschlossenheit. »He, alles gut. Mach, was du willst.« Sie streifte eine feine Strumpfhose über, dann setzte sie sich auf die Bettkante und schob den Fuß in einen kniehohen Stiefel, wobei sie leicht zusammenzuckte. »Ich versuche bloß, dir zu helfen.« Sie schloss den Reißverschluss, dann wiederholte sie das Prozedere mit Stiefel Nummer zwei und griff anschließend nach einem Wollmantel, der über dem einzigen Stuhl im Schlafzimmer hing. Nachdem sie sich einen roten Schal um den Hals gebunden hatte, warf sie James ein wissendes Lächeln zu. »Wir sehen uns«, hauchte sie und beugte sich übers Bett, um ihm direkt in die Augen zu blicken. »Lass mich wissen, wenn du etwas brauchst. Ganz gleich, was.«

»Das mache ich.«

Sie drückte ihm einen flüchtigen Kuss auf die Lippen, dann richtete sie sich auf, öffnete ohne ein weiteres Wort die Tür zum Wohnbereich und stieg über Ralph hinweg, der schlafend auf der Seite lag. Der Hund hob kaum den Kopf. James hörte, wie sich die Hotelzimmertür hinter ihr schloss.

Er wusste nicht, ob er Erleichterung oder Enttäuschung verspürte – vielleicht auch beides.

KAPITEL 14

EINE ABGESCHIEDENE HÜTTE IN DEN
CASCADE MOUNTAINS, WASHINGTON STATE
15. DEZEMBER

Es muss doch einen Weg hier raus geben! Das ist gar nicht anders möglich!

Dieser Gedanke geht mir wohl zum tausendsten Mal durch den Kopf, während ich mit überkreuzten Beinen auf dem Sofa sitze.

Ich muss hier raus.

Wenn ich erst einmal draußen bin, gelingt es mir womöglich, diesen Fleck in der Wildnis zu erkennen, herauszufinden, wo ich bin. Denn ich habe wirklich keine Ahnung, wo ich mich befinde, genauso wenig, wie ich weiß, wie viel Zeit vergangen ist, seit man mich mit einem Elektroschocker außer Gefecht gesetzt hat.

Wie hatte ich nur so dumm sein können? Niemals hätte ich damit gerechnet, angegriffen zu werden.

»Dummkopf«, murmele ich, dann konzentriere ich mich wieder auf das Problem, das es zu lösen gilt: *Du musst hier raus.*

Angenommen, ich kann mich befreien – was dann? Bin ich Dutzende Meilen von jeglicher Zivilisation entfernt oder bloß eine Viertelmeile von der nächsten Straße? Sind die hohen Bäume, die ich durchs Fenster sehe, wild wachsende Douglasfichten, oder gehören sie zu einem abgelegenen Teil der Weihnachtsbaumfarm? Ich habe nie Verkehrslärm gehört, nie das Geräusch eines anderen Motors außer dem des Wagens, mit dem mein Entführer zurückkehrt, aber vielleicht liegt diese Hütte ja gar nicht so abgeschieden, wie man mir weismachen will.

Vielleicht wäre ich binnen Minuten zurück in der Zivilisation …

Ich frage mich, ob jemand nach mir sucht.

Bestimmt.

Ich verdränge die Furcht, dass man möglicherweise gar nicht bemerkt hat, dass ich nicht da bin, dass ein falscher Grund für mein plötzliches Verschwinden verbreitet wird – ein Grund, der eine glatte Lüge ist.

Wenn ich doch nur mein Handy hätte, ein Funkgerät oder irgendeine andere Möglichkeit, um mit der Welt dort draußen zu kommunizieren!

Erneut lasse ich den Blick durch die kleine Hütte schweifen, suche intensiv nach einem Riss in den Wänden, der mir eine Fluchtmöglichkeit aus meinem Gefängnis bietet, nach etwas, was ich bislang übersehen habe. Wenn ich nicht fliehen kann – was um alles auf der Welt soll dann aus mir werden?

Es ist gefährlich, wenn niemand außer meinem Entführer weiß, wo ich bin. Nicht auszudenken, wenn ihm etwas zustieße.

Ich spüre einen Kloß im Magen und versuche, mir nicht länger auszumalen, wie vertrackt meine Situation ist.

»Du musst dich selbst befreien!«, rufe ich mir wieder einmal vor Augen, während draußen der Wind um das Minihaus pfeift. Sein Heulen klingt spöttisch. Ich schaudere, dabei ist mir nicht kalt. Nicht bei der Hitze, die von dem mit Propangas betriebenen Kamin abstrahlt, der in einer Ecke sein sanftes Licht verbreitet. Ich frage mich, was passiert, wenn das Gas ausgeht oder der Generator, den ich leise summen höre, verstummt. Was, wenn mein Entführer beschließt, nicht zurückzukommen, was, wenn er nicht zurückkommen kann? Was dann?

»Hör auf damit, um Himmels willen!« Ich schiebe auch diesen entsetzlichen Gedanken beiseite, doch er windet sich immer wieder in mein Gehirn, wie ein hässlicher, kleiner Wurm, der mich daran erinnert, wie verletzlich ich bin. »Hau ab!«, rufe ich laut.

Ich ziehe meine Knie unters Kinn und starre nach oben, auf die Fenster, die sich gleich unterhalb der Decke befinden. Sie sind klein, fünf nebeneinander, in einer ordentlichen Reihe. Durch keins davon passe ich hindurch. Die Wipfel der schneebedeckten Nadelbäume leuchten weiß in der sich schnell herabsenkenden Dunkelheit. Es gibt noch zwei größere Fenster, aber die Läden davor sind vernagelt. Die bekommt man nicht auf, außerdem ein kleines – ein sehr kleines – in der Nähe der Tür.

Ich habe einmal versucht, die Fensterläden zu öffnen, aber mehr als blutige Fingerspitzen und abgebrochene Nägel hat es mir nicht gebracht. Natürlich haben sie keinen Millimeter nachgegeben. Genau das ist es, was ein Minihaus der Firma Cahill ausmacht: Es ist ausgesprochen solide gebaut.

Dieses Modell hier mit den silbergrau glänzenden Fliesen, den trendigen Steinarbeitsflächen und sogar einem kleinen Kronleuchter ist an Hochwertigkeit kaum zu übertreffen, aber nichtsdestotrotz ein Gefängnis.

Mein erster Gedanke war, dass es sich um einen kranken Scherz handeln musste.

Dass meine »Entführung« Teil eines ausgeklügelten, aus dem Ruder gelaufenen Streichs war.

Ich hätte es besser wissen müssen.

Ich hätte wissen müssen, womit ich es zu tun hatte. Doch nach der ersten Nacht, nach der zweiten und schließlich nach der dritten wurde mir die mörderische Wahrheit bewusst: Man hält mich tatsächlich hier gefangen, wird mich womöglich einem grausamen Schicksal überlassen. Ich breche in Panik aus. Wieder einmal.

Mit staubtrockenem Mund, die Muskeln bis zum Zerreißen gespannt, frage ich mich, ob ich wohl jemals wieder frei sein werde.

Oder säße ich für immer hier fest?

O Gott, nein. Bitte, bitte nicht.

Doch wenn man mich hätte umbringen oder mir Schmerzen zufügen wollen, hätte man es doch sicher längst getan, oder? Warum sperrte man mich in diese Hütte ein? In eines von diesen Minihäusern?

Worum geht es, wenn nicht darum, mir das Leben zu nehmen?

Um Lösegeld?

Nein.

Ein finsterer Gedanke sickert in mein Gehirn, aber es gelingt mir, ihn zu verbannen.

Mein Herz schmerzt. Seit man mich hier festhält, ist der einzige Mensch, den ich zu Gesicht bekommen habe, mein Entführer.

Jemand, dem ich vertraut habe.

Jemand, auf den ich mein ganzes Leben lang gewartet habe.

Hat mein Entführer einen Komplizen?

Möglich.

Was, wenn sich diese Person einen plausiblen Grund für meine Abwesenheit ausgedacht hat? Wie lange wird es dauern, bis jemand merkt, dass ich tatsächlich »verschwunden« bin?

Wieder steigt Panik in mir auf, mein Herz flattert, meine Hände beginnen unkontrolliert zu zittern.

»Reiß dich zusammen!«, ermahne ich mich selbst über das leise Zischen des Propangasfeuers hinweg.

Ich muss mich beruhigen.

Einen kühlen Kopf bewahren.

Nur wenn ich alle Sinne beisammenhabe, werde ich eine Möglichkeit finden, dieser Situation zu entkommen.

»Gib nicht auf!«

Ich steige die Leiter hinunter und betrete das winzige Badezimmer mit eingebautem WC und Dusche. Die Armaturen sind bombenfest verschraubt. Jeden verfluchten Tag, den ich hier verbringe, versuche ich, sie mit bloßen Händen herauszureißen – vergeblich. Ich kann einfach nicht glauben, dass ich dieser Schachtel aus Holz, Rigips, Metall und Glas nicht entkommen kann.

Ich weiß, dass es Lüftungsschlitze gibt und Löcher, durch die die Rohre mit einer Wasserquelle und einem Faultank verbunden sind und die Stromkabel mit dem Generator.

Denk nach!

Es muss eine Möglichkeit geben, hier rauszukommen.

Benutz deine grauen Zellen!

Vielleicht könnte ich mit dem Propankamin Feuer legen, doch dann wäre ich hier eingeschlossen und würde vermutlich verbrennen, bevor jemand den Brand bemerkte und die Feuerwehr alarmierte. Ich bin noch nicht bereit zu sterben. Nicht auf diese Weise.

Außerdem sinne ich auf Rache.

Der einzige erkennbare Weg nach draußen führt durch die Tür, deshalb ist das denkbarste Szenario, dass ich meinen Entführer beim nächsten Mal, wenn er kommt, um meine Vorräte aufzufüllen, außer Gefecht setze.

Falls er denn kommt.

Es besteht durchaus die Möglichkeit, dass er mich hier meinem einsamen Schicksal überlässt: einem langsamen, qualvollen Tod durch Verhungern oder Verdursten.

Ist das der eigentliche Plan?

Ich hätte niemals gedacht, dass jemand, dem ich vertraut habe, jemand, den ich so geschätzt habe, derart grausam sein kann.

Anstatt diesem schmerzhaften Gedanken weiter nachzuhängen, untersuche ich noch einmal mein Gefängnis, Zentimeter für Zentimeter.

Ich kenne jede Schraube, jeden Nagel, jeden Haken in diesem Minihaus, habe nach allem gesucht, was sich als Waffe eignen könnte, aber alles ist fest eingebaut, und es gibt keinerlei Werkzeug, nicht einmal ein Plastikbesteck, das mir auf meinem Weg in die Freiheit helfen könnte.

Verdammt, verdammt, verdammt!

Verzweifelt werfe ich wieder mal einen Blick auf die Leiter, die nach oben zur Schlafkoje unter dem Dach führt, dann reiße ich sie mit solcher Wucht zur Seite, dass sie von der Wand abspringt. Ich rüttele an einer der Sprossen, die mir etwas lose vorkommt, aber das habe ich mir wohl nur eingebildet. Ich zerre noch einmal mit aller Kraft daran, doch sie gibt nicht nach.

Meine Lage ist aussichtslos.

Auf einmal kommt mir ein Gedanke.

Die Kommodenschubladen! Warum habe ich nicht früher daran gedacht? Wenn ich die Schrauben lockern könnte … doch genau das ist das Problem.

Dennoch …

Mit aufgeregt hämmerndem Herzen ziehe ich eine Schublade nach der anderen heraus und sehe nach.

Alles fest verschraubt.

Womit kann ich die Schrauben lösen? Eine Idee schießt mir durch den Kopf, befeuert von einem Schub Adrenalin. Ich durchwühle den Müll, den mein Entführer nach jedem seiner Besuche mitnimmt. Nichts … abgesehen von …

Er versorgt mich mit Tiefkühlmahlzeiten, wie man sie in jedem Lebensmittelladen bekommt, verpackt in kleine Plastikschalen.

Ich ziehe die oberste Schale aus dem Müll. Ohne sie auszuspülen, drücke ich eine spitze Ecke in die Einkerbung einer der Schrauben.

Es funktioniert nicht.

Das Plastik ist zu dick. Ich fluche, aber ich gebe nicht auf.

Ich habe den Eindruck, dass der Plastikboden dünner ist als die Seiten.

Die Lippen vor Anstrengung zusammengepresst, versuche ich, das Plastik zu zerreißen.

Auch das klappt nicht.

Noch einmal.

Unmöglich.

Meine Hände rutschen ab.

Ich spüle die Schale aus und wasche mir die Hände, dann trockne ich Schale und Hände ab und starte einen neuerlichen Versuch.

»Komm schon«, murmele ich mit zusammengebissenen Zähnen und versuche, das schwarze Plastik mürbe zu machen.

Es gibt einen Grund dafür, dass Plastik auch nach tausend Jahren nicht verrottet, denke ich, aber mir bleiben keine tausend Jahre, um darauf zu warten.

Meine Finger verkrampfen sich.

Ich ignoriere den Schmerz.

Du schaffst es!

Ich biege den Plastikboden vor und zurück.

Gib nicht auf!

Vor und zurück.

»Komm schon!«

Knack!

Plötzlich zerbricht die kleine, schwarze Schale in zwei Teile, beide mit einem papierdünnen, scharfen Rand.

Ich stoße einen lauten Triumphschrei aus.

Jetzt weiß ich auch, wo ich anfangen muss. Nicht hier im Wohnzimmer, wo jede Veränderung gleich ins Auge fallen würde, sondern im Bad. Ich eile in den kleinen, schrankähnlichen Raum und öffne die Tür des Waschbeckenunterschranks. Sie ist mit einem Scharnier verschraubt, außerdem befindet sich an der Innenseite eine schmale Leiste mit Haken daran, für Waschlappen oder ein Handtuch. Nicht gerade eine Waffe, aber etwas, was sich leicht verstecken lässt. Vorausgesetzt, ich kann die Leiste abschrauben.

Ich halte die Luft an, stecke die Plastikkante der schwarzen Schale in die Einkerbung der Schraube und versuche, das verdammte Ding zu drehen.

Nichts.

Es bewegt sich nicht mal einen Millimeter.

Verdammter Mist!

»O nein, nein, nein! Das darf nicht wahr sein!«, stoße ich verzweifelt hervor und versuche es erneut, wobei ich mir die Fingerknöchel aufschürfe.

Ich fluche.

Schwitze.

Und ja, ich bete sogar.

Das muss funktionieren!

Ich muss hier raus und mich in Sicherheit bringen!

Es gibt niemanden, der mich retten wird.

Ich bin auf mich allein gestellt.

KAPITEL 15

RIGGS CROSSING, WASHINGTON
5. DEZEMBER

Am Montagmorgen öffnete Detective Rivers mit dem Schlüssel, den er auf dem Sims gefunden hatte, die Tür von Megan Travers' Apartment. Es war kurz vor fünf Uhr morgens, eine Uhrzeit, zu der er mit ziemlicher Sicherheit allein in der Wohnung sein würde.

Mendoza war nicht bei ihm.

Sie waren schon einmal hier gewesen, gemeinsam. Ausgerüstet mit all dem nötigen Papierkram, hatten sie die Räumlichkeiten unter dem wachsamen Auge der Verwalterin unter die Lupe genommen.

Heute brauchte er ein paar Minuten für sich allein in Megans Zuhause, ohne Mendoza oder die Verwalterin.

Als seine Partnerin und er das erste Mal zur Wohnung gefahren waren, war die Tür geschlossen, aber nicht abgesperrt gewesen. Jetzt war sie abgesperrt.

Er nahm sich vor, die Verwalterin danach zu fragen.

Drinnen hatte sich nichts verändert. Das Apartment war genau so, wie sie es verlassen hatten, genauso unaufgeräumt und chaotisch wie zuvor. Schmutzige Teller und leere Weingläser standen auf dem Couchtisch, daneben lag in einer offenen Plastikverpackung ein halb gegessenes Sandwich. Der kleine Esstisch war übersät mit Zeitschriften, Post und benutzten Kaffeetassen.

Das Bett im Schlafzimmer war ungemacht, die Bettdecke lag zusammengeknüllt auf dem Fußboden, die Schranktüren standen offen. Im Schrank selbst waren vereinzelte Kleidungsstücke von den Bügeln gerutscht, manche waren leer, als hätte jemand hastig die darauf hängenden Sachen zusammengerafft.

Rivers betrat das kleine Bad. Auch hier standen die Türen und Schubladen offen. Megans Klinikklamotten, die Sachen, die sie laut ihrer Kollegen bei der Arbeit trug, lagen auf einem Haufen auf den Fliesen, daneben stand ein Paar Schuhe mit dicken Sohlen. Auf der Badezimmerkommode entdeckte Rivers mehrere Schals, Schmuck und ein Paar Socken. Eine silberne Halskette drohte von der Ablage in eine der offen stehenden Schubladen zu rutschen, der Anhänger, ein fein gearbeitetes Kreuz, glänzte im Licht der Badezimmerlampen.

Sie hatten schon beim letzten Mal weder eine Brieftasche noch einen Laptop noch ein Handy gefunden.

Alles deutete darauf hin, dass Megan Travers die Wohnung überstürzt verlassen hatte.

Allein?

Oder mit jemandem zusammen?

Freiwillig?

Oder gezwungenermaßen?

Er zögerte nur eine Sekunde, dann nahm er die Kette mit dem Kreuz und ließ sie in seine Hosentasche gleiten.

Anschließend kehrte er ins Wohnzimmer zurück und betrachtete die fast leere Flasche Cola light auf einem der Beistelltische, bevor er sich dem Bücherregal zuwandte, auf dem zahlreiche Fotos standen, allesamt von Megan, alle weitaus schmeichelhafter als ihr Führerscheinfoto. Er entdeckte eine Aufnahme von James Cahill, der unter einem Bogen mit der Aufschrift »Cahills Weihnachtswelt« stand. Die anderen Leute, die zusammen mit Megan auf den Fotos waren, kannte Rivers nicht, zumindest nicht persönlich. Gut möglich, dass Freunde oder Verwandte darunter waren, mit denen er bereits wegen ihres Verschwindens telefoniert hatte. Alle hatten dasselbe behauptet: Sie hätten »schon seit einer Weile« nichts mehr von Megan gehört oder »den Kontakt zu ihr verloren«.

Natürlich mit Ausnahme der Leute, die sie in Riggs Crossing kennengelernt hatte.

Laut ihren Kollegen in der McEwen-Klinik war Megan am Tag ihres Verschwindens bei Dienstschluss genauso gewesen wie immer. Auch während ihrer Schicht hatte niemand etwas Ungewöhnliches bemerkt. Vielleicht hatte sie auf der Heimfahrt einen Anruf erhalten, der sie aus der Bahn warf? Oder hatte sie sich mit jemandem getroffen? Von der McEwen-Klinik bis zu ihrer Wohnung waren es mit dem Auto weniger als drei Meilen.

Keine fünf Minuten.

Sie hatte das Apartment betreten, ihre Arbeitskleidung abgestreift und sich umgezogen, dann hatte sie vermutlich eine kleine Reisetasche mit dem Nötigsten gepackt – Make-up, Klamotten, Elektronik. Sie hatte sich sogar die Zeit genommen, eine kurze, handschriftliche Notiz zu verfassen – die sich auf dem Post-it-Block durchdrückte, der neben den leeren Weingläsern auf dem fleckigen Couchtisch lag. Anschließend hatte sie die Wohnung verlassen und sich nicht einmal die Mühe gemacht, die Eingangstür hinter sich abzusperren.

Er nahm an, dass sie zu Cahills Haus gefahren war und ihn zur Rede gestellt hatte. Sie hatten gestritten, und sie hatte sich erneut in den Wagen gesetzt. Auf dem Weg zur Straße war sie beinahe mit einem Schneepflug zusammengestoßen, kurz danach hatte sie ihre Schwester mitten in einem Schneesturm vom Handy aus angerufen, um ihr mitzuteilen, dass sie zu ihr nach Seattle fahren wolle. Laut Aussage einer Zeugin war sie tatsächlich in Richtung Westen unterwegs gewesen, und das mit einer ausgesprochen aggressiven Fahrweise.

Irgendwo zwischen Riggs Crossing und Seattle war Megan Travers verschwunden.

Rivers stand inmitten ihres unaufgeräumten Wohnzimmers, tastete nach der Kette in seiner Hosentasche und schloss die Augen, um sich die Szene vorzustellen, Megans Wut nachzuspüren.

Sie stürmt in das Apartment.

Außer sich.

Zieht sich hastig um, packt in Schlafzimmer und Bad ein paar Sachen zusammen, bleibt am Couchtisch stehen und kritzelt eine Nachricht auf ein Post-it.

Warum macht sie sich die Mühe, wenn sie sowieso vorhat, James Cahill zur Rede zu stellen?

Sie reißt die Nachricht ab und rennt aus der Wohnung, so wütend, dass sie nicht einmal absperrt …

Klick.

Rivers' Augenlider flogen auf. Plötzlich wurde es taghell im Zimmer.

»Wer zum Teufel sind Sie?«, fragte eine Frau von der offenen Tür aus, eine Hand auf dem Knauf, die andere am Lichtschalter. Anscheinend hatte sie gerade die Wohnung betreten wollen, doch nun zögerte sie und blieb auf Abstand.

Er ließ die Kette los, die wieder in die Tiefe seiner Hosentasche sank. »Detective Brett Rivers vom Department des Sheriffs von Riggs Crossing.«

»Haben Sie einen Ausweis bei sich?«, fragte die Frau misstrauisch und musterte ihn durchdringend.

»Und Sie?«, gab er ihre Frage zurück, obwohl er sie auf einem der Fotos im Bücherregal gesehen hatte. Er griff in die Hosentasche, um seinen Ausweis hervorzuziehen. Ihre Augen verfolgten jede seiner Bewegungen. Sie entspannte sich auch nicht, als er seine Brieftasche öffnete und ihr den Ausweis hinhielt.

»Was haben Sie in der Wohnung meiner Schwester zu suchen?«, wollte sie wissen.

Rebecca Travers. Das hatte er sich beinahe gedacht, obwohl sie nur wenig Ähnlichkeit mit Megan aufwies. Mindestens eins fünfundsiebzig groß, mit kastanienbraunen Haaren, die unter der Kapuze ihrer Skijacke hervorlugten. Sie war genauso attraktiv wie die honigblonde Megan, doch auf eine andere, natürlichere Art und Weise.

»Ich sehe mich ein wenig um.«

»Die Verwalterin sagte, die Polizei sei schon da gewesen.«

»Das ist richtig. Ich wollte mir noch einmal einen genaueren Eindruck verschaffen«, sprach er das Offensichtliche aus.

»Warum?«

»Nur für den Fall, dass ich beim ersten Mal etwas übersehen habe.«

»Kommt das häufiger vor?« Sie stand immer noch an der Wohnungstür.

»Nein.«

»Es sah aus, als befänden Sie sich in einer Art Trance oder würden mit Toten kommunizieren … Warum haben Sie denn kein Licht gemacht? Seltsam.«

Er beließ es dabei. »Sie sind Rebecca.«

Sie nickte. »Das ist korrekt.«

»Wir haben heute Morgen einen Termin.«

»Im Department«, betonte sie. »Nicht hier.«

»Und warum sind Sie hierhergekommen?«

»Das ist die Wohnung meiner Schwester. Ich habe einen Schlüssel, und ich dachte …« Sie verstummte und legte die Stirn in Falten. »Ich weiß auch nicht, was ich gedacht habe. Vermutlich habe ich gehofft, irgendetwas zu finden, was mir einen Hinweis auf ihren Aufenthaltsort gibt …« Ihr Blick löste sich von Rivers und schweifte durch den Raum. »Was mir zu verstehen hilft, was passiert ist.«

»Und, sehen Sie schon etwas?«, fragte er und dachte an die Kette, die er eingesteckt hatte.

Sie zögerte, trat einen Schritt in die Wohnung hinein und schüttelte den Kopf. »Nein.« Sie machte sich nicht die Mühe, die Tür hinter sich zu schließen – vielleicht traute sie ihm aber auch nicht recht. Ein kalter Luftzug wehte herein.

Sie beäugte die Gegenstände im Wohnzimmer, setzte die Kapuze ab und ging hinüber zum Bücherregal, wo sie ein Foto von Megan und ihr in einem Restaurant in die Hand nahm. Die beiden hatten die Köpfe zusammengesteckt und blickten mit einem breiten Lächeln in die Kamera. Vor ihnen auf dem Tisch standen leuchtend bunte Drinks.

Ein Schatten trat auf ihr Gesicht, als sie die gerahmte Aufnahme zurückstellte.

»Ist das der Zustand, in dem sich das Apartment normalerweise befindet?«

»Ja, ich denke schon. Ich war erst ein paarmal hier, und Megan ist nicht gerade der ordentlichste Mensch auf der Welt.«

»Dann fällt Ihnen also nichts Ungewöhnliches auf?«

Sie ging durch einen kleinen Essbereich in die Küche und antwortete: »Nein, aber vermutlich bin ich in dieser Sache gar nicht die passende Ansprechpartnerin.«

»Wer ist es dann?«

Ihre Augen blieben an einem kümmerlichen, halb vertrockneten Weihnachtsstern auf der Fensterbank hängen. »James, nehme ich an. James Cahill.« Sie warf ihm einen Blick zu, nahm ein Glas aus der Spüle, füllte es mit Wasser und goss die verdorrte Topfpflanze.

»Sie kennen ihn?«

Wieder antwortete sie nicht gleich. »Wir kennen uns von früher.«

»Und?«

»Und er ist der Grund dafür, dass sie sich so aufgeregt hat, dass sie zu mir fahren wollte.« Rebeccas Lippen kräuselten sich beinahe unmerklich. »Wenn man dem Glauben schenken darf, was in den Zeitungen steht, war er der Letzte, der sie lebend … ähm, der sie gesehen hat.« Sie räusperte sich. »Sie hat mir erzählt, dass sie sich schrecklich mit ihm gestritten hat und dass sie zu mir kommen will. Sie ist aber nicht angekommen, also bin ich nach Riggs Crossing gefahren. Dort hat man mir mitgeteilt, dass James schwer verletzt im Krankenhaus liegt – was lediglich bestätigt, dass Megan die Wahrheit gesagt hat.« Sie holte tief Luft. »Er hat ihr etwas angetan«, fügte sie ruhig hinzu, beinahe so, als spräche sie mit sich selbst. »Ich weiß es einfach.«

»Und was ist ihr Ihrer Meinung nach zugestoßen?«

»Herrgott, keine Ahnung! Ich wünschte, ich wüsste es. Ist es nicht Ihr Job, das herauszufinden?«

»Richtig.«

»Dann tun Sie etwas!«

»Das mache ich.«

»Gut.« Sie ging an ihm vorbei ins Schlafzimmer.

Rivers wollte ihr folgen, doch dann sah er durch die offene Tür, dass die Verwalterin über den Parkplatz eilte: Emma-Mae Frost, Ende sechzig, in der einen Hand einen Regenschirm, in der anderen eine Pistole.

Oh, oh.

»Was in Gottes Namen geht hier vor?«, wollte Emma-Mae wissen, das Gesicht vor Kälte gerötet. Rivers bemerkte, dass sie unter ihrem knielangen Daunenmantel mit Kapuze einen roten Schlafanzug trug. Ihre Füße steckten in knöchelhohen Fellstiefeln.

»Detective Rivers. Wir kennen uns bereits.«

»In der Tat.« Sie nickte. »Wie sind Sie hier hereingekommen?«

»Nehmen Sie die Waffe runter«, wies er sie an, obwohl Emma-Mae die Hand bereits sinken ließ.

Rebecca trat aus dem Schlafzimmer. »Ach du liebe Güte!« Mit schreckgeweiteten Augen starrte sie auf die Pistole.

»Legen Sie die Waffe auf den Tisch«, fügte Rivers hinzu.

»Wer sind Sie?«, wollte die Verwalterin wissen. Ihre Kapuze rutschte herab und enthüllte einen zerzausten Lockenkopf.

»Ich bin Megans Schwester. Wir haben telefoniert. Ich wollte wissen, ob die Polizei die Wohnung schon wieder freigegeben hat.«

Emma-Mae nickte erneut.

»Sie sollen die Pistole weglegen«, wiederholte Rivers seine Aufforderung. »Damit ist nicht zu spaßen.«

»Die Pistole?« Die alte Dame schnaubte. »Die ist nicht geladen. Glauben Sie, ich bin so verrückt, bei Schnee und Eis mit einer geladenen Waffe durch die Gegend zu laufen?«

»Legen Sie sie auf den Tisch!«

»Ich habe einen Waffenschein.«

»Weg damit, sofort!«

»Na gut.« Sie legte die Pistole auf den Couchtisch, die freie Hand fest um den Griff ihres Regenschirms geschlossen. »Man kann gar nicht vorsichtig genug sein.« Sie verengte die Augen zu schmalen Schlitzen. »Noch einmal: Wie sind Sie hereingekommen? Ich hatte abgeschlossen, nachdem die Polizei weg war.«

»Ich habe einen Schlüssel«, antwortete Rebecca.

Rivers sagte nichts.

»Nun, ich wünschte, Sie hätten mir Bescheid gegeben. Das hätte mir die Aufregung erspart. Fritz, mein Kater, hat mich geweckt. Ich dachte, er hätte ein Eichhörnchen entdeckt, und bin aufgestanden, um nachzuschauen, was ihn so sehr aus der Fassung bringt – und da sehe ich, dass drüben im Apartmenthaus Licht ist und eine der Haustüren sperrangelweit offen steht. Ich habe Sie für Einbrecher gehalten.« Sie warf Rivers einen empörten Blick zu. »Sie hätten mir wirklich Bescheid geben sollen.«

»Es ist noch sehr früh«, hielt er dagegen.

»Herrgott, ja, es ist früh.« Sie stieß gereizt die Luft aus. »Trotzdem gebietet die Höflichkeit, mich zu informieren, anstatt mich fast zu Tode zu erschrecken. Beinahe hätte ich die Polizei gerufen.« Sie straffte die Schultern. »Aber die ist ja schon da. Ich gehe nicht davon aus, dass es etwas Neues über Megan gibt?«

»Nein.«

Emma-Mae wandte sich an Rebecca. »Sie ist mit der Miete im Rückstand.«

»Tatsächlich?« Rebecca wirkte nicht überrascht.

»Wieder einmal.« Die Verwalterin nickte, ihre kurzen Locken tanzten. »Die Miete ist am Fünften fällig, doch sie hat mir gesagt, sie würde das Geld erst am Fünfzehnten haben, und ich habe ein Auge zugedrückt.« Bevor sich Rebecca dazu äußern konnte, fragte sie: »Haben *Sie* denn etwas von ihr gehört?«

»Leider nein.«

»Was soll ich dem Besitzer sagen? Dass ich dumm genug war, ihr einen Zahlungsaufschub zu gewähren? Und dann? Soll ich eine Zwangsräumung anordnen lassen?«

»Noch nicht«, ließ sich Rivers vernehmen.

»Ich nehme an, sie hatte vor, bei ihrem Freund einzuziehen. Die beiden klebten zusammen wie Pech und Schwefel, zumindest eine Zeit lang. Sie hat mehrfach angedeutet, dass sie einen Umzug in Erwägung zieht.«

»Tatsächlich?« Rivers wurde hellhörig.

»Nun, es war noch nicht in trockenen Tüchern, deshalb habe ich nichts gesagt, als ich mit diesem Deputy gesprochen habe. Ich hatte einfach das *Gefühl,* dass sie zu diesem Cahill ziehen würde … Glauben Sie, er hat etwas mit ihrem Verschwinden zu tun?« Emma-Mae zog die Augenbrauen in die Höhe. »Das war in der Zeitung zu lesen.«

»Wir versuchen noch herauszufinden, was genau passiert ist«, sagte Rivers.

»Ein ziemlich feiner Pinkel, wenn Sie mich fragen.« Sie verschränkte stirnrunzelnd die Arme vor der Brust. »Dann sind wir hier also fertig? Ich weiß ja, dass Sie von der Polizei sind, trotzdem …« Sie wedelte abschätzig mit der Hand durch die Luft. »Ich verwalte ein anständiges Haus, und die anderen Mieter sind sicherlich nicht erfreut, wenn die Polizei hier ein und aus geht …«

»Ich bin fertig«, fiel Rivers ihr ins Wort.

»Ich ebenfalls.« Rebecca setzte sich in Bewegung und ging auf die noch immer offen stehende Tür zu.

Die Verwalterin nahm ihre Pistole vom Couchtisch und steckte sie in die Tasche ihres Daunenmantels. »Gut.« Auch sie wandte sich zur Tür und schaltete das Licht aus. Rivers folgte ihr. Ihre Behauptung, die Pistole sei ungeladen gewesen, erleichterte ihn nicht, genauso wenig wie die Tatsache, dass sie nun in ihrer Manteltasche steckte oder dass sie angeblich einen Waffenschein besaß. Er hatte mit den Jahren gelernt, niemals eine Person mit einer Waffe aus den Augen zu lassen – ganz gleich, ob geladen oder nicht.

Er zog die Tür hinter ihnen ins Schloss, und Emma-Mae sperrte ab.

»Das nächste Mal, wenn Sie herkommen, geben Sie mir bitte vorher Bescheid«, sagte sie, ließ ihren Regenschirm aufschnappen und tappte über den mit einer Schneeschicht bedeckten Parkplatz zu der einzigen Wohnung, in der Licht brannte.

Rivers wandte sich an Rebecca. »Wir sehen uns um acht im Department?«

»Ja.«

»Oder möchten Sie lieber gleich kommen?«, fragte er. »Ich bin sowieso auf dem Weg dorthin.«

Rebecca schüttelte den Kopf. »Bis später.« Sie stieg in ihren SUV, knallte die Tür zu und war binnen Sekunden vom Parkplatz verschwunden.

Während die Schlusslichter ihres Subaru hinter dem dichten Schneevorhang verschwanden, ging Rivers zu seinem Jeep und stieg ein, doch bevor er den Motor anließ, blieb er noch eine Weile sitzen und betrachtete die Tür von Megan Travers' Apartment. Die Mission, die ihn heute früh hierhergeführt hatte, war noch nicht erfüllt; er hatte nicht erreicht, was er sich erhofft hatte. Er hatte keine »Schwingungen« gespürt, die ihm verrieten, was in Megan Travers' Kopf vorgegangen war, als sie sich in der Nacht ihres spurlosen Verschwindens ins Auto gesetzt hatte. Genau genommen hatte er gar nichts gespürt.

Dafür war er auf ihre Schwester getroffen, die auf diese Begegnung nicht vorbereitet gewesen war, und das war vielleicht sogar sehr viel besser. Rebecca Travers war nicht cool und beherrscht gewesen, nicht vorbereitet auf ein Gespräch mit der Polizei, hatte sich keine Antworten zurechtlegen können. Auch das hatte er mit den Jahren gelernt: Nicht selten fand man die Wahrheit schneller heraus, wenn man einen Zeugen oder Tatverdächtigen überrumpelte, anstatt ihn in Gegenwart eines gerissenen Anwalts zu einer Aussage zu bewegen.

Aus dem Augenwinkel sah er Emma-Mae Frost durch einen Spalt zwischen den Vorhängen spähen. Neben ihr auf der Fensterbank saß ein riesiger silberner Stubentiger, der Rivers mit zuckendem Schwanz misstrauisch anstarrte. Aber vielleicht bildete er sich das auch nur ein – den Gesichtsausdruck des Katers konnte er bei den dichten Flocken, die unentwegt vom Himmel rieselten, nur schwer erkennen.

Er drehte den Schlüssel im Zündschloss, rollte vom Parkplatz und machte einen Abstecher zu einem Drive-in-Kaffeekiosk, wo er einen doppelten Espresso bestellte. Anschließend fuhr er beim Fitnesscenter vorbei, wo er versuchte, ein paar der losen Enden in diesem verfluchten Fall zu verknoten.

KAPITEL 16

In den frühen Morgenstunden war Rebecca zu Megans Apartment gefahren, wo sie den Detective angetroffen hatte. Super. Erst ließ sie sich von James erwischen, jetzt lief sie einem Cop in die Arme. Das war doch nicht zu fassen! Wie viel Pech konnte man denn noch haben?

»Du gibst keine gute Figur bei dieser Mantel-und-Degen-Komödie ab«, murmelte sie vor sich hin und beschloss, in ihre Unterkunft in Riggs Crossing zurückzukehren. Sie hatte sich ein Hotel an der Main Street genommen.

Wie der Rest der Stadt war das Main Street Hotel festlich für die bevorstehenden Weihnachtstage geschmückt. Ein etwa viereinhalb Meter hoher Weihnachtsbaum stand in der Lobby, über der Rezeption hing eine Lichtergirlande. Zedernzweige waren ums Treppengeländer geschlungen, aus den Lautsprechern tönte leise Weihnachtsmusik.

Ohne innezuhalten, ging Rebecca auf die Treppe zu.

Ihre Nerven lagen blank.

Zu wenig Schlaf.

Zu viele Sorgen.

Zu viel Drama. Am liebsten hätte sie ihrer kleinen Schwester den Hals umgedreht, wenn sie sich nur nicht solche Sorgen um sie machen würde. Wie viele Probleme sollte sie denn noch für sie ausbügeln?

Gereizt zog sie ihre Sachen aus und trat unter die Dusche. Der Strahl war nicht mehr als ein feiner Sprühnebel. Zum Glück war das Wasser heiß.

James.

Ungewollt kam ihr sein Name in den Sinn.

Sie runzelte die Stirn, als sie daran dachte, dass sie gezwungen war, sich noch einmal mit ihm auseinanderzusetzen. Sie konnte ihm nicht aus dem Weg gehen, nicht solange man Megan nicht gefunden hatte. Sie wünschte sich nichts mehr, als in ihr stinknormales Leben in Seattle zurückkehren zu dürfen, wo sie in einer exklusiven Brautmodenboutique arbeitete. Die Besitzerin, Angelica Alfonsi, hoffte, von Seattle nach San Francisco und Los Angeles expandieren zu können. Rebecca schäumte ihre Haare ein, spülte sie aus und ließ das heiße Wasser über ihren Nacken rieseln. Es war nicht das erste Mal, dass Megan sich in Schwierigkeiten gebracht hatte. Eine lange Zeit war alles gut gegangen, doch so schlimm wie diesmal war es noch nie gewesen.

Es sei denn, Megan hielt sich in typischer Dramaqueen-Manier irgendwo versteckt, während ihre große Schwester vor lauter Sorge alles stehen und liegen ließ … Und warum? Weil Megan mal wieder im Zentrum der Aufmerksamkeit sein musste? Weil sie jemandem, auf den sie wütend war, eins auswischen wollte?

Aber wem? James?

»Um Himmels willen«, flüsterte Rebecca. Ihre Schwester war doch hoffentlich nicht so egozentrisch, dass sie nicht nur ihre Lieben, sondern auch die Polizei in Alarmbereitschaft versetzte, bloß um ihren Willen durchzusetzen? Selbst Megan konnte nicht so tief sinken.

Oder doch?

»Stell dir das lieber nicht vor.« Sie drehte das Wasser aus, trocknete sich ab und zog ihren Bademantel an. Sie musste an Detective Rivers denken.

Was zum Teufel hatte ein Cop so früh am Morgen im Wohnzimmer ihrer Schwester zu suchen, noch dazu im Dunkeln, wie ein Einbrecher?

Das Ganze war merkwürdig. Ausgesprochen merkwürdig.

Vor allem, wie er da gestanden hatte. Die Augen geschlossen, das Gesicht zur Decke gerichtet, die Hände in den Hosentaschen vergraben.

Was hatte er gemacht?

Eine religiöse Erfahrung? Er hatte sie fast zu Tode erschreckt.

Der Kerl musste völlig bescheuert sein.

Ihre Gedanken wanderten zurück zu James.

Rebecca kramte eine frische Jeans und einen Pulli aus dem Koffer. Sie konnte von Glück sagen, dass James sie nicht wegen Hausfriedensbruch oder Einbruch angezeigt hatte.

Noch nicht.

Allerdings war es ja nicht unbedingt Einbruch, wenn man sich durch die Hundeklappe zwängte.

Sie hatte nichts gestohlen, aber etwas in Erfahrung gebracht, was ihr helfen konnte, ihre Schwester zu finden, hatte sie auch nicht.

Sie schlüpfte in frische Unterwäsche und die Jeans, während sie über den Mann nachdachte, den sie einst geliebt hatte. James Cahill. Musste eigentlich alles, was schiefging in ihrem Leben, immer wieder zu ihm zurückführen?

Leider lautete die Antwort ja.

Wütend schloss sie ihren BH, dann kämmte sie im Bad ihre nassen Locken. Hielt sie ihn wirklich für einen Entführer? Einen potenziellen Mörder? Sie betrachtete ihr Konterfei in dem beschlagenen Spiegel über dem kleinen Waschbecken und schüttelte den Kopf.

»Mach dir nichts vor«, sagte sie und tippte mit dem Stielkamm auf ihr Spiegelbild. »Es ist, wie es ist.«

Diese ganze absurde Situation war einfach nicht zu begreifen.

Dennoch würde sie sich damit auseinandersetzen müssen. Jetzt.

Detective Rivers erwartete sie.

»Und? Findest du etwas?«, erkundigte sich Mendoza, die um die Ecke von Rivers' mit halbhohen Wänden vom Rest des Großraumbüros abgetrenntem Arbeitsplatz schaute. Eine Tasse Kaffee in der Hand, deutete sie mit der anderen auf seinen Bildschirm, auf dem Megan Travers' Facebook-Seite zu sehen war.

»Nein.«

Er hatte Megans Social-Media-Seiten gecheckt, doch ihre Accounts verzeichneten keinerlei Aktivitäten, waren seit einer knappen Woche nicht verändert worden.

»Was ist mit Cahills Seiten? Hast du die auch überprüft?«

»Auf seiner Website findet man nichts Persönliches, nur allgemeine Geschäftsinformationen – über die Baufirma, die diese Minihäuser herstellt, und über seine glitzernd schöne Weihnachtswelt.« Rivers tippte »Cahill Industries« ein, und eine Website mit einem kleinen Foto von James Cahill in Jeans und einem langärmeligen Hemd mit hochgekrempelten Ärmeln erschien über dem Firmenimpressum.

»Viel beschäftigter Bursche.«

»Keine Zeit für private Posts auf Facebook oder Tinder, auf Twitter, Instagram oder was auch immer.«

Mendoza umrundete die Trennwand und stellte sich hinter Rivers. »James Cahill ist verdammt heiß«, stellte sie mit einem Blick auf den Bildschirm fest, nahm einen Schluck Kaffee und betrachtete ausgiebig das Foto.

»Spar dir deine Bemerkungen!«, stöhnte Rivers.

»Sogar mit diesem Verband am Kopf. Das ist mir schon in der Klinik aufgefallen.« Sie nickte, als wolle sie ihre eigenen Worte bestätigen.

Rivers warf ihr einen genervten Blick zu und stieß sich mit seinem Stuhl vom Schreibtisch ab.

Mendoza hob abwehrend die Hand. »Schon gut, schon gut, du willst nicht darüber reden, wie sexy James Cahill ist …«

Rivers schnaubte.

»Ich versuche lediglich, dir die weibliche Sicht zu vermitteln, damit du verstehst, warum all diese Frauen um ihn kämpfen.«

»All diese Frauen?«

Sie nickte. »Er wechselt die Freundinnen wie andere Leute die Unterhosen.«

»Und sie *kämpfen* um ihn?«

»Nun, das ist zumindest mein Eindruck. Vielleicht nicht immer im wörtlichen Sinne, aber manchmal doch. Bei einem dieser Kämpfe scheint er ganz schön was abbekommen zu haben, denk nur an die tiefen Kratzer in seinem Gesicht.« Ihre Augenbrauen schossen in die Höhe. »Die stammen auf alle Fälle von einer Frau. Einer *wütenden* Frau.«

»Oder einer verängstigten, die sich selbst verteidigen musste.«

»Möglich.«

»Erzähl mir von James Cahills Frauen.«

»Okay. Da wäre zunächst einmal Jennifer Korpi, Lehrerin aus Marysville. Ich habe sie telefonisch erreicht. Sie hat bereits eine Aussage bei der Polizei von Marysville gemacht, die an mich weitergeleitet wurde. Ich habe Korpi nur angerufen, um noch ein paar Fakten zu ergänzen. Sie ist nicht nur Lehrerin, sondern unterstützt zudem Kinder, die schulische Probleme haben, und hilft im Tierheim aus. Sie hat einen festen Freund, ihr Bruder hat ihr ein Alibi gegeben. Laut dem Deputy, der ihre Aussage aufgenommen hat, war sie ziemlich ungehalten, als man sie danach fragte.«

»Warum ist die Beziehung zwischen ihr und James Cahill auseinandergegangen?«

»Die zwei waren nicht lange zusammen, und es war in dem Moment vorbei, als er Rebecca Travers kennenlernte. Korpi sagte, die Trennung sei einvernehmlich erfolgt, aber …« Mendoza schüttelte den Kopf. Ihr straff geschlungener Knoten am Hinterkopf glänzte im hellen Licht der Deckenlampen, ihre goldenen Kreolen schwangen hin und her. »… ich bin mir da nicht so sicher. Sie stehen nach wie vor in Verbindung, wenn auch nur sporadisch. Übrigens: Jennifers Vater hat früher einmal für die Familie Cahill in San Francisco gearbeitet, als Hausmeister.«

»James ist in Oregon aufgewachsen.«

»Aber er hat mehrere Sommer in Kalifornien verbracht, um Cissy Cahill zu besuchen, obwohl sie um einiges älter ist als er – meines Wissens so um die fünfzehn Jahre.« Mendoza wedelte mit der Hand, um anzudeuten, dass sie sich wegen des Altersunterschieds nicht ganz sicher war. »Wie dem auch sei, laut Jennifer Korpi haben sie sich dort kennengelernt – auf dem Anwesen der Familie Cahill in San Francisco.«

»Und wie sind sie dann hier zusammengekommen?«

»Die Welt ist klein, Rivers. Korpis Bruder ist Schreiner, ihr Stiefbruder, um genau zu sein. Gus Jardine arbeitet für Cahill im Minihaus-Sektor und manchmal auch auf der Baumfarm. Wenn ich es richtig verstanden habe, ist sie ihm dort wiederbegegnet.«

»Jardine gibt seiner Halbschwester ein Alibi.«

»Ja.«

»Fährst du nach Marysville?«

Mendoza nickte. »Ich würde sie gern persönlich befragen.«

»Ich komme mit.«

»Die Fahrt dauert bei guten Wetterverhältnissen mindestens eine Stunde, jetzt brauchen wir bestimmt zwei, vorausgesetzt, die Straßen sind geräumt.«

»Das passt schon. Erzähl weiter, Cahill und Korpi haben sich also getrennt?«

»Cahill bleibt nicht lange bei einer Frau. Wie gesagt, gleich nach Jennifer Korpi«, sie streckte einen Zeigefinger in die Luft, »war er mit Rebecca Travers zusammen.« Finger Nummer zwei folgte. »Die Beziehung hielt ein paar Monate, dann tauschte er Rebecca Travers gegen ihre jüngere Schwester Megan aus.« Der dritte Finger schnellte in die Höhe. »Noch während er mit Megan zusammen war, fing er eine Affäre mit Sophia Russo an. Russo arbeitet für ihn.« Finger Nummer vier. »Der Kerl scheint sich ziemlich schnell zu langweilen, wenn du mich fragst.«

»Alle vier innerhalb eines Jahres?«, hakte Rivers verblüfft nach.

Mendoza zuckte die Achseln. »Lass es anderthalb Jahre sein. Ich muss das erst überprüfen.«

»Gibt es noch weitere Frauen?« Sein Handy vibrierte. Er warf einen Blick aufs Display und stellte fest, dass wieder einmal diese Reporterin vom *Clarion,* Charity Spritz, dran war, weshalb er es einfach ignorierte.

»Das sind die, mit denen er in letzter Zeit zusammen war, über die Vorgängerinnen wissen wir noch nicht Bescheid. Da könnten einige zusammenkommen.«

»Hm. Immerhin ein Anfang.«

Mendoza nickte. »Mit Sicherheit kommt auch der eine oder andere eifersüchtige Freund oder Ex-Freund zum Vorschein, sobald wir tiefer graben.«

»Oder ein alter Feind, vielleicht jemand, den er über den Tisch gezogen hat oder über den Tisch ziehen wollte.« Rivers sah, wie sie eine Grimasse schnitt. »Aber du hast dich auf die Freundinnen eingeschossen, stimmt's?«

»Bis jetzt ja.«

»Gehen wir vom Offensichtlichen aus«, schlug er vor. »James Cahill ist stinkreich oder wird es nach Antritt seines Erbes auf alle Fälle sein. Vermögende Erben ziehen Frauen an wie das Licht die Motten.«

»Aber er ist nicht das Opfer.«

»Nein …«

Sie dachten beide einen Moment lang nach, dann sagte Mendoza: »Er ist *nicht* der Letzte, der Megan Travers lebend gesehen hat. Bobby Knowlton, der Vorarbeiter, gibt an, sie nach der Auseinandersetzung gesehen zu haben, genau wie der Fahrer des Schneepflugs und eine Zeugin aus der Stadt.«

Rivers kratzte sich am Kopf und betrachtete stirnrunzelnd das Foto von James Cahill. Ein junger, wohlhabender Erbe in Jeans, Arbeitshemd, ein routiniertes Lächeln auf den Lippen. Hatten sie es tatsächlich mit einem Streit unter Liebenden zu tun? Oder steckte etwas anderes dahinter?

»Megan Travers wird vermisst, nicht James Cahill«, sagte Rivers, mehr zu sich selbst. »Abgesehen von ein paar Kratzern, der Amnesie und einem angeschlagenen Ruf hat er keinen wirklichen Schaden davongetragen. Wenn er das eigentliche Ziel des Angriffs war – warum hätte dann jemand seine Freundin entführen sollen?«

»Das ergibt keinen Sinn«, pflichtete Mendoza ihm bei.

»Wir wissen, dass sie einen höllischen Streit hatten.« Er rieb sich den Nacken. Irgendwie hatte er den Eindruck, dass ihm etwas entging. Etwas Wichtiges. Vielleicht brauchte er einen Kaffee. »Komm, holen wir uns noch eine Tasse«, schlug er vor, stand auf und nahm seinen leeren Becher vom Schreibtisch.

Während sie zusammen Richtung Aufenthaltsraum gingen, sagte er: »Oberflächlich betrachtet, sieht alles nach einer körperlichen Auseinandersetzung aus. Die beiden geraten in Streit, werden handgreiflich, er wird verletzt, sie zieht beleidigt ab, ruft ihre Schwester an und macht sich auf den Weg nach Seattle.«

»Und dann?«

»Dann findet Knowlton ihn und ruft die Neun-eins-eins.«

Rivers machte sich an der Kaffeemaschine zu schaffen und setzte eine Kanne Bio-Kaffee auf. Er drückte auf den An-Knopf, und die Maschine fing an zu gurgeln. »Megan verschwindet in der Nacht spurlos. Ihr Handy ist abgeschaltet oder leer. Keine Chance, es zu orten. Es ist, als wäre sie vom Erdboden verschluckt worden.«

»Dann ist sie also entweder tot und ihr Wagen liegt irgendwo unter einer Schneedecke in einer Schlucht in den Bergen, oder sie versteckt sich – und zwar verdammt gut, wenn du mich fragst. Oder sie wurde entführt. Es gibt allerdings keine Lösegeldforderung.«

»Vielleicht wird sie gefangen gehalten – als Sexsklavin?« Mendoza runzelte die Stirn, den Blick auf die Kaffeemaschine geheftet, die dampfte und zischte. »Glaubst *du* wirklich, dass sie sich irgendwo versteckt?«

»Glaubst *du* wirklich, dass James Cahill sie als Sexsklavin gefangen hält?«

»Hm. Natürlich nicht er selbst, aber vielleicht hat er einen Komplizen. Oder er hat ihr einen Auftragsmörder auf den Hals gehetzt, um für Sophia Russo frei zu sein.«

»Lahm«, ließ sich eine Stimme von einem der in der Nähe stehenden Tische vernehmen.

Rivers warf einen Blick über die Schulter und sah Arne Nagley, einen der Deputys, über den Rand seiner Zeitung blicken. Nagley war dafür bekannt, dass er leidenschaftlich gern das tägliche Sudoku-Rätsel löste.

Er hatte hellblaue Augen und trug das rote Haar raspelkurz geschnitten. Er war groß, über eins fünfundneunzig, und brachte gute hundertfünfzig Kilo auf die Waage, das meiste davon Muskelmasse. In seiner Jugend hatte er bei den Washington State Cougars Football gespielt und sich gleich zwei Mal die Nase gebrochen. »Wir sind hier in Riggs Crossing, Leute«, betonte er. »Nicht in Chicago.« Als würde ihm plötzlich auffallen, dass ihn niemand nach seiner Meinung gefragt hatte, fügte er mit hochgezogenen Achseln an: »Ich gebe hier nur meinen Senf dazu, *ihr* zwei seid die Detectives.« Er vertiefte sich wieder in seine Zeitung, aber Rivers war sein scharfer Unterton nicht entgangen. Nagley hatte sich um den Posten beworben, den er bekommen hatte, und das, nachdem Nagley seit über zwölf Jahren für das Department des Sheriffs von Riggs Crossing gearbeitet hatte, während Rivers aus San Francisco dazugestoßen war.

Rivers zog die Glaskanne mit dem durchgelaufenen Kaffee aus der Maschine und füllte sich und Mendoza nach.

»Ich habe Cahill überprüft«, sagte sie. »Und ja, er ist ein echter Goldjunge, aber bislang ist ihm sein Erbe noch nicht ausgezahlt worden. Er kann es allerdings beleihen. Dadurch war es ihm beispielsweise möglich, das ganze Land hier zu kaufen und sein Unternehmen aufzubauen.«

»Sein *Groß*unternehmen.«

»Richtig. Allerdings wird der Hauptteil des Vermögens erst nach seinem dreißigsten Geburtstag in seinen Besitz übergehen.«

»Und wie passt eine verschwundene junge Frau in dieses Konzept?«

»Keine Ahnung.« Mendoza rührte Sahne in ihren Kaffee.

»Was haben wir sonst noch?«

»Das Labor hat den Befund zu den Haaren geschickt, die wir in James Cahills Schlafzimmer gefunden haben.«

Das war neu. Rivers blickte auf. »Und?«

»Abgesehen von James Cahills eigenen und denen seines Hundes hat man noch zwei andere entdeckt. Ein blondes, sehr hell.«

»Sophia Russo?«

»Wahrscheinlich.«

»Und das andere?«

»Dunkel. Fast schwarz.«

»Also nicht von Megan Travers?«

»Nein. Ihre Haare sind honigblond und gewellt. Wir haben Proben aus einer Bürste, die in ihrer Wohnung lag. Das Haar, das die Spurensicherung gefunden hat, ist dunkel und glatt. Es lag im Bett. Auf seinem Kissen.«

»*Noch eine* Frau.«

»Sieht so aus.«

Er wusste selbst nicht, warum er überrascht war. »DNA?«, erkundigte er sich mit leicht verengten Augen.

»Noch nicht, außerdem brauchen wir dazu die Haarwurzel. Wenn uns die DNA überhaupt weiterhilft … Dazu müssen wir erst einmal einen Abgleich in einer unserer Datenbanken vornehmen.«

KAPITEL 17

Wieder einmal schmerzte Phoebe Matrix' Hüfte.

Sie öffnete den Medizinschrank im Badezimmer, schob ihren Ersatz-EpiPen, Säureblocker und Hustensirup beiseite, um die fast leere Packung Schmerztabletten herauszunehmen. Sie steckte sich zwei in den Mund, dann beugte sie sich übers Waschbecken und spülte sie mit Wasser aus dem Hahn hinunter. Hoffentlich wirkten sie schnell. Seufzend humpelte Phoebe ins Wohnzimmer, zog die Vorhänge zurück und blickte in den Wintertag hinaus. Schnee bedeckte den Parkplatz vor den Cascadia Apartments, die ihr ganzer Stolz waren. Stirnrunzelnd stellte sie fest, dass sie wie so oft Dabrowski, diesen Faulpelz, aus dem Bett scheuchen musste, damit er die Fläche freischaufelte und Salz streute. Ständig beschwerte er sich deswegen, dabei war sie ihm mit der Miete entgegengekommen, die er nicht rechtzeitig hatte bezahlen können. Der Deal lautete: Sie würde ein Auge zudrücken, dafür übernahm er einige der ständig anfallenden Hausmeisterarbeiten. Wenn das so weiterging mit ihrer Hüfte und anderen Zipperlein, würde sie ihre geliebten Apartments nicht mehr lange selbst in Schuss halten können.

Larry, ihr kleiner, fluffiger, weißer Vierbeiner und gleichzeitig ihr Ein und Alles, drehte Kreise vor der Haustür, also nahm sie seine Leine und ihre Jacke aus dem Garderobenschrank. Er kläffte, um ihr zu sagen, sie solle sich beeilen, und sie schob die Arme durch die Ärmel und nahm ihn an die Leine. »Ich weiß, ich weiß, du hast es eilig«, flüsterte sie und kraulte seine Ohren. »Du musst dringend raus.« Sie sperrte die Haustür auf, trat hinaus in die eiskalte Luft und ließ ihn an den Sträuchern vor ihrer Wohnung schnuppern. »Braver Junge«, sagte sie und schauderte, weil ihr die morgendliche Kälte bis in die Knochen drang.

Während sie darauf wartete, dass Larry sein Geschäft erledigte, sah sie eine Frau aus einem der weiter hinten liegenden Apartments kommen. Vermutlich Sophia Russo, die zu ihrem Wagen ging. Aber es war nicht Sophia, sondern eine andere Frau, nicht blond, sondern brünett, das konnte Phoebe erkennen, auch wenn ihr Kopf großteils von der Kapuze ihres langen Mantels verdeckt war. Ein, zwei lange, dunkle Haarsträhnen flatterten im Wind. Die untere Gesichtshälfte war von einem Schal verdeckt, die obere von einer Sonnenbrille, die sie trotz der frühen Morgenstunde trug; vermutlich wollte sie sich damit vor dem schneidenden Wind schützen. Den Kopf gebeugt, hastete sie zu Sophias kleinem Wagen.

Phoebe hatte die Frau schon öfter gesehen. Sie ging in Sophias Wohnung ein und aus, vermutlich eine Freundin oder eine Verwandte, nicht, dass das Phoebe etwas anging.

Es sei denn, sie würde länger bleiben, dann wäre Phoebe gezwungen, Sophias Miete zu erhöhen.

»Na komm«, drängte sie den Hund, der immer noch interessiert an den Sträuchern schnüffelte. Dann hob sie den Kopf und stellte fest, dass die Frau sie über das schneebedeckte Dach von Sophias Wagen hinweg beobachtete. Ihre Blicke trafen sich, und Phoebe verspürte ein seltsames Frösteln, das sie nicht den eisigen Temperaturen zuordnen konnte. Nein, die plötzliche Kälte war etwas anderem geschuldet.

Sie sah zu, wie die Frau in den Wagen stieg und den Motor anließ. Die Scheibenwischer fegten den Schnee von der Windschutzscheibe, dann rollte die Brünette langsam mit Sophias Auto vom Parkplatz. Phoebe ruckte leicht an Larrys Leine und strebte auf ihre Apartmenttür zu. Irgendetwas stimmte nicht mit der Frau, dachte sie, und mit Sophia ebenfalls nicht. Das spürte sie in ihren schmerzenden Knochen.

Zurück in der warmen Wohnung, sprang Larry winselnd um ihre Beine, weil er sein Fressen haben wollte. Phoebe schloss fest die Tür und legte den Riegel vor.

Irgendetwas stimmte nicht in Apartment Nummer 8.

Rivers und Mendoza betraten den Vernehmungsraum.

Rebecca Travers saß bereits stocksteif am Tisch und wartete. Sie trug Jeans und ein schwarzes Sweatshirt und wirkte irgendwie anders als bei ihrer Begegnung am frühen Morgen, dachte Rivers. Über der Lehne des leeren Stuhls neben ihr hing eine dicke Jacke, auf der Sitzfläche stand eine Handtasche. Vor ihr auf dem Tisch dampfte eine Tasse Kaffee, zweifelsohne dank Dorie, der Empfangssekretärin.

Rivers stellte Mendoza vor, und die beiden Detectives nahmen Rebecca gegenüber Platz, die sofort sagte: »Ich habe bereits eine Aussage gemacht. Deputy Mercado hat sie aufgenommen …« Ihr Blick schweifte von Mendoza zu Rivers. »Ich habe keine Ahnung, was ich Ihnen noch sagen soll – Sie wissen doch schon alles!«

»Haben Sie Geduld mit uns«, bat Rivers. »Wir möchten Ihnen lediglich ein paar Fragen stellen, in der Hoffnung, dass Ihnen etwas einfällt, woran Sie noch gar nicht gedacht haben.«

Sie starrte ihn ungläubig an.

Mendoza, das iPad einsatzbereit, schlug vor: »Erzählen Sie uns einfach alles, was Ihnen zu der Nacht, in der Ihre Schwester verschwand, in den Sinn kommt.«

»Okay«, willigte Rebecca ein und atmete tief durch, bevor sie loslegte. Sie wich nicht von ihrer bisherigen Geschichte ab: Am fraglichen Abend habe Megan sie angerufen. Ihre Schwester sei »außer sich« gewesen, »selbst für ihre Verhältnisse«. Megan habe ihr erzählt, dass sie sich in einem hässlichen Streit von James getrennt hatte und jetzt zu Rebecca nach Seattle unterwegs war. »Das kam für mich nicht gerade überraschend«, räumte Rebecca ein, drehte nervös einen Ring an ihrer rechten Hand und erklärte dann, dass es bei Megan im Laufe der Jahre häufig zu heftigen Gefühlsausbrüchen gekommen sei, meist in Zusammenhang mit Männern, die sie gerade datete. Rebecca hatte ihr immer wieder aus der Patsche geholfen.

»Sie wendet sich damit an Sie und nicht an Ihre Eltern?«, hakte Rivers nach.

»Immer. Unsere Eltern sind geschieden. Mein Vater ist in Wirklichkeit mein Stiefvater; er ist der leibliche Dad von Megan. Mein richtiger Vater ist gegangen, als ich zwei war. Mom ist nach San Francisco gezogen, wo sie Donald Travers kennengelernt und ein Jahr später geheiratet hat. Kurz darauf kam Megan. Die Ehe hat acht Jahre gehalten, dann haben sie sich getrennt. Dad hat wieder geheiratet, er lebt jetzt in Chicago und hat zwei Söhne, die mittlerweile im Teenageralter sein dürften. Mom ist in Kalifornien geblieben und hat sich in Sonoma eine Eigentumswohnung gekauft. Sie ist nach wie vor Single, aber wir bekommen sie trotzdem nicht oft zu Gesicht. Sie führt dort unten ihr eigenes Leben …« Rebecca verstummte, und Rivers meinte, Traurigkeit in ihren Augen zu bemerken.

»Sie heißen Travers mit Nachnamen«, stellte Mendoza fest. Die Heizung rumpelte und blies heiße Luft durch die Lüftungsschlitze.

»Donald hat mich adoptiert, als ich knapp vier war, und mein leiblicher Vater hatte kein Problem damit, mich freizugeben, denn das bedeutete, dass er nicht länger Unterhalt für mich bezahlen musste – nicht, dass er das jemals getan hätte. Zumindest nicht, wenn man meiner Mutter Glauben schenken kann.«

Mendoza nickte verständnisvoll. »Haben Sie die beiden – Ihre Eltern – kontaktiert?«

Rebecca nickte. »Sie sind … besorgt. Ich habe versprochen, sie auf dem Laufenden zu halten. Ich glaube, Mom wollte zunächst herkommen, doch dann hat sie offenbar keinen Sinn darin gesehen. Was könnte sie hier auch tun?«

Soweit Rivers wusste, hatten sich weder Megans Mutter noch ihr Vater an die Polizei gewendet. Was ihm merkwürdig erschien, aber Familien waren nun einmal merkwürdig, ihre Strukturen meist schwer zu durchschauen. Trotzdem nahm er sich vor, bei Kate Mercado nachzufragen, dem Deputy, der den Großteil der Aussagen von Megan Travers' Freunden und Familienangehörigen aufgenommen hatte.

»Erzählen Sie uns von der Beziehung Ihrer Schwester zu James Cahill«, forderte Mendoza Rebecca auf.

Rebeccas Augenbrauen schossen in die Höhe, ihre Mundwinkel sackten herab – nur für den Bruchteil einer Sekunde, aber Rivers bemerkte es trotzdem. »Die genauen Details kenne ich nicht. Ich weiß nur, dass sie seit sechs, sieben Monaten zusammen waren.« Rebecca seufzte. »Sie wissen vermutlich, dass zuerst James und ich ein Paar waren, deshalb war die Situation ein bisschen knifflig.« Wieder drehte sie den Ring. »Doch letzten Endes schien Megan zu dem Schluss gekommen zu sein, dass sie mir vertrauen konnte und … und hat zugegeben, dass es in ihrer Beziehung nicht ganz so lief, wie sie es sich erhofft hatte.«

»Inwiefern?«, hakte Mendoza nach.

»James und sie kamen schon seit einer Weile nicht mehr miteinander klar, seit ungefähr einem Monat, und Megan rief mich ein paarmal an. Ich hatte den Eindruck, sie habe geweint.«

»Wann war das?«, fragte Mendoza.

»Das erste Mal vor einigen Wochen, Anfang November. Sie vermutete, dass er sich mit einer anderen Frau traf, und war außer sich, weil sie davon ausgegangen war, dass sie eine feste Beziehung führten.« Rebeccas Augen verfinsterten sich. »Ich bin mir nicht sicher, ob James das auch so gesehen hat. Er war schon immer etwas … etwas …«

»… unstet?«, schlug Mendoza vor.

»Ja, ›unstet‹ ist das richtige Wort. Jemand, der eine Beziehung nach der anderen hat. Megan dagegen dachte, er wäre ›der eine‹, zumindest waren das ihre Worte.«

»Sie haben gesagt, *Sie* waren vor Ihrer Schwester mit James Cahill zusammen«, hakte Mendoza nach.

Rebecca biss sichtlich die Zähne zusammen. »Ja.«

»Waren Sie in ihn verliebt?« Mendoza ließ nicht locker. Rivers sah, wie Rebecca eine verräterische Röte ins Gesicht stieg.

»Das … das dachte ich zumindest.«

»Und dann ist Megan Ihnen in die Quere gekommen?«

Rebecca nickte, griff nach ihrer Kaffeetasse und stellte sie wieder ab, ohne einen Schluck genommen zu haben.

»Würden Sie sagen, Ihre Schwester hat Ihnen den Freund ausgespannt?« In Mendozas Stimme schwang kein Urteil mit.

»Man kann einem nicht wegnehmen, was man nicht hat«, antwortete Rebecca trocken. »James und ich haben einander gedatet, ja, aber wir waren nie ein richtiges Paar.«

»Nach Ihnen war er mit ihr zusammen, ist das richtig?«, vergewisserte sich Mendoza.

»James und ich haben uns in Seattle getroffen, aber er hat hier gelebt, und als Megan und er zusammenkamen, ist sie umgezogen, um in seiner Nähe zu sein.«

»Vor sechs Monaten?«

»Ja, ungefähr.«

»Und trotzdem hat sie Sie angerufen, als sie Probleme mit ihm hatte?«

»Anscheinend gerade deshalb.«

»Das muss schrecklich gewesen sein«, stellte Mendoza fest.

»Nun, das war es. Aber ich bin darüber hinweg.«

Ob das gelogen war? Rivers war sich nicht sicher. Wieder drehte Rebecca ihren Ring, dann, als fiele ihr auf, was sie tat, hielt sie in der Bewegung inne und ließ die Hände in den Schoß sinken.

»Ist das die Handschrift Ihrer Schwester?«, fragte Rivers und schob Rebecca eine zerknitterte Nachricht in einer durchsichtigen Beweismitteltüte zu. Er kannte die Antwort, hatte Megans schnörkeliges Gekritzel auf verschiedenen Zetteln in ihrem Apartment gesehen.

»Sieht so aus.« Rebecca nickte. Ihre kastanienbraunen Haare glänzten rötlich im Neonlicht. »Ach, Megan«, sagte sie leise, als sei ihr soeben klar geworden, dass sie ihre Schwester womöglich nie wiedersehen würde. »Ich nehme an, Sie haben mit James geredet.« Sie blickte auf und schob die Nachricht zurück zu Rivers.

»Ja.«

»Aber er kann sich an nichts erinnern, habe ich recht? Ist es das, was er behauptet?«

»Er hat sein Gedächtnis verloren. Zumindest was die letzten Tage angeht.«

Rebecca schnaubte.

»Kennen Sie eine Frau namens Sophia Russo?«, erkundigte sich Mendoza und warf einen Blick in ihre Notizen. Sie hatte bereits damit begonnen, die Frau ausfindig zu machen, mit der James Cahill laut seinem Vorarbeiter Bobby Knowlton eine Affäre hatte.

Rebecca schüttelte den Kopf. »Ist das die Frau, mit der James meiner Schwester fremdgegangen ist?«

»Das wissen wir nicht«, antwortete Mendoza.

»Megan hat keinen Namen genannt. Sie war so aufgeregt, hat geweint und immer wieder gestammelt, dass sie sich jetzt auf den Weg mache. Sie wollte mir alles in Ruhe in Seattle erzählen, aber …« Sie ließ den Satz offen.

»Können Sie sich vorstellen, dass ihr jemand Schaden zufügen wollte? Hatte sie Feinde?«, fragte Rivers.

»Nein, nicht, dass ich wüsste …«

»Was ist mit ihren Freunden?«

»Ich habe alle, die ich kenne, angerufen. Sie haben nichts von ihr gehört.«

»Wäre es Ihnen möglich, uns die Namen und Telefonnummern zukommen zu lassen?«

»Selbstverständlich.«

Mendoza schob einen Notizblock über den Tisch, und Rebecca zog einen Kugelschreiber aus der Tasche, rief eine Liste auf ihrem Handy auf und fing an, Namen und Nummern zu notieren. »Ihre neuen Freunde kenne ich nicht, nur eine Kollegin aus der Klinik. Eine Krankenschwester namens …« Sie überlegte kurz. »… Andie.«

»Andrea Jeffries«, ergänzte Mendoza. »Wir haben mit ihr gesprochen.« Sie nickte Rivers kurz zu. Jeffries, die von einem der Deputys befragt worden war, hatte angegeben, dass sie Megan nicht sonderlich nahegestanden hatte, zumal sie erst seit Kurzem zusammenarbeiteten.

»Kann sein. Megan hat sie mehrfach erwähnt.« Rebecca tippte mit dem Kugelschreiber aufs Papier. »Das hier sind ihre ehemaligen Mitschülerinnen und Mitschüler aus der Highschool, die kenne ich, aber ich bin mir nicht sicher, ob sie noch Kontakt zu ihnen hat. Konnten Sie denn noch nicht Megans Anrufliste auswerten?«

Mendoza nickte. »Wir sind dabei.«

»Und?«

»Bislang ist nicht viel dabei herausgekommen«, gab Mendoza zu. Um ehrlich zu sein, hatte die Anrufliste rein gar nichts ergeben, genauso wenig wie die Gespräche, die sie mit den neuen Kollegen geführt hatten. Sie waren echt aufgeschmissen, und wenn James Cahill nicht endlich sein Gedächtnis wiederfand, steckten sie in einer Sackgasse fest. Doch das würden sie Megans Schwester nicht auf die Nase binden. Allerdings ließ ihr skeptischer Blick darauf schließen, dass sie es ohnehin wusste.

Sie stellten ihr ein paar weitere Fragen, die mehr oder weniger unbeantwortet blieben. Als sie fertig waren und Rebecca Travers aufstand, um zu gehen, wurde ihr Gesicht plötzlich hart. »Finden Sie meine Schwester, Detectives.«

Damit ging sie zur Tür.

Ihren Kugelschreiber ließ sie liegen.

Rivers nahm ihn vom Tisch. »Ich begleite sie hinaus«, sagte er zu Mendoza, obwohl Rebecca schon auf dem Gang war. Er steckte den Kugelschreiber ein, schloss zu ihr auf und hielt ihr die Tür auf, damit sie auf den Parkplatz treten konnte.

»Wenn Ihnen noch etwas einfällt …«, fing er an.

»… gebe ich Ihnen Bescheid.« Doch sie warf nicht mal mehr einen Blick über die Schulter, als sie schnellen Schritts auf ihren Wagen zuging, einen weißen Subaru. Rivers schaute ihr nach, dann kehrte er in den Vernehmungsraum zurück, wo Mendoza gerade ihr iPad und ihre Notizen einsteckte.

»Sie befiehlt uns, ihre Schwester zu finden?« Mendoza schnaubte.

»Sie ist besorgt.«

»Ja.« Mendoza starrte auf die leere Tür, durch die eben noch Rebecca Travers geschritten war. »Trotzdem.«

»Was, trotzdem?«

»Trotzdem habe ich das Gefühl, dass mehr hinter dem Ganzen

steckt. Ist dir aufgefallen, dass sie jedes Mal die Zähne zusammengebissen hat, wenn der Name ›Cahill‹ gefallen ist?«

»Sie scheint ihn zu hassen.«

»Möglich.« Mendozas Augen wurden schmal. »Aber wie heißt es noch gleich?«

»›Es ist ein schmaler Grat zwischen Hass und Liebe.‹«

Mendoza nickte. Gemeinsam verließen sie den Vernehmungsraum.

»Du denkst also, Rebecca Travers ist noch immer in ihren Ex-Freund verliebt.«

»Es wäre nicht das erste Mal, dass ein Mann zwei Schwestern auseinandergebracht hätte.«

»Du denkst außerdem, dass sie etwas mit dem Verschwinden ihrer Schwester zu tun hat?«

»So weit würde ich nicht gehen. Noch nicht. Aber ich werde es herausfinden, und wenn ich die Lage richtig einschätze, werden wir wohl noch einmal mit Ms Travers reden müssen.«

KAPITEL 18

Er erinnerte sich.
Einfach so.

Am Montagmorgen trat James unter die Dusche, stellte das Wasser an, wobei er abermals darauf achtete, nicht den Verband nass zu machen, und in dieser einen Sekunde kehrte sein Gedächtnis schlagartig zurück. Alle möglichen Bilder schossen ihm durch den Kopf. Während er unter dem heißen Strahl der Hoteldusche stand, sah er Megan vor sich, in ebenjener schicksalhaften Nacht. So außer sich, dass sie kaum ein Wort hervorbrachte. Tränen glitzerten in ihren blauen Augen, ihre Lippen, glänzend vor Lipgloss, waren verzerrt vor Wut.

»Du Mistkerl!«, brüllte sie zornbebend. »Du gottverdammter Mistkerl!«

Er hatte das Abendessen gegessen, das er sich aus dem Hotelrestaurant mitgebracht hatte – Chili mit Maisbrot –, und es sich vor dem Fernseher bequem gemacht, als sie durch die Vordertür ins Wohnzimmer gestürmt kam.

Sie schleuderte ihm einen zusammengeknüllten Zettel entgegen und schrie: »Ich wollte dir das hier vorbeibringen! Konnte ja nicht ahnen, dass du zu Hause bist. Ich dachte, du wärst bei *ihr!* Denn da warst du während der letzten Wochen ja ständig, hab ich recht?«

Oh … verflucht …

Als er nichts erwiderte, funkelte sie ihn aufgebracht an. »Und jetzt? Keine Ausreden? Komm schon, James, gib dir doch ein bisschen Mühe«, forderte sie ihn mit blitzenden Augen heraus. »Du solltest wenigstens versuchen, mir eine Lüge aufzutischen und mir weiszumachen, dass du mich nicht betrügst mit dieser … dieser …«

»… Sophia«, brachte er ihren Satz zu Ende.

»Du gibst es sogar zu?« Noch bevor er etwas erwidern konnte, fauchte Megan: »Oh, ich verstehe! Sie ist hier, stimmt's? Diese verfluchte Schlampe liegt oben in deinem Bett!«

»Nein.« Er schüttelte den Kopf. »Hier ist niemand außer mir.«

»Aber ich weiß, dass sie da war. Ich habe ihren Wagen gesehen ...«

»Hier?«

»Vor dem Hotel!« Sie sah ihn an, als wäre er schwer von Begriff.

»Sie *arbeitet* im Hotel.«

»Sie hätte locker zu Fuß zum Haus gehen können!« Ihre Stimme überschlug sich. »Du hast mich wie eine Idiotin dastehen lassen«, stieß sie hervor und fing an zu schluchzen. »Rebecca hat mich gewarnt, aber ich dachte, sie wäre bloß eifersüchtig. Mein Gott, James, hättest du nicht wenigstens so anständig sein können, mir davon ...«

Verlegen trat er einen Schritt auf sie zu. Streckte die Hand nach ihr aus. »Ich wollte es dir ja sagen.«

»Wann?«, fauchte sie und wischte sich mit dem Handrücken die Tränen von den Wangen.

»Nach den Feiertagen ... dachte ich.«

»O ja, klar. Und währenddessen machst du hinter meinem Rücken weiter? Damit ich ein fröhliches Weihnachtsfest feiern kann? Damit wir glücklich zusammen ins neue Jahr starten und du mich anschließend abschießen kannst? Ach, hör doch auf, James!« Sie schüttelte heftig den Kopf. »Bist du wirklich so dämlich? Was hat denn Weihnachten damit zu tun? Mit uns?« Sie warf die Hände in die Höhe. »Ich habe dich geliebt, James, und ich dachte, du liebst mich auch!«

Er biss nicht auf den Köder an, war nicht bereit, sich von ihr in die Falle locken zu lassen.

Sie weinte jetzt ganz offen. »Ich dachte, wir würden heiraten!«

»Wie bitte?«, stieß er so laut hervor, dass Ralph, der auf seinem Hundebett am Kamin lag, ein erschrockenes »Wuff« von sich gab, bevor er in die Küche hinübertappte, um etwas zu trinken. Vorsichtshalber schloss James die Küchentür hinter ihm, nicht, dass der

Schäferhund wütend wurde, wenn Megan weiterhin sein Herrchen anschrie. Was sie tat.

»Ich dachte, du würdest mir an Weihnachten einen Antrag machen«, stieß sie mit schriller Stimme hervor.

»Aber Megan, wieso? Wir … wir sind doch noch gar nicht so lange zusammen! Seit … seit …«

»Mein Gott, du weißt es wirklich nicht, oder? Es sind schon fast sechs Monate, James. Seit Juni, falls du dich erinnerst. Wir waren in Seattle, und es war Sommer. Du warst wegen einer Baumesse dort.«

Und um Rebecca zu sehen.

»Du hast deine Minihäuser präsentiert.«

Ja, er erinnerte sich, und zwar allzu lebhaft, auch daran, dass er auf der Messe weit mehr getrunken hatte als gewöhnlich. Er erinnerte sich, wie sie sich an ihn herangemacht hatte. Wie sie ihm erzählt hatte, Rebecca habe ihn betrogen, wie sie ihm Fotos von ihr mit einem anderen Mann im Restaurant gezeigt hatte. Er hätte verdrängen sollen, dass Rebecca die Arme um diesen Mann geschlungen und ihn zärtlich geküsst hatte, aber das war ihm nicht gelungen.

»Kapierst du's nicht? Ich liebe dich! Verdammt noch mal, James, wie kannst du nur so dämlich sein! Hinter meinem Rücken mit dieser Frau rumzumachen! Warum? Herrgott, warum? *Warum?*«

Er wollte ihr sagen, dass es einfach so passiert sei, dass er gar nicht vorhatte, sich mit einer anderen Frau einzulassen, während er noch mit ihr zusammen war, aber das klang so lahm, war ein solches Klischee, dass er lieber schwieg.

»Ich dachte, du hättest Rebecca verlassen, weil dir bewusst war, dass uns etwas ganz Besonderes verbindet, etwas Einzigartiges, etwas, das außer uns niemand hat!« Sie hielt inne, ihre Augen glänzten, ihr Schmerz war nahezu greifbar. »Ich habe mich getäuscht. Wie dumm von mir! Für dich bin ich nur eine von zahllosen Frauen, die du vögeln und anschließend wegwerfen kannst.«

»Um Himmels willen, nein!«, widersprach er. »Ich wollte nicht … Hör zu, Megan, es tut mir leid«, stammelte er, und das war die Wahrheit. Er fühlte sich wie der Scheißkerl, der er war. Er hatte nie vorgehabt, sie zu verletzen, aber natürlich hatte er genau das getan. »Ich hätte es dir sagen sollen.«

»Zunächst einmal hättest du mich gar nicht betrügen sollen!«, zeterte sie, und der Schmerz in ihrem Gesicht verwandelte sich in blanke Wut.

»Du hast recht, ich hätte mit dir Schluss machen sollen, bevor …«

»Nein! Du kapierst es echt nicht, oder? Du hättest mir treu sein sollen, ist das denn so schwer?«

Ja. War es. Aber das konnte er nicht sagen. Er konnte gar nichts sagen. Er hatte bereits versucht, sich zu entschuldigen, aber davon wollte sie nichts wissen.

»Du bist wirklich schrecklich!«, rief sie anklagend und baute sich schwer atmend vor ihm auf. Ihr Gesicht war tiefrot vor Zorn.

Er schwieg.

»Ein verwöhntes, reiches Bürschchen, das in dem Bewusstsein aufgewachsen ist, einst ein riesiges Vermögen zu erben. Du denkst wohl, du kannst dir alles erlauben! Jeden verletzen, der dir in die Quere kommt?«

»Das stimmt nicht«, hielt er dagegen. Ja, er wusste natürlich, dass er eines Tages reich sein würde, und er hatte sein Erbe beliehen, aber er arbeitete hart, an jedem einzelnen Tag, verdiente seinen eigenen Lebensunterhalt, baute aus eigenen Kräften ein florierendes Unternehmen auf, versuchte, eben kein typischer verhätschelter »Goldjunge« zu sein – ein Stempel, den man ihm immer wieder aufdrücken wollte. Er hatte niemals jemanden verletzen wollen, doch genau das hatte er getan. Wie oft, konnte er schon gar nicht mehr zählen. Zu oft.

»Wie viel bist du wert? Fünf Millionen? Zehn?«, stieß sie bitter hervor und kniff herausfordernd die blauen Augen zusammen. »Zwanzig?«

»Das hat doch nichts mit uns zu tun.«

»Findest du?«

»Ja.«

»Da täuschst du dich! Es hat nämlich sehr wohl etwas mit ›uns‹ zu tun und mit jeder einzelnen Frau, die mit dir ins Bett geht. Glaubst du wirklich, du bist so unglaublich charmant und attraktiv, dass all diese Frauen auf dich fliegen? Sich unsterblich in dich verlieben?« Ihre Augen sprühten Funken, als sie ihre eigene Frage beantwortete. »Es ist das *Geld*, auf das sie fliegen, James.« Sie stand jetzt ganz dicht vor ihm, so dicht, dass er die Wärme spürte, die sie verströmte, und die dunkleren Einsprengsel in ihren blauen Augen sehen konnte. »Es geht immer nur ums Geld. Jede einzelne Frau, die du in deinem Leben gedatet hast, wusste, dass du Geld hast. Einschließlich Jennifer und Rebecca und dieser Schlampe Sophia.«

Er spürte, wie sich seine Muskeln anspannten. Am liebsten hätte er sie geschüttelt. »Geht es bei dir auch ums Geld?«

Sie antwortete nicht.

»Bei dir auch?«, wiederholte er.

Sie reckte ihr Kinn und flüsterte: »Bei mir auch. Wenn du die Wahrheit wissen willst …«

»Ja, das will ich.«

»Genau deshalb habe ich mich für dich interessiert. Am Anfang. Aber dann war ich so dumm, mich tatsächlich in dich zu verlieben.«

Für eine Sekunde hätte er ihr beinahe geglaubt, doch ihr harter Blick, die nach unten gezogenen Mundwinkel und der beinahe besessene Ausdruck auf ihrem Gesicht rieten ihm, ihr nicht zu trauen. »Wie ich bereits sagte: Es tut mir leid, und ich bin …«

»Unsinn!«

Das reichte. »Okay. Vielleicht solltest du jetzt besser gehen.«

»Du wirfst mich raus?« Ihr Zorn explodierte. »Fick dich, James! Fick dich, du gottverdammtes Arschloch!«

»Megan …«

Sie stürzte sich auf ihn. Er machte einen Schritt zurück.

Zu spät.

»Scheißkerl!« Sie erwischte ihn mit der rechten Hand, ihre Fingernägel gruben sich tief in seine Wange.

»Hör auf!« Er packte sie am Handgelenk, doch das genügte nicht. Sie warf sich gegen ihn und schlug mit der freien Hand auf ihn ein.

Er taumelte zurück, stieß mit der Schulter gegen den Kamin, ging zu Boden. Sein Kopf prallte gegen die harten Steine an der Kante der Feuerstelle. Megan landete auf ihm. Sein Blick verschwamm, doch er sah noch, wie sie sich von ihm hinunterrollte und ihn mit entsetztem Blick anstarrte. Der Hund bellte wie verrückt hinter der Küchentür. Megan richtete sich auf und verschwand aus seinem Blickfeld, dann wurde ihm schwarz vor Augen.

»Heilige Scheiße«, flüsterte er jetzt und ließ das heiße Wasser weiter auf seine unverletzte Schulter prasseln. Für eine Sekunde wurde ihm schwindelig, und er lehnte sich gegen die geflieste Wand, um das Gleichgewicht wiederzufinden. Als das Schwindelgefühl nachließ, strich er sich mit der Hand über das nasse Gesicht. Weitere Erinnerungen kehrten zurück. Er drehte das Wasser ab und griff nach einem Handtuch. Ralph hatte sich auf der Badematte niedergelassen, James musste ihn mit dem nassen Fuß beiseiteschieben.

Mit einiger Mühe trocknete er sich ab. Er beschloss, sich nicht zu rasieren – die Bartstoppeln würden die Kratzer verdecken –, und kämpfte mit seinen Klamotten. Endlich hatte er es geschafft. Jetzt brauchte er nur noch ein Auto. Doch wohin wollte er eigentlich fahren? Kommunizieren konnte er lediglich über das Hotelfestnetz. Aber mit wem? Mit seinem Anwalt? Er hatte nichts zu tun mit Megans Verschwinden, da war er sich zu hundert Prozent sicher.

James ging ins Schlafzimmer und ließ sich auf die Bettkante sinken. Sein Blick fiel auf ein Armband mit glitzernden Steinen auf einem der Nachttische – vermutlich keine echten Diamanten.

Sophia.

Er musste daran denken, wie sie mit gespreizten Beinen auf ihm saß und ihn ritt, während das Armband das Licht einfing, das von draußen durchs Fenster hereinfiel. Er hatte den unverletzten Arm ausgestreckt und ihren glatten, festen Bauch berührt, hatte mit den Fingerspitzen die seidige Haut ihrer vollen Brüste gestreichelt, deren hoch aufgerichtete rosa Brustspitzen durch die weichen, blonden Haarsträhnen lugten.

Bei der Erinnerung daran blieb ihm die Luft weg. Er schluckte.

Wo hast du dich da bloß hineingeritten?

Rebecca, Megan und jetzt auch noch Sophia?

Das war das Problem. Er liebte schöne, clevere Frauen. Sophia hatte ihm einfach ins Auge stechen müssen. Sie war überall, wo er auftauchte. Im Laden, im Café, in der Stadt – ganz gleich, wo. Sie schien instinktiv zu wissen, wo er sich befand, und manchmal hatte er fast den Eindruck, sie habe die Fähigkeit, sich an zwei Orten gleichzeitig aufzuhalten. Das war natürlich unmöglich, und vielleicht lag es auch einfach nur daran, dass sie mit ihren blonden Haaren nicht zu übersehen war. Sie war witzig, fröhlich, locker, und er stellte fest, dass er sich darauf freute, ihr zu begegnen. Sie lachte viel, ein glockenhelles Kichern, das ihn stets zum Lächeln brachte. Er hatte sie kennengelernt, als sie sich um einen Job im Inn bewarb. Sie war mehr als charmant gewesen, und er hatte ihr nicht widerstehen können. Konnte ihr noch immer nicht widerstehen.

Eine weitere Erinnerung bahnte sich den Weg an die Oberfläche, eine ältere. Er und Sophia waren zusammen an einem anderen Ort. In ihrem Apartment. Er hatte bei ihr unter der Dusche gestanden, und sie hatte die Kleidung abgestreift und war zu ihm in die kleine Kabine gekommen. Ihre Hände waren voller Begierde über seinen Körper geglitten, und er hatte sie mit dem Rücken gegen die nassen Fliesen gedrückt und sie hochgehoben. Sie hatte die Beine um ihn geschlungen, seinen nur allzu bereiten Schwanz tief in sich aufgenommen und die Finger vor Lust fast schmerzhaft in seine Schultern gegraben. Anschließend hatte er zugesehen, wie sie sich wieder angezogen hatte, war erneut geil geworden, als sie sich die nassen, blonden Strähnen aus dem Gesicht strich und zwinkernd in ihren hauchzarten Spitzen-BH und das Nichts von Höschen schlüpfte. Er hatte sich aufs Bett gelegt, während sie mit nackten Beinen in ihre schenkelhohen High-Heel-Overknees stieg, beim linken kurz zusammenzuckte, weil sie sich früher einmal den Zeh gebrochen hatte. In Unterwäsche und hohen Stiefeln stand sie vor ihm, leckte sich verführerisch die Lippen und forderte ihn stumm auf, noch einmal über sie herzufallen.

Und er hatte sich nicht zweimal bitten lassen: Er hatte sie aufs Bett gezogen und ihr das Höschen vom Leib gerissen, dann hatte er beinahe brutal in sie gestoßen, während sie sich genussvoll stöhnend unter ihm wand.

Jetzt verstörten ihn diese Bilder.

Die Lage hatte sich verändert.

Er hatte sich verändert.

Und trotzdem hatte er sie wieder in sein Bett gelassen – in dieses Hotelbett.

Er fuhr sich mit einer Hand durch die noch feuchten Haare und zuckte zusammen, als er mit dem Finger eine empfindliche Stelle unter dem Verband berührte. In was für einen Schlamassel hatte er sich da bloß gebracht?

Er ließ das Armband dort liegen, wo er es gefunden hatte. Er würde sich später darum kümmern, genau wie um Sophia. Im Augenblick hatte er andere Probleme, außerdem fühlte er sich nach wie vor ziemlich angeschlagen. Er rappelte sich auf, kehrte zurück ins Bad und ließ den Blick über die Schmerzmittel schweifen. Nein, beschloss er, er würde keine Tablette nehmen. Heute brauchte er einen klaren Kopf.

Er nahm seine Jacke, pfiff nach Ralph, setzte seinen Stetson auf und verließ die Suite. Anschließend ging er die Treppe hinunter in die Lobby, die sich mit ein- oder auscheckenden Gästen füllte. Überall standen Koffer und andere Gepäckstücke, Kinder tanzten um den bunt geschmückten Weihnachtsbaum. Aus dem Restaurant duftete es nach Ahornsirup und gebratenem Speck, aber er machte keinen Abstecher dorthin, wollte sich nicht unter die Leute mischen. Stattdessen ging er einen Gang entlang, der zur Rückseite des Gebäudes führte, und verließ es durch eine der Hintertüren.

Draußen war es knackig kalt, im Augenblick schneite es nicht. Mit knirschenden Schritten stapfte James über die frische Schneedecke und überquerte den Parkplatz an der Rückseite des Hotels, um zum Eingang des Cafés zu gelangen. Als er eintrat, klingelte ein Glöckchen über der Eingangstür. Er schlängelte sich zwischen mehreren besetzten Tischen hindurch zur Theke, wo er einen Kaffee und einen

Donut zum Mitnehmen bestellte, wie er es jeden Morgen tat, seit er das Café eröffnet hatte.

Das Personal war angewiesen, das Frühstück auf eine Rechnung zu setzen, die er einmal monatlich beglich. Er nahm seine Bestellung und ging, begleitet von Besteckgeklapper und den Klängen von *All I Want For Christmas*, durch einen Durchgang in den angrenzenden Laden, in dem man alle möglichen Weihnachtsartikel, angefangen bei Haselnüssen über Pfefferminz-Popcorn bis hin zu Nikolausmützen und kompletten Krippen, von Glasfiguren über Zinnsoldaten bis zu Christbaumspitzen in Engelform und Rentier-Nachtlichtern bekommen konnte.

Eben alles, was auch nur ansatzweise mit Weihnachten zu tun hatte, und noch viel mehr.

Angeboten von James Cahill in James Cahills Weihnachtswelt.

Warum kam ihm das plötzlich so überzogen vor? So gnadenlos kommerzialisiert?

Der Ausverkauf von Weihnachten, dachte er und betrachtete einen Vierjährigen, der fasziniert vor der Modelleisenbahn stand, die ihre Runden durch die Auslagen drehte.

Was hatte Cissy einst an einem ganz besonders trüben, regnerischen Heiligabend in San Francisco zu ihm gesagt?

»Du kannst Weihnachten nicht verkaufen, James.«

Nun, er hatte es versucht, und es war ihm verdammt gut gelungen. Auch wenn ihm klar gewesen war, dass teure Geschenke nicht den Geist der Weihnacht widerspiegelten, hatte er es in den vergangenen Jahren geschafft, sich einzureden, dass er Freude verkaufte, dass all das glänzende Spielzeug, all die bunten Weihnachtskugeln den Menschen Glück schenkten.

Er sah sich um. Zum ersten Mal, seit er den Laden eröffnet hatte, gewann er den Eindruck, dass er etwas zu Geld machte, das man eigentlich heilig halten sollte. Er schlug gnadenlos Profit aus den Feiertagen. Seine Gedanken überraschten ihn, denn er hatte sich nie für sonderlich religiös gehalten.

Ein kleines Mädchen schlug nach einem gläsernen Christbaumschmuck in Form eines Schaukelpferdchens, der an einer mit Kunstschnee besprühten Tanne hing. Seine Mutter, die ein Baby in einer vor den Bauch geschnallten Trage trug, kümmerte sich nicht darum, und James tat es auch nicht. Sollte die Kleine den Anhänger doch zerbrechen – wen kümmerte es?

Gefolgt von Ralph, ging er mit großen Schritten zur Hintertür hinaus und betrat die große, mit Zeltplane überspannte Freifläche, auf der die bereits geschlagenen Weihnachtsbäume angeboten wurden. Hier konnten jene Kunden einen Baum auswählen, die keine Lust darauf hatten, mit Axt und Säge bewaffnet durch Matsch und Schnee zu stapfen und selbst einen zu fällen. Auch das gehörte zu den Erlebnissen, die James Cahills Weihnachtswelt anbot.

Während seine Mitarbeiter, allesamt mit Lederschürze, Mütze und dicken Handschuhen, den Kunden dabei halfen, die richtige Wahl zu treffen, trank er seinen Kaffee und aß den Donut. Die meisten Leute waren gut gelaunt, nur ein Paar stritt darüber, ob es sich lieber für eine Edeltanne oder eine Douglasfichte entscheiden sollte. Kinder lachten, Hunde bellten, Kleinkinder, die auf den Nikolaus warteten, wurden auf einem Schlitten fotografiert.

In James' Magen stieg Säure auf.

Herrgott, Cahill, reiß dich zusammen.

Er sah, wie Bobby Knowlton mit seinem Pick-up an den Rand der Verkaufsfläche fuhr, den Motor abstellte und aus der Kabine stieg. Die Ladefläche war voller frisch geschlagener Bäume. Der Vorarbeiter schnippte seine Zigarette in den Schnee und kam in James' Richtung. Ralph sprang auf ihn zu, um ihn zu begrüßen.

»Ich brauche ein Handy«, sagte James, als Bobby in Hörweite war. »Und ein Fahrzeug.«

»Du kannst doch eines von diesen Prepaid-Dingern nehmen, die sie im Einkaufszentrum verkaufen.« Bobby bückte sich und kraulte den sich windenden, schwanzwedelnden Schäferhund hinter den Ohren. »Und in der Werkstatt steht noch ein Pick-up. Du weißt schon, der alte GMC. Eine Klapperkiste, aber immerhin fahrbereit. Die Schlüssel liegen im Büro.«

»Der dürfte genügen. Fährst du mich später hin? Ich wollte eh noch kurz im Büro vorbeischauen und ein bisschen Papierkram erledigen.«

Bobby antwortete nicht. »Oh«, sagte er stattdessen gedehnt. »Das gibt Ärger.«

»Was denn?« James warf einen Blick über die Schulter und sah Sophia in seine Richtung kommen. Der schwarze Mantel reichte ihr bis zu den Knien, auf dem Kopf trug sie eine silberne Mütze, bestickt mit Pailletten.

»James!«, rief sie mit einem fröhlichen Lächeln und winkte ihm mit ihrer behandschuhten Hand. »Warte!«

»Na dann«, sagte Bobby. »Ich mache mich mal ans Ausladen.«

»He«, grüßte James, weil er nicht wusste, was er sonst sagen sollte.

»Wie geht es dir?« Sie steckte eine blonde Haarsträhne unter ihre glitzernde Mütze.

»Besser.« Er überlegte, ob er ihr erzählen sollte, dass seine Erinnerung zurückgekehrt war, dann entschied er sich dagegen. Zuerst musste er mit der Polizei reden.

»Großartig.« Sie lächelte warmherzig, ihre blauen Augen strahlten. Sie schaute zu Bobby hinüber, der Weihnachtsbaum um Weihnachtsbaum auslud. »Ich wollte dir nur sagen, dass ich über das Angebot nachgedacht habe.«

»Danke, aber du musst nicht auf mich aufpassen.«

»Darum geht es nicht. Ich meinte dein Angebot, dass ich bei dir einziehe.«

»Ähm …« Er nahm den letzten Schluck Kaffee.

»Wir sind ein Paar, James. Darüber hatten wir doch gesprochen …«

Beinahe hätte er sich verschluckt. »Wir haben darüber *gesprochen?*«

»Du erinnerst dich nicht.«

»Nein«, sagte er, und das war nicht gelogen. Er konnte sich tatsächlich nicht daran erinnern. Er hatte nicht vor, mit jemandem zusammenzuziehen, weder mit Megan noch mit Sophia noch mit sonst wem.

»In mein Haus?«

»Wir wollten es renovieren lassen und bis es fertig ist, in mein Apartment ziehen. In der Stadt. Es wäre natürlich ein bisschen eng, doch dafür umso gemütlicher.« Ihre Augen leuchteten. »Mir würde das gefallen.«

Er konnte nicht glauben, dass sie dieses Gespräch führten. Am liebsten hätte er sie gefragt, ob sie ihre Worte ernst meinte, doch dann sah er ihren unschuldigen Blick. Sie meinte es tatsächlich ernst. »Ich glaube nicht, dass das funktioniert.«

»Warum nicht?«

Ihm fiel auf, dass bereits mehrere seiner Angestellten zu ihnen herübersahen. »Hör mal, Sophia«, sagte er leise. »Ich denke, das hier ist nicht der richtige Ort, um darüber zu diskutieren. Im Augenblick habe ich jede Menge Dinge zu klären und weiß nicht, wo mir der Kopf steht.«

»Das geht uns wohl beiden so«, pflichtete sie ihm bei und berührte den Aufschlag seiner Jacke, eine vertraute, intime Geste, die alle, die sie beobachteten, auf den Gedanken bringen musste, dass sie ein Paar waren.

Er trat zurück, und sie ließ ihre Hand fallen. »Später.«

Sie senkte die Stimme. »Hat dir die letzte Nacht denn gar nichts bedeutet?«

Er schloss kurz die Augen, dann öffnete er sie wieder. »Doch, das war großartig, wenn auch sehr überraschend … Ich muss los.«

»Aber …«

»Ich brauche einfach etwas Raum für mich.«

Er sah, wie ein verletzter Ausdruck in ihre Augen trat, und hätte sich am liebsten einen Tritt verpasst. Warum schaffte er es andauernd, Frauen zu enttäuschen? Ihnen Schmerz zuzufügen? War er wirklich ein derart abgebrühtes Arschloch? Sendete er ständig die falschen Signale aus, oder lag es an den Frauen, dass sie ihn missverstanden?

»Wahrscheinlich trifft alles zu«, murmelte er, und während Sophia blieb, wo sie war, und ihn weiterhin anstarrte, die Lippen zu einem sexy Schmollmund verzogen, ging er um die Fahrerkabine von Bobbys Pick-up herum und öffnete die Beifahrertür. »Hast du jetzt Zeit, mich in die Werkstatt zu bringen?«, fragte er, an seinen Vorarbeiter gewandt, dann pfiff er nach dem Hund. »Steig ein, Ralph.« Er schloss die Tür und sah, wie Sophia kehrtmachte und auf das Hotel zuging.

Hatte er wirklich vorgehabt, mit Sophia zusammenzuziehen, obwohl er noch nicht einmal mit Megan Schluss gemacht hatte? Was hatte er sich dabei gedacht? Was für ein Idiot war er denn?

»Probleme mit den Weibern?«, fragte Bobby und legte den Gang ein.

James stellte den leeren Kaffeebecher in den Becherhalter. »Hm.«

»Jaja. Am besten, du entscheidest dich für eine von ihnen und gründest eine Familie.« Er trat aufs Gas, und der große Pick-up rollte über den schlaglochübersäten Parkplatz. »Auf alle Fälle solltest du darauf achten, dass du immer nur mit einer zusammen bist. Das habe ich bei Cyn beherzigt, und es funktioniert.«

James widersprach nicht. Als Knowlton in die lange, schmale Straße einbog, die in die Ausläufer der Berge führte, stieß er mit der Schulter gegen das Beifahrerfenster und zuckte vor Schmerz zusammen. Was hatte Rebecca noch gleich gesagt? Ihre Schwester habe ihn eine »männliche Hure« genannt?

Er dachte an Rebecca – groß, mit kastanienrotem Haar und großen goldenen Augen, blitzgescheit. Sie hatte nicht viel gemeinsam mit Megan, und das lag nicht nur daran, dass sie nur Halbschwestern waren. Rebecca und Megan waren nicht sonderlich gut miteinander ausgekommen – die zwei waren wie Feuer und Wasser. Rebecca war die Ruhige, Besonnene, Megan der Hitzkopf. Es überraschte ihn, dass Rebecca alles dafür zu tun schien, Megan ausfindig zu machen, denn diese hatte ihr ganz schön zugesetzt.

Schuldbewusst erinnerte er sich an andere Dinge, die ältere der beiden Travers-Schwestern betreffend – daran, wie sie gelacht und geredet und sie beide sich voller Leidenschaft geliebt hatten. Er dachte an jene letzte Nacht in Seattle, an ein Hotelzimmer, das einen wundervollen Blick auf die Elliott Bay bot. Sie hatten zu viel getrunken und jede Sekunde ausgekostet, als ahnten sie unterschwellig, dass ihre gemeinsame Zeit bald vorbei wäre.

Während die Lichter der Stadt im dunklen Wasser reflektierten, küssten sie sich hungrig, dann liebten sie sich so wild, dass sie sich in der Bettdecke verfingen und zu Boden rutschten, ohne einander loszulassen.

Danach war es aus gewesen – ein verstörender Gedanke. Zum ersten Mal in seinem Leben tat es ihm leid, dass eine Beziehung vorbei war, und er hatte das bedrückende Gefühl, etwas verloren zu haben.

Das hast du auch.

Weil du nicht treu sein kannst.

Dass er sie ausgerechnet mit ihrer selbstsüchtigen jüngeren Schwester hintergangen hatte, war das Schlimmste an seinem Betrug gewesen – das hatte Rebecca am meisten verletzt.

Eine männliche Hure, dachte er und kam zu dem Schluss, dass dieser Vorwurf gar nicht so weit hergeholt war.

KAPITEL 19

Charity kam nicht schnell voran.

Im wahrsten Sinne des Wortes.

Auf dem Weg in die Redaktion geriet sie in einen Stau, eine endlose Schlange von Fahrzeugen quälte sich in Richtung Süden. Sie konnte sich denken, wohin: James Cahills Weihnachtswelt mit Hotel und Weihnachtsbaumfarm zog vor den Feiertagen scharenweise Besucher aus dem ganzen Nordwesten an. In diesem Jahr wurde das Geschäft durch das Verschwinden von Cahills Freundin nur noch mehr befeuert. Jede Menge Schaulustige wollten nicht nur einen Weihnachtsbaum kaufen, sondern auch einen Blick auf den Ort des mysteriösen Geschehens werfen.

Aber sie waren auch Zeitungsleser, und sie würden sich auf die skandalösen Details stürzen, Details, die sie, Charity Spritz, zu enthüllen gedachte. Sollte sie jemals aus diesem Stau hinauskommen, würde sie sich in dem Coffeeshop in der Nähe der Redaktion einen Kaffee besorgen und mit dem Verleger reden, der zufällig auch der Besitzer des *Riggs Crossing Clarion* war.

Nervös trommelte sie mit den Fingern aufs Lenkrad, dann drückte sie auf die Hupe, als der ältere Cadillac vor ihr einfach stehen blieb, anstatt weiterhin im Schneckentempo vorwärtszuzuckeln. »Nun fahr schon«, murmelte sie und fragte sich, wie alt die Frau am Steuer wohl sein mochte. Sie war so klein, dass sie kaum durch die Windschutzscheibe blicken konnte, und sie schien es nicht sonderlich eilig zu haben.

Aber Charity hatte es eilig.

Die Cahill-Story gehörte ihr! Und sie hatte nicht vor, sie sich von irgendeinem dahergelaufenen Reporter aus Seattle, Tacoma oder Portland vor der Nase wegschnappen zu lassen.

Doch jetzt saß sie fest. Sie hatte versucht, Cahill auf seiner Festnetznummer zu erreichen, dann auf seinem Handy und zuletzt auf seinen Geschäftsnummern. Vergeblich. Ungeduldig drückte sie ein weiteres Mal auf die Hupe. Cahill wich ihr aus. Und das machte sie stinksauer.

Während sich die Wagenkolonne Zentimeter für Zentimeter auf die Kreuzung zuschob, hörte sie die Radiosender durch – Rap, Country, Hardrock, politische Diskussionen und Sport –, bevor sie bei einem Sender hängen blieb, der rund um die Uhr Weihnachtslieder spielte. Nach ein paar Sekunden allerdings ging ihr *Frosty The Snowman* auf die Nerven, und sie stellte das verdammte Ding aus. Gereizt tastete sie in ihrer Handtasche nach ihrer E-Zigarette, doch sie musste feststellen, dass sie sie zu Hause vergessen hatte. »Mist.« Nach dem College hatte sie aufgehört, Tabak zu rauchen, und stattdessen zur E-Zigarette gegriffen; im Moment versuchte sie eigentlich, ganz vom Nikotin loszukommen. Im Augenblick jedoch hätte sie einen kleinen Kick gut gebrauchen können.

Wieder rührte sich der weiße Caddy nicht vom Fleck, und wieder drückte Charity auf die Hupe ihres Hyundai. Sah die Alte nicht, wie viel Abstand zwischen ihr und dem Pick-up davor war? Natürlich nicht. »Scheiß drauf«, murmelte Charity, drückte aufs Gas und zog an dem weißen Cadillac vorbei, wobei sie gerade noch einem kleinen SUV auf der Gegenfahrbahn ausweichen konnte.

Die Fahrerin, eine junge Frau Anfang zwanzig, zeigte ihr den Mittelfinger und raste weiter.

Charity widerstand dem Drang, ihr ebenfalls den Finger zu zeigen, und bog zähneknirschend an der nächsten Kreuzung ab. In der Seitenstraße herrschte weit weniger Verkehr als auf der Hauptstraße, und als sie in normalem Tempo weiterfuhr, schweiften ihre Gedanken wieder zu ihrem Artikel über James Cahill und der Recherche, die sie bereits getätigt hatte. Ja, sie hatte alles gegeben, um an Informationen über Riggs Crossings begehrtesten Junggesellen zu gelangen, doch sie musste sich der Tatsache stellen, dass das Internet als Quelle nicht genügte.

Zumindest nicht für die ganze Serie, die sie über die Cahills bringen wollte, oder gar für ein Buch – eine Idee, die sie schon länger im Hinterkopf hatte.

Sie bog um eine weitere Kurve und überquerte den Parkplatz eines Lebensmittelladens, um auf der anderen Seite auf einer Seitenstraße weiterzufahren, die parallel zur Hauptstraße verlief.

Mitunter brauchte man eben mehr als nur Zahlen und Fakten, ein gewisses Gespür, eine emotionale Verbindung zur Story, um die Leser zu packen.

Sie hatte versucht, James für ihren Artikel zu gewinnen, und sie war abgeblitzt.

Pech für ihn, denn sie würde nicht lockerlassen. Als Erstes wollte sie sich seine Familie noch einmal genauer vornehmen. Aus irgendeinem Grund hatte er sich von seinen Leuten entfremdet. Warum um alles auf der Welt sollte jemand absichtlich mit einer der wohlhabendsten Familien in San Francisco brechen? Selbst wenn die Cahills keine Milliarden angehäuft hatten, so waren sie doch – vorausgesetzt, man konnte den Gerüchten Glauben schenken – Hunderte Millionen Dollar schwer. Zudem häuften sich die Skandale um den Clan – perfektes Futter für ihren Artikel, die Serie *und* für das Buch.

Charity steuerte durch eine schmale Nebenstraße, umkurvte einen Müllcontainer und fuhr dann über einen weiteren Parkplatz, bevor sie um die letzte Ecke bog und nach einer freien Parklücke vor dem Gebäude Ausschau hielt, in dem im Obergeschoss die Redaktion des *Clarion* untergebracht war. Der Besitzer hatte das Erdgeschoss an einen Gebrauchtmöbel- und angeblichen Antiquitätenhändler vermietet. Die meisten Parkplätze waren den Kunden von Auntie's Antiques vorbehalten, doch Charity ignorierte die Schilder und parkte gleich neben der Außentreppe, die zu den Redaktionsräumen führte.

Was für ein Trauerspiel, dachte sie, wenn die Presse irgendwelchem überteuerten, nutzlosen Krempel – *Verzeihung, »Antiquitäten«* – weichen musste. Sie sperrte ihren Minivan ab, dann stieg sie die Treppe hinauf und öffnete die schwere Tür zur Redaktion.

Drinnen roch es muffig. Die große, ehemalige Lagerfläche war mit halbhohen, gedämmten Trennwänden, die der Besitzer/Verleger Earl Ray Dansen bei einer Geschäftsaufgabe günstig erstanden hatte, in einzelne Arbeitsbereiche unterteilt. Die meisten dieser »Arbeitszellen« waren leer, da nur ein paar fest angestellte Mitarbeiter tatsächlich in der Redaktion arbeiteten. Die anderen, Freiberufler wie sie selbst, arbeiteten überwiegend von zu Hause aus. Das Gebäude war alt und heruntergekommen und ein wunderbares Heim für Mäuse und Ratten – sie hatte die Beweise dafür mit eigenen Augen gesehen, und Earl sprach ständig davon, dass er endlich Fallen oder aber eine Katze besorgen wolle, um das Problem zu lösen.

Doch heute mochte Charity nicht an Ratten oder Mäuse denken, als sie sich zwischen den leeren Arbeitszellen hindurchschlängelte.

An der nach Norden gehenden Wand, unter einer Reihe von hohen Fenstern, befand sich ein langer Arbeitstisch mit mehreren Computern. Dieser Bereich war der Online-Ausgabe des *Clarion* vorbehalten. Momentan wurde diese Abteilung von Earls Sohn Gerry, einem Kiffer, der ständig high war, geleitet. Gerry war clever, wenn es um Hightech ging, aber viel zu gefühlsduselig für Charitys Geschmack.

Er saß bereits an seinem Platz. Sie beeilte sich, unbemerkt an ihm vorbeizukommen, denn er hatte ihr, wie immer nach Gras riechend, ein paarmal zu oft die Hand auf die Schulter gelegt. Mit seinen vollen, zu einem Man Bun zurückgebundenen Haaren, dem Dreitagebart und dem durchdringenden Blick war er ihr einfach *too much.* Als er ihr vorgeschlagen hatte, sich doch mal auf einen Kaffee oder ein paar Drinks zu treffen, hatte sie eine Gänsehaut bekommen.

Was nicht nur daran lag, dass er nicht ihr Typ war.

Nein, er hatte etwas an sich, was ihr Angst machte.

Geschafft. Er hatte sie nicht gesehen, war voll und ganz auf die Tastatur konzentriert. Sie warf einen verstohlenen Blick auf seinen Rücken. Er saß mit eingesteckten Ohrhörern vor dem Bildschirm, sein Kopf wippte im Takt der lautlosen Musik.

Gott sei Dank.

An dem Arbeitsplatz neben ihm saß Jeanette Flannery, trank eine Cola light und sagte kichernd etwas in ihr Headset, das in ihrem blonden Igelschnitt verschwand. Wie immer trug sie eine Jeans mit Löchern an den Knien, ein langärmeliges schwarzes T-Shirt und eine knielange Sweatshirt-Jacke. Heute in Olivgrün. Jeanette war keine Reporterin, sondern unterstützte Gerry als Korrektorin und Technikfreak. Außerdem war sie unübertroffen, wenn es um das Aufschnappen von Gerüchten ging.

Charity schlich sich auch an ihr vorbei und gelangte ans Ende der Halle, wo die Decke so hoch war, dass die Dachbalken einen idealen Schlafplatz für Schleiereulen boten.

Earl war nicht in seinem Büro, einem großen, durch Glaswände abgetrennten Raum mit einem riesigen, L-förmigen Schreibtisch, der aus den 1960ern zu stammen schien. Die Schreibtischplatte, auf der zwei überdimensionierte Bildschirme standen, war übersät mit Unterlagen, Kaffeetassen, Stiften und Tablets. Charitys Blick fiel auf Earls iPhone. Dahinter, auf einem mittelhohen Aktenschrank, sammelte eine uralte manuelle Schreibmaschine, die ihm sein Großvater vererbt hatte, Staub an.

Soweit Charity wusste, war sie schon jahrzehntelang nicht mehr benutzt worden.

Aus dem Augenwinkel bemerkte sie, wie Earl durch den kurzen Flur kam, der zum Hinterausgang und den Toiletten führte. Er schob sein Hemd in die Hose, blickte auf und sah sie vor seiner Bürotür stehen.

»Warten Sie auf mich?«, fragte er, ohne zu lächeln.

In letzter Zeit lächelte Earl nur selten. Sein immer dünner werdendes Haar war mehr silber als braun, das Gesicht ausgemergelt, der Körper der eines Langstreckenläufers, trotz der Tatsache, dass er die sechzig überschritten hatte.

Es gab keinen Grund, um den heißen Brei herumzureden. Als sie sein Büro betraten, sagte Charity: »Ich habe recherchiert, Hintergrundinformationen über James Cahill gesammelt.«

Earl umrundete den massiven Schreibtisch, setzte sich und bedeutete ihr, auf einem der Besucherstühle davor Platz zu nehmen. »Ich dachte, Seamus wäre an der Story dran.«

»Hier geht es nicht um Sport, Earl. Sie wissen genau, dass er sich einen Scheißdreck um alles andere schert.«

»Ach. Soweit ich informiert bin, ist er aber an der Sache dran.«

»Kommt drauf an, was Sie unter ›an der Sache dran sein‹ verstehen.«

»Vorsicht, Spritz«, warnte er, setzte seine Lesebrille auf und warf einen Blick auf einen der beiden Bildschirme. »Fahren Sie gerade etwa Ihre Krallen aus?«

»Das ist eine sexistische Bemerkung, und das wissen Sie, Earl.«

»Keine Ahnung, was Sie meinen. Klären Sie das mit der Personalabteilung.«

Es gab keine Personalabteilung, dennoch – oder vielleicht gerade deshalb – ließ sie nicht locker. »Sie vergleichen mich damit indirekt mit einer Katze, und das ist politisch nicht korrekt.«

»Mit welchem Fuß sind Sie denn heute aufgestanden?«, wollte er wissen, doch hob zugleich beschwichtigend die Hand. »Moment, Sie müssen nicht antworten, nicht, dass Sie mir auch die Frage als sexistisch auslegen.«

»Nun machen Sie mal halblang!«

»Das Gleiche wollte ich Ihnen raten.« Er starrte blinzelnd auf den Bildschirm.

»Ich würde bei der Cahill-Story gern tiefer graben.«

»Sie sprechen von der ›Cahill-Story‹, aber geht es hier nicht vielmehr um eine verschwundene Frau?«

»Es besteht eine Verbindung, auch das wissen Sie. Die Leute, ich meine die Leser, interessieren sich für die Familie. Die Cahills sind reich, zählen zur High Society von San Francisco, und in ihren Kellern liegen mehr Leichen als auf dem Adams Cemetery«, setzte Charity mit drängender Stimme nach. Der Adams Cemetery war der Friedhof von Riggs Crossing, der einzige, der in der Nähe lag.

»Fahren Sie fort«, sagte Earl. Es überraschte sie, dass er sich in seinen Schreibtischsessel zurücklehnte und tatsächlich bereit schien, ihr zuzuhören.

Sie zählte ihm fast alle Gründe auf, warum sie in James Cahills Vergangenheit stochern wollte, und er rieb sich gedankenverloren das Kinn. Doch er wirkte interessiert, verschränkte die Hände vor dem Bauch und zog die Augenbrauen zusammen. Bis sie ihm mitteilte, dass sie nach San Francisco reisen und vor Ort recherchieren wolle.

»Und ich soll für Flugtickets, Hotelzimmer und weiß Gott was aufkommen? Taxifahrten, Verpflegung und …«

»Uber-Fahrten«, korrigierte sie ihn. »Außerdem gibt es ein hervorragendes öffentliches Verkehrssystem.«

»Moment, das geht mir zu schnell, viel zu schnell. Sehen Sie sich doch mal um.« Er machte eine ausladende Geste, die die riesige ehemalige Lagerhalle mit ihren Arbeitszellen hinter den Glaswänden seines Büros umfasste. »Sieht das so aus, als hätte ich Geld zu verschenken?« Er lachte bellend. »Kommen Sie auf den Boden der Tatsachen zurück!«

Doch so leicht wollte Charity nicht aufgeben. »Genau die Art von Storys treibt die Auflagen in die Höhe. Und zwar gewaltig.«

Earl schüttelte seufzend den kahlen Kopf. »Selbst wenn ich es wollte – ich kann Ihnen Ihre kleine Reise nicht finanzieren.« Die Sorgenfalten auf seiner Stirn wurden tiefer.

»Diese Story könnte der Zeitung wieder Leben einhauchen.«

»Wir halten uns schon seit einiger Zeit nur mit lebensverlängernden Maßnahmen über Wasser. Tut mir leid.« Er legte die Hände auf die Schreibtischplatte und spreizte die Finger. »Ich kann nichts für Sie tun.«

Charity begriff, dass weitere Diskussionen überflüssig waren, und stand auf.

»Denken Sie daran«, sagte Earl warnend, als sie schon auf die Tür zuging. »Es ist O'Days Story.«

Sie warf Earl einen herausfordernden Blick zu. »Es *wäre* seine Story, wenn es um einen Punktsieg in allerletzter Minute ginge!«, gab sie zurück und stürmte hinaus.

Sie hätte beinahe Seamus O'Day umgerannt, der soeben Earls Büro betreten wollte. Der ältere Reporter hielt einen halb gegessenen Donut in einer und einen Becher Kaffee in der anderen Hand. Ein Schwall heißer Kaffee schwappte hinaus und landete auf ihrer Jacke, weitere Spritzer auf ihren Stiefelspitzen.

»Oh, tut mir leid«, entschuldigte sich Seamus und errötete unter seiner Wollmütze.

»Perfekt«, murmelte sie und drückte sich an ihm vorbei – kein leichtes Unterfangen bei einem Ex-Footballspieler, der mit den Jahren noch mehr in die Breite gegangen war.

Und in diesem Augenblick beschloss Charity, die Sache in die eigenen Hände zu nehmen.

Doch das sagte sie Seamus nicht. Noch nicht. Sie würde sich ihre Worte für den Moment aufheben, in dem sie den *Clarion*, Riggs Crossing und die Altherrenriege hinter sich ließ. Sollten sie sich ruhig an der Staubwolke verschlucken, die ihr hinterherwehen würde!

Wäre es nicht perfekt, wenn sie nach San Francisco fliegen, die Story ihres Lebens schreiben und in einem der Revolverblätter hier in Washington State veröffentlichen würde? Die hatten wenigstens hohe Auflagenzahlen vorzuweisen! Sie war Freiberuflerin und hatte damit jedes Recht, ihre Story an den Meistbietenden zu verkaufen – und genau das wollte sie tun.

Dir werde ich's zeigen, Earl, dachte sie und drückte lächelnd auf die Fernbedienung ihres Hyundais.

James Cahill war das Ticket, das sie aus Riggs Crossing hinausbringen würde. Ein Ticket ohne Rückfahrschein.

KAPITEL 20

Na endlich.

Endlich hatten sie eine Spur, zumindest hoffte Rivers das. Er stand von seinem Schreibtisch im Department auf, vergewisserte sich, dass er seine Schlüssel bei sich hatte, und machte sich auf den Weg zu Mendozas Arbeitsplatz.

Sie saß vor ihrem Bildschirm, scrollte durch verschiedene Berichte, doch als sie ihn kommen hörte, sah sie auf. »Was gibt's?«

»Rate mal, wer eine Erleuchtung hatte?«

Ihre Augenbrauen schossen in die Höhe. »Jetzt sag nicht, James Cahill?« Als er lächelte, fügte sie hinzu: »Wirklich?«

»Zumindest behauptet er das.«

»Wie? Einfach so?« Sie schnippte mit den Fingern. »Hat er dich angerufen, um dir das mitzuteilen?«

»Ja. Er will später ins Präsidium kommen, aber ich dachte, wir statten ihm lieber gleich einen Besuch ab.«

Mendoza rollte bereits mit ihrem Stuhl zurück. »Glaubst du, er ruft dich erst an und haut dann ab?«

»Nein, das nicht gerade, aber vielleicht telefoniert er mit einem Anwalt.«

»Worauf warten wir dann noch? Los geht's!« Sie stand auf und machte sich auf den Weg zur Garderobe. Nachdem sie ihre Jacken und Mützen geholt hatten, gingen sie nach draußen auf den Parkplatz. Der Himmel hatte die Farbe von Stahl, schwere Wolken verhießen weiteren Schnee, die Temperatur bewegte sich knapp unter dem Gefrierpunkt.

Rivers setzte sich hinters Steuer, während seine Partnerin auf den Beifahrersitz kletterte und den Gurt anlegte.

»Ich habe ein wenig recherchiert«, sagte sie, als er den Rückwärtsgang einlegte, um einen Streifenwagen herumkurvte und anschließend vom Parkplatz fuhr.

»Worüber?«

»Verschiedenes. Als Erstes habe ich mit Deputy Mercado gesprochen, die Megan Travers' Angehörige zu deren Verschwinden befragt hat. Sie sagt, es sei ihr seltsam vorgekommen, dass sich niemand Sorgen zu machen schien, weder die Mutter in Kalifornien noch ihr geschiedener Mann, Megans Vater.«

»Klingt so, als wäre Megan Travers nicht zum ersten Mal verschwunden.«

»Das ist richtig, aber so konsequent hat sie das bisher noch nie durchgezogen. Ich habe übrigens noch einmal die Alibis überprüft.«

»Wasserdicht?«

»Mom war bei einer Weinverkostung im Napa Valley, Dad bei seiner Familie in Chicago. Anschließend hab ich noch ein paar Nachforschungen zur Familie Cahill angestellt.« Sie blickte auf ihr Handydisplay und scrollte durch ihre Notizen. »Sie sind Hunderte Millionen schwer, und zwar seit Generationen. Die Familie besitzt ein riesiges Anwesen auf einem Hügel in San Francisco mit Blick über die Bucht und auf den Pazifik. Die Matriarchin, James' Großmutter … warte, ich finde ihren Namen gleich … Ach, da ist er schon: Eugenia Cahill …«

»Ist die nicht tot?«, fiel er ihr ins Wort.

»Ermordet.« Mendoza warf ihm einen Blick zu. »Ja, es ist so einiges in der Familie Cahill passiert«, fuhr sie fort. »Ziemlich viele sind auf der Strecke geblieben. James' Eltern leben beide noch, seine Schwestern ebenfalls. Im Süden von Oregon. Er hat eine weitere Verwandte, Cissy, die mit ihrem Ehemann und den Kindern nach wie vor in San Francisco wohnt.«

»Hast du noch mehr?«

Sie las weiter, während Rivers den Stau im Stadtzentrum umfuhr und sich dann in die Schlange von Pick-ups, Limousinen und Vans einreihte, die Richtung Süden rollte. »In der Vergangenheit hat es ein paar Skandale gegeben, Gerüchte über unehelich geborene Kinder, was ziemlich ironisch ist, wenn man bedenkt, dass Cahill House eine der großen philanthropischen Stiftungen in San Francisco ist, ins Leben gerufen von Eugenia Cahill.«

»Cahill House?«, hakte Rivers nach.

Mendoza nickte. »Cahill House wurde vor vielen Jahren für unverheiratete Mütter gegründet, die in Schwierigkeiten steckten. Jetzt ist es … warte, ich lese es dir vor: ›Cahill House bietet Opfern familiärer Gewalt einen sicheren Ort und ist gleichzeitig eine Anlaufstelle für schwangere Frauen, die nirgendwo anders hinkönnen.‹« Sie sah von ihrem Handy auf und schaute aus dem Fenster. Inzwischen hatten sie die Stadt verlassen, die ersten Schneeflocken fielen vom Himmel. »Der langen Rede kurzer Sinn: James Cahill wird bald stinkreich sein.«

Das wusste Rivers bereits, genau wie er über die Skandale in der Familie Cahill Bescheid wusste. Man konnte nicht jahrelang als Cop in San Francisco arbeiten, ohne etwas über eine der berühmt-berüchtigtsten Familien der Stadt an der Bucht zu erfahren.

»Ist Cahill in seinem Hotel?«, erkundigte sich Mendoza und drehte die Heizung höher.

»Am Telefon hat er gesagt, er sei in der Werkstatt. Du weißt schon, da, wo er diese Minihäuser ausstellt und anfertigen lässt.«

»Als wären ein Hotel und die Weihnachtsbaumfarm nicht genug.«

Das mochte vielleicht für Mendoza gelten, aber Rivers wusste, wie ehrgeizig Cahill war. Ja, er war mit einem silbernen, wenn nicht gar goldenen Löffel zwischen den Lippen zur Welt gekommen, aber wenigstens arbeitete er hart für seinen Lebensunterhalt.

Als sie über die Brücke fuhren, wurde es langsam warm im Wageninneren. Der Fluss unter ihnen fror an mehreren Stellen zu, entlang des Ufers bildete sich Eis. Etwas weiter südlich kam hinter schneebedecktem Weideland, umgeben von weiß gepuderten Bäumen, das Cahill Inn in Sicht.

Wieder wurde der Verkehr dicht. Kurz bevor sie das Hotel erreichten, bog Rivers in die gerade, zweispurige Kiesstraße ein, die in die Ausläufer der Berge führte. Eine ganze Weile holperten sie bergan durch Nadelbaumplantagen mit Bäumen in unterschiedlichen Größen, und Rivers konnte sich des Eindrucks nicht erwehren, dass diese von Menschenhand geschaffenen Wälder der ideale Ort waren, wo sich eine Leiche verstecken ließ.

Dann rief er sich vor Augen, dass Megan Travers ja gar nicht tot war.

Zumindest nicht, dass sie wussten.

Hinter einer kleinen Anhöhe öffneten sich die Bäume zu einem großflächigen Parkplatz. Lkws und Vans parkten vor einem riesigen, an eine Lagerhalle erinnernden Gebäude mit hohen Rolltoren. Eins dieser Tore stand offen, von drinnen fiel Licht heraus.

Rivers zwängte seinen Jeep zwischen einen weißen Van und einen Pick-up aus den Siebzigern. »Mal sehen, was unser berühmter Zeuge zu sagen hat.« Er stellte den Motor aus und öffnete die Beifahrertür.

»Unser potenzieller Verdächtiger«, stellte Mendoza klar.

»Eine Person von besonderem polizeilichem Interesse«, verbesserte er sie.

»Wie absolut politisch korrekt von dir.«

»So bin ich nun mal«, erwiderte Rivers trocken, als sie das riesige Gebäude mit den hohen Decken und den hellen Lampen betraten. Drinnen ging es zu wie in einem Bienenstock. Minihaus-Architekten, Elektriker, Klempner, Feintischler und andere standen um drei Flachbettauflieger herum und arbeiteten an Minihäusern in verschiedenen Bauphasen. Überall ragten Drähte und Leitungen heraus, eine Kakofonie von Geräuschen schlug ihnen entgegen: Tacker klackerten, es wurde gesägt und gehämmert, Männer riefen lautstark Anweisungen, und über alldem dröhnte ein Rocksong, den Rivers nicht kannte.

James Cahill, in Jeans, Arbeitshemd und Jacke, einen schwarzen Stetson auf dem Kopf, stand auf einem der Auflieger und inspizierte den Stahlrahmen eines zu fertigenden Minihauses, während er mit einem großen, dünnen Mann mit rotem Bart sprach, dessen Kopf von einer Kapuze bedeckt war. James musste brüllen, damit er ihn über den Lärm hinweg verstand. »… sie ist ausgesprochen hartnäckig. Will ein größeres Bad mit einer Standardbadewanne oder zumindest einer so großen Wanne, dass man einen mittelgroßen Hund darin baden kann. Sie hat mehrere Schnauzer. Ihre Babys.« Cahill zuckte zusammen und rieb sich die Schulter unter der Schlinge. Er sah schlecht aus, sehr schlecht sogar. Die Kratzer unter seinem dunklen Bart waren gut zu erkennen, sein Teint wirkte fahl.

Er hatte die Detectives bemerkt, denn er warf einen Blick in ihre Richtung, hob einen Finger und rief: »Ich bin in ein paar Minuten wieder bei dir, Jake!«

»Okay.« Jake zog die Kapuze vom Kopf und setzte einen Helm auf, während Cahill vom Auflieger sprang und das Gesicht zu einer schmerzverzerrten Grimasse verzog, als er auf dem Boden landete. Er blickte ihnen nicht gerade freundlich entgegen. »Ich dachte, wir würden uns später treffen.«

»Wir brennen nun mal darauf zu erfahren, was Sie uns zu sagen haben«, erwiderte Rivers. »Am Telefon haben Sie behauptet, Sie würden sich wieder erinnern. Erinnern Sie sich auch an den Abend, an dem Megan Travers verschwunden ist?«

James warf einen Blick über die Schulter, als wolle er sich vergewissern, dass niemand das Gespräch mithörte, was bei dem Getöse ohnehin unmöglich war. »Vielleicht sollten wir uns besser im Büro unterhalten?«, schlug er vor und deutete mit dem Daumen quer durch die Halle, wo eine Treppe zu einem Podest mit einem geräumigen, verglasten Raum führte, von dem aus man die Arbeit in der Halle sozusagen aus der Vogelperspektive überwachen konnte.

»Gut.«

Cahill stieg ihnen voran die Stufen hinauf und lehnte sich gegen das Geländer, dann hielt er ihnen die Tür zum Büro auf.

»Hier können wir gut reden«, sagte er, bedeutete ihnen, auf den Besucherstühlen Platz zu nehmen, und setzte sich hinter seinen großen Schreibtisch. Die rückwärtige Wand war voller Stoffproben, Fliesen, Hartholz und Quarz. In einer der Ecken stand ein Reißbrett mit einem erst teilweise fertiggestellten Entwurf, auf dem Computerbildschirm war das 3-D-Bild mit der Inneneinrichtung eines Minihauses zu sehen.

»Sie behaupten, Sie erinnern sich«, drängte Mendoza, zog die Jacke aus und legte ihr Handy auf den Schreibtisch. Ihr Finger schwebte über dem Aufnahmebutton. »Ist es okay, wenn ich das Gespräch aufzeichne?«

»Selbstverständlich.« Cahill setzte sich auf seinen Schreibtischstuhl und legte den Arm mit der Schlinge auf seiner Brust ab. »Heute Morgen war plötzlich alles wieder da.«

»Alles?«, hakte Rivers nach.

»Manche Details sind noch ein wenig verschwommen, aber ja, ich denke schon.«

»Erzählen Sie uns doch einfach, woran Sie sich erinnern«, schlug Mendoza vor. »Was ist passiert, als Sie Megan Travers zum letzten Mal gesehen haben?«

James beugte sich vor und stützte sich mit dem unverletzten Arm auf der Schreibtischplatte ab. »Ich bin zur gleichen Uhrzeit nach Hause gekommen wie sonst. Und wie an jedem anderen Abend habe ich mir etwas zu essen aus dem Restaurant mitgebracht. Nach dem Essen habe ich mir ein Bier aus dem Kühlschrank genommen, da ich vorhatte, es mir auf der Couch gemütlich zu machen – doch leider ist es nicht dazu gekommen.« Er berichtete, dass Megan eingetroffen war und ihn beschuldigt hatte, sie zu betrügen. Sie hatte ihm einen zusammengeknüllten Zettel mit einer Nachricht für ihn entgegengeschleudert, dann waren die Dinge aus dem Ruder gelaufen. Laut Cahill war Megan Travers gewalttätig geworden, hatte sich voller Zorn auf ihn gestürzt, ihn mit ihren scharfen Fingernägeln gekratzt und geschubst. Um ihren Attacken auszuweichen, war er zurückgesprungen, ins Straucheln geraten und zu Boden gegangen, wobei er sich den Kopf an der Kante der Feuerstelle gestoßen hatte. Erst im Krankenhaus war er wieder zu sich gekommen.

»Und das ist alles?«, fragte Mendoza.

»Alles, woran ich mich erinnere.« Er wirkte aufrichtig, doch in seiner Stimme schwang ein leichtes Zögern mit.

»Um wie viel Uhr war das?«, wollte Rivers wissen.

»Gegen achtzehn Uhr dreißig, vielleicht neunzehn Uhr.«

Das Zeitfenster stimmte mit dem überein, was Knowlton und der Fahrer des Schneepflugs ausgesagt hatten, außerdem mit den Angaben der Hundebesitzerin, die Megan wegen Geschwindigkeitsüberschreitung anzeigen wollte.

Dennoch war Rivers nicht von James Cahills Unschuld überzeugt. Cahill schwor, dass er anschließend keinerlei Kontakt mehr zu Megan gehabt habe – er wisse nicht, was mit ihr geschehen sei.

»Megan Travers ist Ihre Freundin«, beharrte Mendoza.

»*War*«, korrigierte er.

»Sie haben sich getrennt?«

James' Blick wanderte von Mendoza zu Rivers. »Wir waren dabei, uns zu trennen.«

»Sie waren zu jenem Zeitpunkt gleichzeitig mit Sophia Russo zusammen?«

»Ja.«

»Wusste Megan davon?«

»Sie hatte es herausgefunden. Genau wie ich es gesagt habe.«

»Haben Sie außer Megan und Sophia noch andere Frauen gedatet?«

»Finden Sie nicht, dass zwei mehr als genügen?« Als Mendoza nicht antwortete, stellte James klar: »Nein, ich habe keine weitere Frau gedatet.«

»Aber davor.« Sie warf einen Blick auf ihre Notizen. »Was ist mit Jennifer Korpi?«

»Keine Ahnung, was mit ihr ist. Die Sache war lange vorbei.«

»Und Rebecca Travers? Megan Travers' Schwester?«

Cahill gab sich Mühe, ein ausdrucksloses Gesicht aufzusetzen, doch Rivers konnte förmlich spüren, welche Anstrengung ihn das kostete. Es funktionierte nicht. Direkt unterhalb seiner Hutkrempe pochte deutlich sichtbar eine Ader. »Wir haben uns getrennt.«

»Weil Sie mit ihrer Schwester zusammengekommen sind.«

»Nicht gerade ein feiner Zug von mir«, räumte er ein.

»Wie ist Rebecca Travers damit umgegangen?«

»Sie war stinksauer. Auf mich. Auf Megan weniger.«

Cahills Blick wurde stechend. Mendoza spürte, dass sie einen empfindlichen Nerv getroffen hatte. »Wenn Sie damit andeuten wollen, Rebecca hätte etwas mit Megans Verschwinden zu tun – keine Chance.«

»Woher wollen Sie das wissen?«, hakte Rivers nach.

»Ich kenne Rebecca. Sie war immer für Megan da, immer. Megan konnte … emotional sein …« Er presste die Lippen zusammen, dann fuhr er fort: »Rebecca war stets die Ruhigere, Ausgeglichenere der beiden. Sie hätte ihrer Schwester niemals Schaden zugefügt.«

Mendoza stocherte noch etwas tiefer, aber Cahill rückte nicht von seiner Meinung ab. Er war überzeugt, dass es kein böses Blut zwischen den Travers-Schwestern gab. Rivers kaufte ihm das nicht ganz ab, genauso wenig wie seine Partnerin.

»Wie würden Sie Ihre Beziehung zu Megan beschreiben?«, fragte er.

Cahill lächelte schwach. »Nicht unbedingt als beständig.«

»Sie ist schon einmal verschwunden.« Mendoza warf einen weiteren Blick in ihre Notizen. »Das ist bereits das zweite Mal. Beim letzten Mal haben Sie eine Vermisstenanzeige aufgegeben.«

»Das ist richtig.« Seine Körpersprache zeigte, dass er auf der Hut war.

»Gab es davor auch einen Streit?«, bohrte Mendoza.

»Wir hatten eine Auseinandersetzung, ja. Aber um eines klarzustellen: Es kam nie zu Tätlichkeiten.«

»Allerdings wurden Sie verhaftet wegen …«, setzte Rivers an.

»… wegen einer Kneipenschlägerei«, beendete Cahill den Satz für ihn. »Das ist lange her. Eine einmalige Sache. Mit einer Frau habe ich mich nie geschlagen.«

Rivers beließ es dabei. Sie grillten ihn noch weiter wegen des Streits, fragten ihn, wer außer ihm im Haus gewesen sei und ob Megan jemanden mitgebracht habe, unterstellten sogar, dass er der Aggressor gewesen sei, doch Cahill blieb eisern bei seiner Geschichte.

Endlich sagte er: »Ich habe Ihnen alles mitgeteilt, was ich weiß. Ich halte nichts zurück, aber es gibt definitiv nichts Weiteres zu sagen, und ich muss mich dringend wieder an die Arbeit machen.« Er stand auf, um zu zeigen, dass das Gespräch für ihn beendet war, und sogar Rivers musste zugeben, dass weiteres Nachhaken zu nichts führen würde.

»Rufen Sie uns an, sollte Ihnen noch etwas einfallen«, sagte Mendoza und beendete die Aufnahme auf ihrem Handy. Sie scrollte durch ihre Nachrichten, hielt kurz inne, dann blickte sie auf. »Das Labor ist mit der Untersuchung Ihrer Fahrzeuge fertig. Sie können sie jederzeit abholen.« Sie schob das Telefon in die Tasche. »Wenn Sie eine Mitfahrgelegenheit brauchen – wir fahren jetzt in die Stadt.«

Cahill schüttelte den Kopf. »Ich werde mir selbst etwas organisieren.« Offenbar hatte er es eilig, sie loszuwerden. »Was ist mit meinem Handy?«

»Das ist ebenfalls freigegeben. Ich sage Bescheid, dass man es Ihnen aushändigen soll.«

»Gut.«

»Wie gesagt, nur für den Fall, dass Ihnen noch etwas einfällt …« Mendoza legte eine Karte auf seinen Schreibtisch.

»… dann melde ich mich bei Ihnen.« Cahill ignorierte die Karte und ging zur Tür, Mendoza und Rivers folgten ihm. Auf dem Weg hinaus schnappte sich Rivers unbeobachtet eine Sonnenbrille von Cahills Schreibtisch und steckte sie ein. Er hatte bereits dessen Arbeitshandschuhe, aber Cahill stand nun mal im Zentrum der Ermittlungen, deshalb konnte es nicht schaden, wenn er einen weiteren persönlichen Gegenstand von ihm besaß.

Cahill begleitete sie aus dem Gebäude hinaus, dann machte er kehrt und stieg wieder die Stufen zu seinem Büro hinauf.

Draußen fielen dicke Flocken aus einem taubengrauen Himmel. Rivers und Mendoza gingen zum Wagen. Gerade als sie einsteigen wollten, bog ein kleiner Kombi mit einer Blondine am Steuer auf den Kiesparkplatz ein.

»Sophia Russo«, stellte Mendoza fest, als die Frau ausstieg und auf die Tiny-House-Werkstatt zukam.

»Was wissen wir über sie?«, fragte Rivers.

»Nicht genug.« Mendoza sah, wie die Blondine durch die große Tür und die Treppe hinauf zu James Cahills Büro eilte. »Bei Weitem nicht genug.«

KAPITEL 21

Um Himmels willen, James, lass mich dich wenigstens fahren«, bat Sophia, als sie James aus seinem Büro und die Stufen hinunter in die Ausstellungsräume folgte.

»Keine Sorge, ich komme schon klar.« Er wollte nicht, dass sie sich in seine Probleme einmischte, und um ehrlich zu sein, wurde Sophia im Augenblick für seinen Geschmack zu aufdringlich.

Bobby, der gerade Rigipsplatten geliefert hatte und nun zu seinem Pick-up zurückkehrte, schloss auf dem Weg hinaus zu ihnen auf.

»Du bist doch gerade erst aus der Klinik entlassen worden«, beharrte Sophia. »Ich würde mich gern ein wenig um dich kümmern.«

»Nein.« Für eine Sekunde dachte James an ihr Liebesspiel zurück. Der Gedanke, sich von Sophia verwöhnen zu lassen, war verführerisch, trotzdem würde er bei seinem Nein bleiben.

Bobby deutete mit dem Finger auf James. »Du solltest tun, was sie sagt, zumindest für ein paar Tage, sonst landest du, ehe du dichs versiehst, wieder im Krankenhaus, und wir wissen ja, wie gern du dort bist.«

»Unsinn.« James blieb neben der Tür eines der Nebengebäude stehen.

»Herrgott, du siehst echt scheiße aus.« Bobby schüttelte besorgt den Kopf.

»Es geht mir gut.«

»Es wäre doch bloß für ein paar Tage«, gurrte Sophia. »Bis du wieder zu Kräften gekommen bist.«

»Ich will nach Hause.«

»Bei dir zu Hause herrscht Chaos«, erinnerte ihn Bobby.

»Dann fahre ich eben ins Hotel. Es wäre schön, wenn du dafür sorgen könntest, dass das Haus in Ordnung gebracht wird, denn dann könnte ich bald dahin zurückkehren.«

»Was, wenn du die Treppe hinunterfällst und dir das Genick brichst?«, wandte Sophia ein.

»Das wird schon nicht passieren.« James schlug den Kragen hoch, um sich vor dem eisigen Wind zu schützen, und ging auf Bobbys zerbeulten Chevy Silverado zu. »Und wenn du mir helfen willst, Kumpel, bring mich zur Polizei, damit ich meinen Explorer abholen kann. Der Pick-up ist ebenfalls freigegeben.«

»Du willst doch nicht etwa selbst fahren?«, fragte Bobby.

»Doch, klar.« James wurde von Sekunde zu Sekunde genervter. Er hasste es, wenn man ihm Vorschriften machte, und im Augenblick schienen alle besser zu wissen als er selbst, was gut für ihn war und was nicht.

»Beide Wagen?«

Knowlton hatte recht. »Ach, Scheiße. Dann fahren wir eben zweimal.«

»Oder du lässt dir von ihr helfen.« Bobby nickte in Sophias Richtung. »Ich fahre in meinem Pick-up voraus, du folgst mir mit dem Firmen-Pick-up, und den Schluss macht Sophia mit dem Explorer.«

»Das ist nicht nötig, Bobby«, sagte James kühl.

Bobby zündete sich eine Zigarette an. »Wenn etwas schiefgeht, sind wir gleich zur Stelle, um dir zu helfen.« Er inhalierte tief und blies eine Lunge voll Rauch aus.

»Na schön«, knurrte James, der endlich sein Leben wieder in die Spur bringen wollte.

Gefolgt von Ralph, der ihm nicht von der Seite wich, gingen die drei an dem Lieferwagen eines Vertriebs für Haushaltsgeräte vorbei, der rückwärts zu einer der offenen Ladetüren rollte. Bruce Porter wies den Fahrer ein.

James quetschte sich zusammen mit Sophia, dem Hund und Bobby in dessen Silverado.

Als sein Vorarbeiter den Gang einlegte, sah James die wunderschöne Frau neben sich von der Seite an und überlegte, ob er ihre Hilfe nicht einfach annehmen sollte. Warum wehrte er sich dagegen?

Ein kaum merkliches Lächeln umspielte Sophias Lippen.

Darum, Kumpel. Du hast keine Ahnung, was in ihrem Kopf vorgeht.

»Was ist?«, fragte sie augenzwinkernd, als sie seinen Blick bemerkte.

»Nichts.«

Sie drückte ihren Oberschenkel gegen seinen, und trotz seiner Beklommenheit spürte er, dass sie ihn mühelos um den Finger wickeln konnte. Ja, sie machte ihn an, obwohl er während der letzten Tage ständig an Rebecca hatte denken müssen und obwohl er sich nicht sicher war, ob er Sophia trauen konnte. Der Sex mit ihr war wundervoll gewesen, und er war seine Achillesferse, obgleich das ganz sicher nichts mit seiner Ferse, sondern nur mit seinem verfluchten Schwanz zu tun hatte, der auch jetzt verräterisch zuckte.

Er zwang sich, seine Körpersignale zu ignorieren. Bobby fuhr die Zufahrtsstraße entlang, die Scheibenwischer schoben kratzend Eis und Schnee beiseite, die Lüftung lief auf Hochtouren, ab und zu streifte ein unter der Schneelast durchhängender Ast die Seiten des Chevy.

Als sie über die Bundesstraße in Richtung Stadt rollten, fing Sophia erneut mit dem Thema an.

»Es wäre wirklich gut, wenn sich jemand um dich kümmert, wenigstens während der nächsten Woche.«

»Das haben wir doch schon besprochen.«

»Aber …«

»Nein, Sophia.«

Sie verdrehte die Augen.

»Ich bleibe im Hotel. Dort ist rund um die Uhr jemand da, nur einen Telefonanruf entfernt.«

»Das Inn ist ausgebucht«, erinnerte sie ihn.

»Ich werde schon eine Lösung finden.«

»Willst du wirklich einen zahlenden Gast rauswerfen?«, schlug Bobby in Sophias Bresche.

»Wenn es sein muss. Ich bin übrigens durchaus in der Lage, meine eigenen Entscheidungen zu treffen«, fügte James mit stahlharter Stimme hinzu, was die Diskussion für die nächsten vierzig Minuten beendete.

Sie bogen auf den Parkplatz hinter der Werkstatt der Spurensicherung ein, und James unterschrieb die Papiere für beide Fahrzeuge.

Wie Detective Mendoza versprochen hatte, konnte er auch gleich sein Handy mitnehmen. Er reichte Sophia den Schlüssel für seinen Explorer. »Du fährst mir hinterher«, wies er sie an.

Leicht schnippisch erwiderte sie: »Ich stelle den Wagen am Hotel ab, wo ich mein Auto geparkt habe, denn ich werde im Anschluss in die Stadt fahren. Die Polizei hat angerufen, ich soll in einer Stunde im Department sein. Detective Rivers möchte mit mir reden.«

KAPITEL 22

EINE ABGESCHIEDENE HÜTTE IN DEN
CASCADE MOUNTAINS, WASHINGTON STATE
15. DEZEMBER

Ich warte.

Sitze auf der handgefertigten Couch.

Bewaffnet und bereit.

Ich habe nicht nur zwei Stücke rasiermesserscharfes Plastik, sondern auch die metallene Ablage, die ich von der Rückseite der Badezimmertür abschrauben konnte. Die ist schwerer, wird größeren Schaden anrichten können.

Bei der Vorstellung, was bald auf mich zukommt, schnürt sich mein Magen zusammen. Ich male mir aus, wie ich meine Waffe durch die Luft wirbele, spüre den Widerstand, wenn sie auf die Haut prallt, und dann sehe ich vor mir, wie ich meinem Peiniger mit dem scharfen Plastik die Kehle durchschneide oder ein Auge aussteche.

Wie hatte es so weit kommen können?

Es stimmt, was man über Isolation und Einsamkeit sagt – nicht selten fördern sie eine Paranoia zutage, gegen die man einfach nichts tun kann. Ich bin noch so weit zurechnungsfähig, dass ich mich nicht völlig den Wogen der Furcht hingebe. Doch die Angst wächst und droht über mir zusammenzubrechen. Ich muss die Welle reiten und warten, bis sie langsam ausläuft. Die Attacken kommen normalerweise nachts: Dunkle verstörende, grausame Bilder, die mich winselnd nach Luft schnappen lassen, doch bei Anbruch der Morgendämmerung finde ich für gewöhnlich meine Mitte wieder und kehre in die trostlose Realität meiner Gefangenschaft zurück. Und plane meine Rache.

Während ich durch das winzige Fenster nahe der Tür starre, vor dem unablässig der Schnee aus einem bleigrauen Himmel fällt, wendet sich mein Blick nach innen.

Werde ich in der Lage sein, meinen brutalen Plan in die Tat umzusetzen?

Werde ich die Kraft finden, allein die körperliche Kraft, dem Menschen das Gesicht oder die Kehle zu zerschneiden, den ich einst so sehr geliebt habe? Es erscheint mir unmöglich …

Vergiss nicht, dass genau die Person, die du einst vergöttert hast, dich hierhergeschleppt hat. Dich eingesperrt hat. Mit vorgehaltener Waffe.

Tränen treten in meine Augen. Mein Magen wird sauer und fängt an zu brennen. Galle steigt in meiner Kehle auf und beißt in den Nasenlöchern.

Ich muss es tun. Ich muss *mich befreien. Das kann so nicht weitergehen!*

Es gelingt mir, die verräterischen Tränen wegzublinzeln. Ich atme tief aus und versuche, mich zu beruhigen, während ich mich wieder einmal in dem winzigen Haus umsehe, das jetzt mein Zuhause ist – mit glattem Hartholzfußboden, einem flackernden Kamin, einer Ausziehcouch aus Kunstleder und sogar einer Kuscheldecke. Über mir befindet sich der Schlafboden mit einer bequemen, dicken Matratze und einer flauschigen Decke.

Bezahlbarer Luxus für Abenteuerlustige.

So steht es in einer der Broschüren.

Trotzdem ist es ein gottverdammtes Gefängnis.

»Kein Gefängnis machen die Mauern aus Stein,
keinen Käfig die eisernen Streben.«

Das habe ich mal irgendwo gehört – ich glaube, Dad hat es mir vorgelesen.

Tja, Dad, dann komm doch mal in dieses Gefängnis und überzeuge dich vom Gegenteil! Es hat zwar keine Mauern aus Stein und eiserne Streben, doch dafür polierten Granit, glänzende Fliesen und dekorative Schließriegel, die man von außen auf- und zusperren kann. Ich weiß, dass das Gedicht etwas mit der Freiheit des Geistes oder der Seele zu tun hat und vielleicht auch mit Liebe, was meine Situation noch absurder erscheinen lässt in Anbetracht des Verrats, der hinter alldem steht.

Ich rühre mich nicht von der Couch, starre stur die gegenüberliegende Wand aus glattem Zedernholz an, an der ein stumm geschalteter Flachbildfernseher hängen sollte. Natürlich ist die Stelle jetzt leer. Fernsehen, Telefon und Computer sind nicht gestattet. Stattdessen hat man mir bergeweise Bücher dagelassen, Belletristik und Sachbuch, aber keine Zeitungen oder Zeitschriften, nichts, was mich mit der Welt da draußen verbinden könnte.

Mein Leben entgleitet mir. Stunde für Stunde. Ich rede mir ein, dass ich noch gar nicht so lange hier festsitze, doch es kommt mir vor wie eine Ewigkeit.

Ich gehe in die Küche und werfe einen Blick in die kleine Spüle, in der ein halb gegessenes Sandwich auf einem fettbefleckten Pappteller liegt. Das Brot ist alt, das Pulled Pork trocken.

Mein Magen rumort, dann zieht er sich wieder zusammen.

Ich kann nicht krank sein. *Darf* nicht krank sein.

Doch dann passiert es. Ich muss mich übergeben.

Panisch renne ich in das kleine Bad, wo ich ohne weitere Vorwarnung meine letzte Mahlzeit – das Sandwich – in die Biotoilette erbreche.

Ach du lieber Gott.

Tränen treten mir in die Augen, mein Mund schmeckt faulig und sauer. Ich will nicht länger hier eingesperrt sein!

Zitternd verharre ich vor der Toilette, unsicher, ob ich mich noch einmal übergeben muss oder nicht. Schließlich stehe ich auf und blicke auf meine Hände. Blut quillt aus der linken Handfläche, in der ich noch immer eines der beiden Plastikstücke halte – so fest, dass es mir in die Haut geschnitten hat. »Verdammt«, murmele ich, als ich endlich den Schmerz spüre und nach einem Handtuch greife, um den Blutfluss zu stoppen.

Wie leicht das Plastik in meine Hand gedrungen ist!

Im selben Moment sehe ich vor meinem inneren Auge, wie die rasiermesserscharfe Plastikkante über die weiche Haut des Halses gleitet, tief ins Fleisch und den harten Knorpel des Kehlkopfs dringt.

Wieder schlägt mein Magen einen Purzelbaum, und ich erbreche den Rest des halb verdauten Pulled-Pork-Sandwiches, zusammen mit Galle.

Als ich mir anschließend den Mund mit Wasser ausspüle, frage ich mich erneut, ob ich das wirklich über mich bringe, ob ich es wirklich schaffe, jemandem die messerscharfe Kante der Plastikverpackung über die Kehle zu ziehen.

Ich blicke in den kleinen, ovalen Spiegel über dem Waschbecken und schenke der Frau im Spiegel ein mattes Lächeln.

Natürlich schaffe ich das.

KAPITEL 23

5. DEZEMBER

Sophia Russo war ein echter Hingucker, das musste Rivers ihr lassen.

Sie hatte sich bereit erklärt, sich auf dem Präsidium mit ihnen zu unterhalten, und betrat gerade zusammen mit Mendoza das Vernehmungszimmer. Sie stellten sich kurz vor, dann schälte sie sich aus ihrem Kunstfellmantel und nahm die funkelnde Strickmütze ab. Ein blonder Pferdeschwanz fiel auf ihre Schultern. »Brrr, ist das kalt draußen«, sagte sie mit einem gespielten Schauder, während Rivers aufstand, um ihr den Mantel abzunehmen.

Bevor sie widersprechen konnte, hängte er Mantel und Mütze an die Garderobe neben der Tür und drehte dabei den beiden Frauen, die am Tisch Platz nahmen, und auch der Kamera unter der Decke den Rücken zu. Er tat so, als würde er die Falten aus dem Mantel streichen und die Mütze in die Manteltasche stecken, dabei glitt seine Hand in Wirklichkeit tiefer in die Öffnung hinein, in der Hoffnung, auf etwas zu stoßen, was er unbemerkt einstecken konnte. In diesem Fall schlossen sich seine Finger um einen Lippenstift.

Als er wieder an seinem Schreibtisch saß, die Beine unter dem Tisch, schob er das kleine Röhrchen klammheimlich in seine Hosentasche.

»Möchten Sie einen Kaffee? Oder vielleicht ein Wasser?«, bot Mendoza an.

»Haben Sie eine Cola light?«, fragte Sophia Russo.

Mendoza rief kurz beim Empfang an, während Rivers zwei Tassen Kaffee aus der Kanne einschenkte, die auf einem Tablett mitten auf dem Tisch stand.

Kurz darauf klopfte es an der Tür des Vernehmungsraums, und Dorie Kahn, die Empfangssekretärin des Departments, rauschte auf ihre ein wenig brüske Art und Weise herein und reichte Mendoza eine Limonadendose. »Wir haben nur Pepsi«, sagte sie, stirnrunzelnd wie immer. In Dories Welt gab es keine guten Tage. »Ich versuche schon seit Ewigkeiten durchzusetzen, dass wir Coca-Cola bekommen, aber auf mich hört ja niemand.« Sie schürzte die Lippen und sah Rivers vorwurfsvoll an, als wolle sie ihn dafür zur Verantwortung ziehen.

»Pepsi ist auch gut«, ließ sich Sophia vernehmen.

Dorie lächelte mit schmalen Lippen, dann drehte sie sich um und verließ den Raum. Ihre hohen Absätze klackerten laut draußen auf dem Gang.

Mendoza reichte Sophia die Dose, die sie eilig aufriss.

Auf den ersten Blick wirkte sie unschuldig. Wenn sie nervös war, weil sie von der Polizei befragt wurde, so ließ sie es sich nicht anmerken.

»Dann fangen wir mal an«, schlug Mendoza vor und klärte Sophia Russo kurz über das gängige Prozedere auf. Anschließend tippte sie etwas in ihr iPad ein und vergewisserte sich, dass die Kamera unter der Decke die Befragung aufzeichnete. Nachdem sie die Blondine gebeten hatte, ihren Namen zu bestätigen, erkundigte sie sich nach deren Adresse.

Sophia Russo antwortete, dann fügte sie hinzu: »Es ist eine kleine Wohnung. Kennen Sie die Cascadia Apartments?«

Mendoza nickte, dann fragte sie: »Wie lange wohnen Sie schon in Riggs Crossing?«

»Oh, das dürften jetzt bereits einige Monate sein.«

»Und was hat Sie hierhergeführt?«

»Die Arbeit. Ich meine, es ist schon verrückt. Ich habe in Portland gelebt, und …«

»In Oregon, richtig?«, vergewisserte sich Rivers und nahm einen Schluck Kaffee, der lauwarm und nicht besonders stark war. Er stellte die Tasse ab und schob sie zur Seite.

»Ja, mir hat diese ›Keep Portland Weird‹-Stimmung gefallen, denn mal etwas anderes auszuprobieren, auch wenn es einem vielleicht etwas seltsam vorkommt, finde ich gut. Und dann die vielen Fahrräder! Ich fand es cool. Aber der Regen ... Eher ein ständiges Nieseln. Und nach einer Weile wurde dieses ›Keep-Portland-Weird‹ langweilig. Da habe ich die Stellenanzeige für die Weihnachtsbaumfarm entdeckt. Es wurde eine Hausdame für das Inn gesucht, und ich dachte, das klingt lustig, spannend, und außerdem liebe ich den Winter. Also habe ich mich beworben.«

»Wo haben Sie das Jobangebot entdeckt?«, wollte Mendoza wissen.

»Online.« Ihre Antwort klang so, als sei es selbstverständlich, dass solche Dinge heutzutage ausschließlich über das Internet liefen, und Rivers nahm an, dass sie recht hatte.

»Dort sind Sie dann James Cahill begegnet?«, fragte Mendoza und blickte von ihrem iPad auf. »Bei der Arbeit?«

»Er hat das Einstellungsgespräch mit mir geführt«, antwortete sie nickend. »Persönlich.« Glänzten ihre Augen, wenn sie von ihm sprach? »In der Woche darauf fing ich schon an, eigentlich als Hausdame, doch am Ende sprang ich an der Bar ein, arbeitete am Hotelempfang und bediente im Café oder war im Laden. Wenn viel los war, habe ich überall dort ausgeholfen, wo es brannte.« Sie überlegte kurz, dann fügte sie hinzu: »Ich habe auch im Büro der Minihaus-Firma gearbeitet.«

»Als Sekretärin?«

»Nun ja, ich habe ein paar Semester Buchhaltung auf dem Community College belegt – ich kann also noch mehr.«

»Sie haben sich sozusagen unentbehrlich gemacht?« Mendoza nahm einen Schluck Kaffee.

Sophia Russo zuckte die Achseln.

»Ich bin clever«, erwiderte sie. »Ich weiß, das klingt angeberisch, aber es ist nun mal die Wahrheit. Außerdem bin ich loyal. Es herrscht eine ziemlich hohe Fluktuation im Hotel, und in der Weihnachtswelt ebenso. Natürlich rechnet man damit, denn die Arbeit dort ist zum Großteil saisonal begrenzt – die Angestellten müssen sich spätestens im Januar nach etwas Neuem umsehen. Und dann sind da noch die,

die einfach nicht zur Arbeit erscheinen – weil es ihnen nicht mehr gefällt, weil sie sich krankmelden, was weiß ich. Ich tue so etwas nicht. Ich stehe immer zur Verfügung.«

In ihren blauen Augen stand nicht der leiseste Anflug von Arg, zumindest konnte Rivers nichts dergleichen erkennen. Trotzdem kam ihm irgendetwas nicht stimmig vor.

»Wann sind Sie und James Cahill das erste Mal zusammengekommen?«

»Sie meinen …?«

»Wann ist aus Ihnen ein Paar geworden?«

Sophia zog scharf die Luft ein.

»Kurz nachdem ich bei ihm angefangen habe. Es hat sich einfach so entwickelt. Wir haben immer öfter und enger zusammengearbeitet …« Ihr Blick schweifte zur Seite. »Es gab eine Anziehungskraft zwischen uns, gegen die wir uns nicht wehren konnten. Und wenn wir zusammen im Bett waren, dann habe ich mich so … so weiblich gefühlt.«

Mendozas Gesichtsausdruck war undurchschaubar. Bevor Sophia ins Detail gehen konnte, fragte Rivers: »Was ist mit Megan Travers?«

Die schöne Blondine atmete aus und zuckte die Achseln. »Zwischen den beiden war es vorbei.«

»Wusste Megan das?«

»Selbstverständlich. Frauen wissen das sofort.«

»Aber James hatte es ihr noch nicht direkt gesagt, oder?«, hakte Mendoza nach.

»Ich glaube nicht … Nein, ich bin mir sicher, dass er das nicht getan hat.«

Sophia wickelte sich eine blonde Haarsträhne um den Finger. Zum ersten Mal während des Gesprächs wirkte sie verunsichert.

»Erzählen Sie uns bitte, wo Sie am fraglichen Abend waren«, forderte Mendoza sie auf, die endlich handfeste Fakten auf dem Tisch liegen haben wollte.

»Gern.« Ein weiteres Achselzucken, gefolgt von einem Schluck Pepsi light. »Ich habe bis sechs Uhr gearbeitet, im Büro, dann bin ich in die Stadt und anschließend nach Hause gefahren – nein, stimmt nicht, ich bin auf direktem Weg nach Hause gefahren.« Sie schüttelte den Kopf, das helle Haar strich über ihre Schultern. »Unterwegs habe ich an der Tankstelle an der Sixth Street gehalten und getankt, ich war schon seit ein, zwei Tagen im roten Bereich. Danach habe ich mir in Charlie's Deli einen Salat zum Mitnehmen besorgt. Ich hatte überlegt, zum Yoga zu gehen, aber dann habe ich mich dagegen entschieden. Es war schon recht spät, deshalb bin ich unter die Dusche gesprungen und habe es mir anschließend mit drei Folgen von *Der Bachelor* gemütlich gemacht, die ich zuvor aufgezeichnet hatte.« Sie begegnete Rivers' Blick und schaute dann wieder zu Mendoza. »Ein aufregendes Leben, ich weiß.«

Aufregender, als du zugibst, dachte Rivers, doch er sprach es nicht laut aus. »Haben Sie an dem Tag James getroffen?«

Sie zog die Augenbrauen hoch und nahm einen weiteren Schluck. »Bei der Arbeit.«

»Und danach?«

Sie schüttelte den Kopf. »Nein. Ich habe ihn erst im Krankenhaus wiedergesehen. Als ich am nächsten Tag zur Arbeit erschien, hatte Bobby Knowlton einigen Angestellten Bescheid gegeben, daher waren wir bald alle informiert. Ich bin sofort losgefahren, um ihn zu besuchen.«

»Am selben Tag?« Mendoza tippte weiter auf ihr iPad ein und nahm einen Schluck aus ihrer Tasse.

»Nein. Doch, ja. Ich meine, ich bin hingefahren, aber ich durfte nicht zu ihm, weil er im Koma lag. Erst zwei Tage später habe ich mit ihm reden können, und da ging es ihm nicht sonderlich gut.«

»Wissen Sie, was mit ihm passiert ist?«, wollte Rivers wissen.

»Er konnte sich nicht erinnern, aber allem Anschein nach gehen seine Verletzungen auf Megans Konto.«

»Allem Anschein nach?«, wiederholte Mendoza.

»Nun, ja.« Sophia Russo starrte Mendoza an, als wäre sie schwer von Begriff. »Die Kratzer in seinem Gesicht? Die stammen definitiv von einer Frau.«

Rivers nickte.

»Ich nehme an, er hatte ihr endlich von uns erzählt, oder sie hat es sonst wie herausgefunden, und sie haben sich gestritten. Sie hat ihn attackiert!«

»Ist es möglich, dass es eher andersherum war?«, hakte Mendoza nach.

»James würde niemals eine Frau schlagen.«

»Sind Sie sich da sicher?«, fragte Rivers.

»Nun …« Sie machte eine beiläufige Handbewegung, als wäre die Wahrheit offensichtlich.

Rivers lehnte sich auf seinem Stuhl zurück. »Also, was ist mit Megan?«

»Woher soll ich das wissen?«

»Was vermuten Sie?«

»Auf Vermutungen werde ich mich nicht einlassen. Arbeitet die Polizei nicht ausschließlich mit Fakten? Ich weiß nur das, was ich gehört habe – dass sie nach der tätlichen Auseinandersetzung stinksauer James' Haus verlassen hat und wie eine Irre davongerast ist. Angeblich wäre sie beinahe mit einem Schneepflug zusammengestoßen. Sie wollte wohl zu ihrer Schwester nach Seattle oder Tacoma, aber dort ist sie nie angekommen.«

»Wer behauptet das?« Rivers' Handy vibrierte in der Hosentasche, doch er ignorierte es.

»Alle, die für James arbeiten. Bobby, Leon, Zena … Die ganz normale Gerüchteküche bei der Arbeit.«

Mendoza machte sich eine Notiz. »Wann haben Sie Megan Travers das letzte Mal gesehen?«

Sophia legte die Stirn in Falten und zog konzentriert die Augenbrauen zusammen. »Ich bin mir nicht sicher. Ich glaube … ich glaube, ich habe sie in der Stadt gesehen …« Sie furchte die Brauen. »Megan arbeitet in dieser Klinik in der Nähe der Main Street. In der McKay?«

»In der McEwen-Klinik.«

»Ich habe sie dort gesehen, nicht drinnen, sondern draußen«, erwiderte Sophia bedächtig. »Sie stand auf dem Parkplatz und war gerade dabei, ins Auto zu steigen. Es schneite heftig, aber ich habe sie erkannt. Ich bin mir ziemlich sicher, dass sie es war.«

Das bezweifelte Rivers keine Sekunde. Sophia war ein Mensch, der ganz genau wusste, wo der Hase lief. Vor allem, wenn der Hase eine Frau war – die Frau an der Seite des Mannes, für den sie sich interessierte.

»Wann genau war das?«

»Vor ein paar Tagen? Oh, Augenblick. Jetzt fällt es mir wieder ein. Am Dienstagnachmittag. Ich war auf dem Weg zum Yoga, im Erdgeschoss der presbyterianischen Kirche. Wir treffen uns jeden Dienstag und Donnerstag um achtzehn Uhr. Ich muss mich immer ziemlich beeilen, denn meistens schaffe ich es vor 17.30 Uhr nicht von der Arbeit weg. Ich hasse es, wenn ich zu spät komme und die ersten Übungen verpasse.«

»Und am Mittwoch oder Donnerstag haben Sie Megan nicht gesehen?«

»Nein.« Ein weiterer Schluck Pepsi light. Ihre Hände schienen leicht zu zittern. War es möglich, dass sie etwas vor ihnen verbarg?

Sophia verschränkte die Arme vor der Brust. Herausfordernd. Dann teilte sie den beiden Detectives mit, dass sie Megan nie offiziell kennengelernt habe und dass sie daran in Anbetracht der Umstände auch keinerlei Interesse habe. Sie schaute zu den schmalen Fenstern unter der Decke und stieß einen lauten Seufzer aus. »Ich wusste von ihr, aber das ist auch schon alles. Und bevor Sie fragen: Ja, ich wusste, dass sie mit James ›zusammen‹ war.« Sie malte mit den Fingern Anführungszeichen in die Luft.

Rivers kaufte ihr das nicht ab.

Was Sophia zu bemerken schien, denn sie fuhr sich mit der Zunge über die Lippen und machte sich an ihren Haaren zu schaffen, band sich den Pferdeschwanz neu. »Vielleicht bin ich ihr unbewusst aus dem Weg gegangen oder sie umgekehrt mir.«

»Es hat Sie nicht gestört, James … näherzukommen, obwohl die beiden ein Paar waren?«

»Sie waren weder verheiratet noch verlobt – sie lebten ja nicht einmal zusammen!«

»Dann war er sozusagen frei?«

Sie wand sich leicht unbehaglich auf ihrem Stuhl. »Wenn ich auf der Jagd gewesen wäre ... ja. So war es aber nicht. Wir haben uns zueinander hingezogen gefühlt, und ...«

... *es ist einfach passiert*, beendete Rivers den Satz in Gedanken für sie. Er dachte an Astrids schwache Versuche, ihren Seitensprung zu erklären.

Und so ging es weiter. Geschlagene fünfzehn Minuten, in denen sie nichts Signifikantes erfuhren. Als Rivers Sophia in den Mantel half und sie zur Tür brachte, wusste er nicht mehr als zuvor.

»Glaubst du ihr?«, fragte Mendoza, als sie weg war, und schloss ihr iPad.

»Hm. Kann ich noch nicht sagen.«

»Sie ist mir ein bisschen zu perfekt«, sagte Mendoza. »Zu aufgesetzt. Zu schön.«

Rivers setzte sich wieder und starrte auf die Tür des Vernehmungszimmers. Der Duft von Sophias Parfüm hing noch in der Luft. »Für ihre Schönheit kann sie nichts.«

»Mag sein, aber ich traue ihr nicht.«

Rivers ging es genauso. Als sie kurz darauf das Zimmer verließen und zu ihren Arbeitsplätzen zurückkehrten, fragte Mendoza: »Glaubst du, sie hatte es gezielt auf James Cahill abgesehen?«

»Du meinst, schon bevor sie nach Riggs Crossing gekommen ist?«

»Ich meine, dass sie *wegen* Cahill nach Riggs Crossing gekommen ist. Dass sie wusste, er ist jung und Single und erbt ein Vermögen.«

»Es gibt viele junge, reiche Singles. Man muss nicht extra ans Ende der Welt fahren, um einen zu finden.« Er überlegte kurz, dann fragte er: »Woher kommt sie?«

Mendoza legte ihr Tablet auf seinen Schreibtisch und tippte etwas ein. »Kalifornien«, antwortete sie dann.

»Großer Bundesstaat.«

»Hm. Richtig. Wie wär's mit San Mateo?«

»San Mateo? Wieso?« Er wusste, dass San Mateo auf der Halbinsel etwa zwanzig Meilen südlich von San Francisco lag. Als er noch in der Bay Area gelebt hatte, war er Dutzende Male dort gewesen.

»Glaubst du, es ist ein Zufall, dass sie ausgerechnet aus einer Stadt kommt, die so dicht neben der Heimat der Familie Cahill liegt?«

»Ich komme ebenfalls aus der Gegend, genau wie viele andere Leute, einschließlich Megan und Rebecca Travers.«

»Du weißt genau, was ich damit sagen will.«

»Ja. Aber James Cahill kommt aus Oregon. Seine Eltern sind kurz nach seiner Geburt hierhergezogen«, entgegnete Rivers.

»Trotzdem. Die Familie Cahill stammt ursprünglich aus San Francisco, dort hat sie ihr Vermögen angehäuft. Vielleicht sollten wir der Spur des Geldes folgen.«

»Nicht der Spur der Frauen?«

»Das eine führt doch stets zum anderen«, erwiderte sie sarkastisch.

KAPITEL 24

Der Traum war so echt.

Er war mit Rebecca zusammen. Sie lagen am Ufer eines Sees, die Gegend war menschenleer, Palmen säumten einen Strand mit glitzerndem Sand. Am Horizont war ein Boot zu sehen, ein kleiner Fleck, der langsam größer wurde.

Rebecca fing an, ihn zu küssen und an seinem Ohr zu knabbern. Sein Schwanz wurde steif und richtete sich auf. Ihre Lippen waren warm und nachgiebig. Er stöhnte und schloss für eine Sekunde die Augen, dann öffnete er sie wieder und stellte fest, dass das Boot näher gekommen war, ein Schiff, der Größe nach zu urteilen, das sich mit hoher Geschwindigkeit der Bucht näherte.

Zu James' Erregung gesellte sich ein Anflug von Furcht. Irgendetwas stimmte hier nicht. Kaum durchfuhr ihn dieser Gedanke, traf das Schiff aufs Ufer, der Strand verwandelte sich in eine Schlucht, es wurde so kalt und dunkel wie in einer Winternacht. Er klammerte sich an Rebecca, und gemeinsam stürzten sie in die Tiefe.

Sie hörte nicht auf, ihn zu küssen, blind gegenüber der Gefahr, gegenüber der Tatsache, dass sie in den riesigen, klaffenden Schlund eines …

Sie schlang die Beine um ihn, nahm ihn in sich auf, begann, sich zu bewegen, und er passte sich ihrem Rhythmus an, während die Welt um sie herum in Scherben ging.

Er stöhnte.

Zuckte.

Riss die Augen auf.

Sophia saß rittlings auf ihm.

James umfasste ihre Hüften und musste sich alle Mühe geben, sie nicht von sich zu stoßen. Der Raum war halb dunkel. Sie hatte die

Augen geschlossen und den Kopf zurückgeworfen, ihre blonden Haare fielen über ihre Schultern. Ihr Rücken war durchgedrückt, ihre nackten Brüste glänzten vor Schweiß, ihre Nippel ragten steil in die Höhe. »O Gott«, flüsterte sie heiser. »James, oh, oh, ohhh …« Und dann versteifte sie sich und schrie auf vor Ekstase oder Schmerz oder ein wenig von beidem.

Ach du lieber Gott, dachte er. Warum kam sie immer wieder heimlich zu ihm ins Bett? Wieso merkte er das nicht vorher? Warum wachte er nicht auf? Wie war sie überhaupt hereingekommen?

Sie sackte nach vorn und blieb schwer atmend auf ihm liegen.

»Sophia, was machst du hier?« Er nahm die Hände von ihren Hüften.

Sie schlang die Arme um seinen Nacken. »Dich lieben.«

»Das kann doch nicht so weitergehen!«

»Doch, kann es«, sagte sie. Ihr warmer Atem strich über seine Brust. »Ich bin hier, weil ich mein Armband holen wollte, und dann habe ich dich gesehen und konnte nicht widerstehen.«

»Du hast einen Schlüssel?«

»Den Generalschlüssel vom Empfang.«

Natürlich.

Er schob sie vorsichtig zur Seite. »Du kannst nicht einfach so hier hereinspazieren.«

»Warum nicht?«, fragte sie. Ihre Stimme klang verletzt.

»Dafür gibt es ungefähr eine Million Gründe.«

»Du machst dir zu viele Gedanken.«

»Du anscheinend nicht.«

Sie kuschelte sich an ihn, legte den Kopf an seine Schulter. »Halt mich fest«, wisperte sie. »Oh, James, halt mich einfach für einen Moment fest …«

Doch er blieb reglos liegen, starrte an die Decke und dachte an den gähnenden Abgrund aus seinem Traum.

Willow wartete, verschluckt von der Dunkelheit.

So wie sie es immer tat.

In den frühen Stunden vor Anbruch der Morgendämmerung,

wenn die meisten Gäste noch schliefen. Einige Mitglieder des Personals waren auf ihren Posten, im Büro hinter der Lobby saß ein Rezeptionist und schaute vermutlich Pornos auf seinem Handy, ein einsamer Angestellter der Hausmeister-Crew hockte in seinem kleinen Zimmer im Untergeschoss.

Die Türen zu den Zimmern waren verschlossen, die Flure leer.

Sie war allein im zweiten Obergeschoss, und sie wusste, wo sich die Kameras befanden. Sie wusste auch, dass James Cahill in der Executive Suite lag und sich von seinen Verletzungen erholte. Sophia Russo hatte sich zu ihm geschlichen. Willow war versucht, zur Tür zu huschen und zu lauschen, vielleicht sogar ihre Schlüsselkarte zu benutzen, um selbst hineinzugelangen, aber der Hund war bei James, und der würde sicher einen Höllenlärm machen, wenn eine Fremde die Zimmer betrat. Vermutlich schlief James gar nicht.

Sie stellte sich vor, was im Schlafzimmer der Suite vor sich ging. Trotz seiner Verletzungen, trotz seines Klinikaufenthalts, trotz der Tatsache, dass seine Freundin verschwunden war, vergnügte sich James mit dieser Hure.

Sophia.

Eine Sünde, die man nicht vergessen und schon gar nicht vergeben konnte.

Vierzehn Stunden unterwegs.

Charity musste sich dringend ausruhen.

Am besten, sie suchte sich eine Unterkunft für den Rest der Nacht.

Sie hatte überlegt, bei ihrer Tante haltzumachen, sich dann aber dagegen entschieden.

Zu viele Fragen, die sie nicht beantworten wollte.

Stattdessen bog sie daher noch vor Anbruch der Morgendämmerung auf den Parkplatz einer billigen Absteige kurz hinter Oakland ein, um sich ein Zimmer zu mieten. Als Charity eintrat, füllte die dicke Frau hinter der kleinen Rezeption gerade die Kaffeekannen nach. Sie sah aus, als könnte sie selbst einen Schuss Koffein gebrauchen, da sie unablässig gähnte, während sie die Körbchen mit Süßstoff und Kaffeeweißer neben den Pappbechern überprüfte. In einem der Becher steckten statt Löffeln weiße Plastikstäbchen zum Umrühren. »Einen Augenblick!«, rief sie Charity über die Schulter zu, die mit ihrer Reisetasche vor der mit Dezifix überzogenen Sperrholzrezeption wartete.

»Was kann ich für Sie tun?«, fragte die Dicke, als sie sich endlich ihrem neuen Gast zuwandte. Ihre leutselige Art ging Charity auf die Nerven. Vielleicht hätte sie doch besser zu ihrer Tante fahren sollen. Andererseits hätte die liebe Tante Carole sie gnadenlos gegrillt: »Warum bist du nicht verheiratet?«, »Möchtest du denn keine Kinder?«, »Ein Job als Enthüllungsjournalistin? Mitten im Nichts? Das kannst du doch nicht ernst meinen!«

Nein, da war es doch besser, hierzubleiben.

»Ich brauche ein Zimmer«, sagte sie. »Für zwei Nächte … vielleicht drei.«

»Ein Doppelzimmer?«, fragte die Rezeptionistin und setzte eine Lesebrille auf, bevor sie sich in einen alten Computer einloggte.

»Egal. Was frei ist.« Charity verkniff sich die Frage, ob die Frau außer ihr noch jemanden sah, trug sich ein und nahm den Schlüssel zu einem Zimmer im ersten Obergeschoss in Empfang, das genau so war, wie sie es erwartet hatte: zwei Betten mit knallbunten Bettdecken, dazu passenden Gardinen, einem Schreibtisch mit einem kleinen Flachbildschirm darüber und einem Schrank ohne Tür. Das Bad war winzig, aber halbwegs sauber. Außerdem gab es WLAN, dem sie nicht traute, aber sie musste es ja nicht nutzen. Sie hatte ihr eigenes mitgebracht.

Erschöpft, wie sie war, verbrachte sie die nächste halbe Stunde damit, ihre Sachen auszupacken, ihren Laptop aufzustellen und sich einen Arbeitsbereich einzurichten.

Anschließend ließ sie sich zufrieden aufs Bett fallen, doch ihr Magen knurrte, deshalb ging sie nach unten, zur Haustür hinaus und überquerte die stark befahrene, vierspurige Straße, um zu einem Diner zu gelangen, das rund um die Uhr »frische« Pies und ein All-you-can-eat-Buffet anbot – sicherlich kein Gourmet-Tempel, aber es musste genügen. Sie kaufte ein Sandwich, das sie hungrig im Hotel verschlang. Nach einer schnellen Dusche fiel sie todmüde ins Bett, um ein paar Stunden zu schlafen, bevor sie mit ihren Ermittlungen begann. Während der langen Fahrt hatte sie nahezu unablässig überlegt, wie sie der Familie Cahill zu Leibe rücken konnte. Am besten stattete sie zuerst Cahill House, dem Zufluchtsort für schwangere Teenager, einen Besuch ab und fuhr dann weiter zum Familienanwesen. Sobald sie sich einen Eindruck verschafft hatte, wollte sie versuchen, Freunde und Verwandte von James zu kontaktieren. Danach war Megan an der Reihe. Die Mutter der Vermissten lebte noch in der Gegend. Bislang hatte Lenora Travers Charitys Anrufe allerdings nicht erwidert.

Doch das bereitete Charity kein Kopfzerbrechen. Dank Internet und ihren ausgeprägten detektivischen Fähigkeiten wusste sie genau, wo die Frau wohnte. Wenn Lenora nicht am Telefon mit ihr sprechen wollte, dann würde sie diese eben persönlich aufsuchen, was ohnehin besser war. Schriftlich und am Telefon konnte man seine Emotionen sehr gut verbergen, aber es war um einiges schwerer, sich seine Gefühle nicht anmerken zu lassen, wenn man jemandem direkt in die Augen blickte. Und Charity hielt sich für eine Meisterin in der Kunst, andere Leute zu durchschauen.

Konnte Megans Mutter tatsächlich etwas mit dem Verschwinden ihrer Tochter zu tun haben? Und wenn ja, warum?

Nein, das war doch eher unwahrscheinlich.

Nichtsdestotrotz erhoffte sie sich Antworten von den Menschen, die Megan kannten – an welchen Orten sie sich womöglich versteckt hielt, ob es Ex-Freunde gab, die ihr Schaden zufügen wollten, wie die verschwundene Frau so tickte. Irgendetwas, was dazu beitragen konnte, den Fall mithilfe der genialen Charity Spritz zu lösen.

KAPITEL 25

6. DEZEMBER

Was zum Teufel machte sie noch hier?

Seit die Polizei sie befragt hatte, war mehr als ein Tag vergangen, und Rebecca war immer noch in Riggs Crossing. Sie hatte eine schlaflose Nacht verbracht, in der sie immer wieder auf die Uhr gesehen, ihr Kissen aufgeschüttelt und gehofft hatte, sie würde endlich einschlafen, aber die Erinnerungen an ihre Schwester hielten sie wach: Megan, weinend an ihrem ersten Tag im Kindergarten. Megan, die vom Fahrrad fiel und sich das Knie aufschrammte. Megan, als sie in der Junior Highschool beim Rauchen erwischt wurde. Megans erster Liebeskummer, als irgendein Junge in der achten Klasse sie sitzen ließ, und dann die unglaublichen emotionalen Achterbahnfahrten während ihrer Highschool-Jahre, das Drama, das stets Teil ihres Lebens war.

Und natürlich James Cahills Verrat.

Hau lieber ab.

Fahr zurück nach Hause.

Alle wissen, dass du versuchst, Megan zu finden: die Polizei, James, sogar die Presse. Lass es gut sein. Kehr in dein eigenes Leben zurück. Du hast getan, was nötig war, was du tun konntest.

Also hau verdammt noch mal ab.

Du kannst Megan nicht helfen.

Du hast es weiß Gott versucht.

Immer und immer wieder.

Und wozu?

Damit sie dich jedes Mal aufs Neue verletzte? Dir in den Rücken fiel, nur um anschließend davon auszugehen, dass du ihre Probleme für sie löst?

Sei ehrlich, Rebecca: Du kannst ihr nicht helfen. Niemand kann ihr helfen.

Sie will sich nicht helfen lassen.

Ganz gleich, wo sie ist; ganz gleich, was mit ihr passiert ist.

Rebecca verspürte einen Stich im Herzen, doch sie verdrängte den Schmerz, wie sie es schon ihr ganzes Leben lang getan hatte.

Als ihr leiblicher Vater sie verlassen hatte.

Als ihr Adoptivvater Donald sich von Lenora hatte scheiden lassen.

Als Megan ihr James weggenommen hatte.

Aber sie durfte nicht aufgeben.

Nicht jetzt.

Erst musste sie sich an die Öffentlichkeit wenden, den Entführer um Megans Freilassung anbetteln – vorausgesetzt, ihre Schwester wurde tatsächlich gegen ihren Willen festgehalten, denn bislang war keine Lösegeldforderung eingegangen. Manchmal wurden Frauen aus anderen Gründen gekidnappt und von ihren Entführern eingesperrt. Rebeccas Haut kribbelte, als sie an den Artikel über Sexsklavinnen dachte, den sie unlängst gelesen hatte, oder an den Bericht über Menschen, die in die Hände von ominösen Sekten fielen.

Ihre Kehle wurde trocken.

Sie musste etwas tun. Ihr Handy stand in der Ladestation auf dem kleinen Hotelschreibtisch. Rebecca griff danach und scrollte durch die zuletzt eingegangenen Anrufe. Ein Reporter nach dem anderen hatte Nachrichten hinterlassen. Am aufdringlichsten war diese Charity Spritz, aber die arbeitete scheinbar nur für die Zeitung, und Rebecca war der Meinung, dass ihr Appell an die Entführer im Fernsehen gezeigt werden sollte.

Sie stellte sich vor, wie sie in die Kamera blickte und Megans Entführer anflehte, ihre Schwester freizulassen, wenn sie denn noch am Leben war.

Das war effektiver als ein Appell in der Zeitung.

Alle, James eingeschlossen, würden sich ihr leidenschaftliches Flehen zu Herzen nehmen.

Doch war es echt? Würde man ihr das abkaufen?

Sie kam sich vor wie eine Heuchlerin.

Es war nicht so, dass sie Megan nicht liebte. Das tat sie. Sie hatte nur einfach das Drama so satt, hatte es satt, dass sich immer alles nur um ihre jüngere Schwester drehte. Als Donald Travers ihre Mutter verließ, hatte er sich noch nicht einmal die Mühe gemacht, sich von Rebecca zu verabschieden, hatte sie nicht ein einziges Mal angerufen. Den Kontakt zu Megan dagegen hatte er gehalten.

Lenora hatte sich während dieser schmerzhaften Zeit beinahe ausschließlich um ihre jüngere Tochter gekümmert. »Sie ist ja so sensibel«, hatte sie immer wieder betont, ohne auch nur ein einziges Mal daran zu denken, dass auch Rebecca verletzt und tieftraurig war.

In den folgenden Jahren hatte Megan immer wieder für Chaos gesorgt, hatte mit schwindelerregender Geschwindigkeit ihre Jobs verloren, Freunde, Wohnungen. Und jedes Mal war sie zu Rebecca gelaufen in der Erwartung, dass ihre besonnene große Schwester die Dinge schon richten, Megan helfen würde, die Scherben aufzusammeln und zusammenzukleben, als wäre Rebeccas eigenes Leben zweitrangig.

Sie dachte an die Zeit, in der sie Megan aus einem besonders tiefen emotionalen Loch herausgeholfen hatte. Ihr damaliger Freund, mit dem sie eine schicke Wohnung bewohnte, hatte das gemeinsame Bankkonto abgeräumt und sie ohne einen Cent mit dem teuren Mietvertrag sitzen lassen. Rebecca hatte jemanden gefunden, der den Vertrag übernahm, ein Paar, das bald heiraten wollte. Die Frau war Kundin bei *A Vision in White*, dem Brautmodengeschäft, für das Rebecca arbeitete. Sie hatte Megan eine Zeit lang bei sich wohnen lassen, damit diese ihre Wunden lecken und Kraft für einen Neustart sammeln konnte. Rebecca hatte sämtliche Rechnungen übernommen und ihrer jüngeren Schwester so viel emotionalen Beistand geboten, wie es ihr eben möglich war. Megan hatte sich voll und ganz bei ihr fallen lassen, und irgendwann war sie aufgestanden und hatte ihr Leben wieder in die Hand genommen.

Dieser Vorfall lag nun fast zwei Jahre zurück, doch er war nicht der einzige. Und stets hatte Rebecca ihr Bestes gegeben, Megan wieder auf die Beine zu helfen.

Bis die ihr in den Rücken gefallen war und ihr James Cahill weggenommen hatte. Rebecca erinnerte sich noch genau an den Tag, an dem Megan ihr gestand, dass sie sich mit James traf.

Sie waren in Rebeccas Wohnung in Seattle gewesen. Es hatte genieselt, Regentropfen liefen an dem Küchenfenster über der Spüle hinab. Megan war nervös gewesen, hatte immer wieder mit der Zunge ihre Lippen befeuchtet, über ihre Haare gestrichen und an ihrem Ärmel gezupft. Sie hatte sich nicht setzen wollen. »Ich muss dir etwas sagen«, hatte sie begonnen, leise, zögernd, die blauen Augen auf den Fußboden geheftet, um Rebeccas fragendem Blick auszuweichen.

»Ja?«

»Du, ähm, du hast doch gesagt, du hättest den Eindruck, James würde das Interesse an dir verlieren, oder?«

Hatte sie das gesagt? Nein, das stimmte so nicht. »Ich habe gesagt, dass James in letzter Zeit ziemlich abwesend wirkt.« Sie bemerkte die Unentschlossenheit im Gesicht ihrer Schwester. »Warum?«

»Na ja, ich dachte, du solltest wissen, dass ich nach Riggs Crossing ziehe.«

»Du ziehst nach Riggs Crossing?«, wiederholte Rebecca, die keinen Schimmer hatte, wohin dieses Gespräch führen würde. »Dort lebt doch James …« Oh! Ihr Herz setzte zum Sturzflug an. Nein! Megan hatte doch nicht … sie würde doch niemals … Aber sie sah die Antwort auf ihre unausgesprochene Frage in den Augen ihrer Schwester. »Wegen James.«

»Ja.« Megan nickte. »Hör zu, Rebecca, ich wollte nicht, dass das passiert, ehrlich nicht, aber …«

»Dass *was* nicht passiert?«, wollte Rebecca wissen, aber sie kannte die Antwort bereits. Megan hatte sich irgendwie in James' Herz gestohlen.

»… aber James und ich … wir haben uns ineinander verliebt«, gab Megan atemlos zu. Ihre Augen strahlten, als würde sie sich ihre Lügen tatsächlich selbst abkaufen. »Ich ziehe nach Riggs Crossing, um in seiner Nähe zu sein.«

»Du hast dich verliebt«, stellte Rebecca mit tonloser Stimme fest und spürte, wie ihr Gesicht heiß wurde. »In meinen Freund!«

»Das war doch nicht geplant!«

»Da hast du recht.«

»Es hat nichts mit dir zu tun.«

»Es hat *alles* mit mir zu tun, und das weißt du.« Rebecca war wütend und traurig zugleich. »Das ist ein Fehler, Megan.«

»Ich weiß, dass du verletzt bist …«

»Da weißt du nur die Hälfte«, fiel ihr Rebecca ins Wort.

»Aber wir lieben uns!«

»Das will ich nicht hören! Hau ab. Geh nach Riggs Crossing. Sei mit James zusammen. Du wirst schon herausfinden, was du davon hast, aber komm dann nur ja nicht zu mir gelaufen, damit ich dir aus der Patsche helfe. Diesmal nicht, Megan«, fauchte sie. »Diesmal bist du komplett auf dich allein gestellt!« Kaum war Megan in den trüben Nieselregen getreten, knallte Rebecca die Tür hinter ihr zu und legte den Riegel vor. Der Schmerz in ihrem Herzen ließ ihre Knie weich werden, und sie sackte auf die Bodendielen und brach in Tränen aus, doch gleichzeitig schwor sie sich, dass weder Megan noch James jemals erfahren sollten, wie tief dieser Verrat sie verletzt hatte.

Das würde ihr Geheimnis bleiben, das Kreuz, das sie zu tragen hatte.

Ja, jener Tag, so dachte sie nun, war definitiv ein Wendepunkt gewesen. Tränen traten ihr in die Augen. Wütend auf sich selbst, wischte Rebecca sie fort, dann ging sie in das kleine Hotelbadezimmer und drehte den Kaltwasserhahn auf, um ihr Gesicht zu kühlen. »Lass nicht zu, dass sie dir das antut«, sagte sie leise zu ihrem Spiegelbild.

Morgen würde sie sich an die Medien wenden.

Sie würde an den Entführer appellieren, Megan laufen zu lassen.

Und dann würde sie nach Seattle zurückkehren.

Und was ist mit James?

Sie sah sein Gesicht mit den Bartstoppeln, der zerkratzten Wange und dem Kopfverband vor sich. Er war dünner, als sie ihn in Erinnerung hatte, Wangenknochen und Kinn traten stärker hervor. Nun, das passierte, wenn man mit Megan zu tun hatte.

Rebecca hatte gedacht, sie wäre über ihn hinweg, hatte sich eingeredet, James' Verrat, der Betrug, sei Schnee von gestern, hatte sich beinahe davon überzeugen können, dass es gut war, sich nicht noch enger mit ihm eingelassen zu haben, denn so hatte er ihr gerade noch rechtzeitig sein wahres Gesicht gezeigt.

Leider hatte sie sich geirrt.

Sie war nicht über ihn hinweg, ganz und gar nicht.

Und genau deshalb würde sie so schnell wie möglich aus Riggs Crossing verschwinden.

Ihr Handy piepste. Rebecca befreite es aus der zerwühlten Bettdecke und warf einen Blick aufs Display. Die Nummer ihrer Mutter blinkte auf. *O nein, nicht auch das noch!* Sie war jetzt nicht in der Stimmung, Lenoras Fragen zu beantworten, die stets einem Verhör glichen. Doch nicht dranzugehen, war genauso schlimm. Das Handy in der Hand, trat sie ans Fenster und sah auf die Straße hinaus. Das Licht der Laternen reflektierte von den mit Eis und Schnee überzogenen Straßen und Gehwegen. Der Verkehr floss langsam über die Kreuzung vor dem Hotel, Fußgänger, in dicke Jacken, Mützen, Schals und Handschuhe gehüllt, hasteten die Gehsteige entlang. Große Schneeflocken fielen aus dem dunkelgrauen Himmel. Das Telefon in ihrer Hand klingelte erneut.

Was du heute kannst besorgen, das verschiebe nicht auf morgen …

Ohne den Blick vom Fenster abzuwenden, nahm sie den Anruf entgegen, bevor er an die Mailbox weitergeleitet wurde. »He, Mom.«

»Ich dachte schon, du wärst beschäftigt. Oder würdest meinen Anruf ignorieren.«

Da war sie wieder. Die liebe Mom. Die nie die Gelegenheit zu einem kleinen Seitenhieb ausließ.

»Ich war gerade im Bad.«

Und da war sie *wieder. Die liebe Rebecca. Die sich immer zu Notlügen hinreißen ließ, um einem Konflikt mit Mom aus dem Weg zu gehen.*

»Ich will dich nicht lange aufhalten und mich nur erkundigen, ob du etwas von Megan gehört hast.«

Rebecca stellte sich ihre Mutter vor: hochgewachsen und gertenschlank, die Haut gebräunt, die Haare gebleicht von der kalifornischen Sonne, die hellblauen Augen besorgt. »Denkst du, ich hätte dir nicht Bescheid gegeben, wenn sie sich bei mir gemeldet hätte oder wiederaufgetaucht wäre?«

»Doch, doch, aber ... Ich bin so weit weg.«

Das war deine Entscheidung, dachte Rebecca, doch das stimmte nicht ganz. Sie und Megan waren diejenigen, die fortgezogen waren. »Ich weiß.« Auf der Straße unter ihr rollte ein Pick-up mit einer Plane über der Ladefläche auf die Kreuzung, drei Mädchen um die zwölf mit roten Mützen gingen eingehakt auf die breite, schneebedeckte Markise des Coffeeshops schräg gegenüber zu.

»Die Entführer haben sich nicht gemeldet?«

»Glaubst du wirklich, dass sie gekidnappt wurde? Mom, Megan ist eine erwachsene Frau.«

»Liest du denn keine Zeitungen oder die Suchmeldungen über Facebook? Es verschwinden andauernd irgendwelche Leute – Frauen, nicht nur Kinder. Die Entführer tun so, als wären sie mit dem Wagen liegen geblieben, und wenn man anhält, um ihnen zu helfen, schnappen sie einen. Oder sie rammen einen von hinten und schlagen zu, wenn man die Versicherungsdaten austauschen will. Zack, halten sie einem eine Pistole vor und zwingen einen, an irgendeinen abgeschiedenen Ort zu fahren. Aus genau dem Grund hat die Polizei Megans Wagen nicht finden können!«

»Sie ist nicht entführt worden.«

»Das weißt du doch gar nicht!«

Nein, dachte Rebecca, das wusste sie nicht.

»Das ist so frustrierend«, jammerte Lenora. »Ich habe unzählige Nachrichten bei diesem Detective hinterlassen ... wie heißt er noch gleich? Rivers, ja, das ist sein Name, doch nach einem ersten Telefonat hat er mich nicht mehr zurückgerufen.«

Rebecca dachte daran, wie sie Brett Rivers in Megans Apartment hatte stehen sehen, im Dunkeln, mutterseelenallein, Lichtjahre entfernt, als befände er sich in einer Art Trance. Wie er sie beobachtet hatte, als sie ihre Aussage im Department des Sheriffs machte! Seltsamer Kerl. »Er hat vermutlich viel um die Ohren.«

»Er hat mir versprochen, mich auf dem Laufenden zu halten, aber das tut er nicht. Vielleicht hat er ja euren Vater angerufen, und du weißt, was dann passiert.« Lenoras Stimme wurde ätzend, wie immer, wenn sie ihren Ex erwähnte. »Donald und seine neue Frau werden mich liebend gern im Regen stehen lassen …«

»Wenn ich etwas höre, rufe ich dich an«, fiel Rebecca ihr ins Wort, in der Hoffnung, eine weitere hasserfüllte Tirade gegen ihren Stiefvater ausbremsen zu können. Sie hatte ihre eigenen Probleme mit ihren lieben Daddys und keine Lust, sich mit den Streitigkeiten ihrer Mutter auseinanderzusetzen. »Versprochen.«

»Nun ja …«, setzte Lenora an, dann verstummte sie, für den Augenblick besänftigt. »Ich möchte doch bloß informiert werden, Becky, das ist alles.« Niemand außer Mom nannte sie Becky, und Rebecca hasste es. »Du bist da oben, und ich kann hier im Moment nicht weg. Ich mache mir solche Sorgen um Megan.« Ihre Stimme brach. »Sie war schon als Kind so emotional, so furchtbar theatralisch, so … nun, so ›typisch Megan‹. Ja, so würde ich es nennen. Seit sie auf der Welt ist, bringt sie sich in die unglaublichsten Situationen.«

»Denkst du, sie macht das mit Absicht?«, fragte Rebecca, erstaunt, dass ihre Mutter doch so einsichtig war, was ihre unberechenbare jüngere Tochter anbetraf.

»O nein … ich meine, ich weiß es nicht, aber ich mache mir schreckliche Sorgen, und wenn ich hier wegkönnte, wäre ich sofort bei dir. Das weißt du. Aber so kurz vor den Feiertagen habe ich alle Hände voll zu tun. Ich bin eine der Gastgeberinnen beim Weihnachtsball, außerdem richte ich eine Bingo-Meisterschaft aus, und dann bin ich auch noch die Chefkoordinatorin des Valentins-Banketts – eine Wohltätigkeitsveranstaltung für die hiesige Suppenküche. Wir sind bereits dabei, Spenden zu sammeln, und es gibt ein

Problem mit dem Caterer, und …« Lenora brach ab und fing abrupt an zu schluchzen. »Ich mache mir so schreckliche Sorgen!«

»Sollte ich etwas in Erfahrung bringen, gebe ich dir sofort Bescheid«, versprach Rebecca. »Ich muss jetzt an die Arbeit. Wir reden später weiter.« Damit legte sie auf. Schon wieder gelogen. Genervt warf sie das Telefon aufs Bett und schaute zu ihrem Laptop, auf dem sie die Homepage von *Vision In White* aufgerufen hatte. Wenn sie ehrlich war, hatte sie schon seit Längerem keine Lust mehr auf ihren Job. Sie wandte sich wieder zum Fenster. Eine Frau mit hellblonden Haaren betrat den Coffeeshop. Sophia Russo.

Ihr Herz klopfte schneller.

Bis jetzt hatte sie die Frau noch nicht persönlich kennengelernt, hatte nur die Fotos gesehen, die Megan ihr kurz vor ihrem Verschwinden aufs Handy geschickt hatte. Mein Gott, wie lange war das jetzt her? Nicht lange, aber es kam ihr vor wie eine Ewigkeit. Seit ihrer Ankunft in Riggs Crossing war sie Sophia zweimal flüchtig begegnet. Einmal kam sie in einem langen Mantel und Glitzermütze aus einer kleinen Ladenzeile mit Bäckerei, Lebensmittel- und Waffengeschäft sowie einem großen Lager für einen Versandhandel, als Rebecca gerade aus dem Auto stieg. Beim zweiten Mal stand Rebecca vor einer roten Ampel, während Sophia auf dem Gehweg an ihr vorbei zu einem grauen Wagen trippelte und einstieg. Am liebsten wäre Rebecca ihr gefolgt, doch die Ampel sprang auf Grün, und der Fahrer hinter ihr drückte wie wild auf die Hupe, weshalb sie Gas gab und die Kreuzung überquerte. Auch wenn es ihr widerstrebte, dies zuzugeben: Sophia faszinierte sie. Sie umrundete einmal schnell den Block und sah, wie Sophias Ford hinter einer Ecke in die entgegengesetzte Richtung verschwand. Rebecca machte einen U-Turn und folgte dem grauen Wagen durch die Aspen Street zu den Cascadia Apartments, einem nichtssagenden zweigeschossigen Backsteingebäude. Sophia stellte das Auto auf dem Parkplatz ab, stieg aus und stapfte in kniehohen Stiefeln zum Eckapartment. Als spürte sie, dass sie beobachtet wurde, warf sie einen Blick über die Schulter, dann sperrte sie die Tür auf und sah Rebecca nach, die langsam am Parkplatz vorbeifuhr.

Ihre Blicke trafen sich. Sophia schien nicht überrascht, Rebecca hätte sogar schwören können, dass der Anflug eines Lächelns auf die Lippen der Blondine trat, fast als wüsste sie, dass sie Megans Schwester war, und hätte damit gerechnet, dass sie ihr folgte.

Aber das war verrückt. Um nicht zu sagen, paranoid.

Rebecca riss sich vom Fenster los und konzentrierte sich auf die Website auf ihrem Laptop, aber sie brachte einfach nicht die Energie auf, sich um Hochzeiten, Bräute oder irgendetwas mit Romantik, Glück und rosiger Zukunft zu befassen. Genervt klappte sie den Laptop zu und schaute wieder aus dem Fenster. Ihr Magen knurrte, und sie warf einen hungrigen Blick auf ein Restaurant im nächsten Häuserblock. Sie konnte einfach abhauen, dieses Kaff am Ende der Welt hinter sich lassen und nach Seattle zurückkehren, doch die Vorstellung, in ihre leere Wohnung zu kommen, behagte ihr auch nicht. Arbeiten konnte sie von überall auf der Welt aus – vorausgesetzt, es gab Internet.

Vielleicht sollte sie über einen Ortswechsel nachdenken.

Vielleicht sollte sie das Leben, das sie in dieser Form nicht mehr mochte, hinter sich lassen, genau wie den Nieselregen und die Erinnerungen aus Seattle.

Ja, ein Tapetenwechsel war in der Tat genau das Richtige.

Und was ist mit Megan?

Sie seufzte. Wo ihre Schwester wohl stecken mochte?

Und dann war da noch James …

Er hat dich betrogen. Hast du das etwa vergessen?

Sie schaute durch ihr Spiegelbild in der Fensterscheibe auf die Fußgänger, die dick vermummt gegen den eisigen Wind und das Schneetreiben ankämpften. Die meisten trugen Taschen und Pakete bei sich. Ein Junge auf einem Skateboard schoss über den vereisten Gehweg, ein älterer Herr half seiner Frau in einen Pick-up am Straßenrand. Eine einsame Gestalt – dem Körperbau nach eine Frau –, einen Schal um Hals und die untere Gesichtshälfte geschlungen, stand etwas abseits des Trubels und blickte mit zurückgelegtem Kopf an der Hotelfassade hinauf, wie es schien, direkt zu Rebeccas Fenster.

Was soll das?, war Rebeccas erster Gedanke. Als die Frau feststellte, dass man sie ertappt hatte, wirbelte sie herum und verschwand in einer Seitenstraße. Auf ihrem Rücken schwang ein langer, schwarzer, geflochtener Zopf hin und her. Nicht blond wie Sophia. Wer um alles auf der Welt war das?

»Was zum Teufel?«, fragte Rebecca laut. In diesem Moment klingelte ihr Handy erneut. Sie zuckte zusammen und beschloss, nicht dranzugehen, da sie bereits mit ihrer Mutter gesprochen und keine Lust auf weitere Reporter hatte. Sollten sie ruhig auf die Mailbox sprechen. Das Telefon klingelte abermals. Diesmal sah sie auf die Nummer, die auf dem Display aufblinkte: James Cahill.

Ihr Herz fing an zu rasen.

Geh nicht dran. Lass ihn auf den AB sprechen.

Was, wenn er etwas über Megan herausgefunden hatte?

Sie wappnete sich und nahm das Gespräch entgegen. »James«, sagte sie ohne Begrüßung. Hoffentlich hörte man ihr nicht an, dass sie aufgeregt war.

»He, Becca.« Die Erwähnung ihres Kosenamens versetzte ihr einen schmerzhaften Stich. Nicht Becky … Becca … Sie hatte den Namen geliebt. »Ich bin unten.«

»Unten? Hier?«, fragte sie, und noch bevor er antworten konnte, fügte sie hinzu: »Warum?«

Ein Herzschlag verging, dann antwortete er: »Ich erinnere mich.«

»Woran?«

»An die Nacht. Mit Megan. Ich erinnere mich wieder.«

Sie schluckte angestrengt. »Oh.«

»Ich dachte, das solltest du wissen.«

Ihr Herz schlug schneller. »Dann erzähl's mir.«

»Persönlich.«

»Ich denke, das ist keine gute Idee«, widersprach sie, dann sah sie sich panisch in dem kleinen Hotelzimmer um: das ungemachte Bett, der Laptop auf der Tagesdecke, die Klamotten, die sie zuvor getragen hatte, auf der Stuhllehne. Die Vorstellung, ihn hier zu haben, war ihr peinlich. »Nicht hier.«

»Wo dann?«

»Keine Ahnung, aber nicht hier im Hotel.«

»Okay, dann eben woanders. Mir fällt schon etwas ein.« Er klang so selbstbewusst.

Ihr Herz hämmerte. Sie musste mit ihm reden. *Wollte* mit ihm reden. Genau das war doch der Grund, warum sie nach Riggs Crossing gekommen war – um herauszufinden, woran er sich erinnerte.

Oder gab es etwa noch einen anderen Grund? Jetzt, da Megan fort war …

»Ich komme runter«, sagte sie atemlos und schob den Gedanken, der sich Bahn verschaffen wollte, energisch zur Seite.

»Wir treffen uns am Eingang.«

Rebecca legte auf und fragte sich, ob sie soeben den größten Fehler ihres Lebens beging.

KAPITEL 26

So, junge Dame, dann wollen wir mal.«

Der Mann vom Sicherheitsdienst, ein großer, bulliger Kerl in einer zu engen Uniform, bedeutete Charity, die unter dem Vordach von Lenora Travers' Reihenhaus stand, zu ihm auf die Straße zu treten. Es war dunkel, später Abend in Nordkalifornien. Ein feiner Nebel waberte im gelben Licht der Straßenlaternen, die Luft war genauso dick wie kalt.

»Ich habe doch gar nichts gemacht!«, schimpfte sie, als er zu ihr kam und sie am Arm fasste. Sie riss sich los und funkelte Lenora Travers an, die in der Tür stand. Was für ein Miststück!

Lenora trug ein langes Nachthemd, das ihre Wespentaille umschmeichelte, dazu Hausschuhe und einen gequälten Gesichtsausdruck, der Charity mehr als aufgesetzt erschien.

»Sie haben das Grundstück widerrechtlich betreten«, erklärte der Wachmann, so laut, dass Lenora es hören konnte. Charity war klar, dass er beweisen wollte, alles unter Kontrolle zu haben. Er wandte sich Charity zu und flüsterte: »Steigen Sie einfach ins Auto und fahren Sie weg. Dann muss ich nicht die Cops rufen.«

»Sie meinen, die *echte* Polizei? Ich wollte ihr doch bloß ein paar Fragen stellen!«

»Ms Travers möchte Ihre Fragen aber nicht beantworten. Kapieren Sie das nicht?«

Doch, denn Lenora Travers hatte ihre Meinung, die Presse betreffend, mehr als deutlich gemacht, und auch jetzt sprach ihre Körperhaltung Bände. Die Arme vor der Brust verschränkt, das Kinn energisch vorgereckt, beäugte sie Charity, als wäre diese eine lästige Küchenschabe, und erklärte noch einmal: »Sie sind hier unerwünscht.«

»Ich bin von der Presse«, wiederholte Charity. »Die Öffentlichkeit hat ein Recht darauf, informiert zu werden.«

Lenoras Blick schweifte zu dem Pseudo-Cop. »Sind wir dann hier fertig, Hank? Wenn ja, würde ich gern wieder hineingehen.« Sie drehte sich um und machte Anstalten, die Haustür zu schließen.

»Tun Sie das, Ms Travers. Alles okay.« Hanks Atem bildete weiße Wölkchen in der feuchtkalten Luft. Er roch nach Zigarettenrauch, vermischt mit Pfefferminze. *Igitt!*

»Warten Sie!«, rief Charity. »Ich möchte Ihnen wirklich nur ein paar Fragen wegen Ihrer Tochter stellen. Bitte, Ms Travers. Wollen Sie denn nicht herausfinden, was mit ihr passiert ist?«

Lenora erstarrte, dann warf sie einen Blick über die Schulter. »Ich bin mir sicher, dass die Polizei tut, was sie kann.«

»Aber vielleicht kann ich Ihnen helfen! Unterschätzen Sie nicht die Macht der Presse«, beharrte Charity hektisch.

»Die bezweifle ich.« Damit schloss Lenora die Tür hinter sich, und Hank zog Charity ein Stück weit vom Haus fort.

»Verdammt!«, fauchte Charity. Erst jetzt bemerkte sie die Nachbarn, die vor ihre Häuser getreten waren, um nur ja nichts von dem Spektakel zu verpassen. Eine Frau um die siebzig in einem langen Morgenmantel hielt ihren Dackel fest, der wie verrückt zu bellen anfing, ein älteres Ehepaar zog sich ängstlich hinter die Haustür zurück.

»Ich bin Reporterin!«, rief sie ihnen zu. »Ich mache hier nur meinen Job.«

»Kommen Sie. Jetzt ist Schluss mit dem Theater.« Der Wachmann schob Charity in Richtung ihres Minivans. »Sie sollten wirklich verschwinden, sonst bin ich gezwungen, die Polizei zu rufen, wenn Ms Travers das nicht längst selbst erledigt hat. Glauben Sie mir: Sie hält uns und die Cops wegen dieses kleinen Kläffers da« – er deutete mit dem Daumen auf den erbosten Dackel – »ganz schön auf Trab. Es geht ja auch gar nicht, dass er ihren hübschen Azaleenvorgarten dazu benutzt, um sein Geschäft zu verrichten. Als hätte die Welt keine anderen Probleme.«

»Ich versuche nur zu helfen.«

»Erzählen Sie das der Polizei.« Sie blieben vor Charitys Hyundai stehen. »Sie haben eine Minute, dann sind Sie weg.« Charity stieg ein. »Zweiundfünfzig Sekunden.«

Wow! Jetzt zählte er auch noch rückwärts. Sehr komisch.

Sie ließ den Motor an. Es hatte keinen Sinn, eine Auseinandersetzung zu provozieren, also trat sie aufs Gas und fuhr los, gerade als Hank einen Schritt auf den Wagen zumachte. Beinahe hätte sie ihn erwischt.

Sie rollte an den identischen Reihenhäusern vorbei, aus deren Fenstern helle Lichtvierecke fielen, und schaltete die Scheibenwischer ein. Es war ein Fehler gewesen, vor den Nachbarn derart aus der Haut zu fahren. Sie würde noch länger in Kalifornien zu tun haben und sollte wirklich lernen, ihre Gefühle besser unter Kontrolle zu halten.

Während die Wischerblätter über die Windschutzscheibe glitten, plante sie ihren nächsten Schritt. Sie hatte bereits so viel wie möglich online recherchiert und hatte jetzt vor, Cissy Cahill Holt zu befragen, die mit Sicherheit sämtliche Leichen in den riesigen Kellern der skandalträchtigen Familie Cahill kannte.

Lächelnd fuhr sie am Pförtnerhaus des Sicherheitsdienstes vorbei und bog in eine baumbestandene Straße ein.

Was Lenora Travers anging – Charity war sich sicher, dass das dämliche Miststück ihr Fett irgendwann abbekommen würde. *Was man sät, das erntet man,* dachte sie.

Und wenn nicht von allein, würde Charity dafür sorgen.

Rebecca kämpfte gegen die aufsteigende Panik an.

Sie würde sich mit James treffen, na und?

Sie selbst hatte dafür gesorgt, dass es zu diesem Treffen kommen würde, hatte sich zu ihm ins Krankenhaus geschlichen und war in sein Haus eingedrungen, nur um herauszufinden, dass sie noch längst nicht bereit war, sich dem Ansturm ihrer Gefühle, James und Megan betreffend, zu stellen. Der Betrug schmerzte sie noch immer.

»Ach, zur Hölle damit«, murmelte sie und riss sich zusammen. Kurz kam ihr der Gedanke, dass James nun endlich begreifen würde, dass er sich auf die falsche Schwester eingelassen hatte.

»Hör auf!«, sagte sie laut. Was immer sie einst mit James verbunden hatte, war vorbei. Aus und vorbei.

Sie warf einen Blick in den Spiegel und drehte die Haare zu einem losen Knoten. »Denk daran: vorbei!«, warnte sie ihr Konterfei streng und stellte wenig begeistert fest, dass sie so bleich war, als hätte sie seit mindestens einer Woche nicht mehr geschlafen. Sie warf einen Blick auf ihr Make-up-Täschchen, dann zuckte sie die Achseln. Er würde sie so nehmen müssen, wie sie war. Sie zog Stiefel und Jacke an, dann nahm sie ihre Brieftasche und verließ das Zimmer.

James wartete neben der Eingangstür des Hotels auf sie. Er trug einen Stetson, der den Großteil seines Kopfverbands verdeckte, sein verletzter Arm war unter der Jacke verborgen. Mit seiner ausgewaschenen Jeans und dem Bartschatten sah er aus wie ein Hollywood-Actionheld.

Rebecca ignorierte ihr flatterndes Herz und ging mit weit mehr Selbstbewusstsein auf ihn zu, als sie tatsächlich verspürte.

Er sah auf und begegnete ihrem Blick. »He«, sagte er zur Begrüßung.

»Hi. Bist du bereit?« Noch bevor er etwas erwidern konnte, schob sie ihn auch schon hinaus auf die Straße.

»Weißt du überhaupt, wohin du gehen willst?«, fragte er und schloss zu ihr auf.

»Auf der anderen Straßenseite gibt es ein Restaurant.«

»Und da willst du hin? In eine lärmige Gaststätte?«

Kommt auf die Alternative an, dachte sie und stellte sich vor, wie es wäre, mit ihm allein im Hotelzimmer zu sein. *Nein, das geht gar nicht.* Die Lobby schied ebenfalls aus. Zu viele Hotelgäste. Außerdem hatte sie Hunger.

»Ich bezweifle, dass wir einen Tisch bekommen«, sagte James.

Rebecca spähte durchs Restaurantfenster auf die Leute drinnen.

Sämtliche Sitznischen waren belegt, vor dem Empfang stand ein großer Pulk wartender Gäste. »Wo dann?«

»In deinem Zimmer?«, fragte er.

»Nein.« Sie schüttelte den Kopf. »Ich dachte, das wäre klar.«

»Was schlägst du vor?«

»Du bist doch der Einheimische! Sag du mir, wohin wir gehen können.«

»Ich nehme nicht an, dass du zu mir nach Hause kommen möchtest?«

Verlegen dachte sie daran, wie sie sich bei ihm auf dem Kriechboden versteckt hatte. »Ist es da immer noch so chaotisch?«

»Ich habe das Chaos beseitigen lassen.«

»Etwas Näheres kennst du nicht?«

Er sah sich um und zog nachdenklich die Augenbrauen zusammen. »Zwei Blocks weiter ist eine Bar. Wenn wir Glück haben, begegnen wir niemandem von der Presse.«

»Riggs Crossing ist eine Kleinstadt, James. Ich glaube nicht, dass hier Dutzende von Reportern und Paparazzi auf dich warten.«

Seine rechte Augenbraue schoss in die Höhe. »Hat dich noch niemand von der Zeitung kontaktiert?«

»Die Bar ist eine gute Idee«, kürzte sie das Thema ab, ohne seine Frage zu beantworten. Die Bar war gar keine gute Idee, aber sie hatten ja wohl keine andere Möglichkeit.

»Komm.« James fasste Rebecca am Arm und führte sie die Straße entlang, vorbei an der Stelle, an der sie die Frau mit dem langen, schwarzen Zopf entdeckt hatte. Jetzt stand niemand dort. Vielleicht hatte sie einfach in den schneeverhangenen Himmel geschaut oder die Fassade betrachtet, und Rebecca hatte sich nur eingebildet, dass sie auf ihr Fenster starrte.

Und warum ist sie dann so plötzlich verschwunden, als du sie dabei ertappt hast?

»Alles okay?«, fragte James.

Nein, gar nichts ist okay. »Ja, alles gut.« Sie war einfach mit den Nerven runter.

Rebecca steckte die Hände in die Jackentaschen, da sie ihre Handschuhe vergessen hatte, und ging neben ihm her, bis sie nach zwei Blocks zu einem roten Backsteingebäude mit einer gestreiften Markise im Erdgeschoss gelangten.

Abgesehen von mehreren Flachbildfernsehern unter der Decke sah die Brass Bullet Bar aus, als wäre sie um die letzte Jahrhundertwende errichtet worden und seit Anfang der 1950er unverändert geblieben. Durch hohe Zwischenwände abgetrennte Sitznischen erstreckten sich gegenüber der Theke aus Walnussholz, vor deren verspiegelter Rückwand auf schmalen Glasregalen Dutzende Flaschen mit verschiedenen Spirituosen standen.

Auf dem Boden lagen Sägespäne und Erdnussschalen, der Geruch nach Holzstaub vermischte sich mit den Gerüchen von Bier und Ale.

James führte Rebecca zwischen den Tischen in der Mitte des Raumes hindurch zu einer freien Sitznische in der Nähe des Hinterausgangs. Sie rutschte auf die Bank ihm gegenüber und sah, dass er leicht zusammenzuckte, als er selbst Platz nahm.

»Das Beste, was Riggs Crossing zu bieten hat«, erklärte er mit mehr als nur einer Spur von Sarkasmus. Bevor sie etwas erwidern konnte, kam die Kellnerin an ihren Tisch, die üppigen grauen Locken mit einer roten Bandana gebändigt, die zu ihrem Westernhemd passte.

»Was darf ich euch bringen?«, fragte sie und musterte Rebecca abschätzig.

»Etwas Warmes. Irish Coffee?«, bestellte sie.

Der Blick der Bedienung schweifte weiter zu James. »Und dir?«

»Ein Budweiser. Vom Fass.«

»Wollt ihr auch etwas essen?«

Obwohl Rebecca hörte, wie ihr Magen knurrte, schüttelte sie den Kopf. »Nein danke. Ich brauche nichts.«

»Nur die Getränke.« James nickte. Als die Kellnerin zur Bar ging, um ihre Bestellungen fertig zu machen, schob er Rebecca die Schale mit Erdnüssen zu, die auf dem Tisch stand.

Sie ignorierte die Nüsse. »Kommen wir zur Sache«, sagte sie stattdessen. »Schieß los.« Sie verschränkte die Arme vor sich auf dem Tisch. »Du hast gesagt, du kannst dich wieder erinnern.«

Er zögerte nicht, was Rebecca überraschte. Sie hatte nicht damit gerechnet, dass er ihr so freimütig von dem Streit mit Megan berichten würde, wie sie auf ihn losgegangen war, als sie von seinem Verhältnis mit Sophia erfahren hatte. Wie verletzt sie gewesen war, wie wütend. Sie hatte ihm eine Nachricht geschrieben, die sie ihm zusammengeknüllt entgegengeschleudert hatte, dann hatte sie sich auf ihn gestürzt.

Die Drinks kamen, und er nahm einen Schluck Bier, da er nicht weitersprechen wollte, solange die Kellnerin da war. Als sie weg war, fuhr er fort. Rebecca suchte in seinem Gesicht nach Anzeichen dafür, dass er nicht die Wahrheit sagte, aber sie fand nichts. Sie probierte vorsichtig ihren Drink. Die Schlagsahne schmeckte süß und etwas seltsam mit dem heißen Whiskey.

»Ich hätte es ihr sagen sollen«, räumte James ein. »Sie hatte recht. Bevor ich etwas mit Sophia angefangen habe, hätte ich mich von ihr trennen müssen.« Er lehnte sich gegen die Holzwand. »Das war's. An mehr kann ich mich nicht erinnern.«

Sie machte sich nicht die Mühe, ihn daran zu erinnern, dass dies offenbar seine bevorzugte Vorgehensweise war: mit einer neuen Frau zusammenzukommen, noch bevor er die andere verlassen hatte.

Ist das die Eifersucht, die da an dir nagt? O Gott, bitte nicht. Nicht bei diesem letzten Treffen …

»Erzähl weiter«, forderte sie ihn etwas hölzern auf.

»Wie ich schon sagte: Da gibt's nichts mehr zu erzählen.«

»Das kann nicht alles sein.«

James musterte sie wachsam. »Sprechen wir gerade von etwas ganz anderem?«

»Wir sprechen von Megan.«

James hatte die Augen zu schmalen Schlitzen verengt. Rebecca konnte förmlich hören, wie die Minuten vertickten. Und sie spürte, dass sie sauer wurde. Am liebsten hätte sie ihn direkt gefragt: *Warum? Warum ausgerechnet Megan?*

Vielleicht hatte James ihr die Frage vom Gesicht abgelesen, oder er spürte die Anspannung, denn er sagte: »Es tut mir leid.«

Mistkerl. Glaubte er wirklich, das würde genügen?

Sie versuchte zu lächeln, doch ihre Muskeln versagten den Dienst. »Nenn mich verrückt, aber ich dachte immer, es müsse doch irgendeine Erklärung dafür geben. Zum Beispiel die, dass die Liebe einen überwältigt und man völlig machtlos dagegen ist. Aber dann hast du Megan betrogen. Genau wie du mich betrogen hast.«

»Sie hat mir gesteckt, dass du dich mit jemand anderem getroffen hast. Einem Arzt.«

»Wie bitte?« Rebecca riss perplex die Augen auf. »Wovon redest du?«

»Megan hat mir erzählt, dass es außer mir noch einen anderen in deinem Leben gab«, wiederholte er.

Lügnerin! »Das ist nicht wahr.«

Er schwieg.

»O Gott … Du meinst doch nicht etwa Michael Dent?«, fragte sie.

»Ich weiß nicht, wie er heißt.«

»Ich habe mich nie mit ihm getroffen. Megan hat für ihn gearbeitet. In seiner Klinik. Er ließ sich damals gerade scheiden oder war dabei, sich von seiner Frau zu trennen, glaube ich. *Megan* hat ihn gedatet. Ich nicht. Ich war mit dir zusammen.«

James' Gesichtsausdruck war nicht zu deuten. Völlig reglos blieb er sitzen und starrte sie einfach nur an. War er genauso schockiert wie sie damals?

»Megan hat mir Fotos gezeigt, auf denen du mit ihm zu sehen bist.«

»Aha?«

»Fotos lügen nicht, Rebecca. Ihr wart beim Essen. Zusammen.«

Ungläubig sah sie ihn an. »Ich bin einmal mit Megan und ihm in ein Restaurant gegangen«, sagte sie. Und dann begriff sie. »Megan hat sich entschuldigt, um auf die Toilette zu gehen, dabei hat sie in Wirklichkeit Fotos von Michael und mir gemacht? Als hätten wir ein Date?« Sie schüttelte fassungslos den Kopf. »Und du hast ihr geglaubt? Einfach so? Bist du denn gar nicht auf die Idee gekommen, mich danach zu fragen?«

Als er nicht antwortete, schlug ihre Fassungslosigkeit in Zorn um. Wütend funkelte sie ihn an. »Du hast Megan geglaubt, ohne auch nur ein einziges Mal mit mir zu sprechen?«

Er zog die Augenbrauen zusammen.

»Tatsächlich …« Rebeccas Wangen röteten sich. »Du hast *Megan* geglaubt. Verstehe. Das war das Einfachste für dich. Der einfachste Weg, um aus unserer Beziehung rauszukommen. Du *wolltest* ihr glauben.«

Für einen kurzen Augenblick sah es so aus, als wolle er widersprechen, doch zum Glück klappte er den Mund wieder zu und schwieg. Es war ohnehin egal, denn es bedeutete nichts mehr. Ihre gemeinsame Vergangenheit war Schnee von gestern. Rebecca zwang sich, an den eigentlichen Grund zu denken, aus dem sie hier mit ihm saß. Den *einzigen* Grund. Sie musste ihre Schwester finden.

»Okay, ich bin ein Arschloch«, räumte er schließlich ein.

Rebecca sagte kein Wort.

»Du könntest wenigstens so tun, als wolltest du widersprechen.«

»Könnte ich.« Sie hielt seinen Blick fest. »Will ich aber nicht.«

»Verständlich.« Er schien etwas hinzufügen zu wollen, daher kam sie ihm zuvor.

»Ich will nicht über das reden, was hätte sein können.«

»Okay.« Seine Augen hielten ihren Blick ein bisschen zu lange fest. »Ich … ich hätte mir mehr Mühe geben sollen.«

»Ja. Das hättest du.« Sie würde nicht einlenken, denn wenn sie das tat, würde sie in Tränen ausbrechen. »Lass uns einfach nach vorn schauen.«

»Kein Problem.« Er leerte sein Glas und bedeutete der Bedienung, ihm ein neues zu bringen. »Was denkst du denn, wo sie ist?«, fragte er dann.

Seine Frage überraschte sie. »Keine Ahnung. Deshalb bin ich ja hier.«

»Du musst doch irgendeine Theorie haben.« Er sah sie über den

Rand des neuen Glases hinweg an, dann nahm er einen großen Schluck.

»Wie gesagt: Ich habe nicht den blassesten Schimmer.«

»Und du hast wirklich keine Ahnung, was ihr passiert sein könnte?«

»Natürlich nicht.«

Eine seiner Augenbrauen schoss in die Höhe.

»Du denkst, ich verheimliche etwas?«, fragte Rebecca entrüstet.

»Es wäre nicht das erste Mal, dass Schwestern zusammen einen Plan aushecken.«

Sie schüttelte den Kopf. Genervt. »Ach komm schon, James, das ist doch Unsinn. Wozu sollte das gut sein? Um dir eins auszuwischen?« Ihre Stimme schraubte sich in die Höhe.

»Ihr hättet beide eure Gründe.«

»Willst du mich auf den Arm nehmen?«, fauchte sie. »Was für abgrundtief schlechte Gedanken hegst du denn? Glaubst du wirklich, ich quäle mich die ganze Strecke hierher, noch dazu bei diesem Wetter, nur um dir eins reinzudrücken?«

»Gute Frage. Allerdings eine, die nur du selbst beantworten kannst.«

Sie sprang auf die Füße, hin- und hergerissen zwischen Zorn und Ungläubigkeit.

»Wie hätte es denn ausgesehen, wenn du nicht hier aufgetaucht wärst, wenn du von der Polizei keine Antworten verlangt hättest?«, setzte er nach.

»Das darf doch wohl nicht wahr sein«, empörte sie sich, doch dann sah sie an seinen blitzenden Augen, dass es ihn amüsierte, wie sie auf den Köder anbiss. Wütend beugte sie sich vor, bis sich ihre Nasenspitzen beinahe berührten. »Lass das, James. Versuch nicht, mich zu provozieren. Ich bin hierhergekommen, um Megan zu finden – alles andere interessiert mich nicht.«

»Wirklich nicht?«, fragte er leise. Seine Augen hatten einen sanften Ausdruck angenommen.

Im Bruchteil einer Sekunde fühlte sie sich in die Zeit zurückkatapultiert, in der sie einander geliebt hatten, sah sie beide zusammen im Bett, seine muskulöse Brust, spürte den Druck seiner Lippen auf ihren. Beinahe hätte sie vergessen zu atmen. »Du bist ein Scheißkerl allererster Klasse«, sagte sie, doch es kam nur geflüstert aus ihrem Mund. Sie presste die Lippen zusammen, stand auf und bahnte sich einen Weg über die Sägespäne und Erdnussschalen zum Ausgang. Sollte er doch die Rechnung bezahlen.

Er konnte es sich verdammt noch mal leisten.

KAPITEL 27

SAN FRANCISCO, KALIFORNIEN
7. DEZEMBER

Man hatte sie versetzt.

Am selben Abend, an dem man sie so schmachvoll von Lenora Travers' Türschwelle gejagt hatte. Schäumend vor Wut hatte Charity an der Waterfront gestanden und beobachtet, wie sich die Dunkelheit herabsenkte, durchbrochen von den Lichtern der Stadt und den Wolkenkratzern, deren Fenster helle Lichtflecke in die tintige Schwärze warfen.

Ihr »Kontakt«, eine Person, die sie vorgestern Abend angerufen und ihr vorgeschlagen hatte, sich mit ihr in der Nähe der Pier 39 zu treffen, war nicht aufgetaucht. Sie war müde gewesen und genervt, aber der Anrufer, der seine Nummer unterdrückt hatte, behauptete hartnäckig, dass er oder sie – Charity war sich nicht sicher, ob die Stimme männlich oder weiblich geklungen hatte – so einiges an schmutziger Wäsche, James Cahill betreffend, auf Lager habe. Angeblich konnte er – oder sie – ihr erklären, warum James als das schwarze Schaf seiner Familie galt und was ihm beim Antritt seines Erbes Probleme bereiten könnte.

Musik in Charitys Ohren. Sie war mit Dutzenden Fragen im Hinterkopf zum Treffpunkt gefahren. Hatte man James Cahill schon einmal wegen Gewalt gegen Frauen angezeigt? Was hatte er als Teenager angestellt, schließlich war er juristisch betrachtet kein unbeschriebenes Blatt? Stimmte es, dass man ein Opfer mit Geld aus dem Cahill-Vermögen zum Schweigen gebracht hatte? Ihr waren noch unzählige andere Fragen eingefallen, aber was hatte sie bisher erfahren?

Nichts.

Nada.

Niente.

Es war so verdammt frustrierend. Ihr Bauch sagte ihr deutlich, dass Cahills Vergangenheit in Verbindung mit dem alten San-Francisco-Geld etwas mit dem Geheimnis um Megan Travers' Verschwinden zu tun hatte. Aber was? Hatte diese andere Frau Cahill dermaßen den Kopf verdreht, dass er sich gezwungen sah, Megan loszuwerden? War die Sache womöglich so einfach?

Als Charity durch die kalte Nacht ging, kam ihr die Idee, dass Megan ihr Verschwinden womöglich inszeniert haben könnte. Wenn ja, warum war sie dann nicht wiederaufgetaucht? Wusste James mehr, als er zugab? Wenn ja, was?

Und dann war da noch die Tatsache, dass er beide Schwestern, Rebecca und Megan Travers, betrogen hatte. Charity hatte lediglich an der Oberfläche gekratzt, aber sie nahm sich fest vor, tiefer zu graben und mehr über die Beziehung der beiden zueinander und zu James Cahill herauszufinden. Auch beide Frauen hatten Verbindungen nach San Francisco.

Außerdem hatte sie noch die Informationen, die sie Cissy Cahill rausgeleiert hatte, eine Verwandte von James und fast fünfzehn Jahre älter als er. Wahnsinn, die Frau hatte Geschichten zu erzählen!

Genügend Stoff für ein Buch, wenn nicht gar zwei.

Nein, es war noch nicht alles verloren. Auch nicht, wenn diese dämliche Kontaktperson sie offensichtlich verschaukelt hatte.

Charity musste noch etwas mehr über Marla Cahills Tochter – die andere Tochter, nicht Cissy – herausfinden, eine Durchgeknallte aus einer total durchgeknallten Familie. Vorlage für eine perfekte True-Crime-Story.

Außerdem musste sie doch noch irgendwie Megans Mutter zu einem Interview überreden – egal, wie schnöde diese sie hatte abblitzen lassen. Charity wusste, dass die alte Schachtel morgen wie immer eine Fitnessstunde und anschließend eine Massage gebucht hatte. Sie hatte vor, Lenora abzupassen, wenn diese den Club Fit verließ und über den Parkplatz zu ihrem Wagen ging. Megans Mutter würde entweder eine Szene machen, oder – und darauf hoffte Charity – mit ihr reden, um vor ihren Freundinnen kein unnötiges Aufsehen zu erregen. Gut möglich, dass sie ihr wichtige Informationen über Megan oder ihre Schwester Rebecca entlocken konnte – die Frau, die James Cahill wegen Megan hatte sitzen lassen. Außerdem benötigte sie dringend eine Kontaktliste von Megans Freunden und Verwandten. Charity wollte mit ihnen reden, um herauszufinden, wie die verschwundene Frau so tickte.

Zu guter Letzt wollte sie sich noch einmal Cahill House vornehmen. Sie war bereits dort gewesen und abgewimmelt worden, doch dann hatte sie einen anonymen Anruf von einer Frau erhalten, die behauptete, vor Jahren als Betreuerin in dem Haus gearbeitet zu haben. Sie hatte sich geweigert, ihren Namen zu nennen, und ihre Telefonnummer unterdrückt. Angeblich hatte sie von einer Freundin, die dort noch immer tätig war, erfahren, dass Charity sich für Cahill House interessierte. Sie deutete an, dass die Cahills nicht nur die Stiftung ins Leben gerufen hatten, sondern dass jemand aus der Familie einen heimlichen Vorteil aus dem Zufluchtsort für schwangere Frauen und Mädchen zog. Die Betreuerin hatte nicht viel preisgegeben, nur diesen einen prekären Hinweis.

»Unerwünschte Babys«, hatte Charity vermutet, als die Frau nicht weitersprach.

»Das habe ich nicht behauptet. Von mir haben Sie nichts erfahren.«

»Ich weiß ja nicht einmal, wer Sie sind. Oder ob Ihre Behauptungen stimmen.«

»Tun sie, das können Sie mir glauben.«

»Das würde ich gern, aber ich benötige konkretere Angaben«, hatte Charity erwidert.

»Sie sind auf der richtigen Spur. Sie müssen nur tiefer graben.« Damit hatte sie aufgelegt, und Charity hatte keine Möglichkeit, sie zurückzurufen oder ihr eine Nachricht zukommen zu lassen.

Wie sollte »die richtige Spur« aussehen?, fragte sich Charity, die hin und her überlegte, ob sie dem anonymen Hinweis nachgehen sollte. Einige Stunden später bekam sie einen weiteren Anruf, und diesmal wurde dieser Treffpunkt vorgeschlagen. Alles in weniger als achtundvierzig Stunden. Sie hatte also definitiv die Aufmerksamkeit von irgendwem auf sich gezogen – von wem, wusste sie nicht.

Sie schlang die Arme um die Mitte. Ein kräftiger Windstoß wehte einen feuchtkalten Sprühnebel durch die Bucht, der durch ihre Kate-Spade-Steppjacke aus dem Sonderangebot durchging. Fröstelnd kehrte sie zum Wagen zurück.

Womöglich ging sie das Ganze falsch an; vielleicht wäre sie besser in Riggs Crossing geblieben. Aber dort war sie auf Granit gestoßen, was ihre Berichterstattung betraf. Nein, sie war auf der richtigen Spur – Megans Verschwinden hing irgendwie mit der Familie Cahill zusammen, sie musste nur genauer hinschauen.

Die unheimlichen, kehligen Laute von Seelöwen drangen übers Wasser, die eisige Luft brannte in ihrem Gesicht. Nervös sah sie sich um und fragte sich, ob ihr Kontakt sie beobachtete. Nicht zum ersten Mal überlegte sie, ob man sie womöglich in eine Falle gelockt hatte.

Sei nicht albern. Du siehst einfach zu viele Horrorfilme. Außerdem bist du bewaffnet: Pfefferspray in der Tasche, die Neun-eins-eins als Kurzwahl ins Handy einprogrammiert. Behalte einfach die Nerven.

Doch obwohl sie sich alle Mühe gab, die aufsteigende Furcht zurückzudrängen, fing ihre Haut an zu kribbeln. Ein weiteres tiefes Stöhnen schallte übers Wasser, doch nirgendwo war ein Seelöwe zu sehen. Zeit, zu gehen. Ihr Kontakt würde bestimmt nicht mehr auftauchen.

Schnellen Schritts setzte sie ihren Weg fort, das Klackern ihrer Absätze auf dem Asphalt hallte durch die stille Abendluft.

Moment mal.

Ihr Herz setzte einen Schlag aus.

Das waren nicht nur ihre Schritte. Folgte ihr etwa jemand? Sie warf einen Blick über die Schulter. Im selben Moment rollte langsam ein Fahrzeug von hinten heran und blendete sie mit seinen Scheinwerfern.

Ihre Kehle schnürte sich zusammen, als sie meinte, eine dunkle Gestalt im Lichtkegel zu erkennen.

Einen Mann? Eine Frau?

Der Fahrer trat aufs Gas, und der Wagen, eine schwarze Limousine, zog an ihr vorbei. Charity blinzelte, doch die Straße hinter ihr war leer. Niemand zu sehen.

Trotzdem stellten sich ihre Nackenhärchen auf, Adrenalin peitschte durch ihre Adern. Im Laufschritt überquerte sie die Straße und betrat das Parkhaus, in dem sie ihren Minivan abgestellt hatte. Das war verrückt. Was hatte sie sich bloß dabei gedacht, sich so spät noch mit einem oder einer Unbekannten treffen zu wollen? Pfefferspray und Handynotruf würden ihr gar nichts nützen, wenn … Nein, so weit wollte sie nicht denken. Sie nahm die Treppe, wollte nicht auf den Aufzug in den dritten Stock warten.

Mit hämmerndem Herzen rannte sie die Stufen hinauf, bemüht, nicht in Panik auszubrechen. Die Parkfläche war beinahe leer. Wie dumm von ihr, sich hierherlocken zu lassen! Sie lief auf ihren Hyundai zu. Trotz der Kälte brach ihr der Schweiß aus allen Poren.

Der weiße Wagen parkte zwischen einem Porsche und einem SUV.

Ein Rumpeln kündigte an, dass der Aufzug ebenfalls im dritten Stock angekommen war.

Ihre Kehle wurde trocken.

Mit zitternden Fingern griff sie in die Hosentasche und drückte auf die Fernbedienung, um den Minivan aufzusperren. Der Signalton ertönte, die Front- und Heckscheinwerfer blinkten auf.

Fast geschafft.

Sie war gerade an der Fahrertür angekommen, als die Aufzugtüren zischend auseinanderglitten.

Charity stieg ein, steckte den Schlüssel ins Zündschloss und zog gleichzeitig die Wagentür hinter sich zu.

Der Motor sprang an, als ein Mann in dunkler Jeans, Camouflage-Jacke und Wollmütze aus dem Aufzug stieg. Er warf Charity einen Blick zu, die den Rückwärtsgang einlegte und aus der Parklücke setzte.

Ihre Augen begegneten sich.

Charitys Herz raste.

Er steckte eine behandschuhte Hand in seine Jackentasche.

Zog eine Waffe heraus. Eine Pistole?

O Gott, nein!

Ihre Eingeweide verflüssigten sich.

Sie gab Gas und machte mit quietschenden Reifen einen Satz nach vorn.

Plötzlich stand er vor ihr im Scheinwerferlicht.

Hob den Arm.

Zielte direkt auf sie.

Herr im Himmel! Er würde sie erschießen. Hier, auf der Stelle!

Das Herz schlug ihr bis zum Hals.

Nein! Das durfte sie nicht zulassen.

So wollte sie nicht sterben.

Sie drückte das Gaspedal durch.

Der Minivan schoss nach vorn. Aus dem Augenwinkel bemerkte sie, wie ein Toyota in der Nähe anfing zu blinken.

Ihrem Angreifer fiel vor Schreck die Kinnlade hinunter.

Mit einem Aufschrei sprang er zur Seite und ließ die Waffe fallen.

Keine Pistole.

Auch keine andere Waffe.

Nur die Fernbedienung für seinen Wagen.

Charity riss das Lenkrad herum und konnte ihm gerade noch ausweichen.

»Was soll die Scheiße?«, brüllte er. Sein Gesicht hatte jegliche Farbe verloren. »Du bekloppte Irre!«

Ach du liebe Güte, sie hatte beinahe einen Menschen überfahren, nur weil ihr die Nerven einen Streich spielten.

»Allmächtiger«, flüsterte sie und trat auf die Bremse.

Kurz überlegte sie, ganz stehen zu bleiben und sich zu entschuldigen, doch wozu? Im Seitenspiegel sah sie, wie er sich bückte und die Fernbedienung aufhob, die über den fleckigen Betonboden des Parkhauses geschlittert war, dann richtete er sich auf und sah ihr mit wutverzerrtem Gesicht nach. Das Nummernschild!

»He!«, rief er. »Bleiben Sie stehen!« Er zog sein Handy aus der Tasche und richtete es auf ihr Heck, um ein Foto zu machen.

Nein, das durfte ihm nicht gelingen.

In dieser Sekunde beschloss sie, einfach abzuhauen. Er war ganz offensichtlich nicht verletzt. Und genau deshalb hatte sie keine Lust, sich von ihm aus dem Auto zerren und sich beschimpfen zu lassen oder Schlimmeres. Sie trat aufs Pedal. Der Hyundai schoss nach vorn. Dann sah sie den Pfeiler. Aus Beton. Direkt vor ihr.

»Mist!« Sie riss am Lenkrad, um auszuweichen, was auch gelang, doch sie streifte den Pfeiler mit dem Seitenspiegel. Er riss ab, hing nur noch an einzelnen Drähten, Glas splitterte, dennoch blieb sie nicht stehen. Der Minivan schlitterte um die Kurve. Im Rückspiegel sah sie, dass der Kerl ihr noch immer nachsetzte und dabei wie wild mit den Händen wedelte.

Das Lenkrad mit zitternden Händen umklammernd, raste sie die beiden Stockwerke zur Ausfahrt hinunter, bezahlte die Parkgebühr und fuhr los, sobald sich die Schranke hob. Sie nahm nicht einmal das Wechselgeld mit.

Ohne nach links zu schauen, reihte sie sich in den Verkehr ein und hörte ein lautes Hupen. Der Fahrer eines großen Pick-ups trat auf die Bremse, wich ihr in allerletzter Sekunde aus und rollte dann an ihr vorbei, schimpfend, die Faust drohend erhoben. »Reiß dich zusammen«, murmelte Charity und konzentrierte sich auf die Straße. Noch war sie nicht aus dem Schneider. Bestimmt gab es in der Parkgarage Kameras, und der Kerl, den sie um ein Haar überfahren hätte, würde Ärger machen, so viel stand fest. Die Lackspuren an dem Betonpfeiler und die Scherben ihres Seitenspiegels würden helfen, ihren Wagen ausfindig zu machen, aber darüber wollte sie sich jetzt nicht den Kopf zerbrechen. Mit den Konsequenzen würde sie sich befassen, wenn es so weit war, würde den Rat ihrer Großmutter befolgen, sich nie vorzeitig zu sorgen.

»Der Kummer holt dich früh genug ein«, hatte die alte Dame oft genug zu ihr gesagt. »Also kümmere dich besser erst darum, wenn er da ist.«

Amen, dachte Charity und fuhr auf die Bay Bridge zu, die sich über das dunkle Wasser Richtung Oakland erstreckte. Dort wartete ihr winziges, abgewohntes Motelzimmer auf sie, das völlig überteuert war mit seinen schmuddeligen, papierdünnen Wänden, der durchgelegenen Matratze und dem schuhschachtelgroßen Badezimmer. Ach, hätte sie sich doch nur etwas in der Stadt leisten können, mit Blick über die Bucht, Wellness-Bereich ... Sogar ein stinknormaler Zimmerservice wäre Luxus im Vergleich mit dem halb leeren Verkaufsautomaten im Gang des Good Bay Motels, wo gar nichts gut war und die Bucht über eine halbe Meile entfernt.

Nachdem sie die Brücke überquert hatte, schlängelte sie sich durch die Straßen von Oakland. Ihr Herzschlag hatte sich normalisiert, der Griff am Lenkrad lockerte sich. Sie verdrängte das Bild von dem Mann im Parkhaus und ließ sich nicht länger ablenken von der Tatsache, dass sie ihn beinahe umgebracht hätte. Das war vorbei. Zumindest fürs Erste.

Als das Neonschild des Good Bay Motels in ihr Sichtfeld gelangte, stieß sie laut die Luft aus. »Trautes Heim, Glück allein«, murmelte sie, als sie auf den Parkplatz einbog. Nach dem, was sie gerade erlebt hatte, traf das alte Sprichwort sogar beinahe zu. Der Hyundai holperte über ein Schlagloch im Asphalt.

Klonk!

Sie hörte ein lautes Poltern im Kofferraum.

Mist!

Etwas von ihrer Ausrüstung, die sie mit Gepäckspannern befestigt hatte, musste sich gelöst haben. O Gott, bitte nicht eine von den teuren Kameras!

Sie setzte den Wagen in die zum Motelzimmer gehörende Lücke und zog den Schlüssel aus der Tasche.

Als sie einen Blick in den Rückspiegel warf, sah sie einen dunklen Schemen hinter der Heckscheibe, der ihr den Blick auf den Parkplatz verstellte.

Was zum Teufel ...

Ein eisiger Schauer rieselte ihr das Rückgrat hinunter. Sie schloss die Augen, dann öffnete sie sie wieder und warf einen neuerlichen Blick in den Spiegel.

Nichts.

Nur deine Fantasie, die dir einen Streich spielt. Kein Wunder, nach dem, was du gerade erlebt hast ...

Nervös leckte sie ihre trockenen Lippen. Sie zog den Zündschlüssel ab, öffnete die Tür und stieg aus.

Kaum hatte sie die Füße auf den rissigen Asphalt gesetzt, wurde ihr die kalte Mündung einer Waffe an den Hinterkopf gedrückt.

Ihre Knie wurden weich.

Panik machte sich in Sekundenschnelle in ihr breit.

»Keine Bewegung«, flüsterte eine heisere Stimme.

Träum weiter!

Mit aller Kraft schwang Charity die Hand mit dem Zündschlüssel nach hinten. Der Angreifer heulte auf. Überrascht. Schmerzerfüllt.

Der Druck der Mündung verschwand.

Charity machte einen Schritt nach vorn und öffnete den Mund zu einem Schrei, den eine behandschuhte Hand jedoch erstickte. Es gelang ihr, den Kopf zu drehen. Im wässrigen Licht der spärlichen Außenbeleuchtung blickte sie in ein vermummtes Gesicht mit blitzenden Augen.

Bösen Augen.

Augen, die sie schon einmal gesehen hatte.

Ihr wurde schwindelig vor Angst.

Der Angreifer drückte ihr die Pistole auf die Stirn.

Nein!

Sie biss in die Hand vor ihrem Mund, schmeckte Leder und Blut.

Die bösen Augen wurden noch bösartiger, dann prallte der metallene Lauf der Pistole mit voller Wucht auf ihre Nase. Sternchen tanzten vor Charitys Augen. Blut sprudelte.

Warum kam ihr denn niemand zu Hilfe? Hatte das Motel etwa keine Kameras? Auf der Straße vor dem Parkplatz floss der Verkehr.

Es musste doch irgendwer sehen, dass sie Opfer eines gewaltsamen Übergriffs wurde!

Die Pistole sauste erneut auf sie nieder. Diesmal traf der Griff ihren Wangenknochen. Charity hörte ein Übelkeit erregendes Knacken.

Der Schmerz war so heftig, dass sie nicht einmal auf die Idee kam, zu schreien. Ein dumpfes Stöhnen drang über ihre Lippen.

Ihr wurde schwarz vor Augen.

Knack!

Der Griff prallte gegen ihre Schläfe.

Warum?

Warum wollte diese Person sie töten?

»Du stirbst, Schlampe«, knurrte ihr Angreifer.

Und das stimmte.

Ein letztes Mal sah Charity, wie die Pistole auf sie herabsauste, hörte ein weiteres Knacken. Es war vorbei.

Sie ließ los, ließ sich von der Dunkelheit umhüllen.

Und dann war da nichts mehr.

KAPITEL 28

8. DEZEMBER

Am folgenden Tag saß Rivers an seinem Schreibtisch, schluckte den letzten Bissen seines Schinken-Käse-Sandwichs hinunter, knüllte die weiße Papiertüte des Delis zusammen und warf sie in Richtung Abfalleimer. Das verdammte Ding prallte vom Rand ab und erinnerte ihn an den entscheidenden Wurf bei einem Highschool-Spiel, den er vermasselt hatte. Ja, das war übel gewesen.

Er hatte an jenem Abend als Sündenbock herhalten müssen, ungeachtet all der Spiele, die er für sein Team – die Hillside Hornets – gewonnen hatte. Wochenlang hatten ihn Albträume gequält, Schmach und Verlegenheit noch zwei Jahrzehnte später.

Er schüttelte die Erinnerung ab, stand auf und streckte sich. Sein Rückgrat knackte von den langen Stunden am Schreibtisch. Er ließ den Kopf kreisen, um die Verspannungen im Nacken zu lösen, dann warf er einen Blick auf die Uhr und stellte fest, dass es Zeit zum Aufbruch war. Wenn sie es bis fünfzehn Uhr nach Marysville schaffen wollten, mussten sie sich beeilen. Er ging zum Garderobenbereich mit den Schließfächern, wo er auf Mendoza stieß, die bereits ihre Jacke überzog.

»Los geht's«, sagte er, als sie das Department verließen. Draußen war es kalt, die Luft klar, der Himmel wolkenlos. »Ich fahre.«

Mendoza ging zur Beifahrerseite des Dienst-SUVs. »Hast du die Schlüssel?«, fragte sie.

Er warf ihr einen gespielt geduldigen Blick über das Jeepdach zu. »Ja, Mom.«

Ihre Mundwinkel zuckten in die Höhe, doch sie sagte nichts. Stattdessen stieg sie wortlos ein, während er sich ans Steuer setzte, und legte ihren Gurt an.

Als er sich anschnallte und den Motor anließ, warf sie ihm einen Seitenblick zu und fragte: »Kein guter Morgen?«

»Ein erfolgloser Morgen«, knurrte er. »Außerdem fällt mir langsam die Decke auf den Kopf.«

»Nun, das wird sich ja ändern«, erwiderte sie munter.

Da hatte sie recht. Sie waren auf dem Weg zu Jennifer Korpi, und er würde eine Zeit lang vom Festnetztelefon und seinem Computer weg sein. Er hatte Stunden damit verbracht, Berichte und Zeugenaussagen durchzugehen, hatte sich Unmengen von Überwachungsbildern von Kameras überall in der Gegend angeschaut in der Hoffnung, Megan Travers' schwarzen Toyota zu entdecken. Ein Paar aus Tacoma hatte sich gemeldet und berichtet, ihm sei ein Wagen, der der Beschreibung von Megans Fahrzeug entsprach, kurz vor der Kuppe auf der östlichen Passstraße entgegengekommen. Das Zeitfenster passte. Die beiden erinnerten sich so genau daran, weil der Fahrer dem Toyota, der in Richtung Westen unterwegs gewesen war, hatte ausweichen müssen. Doch bisher hatte der Hinweis zu nichts geführt, die Kollegen hatten entlang der Strecke keine Spur von Megan Travers' Wagen entdeckt.

Bud Frandsen, der Fahrer des Schneepflugs, war ins Präsidium gekommen und hatte mit Rivers gesprochen. Frandsen, ein großer, vierschrötiger Kerl mit Baseballkappe, arbeitete seit dreißig Jahren beim Straßendienst und freute sich auf seinen Ruhestand. Als Rivers ihn fragte, wer hinter dem Lenkrad des Wagens gesessen habe, der aus James Cahills Ausfahrt geschossen war, hatte er seine Kappe zurechtgerückt und geantwortet: »Ich musste so fest auf die Bremse treten, dass ich beinahe ins Rutschen geraten wäre, da hab ich nicht darauf geachtet, wer im Auto saß. Ich weiß nur, dass es ein schwarzer Toyota war, tut mir leid.«

»Konnten Sie erkennen, ob außer dem Fahrer noch jemand im Wagen saß?«

»Das kann ich nicht genau sagen. Aber nein, ich glaube nicht.« Er hatte das Führerscheinfoto von Megan Travers betrachtet, das Rivers ihm reichte, und bedächtig den großen Kopf hin- und herbewegt.

»Vielleicht«, sagte er. »Vielleicht nicht. Wie ich schon sagte: Ich habe mich bloß darauf konzentriert, den Schneepflug in der Spur zu halten.« Als wolle er seine Worte unterstreichen, fügte er hinzu: »So ein gottverdammter Idiot. Hätte mich umbringen können.«

Von Olga Marsden, einer achtzigjährigen Dame, die am fraglichen Abend ihren Hund, einen Scottish Terrier, Gassi geführt und Anzeige wegen Geschwindigkeitsübertretung gegen die Fahrerin des Wagens gestellt hatte, hatte Rivers auch nicht viel mehr erfahren. Die Witwe Marsden hatte dunkle Augen hinter einer dicken Brille mit blauem Rand und einen regen Verstand. »Wir gehen jeden Abend um kurz nach sieben aus dem Haus, mein kleiner Bitsy und ich. Bitsy ist schon mein fünfter Scottie, und diese Rasse liebt eine gewisse Routine. Um kurz vor acht kommen wir zurück, pünktlich zu den Nachrichten, und dann sehen wir *Glücksrad* und *Riskant*. Ich zeichne die Sendungen immer auf, damit der Tagesablauf nicht durcheinandergerät. Das mag Bitsy nämlich gar nicht, und er bekommt ziemlich schnell schlechte Laune.«

Obwohl sie es nicht beschwören konnte, meinte Olga Marsden, eine Frau hinter dem Steuer des schwarzen Wagens erkannt zu haben. »Sie raste aus der Stadt hinaus wie eine Wahnsinnige! Über die Main Street, das muss man sich mal vorstellen! Ich habe ihr mit Handzeichen zu verstehen gegeben, dass sie vom Gas gehen soll, aber sie hat mich ignoriert. Obwohl, das stimmt nicht ganz.« Die alte Dame setzte ein empörtes Gesicht auf. »Sie ist sogar noch schneller gefahren.«

Als Rivers wissen wollte, ob die Fahrerin allein im Wagen gewesen sei, legte Mrs Marsden die Stirn in Falten und strich ein graues Löckchen, das unter ihrer Mütze hervorschaute, zurück. »Ich glaube, ja, aber auch das kann ich nicht beschwören. Alles ging so schnell. Ich habe mir Sorgen um Bitsy gemacht. Er war ganz unruhig, und ich hatte Angst, dass er sich plötzlich von der Leine losreißen und auf die Straße laufen könnte. Er ist ja so ein Lieber. Reinrassig.«

Mehr hatte die Befragung nicht ergeben.

Später hatte sich Mrs Marsdens Aussage bestätigt: Zwei Überwachungskameras, eine von einer Tankstelle, die andere vom Parkplatz eines Restaurants an der Main Street, hatten einen schwarzen Corolla aufgenommen, der genau um die Zeit, die die alte Dame angegeben hatte, unterwegs gewesen war.

Außerdem hatte Rivers mit Megans Kollegen telefoniert. Ramone Garcia, Arzthelferin, hatte gesehen, wie Megan zur gewohnten Zeit um kurz nach siebzehn Uhr die McEwen-Klinik verließ, was Andie Jeffries, Krankenschwester, bestätigen konnte. Die Überwachungskamera auf dem Parkplatz hatte Megan beim Verlassen der Klinik gefilmt. Um 17.09 Uhr war sie in ihren Toyota gestiegen und weggefahren. Der Leiter und gleichzeitige Besitzer der Klinik, Dr. Thomas McEwen, war bis zum Nachmittag bei der Arbeit gewesen. Er konnte nichts anderes sagen, als dass er seine Mitarbeiterin für absolut vertrauenswürdig hielt und dass Megan an der Anmeldung und als Buchhalterin einen guten Job machte. Ihr Aufgabenbereich bestand in erster Linie darin, die Versicherungsangelegenheiten abzuwickeln. Abgesehen davon, dass Ms Travers mitunter Probleme hatte, pünktlich am Arbeitsplatz zu erscheinen, sei sie »ein Gewinn für das Team« gewesen.

Rivers wunderte sich darüber, aber er sagte nichts.

Die Suchtrupps, sowohl von der County als auch von der State Police, die in seinem Auftrag die Gegend rund um die Passstraße abgesucht hatten, waren mit leeren Händen zurückgekehrt. Nach der Begegnung mit dem anderen Wagen kurz vor der Kuppe verlor sich Megans Spur – gut möglich, dass sie nicht viel weiter gekommen war. Aber warum nicht?

Mendoza und er waren ihre Anruflisten und Kreditkartenabrechnungen durchgegangen. Keinerlei Aktivitäten seit dem Abend ihres Verschwindens. Keine Abbuchungen für Tankfüllungen, Lebensmittel oder Unterkünfte – wie bezahlte sie, vorausgesetzt, sie hatte nicht bündelweise Bargeld bei sich oder eine fremde Identität angenommen?

Der Fall frustrierte ihn. Mehr als eine Woche war seit ihrem Verschwinden verstrichen, und er hatte noch immer keinen blassen

Schimmer, was aus ihr geworden war. War sie noch am Leben? Hatte sie sich irgendwo versteckt? Hatte man sie entführt und hielt sie fest? War sie am Ende längst tot?

»Gibt's was Neues von der State Police?«, erkundigte er sich und warf seiner Partnerin, die wie immer in ihr Handy vertieft war, einen Seitenblick zu.

Mendoza schüttelte den Kopf. »Dann hätte ich doch längst etwas gesagt.«

»Vielleicht sollten wir noch einmal nachfragen.«

»Du meinst, wie gestern und vorgestern?«

Er blickte durch die Windschutzscheibe in den strahlend blauen Himmel. »Heute ist gutes Wetter. Wir könnten einen Hubschrauber losschicken.«

Mendoza zog eine Augenbraue in die Höhe. »Ich denke, das haben die Kollegen längst getan.«

»Hm. Sollen wir nicht doch lieber mal fragen?«

Er griff in seine Jackentasche und zog seine Sonnenbrille heraus. Der Schnee, der im Sonnenlicht funkelte, blendete ihn. Die Straße war geräumt, bis sie die Ausläufer der Berge erreichte. Dorthin hatten es die Räumfahrzeuge noch nicht geschafft, und die mit feinem Kies gestreute Straße war dick überkrustet mit Eis und Schnee.

Wo zum Teufel steckte der kleine Toyota? Wieso fanden sie ihn nicht? War er in irgendeiner Garage versteckt oder längst außer Landes? Bis zur kanadischen Grenze waren es nur wenige Fahrtstunden in Richtung Norden. Oder lag er unter einer tiefen Schneewehe begraben, am Grund einer steilen Schlucht in diesen zerklüfteten Bergen?

Leider gab es hier keinerlei Verkehrsüberwachungskameras wie in der Stadt. Der Dienstjeep kämpfte sich immer weiter durch die verschneite Landschaft. Die Zweige und Äste der Bäume beugten sich unter der Schneelast, die Straßenverhältnisse wurden immer schlechter, je höher sie kamen. Ob Megan es tatsächlich bis hierher geschafft hatte?

Die zerknüllte Nachricht kam ihm in den Sinn.

J.,
ich verlasse dich.
Diesmal für immer.
Du wirst mich nie wiedersehen!
M.

War das ein Abschiedsbrief? Der Hinweis auf einen Selbstmord?

Oder drohte sie ihm lediglich die endgültige Trennung an?

Nachdenklich blickte er durch die Windschutzscheibe in die verschneite Landschaft.

War die Notiz der verzweifelte Schrei nach Aufmerksamkeit? Hatte Megan ihren Geliebten aufrütteln wollen? Der ganze Fall war seltsam schwammig, es gab weit mehr Fragen als Antworten. Das würde sich ändern müssen.

Rivers blinzelte in die tief stehende Wintersonne.

»Sie suchen die Gegend aus der Luft ab«, teilte Mendoza ihm mit und hob den Blick von ihrem Handy. »Hübsch hier oben.«

Und tödlich, dachte er, aber er wollte ihr nicht die Aussicht verderben.

»Diese Charity Spritz macht mich wahnsinnig!«, schimpfte Lenora. Ihre Worte klangen schroff und abgehackt. Genau so hatte sie immer gesprochen, wenn Rebecca als Teenager etwas angestellt hatte. Die Verkehrsgeräusche im Hintergrund ließen vermuten, dass sie im Auto saß. »Das ist Nötigung, nichts anderes. Nötigung!«

»Geh ihr doch einfach aus dem Weg«, schlug Rebecca vor, nahm die paar Sachen, die sie mitgebracht hatte, aus dem kleinen Kleiderschrank und warf sie aufs Bett. Endlich würde sie Riggs Crossing verlassen – etwas, was sie schon vor Tagen hätte tun sollen.

»Das ist unmöglich. Diese kleine Schnüfflerin hat sich am Wachmann vorbeigeschlichen! Ich hätte sie am liebsten verhaften lassen. Was gibt ihr das Recht, unbefugt in mein Wohnviertel einzudringen und mich und die Nachbarn zu belästigen? Du kennst doch June, die zwei Häuser weiter wohnt? Sie hat gesehen, wie diese Charity am nächsten Tag mit ihrem weißen Minivan am Fitnessclub vorbeigefahren ist. Sie verfolgt mich, kannst du dir das vorstellen?«

Konnte Rebecca. Sie hatte sich selber mit Charity Spritz auseinandersetzen müssen, und sie wusste, wie entschlossen und aufdringlich die Reporterin war. »Ich habe keine Ahnung, welchen Rat ich dir geben soll. Sie ist mir auch schon auf die Nerven gegangen.« Allerdings, so bemerkte Rebecca jetzt, hatte Charity in den letzten Tagen nicht mehr angerufen. Vielleicht weil sie jetzt in Kalifornien war und Lenora auf die Pelle rückte.

»Ich habe ihren Vorgesetzten angerufen, einen zänkischen Kerl namens Earl Dean Sowieso ...«

Earl Ray Dansen, wusste Rebecca, aber sie machte sich nicht die Mühe, Lenora zu korrigieren.

Sie warf einen Blick auf den Schreibtisch im Hotelzimmer, auf dem ihr Laptop stand und lud. Daneben hatte sie sauber ihre Unterlagen gestapelt und die Lokalzeitung abgelegt, die sie gründlich Artikel für Artikel durchgegangen war.

»Ich habe ihm ordentlich die Meinung gegeigt. Es ist ja wunderbar, dass er herauszufinden versucht, was mit Megan passiert ist, aber deshalb muss er mir doch nicht seine Mitarbeiterin auf den Hals hetzen. Ich bin Megans Mutter, und ich habe noch nie einen Fuß in dieses Kaff gesetzt, also warum um alles auf der Welt ... Oh, jetzt fange ich an zu lamentieren, nicht wahr?«

»Das ist in Ordnung«, log Rebecca, weil das einfacher war, als zu widersprechen.

»Ich bin auf dem Weg zum Fitnessstudio. Hoffentlich kann ich dieser Reporterin entwischen. Anschließend bin ich mit Mel zum Abendessen verabredet. Ich hab dir doch von ihm erzählt, oder?«

»Ja, Mom, das hast du.« *Ungefähr ein Dutzend Mal. Vielleicht noch öfter.* Mel Davis, der sexy Börsenmakler im Ruhestand, den Lenora beim Bridge kennengelernt hatte und der nun darauf drängte, bei ihr einzuziehen. »Er ist wirklich ein ausgesprochen netter Mann. Vielleicht ›der eine‹, wenn du weißt, was ich meine.«

Der eine ...

Wie viele Milliarden Menschen lebten auf dieser Erdkugel? Sieben? Oder waren es acht? Wie standen da die Chancen, »den einen« zu finden? »Den einen«, der schon vier Mal verheiratet gewesen war?

Ihre Gedanken schweiften für eine Sekunde zu James, doch sie verdrängte sie eilig. Sie durfte jetzt nicht an ihn denken, denn das ständige »Was wäre gewesen, wenn?« machte sie wahnsinnig. *Er* machte sie wahnsinnig, selbst wenn er gar nicht in der Nähe war.

Es gibt kein Zurück.

»Mel ist mir in dieser Zeit eine große Hilfe«, sagte Lenora. Es klang so, als hätte sie angehalten; der Verkehrslärm im Hintergrund war nicht mehr zu hören. »Ich weiß gar nicht, was ich ohne ihn anfangen soll.« Ihre Stimme brach. »Er hat mir ausgeredet, in dieses Kaff zu fahren, nach Briggs Crossing.«

»Riggs, Mom. Riggs Crossing.«

»Wie auch immer. Mel ist auf alle Fälle mein Fels in der Brandung, das kann ich dir sagen.«

»Gut.«

»Und du, Liebes. Es ist für mich eine ungeheure Erleichterung zu wissen, dass du dort bist und deine Schwester suchst, der Polizei Druck machst. Danke, Becky.« Rebecca hörte ein Klicken, als hätte Lenora gerade die Tür ihres Cadillacs geöffnet.

Rebecca beäugte ihren Koffer und sagte: »Ich weiß nicht, wie lange ich noch bleiben kann, Mom.«

»Nun, so lange, bis Megan gefunden wird!«

»Sofern man sie überhaupt findet …«

»Ach, Rebecca, du willst mir doch nicht weismachen, dass du schon aufgibst … Megan ist deine Schwester!«

»Darum geht es nicht.«

»Bitte … bleib. Ich sehe immer diese Polizeisendungen, wo die Familie Druck auf die Cops macht und selbst recherchiert – das hilft!«

»Ich habe einen Job, Mom.«

»Was bedeutet das schon, wenn es darum geht, die eigene Schwester zu finden? Hast du mir nicht erzählt, du könntest von überall aus arbeiten?«

»Meistens«, gab Rebecca zähneknirschend zu.

»Dann gibt nicht auf! Du weißt, dass ich dich unterstützen würde, wenn ich könnte, aber das ist mir im Moment nicht möglich.« Sie seufzte. »Trotzdem komme ich nicht zur Ruhe. Wenn ich nur an diese Reporterin denke! Wieso nimmt die eine so lange Fahrt bis hierher auf sich? Apropos Reporterin: Warum wendest du dich nicht an das Fernsehen und richtest dich in einem Appell an die Bevölkerung, Hinweise auf Megans Verbleib zu geben? Du könntest eine Belohnung aussetzen. Oh, Liebes, da kommt gerade ein anderer Anruf. Mel ist dran. Wenn man vom Teufel spricht!« Ihre Stimme schnellte augenblicklich eine Oktave in die Höhe. »Ich rufe dich später zurück, Becky!« Damit legte Lenora Travers auf, um den Anruf von »dem einen« entgegenzunehmen.

Rebecca presste die Lippen zusammen. *Du könntest eine Belohnung aussetzen.* Sollte sie jetzt etwa noch Donald Travers anrufen und um Geld anbetteln?

Aber es ist doch für Megan. Sie braucht Hilfe!

Rebecca fühlte sich verpflichtet, ihrer Schwester zu helfen, aber sie war von Megan schon so oft zum Narren gehalten oder übertölpelt worden, dass sie am liebsten die Flucht ergriffen hätte.

Diesmal hast du keine Wahl.

Diesmal darfst du sie nicht im Stich lassen.

Diesmal könnte sie in ernsthaften Schwierigkeiten stecken.

Vor Frust biss Rebecca die Zähne zusammen und schob das Handy ins Seitenfach ihrer Handtasche. Ihre Sachen waren so gut wie fertig gepackt, sie war bereit, nach Seattle zurückzukehren und ihr normales Leben wieder aufzunehmen. Was sollte sie hier noch tun?

Wende dich an die Öffentlichkeit. Du hattest ohnehin darüber nachgedacht, einen Appell an die Entführer zu richten, dann kannst du genauso gut die Bevölkerung um Mithilfe bitten.

Setz eine Belohnung aus – und nimm in Gottes Namen deinen Notgroschen dafür.

Es geht um Megan, Rebecca. Um deine kleine Schwester!

Sie dachte an die blonde Vierjährige, die sie mit bewundernden Augen angeblickt hatte, und spürte, wie sich ein Kloß in ihrer Kehle bildete, auch wenn sie sich eine hundertfache Närrin schalt. Sie musste es tun, und sie würde es tun. Sie würde noch einmal mit den Cops reden, würde ihnen Druck machen, auch wenn die Anwesenheit von Detective Rivers sie nervös machte. Seltsamer Bursche … In seiner Gegenwart hatte sie das Gefühl, auf Eiern zu gehen. Es war, als würde er ihr eine Falle stellen und sie jeden Augenblick durch eine versteckte Falltür stürzen.

Bleib ruhig.

Du hast getan, was du tun musstest.

Alle denken, du bist hier, um Megan zu helfen.

Das stimmt doch, oder?

»Selbstverständlich«, sagte sie laut.

Na also. Entspann dich!

Aber sie konnte sich nicht entspannen. Noch nicht. Nicht, solange …

Ihr Handy klingelte erneut. Sie sah Angelica Alfonsis Namen auf dem Display aufblinken. Ihre Chefin. Großartig. Das hatte ihr gerade noch gefehlt. Rebeccas Magen, der ohnehin übersäuert war, zog sich schmerzhaft zusammen.

Sie nahm das Gespräch an. »Hi.«

»Rebecca?«, fragte Angelica, dabei hatte sie doch selbst angerufen. »O mein Gott, wie läuft es? Hast du was von Megan gehört? Ich habe die Zeitungen abgesucht und online recherchiert, aber ich kann nichts finden.« Angelica war in der Nähe von Mailand geboren, und obwohl sie schon als Teenager mit ihren Eltern in die Staaten gezogen war, hörte man noch immer einen leichten Akzent heraus.

»Es gibt noch nichts Neues.«

»Oh, das tut mir leid.« Angelica seufzte. Sie war eine ausdrucksstarke Frau mit welligem schwarzem Haar und Augen so blau wie der Sommerhimmel. Ihre olivfarbene Haut war makellos, ihre zarte Figur perfekt für die Brautkleider, die sie entwarf und oft selbst als

Model vorführte. »Ich rufe an, weil ich schlechte Nachrichten habe. Zwei Hochzeiten im Februar wurden abgesagt, die Kundinnen wollen ihre Kleider nicht mehr haben. Ist das denn zu glauben? So spät! Ein Bräutigam hat kalte Füße bekommen und ist abgehauen, das andere Brautpaar hat eine Absage für den Veranstaltungsort erhalten und plant nun eine Hochzeit im Sommer – mit einem sommerlichen Brautkleid. Davon abgesehen hat die Braut ungefähr zwanzig Kilo seit der ersten Anprobe zugenommen und behauptet jetzt, sie würde in dem Kleid fett aussehen. Als wäre das meine Schuld. Ich sage dir, manchmal ist es wirklich nicht leicht, sich mit diesen Brautzillas auseinanderzusetzen. *Per l'amor di Dio!*« Dieser Stoßseufzer – »Um Gottes willen!«, atemlos heruntergerattert – zählte zu Angelicas Lieblingsphrasen. Vor allem, wenn sie frustriert war. Was oft genug vorkam.

Und Angelicas Lamento war noch nicht zu Ende. »Sie fordern beide ihre Anzahlung zurück, dabei sind die Kleider so gut wie fertiggestellt. Wie stehen die Chancen, dass ich sie verkaufe? Sie sind doch speziell auf diese beiden Bräute zugeschnitten!« Sie palaverte auf Italienisch weiter. Rebecca nahm an, dass sie fluchte, aber sie war sich nicht sicher. »Ich werde sie zu einem Spottpreis anbieten müssen, so viel steht fest. Sobald ich sie fertig habe, schicke ich dir digital Fotos, damit du sie als besonderes Angebot auf der Website hochladen kannst.«

»Kein Problem. Ich wollte mich ohnehin auf den Rückweg nach Seattle machen.«

»Schon? Ich denke, deine Schwester ist noch verschwunden?« Angelicas Stimme klang vorwurfsvoll. »Nein, nein, die Familie geht über alles. Du solltest unbedingt noch bleiben.«

»Ich kann hier nichts mehr tun, Angelica.«

»Nicht? Aber es wäre wirklich besser, du bist da, wenn sie wiederauftaucht …« Ihre Stimme verklang, und Rebecca verstand, dass sie in Wahrheit meinte, *falls* Megan wiederauftaucht. »Irgendwer in dem Kaff muss doch etwas wissen. Es weiß immer jemand etwas, was er nicht erzählt, und genau das musst du herausfinden. Du solltest ihre Freunde und Ex-Freunde unter die Lupe nehmen. Die haben immer Dreck am Stecken.«

Rebecca dachte an James. Seine Haltung kam ihr merkwürdig vor. Musste er sich nicht mehr Sorgen um Megan machen? Er hatte nicht gerade betroffen gewirkt, als er Rebecca von der Auseinandersetzung erzählte – als würde es dabei gar nicht um ihn oder ihre Schwester gehen, vielmehr so, als würde er aus einem Drehbuch vorlesen.

Oder bildete sie sich das nur ein? Hatte sie womöglich einfach nicht genügend Abstand und war blind für die Wahrheit?

»Vielleicht hat sie einen heimlichen Geliebten«, überlegte Angelica.

»Davon weiß ich nichts«, erwiderte Rebecca, doch mittlerweile glaubte auch sie, dass alles möglich war. Zum tausendsten Mal dachte sie über die Beziehung von Megan und James nach. Ihre Schwester und der Mann, den Rebecca einst geliebt hatte. Hatten die zwei je über sie gesprochen? Vielleicht sogar über sie gelacht? Hatte er Megan von seinem Liebesspiel mit ihr erzählt? Wenn sie daran zurückdachte, stieg ihr die Röte in die Wangen, selbst jetzt noch.

»Finde es heraus«, beharrte Angelica. »Du kannst auch in dieser Kleinstadt arbeiten. Kein Problem. Ich schicke dir, was du brauchst, auf deinen Laptop, dann fliege ich nach L. A. und halte Ausschau nach einer schicken Ladenfläche in der Nähe des Rodeo Drive. Wäre es nicht toll, wenn wir dorthin expandieren würden? Wir halten Kontakt, aber bleib vor Ort, Rebecca. Deine Schwester hat es verdient.«

KAPITEL 29

Irgendetwas war hier faul.

Phoebe Matrix war schon lange genug auf dieser Welt, um zu wissen, wenn etwas nicht stimmte. Sie hatte einen Ehemann begraben und zwei Scheidungen hinter sich – von Schürzenjägern, die ihren Reißverschluss nicht geschlossen halten konnten. Sie war so dumm gewesen, jedem Einzelnen von ihnen ihre Liebe zu schenken – aber am Ende hatte es sich bezahlt gemacht. Jetzt war sie die Besitzerin dieses Apartmenthauses, was eine vortreffliche Sache war, denn wenn man in die goldenen Jahre kam, sollte man sich besser nicht auf staatliche Unterstützung verlassen.

Goldene Jahre?

Pah!

Das ist doch wohl ein Witz!

All ihre Freunde und Bekannten, die die siebzig überschritten hatten, schüttelten nur den Kopf, wenn irgendwer sich auf den »wundervollen Ruhestand« freute. Sie hätte alles dafür gegeben, noch einmal zwanzig oder dreißig zu sein. Dann hätte sie weder Marvin noch Steve noch Charles geheiratet … obwohl, Marvin vielleicht. Allerdings hätte sie ihre Karten anders ausgespielt, hätte auch mal Nein gesagt, und vor allem hätte sie ihn niemals nach Yosemite fahren lassen. Auf der Fahrt war sein kleiner Chevy Nova irgendwo südlich von Bend, Oregon, im wahrsten Sinne des Wortes von einem Traktor aufgegabelt worden. Sie schüttelte den Kopf, als wollte sie so die Erinnerungen an diese schicksalhafte Fahrt daraus vertreiben, dann bekreuzigte sie sich und schlurfte ins Wohnzimmer, wo Larry, der sich als weitaus treuer als ihre Ehemänner erwies, auf seinem Wachtposten auf der Sofarücklehne saß und die kleine Nase an die Fensterscheibe drückte. Er knurrte, seine wuscheligen Nackenhaare sträubten sich.

Vielleicht beobachtete er die Blondine aus dem kleinen Ein-Zimmer-Apartment. Sophia Russo. Ständig war sie auf Achse, selbst wenn sie Besuch von ihrer Freundin – vielleicht auch Schwester oder Cousine? – hatte. Die dunkelhaarige, beleibte Frau, die immer eine Sonnenbrille trug, war ungefähr in Sophias Alter und blieb mitunter über Nacht. Phoebe war ihr einmal begegnet, als sie den Müll aus einer Apartmenteinheit heraustrug, die gerade frei geworden war. Fest schien sie nicht bei Sophia Russo eingezogen zu sein, genauso wenig wie James Cahill, aber auch er war ein paarmal zu Besuch gewesen und über Nacht geblieben. Phoebe hatte beobachtet, wie er sich mindestens zwei Mal in den frühen Morgenstunden hinausgeschlichen hatte – in der Zeit, bevor seine Freundin, Megan Travers, verschwunden war. Phoebe wunderte sich, warum sich die beiden nicht in seinem Haus trafen oder einfach im Hotel auf der Weihnachtsbaumfarm. Da hätten sie doch viel mehr Platz und Privatsphäre gehabt. Nun, vorausgesetzt, die Freundin tauchte nicht auf, wenn er mit Sophia zusammen war.

Das Ganze war merkwürdig. Interessant und skandalös. Wie schon gesagt: Irgendetwas war hier faul.

Vielleicht hatten Sophia und James Megan gemeinsam verschwinden lassen? Oder ging die Fantasie mit ihr durch? Gut möglich, dass sie zu viele Folgen von *Dateline* gesehen hatte, einer Fernsehsendung, die sich mit Mord- und Kriminalfällen befasste. Ihr letzter Ehemann – Charles, der Casanova – hatte sie ständig damit aufgezogen und war sogar so weit gegangen, die Sendungen, die sie aufgezeichnet hatte, zu löschen. »Warum regst du dich über diese alten Verbrechen auf?«, hatte er sie in schulmeisterlichem Ton gefragt. Ständig hatte er alles besser wissen und ihr erzählen wollen, wo es langging. Nun, zum Glück musste sie sich diesen Unsinn schon lange nicht mehr anhören.

Phoebe stellte sich neben Larry und spähte zu Sophias Apartment hinüber. Die Vorhänge vor dem Wohnzimmer waren zugezogen, wie immer in letzter Zeit. Auch das war seltsam. Das ständige Kommen und Gehen. Aber so waren junge Mädchen eben. Sie war ja selbst einmal jung gewesen … Ja, es hatte eine Zeit gegeben, als Phoebe auf der Highschool die Tri-City-Twirler-Truppe geleitet hatte, sie war eine Schönheit, die die Batons sechs Meter hoch in die Luft wirbeln und mit einer einzigen geschmeidigen Bewegung wieder auffangen konnte. »Phoebe ist ein richtiger Wirbelwind«, hatte ihre Mutter stets gesagt, weil sie ständig mit ihren Freundinnen unterwegs gewesen war. Wer hätte damals gedacht, dass Phoebe Matrix einst allein sein würde, zufrieden damit, stundenlang strickend in ihrem Sessel zu sitzen und die idiotischen Fragen von *Jeopardy* zu beantworten?

»Die Torheit der Jugend«, sagte sie und kraulte Larry liebevoll hinter den großen Ohren, dann spähte sie auf den großen Parkplatz. »Ach du liebe Güte!« Der Asphalt war schon wieder mit einer frischen Schneeschicht überzogen, und Phil Dabrowski, der nichtsnutzige Mieter aus Apartment 4, der ständig mit den Zahlungen in Verzug war, schien gar nicht daran zu denken, seinen Pflichten nachzukommen und den Parkplatz freizuschaufeln und zu salzen.

Und da war Sophia wieder, keine halbe Stunde, nachdem sie ihre Wohnung verlassen hatte, rollte sie mit ihrem kleinen grauen Wagen auf den Parkplatz. Wo sie wohl gewesen war?

Larry, der ebenfalls beobachtete, wie die junge Frau ausstieg, gab ein warnendes Bellen von sich. Sophia verschwand in ihrem Apartment. Obwohl sie bei James Cahill in dessen Weihnachtswelt beschäftigt war, schien sie keine festen Arbeitszeiten zu haben. Aber so war das heutzutage nun mal: Viele Leute arbeiteten von zu Hause aus, hockten vor ihren Computern, stopften Käseflips in sich hinein und glotzten *Die Bachelorette*, während sie angeblich arbeiteten. Die Welt hatte sich verändert.

Phoebe setzte sich mit ihrem Strickzeug in ihren Lieblingssessel, ein Auge aufs Fenster geheftet. Jetzt kam Dabrowski in einer schweren Winterjacke mit Camouflage-Muster, die ihn noch dicker aussehen ließ, aus seiner Wohnung, eine Jagdmütze mit Ohrenklappen auf dem Kopf, eine Tüte Streusalz in den behandschuhten Händen. Er fing gerade an, die vereiste Fläche zu salzen, als sich die Tür von

Sophia Russos Apartment erneut öffnete. Sophia erschien. Sie hatte sich umgezogen, Jeans und ihre lange, graue Jacke gegen einen kurzen Rock, Strumpfhose, Stiefel und einen tunikaartigen Pullover ausgetauscht. Über ihrem Arm hing ein langer Mantel, eine große Tasche baumelte in der Ellbeuge des anderen Arms.

Larry knurrte und hinterließ kleine Kondenswasserkreise auf der Fensterscheibe.

»Ist ja gut«, beschwichtigte Phoebe ihn und griff in ihren Strickkorb, in dem sie einen Ziploc-Beutel mit seinen Lieblingsleckerlis aufbewahrte.

Aber Larry wollte heute Morgen nichts von den Leberwurstbröckchen wissen. Starr vor Anspannung, verfolgte er, wie Sophia in den Wagen stieg und so hastig zurücksetzte, dass sie um ein Haar Dabrowski über den Haufen gefahren hätte.

Sie hatte es eilig.

Wie immer.

Endlich nahm der Hund das Leckerli aus Phoebes Hand und machte es sich damit auf der Couch bequem, immer noch wachsam, aber schon entspannter. Phoebe genehmigte sich ebenfalls eine kleine Nascherei aus der Süßigkeitenschale auf dem Regal, die so weit oben stand, dass Larry nicht dran kam. Sie steckte sich fünf M&Ms in den Mund und kaute genüsslich.

Die Schokolade schmolz auf ihrer Zunge. Zufrieden nahm Phoebe ihre Strickarbeit wieder zur Hand, zählte die Maschen und strickte weiter – noch eine Babydecke, die sie der Kirche spenden würde. Die Gemeinde wusste dies zu schätzen, genau wie die zahllosen anderen Sachen – Söckchen, Mützen, Pullover –, die sie an die Bedürftigen verteilte. Die Nadeln klapperten, die flauschige rosa Decke wuchs und wuchs, und Phoebe fragte sich noch immer, was ihr an Sophia Russo so eigenartig vorkam.

Vielleicht sollte sie die hübsche Blondine einmal genauer unter die Lupe nehmen. Es wäre ihr ein Leichtes gewesen, die Tür zu ihrem Apartment aufzuschließen, wenn sie bei der Arbeit war, und ein bisschen herumzuschnüffeln. Zugegebenermaßen machte sie so etwas nicht zum ersten Mal, und es wäre auch bestimmt nicht das letzte Mal. Sollte Sophia sie tatsächlich dabei ertappen – was äußerst unwahrscheinlich wäre –, würde sie behaupten, sie hätte sich vergewissern wollen, dass die Rohre bei dieser Kälte nicht einfroren und womöglich platzten.

Schließlich musste sie als Eigentümerin dafür sorgen, dass in den Cascadia Apartments alles tipptopp war.

KAPITEL 30

James Cahill saß am Steuer seines SUV und blickte über die Straße auf das Main Street Hotel, in der Hoffnung, Rebecca zu Gesicht zu bekommen. Wie ein liebeskranker Narr.

»Idiot«, murmelte er.

Es war lächerlich.

Bislang hatte er immer genau gewusst, was er wollte.

Und er hatte es auch bekommen. Was meist mit Ärger verbunden gewesen war. Wie oft hatte er als Teenager das Gesetz missachtet, um seinen Willen durchzusetzen! Schlimmer noch: Er hatte seiner Mutter und seinem Vater das Herz gebrochen, als er das College hingeschmissen und angefangen hatte, auf dem Bau zu arbeiten. Er war geschickt mit Hammer und Säge, konnte mühelos Architektur- und Baupläne lesen und hatte viele innovative Ideen. Er hatte gespart und alles zusammengekratzt, was er besaß, hatte sich Geld geborgt und das eingesetzt, was er bereits geerbt hatte – lediglich einen kleinen Teil dessen, was er eines Tages bekommen sollte, aber immerhin –, nur um vierzig Morgen Land in den Ausläufern der Cascade Mountains zu kaufen und eine eigene Baufirma zu gründen. Binnen weniger Jahre hatte er es mit seinen Minihäusern dahin gebracht, wo er heute war. Ein Selfmademan und stolz darauf.

Doch plötzlich reichte ihm all das, wofür er gekämpft hatte, nicht mehr.

Wegen Rebecca.

Es war ein Fehler gewesen, sie zu verlassen.

Ein Fehler, der ihm unter die Haut ging.

Und so saß er nun hier, in seinem Explorer, einen Becher Kaffee, der langsam kalt wurde, im Getränkehalter, und trommelte mit den Fingern aufs Lenkrad.

Überlegte, was genau er wollte und was nicht.

»Zum Teufel«, murmelte er und warf Ralph einen Blick zu, der auf dem Beifahrersitz neben ihm saß.

James war beim Arzt gewesen, um den Verband wechseln zu lassen, und hatte gerade nach Hause fahren wollen, als seine Mutter anrief. Wieder einmal. Er beschloss, dass er sie lange genug vertröstet hatte, hielt in der Ladezone eines Möbelgeschäfts an und nahm ihren Anruf entgegen. Zehn geschlagene Minuten hatte er mit ihr geredet, ihre Fragen beantwortet und sich nach seinen Schwestern erkundigt. Erst nachdem er aufgelegt und das Handy in den zweiten Getränkehalter gestellt hatte, bemerkte er auf der anderen Straßenseite auf dem Hotelparkplatz Rebeccas weißen Subaru.

Hatte er etwa eine unterbewusste Entscheidung getroffen?

Er fischte das Telefon aus dem Halter und wollte gerade ihre Nummer wählen, als es in seiner Hand klingelte. Auf dem Display blinkte die Nummer eines Fernsehsenders aus Seattle auf.

Er ließ den Anruf auf die Mailbox wandern. Dann gab er Rebeccas Nummer ein, bevor er es sich anders überlegen konnte.

Sie ging nicht dran.

James hinterließ keine Nachricht, genauer gesagt: keine weitere. Er hatte sie bereits um Rückruf gebeten, doch bislang hatte sie weder seine Bitte erfüllt noch seine beiden Textnachrichten beantwortet.

Man musste nicht gerade Raketentechnik studiert haben, um zu begreifen, dass sie ihn nicht sehen wollte.

Was ihn schmerzte.

Und was in Anbetracht der Umstände ausgesprochen ironisch zu sehen war. Genervt verzog er die Lippen. Je energischer sie ihn zurückwies, desto größer wurde sein Interesse an ihr.

Und dann war da noch das Problem mit Megan. Wo zum Teufel steckte sie?

Hoffentlich tauchte sie bald wieder auf. Doch wie sollte er ihr sein neu erwachtes Interesse an Rebecca erklären? Und war das wirklich ein Problem? Immerhin war ihm Rebecca eher feindlich gesinnt.

Trotzdem. Wenn Megan davon erfuhr, ging sie mit Sicherheit erneut an die Decke.

Wenn Megan davon erfahren würde.

Vielleicht kehrte sie ja nie mehr zurück.

Vielleicht war sie längst tot.

Er schloss die Augen.

Was zum Teufel mochte ihr zugestoßen sein? Langsam glaubte er nicht mehr daran, dass ihr Verschwinden Teil eines sorgfältig inszenierten Dramas war. Das war selbst für Megan zu viel.

Und was ist mit Sophia? Sie denkt immer noch, ihr wärt ein Paar, und du tust nicht gerade viel, um sie vom Gegenteil zu überzeugen. Und Jennifer? Du solltest sie nicht unterschätzen. Hat sie nicht genau eine Woche vor Megans Verschwinden bei dir angerufen, was du trotz deiner partiellen Amnesie nicht vergessen hast?

Mist.

Neben ihm auf dem Beifahrersitz drückte Ralph seine Nase ans Fenster und winselte.

Zeit, weiterzufahren. James leerte den Kaffeebecher, den er an dem Drive-thru-Kiosk in der Nähe der Klinik gekauft hatte. Es ging ihm gesundheitlich nicht gerade blendend, aber Dr. Monroe hatte ihm erlaubt, die Schlinge zu lockern und dann und wann abzunehmen, außerdem würde er bald zum Friseur gehen dürfen, da die Kopfwunde gut verheilte.

James warf einen Blick in den Spiegel und fand, dass er grauenvoll aussah, auch wenn bereits kleine Stoppeln an der großflächig rasierten Stelle nachwuchsen. Nun, dann würde er sich eben einen raspelkurzen Igelschnitt verpassen lassen.

Er zerknüllte den Pappbecher, warf ihn in den Fußraum und blickte zu Rebeccas Hotel hinüber.

So nah und doch Lichtjahre entfernt.

Er sollte sie einfach loslassen.

Lass sie los!

So wie er es schon einmal getan hatte.

Konzentrier dich auf Megan.

Wo um alles auf der Welt mochte sie sein?

Sie ist tot, Cahill, mach dir nichts vor. So lange verschwindet nicht einmal Megan, es sei denn, es ist ihr etwas Furchtbares zugestoßen.

Jemand klopfte energisch ans Seitenfenster und riss ihn abrupt aus seinen Gedanken. Ein vierschrötiger Kerl mit Trucker-Kappe und Jeansjacke stand neben dem Wagen. James ließ das Fenster herunter. Der Kerl deutete mit seiner behandschuhten Hand auf das Ladezonenschild.

»He, Kumpel«, sagte er. »Kannst du nicht lesen?«

Jetzt erst bemerkte James, dass auf der Straße hinter ihm ein großer Lieferwagen stand.

»Entschuldigung.«

»He, bist du nicht …«

James fuhr das Fenster hoch, legte den Gang ein und gab Gas. Das wurde ja immer schlimmer. Der Medienrummel um Megans Verschwinden zeigte Konsequenzen, und dass die Polizei ihn verdächtigte, sie aus dem Weg geräumt und seine Verletzungen nur vorgetäuscht zu haben, machte die Sache nicht gerade besser.

Nein, das ist nicht ganz richtig. Die Polizei denkt, du hast das Ganze zusammen mit einem Komplizen geplant, der die Drecksarbeit für dich übernommen hat.

Er fädelte sich in den Verkehr ein, dann blieb er mit zusammengebissenen Zähnen an einer Kreuzung stehen. Eine Frau mit Kinderwagen überquerte die Straße. Er wartete, die Augen gegen die Sonne zusammengekniffen, und griff ins Handschuhfach, um seine Sonnenbrille herauszunehmen. Die nicht da war. Wahrscheinlich hatten die Cops sie herausgenommen und anderswo hingelegt, als sie sein Fahrzeug untersucht hatten, überlegte er, doch dann fiel ihm ein, dass sie noch im Büro lag.

Er klappte die Sichtblende herunter, danach stellte er via Bluetooth eine Verbindung zu Rowdy Crocker her. Es dauerte eine Weile, bis Crocker den Anruf entgegennahm.

»Ja, Cahill? Was gibt's?«, schallte endlich seine Stimme über die Freisprechanlage. James rollte über die Kreuzung.

»Ja, ich bin's.«

»Ich dachte mir, dass du anrufen würdest. Hab dich in den Abendnachrichten gesehen. Wow, diesmal hast du dich ordentlich in die Scheiße geritten.«

»Das ist der Grund, warum ich dich anrufe.«

»Was kann ich für dich tun?«

»Finde Megan Travers.«

Crocker am anderen Ende lachte. »Weil die Cops das nicht auf die Reihe kriegen?«

»Genau.« Er bog auf den Highway Richtung Süden, raus aus der Stadt, und trat das Gaspedal durch. »Anscheinend denken sie, ich hätte etwas mit der Sache zu tun.«

Für einen kurzen Moment herrschte Schweigen, dann sagte Crocker: »Und das hast du nicht?«

»Herrgott, Rowdy, würde ich dich dann anrufen?«

»Es geht das Gerücht, dass deine Erinnerung an die fragliche Nacht nicht die beste ist.«

»Ich habe mich mit ihr gestritten, das ist alles«, erwiderte James gereizt. Rowdy war ein Arschloch, aber gleichzeitig ein äußerst cleverer, patenter Kerl, der für den militärischen Nachrichtendienst gearbeitet hatte – eine Entscheidung, die ihm im Teeniealter aus der Patsche geholfen hatte, als er als Hacker aufgeflogen war. Jetzt arbeitete er ab und an als Privatdetektiv, und er wusste, wie man an Informationen herankam, selbst wenn man komplett unter dem Radar blieb.

»Ich bin nicht preiswert«, erinnerte Rowdy ihn. James fuhr an schneebedeckten Feldern vorbei, die im Licht der Dezembersonne glitzerten.

»Das ist mir gleich.«

»Gut, denn ich bin das Geld wert.«

»Hilf mir einfach aus dem Schlamassel raus, Rowdy.«

»Okay, ich werde sehen, was ich tun kann. Ich stelle dir jetzt ein paar Fragen, dann recherchiere ich ein bisschen. Sollte ich weitere Informationen von dir benötigen, rufe ich dich an.«

»Klar. Schieß los. Was willst du wissen?«

Rowdy stellte ihm eine Reihe Fragen über Megan, und James gab ihm Auskunft, so gut er konnte.

»Wie sieht es mit anderen Frauen aus? Hast du vielleicht noch eine Freundin?«

James zögerte, dann räumte er ein, dass er sich mit Sophia getroffen hatte und dass es in seinem Leben noch weitere Frauen gab, darunter Gus' Schwester Jennifer und … nun ja, Rebecca.

Sein Geständnis wurde mit einem lang gezogenen Pfiff belohnt. »Hast du je daran gedacht, in puncto Frauen ein bisschen kürzerzutreten?«, wollte Rowdy wissen.

»Ein, zwei Mal vielleicht«, erwiderte James trocken.

»Ist bloß ein gut gemeinter Rat.«

»Ich schreib's mir hinter die Ohren.«

»Gut.« Rowdy schwieg einen Moment lang. »Eins noch.«

»Ja?«

Eine weitere Pause.

»Du bist doch unschuldig, oder?«

James' Nackenmuskeln verspannten sich. Er konnte deutlich Rowdys zynisches Grinsen vor sich sehen, verschattet von seinem stoppeligen Dreitagebart. »Noch einmal: Ja.«

»Gut.«

»Sieh einfach zu, was du für mich tun kannst.«

»Mache ich.« Die Verbindung wurde unterbrochen. Nachdenklich folgte James einem Wagen des örtlichen Gasanbieters. Als er an der Minihaus-Fertigungshalle ankam, parkte er zwischen einem Van von Riggs Crossing Electric und Bobbys altem Pick-up. Hinter seinen Augen machte sich Kopfdruck bemerkbar, doch er ignorierte den Schmerz, stellte den Motor ab und stieg aus.

Ralph sprang aus dem Wagen, nur um sofort ein Eichhörnchen einen Baumstamm hinaufzujagen. Das Eichhörnchen war schneller und beschimpfte ihn keckernd von einem der oberen Äste aus.

»Schluss damit«, befahl James, der wusste, dass Ralph das Tier ohnehin nicht kriegen würde.

Genauso wenig, wie du Rebecca kriegen wirst.

Nein, um Rebecca ging es jetzt nicht. Er hatte seine Chance bei ihr gehabt, und er hatte es vermasselt.

Er betrat die große Halle und hatte das Gefühl, gegen eine Wand aus Hitze und Lärm zu prallen. Sägen heulten, Tacker knallten wie Pistolenschüsse, ein Kompressor zischte – untermalt von den Klängen von The Police und Sting, der »Roxanne« sang.

Die Teams waren schwer beschäftigt, Männer und Frauen mit Helmen und Schutzbrillen arbeiteten an drei Tiny Houses in unterschiedlichen Fertigungsstadien. Das elegante, ultramoderne Domizil, das bald verschifft werden sollte, war fast fertig. Das zweite, eine Skihütte, stand auf dem Flachbettauflieger und wartete darauf, mit Fliesen ausgestattet zu werden, das dritte, ein rustikales Cottage »mit Küstenflair«, befand sich noch im Rohbau.

Bobby war ins Gespräch mit zwei Angestellten vertieft, die offenbar unterschiedliche Meinungen vertraten. Einer war ein kräftiger Mann, der zusammengerollte Pläne in den behandschuhten Händen hielt. Er stand neben einer zierlichen Frau in Jeans, Karohemd und Werkzeuggürtel. James hatte keine Lust, sich einzumischen. Als Bobby zu ihm herübersah und grüßend nickte, warf er ihm einen Blick zu und stieg die Stufen zu seinem Büro hinauf. Auf dem oberen Treppenabsatz wurde er von Ralph überholt, der hechelnd vor der Tür auf ihn wartete.

»Na, kein Glück gehabt?«, fragte James den Schäferhund und bückte sich, um ihn hinter den Ohren zu kraulen. »Glaub mir, ich weiß, wie sich das anfühlt.«

Er schloss das Büro auf und blickte durch die großen Scheiben auf die im Bau befindlichen Minihäuser hinab, so wie er es Tausende Male getan hatte. Hoffentlich würden sich die Dinge bald wieder normalisieren.

Ja, klar. Wem willst du etwas vormachen, Cahill? Solange Megan nicht wiederauftaucht, gibt es keine Normalität.

Vor seinem geistigen Auge erschien ihr Gesicht. Er erinnerte sich an ihr kokettes Lächeln, das mitunter grausam werden konnte, an die Sommersprossen auf ihrer Nase, wenn ihr Make-up nicht mehr ganz intakt war …

Die Vorstellung ließ ihn für einen Moment innehalten. Auf einmal hatte er das Gefühl, ihm würde etwas entgehen, etwas Wichtiges. Ein Gedanke, dicht unter der Oberfläche und doch nicht zu greifen. Seine Nackenmuskeln spannten sich an. Immer wieder drangen Erinnerungsbruchstücke in sein Bewusstsein, mit denen er nicht wirklich etwas anfangen konnte.

Erinnerungen an Megan … und an Sophia.

Sophia.

Er musste die Affäre mit ihr beenden. Spätestens, wenn Rowdy herausgefunden hatte, was mit Megan passiert war.

Er warf die Autoschlüssel auf den Schreibtisch und stellte fest, dass seine Sonnenbrille doch nicht dort war.

Mit einem Seufzer ließ er sich auf seinen Drehstuhl fallen und ging endlich all die alten Nachrichten durch, die sich auf seinem Handy angesammelt hatten, während es bei der Spurensicherung war, gründlichst unter die Lupe genommen von den Kriminaltechnikern. Er krümmte sich innerlich bei der Vorstellung, dass die Cops all seine persönlichen Sachen durchforstet hatten. Nichts war zu privat für ihre neugierigen Augen.

Mit zusammengepressten Zähnen löschte er die Nachrichten von Reportern – diese verfluchte Charity Spritz ließ einfach nicht locker! – und Freunden, filterte die geschäftlichen Anrufe heraus und nahm sich gerade die E-Mails vor, als ein Schrei von unten die Treppe hinaufgellte.

»Auuu! Scheiße! Scheiße! *Scheiße!* Verflucht noch mal!«

Was hat das denn zu bedeuten?

James sprang auf.

Rannte um seinen Schreibtisch herum.

Blickte aus dem Fenster auf die Werksfläche.

Männer und Frauen verließen ihre Arbeitsplätze, einige sprangen von dem Auflieger mit der Skihütte und liefen zur Rückseite des Gebäudes, wo sich die Stein- und Fliesensäge befand. James folgte ihnen mit den Augen.

Verdammt!

In einem Pulk von Leuten konnte er einen vornübergebeugten Mann ausmachen.

Gus Jardine.

Sein Gesicht war aschfahl und schmerzverzerrt, mit der linken Hand hielt er seine rechte umklammert. Blut sprudelte zwischen seinen Fingern hindurch. James kniff die Augen zusammen. Selbst auf diese Entfernung meinte er, zerfetztes Fleisch und einen herausstehenden Knochen zu erkennen.

»Du lieber Himmel!« James sprang die Treppe hinunter. Sämtliche Geräte waren verstummt, Bon Jovis »Livin' on a Prayer« hallte unnatürlich laut durch die Halle.

Eine Frau kreischte: »Ruft die Neun-eins-eins!«

»Bin dabei!«, rief Bobby Knowlton, das Handy ans Ohr gedrückt.

»Ach du Scheiße, seht euch mal das ganze Blut an!«, schrie ein anderer Mann. »Alles okay, Gus?«

James drängte sich durch die Menge. »Was ist passiert?«

»Verflucht noch mal, Cahill! Hast du keine Augen im Kopf? Wonach zum Teufel sieht es denn aus? Ich habe mir fast die Hand abgeschnitten«, stieß Jardine panisch hervor. Das schwarze Haar fiel ihm in die Augen. »Verdammt!«

Betsy Idalgo, eine Elektrikerin, die an einem der Minihäuser gearbeitet hatte, erschien mit einem frischen Handtuch. »Machen wir erst einmal die Wunde sauber. Lass mich mal sehen, Gus.«

»Nichts da! Ich brauche einen Notarzt!«, brüllte Gus, riss ihr das Handtuch aus den Fingern und wickelte es um seine Hand, doch so, dass sie keinen Blick auf die Verletzung werfen konnte.

»He, jetzt mal ganz ruhig, ich war Sanitäterin«, sagte sie mit ernstem Gesicht und fester Stimme.

»Lass dir von Betsy helfen«, riet James seinem Angestellten.

»Verpiss dich, Cahill. Das ist alles deine Schuld.«

Alle schauten auf, als sie Reifenquietschen vor den offenen Toren hörten.

Ein älterer Chevy Tahoe kam schlitternd zum Stehen. Der Fahrer, Leon Palleja, beugte sich über den Beifahrersitz und stieß die Tür auf. »Schafft ihn hier rein!«, rief er. »Ich fahre ihn in die Notaufnahme!«

»Bobby spricht bereits mit der Rettungsleitstelle«, entgegnete James.

»Scheiße, das dauert doch Ewigkeiten.« Gus, das Handtuch auf den blutenden Arm gedrückt, schob sich durch die Menge.

James folgte ihm. »Ich komme mit«, sagte er zu Leon.

»Ich hab doch gesagt, du sollst dich verpissen!«, knurrte Gus. »Scheiße, das tut höllisch weh!« Er ließ sich auf den Beifahrersitz fallen.

»Er blutet. Heftig«, sagte Leon und schnallte Gus mit James' Hilfe an.

Gus schwitzte. »Fahr endlich los!«, stieß er schweißüberströmt hervor.

James schlug die Beifahrertür zu und stieg hinten ein.

Bobby Knowlton kam aus dem Gebäude gerannt. »Der Rettungswagen ist unterwegs!«

»Bestell ihn ab und komm in die Klinik, Bobby. Ich brauche jemanden, der mich vom General Hospital abholt. Gib in der Notaufnahme Bescheid, dass wir in ungefähr zwanzig Minuten da sind.«

»Fünfzehn!«, rief Leon und drückte das Gaspedal durch, während James noch die Tür zuzog. »Festhalten!« Er wendete, dann raste er die Zufahrtsstraße entlang. Die Reifen holperten durch Schlaglöcher, Kies spritzte auf. Jardine stöhnte und fluchte. James war kaum angeschnallt, als Leon auch schon auf die Landstraße abbog und mit hoher Geschwindigkeit in Richtung Stadt fuhr. Schneebedeckte Felder und Zaunpfosten flogen vorbei.

»Das ist deine Schuld«, wiederholte Gus anklagend und drehte sich zu James um, die Augen zusammengekniffen vor Schmerz.

»Das sagtest du bereits.«

»Die Sicherheitsstandards in deiner Firma sind ein Witz!«

»Ich halte mich strikt an …«

»Du hältst dich an gar nichts!«, zischte Gus, dann wandte er sich an Palleja. »Herrgott, Leon, wann sind wir denn endlich da? Wenn du weiter so lahmarschig fährst, krepiere ich gleich hier auf deinem Beifahrersitz.« Er warf Leon einen vorwurfsvollen Blick zu, obwohl dieser bereits sehr viel schneller fuhr als erlaubt.

»Du hast Schuld an dieser Scheiße, Cahill, und dafür werde ich dich verklagen«, tobte Jardine weiter.

Leon murmelte etwas auf Spanisch, was klang wie *imbécil desagradecido,* was grob übersetzt so viel bedeutete wie »undankbares Arschloch«, aber entweder hatte Gus seine Worte nicht gehört, oder er hatte sie nicht verstanden, denn er lehnte sich bloß stöhnend gegen das Fenster. Das weiße Handtuch war mittlerweile rot.

James war klar, dass er vor Schmerz und Angst nicht bei Sinnen war.

Sollte er ruhig toben und geifern.

Als nach der Brücke die Stadt in Sicht kam, fuhr Leon in eine Seitenstraße, um dem dichten Verkehr in der Innenstadt auszuweichen.

Schon bald konnten sie das Valley General Hospital sehen.

Gus stöhnte laut auf, als Leon vor der Zufahrt abbremste und sich auf der Spur einordnete, die zur Notaufnahme führte. Der Tahoe war noch nicht zum Stehen gekommen, als Gus auch schon die Tür aufstieß.

»He, langsam, Kumpel!« Der Chevy hielt mit einem Ruck an. »Was soll das? Willst du dich umbringen? *Dios!*«

»Lass mich aussteigen!«, knurrte Jardine und öffnete den Gurt.

»Ich helfe ihm.« James sprang aus dem Wagen und packte ihn.

»Ich hab dir doch gesagt, du sollst mich in Ruhe lassen, Cahill!« Sein Gesicht war schneeweiß. Mit unsicheren Schritten taumelte er in Richtung der Schiebetüren, die zur Notaufnahme führten. »Ich brauche Hilfe!«, rief er. »Sofort!«

»Wir kümmern uns um Sie«, sagte eine Frau hinter einem breiten, geschwungenen Schreibtisch und griff nach dem Telefonhörer.

Binnen Sekunden erschien ein männlicher Pfleger Ende zwanzig in einem hellblauen Kittel auf der Bildfläche. Er war groß, hatte kurz geschorene braune Haare und kleine, hart dreinblickende Augen.

»Ich bringe Sie nach hinten«, sagte er zu Gus, dann wandte er sich an James. »Wenn Sie sich um den Papierkram kümmern könnten …«

»Er weiß doch gar nichts von mir!«, haspelte Gus und warf James einen hasserfüllten Blick über die Schulter zu, als hätte der ihn höchstpersönlich verletzt. »Ich werde dich verklagen, du beschissener Bastard!« Mehrere Leute im Wartezimmer sahen sich zu ihnen um. »Hast du verstanden? Ich werde dich verklagen! Darauf kannst du dich verlassen!« Er stieß einen blutverschmierten Finger in James' Richtung, dann verschwand er mit dem Pfleger den Gang entlang.

James spürte die neugierigen Blicke auf sich. Auf einem schmalen Sofa saß ein Mann um die dreißig, der versuchte, ein energiegeladenes Kleinkind bei Laune zu halten, auf einem Stuhl in der Nähe eine Frau in den Sechzigern, die abwechselnd von ihm zum Empfang blickte. Sogar das besorgt wirkende ältere Paar neben dem Ficus starrte ihn an.

In diesem Moment tauchte Leon neben ihm auf. »Holt Bobby dich ab?«

»Ja. Du kannst zurückfahren«, sagte James.

»Okay.« Leon kaute auf seiner Unterlippe. »Ich denke, es gibt etwas, was du wissen solltest, Boss.«

»Worum geht es?« James sah seinen Angestellten fragend an.

Leons dunkle Augen wichen nervös seinem Blick aus. »Es geht um Gus. Ich habe ihn gesehen, bevor er zur Säge gegangen ist, und …« Er unterbrach sich und rieb sich mit der Hand die Stirn, als wäre er sich nicht sicher, ob er fortfahren sollte.

»Und?«, drängte James.

»Ach, ich weiß nicht. Ich hab seine Hand gesehen, und ich hatte den Eindruck, dass sie schon vorher verletzt war. Bevor er sich an der Säge zu schaffen gemacht hat.«

»Was meinst du damit?«

»Keine Ahnung. Sah irgendwie komisch aus, die Hand. Geschwollen oder gequetscht, auf alle Fälle hätte er damit nicht arbeiten dürfen. Vielleicht hat er sich deshalb verletzt, oder … ach, *qué carajo* … was für eine Scheiße.«

»Noch einmal: Was willst du damit sagen?«

»Nichts Bestimmtes, nur finde ich es seltsam, dass er jetzt androht, dich zu verklagen. Du hast ihn ja gehört, Boss. Und Schmerzensgeld ist leicht verdientes Geld.« Als würde ihm bewusst, dass er zu viel gesagt hatte, fügte Leon hinzu: »Ich haue jetzt mal lieber ab«, und verschwand durch die automatischen Schiebetüren.

James ließ sich noch durch den Kopf gehen, was er gerade gehört hatte, als er hinter sich ein leises Hüsteln vernahm.

»Also dann«, sagte die Frau am Empfangstisch und lenkte so seine Aufmerksamkeit auf sich. »Fangen wir an. Zuerst die persönlichen Angaben.« Sie bedeutete ihm, Platz zu nehmen. Auf dem Ausweis, der an einem Band um ihren Hals hing, stand der Name Sharon Nader, auch wenn das Foto darauf kaum Ähnlichkeit mit ihr aufwies. Die Haare, die früher mittelbraun gewesen waren, leuchteten jetzt feuerrot und waren kurz geschnitten, außerdem hatte sie mindestens fünfzehn Kilo zugelegt.

»Er hat recht: Ich weiß nicht viel über ihn«, räumte James ein.

»Sind Sie verwandt?«

»Ich bin sein Chef. Der Unfall ist in meiner Werkstatt passiert.«

»Sagen Sie mir einfach, was Sie wissen. Er kann die Lücken später ausfüllen.« Sie sah ihn an und fügte mit einem verhaltenen Schmunzeln hinzu: »Er scheint ja ziemlich gesprächig zu sein.«

James nickte. »Wie ich schon sagte: Er arbeitet für mich. Bei Cahill Industries. In der Minihaus-Fertigung.«

Und dann machte es offenbar klick. Ihre Augenbrauen schossen über den Brillenrand in die Höhe. Unverhohlen starrte sie ihn an und schien die Zusammenhänge herzustellen.

Er war nicht überrascht. Jeder in der Stadt wusste, dass er mit Megan Travers vor ihrem Verschwinden zusammen gewesen war, außerdem war er genau hier, im Valley General Hospital, wegen seiner Verletzungen behandelt worden.

»Na schön, Mr Cahill«, sagte Sharon Nader um einige Grad kühler. »Fangen wir mit seinem Namen an.«

KAPITEL 31

Die alte Nonne, die sich als Schwester Rosemarie vorstellte, erinnerte eher an eine Wärterin denn an eine Schulleiterin, dachte Rivers, als Mendoza und er sich an der St.-Ignatius-Grundschule in Marysville vorstellten. Ihr Gesichtsausdruck war so Furcht einflößend wie der aufziehende Sturm. Sie trug einen langen, dunkelblauen Rock mit passender Strickjacke über der weißen Bluse und praktische Schuhe. Misstrauisch beäugte sie ihre Dienstausweise und Marken, dann spähte sie sie über die Gläser ihrer halben Brille, die an einer Perlenschnur um ihren Hals hing, hinweg an.

»Ms Korpi erwartet Sie?«, hakte sie nach.

»Ja.«

»Also gut. Ich bringe Sie zu ihrem Klassenzimmer. Hier entlang.« Aus einer der Taschen ihres voluminösen Rocks baumelte ein Rosenkranz. Zielstrebig führte sie die beiden Detectives an der Statue des Heiligen vorbei, nach dem die Schule benannt war. Ihre Schritte hallten auf dem abgetretenen Fußboden wider.

Vor der Tür zu Raum 8 blieb sie stehen. »Hier«, sagte sie und führte sie in ein Zimmer mit kleinen Pulten, wissenschaftlichen Ausstellungsstücken und Kunstwerken. »Ms Korpi?«

Eine Frau um die dreißig stand zwischen einem überladenen Schreibtisch und einem Whiteboard, das sich über die gesamte vordere Wand erstreckte. Auf allen Wänden prangten Bibelverse, Glöckchen hingen von der Decke. Die Frau trug eine graue Hose und einen rosa Pulli und hielt ein Handy ans Ohr gedrückt. Als sie eintraten, warf sie ihnen einen Blick zu und hob den Finger. »O mein Gott«, sagte sie ins Telefon. »Was ist denn mit ihm? … Aber es geht ihm so weit gut? … Wann wird er dort sein?« Sie schaute auf die Uhr, während Rivers den Blick durch den Raum schweifen ließ. An einer

Seite befanden sich mehrere Fenster, verziert mit ausgeschnittenen Engelchen und Kunstschnee. An der Rückwand befand sich neben einem Waschbecken ein Terrarium, ein kleiner Weihnachtsbaum mit Papierornamenten stand neben einer Reihe von Garderobenhaken neben der Tür.

Jennifer beendete ihr Gespräch. »Selbstverständlich. Ich muss noch ein paar Dinge erledigen, dann komme ich … okay. Klar … Ich rufe an … Danke, Tabby, wir sprechen später.« Sie unterbrach die Verbindung und steckte das Handy in ihre Hosentasche. »Entschuldigen Sie.«

»Alles in Ordnung?«, erkundigte sich Schwester Rosemarie.

»Ich denke schon. Vielleicht aber auch nicht. Das weiß anscheinend niemand so recht.« Sie war offensichtlich aufgeregt. »Meine Schwester … Tabitha war am Telefon, sie hat wegen unseres Bruders Gus angerufen. Er hatte wohl einen Arbeitsunfall. Ziemlich schlimm, anscheinend ist er mit der Hand in eine Säge geraten.« Sie zuckte bei ihren Worten sichtlich zusammen. »Seine Hand ist schwer verletzt, womöglich sind auch Nerven betroffen, außerdem kann es sein, dass er einen oder zwei Finger verliert. Das örtliche Krankenhaus schickt ihn zu einem Spezialisten in Seattle.« Sie warf erneut einen Blick auf die Uhr über der Tür. »Ich habe versprochen, zu ihm zu fahren.«

»Ich werde ihn in meine Gebete einschließen«, sagte die Nonne und zog den Rosenkranz aus ihrer Tasche. Erst dann schien ihr einzufallen, warum sie hier war. »Das sind Detective Rivers und Detective Mendoza. Die beiden sagten, Sie würden sie erwarten.«

»Ja«, bestätigte Korpi, ohne den Blick von der Uhr zu lösen. »Das ist richtig.«

»Möchten Sie, dass ich bleibe?«, fragte die Schulleiterin.

»Oh, nein … nein danke, alles in Ordnung«, beschwichtigte Korpi, obwohl sie aussah wie ein Reh im Scheinwerferlicht eines herandonnernden Schwertransporters.

»Wie Sie meinen. Sie finden mich in meinem Büro.« Die Nonne wandte sich zum Gehen.

»Danke.«

Mit einem letzten skeptischen Blick auf die Detectives rauschte Schwester Rosemarie aus dem Zimmer.

Korpi wartete, bis ihre Schritte verhallt waren, dann wandte sie sich an die Polizisten. »Entschuldigung«, sagte sie. »Sie mag keine Schwierigkeiten.«

»Wir sind nicht hier, um Ihnen Schwierigkeiten zu bereiten«, versicherte Mendoza.

»Nun, Sie sind von der Polizei, und das ist für Schwester Rosemarie gleichzusetzen mit Schwierigkeiten. Stellen Sie sich nur vor, wenn einer der Eltern etwas mitbekommen würde. Was für ein Skandal!« Sie schien sich zu besinnen und fügte eilig hinzu: »Vergessen Sie's. Ich bin bloß ein bisschen ...«

Nervös, beendete Rivers ihren Satz im Stillen und dachte an das dunkle Haar, das man in James Cahills Schlafzimmer gefunden hatte. Jennifer Korpis Haare hatten die Farbe von Kaffee, ihre Augen waren groß und braun.

»... verstört, wegen Gus. Möchten Sie sich vielleicht setzen?« Ihr Blick schweifte von Rivers mit seinen knapp einen Meter neunzig zu den kleinen Pulten. »Wir könnten auch in die Bibliothek gehen.«

»Wir müssen nicht sitzen«, versicherte Rivers, der wollte, dass sie sich so wohl fühlte wie möglich, und davon ausging, dass ihnen das Klassenzimmer mehr Privatsphäre bot.

»Wie Sie möchten. Es ist ziemlich seltsam, dass Sie in dem Moment hier sind und mit mir über James Cahill reden wollen, wenn mein Bruder, der bei James beschäftigt ist, bei der Arbeit verletzt wird ... Nun ja. Manchmal denke ich, das Universum versucht, mir etwas zu sagen. Oder vielleicht Gott«, fügte sie eilig hinzu, als würde ihr plötzlich klar, dass sie sich in einer Konfessionsschule befand. »Also, was möchten Sie wissen?«, fragte sie, kehrte an ihren Schreibtisch zurück und lehnte sich dagegen. »Oh, richtig. Sie wollen sich nach meiner ›Beziehung‹ mit James erkundigen.« Sie malte Anführungszeichen in die Luft. Ihre Fingerspitzen hatten dieselbe Farbe wie ihr Pullover. »Nun, wenn Sie die Wahrheit wissen wollen, war das der größte Fehler meines Lebens.«

»Inwiefern?«, hakte Mendoza nach, und Rivers vermutete, dass sie das Gespräch aufnahm, da sie ihr Handy in der Hand hielt.

Korpi sah Mendoza mit hochgezogener Augenbraue an. »Sie haben ihn kennengelernt. Er ist das, was Gus einen Frauenschwarm nennt, und mit einem Frauenschwarm zusammen zu sein, bringt einem nichts als Kummer und Ärger. Wir waren nicht lange liiert und ganz bestimmt nicht exklusiv, zumindest nicht, was ihn angeht. Es gab immer wieder andere Frauen.« Sie verzog die Lippen zu einem schiefen Lächeln. »Er sieht nicht nur höllisch gut aus, er hat auch Geld, und er hat diese Bad-Boy-Haltung, auf die die Frauen so fliegen.«

»Ist es das, was Sie zu ihm hingezogen hat?«, fragte Rivers.

»Nein.« Sie schüttelte vehement den Kopf. Dann fügte sie weniger vehement hinzu: »Vielleicht. Ich weiß es nicht. Er war anders als die Männer, die ich zuvor gedatet hatte, und ja, seine Ihr-könnt-mich-alle-mal-Einstellung war erfrischend. Er kam mir so echt vor, doch im Nachhinein weiß ich, dass vieles nur Schau war. Er hat mit mir gespielt. Es hat nicht lange gehalten.«

»Wegen Rebecca Travers?«

Jennifer Korpi zuckte die Achseln. »Vielleicht war sie nur der Auslöser, nicht aber der eigentliche Grund. James ist offenbar nicht der Mann für eine feste Beziehung.«

»Wie haben Sie sich kennengelernt?«, wollte Rivers wissen.

»Das habe ich doch schon den Polizisten aus Marysville erzählt.«

»Das wissen wir«, beschwichtigte Mendoza. »Aber es wäre schön, wenn Sie uns den Gefallen täten und es noch einmal erzählten.«

Korpi nahm einen violetten Antistressball von ihrem Schreibtisch, dann wurde ihr bewusst, was sie da tat, und ließ ihn rasch fallen. Er landete zwischen einer von drei Kaffeetassen und einem Stapel Papiere. »Wir kennen uns seit unserer Kindheit. Mein Vater hat für seine Familie gearbeitet, und er hat uns ab und an besucht. Später haben wir uns wiedergetroffen, als Gus den Job in seiner Werkstatt angenommen hat. Damals dachte ich, es sei Schicksal«, räumte sie reumütig ein, »aber jetzt ist mir klar, dass alles ein dicker, fetter Fehler war.« Ihre Stimme klang bitter, als sie hinzufügte: »Ich wünschte, das Ganze wäre endlich vorbei. Ich hasse es, in diese Sache verwickelt zu sein.«

»Wie ist es zu Ihrer Beziehung mit James Cahill gekommen?«

»Oh, ich dachte, das läge auf der Hand. Gus hat uns miteinander bekannt gemacht – unsere Bekanntschaft erneuert, um genau zu sein. Wir haben uns auf einen Drink getroffen, und bei James und mir hat es klick gemacht. Eins führte zum andern, und ehe wir's uns versahen, dateten wir einander, und ich dachte, wir wären beide verliebt. Und dann kam Rebecca Travers, und *puff!*« Sie klatschte in die Hände. »Das war's. Wie sagt man so schön: ›Aus, bevor's begonnen hat‹? Nun, so hat es sich zumindest angefühlt.«

Rivers hatte den Eindruck, dass es ihr schlechter ging, als sie zugab, und beschloss, die Schrauben anzuziehen. »Wo waren Sie in der Nacht, in der Megan Travers verschwand?«

Jennifer Korpi blinzelte, dann sah sie ihn überrascht an. »Glauben Sie etwa, ich hätte etwas damit zu tun? Im Ernst? Es war nicht Megan, die einen Keil zwischen uns getrieben hat, es war ihre Schwester. Rebecca. Ich dachte, das hätte ich klipp und klar gesagt.« Jennifers Stimme klang mehr als nur leicht gereizt. Empört blies sie die Luft aus. »Was Ihre Frage betrifft: Am fraglichen Abend war ich bei Gus. Wir haben uns Pizza bei Mario geholt, dann sind wir zu ihm gefahren und haben im Fernsehen das Spiel angeschaut. Die Hawks haben gespielt.«

Rivers wusste, dass die Seahawks gegen die Forty-Niners angetreten waren. Er hatte das Spiel selbst gesehen, bei dem das Footballteam aus Seattle die Führung verloren hatte und im letzten Viertel zu Boden gegangen war.

Jennifer war noch nicht fertig. »Wie ich schon sagte: Ich habe bereits alles der Polizei von Marysville mitgeteilt.« Sie hielt inne, als käme ihr plötzlich ein Gedanke. »Augenblick … Hat Gus mein Alibi etwa nicht bestätigt?«

»Doch.« Mendoza nickte.

Korpi sah Rivers an. Ihr Blick wirkte vorwurfsvoll. In diesem Moment summte ihr Handy. Sie warf einen Blick aufs Display und sagte: »Entschuldigen Sie mich, den Anruf muss ich annehmen.« Sie meldete sich, eilte in eine Ecke des Klassenzimmers und drehte den beiden Detectives den Rücken zu. Mendoza beobachtete sie, während Rivers ein wenig hin und her ging. Er schlenderte zu Jennifer Korpis Schreibtisch und entdeckte einen feuchten Teebeutel in einer der leeren Tassen, während er aufzuschnappen versuchte, was sie mit dem Anrufer besprach. »He, die Polizei ist gerade bei mir … Ja, es geht um die verschwundene Frau … Bald, denke ich …«

Sein Blick fiel auf den Antistressball. Er drehte sich so, dass weder Jennifer noch Mendoza sehen konnten, was er tat, dann nahm er blitzschnell den violetten Ball von der Schreibtischplatte und steckte ihn in seine Jackentasche. Ein Blick zur Decke bestätigte ihm, dass keine Kameras im Raum angebracht waren. Er ging an den Fenstern entlang. Regentropfen prasselten gegen die Scheiben, einer der Papierengel ließ den Flügel hängen, weil ihm ein Klebestreifen fehlte.

»Ja, ich weiß … Es wird nicht lange dauern. Ich muss anschließend ins Krankenhaus fahren, Gus hatte einen Unfall … Ich denke, er wird sich erholen … Ich muss jetzt wirklich auflegen … Ja, ich liebe dich auch.« Sie unterbrach die Verbindung und drehte sich um, als Rivers den Weihnachtsbaum und das Terrarium erreichte. Die Echse darin blinzelte träge.

»Entschuldigen Sie«, sagte Jennifer, als Rivers sich den Weg zwischen den kleinen Pulten hindurch nach vorn bahnte. »Er möchte, dass ich ihn mitnehme. Sein Wagen ist in der Werkstatt.« Bevor Mendoza oder Rivers fragen konnten, von wem sie da sprach, fügte sie hinzu: »Harry Sinclaire. Mein Freund. Ich habe ihn letztes Jahr kennengelernt.« Sie hob das Kinn ein wenig höher – stolz, dass sie, die Verschmähte, ihr Glück gefunden hatte. »Es klingt vielleicht seltsam, aber ich bin ihm begegnet, als ich noch mit James zusammen war. Harry hat eines der Minihäuser gekauft, die James baut. Er hatte sich schon immer eine kleine Hütte in den Bergen gewünscht. Er ist ein toller Mann. Wenn Sie die Wahrheit wissen wollen: Ja, er hat mir über James hinweggeholfen.«

Tatsächlich? War Jennifer Korpi wirklich über James Cahill hinweg? Irgendwie wollte Rivers nicht so recht daran glauben. Ihr Verhalten passte nicht zu dem einer Frau, die mit der Vergangenheit abgeschlossen hatte. Warum war sie so nervös? Andererseits ging das vielen Menschen so, wenn sie es mit der Polizei zu tun hatten. Jetzt wirkte sie beinahe selbstgefällig. Ihr Telefon klingelte erneut. »Oh, meine Schwester Tabitha ist noch einmal dran. Vielleicht hat sie Neuigkeiten, Gus betreffend.« Sie biss sich auf die Lippe. »Ich dachte nicht, dass das hier so lange dauern würde.«

»Ich glaube, wir haben alles, was wir brauchen«, sagte Mendoza und warf Rivers einen Blick zu, der kurz nickte. »Danke für Ihre Zeit. Sollte Ihnen noch irgendetwas einfallen, was uns bei unseren Ermittlungen behilflich sein könnte, rufen Sie uns an.« Sie drückte der Lehrerin ihre Karte in die Hand.

»Wie ich schon sagte: Ich kenne Megan Travers nicht einmal.«

Mendoza lächelte. »Nur für alle Fälle.«

»Okay.« Jennifer nickte, dann ging sie ans Telefon.

Mendoza und Rivers verließen das Klassenzimmer und gingen den Flur hinunter, vorbei an der düsteren Statur des heiligen Ignatius und an der noch düsterer dreinblickenden Schwester Rosemarie, die hinter dem Empfangstisch des Schulbüros stand. Als sie die beiden Detectives entdeckte, kam sie aus dem Büro geschossen, um ihnen die Türen aufzusperren und sie hinaus unter das Vordach zu begleiten. Die winterliche Abenddämmerung senkte sich früh herab, die Laternen auf dem Parkplatz flackerten auf, ein leichter Niesel fiel aus den tief hängenden Wolken. Außer dem Jeep stand kaum ein Fahrzeug auf dem Parkplatz.

»Haben Sie alles, was Sie brauchen?«, fragte die Nonne mit gerunzelter Stirn und beäugte skeptisch den Dienst-SUV mit dem Lichtbalken und der Polizei-Kennzeichnung.

»Ich denke schon«, sagte Mendoza.

Rivers nickte und bedankte sich. Ein Windstoß fuhr in den Rock von Schwester Rosemarie, als sie sich zum Gehen wandte, Regenwasser floss gurgelnd in die Gullys.

»Geben Sie mir Bescheid, wenn Sie noch einmal herkommen müssen.«

»Das machen wir.« Mendoza zog ihre Kapuze über den Kopf und wich den Pfützen aus, während sie auf den Jeep zustrebte. Rivers hörte, wie sie murmelnd »ganz bestimmt nicht« hinzufügte, aber er war sich nicht hundertprozentig sicher.

Er folgte seiner Kollegin und setzte sich ans Steuer. Als Mendoza den Gurt anlegte, fragte er: »Was denkst du?«

»Ich weiß es nicht«, gab sie zu. Die Gurthalterung schnappte ein. Rivers ließ den Motor an. »Das sind mir etwas zu viele Zufälle …« Sie kaute nachdenklich auf ihrer Unterlippe.

»Du meinst, weil ihr Bruder für James arbeitet?«

»Hm.«

»Und?« Er fuhr in die Seitenstraße und schaltete den Scheibenwischer an. »Riggs Crossing ist eine kleine Stadt. James Cahill ist der Hauptarbeitgeber in der ganzen Gegend. Wirklich merkwürdig ist das also nicht.« Rivers blinzelte ins Scheinwerferlicht der entgegenkommenden Fahrzeuge. Irgendetwas an dem Gespräch mit Jennifer Korpi gab ihm zu denken, nagte an ihm, aber er konnte nicht sagen, was. Vielleicht waren es auch nicht Jennifers Worte an sich, sondern die Art und Weise, wie sie sie gesagt hatte.

Als er auf die Hauptstraße einbog, die nach Osten aus der Stadt hinausführte, wünschte er sich, er hätte ein paar Minuten allein in Jennifer Korpis Klassenzimmer verbringen können, inmitten all der Glöckchen, Papierengel und Bibelverse, um in die Atmosphäre einzutauchen und zu spüren, was sich hinter der heiteren, vorweihnachtlichen Stimmung verbarg. Irgendetwas war ihm seltsam vorgekommen, doch er bezweifelte, dass der Zerberus an der Pforte der St.-Ignatius-Grundschule, Schwester Rosemarie, ihm den neuerlichen Zutritt zum Klassenzimmer gestatten würde, und er wollte nicht einbrechen.

Das musste er auch gar nicht.

Er hatte zumindest Jennifer Korpis Antistressball in der Jackentasche.

KAPITEL 32

Willow nahm ihren ganzen Mut zusammen.

Lautlos, mit angehaltenem Atem, schlüpfte sie durch die Hintertür von James' Haus.

Ihr Herz hämmerte, ihr Puls raste, als sie in der Küche stehen blieb und die Ohren spitzte, doch im dunklen Innern war nicht das leiseste Geräusch zu vernehmen. James war nicht da, das wusste sie, er war im Krankenhaus wegen Gus' Unfall. Die Nachricht, dass er sich beinahe die Hand abgetrennt hatte, hatte sich wie ein Lauffeuer in der Minihaus-Firma und in der Weihnachtswelt verbreitet. Aber was war mit dem Hund?

Nervös biss sie sich auf die Lippe und tappte auf Zehenspitzen über den Hartholzboden. Sie rechnete damit, dass der Schäferhund jeden Moment bellend und zähnefletschend um eine Ecke geschossen kam, doch sie hörte weder eilig klackernde Krallen noch ein tiefes, bedrohliches Knurren, nur das Summen des Kühlschranks und das leise Rumpeln der alten Heizung.

Willow schlich von der Küche in den Essbereich.

Langsam gewöhnten sich ihre Augen an das Halbdunkel, zumal etwas Licht von der Verandalampe durch die Fenster fiel und das Innere mit einem gespenstischen Schimmer überzog.

Sie hatte ein Recht, hier zu sein.

Zuvor hatten sie und diese unausstehliche Sophia das Haus aufgeräumt – hatten gewischt, geschrubbt, gestaubsaugt und die Bettwäsche gewechselt. Sophia hatte sich wichtiggemacht, hatte sie herumkommandiert. Mein Gott, die Frau konnte ein echtes Miststück sein! Wenn man machte, was sie wollte, kam man gut mit ihr zurecht, aber wehe, man geriet ihr in die Quere! Dann kam das Monster zum Vorschein, das wirklich in ihr steckte. Und diese Geheimniskrämerei!

Willow hatte sie einmal mit ihrer Schwester gesehen, als diese Sophia bei der Arbeit absetzte, aber Sophia wollte nicht über sie reden. Obwohl sie sonst so gesprächig war, machte sie bei diesem Thema einfach dicht. Sophia war wie Dr. Jekyll und Mr Hyde. Sie war schön, das ja, trotzdem konnte Willow nicht nachvollziehen, was James an ihr fand. Das hatte sie auch zu Zena gesagt, was vermutlich ein Fehler gewesen war, denn Zena war dafür bekannt, dass sie die Klappe nicht halten konnte. Außerdem wusste Zena, dass Willow in James verknallt war. Na schön, bald würde es die ganze Welt wissen.

Willow drehte sich der Magen um, wenn sie daran dachte, wie unterwürfig sie sich Sophia gegenüber verhalten hatte. Sich derart von ihr schikanieren zu lassen … Egal. Ihre Zeit würde schon noch kommen. Außerdem hatte sie ein Geheimnis. Sie war schon mehrere Male in diesem Haus gewesen, aber immer allein. Immer dann, wenn James und der Hund nicht da waren.

Er hatte nie davon erfahren.

Sie wollte einfach ein bisschen Zeit in James' Haus verbringen und sich ausmalen, wie es wäre, seine Geliebte zu sein – nein, seine Ehefrau. Er kannte sie kaum, aber das würde sich ändern, dafür wollte sie sorgen.

Nicht, dass sie diese Gedanken zum ersten Mal hegte.

Keineswegs.

Bald wird alles anders, darauf kannst du wetten, Miststück.

Allerdings gab es außer Sophia nun auch noch ein anderes Problem – Rebecca Travers, Megans attraktive Schwester, war in Riggs Crossing aufgetaucht. Willow hatte gehofft, dass James nach Megans Verschwinden endlich auf sie aufmerksam werden würde, aber das war nicht der Fall. Sophia hatte sich ihn gekrallt, und offenbar war James noch immer an Rebecca interessiert.

Sie wusste das, weil Sophia irgendwann einmal erwähnt hatte, dass James kurze Zeit mit Rebecca zusammen gewesen war. Willow runzelte die Stirn und spürte, wie ihr die Galle hochkam. War er mit ihr ins Bett gegangen? Bestimmt. Und jetzt vögelte er Sophia. Die Vorstellung machte Willow krank, aber sie hoffte, dass diese Liebschaften lediglich Strohfeuer waren. Genau wie Megan. Strohfeuer neigten dazu, rasch auszubrennen, und wenn auch Sophia und Rebecca von der Bildfläche verschwanden …

Knaaarz.

Das Herz schlug ihr bis zum Hals.

Was zur Hölle war das?

Sie erstarrte.

Vielleicht sollte sie lieber das Weite suchen …

Knaaarz!

Wieder dieses unheimliche Geräusch.

Ihr Herz pochte wie wild. Sie warf einen Blick über die Schulter.

Knaaarz!

Erschrocken fuhr sie zusammen, dann sah sie einen Ast, der gegen eines der Fenster schlug und über die Scheibe kratzte.

Willow versuchte, sich zu beruhigen. Als das Blut nicht mehr ganz so laut in ihren Ohren rauschte, schlich sie vorsichtig weiter und die Treppe hinauf, die bei jedem ihrer Schritte laut knarrte. Was, wenn sie doch nicht allein im Haus war? Was, wenn James zurückgekehrt war, seinen Wagen in der Garage abgestellt hatte – sie hatte dort nicht nachgesehen – und sich nun im Schlafzimmer ausruhte?

Aber der Hund … Der Hund hätte sie gehört, rief sie sich vor Augen. Nein, sie war die einzige Person an diesem Ort, und ihre Nervosität, das unheimliche Gefühl, dass sie beobachtet wurde, war einzig und allein ihrer Einbildung geschuldet und ihrer Furcht, ertappt zu werden.

Im oberen Stockwerk angekommen, schlüpfte sie in sein Zimmer. Hier war es noch dunkler, aber sie traute sich nicht, das Licht anzumachen. Lediglich winzige Lichtfetzen von der Eingangsbeleuchtung drangen durch die Jalousie.

Willow fuhr mit den Fingerspitzen über die Steppdecke auf seinem frisch gemachten Bett – eine Aufgabe, die Sophia unbedingt selbst hatte übernehmen wollen.

Selbstverständlich.

Am Kopfende von James' Bett blieb sie zögernd stehen.

Tu es. Jetzt!

Beinahe wütend schlug sie die Decke zurück und enthüllte die Laken. Anschließend zog sie die Pistole – James' Waffe, die sie bei einem ihrer früheren Besuche aus dem Esszimmer hatte mitgehen lassen, nicht gestohlen, nur geborgt – aus der Bauchtasche ihres Sweatshirts. Sie war geladen, mit einer einzigen Kugel.

Vorsichtig legte sie die Glock auf einen Beistelltisch, dann streifte sie Kapuzenjacke, Sweatshirt und Skihose ab und ließ ihre nackte Haut von der kalten Luft im Schlafzimmer liebkosen. Anschließend zog sie Stiefel und Socken aus, warf ihren geflochtenen Zopf auf den Rücken und ließ sich aufs Bett fallen. Fröstelnd lag sie auf den kühlen Laken, *seinen* Laken, und starrte an die Decke, *seine* Decke in *seinem* Zimmer.

Langsam stieß Willow die Luft aus, die sie unwillkürlich angehalten hatte.

Das hier fühlte sich richtig an. Als sollte sie hier sein.

Sie stellte sich vor, mit ihm in diesem Bett zu liegen, seine Hände auf ihrer Haut, die ihren Bauch und ihre Brüste streichelten. Ihre Brustspitzen wurden hart und richteten sich auf. Um ihr Vergnügen noch zu steigern, griff sie nach der Pistole, krümmte den Finger um den Abzug und strich mit der Glock über ihre Beine, ihre Taille. Angst und Lust, Erregung und Verlangen brachten ihr Blut zum Kochen, pochten in ihrem Schädel.

Schweiß trat ihr auf die Stirn und ließ ihren Rücken feucht werden.

Sie streckte sich, fuhr mit der Zunge über ihre Lippen und stellte sich James' Mund, hart und fordernd, auf ihrem vor. Leise keuchend ließ sie den Lauf der Pistole tiefer gleiten, über ihren Bauchnabel zu ihrer Scham.

Sie war mit James zusammen … konnte ihn beinahe spüren, schmecken … oooh …

Sie berührte sich selbst und genoss die erste Welle des Orgasmus, die durch ihren Körper rollte.

Dann die nächste …

Sie ließ die Waffe los, grub die Finger in die Laken.

»James!«, schrie sie, berstend vor Lust. Sie bäumte sich auf und sank schaudernd zusammen. Und dann … dann wurde sie überwältigt von Frust, denn sie war allein.

Tränen brannten in ihren Augen.

Wie jämmerlich.

Sie schniefte. Wollte nicht weinen.

Nicht schon wieder.

Wollte kein Opfer sein. Nie mehr.

Sie rollte sich auf die Seite, vergrub das Gesicht im Kissen und atmete tief ein. Nichts. Sie konnte ihn nicht riechen, nicht sein Aftershave, nicht seinen männlichen Duft. Nur den Weichspüler des frisch gewaschenen Kissens.

Heute lief aber auch gar nichts so, wie es laufen sollte!

Ihre Fantasie war ohne seinen Geruch einfach nicht komplett.

Gereizt setzte sie sich auf und bemerkte, dass sich ein Haar aus ihrem Zopf gelöst hatte und nun dunkel auf dem schneeweißen Kissen lag. Sie wollte es schon wegnehmen, doch dann beschloss sie, es liegen zu lassen.

Damit James es fand.

Oder Sophia.

Oder Rebecca?

Düstere Rachegedanken wärmten ihr Herz.

Mit Sicherheit war James' Interesse an Megans Schwester vorübergehend, entstanden aus dem Wunsch, sie zu trösten, oder weil er sich schuldig fühlte, dass Megan verschwunden war.

Früher oder später würde er zur Besinnung kommen, davon war Willow überzeugt.

Früher oder später würde er begreifen, dass Willow und er füreinander bestimmt waren.

Früher oder später würde er ihr gehören.

Sie musste nur geduldig sein, so wie sie es schon ihr ganzes Leben lang gewesen war. Zweiundzwanzig Jahre. Immer übersehen, immer im Schatten, hatte sie nie im Rampenlicht gestanden. Schon gar nicht, wenn ihre Schwester in der Nähe war. Von Geburt an war sie weniger beachtet worden, war nie so clever oder süß oder charmant gewesen wie sie …

Denk nicht daran …

Sie stützte sich auf die Ellbogen und rief sich vor Augen, dass es Zeit war zu gehen. James konnte jeden Moment zurückkommen, und dann hätte sie Schwierigkeiten zu erklären, warum sie hier war, nackt in seinem Schlafzimmer.

Das würde alles ruinieren.

Sie beugte sich über die Bettseite, um ihre Klamotten vom Boden aufzuheben, wobei das Handy aus der Tasche ihrer Kapuzenjacke glitt. Automatisch schob sie es zurück, doch dann kam ihr plötzlich eine Idee.

Warum sollte sie kein Erinnerungsfoto machen?

Ein Selfie?

Ja!

Ohne zweimal zu überlegen, legte sie sich wieder in die Kissen, drapierte ihren Zopf auf einer ihrer nackten Brüste, sodass er kokett ihre Brustspitze umspielte. Anschließend reckte sie das Kinn, blickte in die Kamera und machte mehrere Aufnahmen von sich in unterschiedlichen Posen. Eine auf dem Rücken, eine zweite auf dem Bauch mit Blick über die Schulter, eine weitere nur von ihren Brüsten und dem Zopf, ohne Gesicht. Es folgte ein Foto von ihren Pobacken, wieder mit Zopf, dann ein letztes von ihren Brüsten mit der Glock dazwischen. Die Mündung war auf ihr Kinn gerichtet, der Zopf um den Griff gewickelt. Großer Gott, wie phallisch war das denn?

Ihre ganz private Galerie.

Sie kicherte.

Eines Tages würde sie sich diese Aufnahmen mit ihm zusammen ansehen.

Und dann würden sie weitere Fotos machen. Zusammen. Vielleicht sogar ein Sex-Video. Sie bebte bei der Vorstellung, seinen schweißbedeckten, muskulösen Rücken zu filmen, die Augen auf sie gerichtet, während er ihre Beine öffnete und …

Sie stöhnte.

Oh, bald würde es so weit sein. Sie würden sich lieben!

Doch vorerst musste sie ihre Fantasien noch für sich behalten. Der einzige Mensch, dem sie sich mitzuteilen wagte, war Zena, ihre beste Freundin und Kollegin, aber auch ihr würde sie lieber noch nichts davon sagen. Zena hatte sich verändert, seit sie schwanger war, und Willow war sich nicht sicher, ob sie sich ihr wirklich anvertrauen konnte. Schon gar nicht, wenn es um eine Sache wie diese ging.

Vielleicht würde sie mit ihrer Schwester reden, aber wenn sie ihr heute Abend von James erzählte, hielt sie ihr mit Sicherheit einen Vortrag, und darauf konnte Willow verzichten. Sie hatte die Nase voll von ihrer älteren, ach so klugen Schwester. Kein Grund, sich erneut dieser Folter zu unterziehen.

Für einen kurzen Moment überlegte Willow, ob sie einfach hierbleiben sollte, in seinem Schlafzimmer, in seinem Bett. Sie konnte ihn überraschen – aber der Zeitpunkt kam ihr irgendwie nicht richtig vor. Zögernd rollte sie von der Matratze, zog sich an und richtete das Bett, wobei sie darauf achtete, dass das lange, braune Haar gut sichtbar auf dem Kissen lag. Wenn irgendjemand behauptete, es wäre von ihr, würde sie es einfach abstreiten, außerdem konnte sie immer noch behaupten, es wäre beim Saubermachen dorthin geraten.

Aber Sophia würde es wissen.

»Gut so«, sagte sie laut.

Lächelnd, weil sie das Gefühl hatte, endlich die Oberhand zu gewinnen, griff sie nach ihrer Kapuzenjacke.

Plötzlich hörte sie ein Knacken.

Das Geräusch kam aus dem Flur vor dem Schlafzimmer, als würde irgendjemand oder irgend*etwas* vor der Tür oder auf der Treppe stehen.

Willow erstarrte und lauschte angestrengt, wobei sie kaum zu atmen wagte. Ihr Herzschlag dröhnte laut in ihren Ohren. Vielleicht hatte sie sich getäuscht, vielleicht spielten ihr ihre Nerven einen

Streich und es war wieder nur der verdammte Ast, der das Küchenfenster streifte.

Jetzt war alles ruhig.

Trotzdem krampfte sich ihr Inneres vor Angst zusammen.

Hatte sie sich das Geräusch nur eingebildet?

Nein. Sie hatte etwas gehört. Im Haus.

Mit trockener Kehle zog sie die Kapuzenjacke über und schlüpfte in ihre Stiefel.

Sie wandte sich gerade zur Tür, als helles Licht ins Zimmer fiel.

Scheinwerfer!

O nein – bitte nicht!

Willow huschte zum Fenster und sah voller Entsetzen, wie sich zwei Lichtkegel durch die kahlen Bäume entlang der Zufahrt aufs Haus zubewegten und die Schneedecke auf dem Vorplatz zum Funkeln brachten.

James kam zurück, gleich würde der Explorer vor dem Haus anhalten.

Verdammter Mist!

»Nein, nein, nein«, murmelte sie angespannt und hastete aus dem Zimmer. Auf einmal hatte sie mehr Angst, von James ertappt zu werden, als vor dem, was möglicherweise im Haus auf sie lauerte.

Ihr blieb nicht viel Zeit. So schnell sie konnte, sprang sie die Treppe hinunter. Auf der letzten Stufe rutschte sie aus, stürzte und verdrehte sich den Fuß. »Verdammter Mist!«, zischte sie schmerzerfüllt und rappelte sich hoch. Nein, sie würde sich nicht erwischen lassen, nicht hier.

Knaaarz!

Wieder der verdammte Ast.

Oder?

Noch immer hatte sie das unheimliche Gefühl, sie würde beobachtet, verfolgt, aber sie schob ihre Angst entschlossen beiseite.

Reiß dich zusammen. Das sind bloß deine Nerven. Beeil dich, um Himmels willen. James wird jeden Augenblick hier sein. Und er hat diesen dämlichen Köter bei sich.

Nun mach endlich!

Panisch humpelte sie durch die Küche und durch den Windfang zur Hintertür hinaus, dann überquerte sie mit brennendem Knöchel die breite, dunkle Veranda und ging die Stufe hinunter in den Holzschuppen. Hier gab es keine Fenster, nur einen Lehmboden, trockene, staubige Luft und Spinnweben, die in der Dunkelheit ihre Wangen streiften.

Beeil dich!

Willow heftete den Blick auf die Tür am anderen Ende des Schuppens. Sie hatte sie ein Stück offen gelassen und orientierte sich nun an dem weißen Schnee, der hinter dem Spalt zu sehen war.

Gut.

Sobald sie draußen wäre …

Bamm!

Ihr Schienbein krachte gegen ein Hindernis, das mitten im Weg stand.

Neuerlicher Schmerz schoss durch ihr Bein.

Sie unterdrückte einen Schrei.

Was zum Teufel?

Der Hackklotz. Ein Baumstumpf, den James benutzte, um Holz zu spalten. Mit einer Axt darin.

Sie hielt den Atem an. Das dröhnende Motorengeräusch kam näher.

Tränen traten in ihre Augen.

Er durfte sie hier nicht entdecken.

Nicht jetzt. Das würde alles ruinieren!

Um einen erneuten schmerzhaften Zusammenstoß mit irgendeinem Hindernis zu vermeiden, streckte sie die Hände aus und tastete sich vorsichtig voran in Richtung des hellen Streifens vor der Schuppentür. Geschafft! Endlich! Erleichtert stieß sie die Tür auf.

Kalte Luft schlug ihr ins Gesicht.

Sie rannte hinaus in den Schnee, schliddernd und rutschend, folgte, innerlich fluchend, dem schmalen Weg in den Obstgarten, auf dem sie hergekommen war. Kahle Zweige schlugen ihr ins Gesicht.

Aus dem Augenwinkel sah sie, wie die Scheinwerfer des Explorers die Fassade in grelles Licht tauchten. Willow drückte sich an einen Baumstamm und betete inständig, dass James den Wagen vor dem Haus und nicht in der Garage abstellen würde, die etwa fünfzehn Meter vom Holzschuppen entfernt war. Sollte er den SUV wenden, würde er sie unweigerlich mit den Scheinwerferkegeln erfassen.

Panisch sah sie sich nach einer anderen Fluchtroute um.

Ihre Augen scannten die Dunkelheit.

O Gott, hatte sich dort hinten bei der Tannenhecke etwas bewegt?

Huschte ein Schatten hinter dem Pumpenhaus vorbei?

Ihr Herz setzte zum Steilflug an.

Da ist nichts. Das bildest du dir nur ein.

Sie kniff die Augen zusammen und starrte angestrengt in die Dunkelheit. Doch, die schneebeladenen Äste schienen sich zu bewegen, als wäre jemand daran vorbeigestreift.

Ihr Mund wurde trocken.

Hör auf damit! Du solltest dir lieber Sorgen wegen James machen.

Der jetzt tatsächlich wendete.

Willow unterdrückte einen Schrei.

Das Garagentor rumpelte in die Höhe, Licht fiel von innen auf die Einfahrt.

Sie wagte kaum zu atmen.

Drückte sich hinter den Baumstamm.

James fuhr den Wagen hinein und schaltete den Motor aus.

Willow hörte, wie die Tür des Explorers geöffnet und wieder geschlossen wurde. Kurz darauf kam er aus der Garage. Bei seinem Anblick setzte ihr Herz einen Schlag aus. Er war so stattlich, sah so gut aus! Mit großen Schritten überquerte er den Vorplatz in Richtung Haus.

Auch sein Hund war aus dem Ford gesprungen und jagte durch den Schnee, während das Garagentor langsam herunterfuhr.

Willow stieß die Luft aus. Nur noch ein paar Sekunden, dann würde sie in der Dunkelheit verschwinden.

Knack!

Was war das?

Das Geräusch kam aus der Richtung des Schuppens, doch nicht von drinnen. Eher von dahinter.

Sie spähte in die Dunkelheit, doch sie konnte nichts erkennen.

Hatte sie sich getäuscht?

Oder schlich ein Tier durch die Gegend – ein Kojote, Wolf oder Puma?

Nein, es hatte eher so geklungen, als sei jemand auf einen Zweig getreten. Ein Mensch.

Der Hund fing leise an zu winseln.

Sie blickte in die Richtung und erstarrte.

Nein!

Keine zehn Meter von ihr entfernt stand der dämliche Köter und starrte sie an, die Ohren aufgestellt, die Nase schnuppernd in der Luft.

Ach du lieber Himmel!

Lauf weg, Willow! Hau einfach ab!

Der Schäferhund kam langsam näher, den Schwanz gesenkt. Aus seiner Kehle drang ein dumpfes Knurren.

Vor Angst hätte sie sich beinahe in die Hose gemacht.

Sie wusste, dass sie selbst mit unverletztem Knöchel nicht schneller laufen konnte als er.

Bitte, Hund, bitte lass mich einfach in Ruhe.

Sie duckte sich und trat vorsichtig den Rückzug an.

Zu spät.

Der Hund schoss nach vorn. Knurrend und zähnefletschend rannte er direkt auf sie zu.

Nein! Nein! Nein!

Sie wappnete sich.

Ein durchdringender Pfiff zerschnitt die Dunkelheit, gefolgt von dem scharfen Befehl: »Ralph! Bei Fuß!«

Willow verharrte bibbernd.

»Lass endlich diese verfluchten Eichhörnchen in Ruhe!«, rief James.

Der Hund winselte, doch er kam nicht noch näher.

»Bei Fuß!« Lauter diesmal. Autoritärer.

Bitte, lieber Gott, bitte …

Sie wartete.

Nichts.

Angestrengt schluckend, lugte sie hinter dem Baumstamm hervor und warf einen Blick aufs Haus.

Im Schein der Außenleuchte stand James vor der Haustür. »Schluss jetzt, Ralph. Du kommst sofort her. Es ist arschkalt hier draußen.«

Willow zuckte zurück.

Der Hund jaulte vorwurfsvoll.

»Aus!«, befahl James mit fester Stimme.

Willows Herz hämmerte so heftig, dass sie meinte, es würde ihren Brustkorb sprengen. Ein feiner, kalter Schweißfilm trat auf ihr Gesicht. Was sollte sie tun, wenn James beschloss, nachzusehen, warum sein Hund sich so seltsam benahm? Was für eine Erklärung sollte sie liefern, wenn er sie hier entdeckte? Sollte sie behaupten, sie habe nur noch einmal nachsehen wollen, ob sie beim Aufräumen nichts übersehen hatte? Doch warum sollte sie sich dann hier verstecken? Nein, das würde er ihr bestimmt nicht abkaufen. Sie kniff die Augen zusammen und hörte einen Schlüsselbund klimpern, dann das Quietschen einer Tür.

Dann James' Stimme, besänftigt: »So ist es brav, mein Junge. Komm rein. Was ist denn nur los mit dir?«

Mit einem leisen Klacken fiel die Tür ins Schloss.

Gott sei Dank.

Willow krümmte sich zusammen, um wieder zu Atem zu kommen. Sie durfte keine Sekunde länger bleiben. Sie warf einen nervösen Blick auf die Baumreihe an der Rückseite des Schuppens, dann sah sie wieder zum Haus. Im Erdgeschoss ging das Licht an. Warme gelbe Vierecke fielen aus den Fenstern und brachten den Schnee davor zum Glitzern.

Los!

Willow setzte sich in Bewegung und humpelte, so schnell sie konnte, aus dem Obstgarten und über den Parkplatz zur Zufahrt, wo sie sich durch die Tannenhecke drückte, über einen Zaun kletterte und den vereisten Weg parallel zu James' Zufahrt entlanghuschte. Willow hatte ihren Wagen auf dem Parkplatz hinter dem Inn geparkt. Bald würde sie es geschafft haben … Sie warf einen Blick über die Schulter, um sicherzugehen, dass ihr niemand folgte.

Die schneebedeckte Landschaft war menschenleer, beinahe unheimlich leer.

Willow war allein – so wie die meiste Zeit ihres Lebens.

Sie schleppte sich die Zufahrt entlang. Endlich kamen das Hotel und das Café in Sicht. Die Weihnachtsbeleuchtung funkelte, Kunden suchten nach dem perfekten Baum. O Mann, dachte sie und überquerte den Parkplatz vor dem Inn, wenn sie einen Ehemann und eine Familie hätte, würde sie jetzt die letzten Reste von Thanksgiving wegräumen und gleich danach einen Weihnachtsbaum kaufen und schmücken, um die Festsaison so lange auszudehnen wie möglich.

Ach, Willow. Wenn du erst mit James verheiratet bist und Kinder hast …

Sie entdeckte ihren Wagen und verspürte eine Woge der Erleichterung.

Sie hatte es geschafft! Niemand hatte etwas von ihrem abendlichen Abstecher in James' Haus bemerkt, abgesehen von dem eingebildeten Voyeur und dem aufgebrachten Hund.

Niemand würde je davon erfahren.

Ihre Lippen verzogen sich zu einem zufriedenen Lächeln.

Sie würde nach Hause fahren, ein heißes Bad nehmen, vielleicht ein Glas Wein trinken und daran denken, wie sie in seinem Bett gelegen, die Pistole über ihren Körper hatte gleiten lassen …

Die Pistole!

Warum war die Bauchtasche ihres Sweatshirts so leicht?

O nein! Nein, nein, nein! Sie griff in die Tasche, ertastete den Schlüssel zu James' Haus, ihr Handy, aber nicht die Pistole.

Vor Schreck schoss ihr das Blut in den Kopf.

Sie klopfte ihre Kapuzenjacke ab, fasste in jede Tasche.

Nichts.

Die Glock war definitiv verschwunden.

Ihr wurde innerlich eiskalt.

Hatte sie die Waffe liegen lassen? Oder war sie aus der Bauchtasche gefallen, als sie auf der Treppe ausgerutscht war?

Das spielt jetzt keine Rolle. Fahr einfach nach Hause. Ist doch eh seine Pistole …

Sie hastete zu ihrem Wagen. Bestimmt würde James denken, er hätte die Waffe irgendwo abgelegt und Sophia und Willow hätten sie gefunden und so platziert, dass er sie sah und wegräumen konnte.

Aber was, wenn die Polizei die Waffe sucht? Weil Megan verschwunden ist? Jetzt sind deine Fingerabdrücke darauf, Willow …

Mit furchtsam pochendem Herzen stieg sie ins Auto und warf einen Blick in den Rückspiegel.

Weit aufgerissene Augen starrten ihr entgegen. Gehetzt.

Als sie den Motor anließ, meldete sich die Stimme in ihrem Kopf zu Wort, die sie wohl niemals zum Schweigen bringen konnte.

»Sieh's ein, Willow«, sagte sie spöttisch, *»du bist geliefert.«*

KAPITEL 33

Sophia drehte ihre Haare zu einem losen Knoten zusammen und betrachtete ihr Konterfei im Badezimmerspiegel.

James entglitt ihr.

Und sie verstand nicht, warum.

Doch sie spürte es. James Cahill rann durch ihre Finger wie Sand.

Aufgewühlt drehte sie den Wasserhahn in der Dusche auf. Zunächst hatte sie angenommen, dass sein sinkendes Interesse mit Schuldgefühlen zusammenhing, die Megans Verschwinden in ihm aufflackern ließen, doch dann war ihr ziemlich schnell bewusst geworden, dass eher Rebecca schuld war, die in sein Leben zurückgekehrt war.

Weil sie ihre Schwester finden wollte.

Pah!

Als ob Megan ihr etwas bedeutete!

Was für ein Witz.

War es nicht schon schlimm genug, dass Sophia mit Megan um James' Gunst konkurrieren musste? Dass jetzt noch ihre Schwester ins Spiel kam, war einfach nicht fair.

Dampf waberte durch das kleine Badezimmer. Sophia schaltete die Lüftung ein, doch es kam kein Geräusch. Nicht das leiseste Summen. Was keine große Überraschung war. Die Bruchbude fiel auseinander, und Phoebe Matrix, die alte Schachtel, war zu bequem und zu geizig, um irgendetwas reparieren zu lassen. Dabei sollte man meinen, als Eigentümerin würde sie sich besser um die Apartmentanlage kümmern als ein Verwalter. Doch das tat sie nicht. Stattdessen saß die Alte stundenlang am Fenster und spionierte ihre Mieter aus, wenn sie nicht gerade ihren kläffenden kleinen Köter verhätschelte oder sich über ihre Zipperlein beschwerte: ein steifes Knie,

Arthritis im Rücken, Diabetes, Husten und ihre tödliche Erdnussallergie. Als wenn das irgendwen interessierte!

Sophia zog Pulli und BH aus, dann wand sie sich aus ihrer hautengen Jeans und dem Höschen und trat in die telefonzellenkleine Dusche mit den kalkfleckigen Wänden und Armaturen. Unter dem dünnen Strahl rieb sie ihr Make-up ab und wusch sich gründlich Gesicht, Kinn und Hals.

Sie dachte an James, und sofort wurde sie wieder sauer. Er durfte ihr nicht durch die Lappen gehen – er war der Eine, der Einzige. Nicht nur, weil er clever und sexy war und sie meinte, sich in ihn verliebt zu haben, sondern auch, weil er Geld hatte. Obwohl er das große Familienerbe noch nicht angetreten hatte, verdiente er mit seinen Geschäften mehr als genug. Das wusste Sophia. Das hatte sie überprüft.

Und wenn erst einmal das Erbe ausbezahlt wäre …

Sie seifte sich ein, spülte den Schaum ab und stellte das Wasser aus. Nachdem sie sich abgetrocknet hatte, trat sie vor den Spiegel, öffnete den Haarknoten und ließ die langen blonden Strähnen über ihre Schultern fließen, sodass sie die Sommersprossen in ihrem Nacken bedeckten.

In der kalten Luft bekam sie eine Gänsehaut. Sie hatte James verführt, hatte ihr Bestes gegeben, um sexy zu sein und süß, doch offenbar genügte das nicht.

Aber sie hatte einen Plan.

Sie nahm ihren Bademantel von dem Haken an der Rückseite der Tür und schlüpfte hinein. Der kuschelige, weiße Frotteestoff trocknete die verbliebenen Wassertropfen auf ihrer Haut. Warm verpackt, huschte sie die Treppe hinunter nach unten und beschloss, Julia anzurufen.

Ihre Schwester wüsste, was zu tun wäre.

Das wusste sie immer.

Doch Julia warnte Sophia bloß immer wieder davor, sich in James zu verlieben.

Nun, dafür war es zu spät.

Julia erinnerte sie stets daran, wie hoch der emotionale Einsatz war, und ermahnte sie, einen kühlen Kopf zu bewahren.

Nun, auch dafür war es zu spät.

Sophia zog den Gürtel zusammen und drückte die Kurzwahltaste für ihre Schwester. Ihr Blick fiel auf das Datum im Display. Sie lächelte. Bis Weihnachten war es nicht mehr lange …

Sie verspürte einen wohligen Anflug der Vorfreude. Immer noch lächelnd, strich sie den Bademantel über ihrem Unterleib glatt.

Die Dinge würden sich ändern müssen, und zwar definitiv.

Willow war endlich zu Hause. Mit pochendem Knöchel und schmerzendem Schienbein stieg sie die quietschende Außentreppe zu ihrem kleinen Apartment hinauf. Das Erdgeschoss stand leer, die Bäckerei, die bei ihrem Einzug dort gewesen war, hatte zugemacht. Schon seit über einem Jahr wehte kein süßer Duft mehr zu ihr nach oben; wenn sie durch das ehemalige Ladenfenster blickte, sah sie, wie sich auf den Backöfen, Tischen, Stühlen und dem Verkaufstresen Staub ansammelte, das ZU-VERMIETEN-Schild an der schmierigen Glastür verblasste.

Auch sie sollte von hier fortgehen.

Weiterziehen.

Nach vorn blicken.

Sie hatte die Bäckerei gemocht, obwohl es dort oft laut zugegangen war. Die Bäckerin, Mrs Nottingham, war stets Stunden vor dem Morgengrauen eingetroffen, hatte den Klassiksender im Radio eingeschaltet und sich an ihr Tagwerk gemacht. Wenn der Duft nach frisch gebackenem Brot, süßem Gebäck, Hefe und Zimt durch den Heizlüfter in Willows Wohnung geweht war, hatte sie stets das Gefühl gehabt, dazuzugehören. Jedes Mal, wenn Willow die Bäckerei durch die Hintertür betrat, hatte die mollige Witwe mit dem freundlichen Gesicht die mehlbestäubten Hände an ihrer Schürze abgewischt und sie begrüßt, und nie hatte sie vergessen, Willow einen Muffin oder Scone vom Vortag aufzuheben, den sie ihr zusammen mit ein paar mütterlichen Worten überreichte.

Doch diese Tage waren lange vorüber, und in diesem Winter war Willows Ein-Zimmer-Apartment trostlos und kalt mit seinen schäbigen Möbeln, der fadenscheinigen Bettwäsche und der unzuverlässigen Heizung. Das ganze Gebäude wirkte verwahrlost und gottverlassen.

Momentan war sie die einzige Mieterin auf einer Fläche von über tausendfünfhundert Quadratmetern, sogar der ältere Mann, der die andere Ein-Zimmer-Wohnung bewohnt hatte, war ausgezogen.

Es war deprimierend.

Und es würde sich ändern müssen.

Wenn James erst einmal bemerkte …

O Gott – die Waffe! Ob er sie schon in seinem Schlafzimmer gefunden hatte?

Ärgerlich schob sie den Gedanken beiseite und schloss die Apartmenttür auf.

Drinnen stellte sie als Erstes die Heizung an. Als es im Zimmer langsam wärmer wurde, schälte sie sich aus ihren Klamotten und warf sie in den Schmutzwäschebehälter.

Ihr Knöchel war bereits geschwollen und verfärbte sich, die Schramme an ihrem Schienbein war blutverkrustet. Sie säuberte den Kratzer, der glücklicherweise nicht sonderlich schlimm aussah, trug Desinfektionsmittel auf und wickelte einen Verband darum. Anschließend nahm sie eine Packung Schmerztabletten aus dem Medizinschrank und schluckte zwei, dann zog sie den Flanellschlafanzug an, den sie vor zwei Jahren gekauft hatte, den mit den rosa Pudeln und grauen Eiffeltürmen.

Paris.

Stadt des Lichts.

Würde sie jemals dorthin reisen?

Selbstverständlich! James würde ihr diesen Wunsch erfüllen, vielleicht in den Flitterwochen.

Jetzt ging es ihr schon etwas besser. Willow stellte die Lichter an ihrem kleinen, künstlichen Weihnachtsbaum an, machte sich eine Tasse Kräutertee und nippte vorsichtig daran, während sie durch die

Kanäle ihres alten Fernsehers zappte. Endlich fand sie einen Sender mit romantischen Komödien, krabbelte ins Bett, das sie besaß, seit sie acht war, und stopfte sich die Kissen in den Rücken. Sie sah sich einen Film an, und als der vorbei war, schaltete sie um auf einen Sender mit Weihnachtsfilmen voller Glanz und Hoffnung, bei denen die Bösen stets geschnappt wurden und Held und Heldin bis auf alle Ewigkeit glücklich in ihrer Weihnachtswunderwelt vereint blieben ...

Es war schon nach eins, als sie den Fernseher endlich ausstellte. Dennoch war an Schlaf nicht zu denken. Willow starrte an die Decke, lauschte auf den Wind und drehte den Ring, den sie trug – den Verlobungsring ihrer Mutter mit einem winzigen, funkelnden Diamanten. Wieder einmal träumte sie davon, mit James verheiratet zu sein, das Weihnachtsfest mit ihm in seinem Farmhaus zu verbringen, das sie vom Keller bis zum Dach geschmückt hätte.

Lächelnd dämmerte sie ein, voller Vorfreude darauf, dass der Schlaf sie umarmte. Heute Nacht würde sie von James träumen, von seinen großen Händen auf ihrem zarten Körper. »Eines Tages, mein Liebster«, flüsterte sie und schlief ein. Sie schlief so fest, dass sie nicht die Schritte auf der Außentreppe hörte, nicht bemerkte, wie das Schloss von ihrer Wohnungstür aufgebrochen wurde und ein Eindringling ins Zimmer schlich. Sie wurde selbst dann nicht wach, als dieser ihr die Mündung einer Pistole an die rechte Schläfe drückte.

Blamm!

Im Bruchteil einer Sekunde war es vorbei.

Willows Körper zuckte wie der einer Marionette.

Und dann regte sie sich nicht mehr.

James gefiel das gar nicht.

Sein Haus – so sauber und geleckt.

Er warf Schlüssel und Brieftasche auf den Beistelltisch neben der Haustür und beäugte den Eingangsbereich, dann spähte er ins Wohnzimmer, wo jede Zeitschrift ordentlich im Regal lag und nicht ein einziges Staubkörnchen zu sehen war. Seine Hausschuhe standen vor dem Kamin, auf dem noch ganz leicht ein Blutfleck zu erkennen war.

Gefolgt von seinem schwanzwedelnden Hund, ging James in die Küche, zog seine Jacke aus, was schon etwas leichter ging als noch vor vier Tagen, und hängte sie zusammen mit seinem Hut an den Haken neben der Hintertür.

Er war einverstanden gewesen, dass Sophia hier aufräumte, doch jetzt war er sauer, weil sie nicht wie vereinbart auf ihn gewartet hatte. Sie hatte hinter seinem Rücken sauber gemacht, während er bei der Arbeit gewesen war, und vermutlich hatte sie damit gerechnet, dass er früher nach Hause kam.

Wer hätte auch schon den Unfall in der Werkstatt voraussehen können?

Er dachte an Leon, der der Ansicht war, Gus habe den Unfall inszeniert.

Bobby schien ebenfalls misstrauisch zu sein.

Er war ins Krankenhaus gekommen, um James abzuholen und zur Minihaus-Fertigungshalle zurückzufahren. Eine Zigarette im Mundwinkel, hatte er gesagt: »Ich hatte dir geraten, Jardine zu feuern, aber jetzt kannst du das nicht mehr bringen, das würde gar nicht gut aussehen. Scheinbar hat er wirklich vor, dich auf Schmerzensgeld zu verklagen. Wenn du mich fragst: Der Kerl hatte schon eine ganze Weile keine Lust mehr zu arbeiten. Heute ist er deutlich zu spät gekommen, wusstest du das? Wirkte todmüde und irgendwie fertig, als hätte er die ganze Nacht durchgezecht.« Er hatte James einen wissenden Seitenblick zugeworfen und achselzuckend hinzugefügt: »Man sollte wirklich meinen, dass die Leute vorsichtiger mit der Säge umgehen.« Er drückte die Marlboro-Kippe im Aschenbecher aus. »An deiner Stelle würde ich auf die nächstbeste Gelegenheit warten, Jardine loszuwerden.«

Nun, da würde er sich wohl lange gedulden müssen, dachte James. Jardine hatte sich mit der Fliesensäge Muskeln und Sehnen durchtrennt und sich beinahe zwei Finger abgeschnitten, die vermutlich amputiert werden mussten, außerdem war von bleibenden Nervenschäden die Rede.

Ein Albtraum.

Zumal der Unfall mühelos hätte verhindert werden können, hätte Jardine die Sicherheitshinweise befolgt, die nicht nur im Handbuch, sondern auch an mehreren Stellen in der Fertigungshalle aushingen und allgemein bekannt sein sollten.

Hatte er sich wirklich absichtlich verletzt, wie Leon angedeutet hatte? Aber wie verrückt musste man sein, um freiwillig die Hand in eine Fliesensäge zu stecken?

James fluchte leise und füllte Ralphs Wasserschüssel nach, dann öffnete er eine Dose Hundefutter, gab etwas Trockenfutter aus einer Schachtel auf der Anrichte hinzu und stellte die Schale auf die Veranda.

In der Notaufnahme hatte Jardine gebrüllt, er würde James verklagen. James dranzukriegen schien ihm wichtiger zu sein als seine Hand. Möglicherweise hatte das etwas mit James' Trennung von Jennifer zu tun, auch wenn er schon vor einer ganzen Weile mit ihr Schluss gemacht hatte. Vielleicht sollte er dafür bezahlen.

Er ging zur Vorderseite des Hauses, ins Wohnzimmer, wo die Kissen in Reih und Glied auf der Couch lagen. Auf der gegenüberliegenden Seite der Treppe, im Esszimmer, standen frische Blumen auf dem Tisch, neue Flaschen mit seinem Lieblingsscotch waren auf der Anrichte aufgereiht, die Fensterscheiben blitzten so sauber wie schon seit Monaten nicht mehr.

James dachte, dass er eigentlich dankbar sein müsste, aber Sophia bedrängte ihn einfach zu sehr, und das unter dem Deckmäntelchen der Hilfsbereitschaft.

Es war nervtötend.

Und es musste ein Ende haben.

Alles.

Nur nicht der Sex.

Der, wie er zugab, echt gut war.

Bloß ein bisschen … nichtssagend. Bedeutungslos. Zumindest, was ihn anging.

Oder redete er sich das nur ein? Wegen Rebecca?

Er ging die Treppe hinauf und spürte, wie er Kopfschmerzen bekam. Das Geländer glänzte, der Läufer war frisch gesaugt. Seine Kiefermuskeln spannten sich an, als er feststellte, dass der erste Stock genauso blitzblank war wie das Erdgeschoss. Das Schlafzimmer absolut staubfrei, sein Bett neu bezogen, sogar die alten Armaturen im Badezimmer glänzten, als wären sie nagelneu.

Er fuhr mit dem Finger über den oberen Rand des Fernsehers, doch kein einziges Staubkörnchen blieb daran hängen.

Unweigerlich dachte er, man wollte ihn in ein paar zu enge, blank polierte Abendschuhe zwängen, wenngleich er sich nach einem gemütlichen Paar abgetragener Hausschuhe sehnte. Als er den Kleiderschrank öffnete, stellte er fest, dass seine Hemden und Hosen nach Farben sortiert waren, die Schuhe standen frisch geputzt in Reih und Glied auf dem Schuhregal.

So etwas – seinen Kleiderschrank aufzuräumen – würde Rebecca niemals tun.

Und da war sie wieder. Drang in seine Gedanken ein. Brachte ihn dazu, Vergleiche zu ziehen. Rebecca war der Grund dafür, dass er genervt auf Sophia reagierte. Es lag nicht daran, dass Sophia ihm zu viel Druck machte – es lag daran, dass Rebecca so gar nicht an ihm interessiert war. Dass sie ihn für den allergrößten Abschaum zu halten schien, machte es nicht besser.

Vielleicht hatte sie recht.

Wütend schubste er ein Kissen von dem Stuhl neben dem Kleiderschrank und zog seine Schuhe aus. Seine Schulter stach, aber er ignorierte den Schmerz und ging wieder nach unten. Im Esszimmer öffnete er eine Flasche Scotch und schenkte sich großzügig ein.

Ralph hatte es sich bereits in seinem Hundebett bequem gemacht, als James die Fernbedienung nahm und den Fernseher anschaltete. Er nahm einen Schluck Whisky und klickte langsam durch die Kanäle auf der Suche nach einem Sportsender. Doch anstelle eines Footballspiels tauchte plötzlich Megans Gesicht auf dem Bildschirm auf. Sein Magen zog sich zusammen, die ganze Welt schien um ihn herum zusammenzubrechen, als er auf das lächelnde Foto starrte: funkelnde blaue Augen, die Lippen leicht geteilt, sonnengebleichte Strähnen im honigblonden Haar.

Er kannte das Foto aus ihrem Apartment.

»… wenn irgendwer Megan Travers gesehen oder Informationen bezüglich ihres Aufenthaltsorts hat, möge er sich bitte an das Büro des Sheriffs von Riggs County wenden«, sagte eine Frauenstimme. Auf dem Bildschirm unter Megans Foto wurde eine Telefonnummer eingeblendet.

James betrachtete die Frau, deren Charme er einst erlegen war. Es hatte eine Zeit gegeben, in der er glaubte, in sie verliebt zu sein. Auf dem Foto waren ihre Haare glatter, als er sie in Erinnerung hatte, die Sommersprossen von Make-up verdeckt, die Augen heller als sonst.

Wo zum Teufel steckte sie? Was war passiert, nachdem sie dieses Zimmer verlassen hatte? Sie hatte ihm den Kopf verdreht, weil er dachte, sie wäre unbeschwerter und lustiger als Rebecca, eine Frau mit ernsten Augen, die auf eine tiefgründige Seele schließen ließen. Und so hatte er Rebecca verlassen und sich mit ihrer Schwester zusammengetan. Was eine riesige Dummheit gewesen war. Während Rebecca zuverlässig war wie ein Fels in der Brandung, hatte sich Megan als flatterhaft entpuppt, als launisch, volatil – was ihm zu Beginn gefallen hatte, doch bald darauf nur noch auf die Nerven ging.

Abwesend berührte er die verheilten Kratzer unter seinem Bartschatten. Es würden Narben bleiben, eine permanente Erinnerung an Megans aufbrausenden Charakter. Megans Bild verschwand, und die Reporterin, eine Frau mit schmalem Gesicht Anfang, Mitte zwanzig, fing an, über das Wetter zu sprechen. James schaltete den Fernseher aus. Er starrte auf den rußgeschwärzten Kamin und die leicht rötliche Stelle, die Sophia nicht sauber bekommen hatte.

Anfangs war er überzeugt gewesen, Megans Verschwinden sei ihre Art und Weise, es ihm heimzuzahlen, doch das hatte sich geändert. Mittlerweile machte er sich ernsthafte Sorgen um sie. Er meinte, ihre Stimme zu hören, als stünde sie direkt neben ihm.

Nun siehst du, wie es ist, wenn ich weg bin. Ist nicht so toll, oder?

Wie würde es sich wohl erst anfühlen, wenn ich tot wäre? Wie würde es dir dann gehen?

Tot.

Das Wort hing plötzlich in der Luft.

Er leerte sein Glas in einem Zug und untersagte sich, weiter über Megans Schicksal zu spekulieren. Niemand wusste, was ihr zugestoßen war. Er schenkte sich einen weiteren Drink ein, verbrachte ein paar Stunden am Computer und versuchte, sich auf die Arbeit zu konzentrieren.

Er musste sich einige Designs für zukünftige Minihäuser ansehen und das Angebot eines Bauunternehmers durchgehen, der ihn für größere Projekte in der Gegend gewinnen wollte – zumindest hatte er Interesse gezeigt, *bevor* Megan verschwunden und James noch keine Persona non grata gewesen war. Mittlerweile konnte er mit Fug und Recht behaupten, dass er in Riggs Crossing und über die Stadtgrenzen hinaus zu trauriger Berühmtheit gelangt war. Das hatte er schon in der Notaufnahme bemerkt und später, als er sich eine Pizza holte. Er hatte telefonisch bestellt, und als er sich zwischen den voll besetzten Tischen der Pizzeria hindurchschlängelte, um seine Bestellung entgegenzunehmen, hatten sich die Gäste von ihm abgewandt und hinter seinem Rücken getuschelt. Einst das Goldene Kalb von Riggs Crossing, der Hauptarbeitgeber der ganzen Gegend und großzügiger Spender bei unzähligen Wohltätigkeitsveranstaltungen, behandelte man ihn nun wie einen Aussätzigen oder zumindest wie jemanden, der so gefährlich war, dass man ihm besser aus dem Weg ging.

Nun, Riggs Crossing war eine kleine Stadt. Er brauchte gute Beziehungen und war auf das Wohl der Einwohner angewiesen.

Am besten war es vermutlich, all der negativen Publicity und den Spekulationen die Stirn zu bieten. Mit einem der Reporter zu reden, die ihn ohnehin Tag und Nacht bedrängten, und ihm seine Version der Geschichte zu erzählen, würde ihm vielleicht helfen.

Er trank seinen zweiten Scotch. Beschloss zu warten, bis Rowdy sich bei ihm gemeldet hatte – Rowdy, der mit Sicherheit seine Unschuld beweisen würde.

Oder auch nicht. Denk daran: Du bist dir nicht hundertprozentig sicher, was in jener Nacht noch passiert ist.

James trommelte mit den Fingern auf den Tisch und versuchte, die nagende Stimme in ihm zum Schweigen zu bringen, die ihm zuflüsterte, dass er selbst schuld war an seiner Lage – wenn auch nicht direkt, so doch indirekt. »Zur Hölle.« Er schob seinen Stuhl zurück, ging in die Küche und stellte das Whiskyglas in die blitzende Spüle.

Er hatte nichts zu verbergen. Er würde einen der Reporter anrufen, damit dieser seine Geschichte veröffentlichte – ganz gleich, mit welchen Konsequenzen. Entschlossen zog er das Handy aus der Gesäßtasche seiner Jeans und scrollte durch die Anrufe in Abwesenheit. Die letzte Pressetante, die eine Nachricht hinterlassen hatte, war Charity Spritz, die Reporterin, die er beinahe von seiner Veranda gestoßen hatte. Sie war von hier. Aus Riggs Crossing. Für sie würde er sich entscheiden.

Sein Anruf wurde direkt an ihren AB weitergeleitet, doch anstatt eine Nachricht zu hinterlassen, legte James auf. Er wollte es am nächsten Morgen noch einmal versuchen. Vorausgesetzt, er überlegte es sich bis dahin nicht anders. Vielleicht war Megan bis dahin auch schon zurückgekehrt. Vielleicht hatte Rebecca ihn bis dahin angerufen.

Und vielleicht konnten Schweine bis dahin fliegen.

Das Telefon in seiner Hand klingelte. Er warf einen Blick auf die Nummer. Es war nicht, wie erwartet, Charity Spritz, sondern Sophia.

Missmutig biss er die Zähne zusammen. Er wollte nicht mit ihr reden. War sich nicht sicher, ob er sie jemals wiedersehen wollte. Es war höchste Zeit, diese Affäre zu beenden.

Er nahm den Anruf entgegen, doch noch bevor er ein Wort sagen konnte, rief Sophia in den Hörer: »Du bist zu Hause, oder? Dann komme ich vorbei!«

»Ja, bin ich, aber ich glaube nicht, dass das eine gute Idee …«

»Ich bin schon unterwegs.«

»Nein, Sophia, komm nicht.«

Aber es war zu spät. Sie hatte bereits aufgelegt.

KAPITEL 34

Rivers klemmte das Handy zwischen Ohr und Schulter, als er, eine Tüte Lebensmittel im Arm, die Tür aufsperrte und seine Eigentumswohnung betrat.

Rebecca hatte ihn angerufen, um ihm zu sagen, dass sie übers Fernsehen einen Appell an Megans Entführer richten und um ihre Freilassung bitten wollte. Außerdem sei ihre Familie bereit, eine Belohnung auszusetzen für alle Informationen, die dazu führten, dass Megan gefunden und unversehrt nach Hause gebracht werden konnte. Da die Ermittlungen ins Stocken geraten waren, hatte sich Rivers damit einverstanden erklärt, wohl wissend, welche Kopfschmerzen es ihnen bereiten würde, wenn all die Falschmeldungen eingingen, denen sie nachgehen mussten. Es war beeindruckend, wie oft ein paar Hundert Dollar jemandes Zunge lockern konnten, und Rebecca bot fünf Riesen. Diese Summe würde manch einen aus der Reserve locken, doch Rivers wettete nicht unbedingt darauf, dass sie dadurch auf die richtige Fährte gebracht wurden. »Okay, ich stimme das mit dem Officer für Öffentlichkeitsarbeit ab«, sagte er. »Sie wird sich mit Ihnen in Verbindung setzen.«

»Danke.«

Er drückte das Gespräch weg und stellte die Papiertüte auf der Anrichte neben dem Kühlschrank ab. Die Bierflaschen darin klirrten. »Bleib bloß stehen«, ermahnte er die Tüte, die beinahe umgekippt wäre, und nahm sich eine Flasche aus dem Sixpack, bevor er den Rest zusammen mit einer Packung Orangensaft in den Kühlschrank stellte. Nachdem er seine Jacke ausgezogen hatte, öffnete er das Bier und nahm ein in Papier eingewickeltes Roggen-Schinken-Sandwich aus der Tüte. Er gab extra Senf auf den Schinken, rief Roxy O'Grady an und hinterließ eine Nachricht, in der er ihr

Rebeccas Handynummer durchgab und von ihrem Vorhaben berichtete.

Als er aufgelegt hatte, biss er in das Sandwich und spülte es mit einem großen Schluck Heineken hinunter. Während er sein Abendessen verspeiste, dachte er über die vermisste Frau nach und fragte sich, wie es ihr gelingen konnte zu verschwinden, ohne auch nur eine einzige Spur zu hinterlassen.

»Du wirst es herausfinden«, sagte er ohne großen Optimismus und beäugte die kleine Kollektion persönlicher Besitztümer auf dem Tresen zwischen Küche und Wohnzimmer, die er sich »geborgt« hatte.

James Cahills Arbeitshandschuhe und seine Sonnenbrille.

Die Halskette aus Megan Travers' Apartment.

Den Lippenstift aus Sophia Russos Manteltasche.

Jennifer Korpis Antistressball.

Rebecca Travers' Kugelschreiber.

Ja, natürlich war das ein bisschen verrückt – nein, es war sogar ziemlich verrückt, aber wenn er während eines Falls persönliche Gegenstände eines Beteiligten berührte – Opfer, Täter oder Mitläufer –, verspürte er meist eine Verbindung zu ihm, die ihm bei seinen Ermittlungen weiterhalf.

Zumindest sorgte es dafür, dass er fokussiert blieb.

Einmal, als er noch mit Astrid verheiratet gewesen war, erwischte sie ihn mit den Gegenständen, die er bei einem besonders grausamen Fall in San Francisco eingesteckt hatte. Damals hatte ein Serienmörder Pfähle durchs Herz seiner Opfer getrieben, weil er sie für Vampire hielt. Der Killer war natürlich geisteskrank gewesen, und Astrid war ausgerastet, als sie ihren Ehemann mit dessen Besitztümern entdeckte. Es dauerte eine ganze Weile, bis sie sich wieder beruhigt hatte.

»Du überschreitest eine gefährliche Grenze, Liebling«, hatte sie in einer Mischung aus Besorgnis und Amüsiertheit gesagt, als sie später sein Arbeitszimmer betrat, ein Glas Wein in der Hand. »Du hütest deine kleinen ›Schätze‹ wie der Serienkiller seine Souvenirs, nicht wahr?« Sie hatte ihn neugierig beäugt, sich halb auf seinen Schreibtisch gesetzt und den Ohrring eines der Opfer in die Hand genommen. Während sie die Kreole in ihren manikürten Fingern drehte, hatte sie hinzugefügt: »Das, was du tust, ist nicht nur ungewöhnlich, sondern auch ziemlich durchgeknallt. Und absolut illegal.«

Er hatte nichts erwidert, hatte sie nur von seinem Schreibtischstuhl aus beobachtet.

»Du könntest deinen Job verlieren.« Sie betrachtete ihn über den Rand des Weinglases hinweg, in ihrem kurzen, sonnengesträhnten Haar fing sich das Licht seiner Schreibtischlampe.

Nicht, wenn ich nicht erwischt werde. Nicht, wenn du mich nicht verrätst.

»Vielleicht schickt man dich auch in die Psychiatrie, in eine Anstalt. Wenn du dann noch von diesen Trancezuständen erzählst … Wie war das noch gleich? Du versetzt dich in die Psyche eines Opfers oder Mörders? Wenn du mich fragst, bist du nur einen Schritt davon entfernt, durchzudrehen.« Er spürte, wie er die Kiefer so fest zusammenpresste, dass sie schmerzten, doch er sagte kein Wort. »Oh, das wird noch dein Untergang sein, aber bitte reiß mich nicht mit in den Abgrund.«

Das würde mir nicht im Traum einfallen, Schätzchen.

»Sieh es ein, Brett, du bist gestört. Zutiefst gestört.« Sie legte den Ohrring zurück auf seinen Schreibtisch und schnitt eine Grimasse. »Manche Geheimnisse sollte man besser für sich behalten.« Sie deutete auf die Schleife eines Locklederschuhs, die einem weiteren Opfer gehörte. Ihre grünen Augen glitzerten, als sie hinzufügte: »Das ist kein Spiel, Brett. Es ist dein Leben. *Mein* Leben. Unser Leben.«

Und sie hatte recht gehabt, dachte er jetzt.

Über die Jahre hinweg hatte er sich wiederholt gefragt, ob es tatsächlich ein Spiel für ihn war, damit durchzukommen.

Oder handelte es sich um eine tiefer reichende psychische Abnormität?

Was immer der Grund sein mochte – heute Abend würde er sich nicht von dieser Frage abschrecken lassen. Er fuhr sich mit einem

Papiertuch über Gesicht und Hände, dann knüllte er es zusammen und warf es in den Abfalleimer.

Im Essbereich setzte er sich auf einen der Barhocker und begann mit dem Ritual.

Zunächst nahm er die Kette von Megan Travers, betastete die feinen Glieder und drehte sie zwischen den Fingern, anschließend berührte er das kleine glänzende Kreuz, das daran hing. Er schloss die Augen und wartete darauf, dass ein Bild vor sein inneres Auge trat. Wartete, dass er sie spürte. Dass ihre Emotionen zu seinen wurden.

Er dachte, dass es länger dauern würde, aber er hatte sich getäuscht.

Auf einen Schlag blitzte ein ganzes Kaleidoskop von Megan-Bildern auf: Megan, wie sie an ihrem Schreibtisch in der Klinik saß und nervös nach dem Kreuz tastete. Megan, wie sie mit hämmerndem Herzen telefonierte und sich Sorgen machte wegen … Weswegen? Wegen eines ungeborenen Babys? Voller Hoffnung? Oder nicht?

War sie schwanger?

Rivers spürte ihre freudige Erwartung. Und noch etwas anderes. Ihre Sorge. Oder war es Enttäuschung?

Er konzentrierte sich, zwang seine Gedanken, zu der Nacht zu wandern, in der sie verschwunden war. Zu ihrer Auseinandersetzung mit James Cahill.

Er schloss die Augen und atmete langsam ein und aus.

Und da war sie: Megan, die aufgewühlt und zornig durch ihr Apartment lief.

Ich bringe ihn um! Ich bringe diesen betrügerischen Scheißkerl um!

Sie streifte mit den Füßen ihre Schuhe ab, stieß sich den Zeh an der Bettkante und fluchte. *Dafür wird er büßen! Ich werde ihn leiden lassen, alle werden sie leiden! Ich haue einfach ab, ohne ihm zu sagen, wohin ich gehe. Soll er mich ruhig vermissen. Sollen sie mich alle vermissen! Aber was ist mit Rebecca? Und Mom?*

»Als hätten sie sich je um mich geschert.« Sie sprach die Worte laut aus und hielt sich den pochenden Zeh. *Mom hat ihr eigenes Leben. Dad kümmert sich einen Dreck um mich, und Rebecca … nun, sie wird schon klarkommen. Sie hat mir ohnehin nie verziehen, dass ich ihr James weggenommen habe – vielleicht freut sie sich sogar, wenn sie denkt, ich wäre tot … Denn das werden sie denken. Ich wäre tot. Ich würde gern Mäuschen spielen, wie sie reagieren, wenn sie merken, dass ich weg bin.*

Sie durchwühlte eine Schublade auf der Suche nach Stift und Papier, dann kritzelte sie eine Nachricht, riss das Blatt ab und steckte es in ihre Handtasche. Immer noch wütend, zog sie ihre Arbeitskleidung aus, nahm die Halskette ab und warf sie auf die Kommode. Die Schublade ließ sie offen. Und dann … und dann … nichts.

Natürlich nicht. Sie hatte die Kette nicht getragen, als sie zu James gefahren war.

Er stieß die Luft aus und ließ die Kette auf die Esstheke fallen, wo sie sich zusammenkringelte. Ein weiterer Schluck aus der grünen Heineken-Flasche. Megan hatte ihr Verschwinden also geplant – zumindest in den Momenten, in denen er Zugang zu ihren Gedanken erhalten hatte. Nicht gerade verlässliche Informationen, wenn man die Umstände bedachte.

Und nur einen Schritt vom Wahnsinn entfernt.

Astrids kleiner Seitenhieb kam ihm an dieser Stelle vor wie eine Prophezeiung.

»Wer A sagt, muss auch B sagen«, murmelte er und griff nach Sophias Lippenstift.

Er öffnete den Deckel, schraubte ihn heraus und stellte fest, dass das helle Rosa fast aufgebraucht war, als wäre das ihr Lieblingston. Vor seinem inneren Auge sah Rivers Sophia im gedimmten Licht einer Bar, der Barkeeper auf der anderen Seite des Tresens klapperte mit dem Eis-Shaker, warf ihr einen langen Blick zu und füllte den Martini in das eiskalte Glas vor ihr. Sie reichte den Lippenstift ihrer Freundin, die ebenfalls die Lippen nachzog.

Rivers trug etwas rosa Farbe in seiner Handfläche auf. Sie fühlte sich cremig und warm an, und als er die Augen schloss, sah er Sophias Lippen wie in einem Vergrößerungsspiegel vor sich.

Es muss perfekt sein.

Er blinzelte, als er im Kopf eine Frauenstimme hörte.

Nicht zu viel. Nur ein bisschen. Wenig Lippenstift, viel Make-up. Trag die Abdeckcreme überall auf, damit nichts durchscheint, kein Pickel, kein Leberfleck, keine Sommersprossen.

Nachdenklich drehte er den Lippenstift in den Händen, setzte den Deckel auf und nahm ihn wieder ab. Irgendetwas war seltsam.

Ist bei dem Fall nicht alles seltsam?

Trotzdem. Was hatten die Worte zu bedeuten?

Gute Frage.

Rivers legte den Lippenstift zurück und nahm Jennifer Korpis knautschigen Antistressball zur Hand. Er knetete ihn und schloss die Augen, doch es wollte sich kein Bild einstellen … dennoch … da war etwas …

»Was?«, fragte er laut und zuckte beim Geräusch seiner eigenen Stimme zusammen. Jennifer Korpi hatte gerade erst erfahren, dass ihr Bruder bei einem Unfall verletzt wurde, aber seit dem Telefonat hatte sie den Antistressball nicht berührt, daran konnte es also nicht liegen. Sie hatte sich schon vorher Sorgen um Gus Jardine gemacht. Rivers drückte den Ball und sah James Cahills Gesicht vor sich. Er spürte die Tränen, die in Jennifers Augen traten, die überwältigende Traurigkeit, weil er sie verlassen hatte, die Scham darüber, dass er sie derart hintergangen hatte, den tief sitzenden Schmerz.

Nun rollte er den Ball zwischen den Handflächen, als verarbeite er Ton.

Er spürte ein Aufflackern von Wut.

Auf eine Frau.

Rebecca?

Megan?

Jemand anderen?

Er konzentrierte sich noch mehr, schloss die Augen, doch er bekam nichts Handfestes zu fassen. Nur flüchtige Gefühle.

Das brachte ihn nicht weiter. Er schlug die Lider auf, legte den Ball auf den Tresen und leerte sein Bier, ohne ihn aus den Augen zu lassen. Obwohl sie das Gegenteil behauptete, war Jennifer Korpi nie ganz über James Cahill hinweggekommen. Warum also log sie?

Aus Stolz?

Verlegenheit?

Oder aus anderen Gründen?

Ohne eine Antwort zu finden, streckte er die Finger, dann nahm er sich den Kugelschreiber, den er Rebecca Travers stibitzt hatte.

Er spürte nichts.

Schloss erneut die Augen.

Konzentrierte sich.

Verspürte ein leichtes Kribbeln.

Den Hauch eines Gefühls.

Was war es?

Ärger?

Traurigkeit?

Abscheu?

Er drehte den Kuli zwischen Daumen und Zeigefinger.

Schwache Bilder tauchten auf.

Eine Auseinandersetzung?

Er spürte Schmerz.

Sah Rebeccas Gesicht vor sich und ein anderes … das von Megan, schwach und verschwommen. Sie hatte diesen Stift benutzt, aber möglicherweise nur einmal, deshalb war das Bild so verwischt. Rivers' Kehle schnürte sich zusammen. Hatte sie damit die Notiz für James gekritzelt? Sein Herz fing an zu hämmern. War Rebecca da gewesen? In Megans Wohnung? Wusste sie vielleicht viel mehr über das Verschwinden ihrer Schwester, als sie zugab?

Das Bild verblasste, doch es blieben Gefühle. Rivers spürte die Kluft zwischen den Schwestern, die tiefer ging, als Rebecca zugab. War ihre Suche nach Megan aufrichtiger Sorge geschuldet, oder tat sie nur so, als sei ihr dringlichster Wunsch, dass ihre Schwester gefunden wurde? Mit zusammengekniffenen Augen beäugte er den Kugelschreiber. Rebeccas Gefühle für Megan waren durchwachsen.

Was war mit ihren Gefühlen für James Cahill?

War es Hass, den sie für ihn empfand?

Liebe?

Nun, das würde sich mit der Zeit herausstellen.

Rivers legte den Stift ab und nahm sich Cahills Arbeitshandschuhe und die Sonnenbrille vor. Hatte er sie neulich erst getragen, als die hellen Sonnenstrahlen den Schnee zum Gleißen brachten, oder lag die Brille seit letztem Sommer unbenutzt auf seinem Schreibtisch im Büro?

Das würde er gleich herausfinden.

Die Brille mit dem Plastikgestell in den Händen, versuchte Rivers, etwas zu erkennen. Er sah James hinter dem Lenkrad seines SUV sitzen, der Hund wie üblich auf dem Beifahrersitz. James machte sich Sorgen. Wegen des Geschäfts, wegen der Finanzen … und wegen Frauen. Er musste seine Freundin wegen einer anderen verlassen … aber die andere war offenbar auch nicht die Richtige für ihn. Er wusste das, hatte es vermutlich schon lange gewusst. Rivers setzte die Sonnenbrille auf und sah Bilder von Frauen vor sich. Die eine, die am deutlichsten vor ihm erschien, war Rebecca Travers. *Die Schwester, die davongekommen ist,* schoss ihm durch den Kopf.

Er sah Megan, wütend, schuldbewusst.

Von Jennifer Korpi tauchte kein Bild auf, dafür von Sophia.

Sophia erregte James, erotische Bilder blitzten vor Rivers' Augen auf: Sophia mit nassen blonden Haaren, wie sie aus der Dusche stieg. Ihre langen Beine, als sie sich vorbeugte und ihren Fuß in einen Stiefel steckte, der ihr zu eng war, weil sie sich einmal den Zeh gebrochen hatte. Ihr straffes, perfekt gerundetes Hinterteil; die Sommersprossen auf ihrer Nase und in ihrem Nacken. Sophia verschwand und wurde durch Rebecca ersetzt, gleichzeitig tauchten weitere erotische Bilder auf. Rebeccas kastanienrotes Haar, gelockt nach einem plötzlichen Gewitterregen; ihre vollkommenen Brüste und der Schwung ihres Rückgrats; die kleine Mulde unter ihrem Schulterblatt, die er immer küsste, wenn sie sich liebten und sie ihr Gesicht ins Kissen drückte; ihre Lippen, die sich zu einem leisen Stöhnen öffneten, wenn er die Unterseite ihrer Brust berührte.

Rivers nahm die Brille ab und legte sie auf die Esstheke.

Er kam sich vor wie ein Spanner.

Nein, wie ein Dieb *und* wie ein Spanner.

Es hatte etwas Schmutziges an sich, in die intime Gedankenwelt anderer Menschen einzudringen, zumal dann, wenn sich dabei der eigene Puls beschleunigte.

»Vorsichtig, Liebling«, schien ihm Astrid ins Ohr zu flüstern. »Irgendwann wirst du erwischt, und dann … Nun, daran möchte ich lieber nicht denken. Das, was du da tust, ist echt krank. Sieh es ein, Brett, *du* bist krank.« Sie lachte ihr nervendes Astrid-Lachen. »Macht dich das an? Fühlt sich das gut an? Ich sag es ja: Du bist krank, krank, krank!«

»Hau ab«, sagte er laut und stellte fest, dass er schwitzte, sein Herz hämmerte. Das passierte manchmal.

Er war nicht mit dieser Gabe – diesem Fluch – zur Welt gekommen, hatte sie erst in den letzten Jahren seiner Highschool-Zeit entdeckt, nach einer heftigen Lungenentzündung mit hohem Fieber, die ihn über eine Woche ins Krankenhaus befördert hatte, wo sich die Aussicht auf Genesung als permanentes Auf und Ab entpuppte. Fast zweiundsiebzig Stunden lang war er so gut wie bewusstlos gewesen, und als er endlich wieder zu sich kam, musste er feststellen, dass er zwei entscheidende Basketball-Spiele verpasst hatte und dass sich seine Freundin, Belinda Sommers, mit Juan Martinez traf, einem der schnellsten Tight Ends, die das Eagles-Footballteam je gesehen hatte, und einer von Rivers' besten Freunden.

Als er wieder zu Hause gewesen war, hatte Belinda mit ihm Schluss gemacht, doch sie hatte ihm nicht gestanden, dass sie jetzt mit Juan zusammen war. Sie hatte gedacht, sie könnte ihm den schlichten Klassenring, den sie an einer Kette um den Hals trug, einfach so zurückgeben, denn sie ahnte ebenso wenig wie er, was daraufhin passieren würde. Als er ihn wieder an seinen Finger steckte, sah er plötzlich verstörende Bilder von Belinda vor sich, die es mit Martinez auf dem Rücksitz von dessen Dodge Charger trieb. Rivers hatte ihre Leidenschaft gespürt, die Angst, erwischt zu werden, ihre

Aufregung darüber, mit Martinez zusammen zu sein, doch sie hatte nicht das leiseste Fünkchen von Schuld verspürt, weil sie ihren kranken Freund betrog.

Rivers hatte eingesehen, dass er ohne sie besser dran war, und den verdammten Ring aus seinem Zimmerfenster geworfen.

Der Klassenring war seine Eintrittskarte in diese neue Welt gewesen, das erste, aber bei Weitem nicht das einzige Mal, dass so etwas passierte. Inzwischen wusste Rivers diese besondere Fähigkeit zu seinem Vorteil einzusetzen.

Er wurde etwas ruhiger, der Schweißfilm auf seiner Stirn trocknete.

Er atmete tief durch, nahm die Arbeitshandschuhe aus ehemals hellbraunem Leder, die James Cahill gehörten. Neben dem Zeigefinger der rechten Hand entdeckte er ein kleines Loch. Er zog die Handschuhe an und schloss die Augen. Sofort sah er Bilder von James, der im Frühjahr einen Traktor fuhr; der im dichten Schnee Bäume mit Ballen auf einen Hänger warf; der durch den Wald ritt, ein weiteres Pferd mit einer Reiterin neben sich. Gemeinsam preschten sie lachend am eisigen Ufer eines träge dahinfließenden Flusses entlang, doch Rivers konnte weder das Gesicht der Frau noch ihre Haarfarbe erkennen, gar nichts.

Ein anderes Bild tauchte auf. Er spürte Wut, finster und brodelnd, sah eine Axt, die in die Luft gerissen wurde und gleich darauf mit voller Wucht niedersauste. Holz splitterte, Späne flogen. Ein weiterer zorniger Hieb. *Knack!* Und noch einmal und noch einmal. *Knack, knack, knack.* Er spürte, wie James der Schweiß ausbrach, wie sich seine Muskeln anspannten und wieder lockerten, spürte den unbändigen Ärger, der sein Blut zum Kochen brachte.

Ärger auf eine Frau.

Hass. Blinden Zorn.

Jetzt war Megans Gesicht zu sehen, doch sie war nicht länger das liebenswerte, fröhliche Mädchen mit dem honigfarbenen Haar und dem sexy Lächeln. Nein … ihr Gesicht war dunkelrot und verzerrt, als sie anklagend kreischte: »Du liebst mich nicht, hast mich nie geliebt!« Sie waren draußen, neben einem Stall. Pferde schauten aus den Boxen. Sie packte etwas – eine Schweifbürste? – und schleuderte es auf James. Die Bürste prallte neben der Stalltür von der Wand ab, die Fuchsstute in der Box scheute und bäumte sich auf, wiehernd vor Furcht.

»Bist du wahnsinnig?«, schimpfte James und wandte sich der Stute zu, um sie zu beruhigen, während Megan herumwirbelte und in die Dunkelheit lief.

Rivers versuchte, seine Gedanken auf die Nacht ihres Verschwindens zu richten, aber er sah nichts, spürte nichts. Welche Geheimnisse die Handschuhe auch immer über den fraglichen Zeitpunkt hüteten, sie würden sie bewahren.

Rivers zog sie aus und drehte sie von rechts auf links.

Er entdeckte einen Fleck. Einen dunkelroten Fleck an der Innenseite des linken Handschuhs. Blut? Das von Cahill? Oder von jemand anderem?

»Mist.« Er konnte den Handschuh nicht ins Labor schicken, ohne zuzugeben, dass er ihn unbefugt an sich genommen hatte, anstatt ihn als Beweismittel zu beschlagnahmen. Und jetzt würde man natürlich seine eigene DNA daran finden. Selbst wenn man die Handschuhe mit einem Verbrechen in Verbindung bringen könnte, wenn das Blut daran tatsächlich von Megan stammte – was höchst unwahrscheinlich war –, würde ihn jeder Verteidiger wegen seiner unüberlegten Eigenmächtigkeit durch den Fleischwolf drehen. Es gab keine Erklärung für sein Handeln. Wütend auf sich selbst, warf er die Arbeitshandschuhe auf die Esstheke, ging in die Küche und öffnete den Kühlschrank, um sich eine weitere Flasche Bier zu nehmen. Sein Atem ging schwer, und er schwitzte, als hätte er mit der Axt aus seiner ersten Vision Holz gehackt.

»Dummkopf«, murmelte er, öffnete die Flasche und nahm einen großen Schluck. Anschließend schloss er die Augen und zählte bis fünfzig. Dann bis hundert. Sein Herzschlag wurde langsamer, aber noch immer spürte er Schweißperlen entlang seines Haaransatzes.

Er schüttelte die Bilder ab, nahm das Bier mit zum Wohnzimmerfenster und blickte in den kleinen Garten zur Straße hinaus. Es schneite, dicke, schwere Flocken tanzten im bläulichen Licht der Straßenlaterne. Einer seiner Nachbarn setzte aus seiner Garage. Das Tor fuhr herunter, blutrote Bremslichter leuchteten auf, als der alte Cadillac den Gehweg erreichte. Rivers schloss die Jalousien und rieb sich den Nacken, dann trank er sein Bier aus.

Er wusste, dass ihm etwas entging, etwas, das er nicht hatte spüren können, als er die persönlichen Gegenstände in den Händen hielt. Er war dicht dran, doch er bekam es einfach nicht zu fassen.

Ach, zum Teufel.

Vielleicht hatte Astrid recht.

Vielleicht war er wirklich krank. Oder pervers. Oder einfach nur durchgeknallt.

Die Warnung seiner Ex kam ihm wieder in den Sinn.

Manche Geheimnisse sollte man besser für sich behalten.

KAPITEL 35

Was hatte James gesagt?

»Nein, Sophia, komm nicht.«

Die niederschmetternden Worte hallten in ihren Ohren, als sie den Motor anließ und rückwärts aus ihrer Parklücke vor dem Apartmentgebäude setzte.

Sie sollte nicht zu ihm kommen. Stieß er sie tatsächlich zurück?

»Das ist doch lächerlich«, murmelte sie. Ihr Atem beschlug im eiskalten Innenraum des Wagens. Als sie gerade die Heizung auf volle Stärke drehte, nahm sie aus dem Augenwinkel eine Bewegung in der Wohnung schräg gegenüber ihrer eigenen wahr. Sie war um einiges größer und gehörte der Eigentümerin der L-förmigen Anlage. Die Vorhänge waren geöffnet, das Licht brannte, der kleine giftige Köter stand auf der Lehne von Phoebe Matrix' Couch und fletschte die Zähne.

Wie immer.

Die Vermieterin war eine Wichtigtuerin, und sie ging Sophia furchtbar auf die Nerven. Ständig stand sie am Fenster und beobachtete ihre Mieter. Vor allem Sophia. Einmal war sie sogar in James' Weihnachtswelt aufgetaucht. Sophia hatte im Laden neben dem Café gearbeitet, und Phoebe war zu ihr gekommen und hatte kleine Schneestiefelchen für den Hund gekauft. Die ganze Zeit über hatte sie ihn in seinem handgestrickten Pullover auf dem Arm getragen, Weihnachtsschmuck befingert, Weihnachtskarten angesehen und die hübsche Miniaturweihnachtsstadt begrapscht, um die eine kleine Eisenbahn kreiste. Und natürlich hatte sie Sophia im Auge behalten, hatte sich sogar bei einer Kollegin nach ihr erkundigt.

Als wüsste die alte Schachtel, was Sophia vorhatte.

Sie hatte versucht, an der Kasse mit Sophia zu plaudern, während sie die Summe abgezählt auf den Tresen legte. Sophia hatte einen Blick in ihre offene Handtasche werfen können: Taschentücher, Lippenstift, ein Notizblock, Regenhaube und ein EpiPen, wie man ihn brauchte, wenn man unter Allergien litt und einem allergischen Schock vorbeugen wollte, außerdem ein Brillenetui.

Sie fuhr vom Parkplatz und verdrängte die neugierige Alte aus ihren Gedanken, zumindest für den Moment. Im Augenblick gab es Wichtigeres, worüber sie sich den Kopf zerbrechen musste, vor allem über James. Was zum Teufel dachte er sich bloß?

Ihre behandschuhten Hände schlossen sich um das Lenkrad.

Sie wusste, dass James sie wollte.

Sie begehrte.

Hatte es immer gewusst.

Vom ersten Moment an.

Doch ständig kamen ihr andere Leute in die Quere, dachte sie genervt, während sie aus der Stadt hinausfuhr. Auf ihrer Windschutzscheibe waren noch Eisflecken, über die nun die Scheibenwischer schrappten. Der Zeh, den sie sich vor einiger Zeit gebrochen hatte, fing an, in ihrem zu engen Stiefel zu pochen. Am liebsten hätte sie die Wildlederstiefel angezogen, aber diese hier sahen sexyer aus. James würde das zu schätzen wissen – das tat er immer.

Im Radio lief ein alter Weihnachtssong, der sie an ihre einsame Kindheit in Fresno erinnerte, aber daran wollte sie jetzt nicht denken.

»Nein, Sophia, komm nicht.«

»Und ob ich komme«, stieß sie zwischen zusammengebissenen Zähnen hervor und trat aufs Gas, sodass sie gerade noch über eine gelbe Ampel schoss. Ihr Handy klingelte. Sie sah, dass es Donna war, ihre Vorgesetzte im Inn, vermutlich wollte sie, dass sie an der Bar aushalf. Nun, das konnte sie vergessen. Sophia ignorierte den Anruf.

Sie musste einen kühlen Kopf bewahren, dafür sorgen, dass sie sich nicht selbst ein Bein stellte. James war unschlüssig, das spürte sie, und das war gar nicht gut. Sie stieß die Luft aus. Im Augenblick, so schien es, waren einfach alle gegen sie, legten ihr nicht nur Steine, sondern gleich ganze Felsbrocken in den Weg. Die fragenden Seitenblicke bei der Arbeit entgingen ihr nicht. Sowohl Zena als auch Donna beobachteten sie, wenn sie die Drinks mixte, sie hatte die beiden schon mehrfach dabei ertappt. Dieser fürchterliche Vorarbeiter und Wichtigtuer, Knowlton hieß er, war auch nicht gerade ihr Freund. Sie hatte bemerkt, wie er sie mit den Augen verfolgte, allerdings anders als die meisten anderen Männer, die ihr bewundernde Blicke nachwarfen. Nein, Bobby Knowlton wirkte eher misstrauisch.

Und dann war da noch Rebecca Travers.

Sophia gab noch mehr Gas. Bei der nächsten Kurve geriet ihr Wagen leicht ins Schlittern, und sie zwang sich, langsamer zu fahren. James war definitiv fasziniert von Megans Schwester, und genau das war das Problem. Ein ernstes Problem. Noch schlimmer war, dass das Interesse auf Gegenseitigkeit zu beruhen schien. Obwohl er Rebecca wegen Megan verlassen hatte und als Hauptverdächtiger galt, was deren Verschwinden anging. Und trotzdem war sie scharf auf ihn? Was zum Teufel stimmte nicht mit ihr? Spielte auch sie ein geheimes Spiel? Wenn ja, musste das enden, und zwar schnell. Endlich wurde es warm in Sophias Ford Escape Kombi.

Sie warf einen Blick in den Rückspiegel. Unter ihrer Mütze lugten blonde Haarsträhnen hervor. Ihr fiel auf, dass sie ihr Make-up nicht so sorgfältig wie sonst aufgetragen hatte: Die Wimpern waren weniger getuscht als üblich, sie trug kein Rouge, und obendrein hatte sie ihren Lieblingslippenstift verloren. Sie hatte sogar vergessen, ihre kleinen Makel wie die Sommersprossen auf der Nase und vor allem im Nacken abzudecken. Nun, Pech. Sie sah trotzdem gut aus. Mehr als gut. Sophia wusste, dass sie eine umwerfende Erscheinung war, sie hatte lediglich ein Problem mit ihrem Selbstvertrauen. Sie drückte den Rücken durch. »Du schaffst das. Er liebt dich. Du *weißt,* dass er dich liebt. Wie viele Male hat er gesagt: ›Sophia, ich liebe dich von ganzem Herzen‹?«

Nun, nicht so oft.

Eigentlich noch nie.

Aber sie wusste, dass er das tat, verdammt noch mal! Eine Frau spürte so etwas!

Sie schloss die Finger ums Lenkrad und hing ihren finsteren Gedanken nach, bis sie die Lichter des Hotels sah, die den dichten Schneevorhang durchdrangen. Gut, sie hatte es fast geschafft. Es war Zeit, sämtliche weiblichen Listen anzuwenden, die sie im Gepäck hatte.

Nachdem er sich die Lokalnachrichten angesehen hatte, schaltete Rivers den Fernseher aus. Er überlegte, ob er unter die Dusche gehen oder noch ein Bier trinken sollte, und wollte sich gerade eins aus dem Kühlschrank nehmen, als das Telefon klingelte. Auf dem Display erschien eine unbekannte Nummer mit einer Vorwahl aus der Gegend um San Francisco. Er meldete sich: »Hier spricht Detective Rivers vom Department des Sheriffs von Riggs County.«

»Gut, dass ich Sie erwische. Jasmine Tanaka, Detective beim San Francisco PD.« Ihre Stimme klang ernst.

»Was kann ich für Sie tun, Detective Tanaka?«

»Wir haben hier eine Leiche. Weiblich, Anfang dreißig. Sie hatte weder eine Brieftasche noch ein Handy noch irgendein Ausweisdokument bei sich, mit dem wir sie hätten identifizieren können. Das Fahrzeug, in dem sie gefunden wurde, ist auf eine Charity Spritz in Washington zugelassen, in Riggs Crossing.«

Rivers wurde es innerlich eiskalt. »Sind Sie sicher?«

»Wir haben uns Ms Spritz' Führerschein schicken lassen. Das Foto darin bestätigt, dass sie das Opfer ist. Wir wissen inzwischen, dass sie Reporterin ist. Ihr Name und Ihre Telefonnummer standen auf der Innenseite eines Ordners mit Unterlagen, den ich in dem Minivan gefunden habe, daher dachte ich, ich rufe Sie an.«

»Wir sind einander erst kürzlich begegnet. Charity Spritz recherchierte über den Fall einer Frau, die hier in Riggs Crossing vermisst wird.« Er berichtete Tanaka kurz von Megan Travers' Verschwinden.

»Haben Sie eine Idee, warum sie sich in San Francisco aufgehalten haben könnte?«

»Keine Ahnung«, antwortete er, dann korrigierte er sich: »Doch, es gibt da eine lose Verbindung. James Cahill, der Freund der Vermissten, hat dort Familie.«

Tanaka wusste alles über die Cahills. Ihr ehemaliger Partner, ein Cop im Ruhestand mit Namen Anthony Paterno, hatte einige bizarre Fälle bearbeitet, die Mitglieder von James' Familie betrafen.

»Was genau ist passiert?«, wollte Rivers wissen. Seine Nackenhärchen stellten sich auf.

»Das wissen wir nicht. Sie hat vor zwei Tagen ein Motel in Oakland bezogen. Ihr Leichnam wurde am Flughafen in dem weißen Hyundai Minivan gefunden, der auf sie zugelassen war. Im Kofferraum und auf der Rückbank befand sich Überwachungszubehör, wir sind dabei, es zu überprüfen. Möglicherweise ist sie schon länger tot, das wird die Obduktion ergeben. Alles deutet darauf hin, dass der Fundort nicht der Tatort ist, dafür ist viel zu wenig Blut im Wagen. Jemand hat ihre Kreditkarte benutzt, um den Parkplatz im Voraus zu bezahlen, und ihren Wagen dann so dämlich eingeparkt, dass sich jemand beschwert hat. Der Flughafensicherheitsdienst hat die Leiche dann entdeckt. Mehr haben wir noch nicht, aber fest steht: Ms Spritz ist nicht selbst zum Flughafen gefahren, und sie ist auf keinen Fall auf natürliche Weise gestorben. Es war Mord. Definitiv. Sie wurde überfallen, weist alle möglichen Arten von Abwehrspuren auf. Wir haben ihre Hände eingetütet, in der Hoffnung, DNA-Spuren unter ihren Fingernägeln sichern zu können – es sind Hautreste darunter zu erkennen –, aber es ist noch früh. In ein, zwei Tagen wissen wir mehr.«

Jetzt oder nie.

Phoebe Matrix hatte Sophia Russo in ihren kleinen grauen Wagen steigen und vom Parkplatz fahren sehen. Das einzige Problem war, dass Phoebe nicht wusste, wie lange ihre Mieterin weg sein würde. Egal, beruhigte sie sich selbst. Sie musste einfach nur schnell sein. Sie schlüpfte in eine dicke Jacke und Gummistiefel, befahl Larry, auf die Wohnung aufzupassen, und huschte zur Wohnungstür hinaus.

Flinker, als so manch einer es ihr zugetraut hätte, hastete sie unter dem Vordach des L-förmigen Gebäudes zur Wohnung von Sophia Russo und sperrte mit ihrem Ersatzschlüssel auf.

Das Apartment war ordentlich und sauber, weit mehr, als Phoebe erwartet hatte, im Wohnzimmer lag nichts dort, wo es nicht liegen sollte, nur eine Jacke und ein Pullover hingen über der Rückenlehne des Sofas. Die Arbeitsflächen im Küchenbereich waren aufgeräumt und abgewischt, in der Spüle standen ein paar Gläser. Erstaunlich, dachte Phoebe, denn die Wohnung war klein. Oft sah es bei Mietern so kleiner Apartments chaotisch aus, aber nicht bei Sophia Russo.

Sie warf einen Blick ins Badezimmer, das nicht ganz so aufgeräumt war. So viel Make-up, einfach lächerlich. Das Mädchen war ein Hingucker, eine blonde Sexbombe, wie Phoebes Vater – Gott hab ihn selig – zu seiner Zeit festgestellt hätte. Dennoch waren die Regale und die Waschbeckenablage vollgestellt mit flüssigem Make-up, Concealer und Rouge, dazu gab es Lippenstifte in allen Farben, Lidschatten, Eyeliner, Kajalstifte und mehr. Dass ein so hübsches Mädchen das nötig hatte … Doch hatte Phoebe früher nicht genauso viele Kosmetika besessen? Die Hübschen waren nicht selten die Eitelsten, die am meisten auf ihr Äußeres achteten und viel Zeit vor dem Spiegel verbrachten, um vermeintliche Makel zu vertuschen.

Augenblick mal. Hier stimmte etwas nicht. Aber was? Die Tür zu dem großen Badezimmerschrank stand einen kleinen Spalt offen, als würde sie sich nicht richtig schließen lassen, weil der Schrank zu voll war.

Phoebe öffnete die Tür. Zunächst sah sie nur ordentliche Handtuchstapel, doch dann …

Was zum Teufel?

Auf dem Regal hinter den Handtüchern stand ein Perückenkopf aus Styropor mitsamt kaffeebrauner, schulterlanger Perücke. Phoebe stellte sich auf die Zehenspitzen, streckte die Hand aus und berührte sie vorsichtig. Menschliches Haar. Sie kannte sich mit Perücken aus, denn zwei ihrer Freundinnen hatten eine Chemo hinter sich, eine hatte sich eine Perücke mit Kunsthaar, die andere mit Echthaar gekauft. »Ich glaub, ich werde verrückt«, wisperte Phoebe. Neben der Perücke lag ein Brillenetui. Sie nahm es aus dem Regal und öffnete es. Eine dicke, eulenhafte Brille kam zum Vorschein, die fast genauso aussah wie die, die Sophias Besucherin trug. Die Perücke hatte exakt dieselbe Farbe und Länge wie die Haare der korpulenten, dunkelhaarigen Frau.

Phoebe durchstöberte den Schrank, neugierig, worauf sie sonst noch stoßen würde. Und tatsächlich: Sie entdeckte ein Polster, das man sich um den Körper schnallen konnte, damit man dicker aussah. Wer brauchte solche Dinge? Jemand, der sein Äußeres verändern wollte.

Phoebes Herz schlug schneller, Schweiß trat ihr auf die Stirn. Worin um Himmels willen war Sophia verstrickt? Sie berührte noch einmal die feinen Haarsträhnen und betrachtete die Brille. Fensterglas. Beides war offensichtlich Teil einer Verkleidung. Lebte Sophia ein Doppelleben? Aber warum? Unweigerlich schweiften Phoebes Gedanken zu der verschwundenen Frau. Nachdenklich legte sie das Brillenetui zurück und beschloss, die Wohnung zu verlassen.

Sie würde wiederkommen.

Bald.

Aber erst einmal musste sie überlegen, was sie tun sollte.

Sie konnte nicht zur Polizei gehen – was interessierte es die Cops, dass ihre Mieterin eine Brille mit Fensterglas und eine Perücke besaß? An sich war das keine große Sache …

Es *war* aber eine große Sache, das wusste Phoebe.

Sie kehrte ins Wohnzimmer zurück. Auf einmal hatte sie das Gefühl, sie würde beobachtet. Womöglich hatte Sophia Kameras im Apartment installiert! Heutzutage hatte doch jeder diesen neumodischen Quatsch in der Wohnung. Argwöhnisch sah sie sich um, doch sie konnte nichts entdecken. Und wenn es Kameras gab, so hatte sie als Vermieterin bestimmt gewisse Rechte.

Phoebe öffnete vorsichtig die Eingangstür und spähte hinaus. Als sie sich unbeobachtet fühlte, trat sie unter das Vordach und zog die Tür fest hinter sich zu, dann schloss sie ab und eilte zu ihrer Wohnung. Sie rutschte auf einer kleinen Eisfläche aus, wäre beinahe gestürzt, und nahm sich vor, Dabrowski eine Lektion zu erteilen, die er nicht so schnell vergessen würde. Wie schwer war es, den Gehweg frei zu halten?

Zurück in ihrem Apartment, zog sie Stiefel und Mantel aus, dann sah sie sich um. Wo war der Hund? »Larry?«, rief sie und wurde schlagartig nervös. War er etwa entwischt? Sie zog ihren alten Twirling-Baton von der Highschool aus dem Schirmständer, den sie all die Jahre über aufbewahrt hatte, dann machte sie sich voller Sorge daran, die Wohnung nach ihrem kleinen Liebling abzusuchen. »Larry?«

Ihr Herz schlug einen panischen Trommelwirbel.

»Larry, mein Junge! Komm, bei Fuß!«

Nichts.

Sie spähte unters Bett und hinter ihren Lieblingssessel.

»Larry!«

Vor lauter Sorge stockte ihr der Atem, als sie ein ersticktes Japsen hörte. »Wo bist du, mein Liebling?«

Ein scharfes Bellen.

Es kam aus der Küche. Sie stürmte hinein. Nichts. Ihr Herz hämmerte. Kleine Krallen kratzten an der Speisekammertür. Phoebe riss die Tür auf, und Larry sprang wild kläffend heraus und umrundete sein Frauchen.

»Dummer Junge, wie bist du denn da reingekommen?«, stieß sie erleichtert hervor und nahm ihn auf den Arm. Er belohnte sie mit schlabberigen Küssen, die sie zum Kichern brachten. »Du unartiges Kerlchen, wolltest du mit mir Verstecken spielen?«

Nein, bestimmt war es ihre Schuld. Sie hatte die Speisekammertür offen gelassen, und Larry, neugierig, wie er war, musste irgendwie hineingeschlüpft sein, und dann war die Tür hinter ihm zugefallen.

Doch irgendwie war das merkwürdig, dachte sie, als sie ihn ins Wohnzimmer trug.

»Ende gut, alles gut«, sagte sie, dennoch machte sich ein unbehagliches Gefühl in ihr breit. Als sie ihren Lieblingsplatz auf der Couch einnahm und aus dem Fenster schaute, blieb ihr Blick unweigerlich an Apartment 8 hängen.

Was sollte diese Verkleidung?

Die Sache war wirklich merkwürdig.

Sie beschloss, den Baton an ihrer Seite zu lassen.

Larry kläffte laut. Anstatt ihr Strickzeug zur Hand zu nehmen, griff sie nach seinen Leckerlis. »Sitz«, befahl sie ihm, und er gehorchte, die Augen auf das Leckerli zwischen ihren Fingern geheftet. »Braver Junge.« Sie gab ihm seine Belohnung, und er verschlang sie gierig, dann drehte er enge Kreise um ihre Beine in der Hoffnung auf mehr. »Na gut.« Sie griff erneut in die Tüte, nahm zwei Leberwurstbrocken heraus und warf sie ihm zu. »Jetzt bin ich dran.« Obwohl sie wusste, dass es nicht gut für sie war, holte sie ihre Süßigkeitenschale und zählte fünf M&Ms ab, die sie sich alle auf einmal in den Mund warf. Die Schokolade schmolz in ihrem Mund. Phoebe schluckte. Köstlich, einfach köstlich, diese kleinen Dinger …

Nein!

Entsetzt riss sie die Augen auf, als sie Erdnuss schmeckte – Erdnussbutter.

Was?

Das konnte doch nicht sein!

Panisch, weil sich ihr schlagartig der Hals zuschnürte, stolperte sie zurück in die Küche, nahm ihre Handtasche vom Stuhl und öffnete sie. Der EpiPen. Sie musste sich spritzen, sofort! Wo war er? Das verdammte Ding musste doch da sein! Mit zitternden Fingern durchwühlte sie die Tasche, doch weil das zu lange dauerte, leerte sie den Inhalt einfach aus. Münzen rollten klimpernd zu Boden, Taschentücher, Lippenstift und ihre Brille fielen auf die Resopaltischplatte. Kein EpiPen!

Er war immer dort. Musste dort sein! Nein. Nichts. Wo war ihr Handy? Nicht da. Wo zum Teufel war das verdammte Ding?

Ach du lieber Gott!

Ihre Lungen waren jetzt so eng, dass sie kaum noch Luft bekam, nicht mehr klar denken konnte.

Japsend öffnete sie den Schrank, in dem sie ihre Medikamente aufbewahrte, doch der Ersatz-EpiPen war ebenfalls weg.

Panisch hastete sie zur Wohnungstür und unter das Vordach. Sie versuchte, um Hilfe zu rufen, aber kein Wort drang aus ihrer Kehle. Ihr Hals wurde immer enger … Vage war ihr bewusst, dass Larry aus dem Apartment entwischte und über den Parkplatz rannte. Ihre Knie gaben nach, und sie sackte gegen Dabrowskis Tür. Es gelang ihr noch, die Klingel zu drücken, dann landete sie mit einem dumpfen Aufprall auf dem kalten, rissigen Betonfußboden.

»Was machst du hier, Sophia?«, wollte James wissen.

Sie konnte es nicht fassen. Er ließ sie tatsächlich abblitzen!

Er stand wie angewurzelt im Türrahmen und versperrte ihr den Zutritt zu seinem Haus. Und er wirkte gar nicht glücklich. Obwohl sein Gesicht im Schatten lag, seine Silhouette groß und dunkel vor dem hellen Licht, das aus dem Hausinnern fiel, spürte sie seine Verlegenheit.

»Ich wollte nur sehen, ob es dir gut geht«, sagte sie, trotz ihres Mantels, der Handschuhe und Stiefel in der Kälte bibbernd. Die Temperaturen lagen unter dem Gefrierpunkt, der Wind fegte um die Hausecke und peitschte ihre Wangen.

»Ich dachte, ich hätte mich deutlich ausgedrückt: Ich möchte nicht, dass du kommst.«

»Ich weiß, aber ich musste einfach bei dir sein«, sagte sie und schenkte ihm ein einschmeichelndes Lächeln. Schnee fiel aus dem tintenschwarzen Himmel. Sophia versuchte, sich nicht anmerken zu lassen, wie verletzt sie war. Seine Augen waren kalt wie die eisige Winternacht. Und genauso erbarmungslos.

»Ich kann das nicht mehr«, sagte er. »Wir dürfen das nicht mehr tun.«

»Was tun?«, fragte sie unschuldig, obwohl sie genau wusste, wovon er sprach. So leicht würde sie es ihm nicht machen.

»Du weißt schon«, sagte er und drehte den Kopf zur Seite.

»Weiß ich nicht«, erwiderte sie störrisch.

»Wir dürfen uns nicht mehr treffen, Sophia.«

»Machst du Witze?« Sie hatte so viel aufgegeben, um mit ihm zusammen zu sein, und er wollte tatsächlich mit ihr Schluss machen? Trotzig hob sie das Kinn. »Warum nicht?« Ihre Stimme zitterte. »Nach allem, was ich für dich getan habe … Ich habe den ganzen Tag lang aufgeräumt und geputzt. Willow hat mir geholfen, aber es war meine Idee, das Haus für dich herzurichten. Es sollte perfekt sein. Wir haben schon so viel gemeinsam erlebt, gemeinsam durchgestanden. Ich kann es nicht fassen. Warum, James?«

»Wir wissen beide, dass es nicht richtig ist. Megan wird immer noch vermisst …«

»Dass sie … fort ist, hat nichts mit uns zu tun«, hielt Sophia dagegen. Sie spürte, wie Verzweiflung in ihr aufstieg.

»Die Polizei denkt, ich habe etwas damit zu tun.«

»Hast du?«

Er starrte sie an, als sei sie verrückt geworden. »Natürlich nicht.«

»Warum machst du dir dann Sorgen?«, fragte sie, bemüht, ihren zunehmenden Unmut im Zaum zu halten. »Wir werden auch das durchstehen«, sagte sie ruhig, obwohl sich ihre Hände in den Handschuhen zu Fäusten ballten. Langsam löste sie die Finger und berührte seinen Arm. »Bei allen Paaren gibt es gute und schlechte Zeiten.«

Sein Blick wurde finster, und Sophia ließ eilig die Hand sinken.

»Bitte, James, wir schaffen das. Vertrau mir.«

Würde er einknicken? Drang sie endlich zu ihm durch? Sie konnte gar nicht sagen, wie sehr sie sich das wünschte. Immerhin hatte sie ihre gesamte Zukunft auf eine einzige Karte gesetzt: James Cahill. Er war für sie der Eine. Der Einzige.

»Es geht nicht nur darum«, sagte er jetzt.

»Worum dann?«

»Ich denke, es ist Zeit, dass wir beide nach vorn blicken, Sophia.«

»O mein Gott«, flüsterte sie. »Du machst tatsächlich mit mir Schluss?«

Er antwortete nicht.

Sie verstand auch so. Zorn brandete in ihr auf. »Das ist wegen

Rebecca Travers!«, rief sie, wobei sie den Namen förmlich ausspuckte. »Du stehst auf sie, nicht wahr? Die ganze Sorge um ihre Schwester … ich hätte es kommen sehen müssen. Dieses Miststück! Du weißt, dass das nicht stimmt, oder? Es geht ihr nicht um Megan, Megan interessiert sie doch gar nicht!«

»Woher willst du das wissen?«

»Ach, komm schon, James. Du und Megan habt eure Affäre begonnen, als du noch mit Rebecca zusammen warst!« Sie funkelte ihn an. Der Wind fuhr in die Äste eines nur wenige Meter entfernt stehenden Baums, Schnee rieselte herab. Röte stieg Sophia in die Wangen, doch diesmal nicht vor Kälte, sondern vor Zorn.

Verdammt noch mal! Kapierte er es nicht? Kapierte er nicht, dass sie füreinander bestimmt waren? Am liebsten hätte sie ihn angeschrien, doch wieder zwang sie sich, sich zu beherrschen.

»Du solltest das jetzt nicht tun, du hast in letzter Zeit einfach zu viel Schlimmes durchgemacht.« Sie berührte die noch immer sichtbaren Kratzspuren unter seinem Bartschatten. »Alles ist … im Augenblick anstrengend. Aber es wird besser, ganz bestimmt.« Sie zwang sich zu einem unsicheren Lächeln. »Ich kann dafür sorgen, dass es dir besser geht.«

Er schob ihre Hand weg. Hinter ihm streckte der Schäferhund seine Schnauze zur Tür heraus. Er wirkte auch nicht freundlicher als sein Herrchen.

»James«, flüsterte Sophia, die das Gefühl hatte, ihr würde das Herz brechen.

»Es ist vorbei«, sagte er mit fester Stimme. »Ich denke, es ist alles gesagt.«

O Gott, er lenkte nicht ein! Sie biss sich auf die Lippen und versuchte, die Tränen zurückzuhalten, die ihr in die Augen traten. »Nein, James. Tu das nicht. Nicht jetzt!«

Er reagierte nicht. »Gute Nacht, Sophia«, sagte er stattdessen schlicht und machte einen Schritt zurück. »Fahr nach Hause.«

Die Tür schlug vor ihrer Nase zu, sie hörte, wie er von innen abschloss.

Sie sackte in sich zusammen.

Noch nie zuvor hatte er ihr widerstehen können.

Sie wischte sich die Tränen aus den Augen, dann richtete sie sich auf, straffte die Schultern und hämmerte mit der Faust gegen die Tür. Er würde schon sehen, was er von seiner schnöden Abfuhr hatte!

Du hast noch immer die Oberhand. Das muss er nur erst begreifen!

Sophia hielt inne und überlegte einen kleinen Moment. Sie musste vorsichtig sein. Durfte das hier nicht ruinieren, und sie hatte noch ein Ass im Ärmel. Sie war sich nicht sicher, wann sie es ausspielen sollte, aber jetzt war definitiv nicht der richtige Zeitpunkt.

Sie trat den Rückzug an, warf einen finsteren Blick über die Schulter, noch immer in der Hoffnung, James hätte es sich anders überlegt, doch die Tür blieb geschlossen.

Du verdammter Mistkerl.

Du elendes, untreues Arschloch!

Am liebsten hätte sie ihren Zweitschlüssel benutzt und sich ins Haus, in sein Bett gestohlen, ihn mit ihren weiblichen Reizen umgestimmt, doch sie wusste nicht, ob das an diesem Abend wirklich klug war. Nein, es wäre besser, wenn sie sich erst einmal zurückzog. Ihn dazu brachte, sie zu vermissen. Zu begehren.

Panische, hysterische Frauen wirkten nicht sonderlich verführerisch.

Was bildete James sich eigentlich ein? Sie einfach so abzuservieren … Verzogener, privilegierter Fatzke. Er hatte keine Ahnung von dem, was sie durchgemacht hatte, wie sie sich hatte anstrengen, hatte kämpfen müssen, um dorthin zu gelangen, wo sie war. Ihr Leben war hart gewesen, einsam, wohingegen er eine reiche Familie im Hintergrund gehabt hatte, dazu Status und die Aussicht auf ein üppiges Vermögen.

Der nervöse Tic unter ihrem Auge machte sich bemerkbar. Nein, das würde er nie erfahren, sollte nie wissen, wer und wie sie wirklich war.

Mit zusammengebissenen Zähnen kehrte sie durch die weiße Schneedecke zum Wagen zurück und redete sich ein, das sei nicht das Ende, sei bestimmt nicht das letzte Mal, dass sie ihn gesehen hatte. Sie waren füreinander bestimmt, und das würde ihm auch noch klar werden.

Sie würde dafür sorgen, dass ihm das klar wurde.

Aber dazu brauchte sie Zeit.

Als sie wieder in ihrem SUV saß, warf sie einen letzten Blick auf das Haus – ein ziemlich armseliges, altes Gebäude, wenn man bedachte, wie vermögend James auch jetzt schon, ohne sein Erbe, war. Sie ließ den Motor an und legte den Gang ein. Als sie die Zufahrt entlangrollte, sah sie im Rückspiegel, dass die Außenbeleuchtung ausgeschaltet wurde.

»Bastard«, murmelte sie, umklammerte das Lenkrad und schwor sich im Stillen, dass James das, was eben geschehen war, für immer bereuen sollte. Sie würde dafür sorgen, dass er sie auf Knien anflehte, zu ihm zurückzukehren, denn bald würde ihm der Sex fehlen, den er so genossen hatte. Doch wenn sie ihn zurücknahm, dann nur, wenn er vor ihr auf die Knie ging, ihr einen Ring an den Finger steckte, ihr ewige Liebe und Treue schwor und sie anflehte, seine Ehefrau zu werden.

Bei dieser Vorstellung wurde ihr warm ums Herz.

Warte nur ab, James Cahill, warte nur ab.

Du wirst mich vermissen, und zwar schmerzlich, so verdammt schmerzlich, dass du keinen klaren Gedanken mehr fassen kannst.

KAPITEL 36

9. DEZEMBER

Es war noch keine sieben Uhr am Morgen, und doch wusste Earl Ray Dansen, dass dieser Tag kein guter werden würde.

Nun, waren in letzter Zeit nicht alle Tage schlecht?

Die besten Zeiten der Printpresse waren längst vorbei, es war ein Wunder, dass er überhaupt noch eine Papierausgabe des *Clarion* auf den Markt bringen konnte. Er stand in seinem Büro in der Redaktion, wo die uralte Heizung gegen die Kälte ankämpfte, die durch die dünnen Wände der riesigen, offenen ehemaligen Lagerhalle drang, und ließ den Blick über die leeren Schreibtische schweifen. Jetzt konnte auch er es nicht länger leugnen: Die Zeitung, für die er über fünfzig Jahre gearbeitet hatte, war zum Relikt einer vergangenen Ära geworden, genau wie er. Ehrlicher, handfester Journalismus war von den neuen Medien verschluckt worden, vom Internet, niemand interessierte sich heutzutage noch für echte, harte Fakten. Es ging nur noch um Meinungen und gezielte Tatsachenverdrehung, präsentiert von aalglatten Nachrichtensprechern im Kabelfernsehen.

Nicht wie damals, in den guten, alten Zeiten.

Sein Handy summte auf dem Schreibtisch und bewegte sich wie eine fette Kakerlake.

Er ignorierte den Anruf und schaute zu dem langen Arbeitstisch an der gegenüberliegenden Wand, an dem die Online-Ausgabe des *Clarion* entstand. Gerry war nicht an seinem Platz. Wieder einmal. Wahrscheinlich hatte er sich draußen ein ruhiges Fleckchen gesucht, um einen Joint zu rauchen, oder war unterwegs, um sich ein weiteres dämliches Tattoo stechen zu lassen. Wann zur Hölle wurde er endlich erwachsen? Er hatte die dreißig doch längst überschritten!

Wenigstens saß Jeanette an ihrem Posten und bereitete anscheinend die Ausgabe für morgen vor. In Jeans und lässiger Camouflage-

Jacke hockte sie vor ihrem Computer. Ihr kurzes, blond gefärbtes Haar hatte einen dunklen Ansatz, riesige goldene Kreolen baumelten an ihren Ohrläppchen.

Seine Augen wanderten durch die Lagerhalle. Seltsam, wie leer es hier war. Charity war in San Francisco, und Seamus O'Day war zu dieser Uhrzeit noch nicht an seinem Platz. Vielleicht tauchte er auch gar nicht in der Redaktion auf, sondern blieb im Homeoffice oder leistete »Feldarbeit«, womit er für gewöhnlich den Hocker neben den Videopoker-Automaten im Brass Bullet meinte.

Earl hätte eigentlich ihn feuern und Charity seine Storys überlassen müssen.

Das Handy vibrierte noch immer, doch Earl ging nicht dran. Stattdessen dachte er an Charity Spritz, die ganz versessen auf die Megan-Travers-Story gewesen war, davon überzeugt, dass James Cahill hinter dem Verschwinden der jungen Frau steckte. Als Earl sich geweigert hatte, für ihren Kurztrip nach San Francisco aufzukommen, war sie stinksauer geworden und hatte ihm entgegengeschleudert, dann würde sie eben auf eigene Kosten fahren. Er hatte ihr nicht geglaubt, doch seitdem war sie weg. Wenn sie tatsächlich mit einer sensationellen Story zurückkam, würde er ihr die Benzinkosten und sonstige Auslagen erstatten. Oder nicht? Nein, er würde erst einmal abwarten. Insgeheim fragte er sich, ob sie überhaupt zurückkommen würde. Charity Spritz hatte große Pläne und wollte bestimmt nicht für den Rest ihres Lebens für den *Clarion* schreiben. Das hatte sie ihm deutlich zu verstehen gegeben.

Das Telefon, das vorübergehend aufgehört hatte zu klingeln, riss ihn erneut aus seinen Gedanken.

Nun, wenn man vom Teufel sprach ... Auf dem Display erschien Charitys Nummer.

Diesmal nahm Earl Ray den Anruf entgegen, doch sie legte im selben Moment auf.

»Mist.«

Er drückte die Rückruftaste.

Niemand meldete sich.

Was sollte das? Er hinterließ eine Nachricht. »Hier spricht Earl. Ruf mich zurück.«

Er hatte kaum zu Ende gesprochen, als er auch schon den Glöckchenton hörte, der eine eingehende Textnachricht ankündigte.

Gut.

Auch wenn er es nur ungern zugab: Er vermisste es, sie hier zu haben.

Sie hatte Mumm. Steckte voller Leidenschaft für ihren Beruf. Ja, sie eckte ständig mit O'Day an, aber zumindest hatte sie Feuer. Sein Blick schweifte zur Tür. Sein Sohn kam hereingeschlendert, in schmuddeliger Jeans und T-Shirt, die Haare zu einem albernen Man Bun geschlungen. Wahrscheinlich stoned. Irgendwann würde er sich auch noch den letzten Rest Gehirn wegkiffen.

Aufgebracht senkte Earl die Augen aufs Display und las die Textnachricht. »Was zum Teufel ist das denn?« Das Foto von einer nackten Frau in einem Bett erschien, die Augen zur Decke gerichtet, die Lippen gerundet vor Überraschung, eine Pistole in der Hand. Sie hatte ihre schwarzen Haare zu einem Zopf geflochten, der ihr über eine blasse Schulter fiel und in einem Bogen um ihre Brust lag.

Er hatte die Frau schon einmal gesehen, aber er konnte sie nicht einordnen. Was sollte das? Warum schickte ihm Charity so etwas? Die Nachricht unter dem Foto lautete schlicht:

EIN WEITERES OPFER.

»Ein weiteres Opfer? Wer ist denn das erste?«, fragte Earl laut. Was für ein krankes Spiel war das hier? Und dann bemerkte er das kleine Loch an der Schläfe der Frau und den kaum sichtbaren Blutfleck, der mit dem Schwarz ihrer Haare verschmolz. »Ach du heilige Scheiße«, flüsterte er. Adrenalin schoss in seine Blutbahn. »Was hat das zu bedeuten?« Eine Story! Eilig tippte er Charitys Nummer ein. Sie schuldete ihm eine Erklärung. Wer war das Mädchen? Woher kannte er sie? Hatte sie sich umgebracht? Oder war sie umgebracht worden? Wie war Charity an das Foto gekommen?

Das Telefon klingelte mehrere Male.

»Geh dran!«, knurrte er. Was war bloß los mit ihr? Sie hatte ihn doch gerade erst angerufen!

Beunruhigt ging er vor seinem Schreibtisch auf und ab und ließ es weiter klingeln.

Endlich sprang wie zuvor Charitys Anrufbeantworter an und bat ihn, eine kurze Nachricht und eine Telefonnummer zu hinterlassen. Das durfte doch nicht wahr sein! »Hier spricht Earl«, sagte er mit scharfer Stimme, als der AB aufzuzeichnen begann. »Ich habe deine Nachricht bekommen. Also ruf mich endlich zurück!«

Er legte auf und betrachtete noch einmal das Foto. Ein aufgeregtes Flattern machte sich in seiner Magengrube bemerkbar. Das passierte, wenn man so lange im Geschäft war wie er – man spürte, wenn man an etwas Großem dran war. Charity wollte ihn mit dem Foto ködern oder aber ihm eins auswischen, weil er ihre Spesenforderungen so schnöde zurückgewiesen hatte. Er wusste, dass eine Riesenstory dahintersteckte. Etwas Weltbewegendes.

»He!«, rief er in Richtung Online-Abteilung, wo Gerry gerade mit Jeanette sprach.

Sein Sohn blickte auf, als Earl im Laufschritt an den leeren Schreibtischen in den Arbeitszellen vorbei zu seiner kleinen Internet-Besetzung eilte.

»Seht euch das mal an.« Er hielt das Telefon so, dass sowohl sein Sohn als auch Jeanette das kleine Display sehen konnten. »Kennt ihr das Mädchen?«

»Kann sein«, nuschelte Gerry auf seine übliche benebelte Art.

»Klar. Das ist Willow.« Jeanette nahm einen Schluck aus ihrem XXL-Limobecher. »Ähm, Willow … wie ist noch gleich ihr Nachname?«, fragte sie Gerry.

»Valente?«, überlegte Gerry und zog die Brauen über den blutunterlaufenen Augen zusammen, während er das Foto betrachtete. »Oh, Scheiße, ja, das ist sie. Klar. Ziemlich sicher. Aber wie … ich meine … Ist sie nackt?« Er starrte seinen Vater an, als hätte er ihn beim Pornoschauen ertappt. »Was soll das?«

»Keine Ahnung. Charity hat das Foto geschickt.«

»Aus San Francisco?«, fragte Jeanette ungläubig. »Was soll Willow Valente denn da?«

Gerry stieß ein ersticktes Lachen aus. »Sterben? Sieht aus, als wäre sie tot.« Er wurde blass und machte einen Schritt zurück. »Vielleicht finde ich etwas im Internet darüber.« Er zog mit dem Fuß seinen Drehstuhl unter dem langen Arbeitstisch hervor, setzte sich und fing an, auf die Tastatur einzutippen.

»Tot?«, wiederholte Jeanette. »Ich dachte, sie wäre bloß nackt.« Sie beugte sich vor und beäugte das Foto genauer. »O Gott, du hast recht.« Auch sie wurde nun leichenblass, der Limobecher rutschte ihr aus der Hand, Eis und Cola ergossen sich auf den Boden. »Verflucht noch mal, was soll das?« Sie griff nach einer Serviette und bückte sich, um die Sauerei zu beseitigen.

»Ich habe keine Ahnung«, erwiderte Earl Ray wahrheitsgemäß. Er wusste nur, dass es wichtig war.

Verdammt wichtig.

Etwas, was dem auf dem Sterbebett liegenden *Clarion* neues Leben einhauchen könnte. Während Jeanette anfing, die Eiswürfel vom Fußboden zu sammeln, kehrte Earl zu seinem Büro zurück. Das Handy in seiner Hand vibrierte. Charity hatte ihm eine weitere Nachricht geschickt. »Das wurde aber auch Zeit.« Allerdings würde ihn eine Textnachricht im Augenblick nicht weiterbringen, daher wollte er gerade erneut ihre Nummer wählen, als er sah, dass es ein weiteres Foto war. »Ach du Scheiße!«, stieß er entsetzt hervor.

»Ach du Scheiße! Mein Gott!«, rief Gerry im selben Augenblick. Er hyperventilierte förmlich. »Dad! Das musst du dir ansehen. Es geht um Charity. Du lieber Himmel, das kann doch nicht wahr sein …« Jeanette war aufgestanden, starrte auf Gerrys Bildschirm und stieß einen durchdringenden Schrei aus.

»Nein, o nein!«, jammerte sie.

Doch Earl bekam kaum etwas davon mit. Auf seinem Bildschirm war ein Foto von Charity. Kein Selfie. Ihr Gesicht war zerschmettert und übersät mit blauen Flecken, und … um Himmels willen! Genau wie Willow Valente war sie anscheinend mausetot.

An seinem Schreibtisch im Präsidium schüttete Rivers schwarzen Kaffee in sich hinein, den Blick auf den Computermonitor geheftet, und las gründlich die Informationen, die ihm Detective Tanaka aus San Francisco geschickt hatte. Die Polizeiaufnahmen der toten Frau bestätigten das, was er längst wusste: Charity Spritz war ermordet worden. Die Kollegen aus San Francisco vertraten die Theorie, dass sie in der Nähe ihres Motels in Oakland überfallen worden war, wahrscheinlich auf dem Parkplatz – obwohl es dort weder Kameraaufnahmen noch Zeugen gab. Anschließend, so vermuteten sie, hatte man ihre Leiche im Wagen zum Flughafen geschafft. Das SFPD war noch damit beschäftigt, die Aufnahmen der Überwachungskameras und die Passagierlisten auszuwerten. Es war nicht ausgeschlossen, dass der Killer von auswärts kam und nach seiner Tat einen Flieger bestiegen hatte.

Bis zu den ersten Ergebnissen konnte es noch eine Weile dauern, aber Tanaka hatte ihm versichert, dass sie rund um die Uhr an dem Fall arbeiteten. Rivers wusste aus erster Hand, wie das SFPD Mordfälle handhabte. Die Kollegen waren effizient, aber gründliche Arbeit erforderte nun mal Zeit.

Er fragte sich, ob der Mord an Charity Spritz mit Megan Travers' Verschwinden in Zusammenhang stand. Gab es da etwa eine Verbindung?

Er hörte Mendozas Schritte, bevor sie an seinem Schreibtisch erschien. Sie warf einen Blick auf seinen Monitor und blieb wie angewurzelt stehen. »O Gott. Brutal.«

Er nickte. Ganz gleich, wie viele gewalttätige Übergriffe und Mordfälle er schon bearbeitet hatte – er würde sich nie daran gewöhnen, dass ein Mensch einem anderen derartige Grausamkeiten zufügen konnte.

»Was hatte Charity Spritz in San Francisco zu suchen?«

»Ich hoffe, die Frage kann uns jemand vom *Clarion* beantworten. Ich habe schon Earl Ray Dansen angerufen, aber er hat sich noch nicht bei mir gemeldet.«

»Sind diese Zeitungsfritzen nicht schon immer in aller Herrgottsfrühe in der Redaktion?«

»Earl Ray offenbar nicht.«

»Vielleicht hat er zu tun.«

Ihre Blicke begegneten sich, und er sagte: »He, wir reden hier vom *Clarion*, schon vergessen? Wir beide arbeiten an dem größten Fall, seit Barton Scruggs vor ein paar Jahren Hugh Lamberts preisgekrönten Zuchtbullen gestohlen hat.«

Mendoza verzog die Lippen zu einem schiefen Grinsen. »Okay, du hast recht. Er wird zurückrufen. In der Zwischenzeit solltest du aber mal einen Blick auf das hier werfen.« Sie reichte ihm ihr Handy. ICH MUSS MIT IHNEN REDEN. ES IST WICHTIG, las Rivers.

»Von wem ist das? Und worum geht es überhaupt?«

»Ich habe keine Ahnung, was sie will, aber die Nachricht ist von Andie Jeffries.«

»Ist das nicht die Krankenschwester, die mit Megan Travers in der Klinik gearbeitet hat?«

»Genau die. Ich habe sie sofort angerufen und einen Termin vereinbart. Ich dachte, du willst vielleicht mitkommen.«

Rivers schob bereits den Stuhl zurück. »Da hast du richtig gedacht.« Er nahm seine Jacke von der Stuhllehne und zog sie im Gehen an.

»Ach ja«, fügte Mendoza hinzu, als sie bei seinem SUV ankamen. »Mach nicht den Fehler, sie Andrea zu nennen. Sie ist ›Andie‹. Das hat sie mir deutlich zu verstehen gegeben.«

»Okay, hab's kapiert. Aber worum geht es eigentlich?«

»Keine Ahnung. Das wollte sie am Telefon nicht sagen, und ich habe keinen Schimmer, warum. Vielleicht will sie nicht, dass irgendwer mithört. Aber genau das werden wir gleich erfahren. Ihre Schicht beginnt um neun, und aus irgendeinem Grund möchte sie sich nicht mit uns in der Klinik treffen, also fahren wir zu Lucy's Diner.«

Sie überquerten den Parkplatz und blieben vor dem Dienstjeep stehen. Rivers drückte auf die Fernbedienung, und Mendoza schnallte sich auf dem Beifahrersitz an, während er sich hinters Lenkrad setzte.

Es fing wieder an zu schneien, träge Flocken fielen aus dem

stahlgrauen Himmel auf die weiße Landschaft. Nachdenklich legten die beiden Detectives die Strecke zu Lucy's Diner zurück. Rivers stellte den Motor ab, sie stiegen aus und gingen hinein. Als sie die Tür öffneten, prallten sie gegen eine Hitzewand. Die Gerüche nach brutzelndem Schinkenspeck und frisch gebrühtem Kaffee schlugen ihnen entgegen, Gläserklirren und Besteckklappern vermischten sich mit Oldies aus den 1960ern und dem Geplapper und Gelächter der Gäste.

Mendoza schlängelte sich Rivers voran durch die Tische zu der Ecknische, in der Andie Jeffries Platz genommen hatte. Ihre langen, schlanken Finger waren damit beschäftigt, die Papierhülle von dem Trinkhalm in ihrem Cola-Glas in kleine Fetzen zu zerreißen. Sie hatte den Blick auf das Glas geheftet, als beobachte sie die Bläschen, die zwischen den Eiswürfeln an die Oberfläche stiegen, und war so tief in Gedanken versunken, dass sie zusammenschreckte, als die beiden Polizisten an ihren Tisch traten.

»Ich sollte das im Grunde nicht tun«, sagte sie, als sie auf der Bank ihr gegenüber Platz nahmen.

»Was tun?«, wollte Mendoza wissen.

»Alles riskieren ... Ich meine, vielleicht ist ja gar nichts an der Sache dran.« Unter ihrer dicken, marineblauen Daunenjacke trug sie verwaschene blaue Klinikkleidung. Andie Jeffries war eine blasse, unglaublich dünne Frau Ende zwanzig, mit hellbraunen Augen und einem im Nacken mit einem Lederband zusammengebundenen Zopf, dessen Farbe an Spülwasser erinnerte. Sie war schrecklich nervös und hörte nicht auf, das Trinkhalmpapier in winzige Fetzen zu zerreißen.

Eine Kellnerin erschien mit einer Kaffeekanne und füllte zwei der vier Tassen auf dem Tisch. Anschließend erkundigte sie sich höflich, ob sie ihnen die Speisekarte bringen solle, doch sie verneinten.

»Kein Problem. Milch und Zucker stehen auf dem Tisch«, sagte die Kellnerin und nickte. Ihre roten Locken hüpften. »Geben Sie einfach Bescheid, sollten Sie noch etwas wünschen.« Die Kaffeekanne in der Hand, ging sie weiter zur nächsten Sitznische nahe der Tür, in der drei Männer mit dicken Jacken Platz genommen hatten.

»Was gibt es Wichtiges?«, fragte Mendoza und legte iPad und Handy auf den Tisch, um das Gespräch aufzeichnen zu können.

Andie blinzelte, als würde sie jeden Moment in Tränen ausbrechen, dann drehte sie den Kopf zum Fenster und sah durch die Glasscheibe in den mittlerweile dicht gewordenen Schneevorhang. »Es geht um Megan. Ich hätte Sie nicht anrufen sollen, aber ich hatte solche Angst! Ich glaube nicht, dass ihr etwas Schlimmes passiert ist, aber ...« Sie schluchzte auf, schlug die Hand vor den Mund und versuchte, sich zu beruhigen. »Bruce würde mich umbringen, wenn er wüsste, dass ich hier bin und mit den Cops rede.«

»Wissen Sie, wo Megan ist?«, fragte Rivers, der hoffte, endlich einen Durchbruch zu erzielen.

»Nein.« Sie schüttelte verängstigt den Kopf und schniefte laut.

Rivers spürte, wie sein Puls in die Höhe schnellte.

»Wer ist Bruce?«, fragte Mendoza.

»Mein Freund. Bruce Porter ... Er ist ... ähm, ein bisschen aufbrausend. Steckte früher öfter mal in Schwierigkeiten. Drogen. Aber das ist vorbei. Er hat einen Entzug gemacht und ist clean. Seit sechs, nein, fast sieben Monaten. Egal. Er arbeitet für James Cahill, in der Minihaus-Fertigung. Er ... ähm ...« Ihre Stimme kiekste. Sie räusperte sich. »James hat ihm eine Chance gegeben, als er nachweisen konnte, dass er nicht mehr abhängig ist. Zuerst hat er ihm Hausmeisterarbeiten aufgetragen, fegen, Werkzeug aufräumen und Ähnliches. Später durfte er helfen, Rigipsplatten anzubringen und Fußböden zu verlegen.« Sie schniefte erneut. »Er braucht den Job, müssen Sie wissen. Wir beide brauchen ihn.«

Sie sah die Cops todunglücklich an.

»Was ist passiert?«, fragte Mendoza drängend.

Andie schluchzte erneut auf und blinzelte heftig gegen die Tränen an. »Ich sage nur, dass Riggs Crossing eine Kleinstadt ist und dass hier jeder jeden kennt. Jeder steht irgendwie mit irgendwem in Verbindung. Ein Beispiel ist meine Schwester, sie arbeitet als Köchin hier im Diner.« Sie verstummte und schlug erneut die Hand vor den Mund. Rivers sah, wie Mendoza ungeduldig die Lippen zusammenpresste. Sie wirkte, als wollte sie Andie die Worte aus dem Mund reißen.

»Fahren Sie fort«, sagte Rivers in ermutigendem Ton und nahm einen Schluck Kaffee.

Andie sah ihn mit weit aufgerissenen Augen an. »Es geht um etwas, was Megan zu mir gesagt hat.« Ihre Stimme war kaum mehr als ein Flüstern. »Sie sagte, wenn ihr etwas zustoßen sollte, wenn sie verschwinden würde oder Schlimmeres …«

Mendoza beugte sich vor. »Ja?«

Die dünne Krankenschwester räusperte sich. »Dann, nun ja, dann wäre das James Cahills Schuld.« Sie schloss die Augen und lehnte sich erschöpft zurück, als habe dieses Geständnis sie mächtige Anstrengung gekostet. »Ich teile Ihnen das im Vertrauen mit«, fügte sie leise hinzu und schlug die Lider wieder auf.

Nun, dafür ist es etwas zu spät.

»Ich werde das nicht vor Gericht unter Eid aussagen.« Sie schluckte, ließ die Papierfetzen fallen und griff errötend nach ihrem Cola-Glas. »Bruce und ich bekommen ein Baby. Ich habe es erst diese Woche erfahren.«

Rivers lächelte.

»Erinnern Sie sich an die genauen Worte?«, hakte Mendoza nach.

Andie nickte. »Wie ich schon sagte: ›Wenn mir etwas zustößt, ist das James' Schuld.‹«

»Wann hat sie das gesagt?« Rivers beugte sich ebenfalls ein Stück vor. Er spürte, wie das Handy in seiner Hosentasche vibrierte.

»An das Datum kann ich mich nicht erinnern, aber es ist noch gar nicht so lange her. Ungefähr eine Woche vor ihrem Verschwinden.«

»Sie war aufgewühlt?«

»Sie war stinksauer auf ihn. Wieder einmal. Er hatte sie zurückgewiesen, und sie nahm an, dass eine andere Frau dahintersteckte.«

»Hat sie gesagt, wer?«

»Ich glaube, sie hatte ihn mit Sophia Russo gesehen, und zwar nicht zum ersten Mal. Sie hatten wohl schon mehrfach Streit wegen Sophia, aber Genaueres weiß ich nicht. Sophia arbeitet auch für

James, und manchmal zieht Megan voreilige Schlüsse und explodiert, obwohl es gar keinen Grund dazu gibt. An dem Tag war sie jedoch wirklich völlig außer sich, hat ihre Sachen in den Spind geworfen und fluchend ihr Handy in die Tasche geschleudert, bevor sie die Klinik verließ. So sauer hatte ich sie noch nie erlebt. Als sie gegangen ist, hat sie gesagt: ›Wenn mir etwas zustößt, ist das James' Schuld, hörst du, Andie? James, dieser verfluchte Scheißkerl, ist dafür verantwortlich!‹«

»Was ist dann passiert?«, bohrte Mendoza.

»Das weiß ich nicht. Die Tür knallte hinter ihr zu, und ich sah durchs Fenster, wie sie in ihren Wagen stieg und vom Parkplatz fuhr. Sie hätte beinahe einen Jungen auf dem Skateboard über den Haufen gefahren, aber Gott sei Dank ist sie an ihm vorbei. Um Haaresbreite.«

»Und Sie erinnern sich wirklich nicht, wann genau das war?«

Sie schüttelte den Kopf.

»Haben Sie sich danach noch mal gesehen?«

»Am nächsten Tag bei der Arbeit. Da hat sie so getan, als sei nichts passiert.« Andie drehte wieder ihr Glas. Rivers bemerkte, dass ihre Fingernägel abgekaut waren, der Nagellack abgesplittert. »Wie dem auch sei, ich habe es Bruce erzählt, und er hat gesagt: ›Vergiss es, das hat nichts zu bedeuten, sie war bloß wütend. Du weißt doch, wie viele Leute im Zorn auch behaupten, sie würden am liebsten jemanden umbringen, und dann tun sie es doch nicht.‹«

Mendoza musterte sie durchdringend.

»Also habe ich nichts gesagt, hab die Sache für mich behalten, genau wie Bruce es wollte.« Sie sah elend aus. »Aber jetzt, da sie schon so lange verschwunden ist und ich in den Nachrichten gesehen habe, dass die Polizei die Bevölkerung um Mithilfe bittet und es sogar eine ›Findet Megan‹-Gruppe auf Facebook und Instagram gibt, dachte ich, ich sollte Sie unbedingt informieren.« Sie verzog unglücklich das Gesicht.

»Das haben Sie richtig gemacht«, versicherte ihr Mendoza.

»Sie behandeln das doch vertraulich, oder?«, vergewisserte sich Andie noch einmal.

Ohne ihre Frage zu beantworten, schaltete sich Rivers ein: »Hatten Megan und James häufig Streit?«

»Das weiß ich nicht.«

»Ist es jemals zu einer körperlichen Auseinandersetzung gekommen? Haben Sie während Ihrer gemeinsamen Schichten blaue Flecken oder sonst etwas bei Megan bemerkt?«

»Nein! So war das nicht. *Sie* ist diejenige, die schnell aufbraust.«

Rivers ließ ihre Worte sacken, dann setzte er nach: »Ist Ihnen in den Tagen vor ihrem Verschwinden sonst noch etwas aufgefallen? Hat Megan Travers etwas Ungewöhnliches gesagt oder getan?«

Andie schüttelte den Kopf. »Nein. Sie war vielleicht etwas angespannter als sonst, aber bei Megan war das nichts Außergewöhnliches. Wie ich schon sagte: Sie ist ziemlich emotional.« Sie warf einen Blick auf die Uhr über dem Kuchenkarussell in der Ecke und zog scharf die Luft ein. »Oje, so spät schon! Ich muss los.« Sie nahm ihren Mantel. »Dr. McEwen bekommt einen Wutanfall, wenn man nur dreißig Sekunden zu spät kommt.«

»Rufen Sie mich an, sollte Ihnen noch etwas einfallen«, bat Mendoza, aber Andie rutschte bereits aus der Sitznische und eilte auf die Glastür des Diners zu.

»Darauf würde ich mich nicht verlassen.« Rivers griff nach seiner Brieftasche und bezahlte die drei Getränke. Ihm fiel auf, dass Andie ihre Cola kaum angerührt hatte. Was für eine seltsame Frau, dachte er und fragte sich, warum ihr Freund so strikt dagegen war, dass sie mit der Polizei sprach. Das war das Problem bei diesem Fall, dachte er, als sie durch den eisigen Wind über den Parkplatz zum Jeep gingen. Bei jeder Antwort, die er bekam, ergaben sich gleich mehrere neue Fragen.

Er setzte sich hinters Lenkrad und ließ den Motor an. Vielleicht sollte er an den Anfang zurückkehren, noch einmal ganz von vorn anfangen. Und das tat er.

Während Mendoza ihren Gurt anlegte, fragte er sich, wer am meisten davon profitierte, wenn Megan Travers von der Bildfläche verschwand. Diese Person war der Schlüssel zu allem.

Als Erstes fiel ihm Sophia Russo ein. Ohne Megan hatte sie James Cahills Aufmerksamkeit für sich allein.

Was war mit Rebecca Travers? Sicher, sie tat so, als würde sie sich für das Schicksal ihrer Schwester interessieren, doch was, wenn sie nur schauspielerte? Sie hatte mehr als einen Grund, auf ihre Schwester wütend zu sein, immerhin hatte Megan ihr Mr Wonderful weggeschnappt.

Er bog vom Parkplatz und machte sich auf den Rückweg zum Department.

Der Scheibenwischer fegte dicke weiße Flocken von der Scheibe.

Jennifer Korpi war eine weitere Ex aus Cahills Sammlung, und obwohl sie es abstritt, wusste Rivers, dass sie noch nicht über ihn hinweg war.

Oder überbewertete er diese Betrogene-Freundin-Sache?

Laut Andie hielt Megan James Cahill für fähig, dass er ihr körperlichen Schaden zufügte. *Wenn mir etwas zustößt, ist das James' Schuld.*

War er ein Mörder? Oder hatte er jemanden beauftragt, hatte einen Komplizen? Hatte er den Angriff eingefädelt, und zwar so, dass er überlebte, um dadurch seine Unschuld zu beweisen, während jemand anderes – jemand, den er bezahlte – Megan folgte und sie aus dem Weg räumte?

Charity Spritz war zum Zeitpunkt ihrer Ermordung in San Francisco gewesen. Was hatte sie ausgegraben? Etwas über die Familie Cahill? Etwas, was auf keinen Fall ans Tageslicht gelangen durfte?

Oder war es um Megan gegangen? Sie und Rebecca waren in der Gegend aufgewachsen. Was mochte die Reporterin gewusst haben, was hatte sie in San Francisco gemacht, und was war ihr zum Verhängnis geworden – vorausgesetzt, ihr Tod stand tatsächlich mit dem Geheimnis um Megan in Verbindung?

Wenn Rivers gewettet hätte – und er wettete oft und gern –, hätte er seine Dienstmarke darauf gesetzt, dass die beiden Fälle miteinander verknüpft waren. Den Zusammenhang konnte selbst ein Blinder nicht übersehen. Charity Spritz war in San Francisco irgendeiner Sache auf der Spur gewesen, die sie das Leben gekostet hatte.

KAPITEL 37

Gegen Mittag zählte Rivers drei weitere Nachrichtenvans auf dem Parkplatz und doppelt so viele Reporter, die sich auf den Stufen vor dem Department des Sheriffs versammelt hatten. Rebecca Travers, blass, aber entschlossen, stand neben Roxy O'Grady, dem Officer für Öffentlichkeitsarbeit. Travers sprach ins Mikrofon, während der eisige Wind an ihren Haaren riss und die Ketten an den Fahnenstangen zum Klirren brachte.

»... demjenigen, der Hinweise auf den Verbleib meiner Schwester liefern kann, eine Belohnung von fünftausend Dollar in Aussicht zu stellen. Meine Familie möchte einfach nur, dass Megan unversehrt zurückkehrt. Vielen Dank.«

Rivers fand, dass ihre Worte ehrlich klangen, auch wenn sie keine Tränen vergoss, aber Mendoza war nicht überzeugt.

»Die Frau hat Eiswasser in den Adern«, sagte sie. »Ich traue ihr nicht.«

Rivers war hin- und hergerissen, was Rebecca Travers betraf, war weder von ihrer Unschuld überzeugt, noch traute er ihr hundertprozentig, doch andererseits war er *notorisch* misstrauisch. Er sah, wie sie den Reportern zunickte, dann trat sie einen Schritt zurück, und O'Grady übernahm. Sie bat alle, die nähere Informationen hätten, im Department anzurufen, und nannte die entsprechende Telefonnummer.

Zum Glück forderte man weder Rivers noch Mendoza auf, ein paar Worte zum aktuellen Stand des Falls zu sagen. Roxy O'Grady beantwortete die Fragen, die die Medienvertreter ihr zuriefen. Die knapp eins sechzig große, zierliche Mittfünfzigerin war fitter als die meisten Frauen, die halb so alt waren wie sie. Mit ihren kurz geschnittenen, fast weißen Haaren und den noch immer scharfen Gesichtszügen gab sie mit fester Stimme Auskunft, bis ein Reporter – ein schlaksiger Typ mit lockigem, braunem Haar unter einem grünen Käppi – von seinem Handy aufschaute und dazwischenrief: »Ermittelt Ihr Department auch im Mordfall Charity Spritz?«

»Da haben wir's«, flüsterte Mendoza Rivers zu. »Die Neuigkeit ist raus.« Bis jetzt hatte es in Riggs Crossing keine Berichte zu dem Mord an der *Clarion*-Reporterin gegeben. Das würde sich nun ändern.

Ein Raunen ging durch die kleine Menge, die sich am Fuß der Stufen versammelt hatte. Rebecca Travers erstarrte sichtlich, dann wandte sie sich um und warf Rivers einen fragenden Blick zu.

O'Grady sagte: »Wir haben selbst gerade erst von dem mutmaßlichen Mord an Ms Spritz erfahren.«

Rebecca wurde noch bleicher und machte instinktiv einen Schritt zurück.

Der Nachrichtenfuzzi mit dem grünen Käppi ließ nicht locker. »Es wird berichtet, sie sei in San Francisco umgebracht worden. Können Sie das bestätigen?«

»Die Übermittlung der Details durch die Polizei von San Francisco läuft noch.«

»Es geht das Gerücht, sie habe an einer Story über Megan Travers gearbeitet«, meldete sich eine Reporterin in einem gelben Mantel zu Wort. »Bringt die Polizei den Mord an Charity Spritz mit Megan Travers' Verschwinden in Zusammenhang?«

»Ich kann Ihnen leider keine Auskunft geben, da es sich um laufende Ermittlungen handelt.«

Weitere Fragen wurden auf Roxy O'Grady abgefeuert, denen die Officerin für Öffentlichkeitsarbeit konzentriert und hochprofessionell begegnete. »Warum war Spritz in San Francisco?«, »Hat die Polizei schon einen Verdächtigen?«, »Wie ist sie ums Leben gekommen?«, »Gibt es eine Person von besonderem polizeilichem Interesse?«, »Wird das Department des Sheriffs von Riggs Crossing mit dem SFPD zusammenarbeiten?«

Während die Fragen eine nach der anderen auf O'Grady herabprasselten, Mikrofone in die Luft gereckt wurden und Kameras klickten, schien Rebecca immer kleiner zu werden. Schließlich versprach O'Grady, die Presse auf dem Laufenden zu halten, bedankte sich und zog sich zurück – die Konferenz war beendet. Als sich die Reporter zerstreuten, kam Rebecca zu Rivers und Mendoza. Ihre dunklen Augen blickten ernst, als sie fragte: »Stimmt das? Charity Spritz ist tot? Ermordet?«

Rivers nickte.

»Aber … aber … sie war doch erst neulich Abend bei meiner Mutter. Mom hat mich angerufen und sich beschwert, weil sie sich von ihr verfolgt fühlte. Mom hat den Mann vom Sicherheitsdienst gerufen, der Charity aus der bewachten Wohnanlage begleitet hat. Sie war wirklich aufgebracht.«

Das war Rivers neu. Aus dem Augenwinkel bemerkte er, dass sich Mendoza bereits Notizen auf ihrem Handy machte. Auch der Reporter mit dem grünen Käppi schien Rebeccas Worte aufgeschnappt zu haben, denn er kam näher.

»Lassen Sie uns reingehen«, schlug Rivers vor, scheuchte die beiden Frauen die Stufen hinauf und hielt ihnen die Tür auf, bevor der Kerl irgendwelche Fragen stellen konnte.

Sobald sie in der Wärme des Empfangsbereichs standen, sagte Mendoza: »Wir müssen mit Ihrer Mutter reden.«

»Sie müssen mit *mir* reden!«, gab Rebecca herausfordernd zurück. »Sie wussten schon von dem Mord an dieser Reporterin, und Sie haben mir nichts gesagt.« Ihre Stimme klang vorwurfsvoll, offenbar war der erste Schreck Unmut gewichen.

»Da gibt es nichts zu sagen«, gab Rivers zurück.

»Und ob! Erst ruft mich diese Reporterin Tag und Nacht an, dann taucht sie vor der Tür meiner Mutter auf, weil sie Megans Verschwinden recherchiert, und plötzlich ist sie tot. *Ermordet!* Sie können wohl kaum von mir erwarten, dass ich das für Zufall halte.«

»Ich glaube nicht an Zufälle.«

»Ich auch nicht. Charity war da etwas auf der Spur, etwas, was mit Megans Verschwinden zusammenhängt. Und jetzt lebt sie nicht mehr. Da muss ein Zusammenhang bestehen.«

»Wir arbeiten daran, aber bislang haben wir den Zusammenhang noch nicht entdeckt«, sagte Rivers.

»Nun, dann geben Sie sich Mühe.« Mit blitzenden Augen warf sie Mendoza einen vernichtenden Blick zu. »Können Sie denn nicht irgendetwas tun?«

»Wir arbeiten daran.«

»Jaja, ich weiß. Sie ›arbeiten daran‹ und sprechen nicht gern über ›laufende Ermittlungen‹. Das habe ich jetzt oft genug gehört. Wenn das alles ist, was Sie zu bieten haben, dann arbeiten Sie eben etwas härter.« Mit schmalen Lippen wandte sie sich wieder an Rivers. »Die Sache stinkt, Detective, und zwar ganz gewaltig.«

Damit drehte sie sich um und schoss zur Tür hinaus.

Von seinem Schreibtischstuhl aus fragte James: »Hast du schon etwas von Gus gehört?«

Bobby, der bei ihm im Büro der Tiny-House-Werkstatt saß, stand jetzt auf und streckte sich. Seine Rückenwirbel knackten hörbar. »Wenig.«

Sie hatten über die Auslieferung der im Bau befindlichen Häuser gesprochen. Keine der drei aktuellen Bestellungen konnte aufgrund von Verzögerungen bei den Zulieferern sowie Abweichungen vom normalen Arbeitsplan wegen der bevorstehenden Feiertage zeitnah ausgeliefert werden.

»Bruce hat Gus heute Morgen angerufen. Die OP ist wohl ganz gut verlaufen«, sagte Bobby und setzte sein Mariners-Käppi auf. »Sie konnten die Finger annähen, und die Nervenschäden sind laut Porter minimal. Allerdings stand Gus noch unter Schmerzmitteln, als die zwei telefoniert haben, und die Fingerbeweglichkeit konnte noch nicht vollständig getestet werden.«

»Wie lange wird er im Krankenhaus bleiben?«

Bobby zuckte die Achseln. »Das hat Bruce nicht gesagt. Keine Ahnung, ob Gus schon einen Termin nennen kann.« Er sah James nachdenklich an. »Du weißt, dass er eine tickende Zeitbombe ist, oder?«

»Jardine?« James rollte die Pläne der Minihäuser zusammen. »Ja.«

Es sah so aus, als wollte Bobby noch mehr sagen, doch dann biss er sich auf die Zunge und griff nach der Türklinke.

»Was gibt's, Bobby? Raus mit der Sprache.«

»Na ja, ich weiß es bloß vom Hörensagen, aber einer der Jungs aus der Werkstatt – Lloyd, er arbeitet mit Gus zusammen – behauptet, dass … Mein Gott, es ist echt verrückt, aber er behauptet, es habe so ausgesehen, als hätte Gus die rechte Hand mit Absicht in die Säge gesteckt.«

»Wie bitte?«

»Ich hab ja gesagt, dass es verrückt klingt. Wer würde denn so was machen?« Er griff in die Brusttasche seines Arbeitshemds und fischte eine zerknitterte Schachtel Zigaretten heraus.

»Warum sollte er sich selbst verletzen?«, überlegte James und dachte an Leon Pallejas Bemerkung, der im Grunde dasselbe behauptet hatte.

»Keine Ahnung. Wie gesagt: Ich hab's nur vom Hörensagen.«

»Von wem genau weißt du es denn?«

»Von Oscar Aaronsen«, räumte Bobby mit gerunzelter Stirn ein. »Er hat an der Handkreissäge gearbeitet, nicht weit entfernt von der Fliesensäge. Aus dem Augenwinkel hat er gesehen, wie Gus eine Fliese justierte, ganz offensichtlich im falschen Winkel, die Augen zukniff und die Fliese so vorschob, dass ihn die Säge genau zwischen den Fingern erwischte. Er hat angefangen zu schreien und zu fluchen … Ach, scheiß drauf, vielleicht hat Oscar es sich ja auch nur eingebildet.«

Tatsächlich?

»Vergiss es, James. Wir sollten nichts auf solche Erzählungen geben, sind ja keine Waschweiber.« Bobby wandte sich zum Gehen und verließ das Büro. James blieb mit einem merkwürdigen Gefühl zurück. Er kam sich vor wie im Strudel eines Whirlpools, in dem sich alles immer schneller drehte, die Sicht immer verschwommener wurde.

Er starrte durch die große Glasscheibe in die Werkstatt, wo die

Arbeit lief wie immer: Schreiner, Elektriker und Klempner wuselten um die Minihäuser herum, Sägen kreischten, Rockmusik wummerte. Alles kam ihm völlig normal vor, und doch war es anders. Völlig anders. Hinter der Fassade eines ganz gewöhnlichen Arbeitstags lauerte etwas Finsteres. Menschen verschwanden, Männer riskierten Leib und Leben, indem sie sich absichtlich verstümmelten.

Warum?

Natürlich fiel ihm keine Antwort ein. Er schaltete den kleinen Fernseher auf dem Aktenschrank ein, laut genug, um die Geräusche aus der Fertigungshalle zu übertönen, und nahm sich den Stapel mit den Rechnungen vor.

Die Zahlen verschwammen vor seinen Augen. Wie immer, seit er mit dem Kopf gegen die Feuerstelle des Kaminsimses geprallt war, fiel es ihm schwer, sich zu konzentrieren. Er rieb sich das Kinn, tastete automatisch nach den Spuren der Kratzer auf seinen Wangen und fragte sich zum unzähligsten Mal, wo Megan wohl stecken mochte. Schuldgefühle stiegen in ihm auf. Seine Affäre mit Sophia war der Auslöser für ihren Ausraster gewesen, der Grund, warum sie ihn attackiert hatte, deswegen war sie in den Wagen gesprungen und war Gott weiß, wohin gerast. Er hatte sie nicht körperlich verletzt, aber sein Verhalten hatte sie aus seiner Tür in die Nacht hinausgetrieben. James schloss die Augen und versuchte wieder einmal, sich an den genauen Verlauf des Abends zu erinnern. War da noch mehr gewesen, etwas, was ihm noch nicht wieder eingefallen war?

Und jetzt war Rebecca wieder in sein Leben getreten.

Nein, das stimmte nicht. Das hatte sie ihm klar und deutlich zu verstehen gegeben. Der Mist war nur, dass er sie wiedersehen wollte – trotz allem, was passiert war, trotz des Chaos in seinem Leben, trotz … Auf einmal meinte er, ihre Stimme zu hören.

Glaubte, er würde sich das nur einbilden. Doch er sah auf und schaute auf den kleinen Bildschirm, und da war sie, auf den Stufen vor dem Department des Sheriffs, und bat die Bevölkerung bei der Suche nach Megan um Unterstützung, setzte sogar eine Belohnung aus. Er schnappte sich die Fernbedienung und stellte lauter, dann schob er seinen Schreibtischstuhl zurück, stand auf und trat direkt vor den Fernseher. Bei ihrem Anblick zog sich sein Herz zusammen. Ihr braunes Haar flatterte im Wind, genau wie die Schöße ihres langen Mantels, ihr Gesicht war blass, die Wangen vor Kälte gerötet. Neben ihr stand ein weiblicher Officer.

Scham und Reue brachen wie eine tosende Welle über ihm zusammen.

Megan hatte sie betrogen.

Er hatte sie betrogen.

Und dennoch stand sie da, tapfer gegen die Tränen ankämpfend. Als sie geendet hatte, übernahm der weibliche Officer. Plötzlich füllte ein Foto von Megan den Bildschirm aus: Glattes, honigblondes Haar fiel auf ihre Schultern, die blauen Augen strahlen, ein unbeschwertes Lächeln lag auf ihren Lippen, die kleine, gerade Nase war übersät mit Sommersprossen.

Wieder einmal wurden seine Gedanken abrupt unterbrochen, denn irgendetwas an dem Foto kitzelte weitere Erinnerungen aus ihm heraus, doch er bekam sie nicht zu fassen. Er wusste, dass es wichtig war, doch da verschwand Megans Foto auch schon und machte der Aufnahme eines schwarzen Toyota Corolla, Baujahr 2010, mit dem Nummernschild von Megans Wagen Platz.

James ließ die offenen Rechnungen links liegen, lehnte sich gegen die Schreibtischkante und versuchte, den Gedanken, der unbedingt an die Oberfläche dringen wollte, zu fassen zu bekommen. Das erste Mal hatte er sich bemerkbar gemacht, als er Rebecca auf den Stufen vor dem Präsidium betrachtet hatte, ein zweites Mal, als Megans Foto auf dem Bildschirm erschien. Er kniff die Augen zusammen und konzentrierte sich. Die Ähnlichkeit zwischen den beiden Frauen war es nicht, denn sie ähnelten einander kaum, weder vom Aussehen her noch vom Temperament. Was war es dann?

Noch bevor ihm eine Antwort einfallen wollte, blinkte ein Breaking-News-Ticker auf dem Bildschirm auf: LOKALREPORTERIN TOT IN SAN FRANCISCO AUFGEFUNDEN. MORD?

»Wie bitte?«, sagte er laut. Ein Foto von Charity Spritz erschien auf dem Bildschirm. Ihm schnürte sich der Magen zusammen. Die Reporterin war *ermordet* worden? In *San Francisco?* Er starrte auf die Nachricht und hörte zu, wie der Reporter erklärte, man habe ihre Leiche am Flughafen gefunden, auch wenn die Polizei davon ausgehe, dass sie woanders getötet worden sei.

Sein Kopf hämmerte. Er dachte an die Fragen, mit denen sie ihn vor seiner Tür bombardiert hatte.

»Sie sind aus San Francisco«, hatte sie gesagt, und als er das bestritt, hatte sie ihn darauf hingewiesen, dass seine Familie von dort stammte. Was der Wahrheit entsprach.

Er hatte sich geweigert, mit ihr zu reden, und jetzt … Jetzt war sie tot? Ermordet, ausgerechnet in San Francisco? Das Blut gefror ihm in den Adern. *Was hat das zu bedeuten?* Tief im Innern wusste er, dass Charitys Tod etwas mit Megans Verschwinden zu tun hatte.

Etwas anderes war nicht möglich.

Auf dem Schreibtisch vibrierte sein Handy.

Rowdy Crockers Name erschien auf dem Display.

James griff danach und nahm das Gespräch umgehend an. »Ja?«

»Dir auch einen guten Tag.«

James war nicht in der Stimmung für Spielchen. »Hast du das von Charity Spritz gehört?«

»Himmel, ja. Ich höre nichts anderes mehr.«

»Mein Gott.« James starrte durch die Scheibe in die Werkstatt unter ihm, doch er sah nicht seine Angestellten, die an den Minihäusern arbeiteten, er sah Charity Spritz, die ihn mit ihren grauen Augen unter den dunklen Ponyfransen fixierte. Noch vor wenigen Tagen hatte sie unter dem Vordach auf seiner Veranda gestanden.

»He, Mann, alles klar?«, fragte Rowdy.

»Nein«, antwortete James und konzentrierte sich auf das Gespräch. »Was hast du für mich?«

»Zu viel, um es am Telefon zu erzählen. Ich sitze schon im Auto. Wir treffen uns bei dir zu Hause. Passt das?«

»Ja.« James griff nach seiner Jacke und suchte nach den Autoschlüsseln. »Bin gleich da.«

»Wir haben einen Treffer«, verkündete Mendoza, als Rivers das Department betrat. Er war einmal um den Block gegangen und mit einem Kaffee für sich selbst und einem »kalorienreduzierten Vanille-Latte-Macchiato mit fettarmer Sahne« zurückgekehrt, den Mendoza mehrfach bestellt hatte, wenn sie am Coffeeshop von Riggs Crossing angehalten hatten.

»Was für einen Treffer?«, wollte er wissen und stellte die Pappbecher ab.

»Eine Reaktion auf die Pressekonferenz.«

»Vielversprechend?«

»Ich denke schon. Ein Paar aus Tacoma hat angerufen – über Lautsprecher, damit sie beide reden konnten, was einigermaßen verwirrend war. Sie haben gemeldet, sie hätten Megans Wagen in der fraglichen Nacht gesehen, aber nicht auf der Hauptstraße nach Seattle, sondern in den Bergen. Sie waren in der Hütte eines Freundes gewesen und wären beinahe mit einem entgegenkommenden Wagen kollidiert. Der Mann schwört, es habe sich um einen schwarzen Toyota Corolla gehandelt.«

»Wo waren die zwei genau?«, hakte Rivers nach und reichte Mendoza den Becher. »Ich meine, wie können sie in diesem Bundesstaat leben und bisher nicht wissen, dass wir nach der Besitzerin dieses Wagens suchen?« Sämtliche Medien hatten über das Verschwinden von Megan Travers berichtet.

»Das ist es ja. Sie waren nicht da. Die beiden sind am nächsten Morgen zu einem Familientreffen nach Mexiko geflogen und erst gestern Abend nach Hause gekommen. Sie haben die Pressekonferenz im Fernsehen gesehen und zwei und zwei zusammengezählt.«

»Wo ist ihnen der Wagen entgegengekommen?«

»Das ist ja das Interessante: auf einer schmalen Bergstraße, von der die Zufahrten zu zahlreichen Zweitwohnsitzen abgehen. Die Gegend ist beliebt bei Sommer- und Winterurlaubern, allerdings ist die Straße nur wenig befahren. Kaum jemand verbringt das ganze Jahr dort. Cottages und Hütten an einem kleinen Fluss und in den Wäldern, mehr nicht.« Mendoza nahm einen Schluck von ihrem Vanille-Macchiato und ließ sich auf ihren Stuhl fallen, während Rivers neben ihr stehen blieb und auf den Monitor blickte. Eine Luftaufnahme war darauf zu sehen, die eine schmale Landstraße zeigte. Womöglich waren sie tatsächlich auf etwas gestoßen.

Die Rädchen in Rivers' Gehirn drehten sich. »Gehört eine der Hütten James Cahill?«, erkundigte er sich, ohne den Blick vom Bildschirm zu wenden.

»Nein. Nicht Cahill.«

»Wem dann?«

Mendoza zoomte ein Grundstück heran. »Ich bin die Grundbucheinträge in der Gegend durchgegangen«, sagte sie. »Nichts Auffälliges, bis auf den Eigentümer dieses kleinen Fleckchens hier.« Sie tippte mit dem Fingernagel auf den Monitor, wo das Dach einer Hütte durch die Äste der Bäume zu sehen war. »Harold Sinclaire alias Mr ›Toller Mann‹ Harry.«

»Harry Sinclaire?« Bei dem Namen klingelte etwas. »Jennifer Korpis Freund?«, fragte er überrascht. Er hatte die nervöse Lehrerin nicht als Verdächtige auf dem Schirm gehabt, in seinen Augen war sie einfach nicht der Typ, der eine Entführung durchziehen würde, obwohl er ihre Trauer, ihre Wut und Eifersucht gespürt hatte, als er ihren Antistressball in der Hand hielt. Jetzt aber verspürte er wieder dieses vertraute Kribbeln, das ihm stets verriet, wenn sie etwas Größerem auf der Spur waren.

»Ja. Jennifers ›aktuelle Flamme‹, wie meine Großmutter sich auszudrücken pflegte.« Mendoza wirkte hochzufrieden mit sich selbst. »Was wohl Schwester Rosemarie davon halten wird?«

Rivers lachte.

»Ich schlage vor, wir statten Mr Toller Manns Hütte einen Besuch ab, was denkst du?«

Rivers nahm bereits die Autoschlüssel vom Schreibtisch, und wenige Minuten später fuhren sie aus der Stadt hinaus in Richtung der Berge im Westen. Mendoza gab die GPS-Daten ein. Rivers blieb auf der Hauptstraße, dann bog er kurz vor der Kuppe auf eine vereiste Landstraße ein, die in engen Serpentinen bergauf führte. Schneebedeckte Tannen und Kiefern ragten hoch in den Himmel. Außer ihnen waren nur wenige andere Fahrzeuge unterwegs.

»Da!«, rief Mendoza, als sie eine enge Kurve nahmen und eine schmale, einspurige Brücke in Sicht kam, die einen kleinen zugefrorenen Fluss überspannte. Die Zufahrt dahinter war nicht gepflügt, im knietiefen Schnee waren nur wenige Wagenspuren erkennbar. Sie beschlossen, den Jeep stehen zu lassen und zu Fuß weiterzugehen. Das dritte Haus, zu dem sie gelangten, war das von Harry Sinclaire, eine zweigeschossige Hütte mit einem steilen Giebeldach. Die groben Holzwände waren mit den Jahren grau geworden. Die Türen waren fest verschlossen, doch die Läden nicht bei allen Fenstern zugeklappt. Sie spähten hinein, ihr Atem bildete weißen Beschlag auf den Scheiben. Drinnen war alles dunkel.

»Niemand da«, stellte Mendoza stirnrunzelnd fest. »Die Hütte wirkt unbewohnt.«

Rivers nickte. »Wird wahrscheinlich nur im Sommer genutzt.« Sie stapften weiter zu der angrenzenden Garage, die nicht viel größer war als ein Schuppen. Das Tor war ebenfalls fest verschlossen, doch in der Seitentür entdeckte Mendoza ein Fenster. Der Laden hing schief in den Angeln und gab ein Stück der Scheibe frei. Rivers schaltete seine Handytaschenlampe ein und leuchtete hinein. Der Strahl fiel auf einen Holzstapel und mehrere Gartengeräte, die auf der Motorhaube eines schwarzen Wagens lagen.

»Heilige Madonna«, flüsterte er, als ihm klar wurde, was er da vor sich hatte.

Megan Travers' Toyota Corolla, Baujahr 2010.

KAPITEL 38

DIE ABGESCHIEDENE BERGHÜTTE
15. DEZEMBER

Jetzt oder nie!

Ich höre, wie sich das Fahrzeug nähert. Der Motor heult, als sich der Wagen den Hügel heraufquält, die Reifen knirschen im tiefen Schnee.

Es kostet mich große Mühe, meine Furcht hinunterzuschlucken. Meine Nerven liegen blank, meine Gefühle drohen mit mir durchzugehen. Ich muss das tun. Und zwar jetzt!

Ich habe nur einen Versuch. Wenn ich jetzt versage, werde ich keine weitere Chance bekommen. Wenn ich versage, könnte das mein Todesurteil bedeuten.

Du schaffst das, ganz bestimmt!

Ganz gleich, wie oft ich mir das einrede – ich bin nicht wirklich zuversichtlich. Meine Entschlossenheit bröckelt, wenn ich mir vorstelle, womit ich ausgerüstet bin: mit zwei Plastikstücken und einer Hakenleiste aus Metall.

Trotzdem. Ich muss es versuchen.

Mein Magen schnürt sich zusammen.

Immer wieder bin ich das Szenario im Kopf durchgegangen, in einer stundenlangen Endlosschleife. Vor allem, wenn ich einzuschlafen versuchte, habe ich mir immer wieder vorgestellt, wie es sein könnte.

Ein kurzes Klopfen an der Tür.

Eine vertraute Stimme.

Das Klimpern von Schlüsseln.

Die Tür, die aufgestoßen wird.

Die Stimme, die »Hallo?« ruft.

Die Person, die einen Schritt in die Hütte hinein macht.

In dem Moment schlage ich zu!

Flink wie ein Puma, der von einem Bergvorsprung springt, schnelle ich aus meiner Koje unter dem Dach des Minihauses, die Waffen ausgestreckt wie Klauen.

Mein Widersacher schaut auf.

Zu spät!

Mit tödlicher Entschlossenheit stürze ich mich auf ihn, steche auf seine Augen ein, um ihn zu blenden.

Anschließend gehe ich auf seine Kehle los.

Schlitze sie auf.

Beschädige die Luftröhre.

Blut spritzt.

Luft entweicht gurgelnd und rasselnd.

Bei der Vorstellung wird mir übel.

Du schaffst das.

Galle steigt in meiner Speiseröhre auf.

Das Motorengeräusch kommt näher. Ich steige die Leiter zur Schlafnische hinauf, wie ich es schon Dutzende Male getan habe, und spähe durch die Reihe kleiner Fenster unter der Decke. Scheinwerferlicht blitzt durch die eisverkrusteten Baumstämme.

»Herr im Himmel, gib mir Kraft«, bete ich, voller Abscheu über meine Schwäche, mein Flehen, an eine Gottheit gerichtet, die mich verlassen hat. Ich brauche nicht Gottes Hilfe, um meinen Entführer zu verstümmeln oder zu töten.

Und Satans Hilfe brauche ich auch nicht.

Ich muss mir bloß vor Augen rufen, wer mir das hier angetan hat und warum.

Das genügt.

Ich bin bereit.

Du schaffst das.

Doch mein Plan wird vereitelt.

Diesmal kommt mein Entführer nicht herein, sondern schiebt eine Tüte mit Lebensmitteln durch die ein Stück breit geöffnete Tür, bevor er sie wieder zuzieht und von außen abschließt.

Das darf doch nicht wahr sein.

NEIN!

Ich stoße einen frustrierten Schrei aus, aber es ist zu spät.

Ich höre, wie der Motor angelassen wird. Der Wagen verschwindet und damit auch mein Traum von Flucht.

KAPITEL 39

Als James zu Hause ankam, sah er Crockers uralten Ford Pick-up an der Zufahrt parken. Rowdy selbst saß in James' Lieblingssessel, eine offene Flasche Bier auf dem Beistelltisch neben ihm, während er, eine Lesebrille auf der Nase, auf die Tastatur von James' Laptop eintippte. Seine braunen Haare waren lang und ungepflegt und fielen ihm in die Augen, sein Kinn war verschattet von einem Fünftagebart, die Camouflage-Klamotten, zu denen er ein verwaschenes Megadeth-T-Shirt trug, hatten schon bessere Tage gesehen.

Ralph bellte, als er ihn bemerkte.

»Alles gut«, beschwichtigte Rowdy den Hund, ohne vom Bildschirm aufzublicken. Er nahm die Flasche, trank einen großen Schluck und fragte, an James gewandt: »Hast du was zu essen da?«

»Was zur Hölle machst du hier?«

»Wonach sieht es denn aus?« Rowdy blickte ihn über den Rand seiner Lesebrille hinweg an und zuckte übertrieben die Achseln. »Dir helfen?«

»Indem du in mein Haus einbrichst ...«

»Indem ich in dein Haus einbreche und mir ein Bier genehmige, während ich deinen verdammten Computer säubere? Nun, ja, wenn du das unter ›einbrechen‹ verstehst, bekenne ich mich schuldig.« Er runzelte die Stirn und stieß einen lang gezogenen Seufzer aus. »Ein Schlüssel auf dem Rahmen der Hintertür? Warum hängst du nicht gleich ein Schild mit einem neongelben Pfeil hin: ›Hier liegt der Schlüssel‹?«

James schüttelte den Kopf. So leicht war das nun auch wieder nicht: Ein potenzieller Eindringling musste durch den Holzschuppen oder um das Haus herum gehen, um zur Hintertür zu gelangen.

»Du hast gesagt, du hättest Informationen für mich«, wechselte er das Thema, weil er Rowdy nicht verärgern wollte.

»Habe ich. Und zwar eine ganze Menge.« Crocker beugte sich vor und löste die Fußstütze des Sessels, um sich aufzusetzen, anschließend stellte er den Laptop auf den Beistelltisch. »Hol dir ein Bier, dann können wir reden.« Er stand auf, nahm seine leere Flasche und ging in die Küche. Seine Schritte in den schweren Arbeitsstiefeln hallten durch den Flur.

Als wäre er hier zu Hause.

James folgte ihm. »Hast du Megan gefunden?«

»Nein.«

»Was hast du dann?«, fragte James, bemüht, sich nicht anmerken zu lassen, wie genervt er war. Er kannte Rowdy seit der Junior High, war seine Marotten gewohnt. Die ihn immer noch piesackten bis aufs Blut.

»Du weißt, dass Charity Spritz ermordet wurde?«

James nickte, nach wie vor genervt. »Ich hab's vorhin in den Nachrichten gehört.«

»Hast du eine Idee, warum sie in der Gegend von San Francisco war?« Rowdy hatte bereits den Kühlschrank geöffnet und nahm zwei Flaschen Bier heraus.

»Ich kann's mir denken.«

Rowdy stellte die leere Flasche in die Spüle, dann griff er nach dem Flaschenöffner und reichte James sein Bier.

»Ich wollte es mir im Wohnzimmer bequem machen. Da hab ich deinen Laptop entdeckt und gedacht, es könne nicht schaden, wenn ich mir den mal vornehme. Du solltest ihn wirklich besser sichern – jeder kann sich in deine Dateien einhacken.«

»So wie jeder in mein Haus eindringen kann?«

Rowdy lachte bellend. »Wenn du dir den Schuh anziehen willst …«

Sie setzten sich an den Esszimmertisch, auf dem Rowdys offener Laptop stand. Daneben lagen sein iPad und zwei Handys. »Rudimentäres Equipment, ich weiß, aber damit müssen wir uns im Moment begnügen.«

James konnte sich nur ansatzweise vorstellen, was Rowdy bei sich zu Hause hatte, in dem Blockhaus im Wald, in dem er offiziell autark, »abgekoppelt vom Versorgungsnetz« lebte. Obwohl es bis unters Dach mit der neuesten elektronischen Ausstattung vollgestopft war – angefangen bei Kameras über Aufnahmegeräte, vielfach gesicherten Computern bis hin zu der Art von Spionageausrüstung, nach der sich selbst die CIA die Finger lecken würde, zumindest wenn man Rowdy Glauben schenkte.

James ließ sich auf den Stuhl neben seinem ehemaligen Highschool-Kumpel fallen und nahm einen Schluck Bier, während Crocker sich an der Tastatur zu schaffen machte. Ralph rollte sich unter dem Tisch zusammen.

»Okay … wie ich schon sagte, ich habe Megan nicht gefunden. Noch nicht. Allerdings habe ich gerade eben erfahren, dass die Polizei ihren Wagen entdeckt hat.«

»Was? Wie hast du das herausgefunden?«

»Muss ich dich an meine ›Stell-keine-Fragen‹-Regel erinnern?«

Crocker bestand auf absolute Verschwiegenheit.

»Vertrau mir einfach. Sie haben den Toyota gefunden. Ich habe noch nicht die genauen Koordinaten des Fundortes, aber es handelt sich um ein Grundstück in den Bergen.«

James' Herz fing an zu hämmern. »Und was ist mit Megan?«

»Sie war nicht dort. Soweit ich weiß, hat man jedoch ihre Habseligkeiten entdeckt – ihr Handy, ihren Laptop, ihre Handtasche. Im Moment werden die Sachen untersucht.« Er warf James einen Seitenblick zu. »Du solltest vorbereitet sein, auch wenn sie noch nicht angefangen haben, nach einer Leiche zu suchen.«

James zog scharf die Luft ein. »Willst du damit sagen, dass sie tot ist?«

»Ich will sagen, dass dies eine naheliegende Möglichkeit ist.« Ernst. Nicht das übliche Geflapse. »Der Hammer ist, dass das Grundstück Harold Sinclaire gehört.«

»Sinclaire?«, wiederholte James. »Er hat bei mir ein Minihaus gekauft.«

»Die Hütte ist keins von deinen Minihäusern, James, die steht da seit einem halben Jahrhundert, wenn nicht schon länger. Jennifer Korpi ist die Verbindung – Sinclaire ist mit ihr liiert.«

»Wie bitte?«

»Ja, die Welt ist klein.«

»Aber Jennifer … sie würde sich nie in so etwas hineinziehen lassen. Das ergibt doch keinen Sinn! Bist du dir sicher?«

Crocker warf ihm einen durchdringenden Blick zu. »Du weißt, mit wem du redest, oder?«

»Ja, entschuldige.«

»Hast du nicht erzählt, ihr Bruder, Gus Jardine, wolle dich wegen eines Arbeitsunfalls verklagen?«

»Richtig.« James schnaubte. »Mehrere Kollegen, die in seiner Nähe gearbeitet haben, scheinen zu glauben, er habe sich mit Absicht verletzt. Wie abgedreht ist das denn?«

»Vielleicht gar nicht so sehr, wie es auf den ersten Blick scheint.«

»Dann will er also Geld?«

Crocker drehte den Kopf nach rechts und links und dehnte seine Nackenmuskeln. »Möglicherweise steckt mehr dahinter. Sieh dir das mal an.« Wieder flogen seine Finger über die Tastatur, und binnen Sekunden erschien das Bild einer zerfleischten Hand. Zerfetztes Gewebe. Frei liegende Knochen und Ligamente.

»Heilige Scheiße, ist das Gus' Hand? Wie zum Teufel bist du da rangekommen?«

Crocker gab keine Antwort. Stattdessen warf er ihm einen warnenden Blick zu, dann deutete er auf den Bildschirm. »Sieh mal hier, in der Handinnenseite, unter den ersten Fingerknöcheln. Wenn du genau hinschaust, erkennst du unterhalb des Ring- und Mittelfingers weitere Verletzungen.«

»Von der Säge.«

Crocker schüttelte bedächtig den Kopf. »Sieh genau hin. Mehrere tiefe, aber kleine Verletzungen, fast halbrund angeordnet.«

James starrte auf den Monitor. Seine Gedanken rasten. »Sind das Bisspuren?«

»Von einem menschlichen Gebiss.« Crocker nickte.

James verstand, worauf sein alter Kumpel hinauswollte. »Du denkst, Jardine hat seine Hand *absichtlich* in die Säge gesteckt, um die Tatsache zu verschleiern, dass er gebissen wurde?«

Plötzlich schob Crocker seinen Stuhl zurück, trat hinter James und packte ihn von hinten, die rechte Hand über seinen Mund gelegt.

James reagierte und versuchte, ihn abzuschütteln. »He!«, rief er, doch seine Stimme klang erstickt. Ralph sprang auf und fing an zu knurren, bereit, sich auf Crocker zu stürzen, doch der ließ James schon wieder los.

»Kapiert?«, fragte er schwer atmend.

»Ja«, stieß James keuchend hervor. Jetzt war klar, was Crocker dachte. »Du glaubst, Gus Jardine hat Charity Spritz ermordet?«

»Ich halte das für durchaus möglich.« Er ließ sich wieder auf seinen Stuhl fallen. »Ich habe angefangen zu recherchieren. Möglich wäre es. Er könnte nach San Francisco geflogen sein und diese Reporterin umgebracht haben. Anschließend ist er in den nächsten Flieger gestiegen und zurückgeflogen. Niemand hätte bemerkt, dass er überhaupt weg war.« Er klickte ein weiteres Bild an. Diesmal von einer Überwachungskamera, ein Standbild aus einem Video. Eine Person war darauf zu sehen, die sich von einem Van auf einem Parkplatz entfernte. »Das ist am Flughafen von San Francisco. Sieht der Kerl dort« – er deutete auf die ganz in Schwarz gekleidete Person auf dem Foto – »aus wie Jardine?«

»Vielleicht«, räumte James ein. »Vielleicht auch nicht.«

»Ich arbeite noch daran.«

»Gut.«

Rowdy klickte auf das Bild und spielte mehrfach den kurzen Videoausschnitt ab. Der Mann hatte dieselbe Statur wie Gus Jardine, doch sein Gesicht war von einer Kapuze verdeckt und nicht zu erkennen. »Warum sollte Gus Jardine Charity Spritz umbringen?«

»Weil sie etwas wusste oder kurz davorstand, etwas herauszufinden.«

»Über ihn oder über seine Schwester?«

»Das ist die Eine-Million-Dollar-Frage. Vielmehr eine von mehreren. Was glaubst du – warum ist Charity Spritz nach Nordkalifornien gefahren?«

»Vermutlich um meine Familie auszuspionieren. Sie hat so etwas angedeutet.«

»Dir gegenüber?«

»Ja. Sie hat mich aufgesucht, wollte ein Interview und kam auf die Tatsache zu sprechen, dass meine Familie aus der Gegend um San Francisco stammt. Es ist naheliegend, dass sie deshalb dorthin gefahren ist.«

Crocker griff nach seiner Flasche und trank, ohne den Blick vom Bildschirm zu wenden. »Und ich denke, sie ist fündig geworden. Du weißt selbst, wie viele Irre es in deiner Familie gibt.«

James schnaubte, doch Crocker hatte recht, das konnte er nicht abstreiten.

»Der Stammbaum der Familien Cahill und Amhurst hat viele Äste und Zweige. Ein völliger Wirrwarr, wenn es um den Genpool geht.«

James konnte ein Lied davon singen. Mit vollem Namen hieß er James Amhurst Cahill; seine Mutter war eine Amhurst, eine uneheliche Tochter, zur Welt gebracht von einer der zahlreichen Geliebten seines Großvaters. Am Ende heiratete sie seinen Stiefvater Nick, einen Cahill.

»Und du, mein Freund«, fuhr Rowdy voller Ehrfurcht fort, »bist einer der wenigen Erben des Amhurst-Vermögens. Es sind nicht die Cahills, die dich reich machen werden, obwohl auch sie ihren Teil dazu beitragen, sondern die Amhursts …« Er stieß einen lang gezogenen Pfiff aus. Ralph hob den Kopf und stellte die Ohren auf.

»Ich habe Schwestern, Rowdy«, hielt James dagegen. »Und eine Verwandte in San Francisco, die zwei Kinder hat. Die werden ebenfalls erben.«

»Denkst du?«

James spürte, wie er sich verspannte.

»Das Testament deines Großvaters, mein Lieber. Er hat dir den Löwenanteil eines riesigen Vermögens hinterlassen. So gut wie alles. Unter treuhändischer Verwaltung. Deine Schwestern haben nicht so viel bekommen. Diese ›Verwandte‹ mit den beiden Kids, von der du da sprichst, deine Halbschwester Cissy, bekommt ebenfalls ein nettes Taschengeld, aber du, James, bist der große Absahner!«

»Und was hat mein Erbe mit dem Mord an Charity Spritz zu tun?«, fragte James ungeduldig.

»Tja, das ist die Frage, nicht wahr? Wie ich schon sagte, der Genpool ist eine ziemlich trübe Brühe. Alle möglichen Cahills und Amhursts haben sich miteinander eingelassen, unzählige Kids wurden außerehelich gezeugt – früher sprach man von ›illegitimen Sprösslingen‹ oder ›Bastarden‹, aber das ist wohl nicht mehr der politisch korrekte Ausdruck. Hattest du nicht eine geistesgestörte Halbcousine? Die Frau, die vor ein paar Jahren ihr Unwesen getrieben hat? Die heimliche Tochter der Halbschwester deiner Mutter oder so ähnlich?«

»Oder so ähnlich.«

»Es war ein Riesenskandal.«

»Das kann man wohl sagen.« Die Frau hatte Cissy terrorisiert und sie beinahe in den Wahnsinn getrieben. Cissy hatte nur um Haaresbreite überlebt.

»Eine waschechte Psychopathin. Und jetzt rate mal.«

James' Magen verknotete sich. Er wusste nicht, was kommen würde, aber er spürte, dass es übel war. Richtig übel.

»Mir fehlen noch ein paar Details«, räumte Rowdy ein, »aber es sieht so aus, als hätte sie ein Kind bekommen, bevor sie das ganze Chaos in deiner Familie angerichtet hat. Eine Tochter, glaube ich, aber wie gesagt, ich weiß noch nicht alles. Sie hat das Kind zur Adoption freigegeben – Trommelwirbel, bitte …« Er sah James erwartungsvoll an und wirkte ziemlich enttäuscht, als dieser nicht reagierte. »Okay, dann eben kein Trommelwirbel. Sie hat das Kind zur

Adoption freigegeben. Cahill House, diese Stiftung in San Francisco, die deine Familie ins Leben gerufen hat, um schwangere Teenager zu unterstützen, hat sich darum gekümmert.«

James' ungutes Gefühl wurde von Sekunde zu Sekunde stärker. »Worauf genau willst du hinaus, Rowdy?«

»Das liegt doch auf der Hand, oder nicht? Ich denke, Charity Spritz hat die Sache mit dem Baby herausgefunden und weiß, wo er oder sie ist. Sie hat mit einer Pflegerin gesprochen, die zur fraglichen Zeit in Cahill House beschäftigt war, doch bislang konnte ich noch nicht in Erfahrung bringen, was diese ausgeplaudert hat.«

»Hast du den Namen der Pflegerin?«

»Ich arbeite daran.«

»Sollten wir uns damit nicht an die Polizei wenden?«

»Wie bitte?« Crockers Kopf wirbelte herum. Er starrte James fassungslos an. »Nein, ich traue den Cops nicht, und du solltest das auch nicht tun. Überleg mal, warum du mich angerufen hast: Du bist immer noch der Hauptverdächtige, was Megans Verschwinden angeht. Glaub mir, die brauchen keine Hilfe. Die verfügen über die Technologie und genügend Mitarbeiter, um selbst darauf zu stoßen. Wenn du willst, dass ich dir helfe, lass die Cops außen vor. Deine Entscheidung.« Er warf einen Blick auf die Uhr, dann trank er sein Bier aus. »Ich muss los. Wollte nur persönlich mit dir reden.«

»Glaubst du, mein Handy ist verwanzt?«, fragte James.

»Sei einfach vorsichtig. Ach, übrigens, ich hab das Haus gecheckt, nachdem die Cops es durchsucht hatten. Scheint sauber zu sein.«

»Nicht jeder Cop ist schmutzig.«

»Stimmt, aber du weißt nie, wer von ihnen wirklich sauber ist. Also lass uns lieber unter dem Radar bleiben.« Rowdy klappte seinen Laptop zu und schob den Stuhl zurück. »Ich gebe dir Bescheid, sobald ich mehr herausfinde. Dürfte nicht allzu lange dauern. Abrechnen können wir später.« Er legte seine Sachen in einen zerbeulten Koffer und ging zur Haustür. »Ach, James«, sagte er, als er unter das Vordach trat, »sei vorsichtig. Diese Reporterin ist tot. Wahrscheinlich deinetwegen. Eine Frau wird vermisst, möglicherweise, weil sie dir nahestand, also pass auf dich auf, okay? Und wenn wir schon dabei sind – warum suchst du dir nicht ein Versteck für deinen Ersatzschlüssel, das nicht gleich jeder Dreijährige findet?«

KAPITEL 40

Es war bereits dunkel, als das Team von der Spurensicherung zusammen mit Rivers und Mendoza mit Harold Sinclaires Hütte fertig war. Mittlerweile war es empfindlich kalt. Rivers rieb seine in dicken Handschuhen steckenden Hände, während Mendoza mit den Füßen stapfte, um sie warm zu halten.

Nachdem sie Megan Travers' Toyota in der Garage entdeckt hatten, hatte Mendoza Verstärkung gerufen und einen Durchsuchungsbeschluss angefordert. Rivers hatte Harold Sinclaire kontaktiert. Sinclaire, zutiefst erschrocken, hatte sich bereit erklärt, sie vor Ort zu treffen, und ihnen den Code zu einem Outdoor-Schließfach in der Nähe der Eingangstür durchgegeben, in dem er einen Ersatzschlüssel aufbewahrte. Da er ihnen als Eigentümer gestattete, die Hütte zu betreten, mussten sie nicht warten, bis der Durchsuchungsbeschluss eintraf, sondern konnten sofort damit beginnen, die Räumlichkeiten zu durchkämmen. Es stellte sich heraus, dass der Wagen in der Garage tatsächlich Megan Travers gehörte. In der Hütte entdeckten sie Handy, Laptop und Handtasche.

Die Frau selbst dagegen fanden sie nicht. Keine Megan Travers. Keine Leiche. Weder ihre noch die von jemand anderem. Trotzdem hatte irgendwer ihren Wagen zu dieser Hütte gefahren. Der Wagenschlüssel steckte im Zündschloss, weitere Schlüssel, vermutlich die zu ihrer Wohnung, baumelten am Schlüsselring.

»Keine Kleidung«, stellte Mendoza fest. »Auch keine kleine Reisetasche, kein Kosmetikbeutel, kein Täschchen mit Medikamenten. Das lässt auf einen überstürzten Aufbruch schließen, obwohl sie so geistesgegenwärtig war, ihren Laptop und das Handy mitzunehmen.«

»Vielleicht lag beides schon im Wagen.«

»Hm. Sie wusste, dass sie abhauen würde, denk an die Notiz.«

»Ja.« Rivers nickte. »Sie ist von der Arbeit gekommen, hat sich umgezogen und ist anschließend zu Cahill gefahren. Sie hat sich mit ihm gestritten, die Auseinandersetzung wurde handgreiflich, und sie ist in den Wagen gesprungen und losgefahren. Sie hat ihre Schwester angerufen, ist wie eine Besessene aus der Stadt hinausgerast und dann? Dann ist sie doch nicht einfach hierhergefahren?«

»Es sei denn, sie hätte ihr Verschwinden geplant, was ich bezweifle.«

Rivers nickte.

»Dann hatte sie also entweder vor, sich hier mit jemandem zu treffen, oder sie hat einen Anruf bekommen und ist deswegen hergefahren. Die dritte Möglichkeit wäre, dass sie dazu gezwungen wurde.«

»Was dann?«, fragte Rivers. Im selben Moment sahen sie Scheinwerfer, die sich der Hütte näherten, kurz darauf fuhr ein weißer Range Rover über die Brücke am Fluss. Der SUV hielt an, die Fahrertür schwang auf, und ein vierschrötiger Mann, nicht größer als eins siebzig, stieg aus und knallte die Tür zu.

»Harold Sinclaire«, sagte Rivers zu Mendoza.

»Was um alles auf der Welt ist hier los?«, fragte Sinclaire mit weit aufgerissenen Augen, das Gesicht gerötet, passend zu seinem rot-schwarzen Skianzug. Auch die Wollmütze, die er tief über die Ohren gezogen hatte, war rot. Er sah aus wie eine lebende Zündkerze. »Wollen Sie mich verschaukeln?«, fragte er. »Der Wagen von Megan Travers ist *hier?*«

Rivers nickte. »In der Garage. Wir lassen ihn in die Werkstatt der Spurensicherung bringen.«

»Aber warum?«, fragte Harold verblüfft. »Ich meine, was hatte sie hier zu suchen? Ich kapier's nicht!«

»Wir hatten gehofft, Sie könnten uns diese Frage beantworten.«

»Ich habe absolut keinen Schimmer.« Er hob hilflos die behandschuhten Hände.

Die Beifahrertür des Range Rovers öffnete sich, und Jennifer Korpi, dick verpackt in einen langen Mantel, stieg aus und stiefelte auf sie zu.

»Was hat das zu bedeuten?«, fragte auch sie und beäugte fassungslos den Abschleppwagen mit den blinkenden Lichtern.

»Siehst du, Schatz«, sagte Sinclaire. »Deshalb wollte ich die Hütte loswerden. Bringt doch nichts außer Arbeit und Scherereien. Diese Schneemassen im Winter – ständig habe ich Angst, dass das Dach zusammenbricht, die Leitungen einfrieren oder Waschbären im Dachboden Unterschlupf finden. Das ist schon einmal passiert. Und dann die Sache mit dem Gastank …« Er wandte sich an Rivers. »Können Sie sich das vorstellen? Dass jemand den ganzen Weg hierherfährt, nur um Propangas zu stehlen? Ich hatte Glück, dass ein paar Schneeschuhwanderer das Ganze beobachtet und gemeldet haben, sonst wäre ich nach Neujahr hierhergekommen und hätte die Heizung nicht anmachen können!«

»Wann war das?«, wollte Rivers wissen.

»Keine Ahnung … Vielleicht vor einem Monat?« Er sah Jennifer Bestätigung heischend an.

Sie nickte. »Ja, das kommt hin. So ungefähr vor vier, fünf Wochen. Nach dem großen Sturm. Es war kurz vor Thanksgiving, meine ich.« Sie biss sich auf die Lippe. »Ich verstehe nur nicht, was das zu bedeuten hat. Warum Megans Wagen hier ist. Das ergibt doch keinen Sinn.«

»Richtig«, pflichtete Sinclaire ihr bei. »Ihr Auto ist hier, aber sie nicht?«

»Die Garage war abgeschlossen. Kennt außer Ihnen noch jemand die Kombination zu dem Schließfach?«, fragte Rivers.

»Nein.« Sinclaire schüttelte den Kopf. »Na ja, abgesehen von uns beiden nur der Nachbar.« Er deutete die schneebedeckte Zufahrt hinunter. »Frank Miller. Er kommt öfter her als wir, und er schaut nach dem Rechten. Er kennt den Code, damit er ins Haus kann, wenn etwas nicht in Ordnung ist. Das war's dann aber auch, stimmt's, Liebling?« Er warf Jennifer einen Blick zu, die ihm nicht in die Augen schaute. »Liebling?«

Sie seufzte. »Erinnerst du dich nicht? Wir haben Gus den Code genannt, als er uns Feuerholz liefern sollte.«

»Ja, aber er ist doch nie aufgekreuzt. Wir haben das Holz nicht bekommen.« Sinclaire zuckte die Achseln. »Egal. Gus hat damit nichts zu tun, da bin ich mir sicher.«

Rivers fragte sich, woher er seine Überzeugung nehmen mochte. Gus Jardines Name fiel häufiger. Wie zufällig, hier und da, immer wie nebenbei.

»Ich sage dir, jetzt reicht es«, verkündete Harold entschlossen und legte einen Arm um Jennifers Schultern. »Ich verkaufe. Den Ärger können wir uns sparen.«

Sinclaire und Korpi sahen zu, wie der Toyota auf den Abschleppwagen gehievt wurde, der kurz darauf über die kleine Brücke verschwand.

Rivers hoffte, dass sie Glück haben und in dem Auto auf Fingerabdrücke oder andere Beweismittel stoßen oder Hinweise darauf entdecken würden, was aus Megan Travers geworden war.

Als sie die Hütte im Wald endlich verließen, war es schon nach sieben. Sie hielten bei Lucy's Diner an und landeten in einer Nische neben der, in der sie mit Andie Jeffries gesessen hatten. Mendoza rutschte auf eine der Bänke mit den hohen Rückenlehnen, Rivers nahm ihr gegenüber Platz. Es war voll, mehrere Kellnerinnen eilten von einem Tisch zum nächsten. Mendoza bestellte sich einen fleischlosen Burger und ein Mineralwasser, Rivers entschied sich für ein gegrilltes Hähnchensteak mit Pommes und einer Cola. Ein Bier würde warten müssen, denn noch war er im Dienst.

»Du bringst dich noch um«, stellte Mendoza fest, als ihre Bestellungen gebracht wurden und sie die dicke Soße auf seinem Teller beäugte.

»Da bin ich mir sicher, ich weiß nur nicht, ob mir das tatsächlich mit der Soße gelingen wird.« Er griff nach der Ketchupflasche und drückte einen großen Klecks auf seinen Teller, direkt neben die heißen Fritten. »Und was dieses Fake-Fleisch anbetrifft: Da ist das letzte Wort noch nicht gesprochen. Wusstest du, dass man das sogar mit einem 3-D-Drucker herstellen kann? Wie viele Nährstoffe mögen da wohl drinstecken?«

»Hmm, das schmeckt so lecker.« Sie schnitt den Pseudo-Burger in zwei Hälften, sodass er die dicke Schicht eingelegte Gurken, Zwiebeln, Tomaten und Salat sehen konnte, und nahm einen Bissen. »Du weißt gar nicht, was dir entgeht«, nuschelte sie mit vollem Mund.

»Keine Sorge, mir genügt, was ich sehe.« Rivers grinste und schnitt sich ein Stück Hähnchensteak ab. »Ist dir aufgefallen, dass immer wieder Gus Jardines Name fällt?«, fragte er. »Stets wie nebenbei, aber trotzdem.«

»Ja. Was uns zu Jennifer führt.«

»Möglich.« Rivers überlegte und nahm einen Schluck Cola. »Vielleicht gibt es aber auch einen anderen Zusammenhang.«

»Du meinst einen anderen, als dass seine Schwester von James Cahill sitzen gelassen wurde?«

»Wegen Rebecca Travers, nicht wegen Megan.«

Mendoza wedelte mit der Hand, als wolle sie ausdrücken, dass sie nicht überzeugt sei. »Wo ist da der Unterschied? Vielleicht soll die Frau büßen, mit der James Cahill aktuell zusammen ist.«

»Dürftig.« Er schnitt ein weiteres Stück Steak ab und steckte es sich in den Mund.

»Ich kann von hier aus zusehen, wie deine Arterien verstopfen«, bemerkte Mendoza grinsend. Ihre dunklen Augen blitzten amüsiert.

»Du bist bloß neidisch.«

Sie schnaubte abfällig. »Kaum. Aber zurück zum Thema: Was denkst *du* denn, wenn du meine Theorie für unglaubwürdig hältst?«

»Ich bin mir nicht sicher. Vielleicht gibt es noch eine andere Verbindung zu Megan.«

»Aber welche? Warum sollte Jardine – was denn tun? Sie entführen? Sie zwingen, zu Sinclaires Hütte zu fahren? Haben sie eine Schneeschuhwanderung gemacht? Hat ein anderes Fahrzeug auf sie gewartet? Was hätte jemand mit ihr machen sollen?«

»Vielleicht haben sie das zusammen geplant«, überlegte Rivers laut. »Megan streitet sich mit Cahill, trifft sich mit Jardine; sie verstecken den Wagen, dann versteckt sie sich.«

»Warum? Das ergibt keinen Sinn. Weshalb sollten die beiden das tun? Rache für Megan, aber was ist für Jardine drin?« Ihre Augenbrauen schossen fragend in die Höhe. »Möööp«, sagte sie, was klang wie der Buzzer einer Quizshow, wenn der Kandidat keine Antwort geben konnte. »Unwahrscheinlich.«

»Du hast recht«, räumte er ein. Schweigend leerte er seinen Teller. Nichts ergab bisher Sinn, und doch hatte er das Gefühl, sie wären dabei, das Puzzle Stück für Stück zusammenzusetzen. Jardine war in die Sache verwickelt, so viel stand fest. Sie mussten nur noch herausfinden, wie.

Nach dem Essen fuhren sie zurück zum Department. Mendoza saß wie immer auf dem Beifahrersitz und scrollte durch ihre Nachrichten und E-Mails. Rivers bog gerade auf den Parkplatz ein, als sie sagte: »Oh, oh, was ist das denn?«

»Was?«, fragte er und setzte den Jeep in eine Lücke zwischen zwei Streifenwagen.

Mit zusammengezogenen Augenbrauen starrte sie aufs Display. »Das ist seltsam.« Ihre Stimme klang aufgeregt. »Lass uns reingehen. Ich will mir das auf meinem Computer ansehen, da haben wir ein größeres Bild.« Sie löste bereits den Sicherheitsgurt und öffnete die Beifahrertür.

Rivers folgte ihr zu ihrem Arbeitsplatz, wo sie sich aus ihrem Mantel schälte, den sie, ohne hinzusehen, über einen Aktenschrank warf. Dann setzte sie sich auf ihren Drehstuhl und fuhr den Computer hoch. »Die Mail ist vom Labor«, erklärte sie. »DNA von den Haaren, die man in James Cahills Bett gefunden hat.« Ihre Finger flogen über die Tastatur. »Hier, sieh mal.« Auf dem Monitor erschien der Bericht. »Haare von drei verschiedenen Personen, eine davon männlich. James Cahill und zwei Frauen. Ein Haar konnte Megan Travers zugeordnet werden – es passt zu den Proben aus der Bürste in ihrer Wohnung. Das andere … hier, lies … Es stammt ebenfalls von einer

Frau, und zwar – das muss man sich mal vorstellen! – von einer Frau, die mit Cahill verwandt ist.«

»Wie bitte?«

»Vermutlich eine Cousine, wenn auch nicht ersten Grades, auf alle Fälle jemand von mütterlicher Seite, den Amhursts.«

»Von mütterlicher Seite?«, wiederholte Rivers perplex.

Mendoza nickte. »Ich habe ein wenig recherchiert. Die Amhursts sind sogar noch reicher als die Cahills, zumindest waren sie das einmal. Beide Familien haben immer wieder untereinander geheiratet oder sich auf sexuelle Beziehungen eingelassen, außerdem wurden über die Jahre mehrere Kinder von Geliebten zur Welt gebracht.«

»Und in James Cahills Bett lag eine Cousine irgendwelchen Grades mütterlicherseits?«, hakte er noch einmal nach.

»Eine entfernte Verwandte, ja.« Mendoza verzog angewidert die Lippen. »Keine Überraschung bei seinem Frauenverschleiß.«

»Für uns nicht«, überlegte Rivers laut, »für ihn dagegen wahrscheinlich schon.« Er starrte auf den Bericht und las: UNBEKANNT, WEIBLICH.

Mendoza rollte ihren Stuhl zurück und sah ihn an. »Die Unbekannte ist blond. Weißblond.«

»Unglaublich.« Rivers schüttelte den Kopf. Die Rädchen in seinem Gehirn rotierten. »Ob er das weiß?«

»Noch nicht, aber er wird es bald erfahren.«

Rivers' Handy klingelte. Er warf einen Blick aufs Display. »Endlich.«

»Endlich?« Mendoza war noch immer in die Ergebnisse der DNA-Tests vertieft.

»Endlich ruft Earl Ray Dansen zurück«, sagte er und nahm das Gespräch entgegen. »Rivers«, meldete er sich.

»Hier spricht Earl Ray vom *Clarion.* Freut mich, dass ich Sie erwische.«

»Mich freut es ebenfalls. Sie wissen von Charity Spritz?«

»Mein Gott, ja. Ich kann es nicht fassen.« Er klang bestürzt. »Entsetzlich.«

»Können Sie mir sagen, woran sie gearbeitet hat?«

»An der Cahill-Story. Aber, ähm … ich finde, wir sollten besser persönlich reden. Es gibt etwas, was ich Ihnen zeigen möchte.«

Rivers warf einen Blick auf seine Armbanduhr. Schon nach sieben. »Wie wäre es jetzt gleich?«

»Ich sitze hier noch fest, wegen der morgigen Ausgabe. Ich hatte gehofft, Sie könnten in der Redaktion vorbeikommen.«

»Kein Problem. Wir sind schon unterwegs.«

Mit pochendem Herzen stand Sophia im Badezimmer ihres kleinen Apartments und wartete auf das Ergebnis ihres Schwangerschaftstests. Ihre Hand zitterte, ihr Magen schnürte sich vor Aufregung zusammen.

Was, wenn sie schwanger war?

Was, wenn nicht?

Sie wusste nicht, was sie sich wünschen sollte.

Ihr Herz wummerte wie ein Presslufthammer. Sie war allein, wartete darauf, dass ihre Schwester zurückkehrte.

Julia hatte sich in letzter Zeit merkwürdig verhalten, war nervös und launisch gewesen, was Sophia ihr nicht zum Vorwurf machen konnte. Alles war merkwürdig. In den Nachrichten hatte Sophia gesehen, dass diese Reporterin – die, die sie nicht mochte, diese Charity Spritz – in San Francisco ermordet worden war.

Sophia hatte ein ausgesprochen ungutes Gefühl beschlichen, auch wenn sie nicht recht sagen konnte, warum.

Und das war noch nicht alles.

Gus hatte sich bei einem schrecklichen Arbeitsunfall an der Säge die Hand so schwer verletzt, dass er sie vielleicht nie wieder richtig gebrauchen konnte. Andererseits war Gus ein Idiot. Nicht ausgeschlossen, dass er das absichtlich getan hatte, um James verklagen zu können und einen dicken Batzen Schmerzensgeld aus ihm herauszuleiern.

Dann war da noch die Sache mit Phoebe Matrix: Die alte Schnüfflerin hatte einen allergischen Schock erlitten und war ins Krankenhaus gebracht worden. Sophia hatte den Rettungswagen gesehen und mit ihrem Nachbarn geredet, dem älteren Typen aus Apartment 4, der die Anlage in Schuss hielt, Phil Dabrowski. Er hatte ihr erzählt, die alte Schachtel habe es noch bis zu seiner Tür geschafft und sei dann zusammengebrochen, worauf er die Neun-eins-eins gerufen habe. Phil glaubte nicht, dass Phoebe überleben würde, und machte sich schreckliche Sorgen, dass er sich jetzt um ihren grässlichen kleinen Kläffer kümmern musste.

Sophia empfand Mitleid mit der Vermieterin, auch wenn sie eine echte Nervensäge war.

Doch sie durfte sich nicht ablenken lassen.

All so etwas passierte nun mal.

Arbeitsunfälle, Diabetesprobleme oder Allergieschocks waren ganz alltägliche Dinge.

Aber ein Mord? An jemandem, den sie kannte? Das war etwas anderes.

Sie verbannte all die negativen Gedanken aus ihrem Kopf und konzentrierte sich auf den Schwangerschaftstest. Selbst wenn die Welt um sie herum aus den Fugen geriet – ein Baby würde alles ändern.

Angespannt grub sie die Zähne in die Unterlippe.

Sie setzte sich auf den Toilettendeckel, wohl wissend, dass sie einen Fehler gemacht hatte. Sie hatte ihr Herz verloren. An James. Das war nicht Teil ihres Plans gewesen.

Und jetzt … Mein Gott, jetzt verlor sie ihn, spürte, wie er ihr mehr und mehr entglitt. Wegen Rebecca Travers. Alles schmerzte bei dem Gedanken. Wie hatte das passieren können? Warum wollte er wieder etwas mit Rebecca anfangen? Das war einfach nicht fair.

Sophia hatte gedacht – nein, sie hatte darum gebetet –, dass er sich in sie verlieben würde, richtig verlieben, so sehr, dass ihm keine andere Frau mehr den Kopf verdrehen konnte.

Und dann war Rebecca aufgekreuzt.

Allein bei dem Gedanken an Megans Schwester begann Sophias Blut zu kochen. Es war alles ihre Schuld, ihre eigene verdammte

Schuld. Aber sie trug nicht allein die Schuld an dem Schlamassel; auch Julia war dafür verantwortlich. Immerhin war es ihre Idee gewesen, dass Megan verschwinden musste.

Das Leben war so unfair!

Sie schloss die Hand so fest um das Teststäbchen, dass es schmerzte. Sie musste ruhig bleiben, ihr Temperament zügeln.

Ja, das Leben war unfair – aber das war ja nichts Neues.

Sie dachte an ihre Kindheit zurück, die sie allein und ohne Spielkameraden verbracht hatte – das einzige Kind kaltherziger Eltern, die sich irgendwann scheiden ließen und sie hin und her schoben wie ein unerwünschtes Möbelstück.

Und dann – o Wunder! – hatte sie über einen Anbieter für Familienforschung im Internet Julia gefunden und erfahren, wer sie wirklich war. Als sie ihre Zwillingsschwester zum ersten Mal gesehen hatte, war Sophia sprachlos gewesen. Es war, als würde sie in einen Spiegel schauen. Nachdem sie sich zunächst online kennengelernt und Fotos ausgetauscht hatten, hatten sie sich in einem kleinen Bistro in San Mateo getroffen. Sophia hatte beobachtet, wie Julia ihren Wagen absperrte und die Terrasse des Restaurants, die zur Straße hinausging, betrat. Sie hatte nicht fassen können, wie ähnlich sie einander waren. Alles stimmte überein: die blauen Augen, das weißblonde Haar, das Grübchen in der Wange. Julias Haare waren ein paar Zentimeter kürzer gewesen, und sie trug etwas leuchtendere Farben als Sophia, aber im Grunde sahen sie gleich aus. Sie hatten italienisch gegessen, geredet und gelacht, und das Loch in Sophias Herz hatte angefangen, sich zu schließen. Endlich, nach all den Jahren der Einsamkeit, fühlte sich Sophia mit jemandem verbunden, der so war wie sie – so sehr, dass es ihr fast ein bisschen unheimlich erschien. Schnell waren sie Freundinnen geworden, erzählten einander alles über sich und stellten fest, dass sie sich beide auf eine seltsame Art und Weise unvollständig gefühlt hatten. Es war, als könnte Julia direkt in Sophias Seele blicken. Sie fingen an, sich regelmäßig zu treffen, sprachen über die Zukunft, und nach einigen Wochen berichtete Julia, dass sie weitere Nachforschungen über ihre Familie angestellt habe, über ihre leiblichen Eltern. Sie hatte herausgefunden, dass sie mit einer der reichsten Familien aus der Gegend um San Francisco verwandt waren. Sie waren rechtmäßige Erbinnen des Amhurst-Vermögens, und als sie einander eine Weile kannten und immer mehr Zeit zusammen verbrachten, heckte Julia einen Plan aus, wie sie an dieses Vermögen herankommen konnten. Allerdings, so erklärte Julia, sei dazu »ein kleines Täuschungsmanöver« erforderlich. Es hatte sich herausgestellt, dass dieses Täuschungsmanöver alles andere als »klein« war, deshalb hatte Sophia abgelehnt. Es gefiel ihr nicht, zu lügen oder auf die Art und Weise mit James Cahill zu »spielen«, die Julia sich für ihren Plan vorstellte. Julia hatte erwidert, das sei schon in Ordnung, dann würde sie die Sache eben allein durchziehen, sie brauche Sophia nicht.

»Ich dachte nur, du würdest gern mitmachen«, hatte sie eines regnerischen Tages gesagt, als sie gemeinsam in die Stadt fuhren und im dichten Verkehr auf der Bay Bridge stecken blieben, unter sich das aufgewühlte Wasser der Bucht von San Francisco. »Ich werde es durchziehen, werde dafür sorgen, dass James Cahill sich in mich verliebt. Es wäre bloß einfacher, wenn du mich dabei unterstützen würdest. Er schaut sich gern nach Frauen um, deshalb müssen wir dafür sorgen, dass er immer eine von uns sieht, dass wir ihm nicht aus dem Kopf gehen. Wir werden überall sein und absolut heiß aussehen, heiß, heiß, heiß – stets bereit, seine Wünsche zu erfüllen, du weißt schon, erotisch, romantisch, damit er keine Chance hat, sich für eine andere Frau zu interessieren. Wir bringen ihn dazu, uns zu heiraten. Ich bin mir sicher, dass sich auch andere Typen für uns interessieren werden, aber wir haben nur Augen für James.«

»Wir sollen James heiraten?«, wiederholte Sophia ungläubig.

Julia zwinkerte verschmitzt. »Natürlich, Dummchen.« Sie lachte. Ihre Fröhlichkeit, ihr Enthusiasmus waren ansteckend. »Wie sonst sollen wir bekommen, was uns zusteht?«

Julia hatte ihr erklärt, dass ihre leibliche Mom die Zwillinge zur Adoption freigegeben hatte, obwohl sie einst selbst von ihrer Mutter Marla Amhurst – Julias und Sophias Großmutter – weggegeben worden war. Marla Amhurst hatte einen Cahill geheiratet – James Vater!

»Dann ist er also nicht nahe mit uns verwandt, oder?«, hatte Sophia fasziniert gefragt. James sah gut aus. Sehr gut. Sie hatte auf Julias Handy Fotos von ihm gesehen.

»Nicht direkt. Seine Mutter ist die jüngere Halbschwester unserer Großmutter oder so ähnlich. Ich glaube, da blickt keiner so richtig durch, eine völlig chaotische Familie. Der Punkt ist doch, dass er reich ist, sehr, sehr reich. Er wird mehrere Millionen erben, und ich würde gern etwas davon abhaben. Ich dachte, du vielleicht auch.«

Sophia betrachtete das Foto von James.

»Ich weiß nicht …«

»Nun, das ist okay.« Der dichte Verkehr begann sich aufzulösen, und als sie sich Wagenlänge um Wagenlänge über die Brücke schoben, das kabbelige, dunkle Wasser unter sich, beschloss Sophia, dass ihre Schwester recht hatte. Julia hatte ihr schwören müssen, dass niemand bei dem Plan verletzt wurde, zumindest nicht körperlich, und dass sie lediglich einforderten, was ihnen zustand.

Schließlich hatte sie eingewilligt. Es ging ihr um die Familie, die sie nie gehabt hatte – und jetzt hatte sie eine Schwester, sogar eine eineiige Zwillingsschwester! Endlich wurde alles gut.

Je mehr Zeit sie miteinander verbrachten, desto mehr glich sich Sophia ihrer Schwester an. Sie konnten die Sätze der anderen zu Ende bringen und dachten so ähnlich, dass es unheimlich war – aber auf eine gute Art und Weise. Endlich vermochte Sophia, Julias Denkweise nachzuvollziehen. Ja, sie würden sich ein Stück vom Kuchen abschneiden!

Und dann war sie James begegnet.

Alles war nach Plan gelaufen.

Bis auf die Tatsache, dass sie sich in ihn verliebt hatte.

Wie zum Teufel hatte das passieren können?

Und dann war da noch etwas anderes …

Sowenig ihr die Vorstellung gefiel, sie konnte sich des Verdachts nicht erwehren, dass Julia etwas mit dem zu tun hatte, was Phoebe zugestoßen war, doch sie würde sie nicht darauf ansprechen. Ihre Schwester hatte doch nicht etwa versucht, die alte Schachtel umzubringen? Nein, das konnte sie sich nicht vorstellen. Ja, die neugierige Vermieterin ging ihnen schrecklich auf die Nerven, aber so weit würde Julia dann doch nicht gehen.

Oder doch?

Das ungute Gefühl blieb, zumal Sophia eine dunkle Seite an ihrer Zwillingsschwester entdeckt hatte. Sie wehrte sich dagegen, sie »böse« zu nennen, denn das traf in ihren Augen nicht zu, aber es ließ sich nicht bestreiten, dass Julia schnell aufbrauste und schnell explodierte. Schon die kleinsten Kleinigkeiten konnten sie zum Ausrasten bringen. Noch mehr machte Sophia zu schaffen, dass sie stets misstrauisch war, so hatte sie zum Beispiel die fixe Idee, Phoebe Matrix sei ihnen auf die Schliche gekommen, als sei die Vermieterin eine Meisterspionin und nicht bloß eine alte, kranke Frau. Julia hatte mehrfach erwähnt, dass das Leben hier um einiges schöner wäre, wenn Phoebe nicht mehr herumschnüffeln würde … Nun, das entsprach der Wahrheit. Sophia konnte sich aber nicht vorstellen, dass mehr dahintersteckte.

Sie kaute auf ihrer Unterlippe und versuchte, die Erinnerung daran zu verbannen, wie Julia einmal eine Barista zusammengestaucht hatte, weil diese versehentlich Kaffee auf Julias Hose geschüttet hatte. Sie hatte das Mädchen angebrüllt, sie sei eine Idiotin, und damit gedroht, den Coffeeshop zu verklagen. Sie hatte eine solche Szene gemacht, dass die Barista, die vielleicht sechzehn war, vor den Augen sämtlicher Gäste und Vorgesetzten in Tränen ausgebrochen und aus dem Verkaufsraum gerannt war. Julia war erst zufrieden gewesen, als sie das Mädchen zutiefst gedemütigt hatte. Ein anderes Mal hatte eine verwilderte Hauskatze den Fehler gemacht, durch das offene Fenster von Julias Wagen zu klettern und sich zu sonnen. Julia hatte die Tür aufgerissen, sich einen Regenschirm von der Rückbank geschnappt und das arme Tier verscheucht, nicht ohne ihm einen kräftigen Schlag zu verpassen. Die Katze hatte gefaucht und die Flucht ergriffen, wobei sie beinahe unter einen vorbeifahrenden Pick-up geraten war. »Schade, dass der das Vieh nicht erwischt hat«, hatte Julia bemerkt. Während der nächsten zwei Stunden war sie ausgesprochen schlecht gelaunt gewesen. Sophias Gedanken schweiften zu all den Malen, bei denen sich Julia darüber beschwerte, dass das Leben nicht fair war, wie schlecht sie es getroffen hatte und dass sie es allen heimzahlen würde, die ihr das angetan hatten oder ihr zukünftig in die Quere kommen würden. Der Blick in ihren Augen hatte Sophia Gänsehaut verursacht. Ganz gleich, wie oft Sophia sie bat, sich zu beruhigen oder mal einen Gang runterzuschalten – Julia hörte nicht auf sie. Im Gegenteil. Einmal war Julia, die in der Küche stand und Zwiebeln schnitt, so verärgert darüber gewesen, dass sie mit dem Messer abgerutscht war und sich am Finger verletzt hatte. Die Wunde fing an zu bluten, Zwiebelsaft lief in den Schnitt. Julia war herumgewirbelt und hatte Sophia das Messer vor die Nase gehalten. »Hau ab!«, hatte sie gefaucht. Für eine Sekunde hatte Sophia gefürchtet, ihre Zwillingsschwester würde zustechen, aber sie hatte sie nur angefunkelt und mit leiser Stimme gewarnt: »Ich dachte, gerade du würdest mich verstehen. Entweder ziehen wir das hier zusammen durch, Sophia, oder nicht.«

»Wow«, hatte Sophia erschrocken erwidert, was Julia in noch düsterere Stimmung versetzte.

Wie angewurzelt hatte sie dagestanden, das Messer immer noch erhoben. Nach einer gefühlten Ewigkeit hatte sie geknurrt: »Ach, scheiß drauf«, und das Messer in die Spüle geworfen, dann war sie ins Bad gegangen, um sich ein Pflaster zu holen.

Sophias Gedanken kehrten in die Gegenwart zurück. Hielt sie es wirklich für möglich, dass Julia Phoebe Matrix etwas angetan hatte? Nein, das war unwahrscheinlich. Trotzdem schauderte sie.

Wann war alles derart aus dem Ruder gelaufen? Als Sophia Kontakt mit Julia aufgenommen hatte, war diese begeistert gewesen und Sophia selbst unglaublich glücklich, endlich jemanden zu haben, den sie lieben konnte und der sie liebte. Jemanden, der so war wie sie. Julias Schicksal nach der Adoption hatte sie bewegt: Während sie selbst unter der Nichtbeachtung ihrer Adoptiveltern gelitten hatte, war Julia in eine Familie mit mehreren jüngeren Kindern gekommen und wie eine Sklavin ausgebeutet worden.

Da war es doch nur zu verständlich, dass sie beide an das Vermögen kommen wollten, das ihnen von Geburts wegen zustand, und wenn sie dafür James Cahill vor den Altar zerren mussten.

Sophia blickte auf den Schwangerschaftstest in ihrer Hand. In dem kleinen Feld waren zwei Striche zu erkennen. Positiv. Was bedeutete, dass sie definitiv schwanger war. Mit James Cahills Kind.

Ein breites, zufriedenes Lächeln stahl sich auf ihre Lippen. Tränen traten ihr in die Augen, Tränen neu gefundenen Glücks.

Nimm das, Rebecca Travers!

Das Spiel ist aus!

KAPITEL 41

Rivers war sich nicht sicher, was er von Earl Ray Dansen erwartet hatte, doch mit den Digitalaufnahmen von zwei toten Frauen hatte er nicht gerechnet. Das erste Foto zeigte Charity Spritz mit zerschmettertem, blutüberströmtem Gesicht, ähnlich wie auf den Bildern, die Detective Tanaka ihm geschickt hatte. Auf dem zweiten Foto lag laut Earl, der offenbar Recherchen angestellt hatte, eine gewisse Willow Valente auf einem Bett, ein Einschussloch in der Schläfe.

»Mein Gott«, flüsterte Mendoza.

»Woher haben Sie die Aufnahmen?«, fragte Rivers verblüfft. Sie standen im ehemaligen Empfangsbereich der Zeitungsredaktion. Eine der Neonröhren über ihren Köpfen flackerte und summte, ein Zeichen dafür, dass sie bald ausgehen würde, das Großraumbüro dahinter sah leer aus.

»Die Fotos wurden von Charity Spritz' Handy verschickt.« Earl scrollte durch seinen Nachrichteneingang und zeigte Rivers und Mendoza den zu der Aufnahme gehörenden Text: EIN WEITERES OPFER.

»Was zum Teufel …?« Rivers unterdrückte ein Fluchen.

»Ich werde Ihr Handy mitnehmen müssen. Beweismittel«, erklärte Rivers. Seine Gedanken rasten. Ein Killer hatte ihnen Fotos von zwei toten Frauen geschickt. Anscheinend hatte er erst Charity Spritz in San Francisco umgebracht, dann war er nach Riggs Crossing gekommen, um Willow Valente das Leben zu nehmen. Möglicherweise auch in umgekehrter Reihenfolge; noch wussten sie nicht, wann Valente gestorben war. Er schauderte.

»Ich bin schon davon ausgegangen, dass Sie das Telefon brauchen.« Earl reichte ihm sein Handy. »Eines möchte ich allerdings klarstellen: *Ich* werde darüber berichten. Über beide Morde. Die Storys gehören dem *Clarion*. Exklusiv.«

»Einen Augenblick«, schaltete sich Mendoza dazwischen. »Nicht, solange wir ermitteln. Zunächst einmal müssen wir sichergehen, ob es sich tatsächlich um diese Willow Valente handelt und ob sie wirklich tot ist. Das Ganze könnte inszeniert sein. Vielleicht ist die Frau noch am Leben.«

»Ist sie nicht«, widersprach Earl im Brustton der Überzeugung. »Sehen Sie sich das Foto doch an.«

»Wenn sie tot ist, dürfen Sie ihren Namen erst veröffentlichen, wenn wir die nächsten Angehörigen informiert haben.«

»Jaja, ich kenne die Vorschriften. Aber sobald Sie das erledigt haben, bringen wir die Story digital und anschließend als Aufmacher der Printausgabe.«

Dagegen konnte Rivers nichts einwenden. »Ist Willow Valente eine Freundin von Charity Spritz?«, wollte er von Earl wissen.

Earl zuckte die Achseln und schürzte nachdenklich die Lippen. »Nicht, dass ich wüsste. Ich habe nie gehört, dass sie den Namen erwähnt hat.«

»Hat sie in letzter Zeit mit ihr gesprochen?« Rivers ließ nicht locker.

»He!« Earl Ray sah ihn mit gerunzelter Stirn an. »Habe ich nicht gerade gesagt, ›Ich weiß es nicht‹?« Er wedelte mit der Hand durch die Luft, als verscheuche er eine lästige Fliege. »Und glauben Sie ja nicht, das sei merkwürdig: Ich respektiere das Privatleben meiner Mitarbeiter. Allerdings wüsste ich, wenn Charity an einer Story über Valente gearbeitet hätte.«

»Was wissen Sie denn nun über diese Willow Valente?«, drängte Rivers.

»Nicht viel. Wir haben aber schon mal ein paar Hintergrundinformationen gecheckt, für die Story. Sie ist dreiundzwanzig und in der Gegend aufgewachsen. Sie hat eine Schwester, die außerhalb von Olympia wohnt, mir fällt nur gerade der Name nicht ein … nein, warten Sie!« Er schnippte mit den Fingern. »Sie heißt … Fern. Der Nachname ist Smithe, mit e am Ende.«

»Haben Sie mit ihr gesprochen?«, erkundigte sich Mendoza und tippte die Informationen in ihr Handy.

»Nein.«

»Was haben Sie sonst noch für uns?«

»Valente hat zwei Jobs gemacht. Sie war Zimmermädchen im Cahill Inn, außerdem hat sie Hausmeisterarbeiten in der McEwen-Klinik übernommen.«

Wo Megan Travers angestellt gewesen war.

»Hatte sie Freunde?«, fragte Mendoza.

»Das weiß ich nicht. So weit bin ich noch nicht gekommen.«

»Okay.« Rivers machte einen Schritt Richtung Tür. Mendoza ging hinter ihm her; sie telefonierte bereits mit dem Department und forderte Deputys an, die Valentes Wohnung durchsuchen sollten.

»Detective!«, rief Earl. »Ich möchte mein Handy schnellstmöglich zurückhaben. Am besten gleich morgen.«

»Schnellstmöglich«, versicherte Rivers ihm.

Als sie die Außentreppe des Redaktionsgebäudes hinuntergingen, sagte Mendoza: »Sie wohnt hinter der Stadtgrenze an der Taylor's Creek Road, ein heruntergekommenes Gebäude direkt gegenüber der Eisenbahngleise. Ich habe die Karte auf meinem Handy.« Sie gingen um einen alten Volkswagen-Transporter mit der Aufschrift AUNTIE'S ANTIQUES herum. »Die Deputys sollten schon da sein, wenn wir ankommen. Augenblick – Deputy Brown ruft gerade an.«

Rivers drückte auf die Fernbedienung und entriegelte die Wagentüren. Keine zwei Minuten später fuhren sie durchs Stadtzentrum, wo noch immer viele Menschen auf den Straßen waren und in die festlich geschmückten Läden hasteten. Trotz der eisigen Kälte lag weihnachtliche Vorfreude in der Luft, die so gar nicht zu Rivers' finsterer Stimmung passen wollte. Die Augen gegen das grelle Licht entgegenkommender Scheinwerfer zusammengekniffen, dachte er an die Person, die die Überwachungskamera am San Francisco Airport aufgenommen hatte. Hatte der Killer Charity Spritz dort abgelegt, weil er so in den nächstbesten Flieger nach – wohin? Seattle? Spokane? – steigen wollte? Wenn ja, was hatte er dann getan? Willow

Valente ausfindig gemacht und umgebracht? Zwei Morde innerhalb von vierundzwanzig Stunden? Sie mussten unbedingt Druck machen wegen der Passagierlisten sämtlicher infrage kommender Airlines. Aber nach wem suchten sie? Aus welchem Grund brachte jemand zwei Frauen um? Er konnte sich nicht vorstellen, dass die beiden Zufallsopfer waren. Es musste eine Verbindung zwischen ihnen geben. Sein erster Gedanke galt James Cahill, wenngleich er sich nicht vorstellen konnte, dass Cahill nach San Francisco und zurück fliegen würde. Er würde eher mit dem Auto fahren, aber die einfache Fahrt dauerte fünfzehn, sechzehn Stunden, vielleicht noch länger. Trotzdem war er sich sicher, dass Cahill und die vermisste Megan Travers mit den Morden in Zusammenhang standen. Und was war mit Harold Sinclaires Hütte, in deren Garage sie den schwarzen Corolla gefunden hatten? Wie hing das alles zusammen?

»Okay«, sagte Mendoza ins Telefon, während sie an einer stillgelegten Tankstelle vorbeifuhren. »Sagen Sie ihr bitte, sie soll warten, wir möchten mit ihr reden … Ja, ich bin mir ganz sicher … Ja, alle sind sich sicher, trotzdem müssen wir mit ihr reden … Gut, wir sind in zehn Minuten da, vielleicht früher.« Sie legte auf. »Anscheinend waren wir nicht die Ersten, die wegen Willow Valente angerufen haben. Eine ihrer Kolleginnen war bei ihr und checkte gerade ihren Puls, als Brown und seine Partnerin eintrafen. Sie halten sie auf, damit wir mit ihr reden können.«

»Gut.« Rivers stellte Lichtbalken und Sirene an und raste über eine Kreuzung. Eine halbe Meile später bog er in die Taylor's Creek Road ein.

»Sie – Valentes Kollegin – flippte wohl ziemlich aus, als sie die Leiche entdeckte.«

»Wer würde da nicht ausflippen?«, fragte Rivers. Sein Magen verknotete sich. Die einst so verschlafene Kleinstadt Riggs Crossing war offenbar ins Visier eines kaltblütigen Killers geraten. Zwei Frauen waren bereits tot, eine andere verschwunden.

Und das alles kurz vor Weihnachten.

Unruhig packte Rebecca ihre Tasche wieder aus und legte die wenigen Pullis, die sie mitgenommen hatte, zurück neben die Jeans und Leggins in die kleine Kommode im Hotel.

Nach der Pressekonferenz hatte sie nach Seattle zurückkehren und ihr altes Leben wieder aufnehmen wollen. Sollte die Polizei nach Megan suchen – sie hatte ihre schwesterlichen Pflichten erledigt. Ihr war wichtig, von hier wegzukommen, so viel Abstand zwischen sich und James Cahill zu bringen wie möglich.

Doch dann hatte ihre Mutter angerufen.

»Wie bitte?«, hatte Lenora am anderen Ende der Leitung entsetzt hervorgestoßen, als Rebecca ihr mitteilte, dass sie nach Seattle zurückkehren werde. »Das kannst du nicht machen! Nicht, solange Megan vermisst wird. Bitte bleib noch da! Du musst sie unbedingt finden, Becky!«

»Das könnte noch eine Weile dauern.«

»Und es wird noch länger dauern, wenn du der Polizei keinen Druck machst!«

»Ich habe schon genug ›Druck gemacht‹«, hatte Rebecca dagegengehalten.

»Mach der Polizei klar, dass du dich nicht mit dem zufriedengibst, was sie bislang erreicht hat – so gut wie nichts. Es ist wichtig, dass du am Ball bleibst, Becky.« Lenora ließ nicht locker. Als Rebecca angemerkt hatte, sie habe den Eindruck, Detective Rivers und Detective Mendoza hätten den Fall im Griff, hatte sie seufzend erwidert: »Das bezweifle ich. Und falls dem tatsächlich so ist, solltest du dafür sorgen, dass sie nicht nachlassen.«

Rebecca hatte einen Augenblick lang geschwiegen und über die beiden Ermittler nachgedacht. Sie war sich nicht sicher, ob sie die zwei mochte – dieser Rivers kam ihr merkwürdig vor, und Mendoza wirkte ausgesprochen reizbar. Nichtsdestotrotz schienen sie etwas von ihrem Job zu verstehen, und sie machten den Eindruck, als würden sie jeden Stein umdrehen, um Megan zu finden.

»Mom – auf mich warten in Seattle Verpflichtungen. Wie du weißt, habe ich einen Job.«

»Ach, komm schon, Rebecca! Wie oft hast du gesagt, du könntest von überall arbeiten, solange du nur deinen Laptop bei dir hast?«

Rebecca verfluchte sich im Stillen, weil sie so ehrlich zu ihrer Mutter gewesen war, doch Lenora fuhr schon fort: »Ich bin mir sicher, Angelica wird das verstehen.«

Bevor Rebecca Einwände erheben konnte, behauptete sie, ein weiterer Anruf sei in der Leitung, und legte auf.

Ja, klar. Noch offensichtlicher geht's nicht, Mom.

Allerdings hatte Lenora in einer Hinsicht recht: Rebecca konnte tatsächlich von Riggs Crossing aus arbeiten. Solange sie eine Internetverbindung hatte und Strom. Nun, und Inspiration. Das war der Haken. Um die Inspiration war es in letzter Zeit eher schlecht bestellt.

Noch schlimmer war, dass Angelica ihren Segen gegeben hatte: Rebecca solle ruhig in Riggs Crossing bleiben und bei der Suche nach Megan behilflich sein.

»Du bist ihre Schwester. Es gibt nichts Wichtigeres als die Familie«, hatte Angelica am Telefon gesagt, als sie schon fast zur Tür hinaus war, um in den nächsten Flieger nach L. A. zu springen, wo demnächst die neue Filiale von Vision in White eröffnet werden sollte. Wenn sie in Eile war, duldete sie keinen Widerspruch. »Du bleibst, wo du bist, und siehst zu, was du tun kannst. Das wird schon. Ich bete nur, dass du Megan bald findest. Ruf mich an, sobald es etwas Neues gibt!«

»Das mache ich.«

»Gut. Ich muss auflegen, sonst verpasse ich noch meinen Flug. Hoffentlich haben wir bis nächste Woche die passenden Räumlichkeiten in Südkalifornien gefunden. Wünsch mir Glück! *Ciao!*«

»Buona fortuna a te!«, hatte Rebecca gewünscht – Viel Glück! –, aber Angelica hatte bereits aufgelegt. Das Handy ans Ohr gedrückt, hatte Rebecca aus dem Hotelzimmerfenster auf die mittlerweile vertraute Straße vor dem Gebäude geblickt. Plötzlich fühlte sie sich sehr allein in dieser Kleinstadt am Ende der Welt, wo jeder jeden zu kennen schien – sie ausgenommen.

Nun, sie kannte James.

»Schluss damit!«, sagte sie laut. »Du solltest endlich über ihn hinwegkommen.« Ihre Zeit mit James war vorbei, und das war gut so. Sie musste sich auf Megan konzentrieren.

Wo zum Teufel war sie?

Als Rebecca nach Riggs Crossing gefahren war, war sie sich sicher gewesen, dass sie es mit einer von Megans dramatischen Einlagen zu tun hatte – wieder einmal. Megan, die Diva, Megan, die Dramaqueen. Jetzt war sie nicht mehr davon überzeugt. Noch nie zuvor war ihre Schwester so lange untergetaucht. Noch nie hatte sie sich solche Sorgen um sie gemacht, denn diesmal kam ihr die Situation anders vor als sonst.

Sie dachte an den aufgeregten Anruf, den sie von Megan erhalten hatte, daran, wie außer sich ihre jüngere Schwester gewesen war. Jetzt schämte sich Rebecca, weil sie das alles für vorgetäuscht gehalten hatte. Sie hätte merken müssen, dass Megans Panik echt war.

Diesmal war ihr Zorn nicht gespielt gewesen, und zum ersten Mal fragte sich Rebecca, ob ihre Schwester wohl derart in Rage geraten konnte, dass sie jemand anderem oder sich selbst etwas antat. Nein, das konnte sie sich nicht vorstellen. Zumindest nicht Letzteres. Megan hing viel zu sehr am Leben. Ja, sie war emotional, ihre Launen waren legendär, aber Selbstmord … niemals. Was James betraf, war sie sich nicht so sicher. Sie hatte die Kratzspuren in seinem Gesicht mit eigenen Augen gesehen.

Höchste Zeit, noch einmal mit ihm zu reden.

Er würde zwar bestimmt nicht den roten Teppich für sie ausrollen, aber egal. Mit Sicherheit wusste er inzwischen mehr.

Bevor sie es sich anders überlegen konnte, nahm sie ihre Schlüssel von der Kommode, zog Jacke und Schal an und stürmte zur Tür hinaus. Ihr Subaru stand mit vereisten Scheiben auf dem Hotelparkplatz. Nachdem sie die Windschutzscheibe freigekratzt hatte, setzte sie sich ans Steuer und machte sich auf den Weg zu James' Haus.

Weil sie ihn nicht antraf, fuhr sie weiter zum Cahill Inn. Vor dem

Eingang parkte sein Explorer, eine frische Schneeschicht sammelte sich auf Dach und Motorhaube.

Das Erste, was ihr auffiel, als sie die festlich geschmückte Lobby betrat, war der riesige Weihnachtsbaum. Ein Mann saß, in ein Buch vertieft, vor dem brennenden Kamin aus groben Flusskieseln, ein älteres Paar trat aus dem Aufzug. Von der Bar drangen Weihnachtsmusik und Gelächter zu ihr herüber.

Der Empfang war nicht besetzt.

Rebecca wartete leicht ungeduldig und hielt nach einer Klingel Ausschau, doch sie konnte keine entdecken. Gereizt sah sie sich nach jemandem um, der ihr helfen konnte, und entdeckte zwei Frauen neben einem grün leuchtenden EXIT-Schild über einer Tür am gegenüberliegenden Ende der Lobby. Die beiden, eine große, gertenschlanke Frau mit braunen, dauergewellten Haaren und eine jüngere kleinere Frau mit roten Wangen waren ins Gespräch vertieft. Offenbar ging es um etwas Unangenehmes, denn die Dünne wirkte aufgebracht und nervös. Rebecca ging auf die beiden zu und hörte, wie die eine – laut Namensschild DONNA BUNN, MANAGERIN – beinahe atemlos hervorstieß: »… das ist noch nie passiert! Sie gibt immer Bescheid, wenn sie nicht zu ihrer Schicht erscheint, auch wenn sie sonst nicht gerade die Zuverlässigste ist.«

»Ich weiß«, erwiderte die andere, die füllig war und eine Hornbrille zu ihren lila getönten Haaren trug. Auf ihrem Namensschild stand MARIBELLE EDWARDS, KÜCHENHILFE. Sie sah aus, als hätte sie geweint. Immer wieder putzte sie sich die Nase und nahm die Brille ab, um sich die rot geränderten Augen abzutupfen. »Ich habe ihr mehrere Textnachrichten geschickt. Nichts. Ich habe angerufen. Drei Mal. Sie ist nicht drangegangen, immer nur die Mailbox.«

»Vielleicht hat sie ihr Handy verloren.«

»Das mag ja sein, aber ich muss immer wieder daran denken, dass Charity Spritz ermordet wurde.« Maribelle schniefte laut. »Sie ist – war – meine Nachbarin. Mein Gott, ist das schrecklich, so etwas zu sagen! In der Vergangenheit von ihr zu sprechen! Sie wohnte im selben Apartmentgebäude wie ich, und jetzt ist sie tot! Ich kann es nicht glauben. Ich habe sie neulich noch gesehen und ihr gewinkt, als sie in ihren Hyundai stieg. Das ist so schrecklich!«

»Wir sollten das Unheil nicht heraufbeschwören, vielleicht ist ja gar nichts passiert, und sie hat bloß eine Magenverstimmung.« Donna schürzte die Lippen. »Wie dem auch sei … ich werde mich später darum kümmern. Zena hatte vor einer Stunde Schichtende, ich habe sie gebeten, bei ihr vorbeizufahren und nach dem Rechten zu sehen. Die zwei sind befreundet.« Sie zog ein Handy aus der Jackentasche, warf einen Blick aufs Display und runzelte die Stirn. »Natürlich hat Zena noch nicht geschrieben. Die zwei sind mir schon ein Paar! Ich wette, Zena war noch nicht einmal bei Willow!« In diesem Augenblick schien Donna Rebecca zu bemerken, denn sie sagte hastig: »Wir reden nachher weiter«, und zwang sich zu einem Lächeln.

»Halten Sie mich bitte auf dem Laufenden!« Die kleinere Frau drehte sich um und eilte in Richtung Damentoilette.

»Entschuldigen Sie bitte«, sagte die Managerin an Rebecca gewandt. »Was kann ich für Sie tun?«

»Ich möchte James Cahill sprechen.«

»Den Besitzer. Oh.« Sie zog die sorgfältig gezupften Augenbrauen zusammen. »Er ist … nun, ich weiß gar nicht genau, wo er ist. Einen Augenblick, bitte.« Sie tippte eine Nummer in ihr Handy, sprach leise, dann legte sie auf und setzte erneut ihr professionelles Lächeln auf. »Er ist draußen beim Weihnachtsbaumverkauf«, teilte sie Rebecca mit. »Zumindest geht Bobby, der Vorarbeiter, davon aus. Am besten, Sie nehmen den Ausgang neben dem Café.« Donna deutete auf einen Gang in der Nähe der Tür, vor der sie sich mit der Küchenhilfe unterhalten hatte.

»Danke.« Rebecca verließ die Lobby, fand besagte Tür und stand gleich darauf auf einem weiteren Parkplatz. Am anderen Ende sah sie die riesige Weihnachtsbaumplantage. An einem mit Lichtern geschmückten Stand wurden geschlagene Bäume zum Kauf angeboten. Geräumte Kieswege führten zwischen den noch ungeschlagenen Tannen, Fichten und Kiefern hindurch. Auch hier draußen dudelte unablässig Weihnachtsmusik. Rebecca ging hinüber und hielt Ausschau nach James. Kurz darauf entdeckte sie ihn mit einigen Kunden. Er sprach mit ihnen, dann wandte er sich ab und verschwand, gefolgt von seinem Hund, über einen der Kieswege.

»Großartig«, murmelte Rebecca und eilte hinter ihm her zwischen die dicht stehenden Weihnachtsbäume.

KAPITEL 42

Als er den hell erleuchteten Parkplatz verließ, begann sein Handy zu klingeln. Er nahm das Gespräch entgegen, ohne zuvor auf die Anrufernummer zu schauen, was er in derselben Sekunde bereute, in der er Sophias atemlose Stimme vernahm.

»Wir müssen reden«, sagte sie unvermittelt.

»Ich dachte, wir wären uns einig«, gab er zurück und stapfte durch die Reihen von Nadelbäumen, die er vor einigen Jahren gepflanzt hatte. Er wollte versuchen, Bruce Porters Telefon wiederzufinden, das diesem aus der Tasche gefallen sein musste, als er einem Kunden geholfen hatte, eine Douglasfichte zu schlagen.

Doch Sophia ließ sich nicht abwimmeln. »Ich muss dich sehen.«

»Auch das hatten wir doch schon.« Er würde sich nicht erweichen lassen. Und er würde dieses Gespräch so schnell wie möglich beenden. Er wollte Porters Nummer eintippen, damit sein Handy klingelte und er es zwischen den dicht stehenden Bäumen finden konnte.

»Ich meine es ernst«, erklärte sie mit fester Stimme. »Es wird nicht lange dauern.«

»Müssen wir uns deswegen extra treffen? Du kannst mir doch am Telefon sagen, worum es geht.« Er schritt eine Reihe Fichten ab.

»Nein, das muss ich dir persönlich sagen. Von Angesicht zu Angesicht. So etwas sollte man nicht am Telefon besprechen.«

Herrgott, was konnte bloß so verdammt wichtig sein?

»Komm, Sophia, raus mit der Sprache. Was ist los?«

»Wann können wir uns sehen?«

Mist. Er schloss die Hand fester ums Handy. »Also gut.«

Aus der Ferne hörte er jemanden seinen Namen rufen. Eine Frauenstimme.

»Ich komme zu dir«, sagte Sophia. In ihrer Stimme schwang Erleichterung mit.

»Nein!« Er wollte nicht allein mit ihr sein, nicht in seinem Haus. Das war keine gute Idee. »Wir treffen uns im Inn. An der Bar.«

»Nein, das geht nicht. Ich arbeite da. Das könnte … peinlich werden.«

»Warum?«

»James?«

Am Telefon beharrte Sophia: »Es ist wichtig.« Die kaum verhaltene Anspannung in ihrer Stimme überzeugte ihn. »Hör zu«, sagte er und kniff die Augen zu schmalen Schlitzen zusammen, um den dunklen Boden abzusuchen. »Ich muss auflegen. Wir treffen uns in einer Stunde im Inn.«

»Aber …« Er unterbrach das Gespräch und wählte Bruce' Handynummer. Während er darauf wartete, dass der Klingelton – ein Latino-Song – durch den Wald schallte, hörte er wieder die Stimme der Frau.

»James!«

Ein paar Meter entfernt fing Bruce' Handy an zu dudeln. James lief los und sah das schwache Licht des Displays im Schnee inmitten mehrerer Edeltannen aufleuchten. Er hob es auf, steckte es in die Jackentasche und wünschte sich inständig, er hätte nicht zugestimmt, sich mit Sophia zu treffen, aus welchen »dringenden« Gründen auch immer.

Er musste ihr klarmachen, dass es aus war.

Fest entschlossen, James einzuholen, eilte Rebecca im Laufschritt den Kiesweg entlang, den er eingeschlagen hatte. Die eisige Luft schnitt in ihre Wangen, Zweige verfingen sich in ihrem Haar.

»James?« Sie spähte angestrengt in die Dunkelheit und versuchte, eine Bewegung zwischen den Bäumen auszumachen, doch sie konnte nichts erkennen. »James? James!«

Nichts.

Verdammter Kerl.

Sie stieß mit dem Zeh gegen einen Baumstumpf und wäre beinahe gestürzt. Einen Fluch unterdrückend, zog sie ihr Handy aus der Tasche und stellte die Taschenlampe an.

»James?«

Noch immer keine Antwort, doch auf einmal hatte sie das Gefühl, sie würde beobachtet, erhellt vom Licht ihrer Handytaschenlampe wie von einem Scheinwerfer. Das perfekte Ziel.

Das bildest du dir nur ein. Wer sollte schon hinter dir her sein?

Sie blieb stehen und sah sich um.

Meinte, hinter sich leise Schritte zu hören.

Ihre Nackenhärchen sträubten sich, auf ihren Armen bildete sich eine Gänsehaut.

Sie wirbelte herum und leuchtete in die Dunkelheit.

Nichts.

Niemand.

Nur die dunklen Bäume, deren Äste sich in diesem Moment zu bewegen begannen, weil ein eisiger Windstoß hindurchfuhr.

»Jetzt reiß dich zusammen«, murmelte sie und blickte zurück in Richtung des hell erleuchteten Parkplatzes.

Sie beschloss, umzukehren. Hier draußen würde sie James nicht finden. Was hatte sie sich bloß dabei gedacht, in dieses künstlich angelegte Weihnachtsbaumdickicht zu folgen? Es war weitaus klüger, sich ins Café zu setzen, eine Tasse heißen Kaffee zu bestellen und darauf zu warten, dass er zu seinem Explorer zurückkehrte. Noch klüger war es, ihn anzurufen oder ihm eine Nachricht zu schicken.

Sie tippte gerade seine Nummer ein, als eine behandschuhte Hand aus der Dunkelheit schoss und sich auf ihren Unterarm legte. »Rebecca? Was zur Hölle machst du hier?«

Sie fuhr erschrocken zusammen. »Gott, deinetwegen habe ich fast einen Herzinfarkt bekommen!«, stammelte sie, als sie ihn erkannte, und schüttelte seine Hand ab. »Ich habe nach dir gesucht. Du warst nicht im Inn. Die Managerin hat gesagt, ich könne dich hier finden.«

»Da hatte sie wohl recht.«

»Ich habe nachgedacht«, stieß sie hastig hervor. »Wir … ähm … wir sind neulich nicht gerade im Guten auseinandergegangen.«

»Du bist einfach abgehauen.«

Bei seinen Worten zog sich Rebeccas Herz zusammen. Sie dachte an eine andere Zeit, als die Situation umgekehrt gewesen war und er sie verlassen hatte. Für eine andere Frau – ihre eigene Schwester.

Anscheinend wurde ihm klar, was er soeben gesagt hatte, denn er schnaubte genervt. »Entschuldige.« Er legte ihr erneut die Hand auf den Arm, sanfter diesmal, und murmelte etwas, was klang, als würde er zugeben, dass er ein Idiot war. »Hör mal«, räumte er anschließend ein, »ich bin nicht so gut darin, mich zu entschuldigen.« Er zögerte, als warte er ab, ob sie etwas sagen wollte. Wollte sie nicht. Scheinbar hatte sie nicht vor, ihn so leicht vom Haken zu lassen.

»Selbst wenn ich mich entschuldigen würde, wäre es wohl nicht genug.«

»Stimmt.«

»Was kann ich dann tun?«

»Nichts.«

»Ich war ein Arschloch.«

Wieder schwieg sie und betrachtete die Schneeflocken, die vom Himmel fielen.

»Vielleicht bin ich das noch immer.«

»Das ›vielleicht‹ kannst du streichen. Aber davon sollten wir jetzt nicht anfangen.« Sie setzte sich in Bewegung und ging langsam zurück zum Parkplatz. James folgte ihr.

»Wann dann?«

»Nie«, sagte sie rasch und nickte bekräftigend. »Ja, nie wäre gut.«

Im schwachen Licht der Parkplatzlaternen, das zwischen die Bäume fiel, sah sie, wie er zusammenzuckte.

»Okay«, erwiderte er schließlich. »Ich versuche gerade, mich bei dir zu entschuldigen, und das fällt mir verdammt noch mal nicht leicht.«

»Gut.«

»Es wäre angebracht, wenn du etwas in Richtung ›Ist schon okay‹ sagen würdest.«

»Das ist es aber nicht. Und es wird auch niemals okay sein. Trotzdem müssen wir Megan finden – also entweder hilfst du mir dabei oder nicht. Deine Sache. Deshalb bin ich zu dir gekommen: um dir das zu sagen. Um reinen Tisch zu machen. Ich werde in Riggs Crossing bleiben und erst nach Seattle zurückkehren, wenn ich herausgefunden habe, was mit meiner Schwester passiert ist. Ich muss sie finden. Ich kann und will nicht glauben, dass ihr etwas Schlimmes zugestoßen ist, es ist für mich einfacher zu denken, dass sie bloß eine Show abzieht. Wie immer. Trotzdem kommt mir die momentane Situation anders vor. Vielleicht hatte sie geplant, wiederaufzutauchen, aber irgendetwas ist gründlich schiefgegangen.« Sie begegnete seinem Blick. »Denkst du das nicht auch?«

»Doch«, gab er zu. Sein Atem bildete kleine Wolken in der kalten Luft. »Die Polizei geht davon aus, dass ich etwas mit ihrem Verschwinden zu tun habe, aber das habe ich nicht.«

Sein Handy klingelte. Er warf einen Blick aufs Display. »Das ist mein Vorarbeiter.« Er drückte das Gespräch weg, doch bevor er weitersprechen konnte, klingelte es erneut. »Noch mal Bobby.«

»Geh dran.«

Mit gerunzelter Stirn fragte er: »Was ist denn?«, dann erstarrte er und hörte wortlos zu. »Scheiße«, stieß er nach einer längeren Pause hervor. »Was?« Seine Augen suchten Rebeccas. Im Licht seines Handys sah sie den Schock, die Sorge in seinem Blick. »Heilige Madonna«, sagte er, dann: »Bleib, wo du bist. Ich bin schon unterwegs.« Er legte auf, schob das Telefon in seine Jackentasche und nahm Rebeccas Hand. »Komm.« Im Eilschritt liefen sie auf den festlich erleuchteten Verkaufsstand zu.

»Was ist denn los?«

»Eine meiner Angestellten ist heute nicht bei der Arbeit erschienen.«

»Na und?«

»Ich weiß noch nichts Genaueres und auch nicht, ob es wirklich stimmt, aber … angeblich ist sie tot.«

»Tot?« Rebecca blieb wie angewurzelt stehen und hielt ihn am Arm zurück. »Wer?«

»Willow Valente. Eines der Zimmermädchen. Mein Gott, sie ist noch keine fünfundzwanzig.« Er nahm wieder ihre Hand und zog sie hinter sich her.

»Was ist passiert?«

»Keine Ahnung. Aber das werden wir sicher bald herausfinden.«

KAPITEL 43

Rivers und Mendoza waren bei Weitem nicht die ersten Polizisten am Tatort. Als sie bei Willow Valentes hinter der Stadtgrenze gelegenem Apartmentgebäude eintrafen, standen bereits zwei andere Polizeiwagen mit blinkenden Lichtbalken auf dem Parkplatz. Mehrere Schaulustige hatten sich versammelt, ein Deputy sperrte den Eingang mit gelbem Polizeiband ab, ein anderer hielt fest, wer wann den Tatort betrat und wieder verließ. Rivers und Mendoza trugen sich in die Liste ein, streiften Überzieher über ihre Stiefel und eilten die Außentreppe zur Wohnung der jungen Frau hinauf.

Das Opfer lag auf dem Bett des spärlich eingerichteten Ein-Zimmer-Apartments, genau so, wie der erste Cop, der am Tatort eingetroffen war, sie gefunden hatte, genau so wie auf dem Foto auf Earl Ray Dansens Handy.

Der Fernseher lief, eine Tasse mit kaltem Kräutertee stand auf einem kleinen Tisch. Eine Pistole war auf ihren Kopf gerichtet, direkt über ihrer Schläfe war ein Einschussloch zu sehen. Blut war in ihr schwarzes Haar und auf das rosa Kissen gelaufen, wo es einen großen dunklen Fleck gebildet hatte. »Ist das die Waffe von James Cahill?«, fragte Rivers und deutete auf die Glock in der Hand des Opfers.

Deputy LaShawn Brown runzelte die Stirn. »Keine Ahnung.« Brown, ein großer, vierschrötiger Kerl, der an die hundertfünfzig Kilo auf die Waage brachte, band jedem auf die Nase, dass er vor zwanzig Jahren auf dem College ein Football-Star gewesen war – ob der andere es hören wollte oder nicht. Inzwischen hatte er längst eine Familie gegründet und zwei Töchter im Teenageralter. Er war ein leidenschaftlicher Cop, und zudem ein verdammt guter. »Ich muss noch die Seriennummer überprüfen.«

»Wer hat sie gefunden?«

»Eine Freundin, die gleichzeitig ihre Arbeitskollegin ist«, antwortete der Deputy und zog einen Notizblock aus seiner Hosentasche. »Zena Wallace. Als das Mädchen hier« – er nickte in Richtung des Leichnams auf dem Bett – »nicht zur Arbeit erschienen ist und nicht auf die Nachrichten und Anrufe ihrer Kolleginnen reagiert hat, hat sich ihre Chefin Sorgen gemacht und Ms Wallace vorbeigeschickt.«

Auf den ersten Blick sah es so aus, als habe das Opfer Selbstmord begangen. Doch das war Unsinn, denn Willow Valente hätte Earl Ray Dansen vom *Clarion* wohl kaum das Foto vom Tatort schicken können, nachdem sie abgedrückt hatte.

»War die Tür abgeschlossen?«

»Nein. Was laut ihrer Freundin seltsam war.«

»Aufgebrochen?«

»Nein.«

»Um wie viel Uhr hat die Freundin sie gefunden?«, wollte Mendoza wissen.

»Vor nicht ganz einer Stunde – die Notrufzentrale hat den Anruf aufgezeichnet, da wird man euch die exakte Zeit nennen können. Ms Wallace hat die Leiche gefunden, hat Panik bekommen und die Neun-eins-eins gewählt. Nein, das stimmt nicht, sie hat zunächst jemand anderes informiert.« Er warf einen Blick auf seine Notizen. »Sie konnte ihre Chefin nicht erreichen, deshalb hat sie Robert Knowlton angerufen, James Cahills rechte Hand.«

»Den Vorarbeiter.«

Brown nickte. »Richtig. Sobald wir von der Notrufzentrale informiert wurden, sind Taggert und ich hergefahren und haben Ms Wallace unten angetroffen. Wir sind zusammen die Außentreppe hinaufgegangen und haben die junge Dame tot im Bett vorgefunden.«

»Wo ist Ms Wallace jetzt?«, fragte Rivers.

»Im Wagen. Zusammen mit Taggert.«

»Ist dieser Knowlton aufgekreuzt?«, erkundigte sich Mendoza und sah sich suchend in dem kleinen Apartment um.

»Ja, er ist ebenfalls unten auf dem Parkplatz. Zumindest war er das. Er hat ein Alibi und ist nur gekommen, weil Ms Wallace ihn angerufen hat.«

»Ist die Gerichtsmedizinerin unterwegs?« Mendoza warf einen Blick ins Bad.

»Ja.« Brown nickte. »Sie dürfte innerhalb der nächsten halben Stunde hier sein.«

»Was ist mit den Jungs von der Spurensicherung?«

Brown rieb sich das Kinn. »Die müssten ebenfalls gleich eintreffen.«

»Gut.« Rivers hatte genug gesehen. Vorsichtig gingen Mendoza und er die vereiste Außentreppe wieder hinunter. Es war wirklich ein ungemütlicher Abend, und die Gegend wirkte sicherlich auch bei Tageslicht alles andere als einladend. Jetzt wurde die Dunkelheit nur spärlich erhellt vom bläulichen Licht einer einzelnen Parkplatzlaterne vor einem Laden, in dem früher anscheinend einmal eine Bäckerei untergebracht gewesen war.

Mendoza trat zu einem der Streifenwagen, dessen Motor im Leerlauf lief, und klopfte ans Beifahrerfenster. »Wir würden gerne mit Ms Wallace reden«, sagte sie, als das Fenster hinunterfuhr und Deputy Taggert zum Vorschein kam.

Taggert nickte. »Hier?«, fragte sie.

»Es sei denn, Ms Wallace möchte lieber mit ins Präsidium kommen«, antwortete Rivers.

»Nein, o Gott, bitte nicht!«, stammelte die junge Frau auf dem Beifahrersitz schluchzend. »Ich kann nicht. Ich … ich bin schwanger.«

Taggert sah die beiden Detectives an und verdrehte die Augen.

»Ich muss nach Hause«, sagte Zena Wallace flehentlich. »Mein Freund wird sich Sorgen machen.«

»Gut, wir können auch hier reden.« Mendoza beugte sich vor und sah an Taggert vorbei zum Beifahrersitz, wo die Schwangere nervös an einem benutzten Papiertaschentuch zupfte.

Rivers und Mendoza öffneten die Tür und glitten auf die Rückbank, um Zena Wallace zu befragen. Immerhin war es im Streifenwagen wärmer als draußen.

»Sie … Willow, hat sich ständig krankgemeldet«, erklärte sie den beiden Detectives, »Donna – Donna Brown, meine ich, unsere Chefin im Cahill Inn – hat schon mehrfach gesagt, Willow würde ihr noch den letzten Nerv rauben, aber heute hat sie sich richtig Sorgen gemacht, weil Willow noch nie unentschuldigt gefehlt hat. Sie hat sonst wenigstens immer Bescheid gegeben.«

Rivers rückte ein Stück vor, damit er Zena besser sehen konnte. Taggert machte sich an der Heizung zu schaffen. »Hatte Willow Depressionen?«, fragte er.

»Was?« Zena Wallace schien über seine Frage überrascht zu sein. »Nein – ich meine, kann sein. Das ist schwer zu sagen.« Sie putzte sich die Nase. »Sie war ziemlich still. Gut möglich, dass sie deprimiert war.«

»Ist Ihnen in letzter Zeit eine Veränderung aufgefallen? Hat sich Willow anders benommen als sonst?«, fragte Mendoza.

»Nein.«

»Hat sie jemals über Selbstmord gesprochen?«

»Herrgott, nein!« Zena legte schützend die Hand auf ihren Bauch, als wolle sie nicht, dass ihr ungeborenes Kind die Frage hörte.

»Es war kein Selbstmord«, schaltete sich Rivers dazwischen und warf Mendoza einen Blick zu.

»Ich möchte nur alle Richtungen abklopfen«, sagte Mendoza, ohne Zena Wallace aus den Augen zu lassen. »Hat Ms Valente einen Freund?«, hakte sie nach.

»Nein. Ähm, zumindest nicht, dass ich wüsste.«

»Feinde?«

»Willow? Nein, auf keinen Fall. Ich kann mir nicht vorstellen, dass jemand Willow nicht mag. Sie fällt einfach nicht auf, kann sich überall anpassen, wenn Sie verstehen, was ich meine. Man hat sie gern um sich, sie wird niemals laut oder aufdringlich …« Zena fing wieder an zu weinen und fächelte sich mit der Hand Luft zu. »Entschuldigen Sie, das sind die Schwangerschaftshormone, da gehen mitunter die Gefühle mit mir durch.«

»Ms Wallace möchte Ihnen etwas zeigen«, unterbrach Taggert Zenas Schluchzer.

»Was denn?« Rivers warf der jungen Frau einen aufmunternden Blick zu.

»Ach ja.« Zena schniefte laut. »Das ist echt unheimlich. Kurz bevor ich hergekommen bin, habe ich endlich eine Textnachricht von Willow bekommen …« Sie zog ihr Handy hervor, scrollte durch die Nachrichten, dann reichte sie es Rivers. Auf dem kleinen Display war ein Foto der toten Frau zu sehen, aber darauf wirkte sie ausgesprochen lebendig. Nackt und verführerisch posierte sie mit derselben Waffe, die ihr vermutlich das Leben genommen hatte.

Rivers kniff nachdenklich die Augen zusammen. »Wann haben Sie das Foto erhalten?«

»Ungefähr vor einer Stunde, vielleicht vor anderthalb. Ich weiß es nicht.« Ihre Stimme brach.

Vor maximal neunzig Minuten also, aber die Frau, die oben in der Wohnung im Bett lag, war definitiv um einiges länger tot. »Haben wir Willow Valentes Handy gefunden?«, fragte Rivers Deputy Taggert.

»Nicht, dass ich wüsste.«

»Ich rufe mal oben bei Brown an«, sagte Mendoza und tippte bereits die Telefonnummer ein.

»Hat sie Ihnen schon einmal ein Foto wie dieses geschickt? Aufnahmen von sich in anderen verführerischen Posen?«

»Nein!«, stieß Zena entsetzt hervor. »Machen Sie Witze? Ich bin doch nicht pervers, und sie war es auch nicht. Ich hätte nie gedacht, dass Willow solche Fotos macht, andererseits … Ja, sie war ein bisschen merkwürdig, sehr still und zurückgezogen. Trotzdem. Ich kapier's nicht. Das passt einfach nicht zu ihr.«

»… okay, danke«, sagte Mendoza und unterbrach die Verbindung. »Bislang wurde kein Handy gefunden.« Ihr Blick begegnete dem von Rivers. Sie beide wussten, dass das Foto von Willow mit der Pistole, auf dem sie noch lebte, *nach* ihrem Tod an Zena geschickt worden war. Damit bestand kein Zweifel mehr: Die junge Frau hatte sich nicht selbst erschossen, sie war ermordet worden.

Mendoza betrachtete ein weiteres Mal das kleine Display von Zenas Handy, auf dem immer noch das Foto des nackten Mädchens, das verführerisch in die Kamera schaute, zu sehen war. »Das ist nicht Willows Bett«, stellte sie fest. »Das Bett in ihrem Apartment hat ein weißes Kopfteil, und die Bettwäsche stimmt auch nicht. Dieses Bett«, sie tippte aufs Display, »hat gar kein Kopfteil, außerdem ist es viel größer.«

Mendoza hatte recht, doch das Bett auf Zenas Handyfoto kam Rivers irgendwie bekannt vor. Plötzlich wusste er, woher er es kannte, und spürte wieder einmal das Adrenalin, das in der nächsten Sekunde durch seine Adern peitschte.

»Ms Wallace, sind Sie sicher, dass Willow keinen Freund hatte?«, fragte Mendoza.

»Das habe ich doch schon gesagt: Nein, sie hatte ganz bestimmt keinen!« Zena schüttelte vehement den Kopf.

»Und sie hat auch nicht vor Kurzem erst mit einem Mann Schluss gemacht?«

»Nicht, dass ich wüsste. Sie hat mir gegenüber nie einen Freund erwähnt.« Zena sah zum Beifahrerfenster hinaus und fuhr mit der Zeigefingerspitze durch das Kondenswasser, das daran herunterlief. Dagegen kam auch die auf Hochtouren laufende Heizung des Streifenwagens nicht an.

»Was ist mit James Cahill?«, wollte Rivers wissen.

»Wie bitte? Sind Sie verrückt? Nein! Noch deutlicher kann ich es doch wohl nicht sagen!«

Aber Rivers hatte das Bett erkannt, auf dem die nackte Willow Valente provokant in die Kamera blickte. Er hatte es gesehen, als er das Haus nach Spuren durchkämmt hatte, nachdem James ins Krankenhaus eingeliefert worden war.

»O mein Gott«, seufzte Zena und kämpfte erneut gegen die Tränen an.

»Was?«, fragte Mendoza. »Ist Ihnen noch etwas eingefallen?«

»Sie hatte wirklich keinen Freund, aber sie war besessen von James Cahill. War total in ihn verknallt.« Zena fing wieder an, das

Taschentuch zu zerrupfen. »Aber das war natürlich reine Fantasie.«

»Warum sind Sie davon so überzeugt?«, hakte Mendoza nach.

Zena verdrehte die Augen. »Er weiß doch noch nicht einmal, dass es sie überhaupt gibt … gab, meine ich. Es war, als wäre sie unsichtbar für ihn gewesen.«

»Aber Sie sind sich ganz sicher, dass Ms Valente für ihn schwärmte?«

Zena nickte. »Absolut.«

»Und Mr Cahill stand nicht auf sie?«

»Nein«, erwiderte Zena leicht gereizt. »Warum glauben Sie mir denn nicht?«

»Weil sie in seinem Bett liegt«, antwortete Rivers. »Mit einer Pistole.«

Zena tupfte sich mit dem zerfetzten Taschentuch die Augen ab. »Ich habe keine Ahnung, warum, aber wie ich schon sagte: Sie war ein bisschen seltsam.«

»Hat sie hier in der Gegend Freunde oder Verwandte?«

»Das weiß ich nicht.« Zena legte nachdenklich die Stirn in Falten. »Augenblick … Sie hat nie viel von ihrer Familie erzählt, aber ich weiß, dass sie eine Schwester hat.«

»Wissen Sie, wie die Schwester heißt?«

»Nein. Nur dass sie in Tacoma lebt … oder in Everett? Auf alle Fälle irgendwo auf der anderen Seite der Berge. Sie hat sie immer nur ›Schwester‹ genannt, nie ›*meine* Schwester‹. Einmal habe ich scherzhaft gefragt, ob diese Schwester eine Nonne sei, aber das fand sie nicht besonders lustig.« Sie streichelte ihren leicht gewölbten Bauch und fügte leise weinend hinzu: »Das ist so schrecklich.«

»Kann es sein, dass die Schwester Fern hieß? Fern Smithe?«, fragte Mendoza.

Zena überlegte. »Kann sein, ja. Sie hat den Namen einmal flüchtig erwähnt – ›Heute ist Ferns Geburtstag‹ oder so ähnlich.«

Rivers und Mendoza stellten der aufgelösten jungen Frau noch ein paar weitere Fragen, doch mehr fanden sie nicht heraus. Die Gerichtsmedizinerin traf ein; ein paar Minuten später bog das Team von der Spurensicherung mit seinem Van auf den Parkplatz vor dem verlassenen Gebäude ein und bahnte sich einen Weg durch die immer größer werdende Menge an Schaulustigen. Seltsam, dachte Rivers, wie viele Leute an einem so ungemütlichen Abend hier draußen unterwegs waren, doch sobald die Polizei um Mithilfe bat, hatte niemand etwas gesehen oder gehört.

Er ließ den Blick über die Versammelten schweifen und fragte sich, ob wohl der Mörder unter ihnen war, was immer mal wieder vorkam.

Jetzt rückte auch noch die Presse in Gestalt von Seamus O'Day vom *Clarion* an. Zum Glück waren noch keine Nachrichtenvans zu sehen. Was sich bald ändern würde. Neuigkeiten wie diese verbreiteten sich in Riggs Crossing stets wie ein Lauffeuer.

Er stieg aus dem Streifenwagen und streckte den Rücken durch, den Blick immer noch auf die Schaulustigen auf der anderen Seite des gelben Absperrbands geheftet, doch niemand erweckte seine Aufmerksamkeit, niemand kam ihm verdächtig oder wirklich fehl am Platz vor.

Rivers atmete tief durch. Er würde den Bastard schnappen, und zwar bald, das spürte er so deutlich wie die eisige Kälte des Winterabends. Er schlug den Kragen hoch.

Was hatte Megan Travers noch gleich zu Andie Jeffries gesagt?

Wenn mir irgendetwas zustößt, ist das James' Schuld.

Die Worte der Krankenschwester hallten noch in seinem Kopf nach, als James Cahills Jeep mit dröhnendem Motor auf den Parkplatz fuhr. Er saß am Steuer, aber er war nicht allein.

Rebecca Travers war bei ihm.

Wie verdammt praktisch.

»Hier wohnt sie?«, fragte Rebecca, als James seinen SUV auf dem Parkplatz des zweigeschossigen Gebäudes abstellte.

»Ich denke schon.« James war sich nicht sicher. Er hatte die Adresse aus den Unterlagen der Hotelangestellten herausgesucht, nachdem er seinem Mitarbeiter das Handy zurückgebracht und Ralph bei seinen Angestellten zurückgelassen hatte.

Dem Betrieb auf dem Parkplatz nach zu urteilen – mehrere Polizeiwagen, Vans, ein Rettungsfahrzeug –, waren sie hier richtig.

Eine kleine Schar Schaulustiger wurde von zwei Deputys in Schach gehalten, Bobby Knowlton stand vor seinem Pick-up und rauchte eine Zigarette. Die rot-blauen Lichter der Streifenwagen spiegelten sich unheimlich in der weißen Schneedecke und den großen Fenstern einer ehemaligen Bäckerei.

Als James aus seinem Explorer stieg, bemerkte er die beiden Detectives, Rivers und Mendoza, die in seine Richtung kamen. Unwillkürlich zog sich sein Magen zu einem harten Knoten zusammen. Er presste die Kiefer aufeinander.

»James Cahill!«, rief Rivers. »Wir müssen reden.«

Großartig. »Klar.« Aus dem Augenwinkel sah er, wie Rebecca um die Motorhaube herumging und neben ihm stehen blieb.

»Eine Frage«, sagte er zu den beiden Cops, als diese nur noch wenige Meter entfernt waren. »Ich habe einen Anruf von Bobby bekommen.« James reckte das Kinn in Richtung seines Vorarbeiters. »Er behauptet, Willow Valente habe Selbstmord begangen. Ist das korrekt?«

»Sie ist tot«, bestätigte Rivers, »aber wir konnten die Todesursache noch nicht eindeutig klären.« Mendoza sah von James zu Rebecca und wieder zurück.

»Hatte sie einen Unfall?«

»Das können wir zu diesem Zeitpunkt noch nicht sagen«, antwortete Rivers. »Wir würden Ihnen allerdings gern ein paar Fragen stellen.«

»Sie meinen, noch mehr Fragen.« In James' Stimme schwang Schärfe mit, aber dann seufzte er und blickte an dem verkommenen Gebäude hinauf in den oberen Stock, wo die Leute von der Spurensicherung Zentimeter für Zentimeter unter die Lupe nahmen. »Hören Sie, Detectives, ich weiß nichts über Willow Valente. Meine rechte Hand hat mich benachrichtigt, und ich bin hergekommen. Ende der Geschichte.«

»Wir können uns gern im Präsidium unterhalten«, schlug Rivers vor.

»Ich habe doch …«, brauste James auf, aber Rebecca legte beschwichtigend die Hand auf seinen Unterarm. »Schon gut, schon gut. Wir können auch hier reden«, lenkte er ein, doch er machte sich nicht die Mühe, seinen Unmut zu verbergen.

»Vielleicht sollten wir das Gespräch doch besser ins Department verlegen«, schlug Rebecca vor und beäugte skeptisch die immer größer werdende Menge von Gaffern.

James folgte ihrem Blick. »Einverstanden«, sagte er schließlich. »Treffen wir uns im Präsidium.«

KAPITEL 44

Sophia war wütend.

Er hatte sie versetzt! Und das, nachdem sie sich hatte breitschlagen lassen, sich mit ihm ausgerechnet in der Bar zu treffen, wo sie arbeitete.

Ihr Blut kochte vor Zorn.

Sie war seit fast einer Stunde hier, nippte an einer Limo und wartete, während sie überlegte, wie sie ihm beibringen sollte, dass er Vater werden würde. Er wäre sicher geschockt, würde es vielleicht erst nicht wahrhaben wollen, aber dann würde er vermutlich einlenken. Und erkennen, dass sie füreinander bestimmt waren.

Zähneknirschend lauschte sie den Klängen von »I Saw Mommy Kissing Santa Claus« und beobachtete die anderen Gäste – Freunde oder Paare, die miteinander redeten und lachten, nicht ahnend, welches Drama sich gerade in Sophias Leben entfaltete.

Zwei Männer, die ebenfalls am Tresen saßen, beobachteten sie. Sie kannte die beiden, hatte sie schon bedient. Sie rührte mit dem Strohhalm in ihrer Limo. Die Eiswürfel stießen klackernd gegeneinander. James sollte sie nicht so schlecht behandeln. Nicht, wo sie doch bald die Mutter seines Kindes war! Bei der Vorstellung musste sie lächeln.

Sie warf einen Blick auf die Uhr und beschloss, nicht länger zu warten. Als Julia eingetroffen war, hatte sie den Wagen genommen, und jetzt würde ihre Schwester ihn zurückhaben wollen. Der Kombi gehörte schließlich ihr.

Sophia trank ihre Limo aus, legte etwas Geld auf den Tresen und stand auf. Sie versuchte ein weiteres Mal, James zu erreichen, aber ihr Anruf wurde direkt an die Mailbox weitergeleitet. Zum dritten Mal schickte sie ihm dieselbe Textnachricht:

Wo bist du? Wir müssen reden. Jetzt!

Er ging ihr aus dem Weg. Das war offensichtlich. Sie betrat die Lobby, wo sie Donna an der Rezeption entdeckte.

O Gott, sie wollte jetzt nicht mit ihrer Chefin reden. Sie wollte mit niemandem reden. Nur mit James.

Sie ging gerade Richtung Ausgang, als Donna von der Computertastatur aufblickte und die Hand hob. »Sophia!«

Mit Sicherheit wollte sie, dass sie die Schicht von irgendwem übernahm. Nun, das würde sie nicht tun.

»Sophia!«, sagte Donna noch einmal, lauter jetzt, und zu Sophias Überraschung verließ ihre Vorgesetzte tatsächlich ihren Posten und durchquerte mit eiligen Schritten die Lobby. »Sophia, hast du es schon gehört?« Donnas Gesicht war noch ein bisschen blasser als üblich, ihre Augen unter dem krausen Pony blickten besorgt. »Das von Willow?«

Ach du liebe Güte. Jetzt würde sie Sophia bitten, für das stille Mädchen mit dem schwarzen Zopf und den wachsamen Augen einzuspringen, das ihr geholfen hatte, die Sauerei in James' Haus zu beseitigen. »Was ist mit ihr?«, fragte Sophia ohne großes Interesse. Willow war seltsam, und die Art und Weise, wie sie James mitunter fixierte, war nicht nur nervend, sondern beinahe unheimlich. Willow hätte einen perfekten Stalker abgegeben, dachte Sophia.

»Sie ist tot.«

Sophia erstarrte. Nein, das konnte nicht sein. Bestimmt hatte sie sich verhört. »Wie bitte?« Erlaubte sich Donna einen Scherz mit ihr? Wenn ja, dann war er ziemlich geschmacklos.

»Zena hat sich endlich gemeldet. Willow ist tot.«

»Mein Gott.« Sophia stieß entsetzt die Luft aus. »Was ist passiert?«

»Zena ist bei Willows Wohnung. Die Cops haben sie und Bobby befragt; sie hat ihn angerufen, weil sie mich nicht erreichen konnte. Jetzt spricht die Polizei mit James und der Frau, die ihn dorthin begleitet hat – die, die vorhin hier nach ihm gefragt hat.«

»Was für eine Frau?«, wollte Sophia wissen.

»Die aus dem Fernsehen, die Schwester von Megan Travers.«

Rebecca! Sophias Herz setzte einen Schlag aus; sie spürte, wie ihr übel wurde. »Sie sind alle da? Bei Willows Wohnung?«

»Sie sind hingefahren, als sie die Neuigkeiten erfahren haben, erst Bobby, dann James und die Frau. Ich weiß das, weil James das Handy von Bruce an der Rezeption abgegeben hat, damit er es sich später abholen kann. Anscheinend hatte er es verloren.«

Bruce' dämliches Handy interessierte Sophia nicht. »Einen Moment, Donna. Was genau ist mit Willow passiert?«

Donna senkte die Stimme und sah sich nach beiden Seiten um, als fürchte sie, jemand würde mithören. »Zena hat Willow tot im Bett vorgefunden – sie sagte, es hat so ausgesehen, als habe sie sich selbst erschossen.«

»*Willow hat sich erschossen?*«, wiederholte Sophia ungläubig und machte unwillkürlich einen Schritt zurück. Das war ja entsetzlich! »Selbstmord?«

»Davon ging Zena aus, aber die Polizei glaubt offenbar etwas anderes. Sie hat ein Foto von Willow, das irgendwer von ihrem Handy aus an die Zeitung geschickt hat.«

»Wie bitte?« Sophia konnte nicht glauben, was sie da hörte. Ein eng umschlungenes Paar verließ die Bar und ging an ihnen vorbei in die Nacht hinaus.

»Furchtbar, das alles«, sagte Donna. »Zena hat ein Gespräch zwischen den Cops mitbekommen, das sie wohl nicht hören sollte.« Donna warf einen Blick über die Schulter zur Rezeption. »Das Foto wurde definitiv nach ihrem Tod aufgenommen, deshalb scheidet Selbstmord aus. Es soll vermutlich nur so aussehen, als ob.«

»Oh … wow.« Sophia schüttelte fassungslos den Kopf. »Ich … ich kann es nicht glauben.«

»Das verstehe ich. Es kommt aber noch schlimmer.« Donna senkte die Stimme zu einem Flüstern.

»Wie kann es noch schlimmer kommen, sie ist doch schon tot«, wisperte Sophia entsetzt.

»Zena hat erzählt, auf dem Foto sei Willow … nackt gewesen.« Donna fischte ein Lipgloss aus ihrer Jackentasche und zog sich die Lippen nach. »Ein ausgesprochen aufreizendes Foto mit einer Pistole, genau die, mit der sie anscheinend erschossen wurde.«

»Vielleicht hat ihr Freund die Aufnahme gemacht?«, überlegte Sophia.

»Hatte Willow einen Freund?«, fragte Donna.

»Keine Ahnung.« Sophia machte einen Schritt zur Seite, als ein Paar in aufeinander abgestimmten Collani-Jacken durch die Tür kam und in Richtung Bar strebte. »In meinen Augen ist sie so gar nicht attraktiv.«

»In meinen auch nicht.« Donna schraubte den Lipgloss zu, dann sah sie zur Rezeption hinüber, vor der ein älterer Mann wartete. »Oh, ich habe zu tun«, entschuldigte sie sich bei Sophia und ließ sie stehen, um sich wieder ihrer Arbeit zuzuwenden.

»Wow«, sagte Sophia noch einmal. Dann zog sie den Gürtel ihres Mantels enger zusammen, setzte die silberne Strickmütze auf, steckte die Haare darunter und ging hinaus in den dunklen, kalten Abend. Noch immer schneite es leicht.

Es ärgerte sie, dass James sie versetzt hatte, um zu Willows Wohnung zu fahren. Und dass er mit Rebecca zusammen gewesen war.

Damit würde Schluss sein müssen, dachte sie, als sie fröstelnd in Julias Wagen stieg und den Schlüssel ins Zündschloss steckte. Und zwar sofort.

Rivers schob James die in einen durchsichtigen Plastikbeutel verpackte Glock über den Tisch im Vernehmungsraum zu und fragte: »Ist das Ihre Waffe?« Mendoza und er saßen James gegenüber auf einer Seite, zwischen ihnen lag ein verschlossener brauner DIN-A4-Umschlag. Jede Sekunde des Gesprächs wurde von Kameras und Mikrofonen aufgezeichnet. Rebecca Travers hatte darum gebeten, bei der Befragung dabei sein zu dürfen, aber Rivers hatte selbstverständlich abgelehnt und sich dabei auf die Dienstvorschriften berufen. Außerdem wollte er Cahill allein befragen, um sich auf dessen Mimik konzentrieren und seine Reaktionen einschätzen zu können.

Rebecca Travers saß unterdessen zusammen mit einem Deputy im Wartebereich. Rivers wollte später auch mit ihr reden.

Ein Muskel unter Cahills rechtem Auge zuckte, als er die Waffe beäugte. »Darf ich sie anfassen?«

Rivers nickte. »Solange sie in dem Plastikbeutel bleibt.« Die Spurensicherung hatte die Waffe bereits auf Fingerabdrücke untersucht und in einen Wassertank gefeuert, um später feststellen zu können, ob die Munition mit der Kugel in Willow Valentes Schädel übereinstimmte.

Cahill betrachtete die Pistole noch immer. »Ja«, sagte er schließlich. »Ich glaube, die gehört mir. Sieht zumindest so aus. Meine ist registriert, aber das dürften Sie ja bereits herausgefunden haben. Ich hatte die Waffe als gestohlen gemeldet.«

Mendoza nickte. »Das haben wir überprüft.«

»Warum fragen Sie mich dann?«, fragte er ungehalten.

»Nur um auf Nummer sicher zu gehen«, erwiderte Mendoza, ohne mit der Wimper zu zucken.

»Wo haben Sie die Waffe gefunden?«

»Im Bett neben Willow Valentes Kopf.«

»Herrgott! Wollen Sie mich verar… auf den Arm nehmen?« Cahill konnte den Blick nicht von der Waffe wenden. »Wie ist sie dahin gekommen?«

Rivers lehnte sich auf seinem Stuhl zurück. »Ich hatte gehofft, das könnten Sie uns sagen.«

Cahill schüttelte bedächtig den Kopf.

»Ich habe keine Ahnung. Das letzte Mal, als ich die Glock gesehen habe, war sie im Esszimmer, das ich gleichzeitig als Büro nutze. Ich hatte sie in eine Schublade im Sideboard gelegt, ohne Magazin. Die Waffe war nie geladen, das habe ich auch angegeben. Ihre Jungs haben sie nicht gefunden, als sie das Haus durchkämmt haben, deshalb habe ich ja angenommen, dass sie gestohlen wurde. Von dem Mörder oder seinem Komplizen oder was weiß ich. Ich habe nichts damit zu tun, verdammt noch mal.«

»Wann genau haben Sie die Pistole in die Schublade gelegt?«, wollte Mendoza wissen.

»Mein Gott, keine Ahnung«, blaffte er, dann riss er sich zusammen. »Ich erinnere mich nicht. Vielleicht habe ich sie dort hineingelegt, als ich eingezogen bin, vielleicht später. Ich besitze die Glock seit Jahren, habe sie bei einem Händler in Seattle gekauft, aber ich brauche sie nicht. Deshalb trage ich sie auch nicht bei mir.« Er schob den transparenten Beweismittelbeutel mit der Waffe zurück zu Rivers.

Er wirkte aufrichtig, aber Rivers traute ihm nicht.

»In welcher Beziehung standen Sie zu Willow Valente?«

»In gar keiner. Sie war meine Angestellte, verflucht noch mal. Stand auf meiner Gehaltsliste.«

»Mehr nicht?«

Er zuckte die Achseln. »Sie hat Sophia geholfen, mein Haus aufzuräumen, nachdem Ihre Jungs darin gewütet hatten, aber ich hatte sie nicht darum gebeten. Ich kenne sie so gut, dass ich Hi sage, wenn ich sie sehe, aber das war's auch schon.«

»Wann war das?«, hakte Mendoza nach.

»Was? Wann ich Hi gesagt habe?«

»Wann hat sie Ihr Haus aufgeräumt?«

Cahill rief den Kalender auf seiner Uhr auf und nannte ihnen das exakte Datum, dann fügte er hinzu: »Sophia hat darauf bestanden, und Willow hat ihr geholfen. Nach meiner Entlassung aus dem Krankenhaus bin ich vorübergehend im Inn untergekommen, deshalb …« Seine Stimme verklang.

Rivers nahm die Fotos von Willow in James' Bett aus dem Umschlag auf dem Tisch. Er hatte die Aufnahme von Zena Wallace' Handy auf sein eigenes weitergeleitet und im Präsidium ausgedruckt. »Wie erklären Sie sich dieses Bild?« Er legte es vor James auf den Tisch.

»Was ist das?« James warf einen Blick auf das Nacktfoto und schob seinen Stuhl zurück, als wolle er räumliche Distanz zwischen sich und das Bild bringen. »Warum zum Teufel zeigen Sie mir so ein Foto? Weil sie eine Pistole hat?«

»Sehen Sie genauer hin«, forderte Mendoza ihn auf.

»Warum?« Cahill schluckte angestrengt und rückte wieder an den

Tisch heran. »Sie ist nackt, sie hat eine Pistole und ...« Aus seinem ohnehin blassen Gesicht schien sämtliche Farbe zu weichen. Sein Mund klappte auf. Er sah Rivers an. »Heilige Scheiße. Sie war in *meinem* Bett?«, fragte er perplex. »In meinem Bett, mit der Pistole ...« Er hielt abwehrend die Hände in die Höhe. »Ich habe keine Ahnung, was das bedeutet, aber hey ... Ich fasse es nicht. Sie hat mein Schlafzimmer garantiert höchstens ein einziges Mal betreten, und zwar, um darin sauber zu machen!«

»Sind Sie sicher?«

»Ja, selbstverständlich ...« Er hielt inne, den Blick auf Rivers geheftet. »Wollen Sie etwa behaupten, sie und ich ... Das darf doch wohl nicht wahr sein! Das ist verrückt, total absurd!« Plötzlich schien ihm ein anderer Gedanke zu kommen. »Sie waren noch einmal in meinem Haus«, sagte er vorwurfsvoll.

Rivers nickte knapp. »Und wir haben ein langes, schwarzes Haar in Ihrem Bett gefunden, vermutlich von der toten Frau. Um sicherzugehen, haben wir das Bettzeug mitgenommen und ins Labor gebracht.«

»Herrgott noch mal!« Cahill sprang auf. »Ich habe nichts damit zu tun! Gar nichts!«

»Und doch taucht Ihr Name immer wieder im Zentrum der Ermittlungen auf.«

»Nein, ich ...«

»In welcher Beziehung standen Sie zu Charity Spritz?«, schnitt Mendoza ihm das Wort ab.

Cahills Kopf fuhr herum. Fassungslos starrte er die Ermittlerin an. »Sie meinen diese Reporterin? In gar keiner. Worauf zum Henker wollen Sie hinaus?«

»Sie hat Sie angerufen.«

»Ja, klar. Andauernd. Seit Megan verschwunden ist. Sie wollte mich interviewen, aber darauf hatte ich keine Lust. Sie war eine echte Nervensäge.« Er erzählte ihnen, wie hartnäckig Charity Spritz gewesen war, so sehr, dass er sich geradezu genötigt gefühlt hatte, als sie vor seiner Haustür erschienen war. Letztendlich hatte er beschlossen, sie anzurufen und mit ihr zu reden, doch da war sie nicht drangegangen ... »Wurde sie ... wurde sie ebenfalls mit der Glock umgebracht?« Er warf einen neuerlichen Blick auf die Pistole.

»Nein«, antwortete Rivers. »Sie wurde erwürgt.«

»O Gott. Und Sie glauben ...?« Cahill sah elend aus. »Das ist doch verrückt, total verrückt!«

Rivers hatte kurz zuvor den Obduktionsbericht gelesen, in dem stand, dass Spritz' Kehlkopf zerdrückt, das Zungenbein gebrochen war. Weitere Verletzungen wiesen auf einen heftigen Kampf hin. Hoffentlich würden die Hautfetzen unter ihren Fingernägeln helfen, den Mörder zu identifizieren.

Die Befragung von Cahill zog sich über eine Stunde hin, doch am Ende hatten Rivers und Mendoza nichts Neues erfahren. Als Mendoza fragte, warum er mit Rebecca Travers zu Willow Valentes Wohnung gefahren sei, reagierte er gereizt.

»Ich weiß zwar nicht, was Sie das angeht, aber wir wollen beide wissen, was Megan zugestoßen ist.«

»Dann haben Sie also keine romantische Beziehung zu ihr?«, bohrte Mendoza.

»Nein.« Sein Blick flackerte leicht.

»Sie waren früher einmal ein Paar.«

»Ja.«

»Und Sie haben sie wegen ihrer Schwester verlassen.«

Er zögerte, dann nickte er. »Ich habe einen Fehler gemacht. Habe Rebecca aufgrund einer Lüge verlassen.«

»Die Megan Travers in die Welt gesetzt hatte.«

Ein Muskel an seinem Kinn zuckte. »Wie ich schon sagte: Das war ein Fehler.«

»Was ist mit Sophia Russo? Sie sind mit ihr zusammen gesehen worden.«

»Haben Sie ein Verhältnis mit ihr?«, zog Mendoza die Daumenschrauben an.

»Wir hatten ein Verhältnis«, räumte Cahill ein, »aber das ist vorbei.«

»Weiß sie das?«, fragte Rivers.

»Ja.« Der Muskel an Cahills Kinn zuckte heftiger. »Ich habe mich glasklar ausgedrückt.«

»Sind Sie sicher?« Mendoza zog die Augenbrauen hoch, doch James Cahill biss nicht auf den Köder an.

Rivers ließ die Bombe platzen. »Ist sie mit Ihnen verwandt?«

»Wie bitte? Machen Sie Witze?«, fragte er sichtlich genervt. »Ob Sophia mit mir verwandt ist? Wie kommen Sie denn darauf? Ich habe sie hier kennengelernt. Ihr seid doch krank!« Er schob seinen Stuhl zurück und wandte sich zur Tür. »Ich denke, wir sind jetzt fertig.«

Vermutlich waren sie das. »Nur noch eine Sache«, sagte Rivers und schickte dem Officer, der bei Rebecca Travers saß, eine Textnachricht.

»Was wollen Sie denn noch?«

Nachdem Rebecca ins Vernehmungszimmer geführt wurde und neben James Platz genommen hatte, teilte Rivers James und ihr mit, dass sie Megans Wagen gefunden hatten.

»Wo?«, fragte Rebecca, die Hand auf die Brust gepresst, die Augen weit aufgerissen. »Was ist mit meiner Schwester? Ist sie …?« Sie konnte die Frage nicht zu Ende sprechen. James nahm ihre Hand und drückte sie.

»Wir haben sie nicht gefunden«, antwortete Mendoza. »Nur den Wagen und einige persönliche Gegenstände. Der Toyota parkte in der Garage einer Hütte in den Bergen, die Harold Sinclaire gehört. Kennt sie ihn?«

Rebecca, die aschfahl geworden war, schüttelte den Kopf. »Nicht, dass ich wüsste.«

»Ich kenne ihn.« James runzelte die Stirn und fuhr sich mit den Fingern durch den Bart. »Ich habe ihm ein Minihaus verkauft.«

Mendozas Kopf schnellte in die Höhe. »Wann hat er das Minihaus gekauft?«

»Irgendwann letztes Jahr … gegen Ende des Sommers, meine ich«, antwortete James. »Ist diese Hütte das Minihaus?«

»Nein, Mr Sinclaires Hütte ist mindestens fünfzig Jahre alt, wenn nicht älter, hat ein festes Fundament und eine angrenzende Garage«, sagte Rivers.

Mendoza fasste Cahill ins Auge. »Erinnern Sie sich, wohin Sinclaires Minihaus geliefert wurde?«

»Es wurde nicht geliefert. Sinclaire hat es selbst abgeholt.«

»Wie?«

James lehnte sich zurück und rieb sich das Kinn. »Es war so konstruiert, dass man es wie einen Wohnwagen benutzen konnte.«

»Dann war es für den Straßenverkehr zugelassen?«

»Ja.«

»Auf Sinclaire?«

»Ja.«

»Wir brauchen Kopien von den Unterlagen«, sagte Mendoza. »Wohin könnte er damit gefahren sein?«

»Keine Ahnung.«

»Sie wissen, dass Harold Sinclaire mit Jennifer Korpi zusammen ist. Sie hatten auch mit ihr ein Verhältnis, richtig? Obwohl das schon eine Weile zurückliegt.«

»Das ist korrekt, ja«, bestätigte James kurz angebunden. Rebecca wand sich auf ihrem Stuhl. »Was hat das mit dem Verschwinden meiner Schwester zu tun?«

»Genau das versuchen wir herauszufinden«, sagte Rivers.

»Dann tun Sie das. Mit mir hat es nämlich nichts zu tun«, brauste James auf.

»Und warum behauptet eine Freundin von Megan, sie habe ihr kurz vor ihrem Verschwinden gesagt, sollte ihr etwas zustoßen, wären Sie dafür verantwortlich?«

Rebecca schnappte nach Luft und riss die Augen auf.

»Das ist gelogen!« James sprang aufgebracht auf. »Ich weiß nicht, woher Sie diese Information haben, aber sie ist absoluter Mist!« Er beugte sich mit verkniffenem Gesicht über den Tisch, und eine Ader trat an seiner Stirn hervor, als er, fast ohne die Lippen zu bewegen, sagte: »Ich habe ihr nie auch nur ein Haar gekrümmt. Wir sind hier fertig.« Damit verließ er zusammen mit Rebecca Travers den Vernehmungsraum.

Rivers und Mendoza folgten ihnen. Rivers bemerkte, dass Rebecca Cahills Hand abschüttelte, als er sie am Ellbogen fassen und am Empfang vorbeiführen wollte. Sie stieß die Tür auf und verließ ihm voran das Department.

»Du hast ihn aus der Fassung gebracht«, stellte Mendoza fest.

»Vielleicht.«

»Und, was fangen wir damit an?«, fragte sie, als sich die Glastür hinter den beiden schloss.

»Wie lautet noch gleich das alte Sprichwort: ›Die Hölle selbst kann nicht wüten wie eine verschmähte Frau‹?«

Die Augen zu Schlitzen verengt, starrte Mendoza durch ein Fenster hinaus und sah zu, wie James Cahill in seinen SUV stieg und davonfuhr, Rebecca Travers auf dem Beifahrersitz. »Gibt es auch ein Sprichwort, das auf eine wegen der eigenen Schwester verschmähte Frau zutrifft?«

»Ich denke nicht«, gab Rivers zurück. »Und wenn doch, dann sagt es bestimmt nichts Gutes. Gar nichts Gutes.«

James brauchte Stunden, bis er in seinem Zimmer im Inn endlich einschlief. Er hätte auf keinen Fall in sein Haus zurückkehren können, das die Cops schon wieder auseinandergenommen hatten. Nach einer frostigen Rückfahrt zur Weihnachtswelt, auf der Rebecca kaum ein Wort gesagt hatte, hatte er sie bei ihrem Wagen abgesetzt und gewartet, bis sie davonfuhr. Dann war er ihr in sicherem Abstand heimlich in die Stadt gefolgt. Von einer Seitenstraße mit Blick auf den Parkplatz des Main Street Hotels hatte er beobachtet, wie sie ihren Wagen auf dem üblichen Platz abstellte, abschloss und das hell erleuchtete Hotel betrat.

Während die Scheiben des Explorers von seinem Atem beschlugen, hatte er sich unablässig die Fragen der Cops durch den Kopf gehen lassen, die diese in dem stickigen, fensterlosen Vernehmungszimmer auf ihn abgefeuert hatten. Man hatte seine Waffe am Tatort gefunden, und es gab Fotos von Willow Valente, auf denen sie in seinem Bett lag, und nun verdächtigte man ihn, etwas mit ihrem Tod und dem Mord an Charity Spritz in San Francisco zu tun zu haben. Wie passte dann auch noch Jennifer ins Bild – warum hatte man Megans Wagen auf dem Grundstück ihres Freundes gefunden? Und erst die Unterstellung, Sophia sei mit ihm verwandt! Was für ein Wahnsinn.

Die Vorstellung, dass Willow Valente sich nackt in seiner Bettwäsche rekelte und mit der Waffe posierte, während sie oder sonst wer Fotos machte, verursachte ihm eine Gänsehaut. Nachdem in Rebeccas Zimmer das Licht ausgegangen war, war er zur Weihnachtswelt zurückgefahren und hatte wieder in seinem eigenen Hotel eingecheckt, in ebenjener Suite, die er nach seiner Entlassung aus dem Krankenhaus belegt hatte und die langsam, aber sicher zu seinem zweiten Zuhause wurde.

Nichts ergab einen Sinn, aber es war offensichtlich, dass die Polizei ihn im Visier hatte.

Rivers hielt ihn für verdächtig, wahrscheinlich für den Tatverdächtigen *numero uno*.

Erschöpft, aber innerlich völlig aufgewühlt ging er endlich ins Bad, warf einen Blick in seinen Kulturbeutel und nahm zwei rezeptfreie Schlaftabletten heraus, die er mit einem Schluck Wasser hinunterspülte.

Er schaute auf die Uhr. Schon fast zwei. Ralph schnarchte laut. Bald zeigten die Schlaftabletten Wirkung, und James dämmerte ein, schlief so fest, dass er nicht hörte, wie sich die Tür öffnete und der Schäferhund leise bellte. *So* fest, dass er nicht merkte, wie sich jemand zu ihm auf die Matratze legte, schlief er allerdings nicht.

Er schlug die Augen auf und erstarrte beim Anblick von Sophia, die sich nackt an ihn schmiegte. Ihr blondes Haar schimmerte im Licht der Weihnachtsbeleuchtung, die durchs Fenster ins Zimmer fiel, ihre Augen leuchteten.

»Was machst du hier?« Er setzte sich so hastig auf, dass seine Schulter schmerzte, und sah sich benommen um. Träumte er?

Aber sie ließ sich in die Kissen sinken, und anstatt verlegen den Blick abzuwenden, lächelte sie. »Ich habe dir gesagt, dass ich dringend mit dir reden muss, und du hast mich versetzt.«

»Ich weiß … und das tut mir leid. Trotzdem möchte ich, dass du wieder gehst. Sofort.« Er fuhr sich blinzelnd mit der Hand übers Gesicht. Nein, das war kein Traum.

»Ich werde nicht gehen.«

»Willst du wirklich, dass ich den Sicherheitsdienst rufe?« Er war fassungslos, dass sie die Unverfrorenheit besaß, uneingeladen in seinem Zimmer aufzukreuzen. Wieder einmal. »Du weißt, was passiert ist?« Die Ereignisse des vergangenen Abends kehrten schlagartig in sein Bewusstsein zurück.

»Ich habe von Willow gehört, wenn es das ist, wovon du redest.«

»Ja. Davon rede ich. Hör zu, Sophia, ich bin dir keine Rechenschaft schuldig, und ich möchte, dass du dich von mir fernhältst. Es ist vorbei. Du solltest … du solltest dir einen neuen Job suchen. Ich bezahle dir eine anständige Abfindung und stelle dir ein hervorragendes Zeugnis aus, Empfehlungsschreiben …«

»Nein!«, unterbrach sie ihn scharf. Ihr Lächeln verschwand. »Ich werde mich nicht von dir fernhalten, und du wirst mich ganz bestimmt nicht feuern.« Ihre Augen verengten sich zu schmalen Schlitzen. »Keinesfalls, Daddy.«

»Wie bitte?« Wovon redete sie? *Daddy?* So hatte sie ihn noch nie genannt.

»Ich habe dir gesagt, dass das, was ich mit dir zu besprechen habe, wichtig ist.« Das Lächeln kehrte zurück, doch es wirkte hart. »Du wirst Vater.«

»Was?« Hatte er sich verhört?

»Vater«, wiederholte sie selbstgefällig.

»Nein, warte. Machst du Witze?« Was behauptete sie da? Das konnte nicht sein, sie hatten doch über … Sie musste sich irren. Doch ihr Gesichtsausdruck überzeugte ihn. Der Raum schien kleiner zu werden, er streckte die Hand aus, um die Wand zurückzuhalten, die plötzlich auf ihn zuzurücken schien. Ihre Worte hallten durch seinen Kopf. *Vater. Du wirst Vater …* Für eine Sekunde bekam er keine Luft mehr, konnte nicht klar denken.

»Nein, ich mache keine Witze. Ich bin schwanger, James.« Der harte Ausdruck in ihrem Gesicht verschwand, Tränen traten in ihre Augen, ihre Stimme wurde weich, das Lächeln zittrig. »Ich weiß, das ist ein Schock«, sagte sie leise, »aber es stimmt.« Als hätte sie seine ungläubige Reaktion vorausgesehen, griff sie nach der Handtasche auf dem Boden und zog einen Schwangerschaftstest heraus.

Verdammte Scheiße, sie machte tatsächlich keine Witze. Sein Herz hämmerte, seine Ohren rauschten. Das durfte doch nicht wahr sein!

»Hier«, ermutigte sie ihn, hielt ihm den Test hin und knipste die Nachttischlampe an.

Er blinzelte, um seine Augen an das grelle Licht zu gewöhnen, und beäugte das schmale Stück Plastik.

Er schluckte.

Schaute auf das kleine Fenster.

Positiv.

Der Fußboden schien sich aufzutun.

»Ich weiß, dass du erschüttert bist, aber vertrau mir …« Sophias Lächeln wurde zuversichtlicher. »Das ist etwas Gutes. Das Beste, was einem passieren kann. Du, James Cahill, wirst Vater.«

KAPITEL 45

10. DEZEMBER

Unruhig warf sich Rebecca in ihrem Hotelbett hin und her. An Schlaf war nicht zu denken.

Stunden vergingen. Immer wieder wanderten ihre Gedanken zu ihrer Schwester, immer wieder warf sie einen Blick auf den Digitalwecker auf ihrem Nachttisch, der sie beinahe zu verhöhnen schien.

1:18 Uhr: Megan im Alter von sieben Jahren, mit schiefen Zöpfen, wie sie Fahrrad fährt und stürzt und sich Hände und Knie blutig schrammt.

2:33 Uhr: Megan, zwölf, die sich schluchzend in Rebeccas Arme stürzt, als sie erfährt, dass sie nicht bei der Theateraufführung an der Junior High mitmachen darf.

3:07 Uhr: Megan mit sechzehn und frisch gesträhnten Haaren, die aufgelöst nach Hause kommt, weil man sie bei ihrem ersten Job bei Burger Hut mit einem älteren Jungen beim Grasrauchen auf dem Parkplatz erwischt und gefeuert hat. »Das ist einfach nicht fair«, hatte sie sich damals wieder und wieder bei Rebecca beschwert.

3:42 Uhr: Megan als Erwachsene, die sich die Augen ausheult und Rebecca anfleht, sie bei sich einziehen zu lassen, weil ihr Freund ihr ganzes Geld geklaut hat und sie nicht weiß, wie sie die Miete für ihr teures Reihenhaus in der Stadt bezahlen soll.

4:11 Uhr: Megan, erst dieses Jahr, wie sie Rebecca strahlend erzählt, sie habe sich in James Cahill verliebt und werde nach Riggs Crossing ziehen, um bei ihm zu sein. Sie wolle Rebecca nicht verletzen, ganz bestimmt nicht, es sei »einfach so passiert«.

Rebecca hatte ihre Schwester dafür gehasst.

Hatte geschworen, dass sie ihr nie mehr helfen würde.

Und jetzt – jetzt war Megan vielleicht nicht mehr am Leben. Rebecca musste sich dieser Möglichkeit endlich stellen. Seit sie erfahren hatte, dass Megans Wagen verlassen in der Garage einer Berghütte entdeckt worden war, nagte die Furcht an ihr, Megan könnte tot sein. Unter diesen Umständen war an Schlaf nicht zu denken.

»Schluss jetzt!«, sagte Rebecca laut, setzte sich im Bett auf und schlug die Decke zurück. Als sie aufstand, verspürte sie einen Kloß in der Größe Montanas im Hals. Ihre Augen brannten vor zurückgehaltenen Tränen.

Ihr war gar nicht klar gewesen, wie fest sie davon ausgegangen war, man würde Megan lebend finden, verletzt, vielleicht, aber auf alle Fälle lebend. Jetzt dagegen wurde sie das Gefühl nicht mehr los, dass Megan tot war.

Du darfst nicht aufgeben.

Die Hoffnung nicht verlieren.

Noch haben sie keine Leiche gefunden.

O Gott.

Sie musste etwas tun.

Konnte nicht einfach in diesem Hotelzimmer sitzen, auf Neuigkeiten warten und sich an das kleine bisschen Hoffnung klammern, während sie darauf wartete, dass die Polizei ihre Arbeit machte.

Nein. Falls Megan noch am Leben war und in Schwierigkeiten steckte, musste sie sie finden – Vergangenheit hin oder her.

Rebecca tappte in das kleine Badezimmer, ging zur Toilette und drehte die Dusche auf. Sie dachte an die beiden Frauen, die in Riggs Crossing gelebt hatten und ermordet worden waren. Hatte Megan dasselbe Schicksal ereilt?

So etwas solltest du nicht denken.

Ärgerlich zog sie ihr Oversized-Schlafshirt über den Kopf und streifte den Slip ab, dann trat sie unter den warmen Strahl und schloss die Augen, ließ das Wasser auf ihre Haut prasseln. Der Druck, den ihre Mutter auf sie ausübte, war erbarmungslos. Lenora verlangte, dass Rebecca ihre Schwester aufspürte, weil sie sie angeblich besser verstand als jeder andere, also sollte sie weiter herumschnüffeln. Sie dachte daran, wie sie in James' Haus eingedrungen war und wie er sie dabei erwischt hatte. Sie würde vorsichtiger vorgehen müssen, wenn sie etwas finden wollte, was die Polizei in die richtige Richtung lenkte.

Während sie sich einseifte, überlegte sie, wer am meisten von Megans Verschwinden profitierte.

Die Antwort lag auf der Hand: Sophia Russo.

Sie wollte James für sich haben, und der hatte es nicht geschafft, mit Megan Schluss zu machen.

Also hatte Sophia die Sache selbst in die Hand genommen.

Das mochte vielleicht ein wenig abenteuerlich klingen, aber Rebecca hatte genug True-Crime-Sendungen im Fernsehen gesehen, um zu wissen, dass die Realität oftmals abwegiger erschien als die Fiktion. Sie musste allerdings vorsichtig sein, wenn sie diesbezüglich Nachforschungen anstellen wollte.

Schweißüberströmt absolvierte Rivers sein tägliches Training auf dem Laufband im Gästezimmer seiner Eigentumswohnung. Da er nie Übernachtungsgäste hatte, hatte er den Raum kurzerhand in ein Büro/Fitnessstudio umfunktioniert. In einer Ecke stand sein Schreibtisch, an der Wand daneben ein großer Aktenschrank, über dem ein Fernseher hing. Davor hatte er eine Hantelbank, ein Laufband und ein Trimmrad aufgestellt, alle Geräte so ausgerichtet, dass er auf den Fernseher schauen konnte. Es war vier Uhr morgens, Zeit für die Nachrichten.

Er hatte nicht schlafen können. Seine Gedanken kreisten unablässig um die laufenden Ermittlungen und die Ereignisse der letzten Tage. So viele lose Enden mussten verknüpft werden: Warum war Charity Spritz ermordet worden? Was hatte sie herausgefunden? Hatte ihr Tod etwas mit Megan Travers' Verschwinden zu tun, die in San Francisco aufgewachsen war? Warum hatte man Megan Travers' Wagen bei der abgeschiedenen Berghütte entdeckt? Wo war sie? War Jennifer Korpi in die Sache involviert? Gab es einen Zusammenhang mit dem Unfall ihres Bruders, Gus Jardine? Und was war mit Sophia Russo, der Verwandten, mit der James Cahill eine Affäre begonnen hatte, als er noch mit Megan Travers zusammen gewesen war?

Er rannte weiter und wischte sich mit dem Handtuch, das er sich um den Hals gelegt hatte, den Schweiß von der Stirn.

Seine Waden fingen an zu schmerzen, er keuchte.

Und dann Rebecca Travers: War sie wirklich so unschuldig, wie sie tat? Wie passte Willow Valente ins Bild? Warum hatte man sie ermordet? Und vor allem: Wer war der Mörder? Warum hatte man ihren Tod als Selbstmord inszeniert, nur um dann ein Foto von ihrer Leiche zu machen und ans Lokalblatt zu schicken – an dieselbe Zeitung, die eine Aufnahme von der toten Charity erhalten hatte?

Mit was für einem durchgeknallten Psychopathen hatten sie es zu tun, oder gab es mehrere Täter?

Waren es in Wirklichkeit verschiedene Fälle?

Nein, Letzteres erschien ihm unwahrscheinlich. Kurz zuvor war er über eine Meldung der Notrufzentrale gestolpert, dass Phoebe Matrix, die Eigentümerin und gleichzeitige Verwalterin der Cascadia Apartments, im Krankenhaus lag. Sie war wegen eines allergischen Schocks ins Koma gefallen, einer ihrer Mieter hatte in letzter Sekunde die Neun-eins-eins rufen können. Die Meldung wäre ihm nicht weiter aufgefallen, doch Matrix war die Vermieterin von Sophia Russo – Zufall oder kein Zufall?

Rivers hatte noch nie an Zufälle geglaubt.

Er drückte auf die Wahltaste und stellte »Steigung« ein. Das Laufband reagierte und fuhr vorn ein Stück hoch, sodass er nun bergauf lief. Schweiß rann ihm übers Gesicht und tropfte von seiner Nase, seine Beinmuskeln protestierten.

Die Antwort auf all seine Fragen war zum Greifen nahe, das spürte er, er konnte sie nur nicht erkennen.

Warum nicht?

Weil er Scheuklappen trug?

War er zu sehr fokussiert auf James Cahill, der wegen seiner Verbindungen zu den Opfern, Verdächtigen und den Tatorten im Zentrum der Ermittlungen stand? War Cahill womöglich unschuldig?

»Niemals«, sagte er laut.

Heute, so gelobte er sich selbst, würde er einen Durchbruch erzielen.

Und zuerst würde er sich Bruce Porter, den Kollegen von Gus Jardine, vorknöpfen.

Er hatte sich die körnigen Schwarz-Weiß-Aufnahmen der Überwachungskamera des Flughafenparkplatzes in San Francisco angesehen, die Detective Tanaka ihm geschickt hatte, doch darauf ließ sich lediglich ein Mann erkennen, und noch nicht einmal das war hundertprozentig sicher. Viele Frauen waren an die eins achtzig groß, und unter dem XXL-Kapuzenshirt und der schlabberigen Jeans konnten sich sowohl ein Mann als auch eine Frau verbergen.

Trotzdem wettete er auf Gus Jardine. Wegen der Bissabdrücke in Jardines Hand. Rivers hatte von einer Krankenschwester davon erfahren, die sich über ihre Schweigepflicht hinweggesetzt und ihn informiert hatte. Sie hatte Stein und Bein geschworen, dass die Abdrücke in Jardines Hand, die man trotz der tiefen Fleischwunden von der Fliesensäge erkennen konnte, von einem menschlichen Gebiss stammten. Außerdem hatte sie behauptet, sie habe noch andere Verletzungen bemerkt, blaue Flecken an den Armen und am Oberkörper, die angeblich alle von dem Unfall stammten, was die Krankenschwester ihm aber nicht abgekauft hatte – in ihren Augen stammten sie von einer körperlichen Auseinandersetzung. Sie hatte Rivers heimlich die Fotos von Jardines Verletzungen inklusive der Bissabdrücke geschickt, und Rivers hatte sie an Jasmine Tanaka vom SFPD weitergeleitet. Detective Tanaka hatte versprochen, sofort einen Laborabgleich mit Charity Spritz' Gebiss in Auftrag zu geben.

Leider tauchte Gus Jardines Name auf keiner der Passagierlisten für Flüge nach San Francisco und zurück auf.

Er hätte natürlich auch mit dem Auto gefahren sein können – aber das wäre knapp geworden. Außerdem blieb eine Frage offen: Warum sollte sich Jardine die Mühe machen, Charity bis nach San Francisco zu folgen, um sie dort umzubringen?

Hoffentlich würde die Haut unter Charitys Fingernägeln den Täter identifizieren.

Hoffentlich hatte Bruce Porter, Jardines Freund und Kollege, Antworten auf seine Fragen.

Hoffentlich, hoffentlich …

Rivers schaltete Laufrad und Fernseher ab und nahm den Tag in Angriff.

Vierzig Minuten später betrat er das Department des Sheriffs.

Zu dieser frühen Stunde war alles noch still, die Heizung rumpelte leise. Verhaftungen wegen Trunkenheit am Steuer, Kneipenschlägereien oder häusliche Gewalt kamen um diese Uhrzeit für gewöhnlich nicht vor, genauso wenig wie Unfälle, da noch nicht viele Fahrzeuge auf den Straßen waren. Das war der Grund dafür, warum Rivers diese Tageszeit so liebte, vor dem Morgengrauen, wenn sein Geist frisch und ausgeruht war und der Rest der Welt noch schlief.

Die Tagschicht würde erst in zwei Stunden eintreffen, die Leute von der Nachtschicht saßen müde an ihren Schreibtischen oder lungerten im Pausenraum herum. Die Telefone waren still, die Faxmaschine im Stand-by-Modus, selbst die Handys schwiegen.

Rivers hängte seine Jacke in den Spind und ging direkt ins Untergeschoss, wo es fünf Grad kälter und noch ruhiger zu sein schien als oben. Die Luft hier unten war nicht frisch, es roch nach Staub, trotz des scharfen Reinigungsmittels, das die Putzkraft benutzte. Zielstrebig eilte er durch das Labyrinth aus Gängen, bis er zur Asservatenkammer gelangte, wo Neville Dash mit seinem weichen Bariton leise vor sich hin sang. Rivers dachte daran, dass Dash vor Jahren bei der Talentshow *American Idol* aufgetreten war, fest entschlossen, es bis nach Hollywood zu schaffen. Daraus war nichts geworden. Er war bei der Show ausgeschieden und hatte sich bei der Polizei beworben, aber das Singen hatte er nicht aufgegeben.

Dash sah auf, als Rivers näher kam. »He, Detective«, sagte er und zeigte seine geraden, weißen Zähne. »Wie geht's?«

»So lala«, antwortete Rivers.

Dash lachte. »Wie immer also.« Er saß in seiner Uniform am Schreibtisch, eine Lesebrille auf der Nasenspitze, das von Natur aus lockige Haar mittlerweile so ausgedünnt, dass es aussah, als trüge er einen schwarzen Kranz um seine mokkabraune Glatze. »Was brauchst du?«

»Ich muss einen Blick in die Asservatenbox eines Opfers werfen. Möchte mir noch mal die persönlichen Sachen vornehmen.«

»Kein Problem. Welches Opfer meinst du?«

»Willow Valente. Ich denke, die Spurensicherung müsste mit ihren persönlichen Habseligkeiten fertig sein.«

»Ja, die sind schon eingetroffen.«

Sehr gut. Dann würde er wenigstens keine Beweismittel kontaminieren.

»Willst du irgendwas mitnehmen?«, fragte Dash.

»Nein. Ich will die Sachen nur durchsehen. Dauert nicht lange.«

Dash beäugte Rivers über den Rand seiner Lesebrille hinweg. »Na schön. Dann lassen wir den Papierkram beiseite. Trag dich einfach ein.« Er deutete auf das Klemmbrett mit der entsprechenden Liste auf dem Tresen, der die Asservatenkammer vom Gang trennte, obwohl Rivers bereits den Kugelschreiber in der Hand hielt. Er hatte das Prozedere schon Hunderte Male mitgemacht.

»Haben wir inzwischen auch die Gegenstände aus Megan Travers' Wagen?«, erkundigte er sich.

»Die kommen später rein«, antwortete Dash. »Sie müssen noch das Handy und den Laptop checken. Das Labor und die Techniker sind dran.«

»Gib mir Bescheid, wenn die Sachen da sind«, bat Rivers. »Ich würde gern einen Blick darauf werfen.«

»Was immer du willst.«

Dash ging Rivers voran und zeigte ihm, wo die persönlichen Habseligkeiten von Willow Valente aufbewahrt wurden, dann ließ er ihn allein. Rivers sah sich alles genau an: den mädchenhaften Pyjama mit dem Pudel- und Eiffelturmmuster; die schlichte weiße Unterwäsche; das Band, mit dem sie das Ende ihres geflochtenen Zopfs zusammengefasst hatte; die Verbände, die erst vor Kurzem um frische, blutende Wunden gewickelt worden waren; außerdem den Ring, einen Verlobungsring mit einem winzigen Diamanten, der im bläulichen Licht der sirrenden Neonröhren funkelte.

Es gab hier natürlich Kameras, weshalb Rivers ausgesprochen vorsichtig vorging. Zunächst nahm er sich die Verbände vor, hielt sie in den Händen und betrachtete sie genau. Zuerst verspürte er nichts, dann einen stechenden Schmerz im Schienbein. Er sah einen dunklen Raum voller Spinnweben vor sich und eine Axt, die in einem Baumstumpf steckte. James Cahills Holzschuppen. Willow hatte Angst, sie lief, als würde sie gejagt.

Hatte der Mörder sie verfolgt? Nachdem sie in James Cahills Haus gewesen war? Sie hatte in seinem Bett gelegen, mit einer Waffe, hatte Selfies von sich gemacht … Rivers versuchte, sich vorzustellen, was passiert war, versuchte, die Ereignisse, die zu ihrer Panik führten, in eine Reihenfolge zu bringen. Ihr Knöchel pochte.

Als sich jedoch keine weiteren Bilder und Emotionen einstellten, nahm er den Ring und betrachtete ihn, nur für den Fall, dass ihn irgendwer mittels der Kamera beobachtete. In Wirklichkeit hielt er den schmalen Goldreif zwischen den Fingern, um seine Energie zu spüren.

Bilder traten vor sein inneres Auge. Willow, die sich in Cahills Bett rekelte. Von ihm träumte. Mit seiner Waffe spielte. Willow, die rannte, außer sich vor Angst, sie könnte erwischt werden. Willow, die sich auf der Treppe in Cahills Farmhaus den Knöchel verdrehte, in den Holzschuppen stürmte und gegen den Hackklotz prallte. Willow, der etwas aus der Bauchtasche ihrer Jacke fiel, was sie offenbar nicht bemerkte. Willow, die nach draußen in den Schnee hinkte, getrieben von Furcht und Adrenalin.

War es möglich, dass ihr jemand folgte?

Rivers spürte ihre Unsicherheit.

Scheinwerfer.

James' SUV!

Der Hund! Der Hund hatte sie entdeckt! Sie rannte vorwärts, erreichte ihren Wagen und fuhr nach Hause. *Die Waffe! Wo ist die verfluchte Pistole?* Jetzt erst bemerkte sie, dass die Waffe verschwunden war. Verzweifelt durchsuchte sie Pulli und Jacke. Nichts. Sie zwang sich, sich zu beruhigen und ihre Wunden zu versorgen.

Jetzt sah Rivers ein anderes Bild. Willow lag im Bett, sie trank eine Tasse Tee und sah sich einen albernen Film an, und dann … Er kniff konzentriert die Augen zusammen und hoffte, dass die junge Frau ihren Mörder in jenen späten Nachtstunden gesehen hatte. Sie döste und träumte von James, als etwas Kaltes, Hartes ihre Schläfe berührte. Flatternd öffnete sie die Lider und … nichts.

Mist.

Sie hatte nichts gesehen.

Frustriert und enttäuscht rief Rivers nach Dash, der laut summend zu ihm kam und dafür sorgte, dass Willows Habseligkeiten zurück in ihre Plastikbeutel wanderten und ordentlich verstaut wurden. Rivers ging die Treppe wieder hinauf, wo er dem unerträglichen Arne Nagley mit den buschigen Augenbrauen und der kurzen, roten Gelfrisur begegnete. Nagleys Blick wurde finster, als er Rivers entdeckte.

»Morgen«, grüßte Rivers, doch er bekam nur ein unverständliches Grunzen zur Antwort. Der Kerl hatte etwas gegen ihn, dachte Rivers. Zurück im Großraumbüro, sah er Mendoza an seinem Schreibtisch sitzen, den Blick auf den Monitor geheftet. Als sie seine Schritte hörte, drehte sie sich zu ihm um. »Lass mich raten«, sagte sie mit versteinertem Gesichtsausdruck. »Du warst unten in der Asservatenkammer. Um dir Willow Valentes Sachen anzusehen.«

Er nickte.

»Hast du etwas mitgehen lassen?«, fragte sie.

»Selbstverständlich nicht.«

Als hätte sie seine Antwort nicht gehört, fuhr sie fort: »Wenn ja, könntest du nämlich deinen Job verlieren. Das könnte den ganzen Fall torpedieren.«

Sie wusste Bescheid. Hatte mitbekommen, wie er Jennifer Korpis Antistressball eingesteckt hatte, den Kugelschreiber von Rebecca Travers …

»Ich habe nichts mitgenommen.«

Sie verengte kaum merklich die Augen. »Dann muss ich dich ja doch nicht anzeigen.« Er wollte protestieren, doch sie hob abwehrend die Hand. »Ich weiß«, sagte sie schlicht.

Bei dem Gedanken an ein plötzliches Ende seiner Karriere wurde ihm innerlich heiß. Schlimmer noch, er sah, wie er den Fall kaputtmachte, aus dem Gerichtssaal geworfen wurde, wie ein Mörder auf freiem Fuß blieb. Wegen seiner Verfehlungen.

Rivers schaute seiner Partnerin direkt in die misstrauischen, fast schwarzen Augen und sagte mit fester Stimme: »Ich habe nichts genommen.« Und ausnahmsweise entsprach dies der Wahrheit.

KAPITEL 46

Sophia starrte über die Straße in den Park, wo Mütter mit Schals, Mützen und warmen Stiefeln mit ihren dick eingepackten Kindern in der Kälte spielten. Eine Frau half ihren drei Kindern, einen Schneemann zu bauen, eine andere – einen To-go-Becher Kaffee in der Hand – wartete am Fuß der Rutsche darauf, dass ihr Sohn lachend und kreischend vor ihren Füßen landete.

Sophias Herz schmerzte, und sie wusste, dass sie mit diesem Wahnsinn aufhören musste.

Sie konnte ihr betrügerisches Vorhaben nicht länger durchziehen. Es wurde ihr alles zu viel, wuchs ihr über den Kopf. Menschen starben, wurden ermordet. Das war nicht Teil des Plans gewesen.

Aber wie sollte sie es Julia sagen? Wie kam sie aus dieser Nummer wieder heraus?

Sie entfernte sich vom Taco-Stand, wo ihr die Frau hinter der Verkaufstheke »Frohe Weihnachten« gewünscht hatte, nachdem sie drei Tacos – drei! – für Sophia eingepackt hatte. Seit sie wusste, dass sie schwanger war, hatte sie Heißhunger. Sie stapfte über die verschneiten Gehsteige zum Apartment zurück. Als sie die Tür aufschloss, sah sie aus dem Augenwinkel, wie dieser Dabrowski Phoebes kleinen Hund an den Büschen am Rand des Parkplatzes Gassi führte. Wie schrecklich, dass die alte Vermieterin im Koma lag wegen eines allergischen Schocks – Sophia wusste, wie sehr Phoebe darauf achtete, welche Lebensmittel sie zu sich nahm, und dass sie ihren EpiPen immer bei sich hatte. Wie zum Teufel hatte das passieren können?

Als Sophia die Wohnung betrat, merkte sie, dass ihr leicht übel wurde. Sie hatte den immer stärker werdenden Verdacht, dass Julia etwas mit Phoebes Beinahetod zu tun hatte, aber so weit wollte sie jetzt nicht denken. Vielleicht bildete sie sich ja alles nur ein. Ihre

Hormone waren völlig aus dem Gleichgewicht, die Welt um sie herum ging in Scherben. Inklusive ihrer Beziehung mit James – trotz der Schwangerschaft.

Angestrengt drängte sie die Tränen zurück. Sie musste optimistisch bleiben.

Schon um des ungeborenen Kindes willen.

Sie hängte ihren Mantel an die Garderobe, stopfte die silberne Paillettenmütze in die Tasche und zog die Stiefel aus. Anschließend setzte sie sich an den Küchentisch und verschlang die mittlerweile kalten Tacos, während sie überlegte, ob sie James alles erzählen sollte – um reinen Tisch zu machen.

Wie würde er reagieren? Würde er sie in den Arm nehmen, ihr sagen, dass sie und das Baby alles seien, was er sich je gewünscht habe, und dass nichts anderes auf der Welt für ihn zählte? »Ach, komm schon«, sagte sie laut. Sie wusste doch selbst, dass diese Fantasie genau eine solche bleiben würde. Er würde sie sitzen lassen, erst recht, wenn er erführe, welche Rolle sie bei diesem entsetzlichen, niederträchtigen Plan spielte, den ihre Schwester geschmiedet hatte. Und sie, Sophia, hatte sich darauf eingelassen. Ach Gott …

Wie würde Julia reagieren, wenn Sophia es wagte, James alles zu erzählen? Bei der Vorstellung an ihre aufbrausende Schwester gefror ihr Inneres zu Eis. Julia würde außer sich sein. Wütend. Aber sie würde doch wohl nicht vollends ausrasten, oder? Ja, Julia bekam stets einen Tunnelblick, wenn es um James und sein Vermögen ging, allerdings würde sie niemals über Leichen gehen, um ihren Plan durchzusetzen.

Richtig?

Absolut. Julia würde niemanden verletzen.

Oder?

Die Stimmung war frostig zwischen Rivers und Mendoza, seit sie ihm gesteckt hatte, dass sie von seinen kleptomanischen Aktionen wusste. War er wirklich ein Kleptomane? Nein, eher nicht. Er steckte nur Dinge ein, wenn er sich davon die Aufklärung eines Falls versprach, nicht, um sich irgendeinen fadenscheinigen Nervenkitzel zu verschaffen.

Und deshalb musste er die Waffe anfassen. Die Mordwaffe. Musste sie in seinen Händen spüren. Sie war in einen Wassertank abgefeuert und von der Spurensicherung untersucht worden, deshalb würde er keine DNA-Spuren oder Fingerabdrücke zunichtemachen. Also kehrte er noch einmal zur Asservatenkammer zurück und ließ sich die Glock bringen, mit der Willow Valente erschossen worden war.

Er nahm die Pistole in die Hand.

Prüfte ihr Gewicht.

Schloss die Finger um den Griff und legte den Zeigefinger an den Abzug.

Und zuckte so heftig zurück, dass ihm die Glock beinahe aus der Hand geflogen wäre. Der imaginäre Rückstoß war unerwartet hart. Die Bilder in seinem Gehirn huschten durch seinen Kopf wie Kakerlaken durch die Dunkelheit. Er hatte den Blick eines Jägers, der Willow nachstellte. Sie war seine Beute, verwundet. Er schlich zu ihrer Wohnung, lauerte, voller Vorfreude darauf, sie zu töten.

Ich kriege dich, und ich werde dich erledigen, du kleines Miststück, mit der Waffe, die du ihm gestohlen hast. Na, wie gefällt dir das?

Rivers spürte die prickelnde Erregung des Killers.

Mit dem Schlüssel, den er hatte nachmachen lassen – vor gut einer Woche, als er ihn während der Arbeit unbemerkt aus Willows Handtasche genommen hatte –, betrat er die Wohnung. Rivers sah den flimmernden Fernseher, das armselige, kleine Bett, den mädchenhaften, rosa Pyjama mit den Pudeln und Eiffeltürmen, sah den langen, geflochtenen Zopf. Erbärmlich.

Du wirst ihn niemals kriegen, und du wirst den Mund nicht aufmachen. Ich weiß, dass du misstrauisch geworden bist. Ich weiß, dass du gesehen hast, wie wir den Wagen getauscht haben. Vielleicht hast du mich erkannt, obwohl ich eine Perücke und den Fettanzug trug. Du hast mich beobachtet, und du vermutest, dass es mehr als eine Sophia gibt, deshalb musst du sterben, Willow, du dämlicher, kleiner Freak.

Wieder der Rückstoß, und diesmal sah er flüchtig eine behandschuhte Hand, die Willows Finger um die Waffe legte. Blut sickerte aus dem kleinen Loch in ihrer Schläfe.

Jetzt steht mir nur noch eine im Weg ...

Sophia.

»Du machst einen Rückzieher?«, fragte Julia schockiert und musterte ihre Schwester durchdringend, die Augen zu schmalen Schlitzen verengt. Sie war gerade von ihrem Yogakurs zurückgekommen, und Sophia hatte die Gelegenheit genutzt, um eine Bombe platzen zu lassen: Sie wollte bei dem Plan nicht länger mitmachen.

Doch das wollte Julia nicht zulassen. Auf keinen Fall. Nicht, nachdem sie so lange daran getüftelt hatte, seit sie wusste, dass sie mit den Amhursts verwandt waren und dass James Cahill ein riesiges Vermögen erben würde. »Habe ich dich richtig verstanden?« Noch bevor Sophia antworten konnte, fügte Julia hinzu: »Du kannst jetzt keinen Rückzieher mehr machen. Du steckst viel zu tief drin – *wir* stecken viel zu tief drin.« Julia spürte Wut und Furcht zugleich in sich aufsteigen. Was zum Teufel dachte sich Sophia dabei? Glaubte sie wirklich, sie hätte etwas zu sagen? Entscheidungen zu treffen? Nun, da hatte sie sich geschnitten, aber gewaltig. Sophia besaß nicht genug Verstand, um die Dinge in die Hand zu nehmen. Aber nun wollte sie den Plan zunichtemachen, würde alles vermasseln, da war sich Julia sicher. Nein, nein, nein! Sie gab sich alle Mühe, ruhig zu bleiben, ihre Schwester zu überzeugen, zur Vernunft zu bringen.

»Was genau meinst du damit? Wieso stecken wir schon viel zu tief drin?«, wollte Sophia wissen. Julia gefiel es gar nicht, wie sie bei ihren Worten das Kinn reckte. Sophias Augen blitzten, beinahe so, als würde sie sich ihrer Zwillingsschwester überlegen fühlen. »Sag mir, dass du nichts mit dem Tod dieser ganzen Menschen zu tun hast«, verlangte sie.

»Welche Menschen?«

»Das weißt du ganz genau. Diese Reporterin, die in San Francisco ermordet wurde, zum Beispiel.«

Julia setzte ihr unschuldigstes Gesicht auf, ließ ihre Yogasachen zu Boden fallen – die Tasche und die Matte, die Sophia ausgesucht hatte bei ihrem Plan, zu einer einzigen Person zu verschmelzen, um sicherzugehen, dass James sie bemerken würde, und um sich gegenseitig Alibis zu verschaffen. »Das kannst du nicht ernst meinen, Sophia. Ich war hier, das weißt du.«

Das konnte Sophia nicht bestreiten.

Die anderen dagegen ... Julia fing an, sich ernsthafte Sorgen zu machen. Was, wenn Sophia anfing, zwei und zwei zusammenzuzählen, und herausfand, dass sie tatsächlich ihre Finger im Spiel gehabt hatte, und zwar sowohl bei den Morden an Charity Spritz und Willow Valente als auch bei dem Mordversuch an Phoebe Matrix? Dass Letztere noch am Leben war, nagte an ihr, aber sie musste cool bleiben, durfte jetzt nicht ausflippen. Sophia würde ihr keinen Strich durch die Rechnung machen, dafür würde sie sorgen, notfalls mit Gewalt.

»Was ist mit Willow?«, bohrte Sophia jetzt. »Du hast sie doch nie leiden können.«

»*Du* hast sie nie leiden können«, korrigierte Julia. »*Du* dachtest, dass sie zum Problem werden könnte.«

Sophia verdrehte die Augen – große, blaue Augen, genau wie die von Julia. »James würde niemals auf ein Mädchen wie Willow stehen«, stellte sie fest. »Sie war ziemlich verdreht.« Sophia ging in die Küche. Julia folgte ihr und sah einen halben Rindfleisch-Taco auf einem Teller liegen, aus dem geschmolzener Käse quoll. Daneben stand eine Take-away-Tüte. Kein Wunder, dass es in der kleinen Wohnung nach Fett stank. Julia warf den übrig gebliebenen Taco mitsamt der Tüte in den Mülleimer – ihre Schwester konnte so undiszipliniert und schlampig sein! – und stellte den Teller in die Spüle. Sophia trat zu ihr und nahm sich ein Glas Wasser.

»Wenn du schon fragst: Ich habe sie nicht umgebracht, klar?« Julia lehnte sich mit der Hüfte gegen die Anrichte. »Sehe ich aus wie eine Mörderin?«

»Sie wurde mit James' Waffe erschossen. Du warst in seinem Haus. Du hättest sie mitgehen lassen können.«

»*Du* warst in seinem Haus. *Du* hättest sie mitgehen lassen können.«

»Du warst nicht hier, als Willow ermordet wurde«, sagte Sophia vorwurfsvoll.

Julia schüttelte den Kopf, öffnete den Kühlschrank und nahm sich eine Dose Cola light. »Doch, war ich.«

»Aber nicht die ganze Nacht. Ich weiß genau, wann du zurückgekommen bist.«

Das war das Problem mit diesem verfluchten Apartment: Es war einfach zu klein. Es war schwierig zu kommen und zu gehen, ohne gesehen oder gehört zu werden. Wenn Sophia bei der Arbeit war, stellte das kein Problem dar. Julia verkleidete sich und machte, was sie wollte, solange sie den Wagen hatte. Doch selbst das war ein Problem in diesem Hinterwäldlerkaff, in dem es so gut wie keine Taxis gab, von Uber ganz zu schweigen.

Julia hätte ein Haus mieten sollen, zumal es in diesem Apartmentkomplex viel zu viele Augen gab. Es waren zwar keine Kameras installiert, aber die neugierige Vermieterin hatte sich als echte Herausforderung entpuppt. Nun, sie hatte diese Herausforderung gemeistert. Phoebe Matrix würde in der nächsten Zeit wohl kaum die Nase in die Angelegenheiten fremder Leute stecken können. Julia war eine Meisterin im Schlösserknacken. Es war nicht schwer gewesen, die EpiPens zu finden – die alte Dame plapperte ständig über ihre Allergien, wenn sie einen denn mal auf dem Parkplatz erwischte.

Schade, dass sie nicht krepiert war.

Aber das konnte sich ja noch ändern.

Dafür würde Julia sorgen. Die vertauschten M&Ms waren eine brillante Idee gewesen, aber leider nicht zielführend. Vielleicht sollte sie Erdnusspulver in den Hustensirup mischen, den die Alte im Winter ständig schluckte. Auch eine Eisplatte vor der Haustür konnte Wirkung zeigen. Hauptsache, es sah nach einem Unfall aus. Julia würde Larry, diesen dämlichen kleinen Kläffer, rauslassen, Phoebe würde ihm hinterherlaufen und … zack! Erledigt. Ja, das war wohl das Beste.

Julia öffnete die Coladose. »Ich war nach der Arbeit noch einkaufen.«

»Ich weiß, wann deine Schicht zu Ende war«, hielt Sophia dagegen. »Es war schließlich *meine*.«

»Dann hab ich eben Lebensmittel eingekauft und anschließend im Brass Bullet noch etwas getrunken.« Gereizt kehrte Julia ins Wohnzimmer zurück und spähte vorsichtig durch die Jalousien. Dabrowski schaufelte Schnee, während Larry über den Parkplatz raste und schnüffelnd hinter den Büschen verschwand, die die Asphaltfläche säumten. »Frag Bruce, wenn du mir nicht glaubst«, fügte sie in Richtung Küche gewandt hinzu. »Er war auch da, im Bullet.«

Sophia schwieg.

»Und?«, fragte Julia und nahm einen Schluck aus der Dose. »Darf ich jetzt nicht mal mehr was trinken gehen?«

»Du solltest vorsichtig sein. Außerdem finde ich, dass es falsch ist, was wir machen. Das ganze Schmierentheater. Es ist einfach nicht richtig.«

»Wie kommt es zu diesem plötzlichen Sinneswandel? Könnte es daran liegen, dass du dich mit James gestritten hast?« Sophia hatte Julia anvertraut, dass sie eine Auseinandersetzung mit James gehabt hatte und ihm deshalb mehr Raum lassen wolle, doch Julia glaubte ihr nicht. Sie kehrte in die Küche zurück und legte ihrer Schwester eine Hand auf die Schulter. »Du weißt, dass das hässlich werden könnte, also glaub nicht, dass du aus der Nummer wieder rauskommst. Mitgefangen, mitgehangen – für ein schlechtes Gewissen ist es an diesem Punkt etwas zu spät, Sophia.«

Sophia warf ihr einen kläglichen Blick zu, in ihren Augen standen Tränen. »Ist es das wirklich wert, Julia?«

Ja, zum Teufel, das ist es. Was war bloß los mit ihrer Schwester? Sie hatten doch eine Abmachung. Einen Pakt. Geschlossen zwischen zwei Frauen, in deren Adern dasselbe Blut floss. Und jetzt wollte Sophia ihr einen Strich durch die Rechnung machen? Wie dämlich war das denn?

»Wir reden über Millionen«, rief Julia ihr ins Gedächtnis und spürte, wie ihr vor Zorn Röte den Hals hinaufkroch. »Zehn Millionen, vielleicht Hunderte. Wer weiß das schon? Auf alle Fälle geht es um unvorstellbare Summen.« Julia bemühte sich um einen einschmeichelnden Ton. »Wir wollen doch nur bekommen, was uns zusteht. Das, was uns verwehrt bleibt, weil unsere Mutter uns zur Adoption freigegeben hat. Sie hat unserem Vater nicht einmal gesagt, dass sie mit uns schwanger ist!«

»Und jetzt ist er tot«, ergänzte Sophia, als wäre sie darüber traurig.

Nun, Julia war sich nicht sicher, ob das stimmte, aber sie hatte es ihrer Schwester weisgemacht. Es war ihr nie wichtig gewesen, wer ihre Mutter geschwängert hatte – für sie existierte der Kerl nicht, basta.

Sophia stellte das fast leere Glas in die Spüle zu den billigen Tellern, die dort standen. Was zum Teufel sollte das? Wusste sie nicht, wo die Spülmaschine war? Das war der Unterschied zwischen ihnen beiden, dachte Julia: Sophia war eine Wohlstandsgöre, wenngleich von ihren Eltern vernachlässigt, Julia dagegen hatte schuften müssen wie ein unbezahltes Dienstmädchen. Sie hatte immer hart arbeiten, jeden einzelnen Dollar dreimal umdrehen müssen. Das Geld für den Wagen zum Beispiel hatte sie mühsam zusammengespart durch einen Job als Barista in einem Coffeeshop.

»Was ist mit Megan Travers?«, wollte Sophia wissen, womit sie anscheinend endlich auf das zu sprechen kam, was ihr wirklich zu schaffen machte. »Ist sie auch tot?«

Julia schnaubte. »Natürlich nicht.«

»Beweis es.«

»Wie bitte?«

»Du hast behauptet, du hättest sie entführt. Die Cops haben ihren Wagen bei der Berghütte gefunden, aber sie war nicht dort. Ich habe in der Zeitung gelesen, dass sie Leichenspürhunde einsetzen wollen. Werden sie sie dort oben finden? Begraben auf dem Grundstück der Hütte?«

»Das ist doch absurd!«, schimpfte Julia, das Gesicht vor Ärger verzerrt. Was zum Teufel war bloß los mit Sophia? »Anscheinend hast du im Fernsehen zu viele True-Crime-Sendungen gesehen.«

»Beweis es«, beharrte Sophia hartnäckig.

»Was? Willst du ein Foto von ihr?«

»Ein Foto mit Datum.«

Das war gefährlich.

»Der Plan war, sie zu kidnappen, aber nicht, sie umzubringen! Was, wenn wir James dazu bringen, mich – uns – zu heiraten? Wir können sie doch nicht einfach wieder freilassen. Sie wird den Mund aufmachen, und sie wird uns dranhängen.«

»Nicht, wenn wir sie am Gewinn beteiligen. Und glaub mir, Sophia – Megan Travers wird sich ihren Anteil nicht entgehen lassen.«

»Sie liebt James!«

»Sie liebt sein Geld. Genau wie wir.«

Sophia biss sich auf die Lippe. »Für mich ist es mehr«, räumte sie ein. Julia verdrehte die Augen.

»Liebe, Liebe … Reiß dich einfach zusammen und zieh den Plan durch. Du willst, dass er dich – uns – heiratet, oder? Da ist es doch praktisch, wenn die Konkurrentin aus dem Rennen ist.«

»Aber sie ist doch gar nicht die einzige Konkurrentin!«, jammerte Sophia. »Er war mit Rebecca Travers unterwegs.«

»Das weiß ich«, blaffte Julia frustriert. Warum war ihre Schwester eine solche Nervensäge? »Ich kümmere mich darum. Rebecca ist um einiges klüger, als Megan es war, und James hat sie verlassen. Wegen Megan. Sie wird nicht so dumm sein, ihm jemals wieder zu vertrauen.« Dafür würde Julia sorgen. Denn Sophia hatte recht: Rebecca war ein ernsthaftes Problem. Aber Julia wusste, wie man mit Problemen umzugehen hatte – und wie man andere Menschen manipulierte, Männer wie Frauen. »Wir ködern ihn einfach weiterhin mit Sex.« Sie zog eine Augenbraue in die Höhe. Sophia und sie waren beide mit James ins Bett gestiegen, und bislang war das kein Problem gewesen. Doch das schien sich zu ändern. Julia war aufgefallen, dass James sich zurückzog. Hatte ihm diese Rebecca tatsächlich den Kopf verdreht? Sie mussten vorsichtig sein: Bislang hatten sie abwechselnd mit James geschlafen, doch je häufiger sie das taten, desto größer wurde die Gefahr, dass er Unterschiede bemerkte. Zwar waren sie körperlich so gut wie identisch, doch ihre Persönlichkeiten waren grundverschieden. Und genau das würde er vielleicht bald merken. Ja, es war durchaus möglich, dass James Sophia für sprunghaft oder launisch hielt, aber er war cleverer, als sie zunächst vermutet hatte; sie würden ihn nicht ewig hinters Licht führen können. Und jetzt machte auch noch Sophia Schwierigkeiten.

Das war nicht gut. Gar nicht gut.

Irgendetwas hatte sich verändert, das spürte Julia. Ihre Zwillingsschwester sah sie mit vorwurfsvoll aufgerissenen Augen an. »›War‹, hast du gesagt. ›Rebecca ist um einiges klüger, als Megan es *war*‹«, flüsterte sie mit so leiser Stimme, dass Julia sie kaum verstand.

»Was? Wovon redest du?« Julias Muskeln spannten sich an.

»Du hast in der Vergangenheit von ihr gesprochen, als wäre sie nicht mehr am Leben.« Sophia wurde jetzt lauter, aufgeregt. »Ist sie tot, Julia?«

»Ach, verdammt, Sophia, reg dich ab. Ich hab mich nur falsch ausgedrückt.«

»Wirklich?«

»Ja!« Julia stieß einen lang gezogenen Seufzer aus, genervt, doch innerlich flippte sie beinahe aus vor Panik. Sophias Verhalten war mehr als besorgniserregend, es war gefährlich! »Okay, Sophia, du willst einen Beweis dafür, dass Megan noch am Leben ist? Den sollst du kriegen. Los, fahren wir.« Sie griff bereits nach Mütze und Handschuhen. Ihre Gedanken wirbelten wild durcheinander.

»Jetzt?«

»Ja. Lass mich nur schnell diese dämliche Perücke aufsetzen. Ich will nicht, dass dieser Trottel aus Apartment 4 Verdacht schöpft.«

»Phil?« Sophia schnitt eine Grimasse.

»Ja, den meine ich. Dabrowski.«

Sophia musste grinsen und wirkte gleich wieder mehr wie sie selbst. »Du hast recht, der Typ ist wirklich nicht der Hellste.«

»Nun, du scheinst dich ja mit ihm angefreundet zu haben, wenn du ihn ›Phil‹ nennst.«

»Er hat mich darum gebeten.«

»Aber das hast du mir nicht erzählt.« Verdammt, genau das war das Problem: Sophia wurde nachlässig, während die Menschen um sie herum langsam misstrauisch wurden. Sie durften sich keinen Fehler erlauben, wenn sie nicht auffliegen wollten. Wenn Sophia so weitermachte, würde es nicht lange dauern, bis die Cops oder auch James darauf kamen, dass etwas faul war. Und was würde passieren, wenn Sophia James tatsächlich heiratete? Würde sie Julia verraten, um ihren Anteil bringen? James überzeugen, dass Julia die Wurzel allen Übels war? Was würde geschehen, wenn aus dem »Wir« ein »Ich« wurde? Nein, Julia war mehr und mehr davon überzeugt, dass das niemals funktionieren konnte. »Wir müssen uns abstimmen«, rief sie ihrer Schwester ins Gedächtnis. »Wenn wir mit jemandem reden, müssen wir der anderen Bescheid geben, sonst funktioniert der Plan nie!«

»Ich erzähle dir immer alles, zumindest das, was James angeht«, verteidigte sich Sophia, doch das kaum merkliche Zittern in ihrer Stimme strafte ihre Worte Lügen.

»Okay, denk dran: Ich muss alles wissen.« Julia verschwand mit Perücke, Brille und Fettanzug im Badezimmer. Sie hatte nur ein Outfit in der großen Größe, aber das machte nichts, weil sie für gewöhnlich den Mantel darüber trug.

»Ich fahre«, sagte sie, als sie wieder aus dem Bad kam, setzte die Brille auf und überprüfte noch einmal, ob alles richtig saß.

»Klar.« Sophia zog ihren Mantel an. »Du hast ja immer das Sagen.«

»Richtig.«

Aus Gewohnheit steckte Sophia die Haare unter ihre silberne Strickmütze, wobei sie die Sommersprossen in ihrem Nacken enthüllte.

Diese verdammten Sommersprossen!, dachte Julia.

Obwohl Julia und Sophia eineiige Zwillinge waren, hatte die Art, wie sie aufgewachsen waren, für Unterschiede gesorgt. Sophia hatte Sommersprossen, weil sie häufig in der Sonne gewesen war, Julia nicht. Sophia hatte sich einen Zeh gebrochen, der nie richtig verheilt war und ihr immer noch Schmerzen bereitete, Julia nicht. Die Sommersprossen waren das auffälligste Unterscheidungsmerkmal. Wie oft hatte Julia ihrer Schwester eingeschärft, sie möge sie mit Make-up abdecken und ihre Haare darüber fallen lassen, aber jetzt hatte sie wieder einmal nicht daran gedacht, denn sie waren deutlich zu sehen. Herrgott noch mal! War Sophia wirklich so dumm?

Julia schnappte sich die Schlüssel, die sie auf den Küchentisch gelegt hatte, und stürmte zur Wohnungstür hinaus und zum Wagen. Während Sophia auf den Beifahrersitz rutschte und den Sicherheitsgurt anlegte, durchwühlte Julia ihre Tasche, bis ihre Finger auf etwas Hartes, Kaltes stießen.

Perfekt, dachte sie. Es war definitiv Zeit, sich um ihre störrische Schwester zu kümmern, die anscheinend plötzlich einen Heiligenschein trug. Dieser Tag hatte kommen müssen, dachte sie, als sie rückwärts aus der Parklücke setzte und Dabrowski und Phoebes blöden Köter im Rückspiegel sah. Sie hatte nur nicht damit gerechnet, dass er so schnell kommen würde.

KAPITEL 47

Megan ist die ganze Zeit über hier?«, fragte Sophia ungläubig. Es war dunkel geworden, die dicht stehenden Tannen wogten im auffrischenden Wind. Sie saßen seit fast einer Stunde im Wagen, waren zuletzt über eine kurvenreiche, schneebedeckte Forststraße gefahren und jetzt an ein verschlossenes Tor gelangt. Dahinter wurde im Licht der Autoscheinwerfer eine Lichtung mit einer Anhöhe sichtbar, auf der ein einzelnes Minihaus stand, das irgendwie fehl am Platz wirkte.

»Ja.« Julia hielt an, sperrte das Tor auf und fuhr weiter, dann hielt sie erneut an und stellte den Motor aus.

Sophia wusste, dass das von Anfang an der Plan gewesen war: Megans aufbrausendes Temperament zu nutzen und sie so eifersüchtig zu machen, dass sie auf James losging und sich anschließend aus dem Staub machte – was, wie Julia herausgefunden hatte, ihr üblicher Modus Operandi war. Sie hatten sie entführen und an einen entlegenen Ort bringen wollen, so lange, bis James sich stattdessen Sophia zugewandt hatte. Was anschließend mit ihr passieren sollte, hatte Julia nicht gesagt, und genau das war eine der Schwachstellen in ihrem Plan.

Eine von vielen.

»Du machst dir zu viele Gedanken«, hatte Julia sie beruhigt. »Glaub mir, ich weiß genau, was ich tue«, und Sophia, die so glücklich darüber war, eine Schwester zu haben, hatte ihre Einwände für sich behalten.

Jetzt war es zu spät.

Aber ihre Gefühle für James hatten sich geändert – und nun kam auch noch ihre Schwangerschaft dazu.

Seine Reaktion hatte ihr jedoch gezeigt, dass sie sich nicht getäuscht hatte: Er wollte nicht mit ihr zusammen sein, er wollte Rebecca Travers.

Sie war wütend und traurig, außerdem machten ihr die Hormone zu schaffen. Wie sehr hatte sie sich auf ein gemeinsames Weihnachtsfest mit ihm gefreut, und nun schienen all ihre Träume zu zerplatzen wie Seifenblasen. So hatte sie sich das nicht vorgestellt. Schon gar nicht als werdende Mutter von James Cahills Baby.

Sie hatte Julia noch nichts von der Schwangerschaft erzählt, da sie nicht wusste, wie ihre Schwester die Neuigkeit aufnehmen würde. Ja, sie würde sich ihr anvertrauen, aber erst später, wenn Julia nicht mehr so verdammt sauer war.

Sophia stieg aus. Der eisige Wind schlug ihr ins Gesicht, stach in ihre Augen. Sie warf einen Blick auf die kleinen Fenster unter dem Dach des Minihauses.

»Kein Strom«, überlegte sie laut.

»Doch. Er wird von einem mit Propangas betriebenen Generator geliefert.«

Sophia lauschte, doch außer dem Heulen des Windes konnte sie kein Geräusch hören.

»Gibt es drinnen eine Toilette und fließendes Wasser?«

»Ein Wassertank sammelt Regen und Schnee. Das Haus ist hervorragend ausgestattet, mobil und kompakt. Es hat alles, was man braucht.«

»Wie bist du darangekommen?«

»Über den Freund eines Freundes. Der Besitzer ist überraschend verstorben, die Witwe wollte es schnell loswerden.«

»Und das Grundstück?«

Julia grinste, ihre Augen funkelten boshaft. »Nun, das ist echt cool: Das Land gehört James Cahill. Er hat es vor einigen Jahren gekauft für den Fall, dass er mit seiner Weihnachtswelt expandieren möchte, doch dazu ist es bislang nicht gekommen. Glaub mir, hierher verirrt sich niemand. Gus hat mir geholfen, das Minihaus hierherzubringen, schon im September, bevor es angefangen hat zu schneien.« *Und er hat das Propangas von Sinclaire geklaut, anstatt ihm wie versprochen Kaminholz zu liefern. Was machte der Idiot nicht alles für Geld … Musste echt scheiße sein, wenn man spielsüchtig war,* dachte Julia, ohne ihre Gedanken laut auszusprechen.

»Gus Jardine hat dir geholfen, Megan zu entführen?«, fragte Sophia. »Ich dachte, du hättest das allein durchgezogen?«

Julia grinste. Sie wirkt zufrieden mit sich selbst, dachte Sophia, anscheinend hält sie sich für unglaublich clever. »Und Megan ist da drin?«, fragte sie skeptisch und ging zur Tür. Julia folgte ihr.

»Sag ich doch.«

»Du hast sie darin *eingesperrt?*«

»Was dachtest du denn? So läuft das nun mal bei einer Entführung. Ich kann sie doch nicht rauslassen, das würde alles ruinieren.«

»Das können wir nicht machen, Julia! Wirklich nicht. Wir können nicht einfach jemanden einsperren, schon gar nicht über eine so lange Zeit. Ich dachte, du wolltest sie überzeugen, bei uns mitzumachen. Ich weiß gar nicht, was ich denken soll …«

»Aber *ich* weiß, woran du denken solltest, Schwesterherz: ans Geld, ganz allein ans Geld.«

Ihr Ton ließ Sophia erstarren. Julias Stimme klang kälter als die eisigste Dezembernacht.

»Nein, Julia«, hielt sie entschieden dagegen, auch wenn ihr Herz vor Furcht schneller klopfte. »Wir halten uns an unseren Plan. Wir werden uns einen Ausweg überlegen, mit Megan zusammenarbeiten, ihr erklären, dass wir einen Fehler gemacht haben, sie überzeugen, dass …«

In dem Moment spürte sie es. Etwas Hartes bohrte sich in ihren Nacken. Julia hatte eine Waffe! O Gott, nein! Sie wirbelte herum und wollte loslaufen, doch es war zu spät. In der nächsten Sekunde verschwamm die Welt vor ihren Augen.

Bruce Porter zeigte sich mehr als kooperativ, als Mendoza und Rivers vor der Tür des kleinen Bungalows standen, den er zusammen mit Andie Jeffries bewohnte. Anscheinend genügte die Vorstellung, wieder ins Gefängnis zu wandern, um ihn zum Reden zu bringen. Er sei ein paar Tage nicht in der Stadt gewesen, weil er seinen kranken Bruder besucht hatte, doch wegen der bevorstehenden Feiertage sei er nach Hause zurückgekehrt, behauptete er.

»Hören Sie, ich möchte keinen Ärger haben«, sagte er zu den beiden Detectives und trat nervös von einem Fuß auf den anderen. Im Hintergrund lief ein Fernseher. »Um Himmels willen, wir sind in einer Stunde bei Andies Familie eingeladen.«

»Erzählen Sie uns einfach, was Sie über Gus Jardine wissen.«

»Oh, verdammt. Moment.« Er streckte den Arm aus, als wollte er nach etwas greifen. Rivers legte die Hand auf seine Dienstwaffe, aber Bruce nahm bloß eine Jacke vom Haken, zog sie an und stieg in ein Paar Schuhe, bevor er zu den Polizisten vors Haus trat und die Tür hinter sich zuzog. Eng zusammengedrängt standen sie unter dem Vordach, wo eine einzelne Außenlampe fahles Licht spendete. Viele Häuser in der Straße waren geschmückt mit aufblasbaren Weihnachts- und Schneemännern, die im Wind tanzten. »Ich habe nicht viel Zeit«, sagte Porter nervös. »Andie ist unter der Dusche. Ihre Eltern warten nicht gern, wenn es etwas zu essen gibt. Ich weiß nur, dass Gus in irgendwelchen Schwierigkeiten steckte und die Hand in die Fliesensäge geschoben hat, um irgendeinen Beweis zu verstecken – eine Wunde, glaube ich.«

»Was für eine Wunde?«, wollte Mendoza wissen.

»Von einem Kampf, nehme ich an. Keine Ahnung. Ich habe ihn danach gefragt, aber er hat nur gesagt, er habe ›ziemlichen Ärger‹. ›Beschissenen Ärger‹, um genau zu sein«, fügte er leicht verlegen hinzu. »Wie ich schon sagte: Ich möchte nicht auch welchen. Ich bin glücklich mit Andie, und wir erwarten ein Kind, da will ich's nicht vermasseln. Ganz gleich, in was Gus sich da hineingeritten hat – ich habe nichts damit zu tun.«

»Wissen Sie, ob er zwischendurch die Stadt verlassen hat?«, fragte Rivers und nannte ihm das Datum von dem Mord an Charity Spritz.

»Keine Ahnung.« Bruce blickte zur Seite, rieb sich den Nacken und schien zu überlegen, was er antworten sollte. »Ach, verflucht … ja«, räumte er schließlich ein. »Gus hat mich gebeten, ihn in einem

Motel am Flughafen von Spokane abzuholen. Ich sollte niemandem etwas davon erzählen, also habe ich nichts gesagt.«

»Wissen Sie, ob er einen gefälschten Ausweis besitzt? Ein Pass mit einem anderen Namen?«

»Nein … ja …« Er verstummte, dachte nach und wurde blass. »Ich … ich weiß nichts darüber.« Rivers konnte sehen, wie sich die Rädchen in seinem Gehirn drehten. »Ich dachte … Er hat behauptet, er sei in Las Vegas gewesen. Deshalb wollte er, dass ich nichts sage – es sollte niemand etwas von seiner Spielsucht erfahren. Sie glauben doch nicht etwa …« Er stieß die Luft aus, dann fügte er atemlos hinzu: »Sie glauben doch nicht etwa, dass er diese Reporterin umgebracht hat?« Porter lehnte sich mit dem Rücken gegen die Haustür. »Ich fasse es nicht. Ich meine … heilige Scheiße!« Als würde er erst jetzt den Ernst der Lage begreifen, fügte er hinzu: »Hören Sie, ich schwöre, dass ich nichts Näheres darüber weiß, auch nichts über den Ausweis, aber denkbar ist es. Ich habe den Kerl bloß abgeholt, das müssen Sie mir glauben!« Er strich sich nervös über das Kinn. »Verdammt, sie hat das Wasser ausgestellt, kommt aus der Dusche. Andie darf nichts davon erfahren … sie wäre stinksauer!«

Er wollte gerade die Tür öffnen, als Rivers ihn zurückhielt. »Eine Sekunde noch«, sagte er. »Kennt Gus Jardine Sophia Russo?«

»Was? Ja, klar, wir alle kennen Sophia. Sie arbeitet im Hotel an der Bar und manchmal auch im Café oder im Laden.«

»Haben die beiden Zeit miteinander verbracht?«, schaltete sich Mendoza in das Gespräch ein.

»Keine Ahnung. Sie haben sich ab und zu getroffen, aber nur als Kollegen. Was mich gewundert hat – ich dachte immer, Sophia halte sich für etwas Besseres und habe eher keine Lust, mit einfachen Kerlen wie Gus abzuhängen.« Er warf einen nervösen Blick auf die Tür. »Ich muss jetzt aber wirklich wieder rein, damit Andie nichts mitbekommt!« Damit öffnete er die Haustür, nickte den beiden Detectives zu und verschwand im Bungalow.

»Was für eine himmlische Beziehung«, stellte Mendoza trocken fest, als sie durch den Schnee zurück zum Jeep stapften, den Rivers zwischen einen zerbeulten Pick-up und einen rostigen Dodge Minivan gequetscht hatte. »Er darf nicht erfahren, dass sie mit uns geredet hat, und er will nicht, dass sie weiß, dass wir ihm Fragen gestellt haben. Ich gebe den beiden sechs Monate – Baby hin oder her.«

»So viel zum Thema ›Die Liebe überwindet alle Hindernisse‹.« Rivers schloss den Jeep auf und stieg ein, während Mendoza auf dem Beifahrersitz Platz nahm und ihm einen fragenden Seitenblick zuwarf.

»Du bist geschieden, oder? Nur zu: Erzähl mir, ob die Liebe keine Hindernisse kennt.«

Rivers dachte an Astrid und setzte aus der Parklücke, dann fuhr er stirnrunzelnd los und stellte das Radio an.

»Du weißt, dass du total dämlich bist, oder?«, fragte Julia und zerrte den Körper ihrer Schwester die beiden Stufen hoch ins Innere des Minihauses. Sophia verkrampfte sich und zuckte unkontrolliert mit den Armen und Beinen, versuchte, die Kontrolle über ihren Körper wiederzuerlangen, was ihr jedoch nicht gelingen wollte. Der Elektroschocker hatte ganze Arbeit geleistet. Julia hasste es, dies zu tun, aber ihr blieb keine Wahl. Sophia würde sonst alles ruinieren.

Sie stellte die Propangasheizung an und sah zu, wie sich Sophia hilflos am Boden wand.

»Mmmeee…gggaaannn …«

»Megan? Du willst wissen, was mit ihr passiert ist?«, fragte Julia. »Oh, sie ist hier. Gleich da draußen.« Sie deutete aus der offenen Haustür auf die Bäume, die die Lichtung umgaben.

Sophia riss die Augen noch weiter auf.

»Ach, komm schon«, sagte Julia. »Du hast doch nicht wirklich geglaubt, dass sie noch am Leben ist? Dass ich dumm genug wäre, sie dazu zu überreden, bei uns mitzumachen, und ihr Geld zu geben, damit sie verschwindet und uns nie wieder belästigt? Sei doch mal realistisch!« Sie stieg über den zuckenden Körper ihrer Schwester hinweg. »Wie blöd bist du eigentlich?«

Sophia antwortete nicht. Natürlich nicht.

»Jämmerlich!«, sagte Julia angewidert.

Sophia fing an zu weinen.

Wie ein Baby.

Tränen strömten ihr aus den Augen, die Wimperntusche verlief, die Nase wurde rot.

»Hör auf!« Julia wollte das nicht mit ansehen. »Reiß dich zusammen. Du weißt, dass wir sie loswerden mussten. Damit sich James auf dich fokussieren konnte. Auf uns.« Sie bückte sich und brachte ihr Gesicht nahe an das ihrer Zwillingsschwester heran. Es war, als würde sie in einen Spiegel blicken, dachte sie – von Sophias derangiertem Zustand einmal abgesehen. »Du hältst mich für ein Monster, stimmt's?«, spottete sie. »Du fragst dich, wie weit ich noch gehen werde, das sehe ich in deinen Augen.«

Sophia reagierte. Sie krümmte sich zusammen, richtete sich auf und versuchte, ihrer Schwester ins Gesicht zu spucken, doch es wollte ihr nicht gelingen. Kraftlos sackte sie zurück auf den Fußboden, Speichel rann aus ihrem Mundwinkel.

»Oh, jetzt hast du's noch schlimmer gemacht.« Julia richtete sich auf, die Stirn gerunzelt. »Du kannst von Glück sagen, dass ich mir so sehr eine Schwester gewünscht habe, weshalb ich es nicht über mich bringe, dich auch kaltzumachen. Aber du musst im Minihaus bleiben, okay? Hier kannst du in Ruhe darüber nachdenken, wie tief du in der Sache mit drinsteckst und wie wir diese andere Frau in James' Leben loswerden können. Vielleicht kommst du ja zur Besinnung.«

»Nnneeeiiinnn …«

»Halt die Klappe!« Julia betrachtete mitleidlos das jämmerliche Bündel auf dem Fußboden. Ihre Zwillingsschwester, und doch grundverschieden. »Rebecca muss beseitigt werden«, sagte sie und fühlte, wie ihr bei dieser Vorstellung etwas wärmer ums Herz wurde. Jetzt, da sie freie Hand hatte und sich nicht länger wegen Sophia Gedanken machen musste, konnte sie sich endlich um Rebecca Travers kümmern.

Und wenn es hart auf hart kam, würde sie, ohne mit der Wimper zu zucken, ihre Schwester als Opferlamm über die Klinge springen lassen.

Doch noch brachte sie es nicht übers Herz, sie selbst umzubringen.

Eine Schwäche, an der sie dringend arbeiten musste.

Sie nahm Sophia das Handy ab, dann wandte sie sich zur Tür.

Sophia bäumte sich auf und ruderte wild mit den Armen.

Zack!

Ein Fausthieb traf Julia an der Schulter.

»Du Miststück!«, schrie Julia und sprang zur Seite, bevor ihre Schwester einen neuerlichen Treffer landen konnte. Zwei große Schritte, und sie stand vor dem Minihaus und knallte die Tür zu. Mit zitternden Fingern schloss sie ab und fluchte lauthals, als der Wind schmerzhaft ihr Gesicht peitschte. Sie rüttelte am Knauf, aber das massive Türblatt bewegte sich nicht. Cahills Minihäuser waren tatsächlich so solide gebaut, wie es die Werbebroschüren, die in der Weihnachtswelt auslagen, versprachen.

Zum Glück.

Denn Sophia würde garantiert versuchen, ihrem Gefängnis zu entkommen.

Allerdings würde ihre Schwester hier draußen, mitten im Nirgendwo, ziemlich schnell begreifen, dass ihr keine andere Wahl blieb, als sich zu fügen. Was das Beste war. Für sie beide.

Julia sprang die zwei Stufen vor dem Tiny House hinunter in den Schnee und ging zum Wagen.

Während sie über die Lichtung zum Tor holperte, überlegte sie sich ihren nächsten Schritt und spürte, wie erneut die Wut in ihr aufstieg. Wieso konnte sie sich auf niemanden verlassen? Nicht einmal auf ihre eigene Zwillingsschwester? Wieder einmal würde sie alles allein machen müssen.

»Du dumme, dumme Verräterin«, knurrte sie. Ihre Schulter pochte. Dort, wo sie Sophias Faust getroffen hatte, würde sie einen dicken blauen Fleck bekommen. Sie fuhr durchs offene Tor, hielt an und verschloss es sorgfältig. Hoffentlich bemerkte niemand die frischen

Reifenspuren! Aber so schnell verirrte sich keiner in diese abgelegene Gegend. Außerdem war es schon dunkel, und es war weiterer Schnee angesagt.

Vielleicht sollte sie Sophia einfach in dem Minihaus verrotten lassen, dann hätte sie ein Problem weniger. Es würde Ewigkeiten dauern, bis man sie fände, wenn überhaupt, denn niemand würde sie vermissen. Das würde ihr recht geschehen.

Julias kleiner Kombi schlitterte über den kaum befahrenen Forstweg. Ihre Gedanken wanderten zu James Cahill.

Sie stand so kurz davor, sich sein Vermögen unter den Nagel zu reißen, dass sie das Gefühl hatte, sie müsse nur die Hand danach ausstrecken. Während ihre Mutter und ihre Großmutter Marla allein auf Rache aus gewesen waren, wollte Julia mehr. Sie wollte Geld. Und sie hatte gedacht, Sophia würde es ebenso gehen.

Doch dann hatte sich diese dumme Kuh in James verliebt.

Julia hatte nicht die letzten drei Monate damit verbracht, hässliche Perücken und eine dicke Brille zu tragen und sich jedes Mal, wenn sie Sophias Wohnung verließ, in den unbequemen Fettanzug zu quetschen, nur damit Sophia jetzt ihre Pläne durchkreuzte.

Sie bog um eine Kurve und geriet ins Rutschen, doch in letzter Sekunde gelang es ihr, den Wagen wieder einzufangen.

Vielleicht hätte sie von Anfang an *Sophia* zwingen sollen, sich zu verkleiden, während sie selbst James verführte.

Nun, jetzt war es zu spät, dachte sie. Als sie auf die Straße einbog, hob sich ihre Stimmung ein wenig. Sie würde ihre Pläne ändern und abwarten, was die nächsten Wochen brachten.

Zunächst würde sie sich in Sophia verwandeln. Wenn sich jemand nach der unscheinbaren dicken Frau erkundigte, die eine Weile bei ihr zu Besuch gewesen war, würde sie behaupten, ihre Freundin habe wegen einer dringenden Familienangelegenheit vorzeitig abreisen müssen.

Niemand würde etwas bemerken – sie hatte bereits ein paarmal im Inn und im Weihnachtsladen gearbeitet, und keinem war aufgefallen, dass er es nicht mit der richtigen Sophia zu tun hatte –, und was James anging: Auch er hatte nichts bemerkt, als er mit Julia statt mit Sophia im Bett gewesen war.

Ja, es würde funktionieren.

Aber sie musste Sophia loswerden, und das konnte nur eines bedeuten: Sie würde sie töten müssen.

Bei diesem Gedanken bildete sich ein Kloß in ihrer Kehle. Konnte das Schicksal wirklich so grausam sein und ihr den Menschen nehmen, nach dem sie sich zeit ihres Lebens so verzweifelt gesehnt hatte? Eine Schwester? Eine Vertraute?

Sie holte tief Luft und sah in der Ferne die Lichter von Riggs Crossing aufblinken.

Eins nach dem anderen. Sie würde erst mal zu Sophia werden, sich James schnappen und sich um Rebecca Travers kümmern.

Ja, der Plan klang gut.

Nahezu perfekt.

KAPITEL 48

Langsam gewann Sophia die Kontrolle über ihren Körper zurück. Sie richtete sich auf und sah sich gründlich im Minihaus um, untersuchte jeden Millimeter. Nicht nur einmal, sondern gefühlte hundert Mal. Ihr Gefängnis war klein, kompakt und hermetisch abgeriegelt. Die Fensterriegel waren abgeschraubt, die größeren Fenster mit Läden verschlossen.

Fassungslosigkeit und Zorn durchfluteten sie.

Gefolgt von Angst.

Wie konnte ihr die eigene Schwester so etwas antun? Sie rieb die schmerzenden Male, die der Elektroschocker in ihrem Nacken hinterlassen hatte.

War dies von Anfang an Julias Plan gewesen?

Frustriert trat sie gegen die Tür.

Das hier sollte Megans Gefängnis sein, nicht ihres!

Basierte tatsächlich alles auf einer Lüge? Ja, dachte Sophia jetzt. Natürlich, denn Megan hätte sich niemals bereit erklärt, bei ihrem perfiden Plan mitzumachen. Wie dumm war sie gewesen, auf Julia reinzufallen! Sie dachte an Megans Leiche, die irgendwo am Rand der Lichtung in der gefrorenen Erde lag und die womöglich niemals gefunden würde.

Genau wie sie.

Oder würde Julia sie wieder freilassen?

Sophia bezweifelte es.

Sie ließ sich auf die eingebaute Couch sacken und betrachtete ihre Umgebung zum tausendsten Mal. Das Innere des Minihauses war wohldurchdacht und simpel: Es gab einen Wohnbereich mit Einbauschreibtisch, eine winzige Küche und ein kleines Bad sowie einen Schlafbereich oberhalb des Wohnraums – nicht mehr als eine Koje mit einer Reihe winziger Fenster, zu der eine schmale Leiter hinaufführte.

In dem kleinen Kühlschrank waren Lebensmittel, es gab jede Menge Bücher, der Gaskamin spendete angenehme Wärme. Als hätte Julia schon lange geplant, Sophia hier festzusetzen. Galle stieg in ihrer Kehle auf, ihr Magen zog sich schmerzhaft zusammen.

Sie nahm ein Kissen vom Sofa und drückte es fest an sich, dann fing sie an, auf Rache zu sinnen.

Sollte Julia es wagen, noch einmal herzukommen, würde Sophia sie erwarten.

Und was, wenn sie nicht kommt? Was, wenn sie dich hier deinem sicheren Tod überlässt? Allein?

Sie tötet schließlich nicht zum ersten Mal.

Sophia biss die Zähne zusammen. Wenn Julia wollte, dass sie starb, hätte sie sie längst getötet.

Nein. Sie würde zurückkommen.

Und dann, so schwor Sophia, würde sich das Blatt wenden.

Es schüttete, als James die Ausfahrt vom Freeway ins Stadtzentrum von Seattle nahm.

Er hatte kaum klar denken können, seit Sophia ihm verkündet hatte, sie sei schwanger.

Er würde Vater werden.

Zunächst war er bis ins Mark erschüttert gewesen.

Und wenn er ehrlich war, konnte er es immer noch nicht so recht glauben.

Sie hatte guten Grund zu lügen, das wusste er, aber würde sie wirklich so weit gehen? War sie so hinterhältig? Nun, er hatte vor, genau das herauszufinden.

Er hatte ihr gesagt, dass er Freiraum brauche, dass er die Nachricht erst einmal verarbeiten und einen klaren Kopf bekommen müsse. Sie war verletzt gewesen, doch es war ihr nichts anderes übrig geblieben, als einzuwilligen. Wie er Sophia kannte, würde sie sich nicht lange gedulden, daher musste er schnell sein.

Das graue Wasser der Elliot Bay wurde sichtbar, Wolkenkratzer, die in den wolkenverhangenen Himmel ragten.

Warum war er so sicher davon ausgegangen, dass sie verhütete? Er hatte sie danach gefragt, und sie hatte geantwortet, er müsse sich keine Sorgen machen. Wie hatte er nur so dumm sein können? Jetzt war es passiert. Er musste sich damit abfinden, dass er Vater wurde. Zuerst jedoch würde er darauf bestehen, mit ihr gemeinsam einen Gynäkologen aufzusuchen, der die Schwangerschaft bestätigte.

Er fuhr in ein Parkhaus in der Innenstadt und stellte den Wagen auf Ebene 5 ab, dann nahm er die Treppe zur Straße und trat in den gleichmäßig fallenden Regen hinaus. Mit hochgeschlagenem Kragen ging er in Richtung Wasser und sah den Möwen zu, die über der aufgewühlten Bucht im Wind segelten. Am Anleger legte eine Fähre ab.

James dachte darüber nach, ob er Sophia heiraten sollte, und sein Gewissen sagte ihm, dass dies das Richtige war. Das *einzig* Richtige.

Falls sie denn tatsächlich schwanger war.

Er ging hügelaufwärts an einem italienischen Restaurant vorbei, wo er einen prüfenden Blick in die Scheibe warf. Er hatte sich endlich die Haare schneiden und den Bart trimmen lassen. Jetzt sah er nicht mehr ganz so chaotisch aus, doch in seinem Innern herrschte nach wie vor ein heilloses Durcheinander. Die Schmerzen in Arm und Schulter hatten nachgelassen, die Schürfwunden unter dem Bart waren fast geheilt, doch er spürte, dass sich etwas in ihm verändert hatte. Für immer.

Megan war immer noch verschwunden, obwohl man ihren Wagen hatte sicherstellen können. In der Garage der Berghütte von Jennifer Korpis Freund. Was zur Hölle hatte das zu bedeuten?

War Megan noch am Leben?

Oder war sie tot, ermordet, wie die beiden anderen Frauen aus Riggs Crossing, Willow Valente und Charity Spritz?

Würde er je erfahren, was geschehen war?

Er wich einem Skateboard-Fahrer aus, der zwischen den Fußgängern hindurchsauste, und entdeckte das Schild des Ladens, nach dem er suchte, etwa einen halben Block hügelaufwärts, gleich neben einem kleinen Café, in dem er sich mit Rebecca zum Kaffee getroffen hatte. Er biss die Zähne zusammen bei der Erinnerung, überquerte die Straße und betrat ein Geschäft, in dessen Auslage alle möglichen elektronischen Geräte lagen. Rowdy hatte ihm den Laden empfohlen. Drinnen wandte er sich an einen pickeligen Jugendlichen, der höchstens achtzehn war, ihm jedoch begeistert Überwachungsgeräte von »beinahe militärischer Präzision« zeigte.

Den Unsinn kaufte James ihm nicht ab, dennoch entschied er sich für einen Peilsender nebst Zubehör und ließ sich die Sachen einpacken.

Anschließend ging er drei Blocks weiter durch den Regen zu einem Juwelier, den ihm sein Handy vorgeschlagen hatte. Im Schaufenster glitzerten und funkelten Ketten, Ohrringe, Armbänder und Ringe im hellen Licht um die Wette mit den Regentropfen, die an der Scheibe hinabrannen.

Sollte er das wirklich machen?

War es nicht mehr als scheinheilig, erst eine Überwachungsausrüstung und dann einen Verlobungsring zu kaufen – beides am selben Tag?

Zehn Tage später hatte Julia das Gefühl, sie würde langsam durchdrehen.

Panik stieg in ihr auf.

Aber sie würde sich auf das Geschäft konzentrieren.

Mit einem aufgesetzten Lächeln machte sie sich bereit, den Weihnachtsartikelladen zu schließen, der an das Café der Weihnachtswelt angrenzte, doch zuvor musste sie sich mit der letzten Kundin auseinandersetzen, einer molligen Frau in einer knallroten Jacke, die mindestens zwei Nummern zu klein war, und einer Nikolausmütze auf den kurzen braunen Locken. Sie schürzte die Lippen, als hätte sie in eine saure Zitrone gebissen, und zeigte Julia einen Christbaumschmuck, den sie von dem festlich geschmückten Baum im Laden genommen hatte und den sie in Cremeweiß oder Elfenbein kaufen wollte. »Reinweiß passt so gar nicht zu meinem Baum zu Hause«, sagte sie zu Julia, die auch nicht wusste, wie sie das Problem lösen sollte.

»Es tut mir leid, etwas anderes haben wir nicht mehr«, erwiderte Julia, um eine freundliche Stimme bemüht. Herrgott noch mal, bis Weihnachten waren es nur noch vier Tage, warum schmückte die fette Frau den Baum erst jetzt? Nur um einen Preisnachlass von fünfzig Prozent zu ergattern?

»Können Sie denn gar nichts machen?«, schmollte Fetti.

»Es tut mir leid.« Es tat Julia gar nicht leid. »Vielleicht suchen Sie sich etwas anderes aus?«

»Ich habe schon geschaut – es ist ja kaum noch etwas da!«

Ach was, dabei ist es doch noch sooo lange hin bis Weihnachten!

»Haben Sie denn gar nichts mehr im Lager? Ich könnte schwören, dass ich letzte Woche noch etwas in Elfenbein gesehen habe.«

»Alles, was wir noch dahaben, befindet sich hier im Verkaufsraum«, versicherte Julia der dämlichen Schachtel.

»Nun, das hier geht gar nicht.« Fetti warf ihr einen finsteren Blick zu und plusterte sich noch mehr auf. Julia fürchtete, dass jede Sekunde der Reißverschluss der roten Daunenjacke aufplatzte. »Dann muss ich mich wohl anderswo umschauen.«

Tu das. Viel Glück dabei!

»Es tut mir wirklich leid.« In Julias Stimme schwang nicht die leiseste Spur von Aufrichtigkeit mit, der Sarkasmus war unüberhörbar. Und Fetti wusste das. Erbost drückte sie Julia den fein gearbeiteten Christbaumschmuck in die Hand.

Dir auch ein schönes Weihnachtsfest! Julia verkniff sich die viel bemühte Phrase.

Fetti rückte ihre Nikolausmütze zurecht, straffte die Schultern und rauschte aus dem Laden. Geräuschvoll schlug die Tür hinter ihr zu, die Glöckchen am Eingang bimmelten.

Und tschüss, dachte Julia und fragte sich, wie lange sie diesen Job wohl noch haben würde. Sophia hatte erzählt, dass James während ihrer Auseinandersetzung angedeutet hatte, sie solle sich nach einer neuen Arbeit umsehen, sobald die turbulente Vorweihnachtssaison vorbei war. Bislang hatte Julia es nicht gewagt, an James heranzutreten, da Sophia auch erwähnt hatte, er brauche Zeit für sich, um sich über gewisse Dinge in seinem Leben klar zu werden.

Worum auch immer es bei diesem Streit im Einzelnen gegangen sein mochte – er ruinierte beinahe alles, wofür sie gearbeitet hatten. Sophia hatte nur angedeutet, dass Rebecca dabei eine zentrale Rolle gespielt hatte. Diese blöde Schlampe.

Julia würde sich dennoch gedulden, würde ihm Raum zum Atmen geben, obwohl sie selbst bei dieser Vorstellung kaum Luft bekam.

Wie immer hatte sie ihn aus der Ferne gesehen, hatte ihn auf sich aufmerksam gemacht, gelächelt und gewinkt. Er hatte ihren Gruß erwidert, doch sein Lächeln hatte eher verkrampft als erfreut gewirkt.

Die Sache ging den Bach runter, dabei hatte sie doch alles getan, damit ihr Plan funktionierte! Die verdammte Phoebe Matrix war nicht gestorben, stattdessen hieß es, sie sei aus dem Koma erwacht. Julia wollte sich gar nicht vorstellen, was sie den Cops erzählen würde. Und dann war da auch noch Gus: Frisch entlassen aus der Klinik, erholte er sich von seiner Verletzung. Der Typ war eine tickende Zeitbombe. Sie hatte sich sein Schweigen mit der Aussicht auf hundert Riesen erkauft, doch sie war sich nicht sicher, ob sie diesen Preis tatsächlich bezahlen sollte. Immerhin war er derjenige, der Charity Spritz auf dem Gewissen hatte, er hatte sich eine Pistole besorgt – irgend so ein nicht rückverfolgbares Ding aus dem Darknet –, die er dann doch nicht benutzt hatte. Es war also nur zu seinem eigenen Vorteil, wenn er den Mund hielt. Auch Julia besaß eine Pistole – das Internet bot schier unbegrenzte Möglichkeiten –, wer wusste schon, ob sie sie nicht irgendwann würde gebrauchen können?

Von dem Moment an, in dem Sophia erwähnte, dass diese Charity in der Bar herumschnüffle, hatte Julia gewusst, dass ihr die Reporterin vom *Clarion* nichts als Scherereien machen würde, und Gus war begeistert gewesen von der Aussicht, sich ein paar Scheine – große Scheine – dazuzuverdienen. Sein Freund Bruce Porter hatte Julia nach ein paar Drinks von dessen Spielsucht erzählt, und Gus war tatsächlich sofort bereit gewesen, sie bei Megans Entführung zu unterstützen und diese Pressetante aus dem Weg zu räumen. Wovon Bruce allerdings nichts wusste. Herrgott, war der Typ versessen darauf, mit dieser langweiligen Krankenschwester den Pfad der Tugend zu beschreiten und auf glückliche Familie zu machen!

Julia schüttelte den Kopf.

Wann war eigentlich alles derart aus dem Ruder gelaufen?

Zum ersten Mal, seit sie den Plan geschmiedet hatte, überlegte sie, abzubrechen und die Beine in die Hand zu nehmen. Ihre eigene Haut zu retten.

Aber was sollte sie mit Sophia anstellen?

Sollte sie sie wirklich in dem Minihaus verrecken lassen?

Vielleicht war das die beste Lösung, denn alles zuzugeben kam kaum noch infrage.

»Sophia?«, riss James' Stimme Julia aus ihren Gedanken. Sie ließ den Christbaumschmuck fallen, den sie gerade zurück an den Baum hatte hängen wollen, und er fiel von Ast zu Ast, bis er scheppernd auf dem Fußboden zerschellte.

»Oh! Entschuldigung, das tut mir leid!«, rief sie erschrocken.

»Schon gut«, beschwichtigte James.

»Ich hatte dich gar nicht bemerkt, du hast mich überrascht.« Sie bückte sich und hob den zerbrochenen Baumschmuck auf.

»Ich denke, wir müssen reden«, sagte James.

Julia spürte, wie die Panik erneut von ihr Besitz ergriff. Er wollte sich mit ihr aussprechen, dabei wusste sie noch nicht einmal, worum es bei seiner Auseinandersetzung mit Sophia gegangen war.

»Ja?«, fragte sie vorsichtig und betrachtete den kleinen Porzellanengel in ihrer Hand, dem nun die Flügel fehlten.

»Du kannst den Laden zumachen«, sagte er und sah sich um. Es waren keine Kunden mehr da. Er schenkte ihr ein schiefes Lächeln. »Ich werde ein gutes Wort für dich beim Chef einlegen«, versuchte er einen Scherz, um die angespannte Stimmung aufzulockern, was ihm allerdings nicht so recht gelang.

»Okay.« Julia nickte nervös. Sie würde ihn reden lassen, dann fand sie vielleicht heraus, warum er gewollt hatte, dass Sophia ihm »etwas Raum zum Nachdenken« gab.

»Sollen wir uns ins Café setzen?«, schlug er vor.

Das Café war ebenfalls fast leer, die Tische mit den rot-weißen Tischdecken waren bereits für den nächsten Tag hergerichtet. Die Salz- und Pfefferstreuer standen ordentlich neben einem Teelichtglas und einem kleinen Weihnachtsstern, die unablässig dudelnde Weihnachtsmusik war abgestellt. Eine Oma und ihr Enkelchen saßen an einem Tisch und tranken ihren Kakao aus, dann standen sie auf, und die alte Dame zog dem kleinen Jungen die Jacke an. Er wehrte sich heftig und beharrte darauf, das schon allein zu können, dann waren sie draußen. Eine Kellnerin räumte den Tisch ab und verschwand anschließend in der Küche.

»Ich habe viel nachgedacht«, sagte James, nachdem er Julia einen Stuhl unter einem der Tische hervorgezogen hatte.

»Ich auch«, sagte sie leise und setzte sich. Sie hatte keine Ahnung, wovon er sprach.

»Ich habe überreagiert«, räumte er ein. Er wirkte verdammt ernst, als er sich Julia gegenübersetzte, was sie noch nervöser machte. Was immer zwischen Sophia und ihm passiert war – es war nicht auf die leichte Schulter zu nehmen. Ein mulmiges Gefühl machte sich in Julias Magengrube breit.

Die Kellnerin kam aus der Küche zurück und schlängelte sich zwischen den Tischen hindurch in ihre Richtung, doch James hob abwehrend die Hand und schüttelte den Kopf.

Sie nickte und machte auf dem Absatz kehrt.

»Nun, so etwas kommt vor«, sagte Julia, weil sie das Gefühl hatte, irgendetwas sagen zu müssen. Wovon zum Teufel redete er nur?

»Nein, das war nicht in Ordnung. Du hast mich mit deiner Ankündigung eiskalt erwischt. Erst schleichst du dich zu mir ins Zimmer, und dann lässt du eine solche Bombe platzen.«

Was für eine Bombe?

»Ich weiß«, sagte sie, aber sie wusste es nicht. Ihr Herz fing an, furchtsam zu hämmern. Wenn sie doch nur die leiseste Ahnung hätte, worum es eigentlich ging!

Sein Blick begegnete ihrem. »Um die Wahrheit zu sagen …«, fing er an. Julia spürte ihren Pulsschlag, der in ihrer Schläfe hämmerte. »Ich hatte mir nie vorgestellt, wie es wäre, Vater zu werden. Wir haben nie darüber geredet, und ich … ich hatte das einfach nicht auf dem Schirm.«

Augenblick mal … Wie bitte? Er wurde Vater? War er deshalb so sauer auf Sophia? Heilige Mutter Gottes! Sophia war schwanger? Nein! Das durfte nicht sein. Auf keinen Fall. Julia spürte, wie sämtliches Blut aus ihren Wangen wich. Sie zwang sich zu einem unbewegten Gesichtsausdruck, damit er nicht bemerkte, wie schockiert sie war.

»Ich habe mich benommen wie ein Arschloch«, murmelte er zerknirscht. Sein Blick wurde traurig. »Ich hätte nicht sagen sollen, dass du dir einen neuen Job suchen musst und so …« Er fuhr sich mit der Hand durch die frisch geschnittenen Haare. Für einen winzigen Augenblick dachte sie, er würde ihr einen Antrag machen, das Richtige tun, sich zu seiner Vaterschaft bekennen. Ihre Kehle wurde trocken, der Raum fing an, sich zu drehen, der Fußboden unter ihr gab nach. »He, alles in Ordnung?«, fragte er plötzlich.

»Mein Magen«, antwortete sie zögerlich. »Es ist … nichts. Es geht mir gut.« Was nicht stimmte. Es ging ihr alles andere als gut. Wenn Sophia wirklich schwanger war … O Gott. Wusste sie, dass Julia niemals würde schwanger werden können? Gleich zwei Ärzte hatten ihr gesagt, dass die Chancen, ein Kind zu empfangen, gegen null gingen.

Für einen Augenblick dachte sie, sie könne die Scharade keine Sekunde länger aufrechterhalten.

Reiß dich zusammen, Julia. Du darfst jetzt nicht aufgeben! Du hast so hart dafür gearbeitet. Du schaffst das. Musst es schaffen.

»Bist du sicher, dass alles in Ordnung ist?« In seinen Augen stand

Sorge, was die Krähenfüße neben den Augenwinkeln stärker hervortreten ließ.

Nein! Das ist ein Desaster! »Ja … ja, sicher«, brachte sie über die Lippen. »Mir ist nur ein bisschen übel. Morgenübelkeit hat man nämlich nicht nur morgens, solltest du wissen.«

»Das wusste ich nicht«, gab er zu.

»Manchmal erwischt sie einen zu den merkwürdigsten Zeiten.« Das klang gut, fand sie.

»Na ja, ich möchte, dass du weißt, dass es für mich okay ist«, sagte er, wenngleich er nicht sehr überzeugend klang. »Auch wenn da wohl noch einiges auf uns zukommt.«

»Davon gehe ich aus.«

»Vieles muss noch geklärt werden.«

Um Himmels willen, spielte er auf Megan und die Morde an? Die Polizei hatte überall herumgeschnüffelt und schien sich auf Gus einzuschießen. Was ihr Sorgen bereitete. Und jetzt musste sie auch noch so tun, als wäre sie schwanger …

»Wir werden das schon schaffen«, versicherte er ihr. In diesem Moment klingelte sein Handy. Er warf einen Blick aufs Display. »Ich muss los. Bobby will Feierabend machen und möchte, dass ich mir zuvor die Fortschritte bei den Minihäusern ansehe.«

»Okay.« Du liebe Güte, klang ihre Stimme schwach. Erstickt.

Für eine Sekunde dachte sie, er würde sich zu ihr beugen und sie küssen. Wäre das nicht die normale Reaktion nach einem Gespräch wie diesem? Er tat es nicht. Stattdessen stand er auf, nickte ihr zu und ging, und Julia fühlte sich hundeelend. Am liebsten hätte sie sich übergeben. Obwohl sie gar nicht schwanger war.

Sie sprang auf, rannte durch den Laden zum Aufenthaltsraum und nahm ihren Mantel von der Garderobe, dann machte sie das Licht aus und stürmte hinaus in die eisige Kälte. Die frische Luft umfing sie, doch sie half ihr nicht, den Kopf freizubekommen.

Schwanger. Sophia war schwanger.

Und sie hat es dir nicht erzählt!

Das tat weh.

Was hatte ihr Sophia sonst noch verheimlicht?

Julia ging auf ihren Kombi zu. Vielleicht konnte sie die Schwangerschaft zu ihrem Vorteil nutzen, überlegte sie. Ihn zu einer schnellen Hochzeit drängen, um des Babys willen, und kurz darauf eine Fehlgeburt erleiden? Würde das funktionieren? Oder sollte sie ihn hinhalten und anfangen, sich einen Babybauch umzubinden? Nein, das ging nicht, er würde mit ihr schlafen wollen …

Grübelnd stieg Julia in den Wagen und stellte die Scheibenwischer an, die träge die Schneeflocken von der Windschutzscheibe fegten. Sie war so dicht daran, alles zu bekommen, was sie sich jemals erträumt hatte. Es würde nicht mehr lange dauern, und sie war steinreich …

Allerdings konnte ein einziger falscher Schritt alles zunichtemachen, und sie würde statt im Himmel für den Rest ihres Lebens in einer finsteren Gefängniszelle landen.

Noch konnte sie einen Rückzieher machen.

Davonlaufen.

Doch wie weit würde sie kommen?

Als sie vom Parkplatz des Cafés fuhr, stellte sie sich vor, wie ihr die Cops auf den Fersen waren, ihr gnadenlos nachstellten in der festen Absicht, sie zu vernichten.

Verdammt!

Sie würde nicht aufgeben, nicht jetzt, wo sie schon so weit gekommen war.

Auf gar keinen Fall.

KAPITEL 49

22. DEZEMBER

Hoffen wir mal, dass Jardine genauso gesprächig ist wie Porter«, sagte Rivers, als er die Tür seines Jeeps zuknallte. Er hatte den Wagen am Straßenrand vor einem zweigeschossigen Haus im viktorianischen Stil geparkt, das mit funkelnden Lichtern und einem Stoffnikolaus auf halbem Weg zum Kamin geschmückt war. An der Dachrinne vor der Gaube war ein Schlitten mit einem Rentier davor befestigt.

Jardine wohnte hinter dem Haupthaus in einer Garage, die zu einem Apartment umgebaut worden war.

»Darauf würde ich nicht wetten.« Mendoza setzte die Kapuze ihrer Daunenjacke auf, damit der Kunstpelz die durch die Luft wirbelnden Schneeflocken auffing, und stapfte neben Rivers die lange Zufahrt hinauf. Sie gab sich inzwischen etwas weniger frostig ihm gegenüber und bemühte sich, wieder im Team mit ihm zu arbeiten. »Bei Porter hatten wir Glück.«

»Mal abwarten.« Bei Jardine hatten sie mehr in der Hand, womit sie ihn zum Reden bringen konnten.

Der Laborbericht war eingegangen, die Haut unter Charity Spritz' Fingernägeln stammte definitiv von einem Mann. Sie würden DNA-Proben vergleichen müssen, und Rivers bezweifelte, dass Jardine ihnen freiwillig Speichel zur Verfügung stellte, aber sie hatten ja noch die Beißabdrücke, die Aufnahmen der Überwachungskamera und Porters Aussage.

Eine Reihe schneebedeckter Lebensbäume trennte den Garten des Haupthauses von der kleinen Garage. Auf einer Seite der Hecke funkelte bunte Weihnachtsbeleuchtung, die andere Seite war dunkel. Zwei Fahrzeuge, ein Pick-up und ein kleiner Honda, standen auf dem Parkplatz vor der Garage.

Die Garage war nicht festlich geschmückt. Zwischen den Jalousienritzen drangen Lichtstreifen hervor. Rivers wusste, dass Gus am Vortag aus dem Krankenhaus entlassen worden war.

Er klopfte, hörte Schritte, die eilig näher kamen, dann das Klicken von zwei Schlössern, bevor sich die Tür einen Spaltbreit öffnete, gesichert mit einer Kette. Dahinter erschien Jennifer Korpis Gesicht. »Oh.« Sie wirkte nervös. »Detectives.« Das Auge, das sie durch die schmale Lücke sehen konnten, huschte hastig hin und her, als sie von Rivers zu Mendoza schaute.

»Wir würden gern mit Gus reden.«

»Oh … er ruht sich gerade aus.« Sie zwang sich zu einem zittrigen Lächeln. »Ich bleibe erst einmal bei ihm.«

»Wir müssen trotzdem mit ihm reden.«

Sie befeuchtete mit der Zunge ihre Lippen. »Ich weiß nicht.«

Rivers wartete.

»Na gut, ich denke, das schafft er.« Sie schloss die Tür, die Sicherheitskette rasselte, dann wurde die Tür ganz geöffnet.

Jennifer Korpi stand in einem kleinen Eingangsbereich, einen besorgten Ausdruck auf dem Gesicht. »Kommen Sie herein, aber bitte, nicht zu lange. Er ist immer noch ziemlich angeschlagen.«

»Und Sie bleiben bei ihm?« Rivers trat ein und folgte Korpi in ein beengtes Wohnzimmer mit abgenutzten Möbeln. Es roch nach Kamin. Rivers sah sich um und entdeckte in der Ecke einen Holzofen, in dem ein Feuer brannte. Tannenzweige knackten, als die Flammen an ihnen leckten.

»Ja. Die Schule schließt über die Feiertage, und Harold ist bis Heiligabend auf einer Geschäftsreise, da ist es doch selbstverständlich, dass ich meinen Bruder unterstütze …«

Sie warf einen hektischen Blick auf das karierte Sofa, dann auf den ledernen Relax-Sessel, der leer, aber immer noch in Liegeposition war. Auf dem Couchtisch daneben lag eine brennende Zigarette im Aschenbecher. Korpi runzelte die Stirn. »Er war gerade noch hier … Gus!«, rief sie, dann sagte sie über die Schulter zu den beiden Detectives: »Er ist bestimmt kurz zur … Ach, da bist du ja.«

Gus lugte um die schmale Wand, die die Küche vom Wohnzimmer trennte. »Ich hab mir bloß ein Bier geholt«, sagte er, ohne sich vom Fleck zu rühren.

Jennifer sah ihren Bruder ungehalten an. »Du weißt, dass der Arzt Alkohol verboten hat, solange du Schmerzmittel nimmst.«

Jardine schnaubte genervt. »Blödsinn.« Er heftete die Augen auf die beiden Cops. Rivers bekam ein mulmiges Gefühl. Er sah nur Jardines rechte Hand, die in einem Verband steckte, dazu die Hälfte seines Körpers, die linke Hand war hinter der Wand verborgen.

Das war nicht gut.

Jennifer Korpi stand wie angewurzelt mitten im Wohnzimmer, gleich neben dem Couchtisch, direkt zwischen Rivers und Jardine.

»Zurück«, befahl Rivers.

»Wie bitte?« Korpi drehte sich zu ihm um und sah ihn fragend an.

Rivers ließ Jardine nicht aus den Augen. »Ich würde mich gern allein mit Gus unterhalten.«

»Oh, selbstverständlich.« Sie machte einen unsicheren Schritt zur Seite.

»Kommen Sie hierher«, wies Mendoza sie an.

»Wir müssen mit Ihnen reden«, sagte Rivers zu Jardine. »Bitte kommen Sie aus der Küche.« Sein Cop-Radar lief auf Hochtouren. Er griff nach seiner Pistole, doch in dem beengten Wohnzimmer wäre es kaum möglich, die Waffe abzufeuern, ohne sich selbst, seine Partnerin und Korpi zu gefährden, die noch immer direkt in der Schusslinie stand.

»Ich will nicht mit Ihnen reden.« Jardines Blick schweifte kurz zu seiner Stiefschwester. »Hatte ich dir nicht gesagt, dass du niemanden reinlassen sollst?« Seine Stimme klang hart.

»Schon gut, Gus«, beschwichtigte Jennifer, schluckte und bekreuzigte sich hastig.

»Zurück!«, befahl Rivers noch einmal.

»Gar nichts ist gut!« Gus sprang hinter der Wand hervor, eine Pistole in der linken Hand.

»Nicht schießen!«, rief Rivers.

Jennifer stieß einen entsetzten Schrei aus und drängte sich an Rivers und Mendoza vorbei. Beide hatten ihre Waffen auf Jardine gerichtet.

»Waffe fallen lassen!«, brüllte Mendoza. »Sofort!«

»Vergiss es!« Jardine näherte sich rückwärts der Hintertür.

»Fallen lassen!«, bellte Rivers. Jardine schwenkte die Pistole von Mendoza auf Rivers, dann zurück.

»Nehmen Sie die Waffe runter, Gus«, sagte Rivers mit ruhiger Stimme und steckte seine Waffe weg. »Es ist vorbei. Wir wissen, dass Sie am Abend von Charity Spritz' Ermordung in San Francisco waren.«

»Nein!«, jammerte Korpi. »Oh, Gus! Sag, dass das nicht stimmt. Du warst es nicht, oder?«

»Halt die Klappe, Jen. Halt einfach die Klappe.«

»Ach du meine Güte! Bitte sag, dass du es nicht warst!«

»Ich sagte: Halt die Klappe, verflucht noch mal!«

Schluchzend riss Jennifer die Tür auf und rannte aus der Garage. Ein Schwall kalte Luft wehte herein.

»Sie bluffen«, stieß Jardine mit Blick auf Rivers verunsichert hervor. »Am fraglichen Abend war ich hier, in meiner Wohnung.«

»Nein, waren Sie nicht. Ihr Alibi ist geplatzt. Wir haben Hautreste unter Charity Spritz' Fingernägeln gefunden. Sie hat sich gewehrt, hat Sie gekratzt, Gus. Wir haben DNA gefunden, die wir mit Ihrer abgleichen werden …«

»Auf keinen Fall!« Gus schüttelte heftig den Kopf. »Von mir bekommen Sie bestimmt keine Probe!«

»Wir besorgen uns eine richterliche Verfügung, allerdings bezweifle ich, dass das nötig sein wird. Wir haben ja das hier.« Er drückte die Kippe aus, nahm sie aus dem Aschenbecher und steckte sie in eine Beweismitteltüte, die er in seiner Jackentasche verschwinden ließ. »Außerdem haben wir Fotos von Ihrer Hand, bevor sie operiert wurde, und wissen Sie was? Darauf sind deutliche Bissspuren zu erkennen, die zu Charitys Zahnabdruck passen.«

»Wie bitte? Nein!« Sein Blick wurde panisch, langsam trat er den

Rückzug Richtung Hintertür an, doch mit einer verbundenen Hand und der Pistole in der anderen gelang es ihm nicht, diese zu öffnen.

»Vorsicht«, warnte Mendoza.

»Das ist doch alles gelogen!«, rief Gus vorwurfsvoll. Auf seiner Stirn bildeten sich Schweißperlen. »Ich lasse mich nicht verarschen. Ihr verfluchten Cops wollt mich in eine Falle locken!«

»Lassen Sie die Waffe fallen!«, warnte Mendoza noch einmal.

»Es ist vorbei, Gus«, sagte Rivers und sah, wie sich Jardines Gesichtsausdruck veränderte.

»Scheiße!«, schrie Mendoza, und dann wurden zwei Waffen gleichzeitig abgefeuert. Rivers warf sich hinter den Relax-Sessel, eine Kugel verfehlte seinen Kopf um Haaresbreite.

Jardine wirbelte herum, ließ die Waffe fallen und ging zu Boden. Sein Kopf prallte gegen die Hintertür.

»Gus! Nein! Gus!«, schrie Jennifer Korpi und stürmte zur offenen Wohnungstür herein. Mendoza streckte den Arm aus und hielt sie zurück.

»Sie bleiben hier!«, befahl sie. »Ich rufe die Rettung.«

Jardines Blick wurde glasig. »Ich werde euch verklagen«, schwor er, als Rivers hinter dem Sessel auftauchte.

Rivers kickte die Pistole ins Wohnzimmer, aus Jardines Reichweite.

»Ich werde das ganze Department verklagen, ihr werdet alle untergehen, ihr verfluchten Scheißcops!«, tobte der Verletzte.

»Nein, Gus, das glaube ich nicht.« Rivers sah auf den am Boden liegenden Mann hinab. »Ich sage Ihnen, wie's läuft: Sie sind geliefert. Wir kriegen Sie dran wegen des Mordes an Charity Spritz. Möglicherweise haben Sie auch Willow Valente und Megan Travers auf dem Gewissen, aber das werden wir sicher bald herausfinden.«

»Ich war's nicht«, behauptete er mit schmerzverzerrtem Gesicht. Auf seinem Hemd breitete sich in Höhe der Schulter ein blutroter Fleck aus. »Ich werde dich verklagen, Rivers, und deine beschissene Partnerin gleich mit!«

»Tatsächlich?«, fragte Rivers und tastete in seiner Jackentasche nach der Zigarettenkippe. »Das glaube ich nicht.«

Wie viele Tage waren vergangen?

Fünf?

Sechs?

Zehn?

Sophia war beim Zählen durcheinandergekommen. Sie lag in ihrer Schlafnische im Schlafsack und starrte aus der kleinen Fensterreihe, unter ihr zischte leise das Gasfeuer. Ein weiterer Tag brach an und verstrich, um einer weiteren endlosen Nacht zu weichen.

Mit jedem neuen Tag fühlte sie sich ein kleines bisschen stärker, befeuert von Rache, die sich zu etwas Pulsierendem, Greifbarem auswuchs. Sie würde einen Weg finden, ihre Schwester zu besiegen.

Und wenn sie dafür sterben musste.

KAPITEL 50

29. DEZEMBER

Rebecca war gar nicht gut in so etwas.

Sie war einfach nicht zur Detektivin geboren, und auch als Spionin hätte sie wohl eher eine klägliche Figur abgegeben.

Dick eingepackt in Daunenjacke und Schal, saß sie in ihrem Mietwagen, einem dunkelblauen Honda Civic, einen Kaffee im Thermosbecher in den behandschuhten Händen, die Augen auf Sophia Russos Apartment geheftet. Sie kam sich vor wie eine Stalkerin. Den unauffälligen Honda hatte sie gemietet, weil sie sich des Eindrucks nicht erwehren konnte, dass James sie im Auge behielt. Außerdem kannte Sophia Russo ihren weißen Subaru, und sie wollte nicht auffallen. Ihr Subaru parkte auf dem Hotelparkplatz an der Main Street und schneite langsam ein.

In Sophias Wohnung war alles ruhig.

Wie immer.

Die Uhr am Armaturenbrett des Mietwagens zeigte 23.30 Uhr. Rebecca nahm einen Schluck von dem mittlerweile lauwarmen Kaffee und sah, wie die Lichter in Sophias Wohnung ausgingen, eins nach dem anderen. Genau wie an jedem Abend.

Heute war Sophia schon seit Stunden in der Wohnung. Auf Rebeccas Honda hatte sich eine dicke Schneeschicht angesammelt. Von Zeit zu Zeit musste sie die Scheibenwischer einschalten, um die Windschutzscheibe frei zu machen, und das Gebläse einschalten, damit die Fenster nicht vollends beschlugen. Sie wollte keine unnötige Aufmerksamkeit auf sich ziehen, auch wenn es unwahrscheinlich war, dass zu so später Stunde bei diesem Wetter Passanten unterwegs waren.

»Das ist verrückt«, teilte sie ihrem Konterfei im Rückspiegel mit.

Je später es wurde, desto spärlicher wurde der Verkehr, die Ampel am anderen Ende der Straße sprang von Rot auf Grün und wieder auf Rot, ohne dass jemand über die Kreuzung fuhr. Die regelmäßige Abfolge der Lichter wirkte hypnotisierend. Um sich die Zeit zu vertreiben, hörte Rebecca auf ihrem Handy Podcasts oder Musik.

Weihnachten war vorbei. Zum ersten Mal in ihrem Leben hatte Rebecca die Feiertage ganz allein verbracht. Sie hatte die Hotellobby und das Restaurant gemieden, über den Zimmerservice bestellt und mit wenig Appetit, dafür voller Selbstmitleid ihren Truthahn mit Füllung, Preiselbeersoße und Süßkartoffeln gegessen – eigentlich ein typisches Thanksgiving-Essen.

Ihre Eltern hatten angerufen und ihr »Frohe Weihnachten« gewünscht, doch sie hatte den Eindruck, die beiden waren viel zu sehr mit sich selbst beschäftigt, als dass sie sich dafür interessierten, wie es ihr ging. Rebecca hatte an Megan gedacht und sich gefragt, wie sie die Feiertage verbringen mochte – wenn sie denn überhaupt noch am Leben war.

Sie hatte auch an James gedacht. Er hatte sie angerufen, aber sie war nicht drangegangen, weil sie nicht wollte, dass der alte Schmerz wieder hochkam, schon gar nicht an Weihnachten. Nicht, dass irgendwelche nostalgischen Gefühle überhandnahmen und sie am Ende noch etwas Dummes tat.

Und so hatte sie einsame Weihnachtstage verbracht, in gedrückter Stimmung, dabei galt ausgerechnet Riggs Crossing mit James Cahills prachtvoller Weihnachtswelt als die Weihnachtshochburg schlechthin. Was für eine Ironie!

Aber jetzt war das Fest vorbei.

Endlich.

Der Jahreswechsel stand kurz bevor.

»Hoffen wir, dass das nächste Jahr besser wird«, murmelte sie und fragte sich, ob sie ihre Schwester jemals wiedersehen würde.

Während der vergangenen Tage war Rebecca Sophia auf Schritt und Tritt gefolgt, doch sie hatte nicht feststellen können, dass die Blondine irgendetwas Zwielichtiges tat.

Sophia fuhr zur Arbeit, machte Besorgungen, besuchte ihren Yogakurs, kaufte Lebensmittel und Gas und holte sich ihren Espresso an einem Kaffee-Kiosk in der Nähe der Main Street. Die Abende verbrachte sie in ihrer Wohnung.

Ein einfaches, langweiliges Leben. Nichts, was irgendwie verdächtig erschien.

Aber Rebecca konnte sie natürlich nicht jeden Tag rund um die Uhr beschatten.

Außer dass sie keine einzige Freundin und null Sozialleben zu haben schien.

Keine ihrer Kolleginnen schien privat mit ihr zu tun zu haben, genauso wenig wie die Frauen aus ihrem Yogakurs. Nach den Stunden fuhr sie gleich nach Hause, anstatt wie die anderen Teilnehmerinnen noch zu bleiben und ein wenig zu plaudern. Sie hatte ein paar Social-Media-Accounts, war aber schon eine Weile nicht mehr aktiv gewesen. Rebecca hatte das überprüft.

Keine Freundinnen.

Keine Freunde.

Niemand.

Selbst die dunkelhaarige Frau mit der Brille, die Rebecca ein paarmal gesehen hatte, schien nicht mehr da zu sein. Rebecca hatte sich darüber gewundert, dass die Frau kein eigenes Auto besaß, sie hatte immer Sophias Wagen genommen und war auch dann gefahren, wenn sie mit Sophia unterwegs gewesen war.

Was seltsam war.

In Anbetracht der winterlichen Straßenverhältnisse aber auch nicht allzu seltsam.

Viele Menschen fuhren nicht gern bei Schnee und Eis.

Trotzdem.

Rebecca hatte angefangen, in Sophia Russos Leben zu schnüffeln, um herauszufinden, was genau sie nach Riggs Crossing verschlagen hatte, doch bislang sah es so aus, dass sie wegen der Arbeit aus San Francisco hierhergezogen war. Ein gewaltiger Schritt, eine Großstadt in Kalifornien gegen ein Kaff im nördlichen Washington einzutauschen.

Der einzige Grund, warum Rebecca ihr immer noch folgte, war Megan. Sophia war der Auslöser des Streits zwischen Megan und James gewesen, der James ins Krankenhaus und Megan Gott weiß, wohin befördert hatte.

Plötzlich öffnete sich die Tür von Sophias Apartment. Die Blondine kam heraus, sperrte die Tür ab und huschte zu ihrem geparkten Wagen, den sie hastig vom Schnee befreite. Anschließend stieg sie ein, ließ den Motor an und fegte mit dem Scheibenwischer die Schneereste von der Windschutzscheibe, bevor sie den Gang einlegte und vom Parkplatz rollte.

»Wohin fahren wir denn zu so später Stunde?«, überlegte Rebecca laut und legte ebenfalls den Gang ein.

»He, Mann, ich hab's vermasselt«, sagte Rowdy am anderen Ende der schnurlosen Verbindung.

»Du hast *was?*« James, der lange gearbeitet hatte, trat aus der Werkstatt. Ralph schoss an ihm vorbei und schnüffelte den Zaun ab. Es war schon später Abend, aber James war zu aufgedreht gewesen, um schlafen können, also war er noch einmal in die Werkstatt zurückgekehrt, nachdem er sich vergewissert hatte, dass Rebeccas Subaru hinter dem Hotel parkte. In der Werkstatt war alles ruhig gewesen. James liebte es, hier zu sein, wenn keine Säge kreischte, kein Tacker-Stakkato zu hören war, kein Gehämmer, kein Gerede, keine Musik, denn dann konnte er sich am besten auf den Papierkram konzentrieren. Es war Monatsende – Jahresende –, und er hinkte mit der Arbeit meilenweit hinterher.

Crocker gab nur selten zu, einen Fehler gemacht haben, da Fehler, wie er stets betonte, seine »Glaubwürdigkeit ruinierten«. Wenn er jetzt so bereitwillig eingestand, etwas vermasselt zu haben, musste es ernst sein.

James öffnete die Tür seines Explorers, und Ralph sprang ins Wageninnere.

»Es geht um deine unbekannte entfernte Cousine«, erklärte Crocker jetzt. »Das Mädchen, das diese Verrückte zur Adoption freigegeben hat.«

»Ja?« James setzte sich ans Lenkrad und stellte den Motor an. »Dann gibt es also gar keine Cousine?« Das wären endlich einmal gute Neuigkeiten.

»Doch, im Gegenteil: Es gibt sogar zwei. Deine Verwandte hat nicht nur ein, sondern zwei Babys zur Adoption freigegeben: Zwillinge.«

James' Puls schnellte in die Höhe. Das waren keine guten Neuigkeiten, sonst hätte Crocker vermutlich nicht angerufen. »Okay.« Die Scheibenwischer fegten den Schnee von der Windschutzscheibe. James spähte hinaus in die Dunkelheit, die nur spärlich erleuchtet war von den Außenlampen der Minihaus-Fertigungshalle.

»Die Mädchen wurden direkt nach der Geburt getrennt und an verschiedene Familien gegeben, deshalb hab ich's vermasselt. Ich bin auf eine Geburtsurkunde gestoßen und dachte, das war's, doch als ich tiefer gegraben habe, habe ich eine zweite Geburtsurkunde entdeckt und zwei verschiedene bewilligte Adoptionsanträge.«

James konnte sich nicht erklären, was genau das mit ihm zu tun hatte. »Dann habe ich also zwei unbekannte Cousinen.«

»Richtig, aber jetzt kommt's: Eine heißt Julia Harper, und sie gleicht ihrer Zwillingsschwester wie ein Ei dem anderen.«

»Moment …«, sagte James. Die Rädchen in seinem Gehirn liefen auf Hochtouren. »Wer ist dann ihre Zwillingsschwester?«

»Sophia Russo.«

»Nein.« Galle stieg ihm in die Kehle. Nein, nein, nein!

»Doch.«

»Du musst dich irren«, sagte er mit Nachdruck, obwohl die Wahrheit längst eingesickert war. *O Gott, bitte nicht! NEIN!* »Entfernte« Verwandte hin oder her – Sophia bekam ein Kind von ihm!

»Es tut mir leid, Mann, aber man hat dich ausgetrickst. Ich denke, dass diese Sophia in Wirklichkeit Julia Harper ist. Der Kombi, den Sophia Russo fährt, ist auf Julia zugelassen.«

Wie bitte? Das ergab doch keinen Sinn.

»Ich bin noch dran, aber ich wollte dich auf dem Laufenden halten«, sagte Crocker.

James dachte an die Fragen, die die beiden Detectives ihm gestellt hatten. *Ist sie mit Ihnen verwandt?* Sie wussten es. Verdammt, die Cops hatten es schon gewusst.

Seine Kehle schnürte sich zusammen, als er daran dachte, wie er sich über Sophias ständig wechselnde Launen gewundert hatte. An einem Tag war sie zuckersüß, am anderen bitter und sarkastisch, dann wieder geduldig und liebenswert … Es gab noch andere Unstimmigkeiten, die ihm aufgefallen waren.

Er dachte daran, wie sie einmal aus der Dusche gekommen war, die Haare hochgesteckt und aus dem Gesicht gestrichen. In ihrem Nacken waren Sommersprossen zu sehen gewesen. Ein andermal hatte sie einen lose geschlungenen Knoten am Hinterkopf getragen, und er hatte ihren Nacken geküsst. Keine Sommersprossen, kein Make-up. Und dann waren da noch ihre Zehen. Sie hatte sich vor längerer Zeit einen Zeh gebrochen, wodurch sie Probleme hatte, in schmale Stiefel zu schlüpfen. Manchmal. Andere Male zog sie dieselben Stiefel ohne jede Mühe an.

Ihm drehte sich der Magen um.

Er hatte nicht nur mit einer Frau geschlafen, sondern mit zwei Frauen, die noch dazu mit ihm verwandt waren. *Entfernt verwandt.* Egal. Auf alle Fälle war eine der beiden jetzt von ihm schwanger. Wenn es stimmte, was sie behauptete.

Speichel sammelte sich in seinem Mund. Er ließ das Fenster herab und spuckte in den Schnee.

Hatten Sophia und Julia etwas mit den unheimlichen Geschehnissen zu tun, die sich in letzter Zeit in Riggs Crossing häuften? Seine Nackenmuskeln verkrampften sich, seine Finger schlossen sich fest ums Lenkrad des Explorers.

»Hör zu, Cahill, ich recherchiere noch ein bisschen und finde heraus, wo sich diese Julia Harper zurzeit aufhält, dann melde ich mich bei dir.« Er unterbrach die Verbindung, bevor James ihm mitteilen konnte, dass er wusste, wo Julia sich aufhielt.

Genau hier.

In Riggs Crossing.

Sie musste die ominöse Freundin sein, die zeitweilig bei Sophia wohnte. Er hatte sie bislang nur aus der Ferne zu Gesicht bekommen, eine korpulente Frau mit dunklem Haar und Brille.

Die Zwillingsschwester. In Verkleidung.

Er presste die Kiefer aufeinander.

Crocker hatte recht: Man hatte ihn ausgetrickst!

James warf das Handy zu Ralph auf den Beifahrersitz. Das durfte doch alles nicht wahr sein! Seine Gedanken wirbelten wild durcheinander, ihm wurde speiübel. Er beugte sich vor und suchte im Handschuhfach nach dem Empfangsgerät für den Peilsender, den er in Seattle gekauft und heimlich unter Sophias Wagen befestigt hatte, als dieser auf dem Parkplatz vor dem Inn stand.

Das kleine Display erwachte zum Leben, ein grüner Punkt blinkte auf. James trat aufs Gas.

Rivers rieb sich mit der Hand die Augen und stand auf, um sich eine Tasse Kaffee zu holen. Er hatte Weihnachten allein verbracht, hatte den Bereitschaftsdienst übernommen, doch im Fall Megan Travers waren Mendoza und er nicht weitergekommen. Verdammt, sie waren so dicht davor gewesen, Megans Aufenthaltsort von Jardine zu erfahren, endlich herauszufinden, was passiert war!

Gus Jardine musste bei der Schießerei zwei Tage vor Heiligabend auf dem Weg zum Valley General Hospital eine Eingebung gehabt haben, denn als die Sanitäter die Rollbahre aus dem Rettungswagen zogen, hatte er verlangt, Rivers zu sehen, der ihm zusammen mit Mendoza zum Krankenhaus gefolgt war.

Bleich und kraftlos hatte er auf der Rollliege unter dem Vordach der Notaufnahme gelegen und den Detective angesehen. »Ich will einen Deal«, stieß er hervor. »Wenn ich durchkomme, will ich einen Deal.«

»Wofür?«, fragte Rivers. Mendoza stand neben ihm, das Handy in der Hand, um das Gespräch aufzuzeichnen.

Eine Schwester kam aus den offenen Türen der Notaufnahme gestürmt. »Wir müssen ihn reinbringen. Sofort.« Bibbernd vor Kälte, bedeutete sie den Sanitätern, Jardine hineinzurollen. Ihre Stimme ließ keinen Widerspruch zu.

»Nein!«, krächzte Jardine. »Ich will einen Deal, Rivers! Immunität! Keine Anklage!« Er räusperte sich. »Ich … ich sage Ihnen, wo sie ist.«

»Wer?«

»Tut mir leid«, schaltete sich die Schwester dazwischen. »Dafür ist jetzt keine Zeit. Der Patient muss dringend medizinisch versorgt werden.«

»Die verschwundene Frau. Megan Travers«, sagte er. Sein Gesicht war leichenblass.

»Er verliert zu viel Blut«, sagte die Schwester, die nun ernsthaft ungehalten wurde.

»Ich meine es ernst, Rivers.« Gus sah aus, als würde er jeden Augenblick das Bewusstsein verlieren. Seine Stimme war kaum mehr als ein Flüstern.

»Abgemacht.« Rivers verschwendete keine Zeit. »Wo?« Er beugte sich über Jardine, doch anstatt weiterzusprechen, schloss dieser die Augen. Seine Hände, mit denen er die Schockfolie umklammert hielt, die die Sanitäter über ihn gebreitet hatten, wurden schlaff.

Und dann war alles ganz schnell gegangen. Die Schwester hatte Rivers am Arm gefasst und mit einem empörten Blick zur Seite gezogen, die Sanitäter hatten die Bahre angeschoben und waren im Laufschritt mit Jardine durch die Glastüren der Notaufnahme gehastet.

Kurz darauf hatten Mendoza und er erfahren, dass man ihn ins künstliche Koma versetzt hatte. Anscheinend war sein Körper noch zu sehr geschwächt gewesen von den Verletzungen der Kreissäge. Er müsse erst wieder kräftiger werden, hatte der behandelnde Arzt gesagt. Sobald er vernehmungsfähig sei, so hatte er versprochen, würde er sich bei der Polizei melden.

Rivers bog um die Wand seines Arbeitsplatzes und wäre beinahe mit Mendoza zusammengestoßen, die, das Handy am Ohr, auf ihn zugeeilt kam. »Danke, wir sind schon unterwegs«, hörte er sie sagen.

»Was ist los?«, fragte er.

»Gus Jardine ist vernehmungsfähig«, teilte sie ihm aufgeregt mit. »Der Arzt sagt, er wolle uns sehen, ›wegen irgendeines Deals‹.«

Keine zwei Minuten später fuhren sie über vereiste Straßen zum Valley General Hospital, keine zwanzig Minuten später standen sie vor Gus Jardines Bett.

»Bitte machen Sie es kurz«, mahnte die Krankenschwester, die Rivers schon aus der Notaufnahme kannte, und ließ sie mit dem Patienten allein.

Gus sah furchtbar aus: schwach und weiß wie die Wand, doch seine Augen hellten sich auf, als er die beiden Cops sah.

»Steht der Deal noch?«, krächzte er heiser und richtete sich vorsichtig auf.

»Kommt drauf an«, erwiderte Rivers. Mendoza zog ihr Handy aus der Tasche, um das Gespräch mitzuschneiden. »Sagen Sie uns, wo Megan Travers sich aufhält, und ich werde sehen, ob ich beim Staatsanwalt ein gutes Wort für Sie einlegen kann.«

Gus sackte zurück in die Kissen. »Auf dem Land von Cahill. Regret Mountain, am Fuß der Cascade Mountains. Eine Forststraße an der Johnson Road.«

»Wo, Jardine, wo genau?«

»Die GPS-Koordinaten habe ich nicht. Ich bin dahin gefahren, zusammen mit …«

In diesem Augenblick fing der Monitor, der Jardines Vitalwerte anzeigte, an zu blinken. Ein Signalton schallte durchs Zimmer. Die Tür wurde aufgerissen.

»Mit wem?«, drängte Rivers.

Die Krankenschwester stürmte herein, eine Spritze mit einer kristallinen Flüssigkeit vor sich ausgestreckt wie eine Waffe. »Sie müssen sofort gehen. Das Gespräch strengt den Patienten zu sehr an.« Sie sah aus, als würde sie nicht zögern, die Spritze Rivers oder Mendoza in den Körper zu jagen.

»Komm«, sagte Mendoza, schaute Rivers durchdringend an und verließ das Zimmer. »Ich weiß, wo das ist«, sagte sie, als sie durch die Flure zum Ausgang gingen, den Blick aufs Handydisplay gerichtet. »James Cahill besitzt ein Grundstück. Oben in den Bergen. Ich habe die Koordinaten.«

»Fahren wir.« Rivers warf ihr einen grimmigen Blick zu. Er wagte nicht zu hoffen, dass sie Megan Travers dort tatsächlich antreffen würden, doch anscheinend hatte Jardine die Wahrheit gesagt. Als er dessen Kippe eingetütet hatte, hatte er ein Bild vor sich gesehen: Jardine, der Megans Wagen fuhr, dann ein weiteres Fahrzeug mit Megan, gefesselt und geknebelt auf dem Rücksitz.

Doch wer war sein Komplize?

Eine blonde Frau, die offenbar ein doppeltes Spiel spielte – eine Frau, die er »Julia« nannte.

Wohin zum Teufel fuhr Sophia?

Rebecca folgte ihr durch die Stadt, wobei sie sich darum bemühte, Abstand zwischen ihrem Mietwagen und dem grauen Kombi zu lassen, was schwierig war, denn es herrschte kaum Verkehr. Wenn es so weiterging, würde Sophia sie bemerken. Hinter der Stadtgrenze wurde es noch schwieriger. Rebecca ließ sich weiter zurückfallen, so weit, dass sie die Rücklichter des Kombis durch den dichten Schneevorhang kaum noch erkennen konnte. Würde es wohl jemals aufhören zu schneien?

Ein paar Fahrzeuge kamen ihnen entgegen, doch aus der Stadt hinaus fuhr außer ihnen niemand. Zum Glück bog ein Pick-up aus der Zufahrt einer Farm, reihte sich vor Rebecca ein und bot ihr Deckung. Zunächst fürchtete sie, sie könne Sophia verlieren, doch der Pick-up fuhr zügig über die vereiste Straße. Rebecca entspannte sich ein wenig.

Mit zusammengekniffenen Augen blickte sie in die tanzenden Schneeflocken vor den Lichtkegeln ihrer Scheinwerfer. Ihr Herz hämmerte. Was brockte sie sich hier gerade ein? Sie war kurz davor, James anzurufen, doch dann überlegte sie es sich anders. Sie fuhren in Richtung der Weihnachtswelt; vielleicht wollte sich Sophia mit James bei ihm zu Hause treffen.

»Großartig.«

Wenn Sophia tatsächlich in die Zufahrt zu James' Haus einbog, dann war das eben so.

Rebecca würde nichts weiter unternehmen.

Hier ging es nicht um James.

Es ging auch nicht um sie.

Es ging einzig und allein um Megan.

Sie schloss die Hände ums Lenkrad und spürte, wie ihre Handflächen zu schwitzen begannen. Für den Bruchteil einer Sekunde überlegte sie, die Cops zu rufen, aber was sollte sie sagen? Dass sie Sophia Russo stalkte, die im Augenblick aus der Stadt hinausfuhr?

Sie würde klingen wie eine Irre.

Nein.

Es war besser, sie fuhr einfach weiter.

Rebecca folgte dem Pick-up über die Brücke, und zu ihrer Verzweiflung sah sie, wie der Fahrer den Blinker setzte, auf die Gegenfahrbahn wechselte und an Sophias Ford Escape vorbeizog.

»Verdammt!«

Der Pick-up geriet leicht ins Schlingern. Rebecca hielt die Luft an und stieg auf die Bremse. Der Typ fuhr ja wie ein Irrer! Sophias Rücklichter blitzten auf. Rebecca, die sich sicher war, dass sie zu James wollte, ließ sich noch weiter zurückfallen, doch plötzlich bog der Kombi an einer Kreuzung Richtung Osten in die Berge ab.

»Was zum Teufel …?« Rebecca fuhr über die Kreuzung, damit Sophia nicht merkte, dass sie ihr folgte. Sie folgte der Straße ungefähr eine Viertelmeile nach Süden bis zur Zufahrt zu James' Haus, bog ein, setzte zurück und fuhr zur Kreuzung, wo sie dieselbe Straße nahm wie Sophia knapp zwei Minuten zuvor. Hoffentlich hatte sie sie nicht verloren! Sie kniff die Augen zusammen, doch sie konnte keine Heckscheinwerfer erkennen, nichts, nur tanzende Schneeflocken. Hörte es hier denn niemals auf zu schneien?

Mist!

Sie trat aufs Gas, beschleunigte und erklomm eine kleine Anhöhe, doch auch dahinter war nichts zu sehen.

Nur die winterlich weiße Straße.

Ihre Kehle wurde eng.

»Komm schon, komm schon«, sagte sie laut. Ihr Herz fing an zu klopfen, dabei war sie sich schon ziemlich sicher, dass diese Verfolgungsjagd eher nicht von Erfolg gekrönt sein würde. Sophia würde bestimmt nichts Schlimmes anstellen, und trotzdem folgte sie ihr mitten in der Nacht in diese ländliche Einöde? Warum? Weil sie Megan James weggenommen hatte? Bei diesem Gedanken schüttelte sie den Kopf und dachte daran, wie Megan ihr ihre große Liebe ausgespannt hatte. Egal. Sie saß wohlbehalten in ihrem gemieteten Honda Civic, was machte es schon, dass sie Sophia verloren hatte? Die Frau hatte schließlich das Recht auf ein Privatleben.

Noch immer keine Spur von dem grauen Wagen.

Rebecca ging vom Gas und hielt gerade nach einer Stelle Ausschau, an der sie wenden konnte, als sie hinter einer weiteren Anhöhe rote Heckscheinwerfer entdeckte.

Sophias Wagen fuhr steil bergauf.

Rebecca nahm es als Zeichen und beschleunigte.

Wieder einmal überlegte sie, ob sie jemanden anrufen und Bescheid geben sollte, was sie hier tat, aber wen?

Sie nahm ihr Handy und tippte die Neun-eins-eins ein. Wenn sie wirklich auf etwas stieß oder in Schwierigkeiten geriet, würde sie direkt mit der Polizei verbunden werden.

Und die wird wie lange brauchen, um hier aufzutauchen? Du bist meilenweit von jeglicher Zivilisation entfernt!

Hm. Sie war so weit gekommen, da würde sie jetzt keinen Rückzieher machen.

Jemand war auf dem Forstweg hinter ihr!

Julia war mit einer weiteren Ladung an Lebensmitteln auf dem Weg zum Minihaus, als sie im Rückspiegel Scheinwerferlicht durch die dick verschneiten Bäume flackern sah.

Das Flackern kam und ging, war sekundenlang verschwunden, dann tauchte es plötzlich wieder auf.

Wurde sie verfolgt?

Wie hoch war die Wahrscheinlichkeit, dass noch jemand außer ihr mitten in der Nacht durch diese bewaldeten Hügel fuhr?

Jugendliche?

Ja, das konnten nur Jugendliche sein!

Teenager, die nach einem Ort Ausschau hielten, an dem sie Party machen oder es auf der Rückbank von Moms und Dads Auto miteinander treiben konnten.

Doch warum hatte sie das Gefühl, dass diese sie verfolgten? Schon als sie aus der Stadt hinausfuhr, war ihr ein Wagen aufgefallen, ein kleiner Honda, schwarz oder vielleicht dunkelblau, der an ihr zu kleben schien, doch dann hatte sich dieser Idiot mit seinem Pick-up hinter sie geklemmt und sie beim Überholen geschnitten. Nun, vermutlich war sie einfach nur paranoid. Niemand wusste etwas von dem Minihaus, niemand hegte den Verdacht, dass sie gar nicht Sophia war.

Aber da war es wieder: Scheinwerferlicht, das durch den weißen Schneevorhang fiel.

Keine Panik, Julia. Du darfst jetzt nicht in Panik ausbrechen! Sie warf einen Blick auf den Beifahrersitz, auf dem die Pistole lag und bläulich im Licht der Armaturenbeleuchtung glänzte.

Ein weiteres Schimmern im Rückspiegel. Julia biss die Zähne zusammen. Sie sah die Abzweigung, hielt an und öffnete das Tor, dann fuhr sie hindurch und weiter bis auf die Lichtung. Dort stellte sie Motor und Scheinwerfer aus. Was würde das Fahrzeug hinter ihr tun?

Egal.

Solange Julia wusste, was passierte, hielt sie das Heft in der Hand.

James' Herzschlag beschleunigte sich, als er dem blinkenden Pfeil auf der Straßenkarte folgte. Julia/Sophia fuhr in die Berge, über die Johnson Road in die Regret-Mountain-Region. Er besaß dort oben

Land, auf dem er irgendwann expandieren wollte, wenn seine Weihnachtswelt weiterhin so gut lief.

Nur eine Handvoll Leute wussten davon.

Julia/Sophia gehörte zu ihnen.

Sie war bei der Büroarbeit auf die entsprechenden Unterlagen gestoßen und hatte ihn danach gefragt.

Der Puls hämmerte in seiner Schläfe.

Da oben war nichts, das Land war nicht erschlossen, es gab kein einziges Gebäude, nicht einmal einen Schuppen, nur Hektar um Hektar Bäume. Nichtsdestotrotz musste es einen Grund geben, warum sie dorthin fuhr, dachte er, als er von der Straße in den Forstweg einbog. Was um alles auf der Welt hatte sie dort zu suchen?

Nach einer Weile sah er rote Heckscheinwerfer zwischen ebenjenen Bäumen aufblinken und ließ sich zurückfallen. Nicht, dass sie ihn bemerkte! Einige Minuten später sah er, wie Julia/Sophia das Tor passierte, das zu seinem Grundstück führte.

Wieso war es offen? Hatte er es nicht abgeschlossen, als er das letzte Mal hergekommen war, auch wenn das schon eine ganze Weile zurücklag?

Irgendetwas stimmte hier nicht.

Er war sich nicht sicher, aber der Wagen vor ihm hatte nicht dieselbe Form wie Julias/Sophias Ford Escape, unter dessen Karosserie er den Peilsender platziert hatte.

Er konnte sich nicht vorstellen, dass sie ihn entdeckt, entfernt und unter einem anderen Fahrzeug befestigt hatte, um ihn hierherzulocken. Nein, das erschien ihm doch zu weit hergeholt.

Andererseits … Niemand würde sich in diese entlegene Bergregion verirren, noch dazu auf sein Grundstück.

Er schaute auf die GPS-Anzeige. Sie war hier. Aber … sie fuhr nicht. Der Zeiger blinkte, doch er bewegte sich nicht, während sich der Wagen vor ihm zwischen den Bäumen hindurchschlängelte.

Und dann begriff er.

Es war noch jemand anderes hier. Jemand, der Julia/Sophia ebenfalls gefolgt war.

Jemand, mit dem sie sich fernab neugieriger Blicke treffen wollte. Doch warum ausgerechnet hier?

Seine Hände schlossen sich in tödlichem Griff ums Lenkrad. Wer war da vor ihm? Was hatte das zu bedeuten?

Zum ersten Mal, seit er seine Glock als gestohlen gemeldet hatte, wünschte sich James, er hätte die Pistole bei sich.

KAPITEL 51

Der Wagen vor ihr stoppte, die Bremslichter leuchteten auf. Sofort schaltete Rebecca die Scheinwerfer aus und stellte den Motor ab.

Um nicht entdeckt zu werden, wartete sie inmitten dicht stehender Bäume, bis sich die Lichter entfernten, dann fuhr sie hinterher, durch ein offenes Tor hindurch. Vor ihr öffnete sich der Wald zu einer Lichtung mit einer Anhöhe, auf der ein Tiny House stand. Ihre Scheinwerfer erfassten Sophias Wagen, geparkt vor einem von …

Wie bitte? Hier, am Ende der Welt, stand eins von James' Minihäusern?

Mitten im Nichts?

Nervös leckte sie sich die Lippen. Überlegte, auszusteigen, aber sie konnte nicht erkennen, ob Sophia noch im Wagen saß oder nicht.

War sie in das dunkle Minihaus gegangen?

Ob Megan sich darin befand?

Hatte man sie tatsächlich entführt und hierher verschleppt?

Bitte, lieber Gott, mach, dass sie noch am Leben ist!

Rebecca wendete, sodass die Lichtkegel ihrer Scheinwerfer hangabwärts in Richtung Bäume zeigten. Den Wagen im Leerlauf, streckte sie die Hand nach ihrem Handy aus …

Im selben Moment wurde die Fahrertür aufgerissen, ein Schwall kalter Luft wehte ins Wageninnere, die Innenbeleuchtung flammte auf.

Erschrocken schnappte sie nach Luft.

»Raus da!«, befahl eine wütende Frauenstimme.

Rebecca rutschte das Herz in die Hose.

Sie sah Sophia vor dem Wagen stehen, eine Pistole direkt auf Rebeccas Kopf gerichtet. »Stell den Motor aus und komm raus, sofort!«

Rebecca drehte den Zündschlüssel, dann griff sie nach ihrem Handy.

»Denk nicht mal dran«, warnte Sophia. Ihre Augen blitzten böse. »Findest du nicht, dass es Zeit ist, dich zu deiner Schwester zu gesellen?«

»Megan ist hier?« Rebecca konnte es kaum glauben. Dann hatte Megan also tatsächlich die ganze Zeit über in diesem Minihaus gelebt? Nein, das war nicht möglich. Das wäre ihr viel zu beengt gewesen. Nein, man musste sie hierher verschleppt haben. Warum sonst sollte Sophia jetzt in diese abgeschiedene Gegend fahren? Aber wenn Megan noch lebte, wenn sie …«

»Du sollst aussteigen, verdammt noch mal!«

Vielleicht hatte sie eine Chance, wenn sie aus dem Wagen raus wäre, vielleicht konnte sie Sophia entwischen und davonlaufen … *Und wie weit würdest du zu Fuß kommen? Du würdest erfrieren, denn hier oben findet dich niemand …*

Der Schlüssel steckte noch.

Als hätte sie bemerkt, was Rebecca vorhatte, machte Sophia einen Schritt zurück. »Okay, du willst es nicht anders.« Sie feuerte.

Heißer Schmerz schoss durch Rebeccas Schulter. Sie sank zurück gegen die Lehne, dann wurde sie brutal gepackt. Sophias Daumen bohrte sich in die Schusswunde. »Raus!«, schrie sie. »Steig endlich aus!«

Rebecca schwang die Füße aus dem Wagen und drückte sich mit schmerzverzerrtem Gesicht hoch. Als sie stand, warf sie den Oberkörper mit aller Kraft nach vorn und prallte hart gegen Sophia. Die Blondine rutschte aus und knallte gegen die offene Wagentür. Die Pistole flog aus ihrer Hand und landete in hohem Bogen im tiefen Schnee.

Rebecca sprang hinterher.

Sophia stürzte sich auf sie. Die beiden Frauen wälzten sich kreischend am Boden. Rebeccas Schulter schmerzte höllisch.

Die Pistole! Du musst die verdammte Pistole finden!

Sie zerrte Sophia die Mütze vom Kopf und riss ihr ein ganzes Büschel hellblonder Haare aus. Sophia heulte auf vor Schmerz, dann stieß sie ein triumphierendes Geheul aus. Anscheinend hatte sie die Pistole entdeckt. Es gelang ihr, sich auf die Knie zu drehen und aufzurappeln.

Doch Rebecca umklammerte die Beine ihrer Kontrahentin und zog ihr den Boden unter den Füßen weg. Sophia stürzte, das Gesicht zu einer hassverzerrten Grimasse verzogen.

Tretend und um sich schlagend rollten die beiden Frauen auf den Rand der Lichtung zu. Die Schmerzen in Rebeccas Schulter wurden so heftig, dass sie meinte, jeden Moment das Bewusstsein zu verlieren.

Du darfst nicht ohnmächtig werden. Sie wird dich töten, ohne mit der Wimper zu zucken!

Rebecca schaffte es, sich aus Sophias Umklammerung zu lösen und aufzurichten. Sie wirbelte herum, sprang mit letzter Kraft auf und rannte zwischen die Bäume, in der Absicht, sich zu verstecken, doch sie stolperte, stürzte …

… und stieß gegen ein hart gefrorenes Bündel. Das Licht der Autoscheinwerfer reichte nicht bis hierher. Angestrengt starrte sie in die diffuse Dunkelheit. Erkannte etwas Pinkfarbenes. Eine Jacke?

Entsetzt riss sie die Augen auf. Ihr Herz hämmerte wild gegen den Brustkorb, ihr Hirn wollte nicht fassen, was ihre Augen sahen. Sie blickte auf einen Leichnam, der zusammengekauert am Boden lag, das Gesicht nach oben gerichtet.

»Nein!«, schrie sie und fing an zu wimmern. »O Gott, bitte nicht!«

Megans blaue Augen waren weit geöffnet und schienen Rebecca blicklos anzustarren. Ihr Gesicht war grau und blass, die Lippen bläulich. Braune Haare lugten unter der Wollmütze hervor.

»Nein!«, keuchte Rebecca erneut, als sie ihre schlimmsten Befürchtungen bestätigt sah. »Nein!«

Sophia.

Sie hatte Megan umgebracht.

»Du hast das getan«, stieß sie anklagend hervor und blickte zu

Sophia auf, die sich schwer atmend über sie beugte, die Pistole in der Hand.

»Du hast sie umgebracht.«

»Gut kombiniert, Sherlock. Und du bist als Nächste dran.« Sie richtete die Waffe auf Rebeccas Kopf.

»Nein, Sophia! Tu's nicht!«

Die Blondine lachte böse. »Sophia? Bist du wirklich so dämlich, dass du mich immer noch für Sophia hältst?«

Rebecca verstand nicht.

»Ich bin ihre Zwillingsschwester. Julia. Ohne Perücke und Fettanzug.«

Wie bitte?

»Sophia könnte so etwas niemals durchziehen.«

»Was durchziehen?«

»O du dämliches kleines Miststück«, sagte Julia, ohne die Pistole sinken zu lassen. »Du kapierst es nicht. Sophia ... nein ... *ich* ... ich werde James heiraten!«

»James heiraten?«, wiederholte Rebecca fassungslos.

»Was dachtest du denn?«

»Wegen seines Geldes?«

»Klar, warum denn sonst? Deshalb musste ich Megan loswerden. Sie ist mir in die Quere gekommen, genau wie diese Reporterin und Willow. Aber nicht mit mir, nicht mit Julia Harper Amhurst.«

Was redete sie da?

»Du hast sie alle umgebracht?«, stammelte Rebecca und schluckte gegen den Kloß an, der sich in ihrer Kehle festsetzte. »Du musstest sie doch nicht gleich ...«

»Doch, musste ich!«, blaffte Julia. »Tote Frauen reden nicht, richtig? Und jetzt musst auch du sterben, denn ich werde die nächste Mrs James Cahill sein, nicht du!«

»Wo ist Sophia?«

»Auch hier«, erwiderte Julia mit einem durchtriebenen Lächeln.

»Du hast deine eigene Schwester ermordet?«

»Noch nicht.« Julia zuckte die Achseln. Ihre Lippen verzogen sich zu einem bösartigen, selbstzufriedenen Grinsen, das Rebecca durch Mark und Bein ging.

»Du bist ein Monster!«, rief sie erschüttert.

»Und du bist tot.« Julia drückte ab.

Schreie hallten durch die Nacht.

»Verdammt!« James, der ausgestiegen war und zu Fuß hatte weitergehen wollen, um nicht unnötig durch das Licht seiner Scheinwerfer oder das Dröhnen des Motors auf sich aufmerksam zu machen, sprang zurück hinters Steuer, ließ den Wagen an und trat aufs Gas.

Hoffentlich kam er nicht zu spät.

Wer hatte geschrien?

Sophia?

Der Fahrer des anderen Wagens?

Er raste durchs Tor auf die Lichtung und bremste scharf. Der Explorer geriet ins Rutschen und wäre beinahe in den kleinen Wagen geschlittert, dem er gefolgt war. Ein Honda, wie er jetzt feststellte. Die Fahrertür stand auf, der Motor war abgestellt, die Innenbeleuchtung brannte, genau wie die zum Waldrand gerichteten Scheinwerfer. Seine eigenen Scheinwerfer fielen auf ein Minihaus, das auf dem kleinen Hügel auf der Lichtung stand. Er starrte es fassungslos an. Wie kam eines seiner Minihäuser auf dieses entlegene Grundstück?

Er öffnete die Wagentür und wollte gerade aussteigen, als er erneut Schreie vernahm, die vom Waldrand zu kommen schienen, gefolgt von einem Schuss. Bevor er aus dem Wagen sprang, wählte er die Neun-eins-eins.

»Hier ist James Cahill!«, rief er in den Hörer, sobald sich der Notrufkoordinator meldete. »Ich befinde mich auf meinem Land an der Forststraße, die von der Johnson Road zum Regret Mountain führt. Genaue Koordinaten habe ich nicht. Ich habe Schreie und einen Schuss gehört. Rufen Sie Detective Rivers an und schicken Sie Hilfe.«

»Sir, Detective Rivers ist nicht im Department. Ich versuche, ihn über Handy zu erwischen. Wenn Sie mir bitte …«

»Keine Zeit!« James drückte das Gespräch weg und steckte das Handy in die Jackentasche, dann stieg er aus.

Gott sei Dank war Rebecca nicht in diese Sache verwickelt, sondern schlief tief und fest in ihrem Zimmer im Main Street Hotel.

KAPITEL 52

DIE EINSAME BERGHÜTTE
ZUR SELBEN ZEIT

Im Minihaus, der einsamen Hütte in den Bergen, lag Sophia in ihrem Schlafsack unter dem Dach und wartete. Sie würde nicht aufgeben. War fest entschlossen, sich zu wehren. Aus dem Grund hatte sie sämtliche Glühbirnen entfernt, bis auf eine in dem kleinen Badezimmer.

Schwer atmend ging sie ihren Plan zum dutzendsten Mal durch.

Wenn ihre Schwester, diese falsche Schlange, hier wieder aufkreuzte, würde sie ihr blaues Wunder erleben. Julia würde die Hütte betreten und auf den Lichtschalter drücken, doch alles bliebe dunkel. Das würde sie zögern lassen, aber sie war Julia, und die kannte keine Furcht. Wenn sie den schmalen Lichtstreifen unter der Badezimmertür entdeckte, würde sie darauf zugehen. Sophia hatte vor, sich unterdessen in der kleinen Garderobennische rechts neben der Tür versteckt zu halten. Hoffentlich würde Julia wirklich auf das Licht blicken, hoffentlich würde sie denken, dass Sophia im Bad war oder in der Schlafkoje unter dem Dach. Wahrscheinlich wäre sie nervös und hätte diesen grauenhaften Elektroschocker bei sich, aber diesmal war Sophia bereit.

Sie würde den Spieß umdrehen, sich von hinten auf Julia stürzen und sie überrumpeln, den Taser an sich bringen und ihr die Autoschlüssel abnehmen. Und dann würde sie ihre Zwillingsschwester in diesem Gefängnis einsperren.

Allein.

In der Dunkelheit.

»Gott steh mir bei«, flüsterte sie. Ihre Handflächen waren feucht vor Aufregung.

Bei der Vorstellung, dass Julia an ihrer Stelle in diesem verdammten Minihaus hocken und fürchten musste, dass sie, Sophia, nicht mehr zurückkam, trat tatsächlich ein Lächeln auf ihre Lippen.

Das Problem war nur, dass Sophia keine Ahnung hatte, wann – und vor allem ob – Julia jemals wiederkommen würde. Sie kaute an ihrem Fingernagel. Als sie bemerkte, was sie da tat, hörte sie damit auf.

»Reiß dich zusammen«, flüsterte sie. Sie hatte keine Ahnung, wann Julia das nächste Mal kommen würde – bislang war sie unregelmäßig alle paar Tage aufgetaucht, um ihr Lebensmittel und Bücher zu bringen. Der Abstand kam Sophia länger vor als sonst, und sie fing an, sich Sorgen zu machen. Sie bekam Angst, wenn sie daran dachte, dass sie beinahe keine Lebensmittel mehr hatte. »Du darfst jetzt nicht ausflippen.«

Mist. Jetzt redete sie schon mit sich selbst.

Ihre Gedanken wanderten zu James. Ein Kloß bildete sich in ihrer Kehle, aber jetzt war definitiv nicht die Zeit für wehmütige Gedanken.

»Ach, James«, flüsterte sie traurig, dann drängte sie das Bild von seinem schönen Gesicht aus ihren Gedanken. Sie musste sich konzentrieren.

Julia würde wiederkommen. Bald. Selbst sie war nicht so grausam, ihre Schwester – ihre *eineiige Zwillingsschwester* – dem langsamen, qualvollen Hungertod auszuliefern.

Doch was, wenn Julia etwas zustieß? Was, wenn sie sich verletzte? Bei einem Unfall ums Leben kam oder von der Polizei verhaftet wurde?

Ob außer Julia irgendwer wusste, dass Sophia hier eingesperrt war?

Gus Jardine? Möglich. Doch würde ihn Sophias Schicksal kümmern?

Nein. Gus dachte immer nur an sich selbst.

Wer würde sie finden?

Die Antwort war so trostlos wie die umliegenden Berge, die sie aus der schmalen Fensterreihe unter dem Dach sah: niemand.

Sophias Puls beschleunigte bei dieser entsetzlichen Vorstellung, und sie musste sich zusammenreißen, damit die Panik nicht die Oberhand gewann. Konzentriert atmete sie ein und aus. Ein und aus, bis sich ihre Atmung normalisierte.

Vielleicht würden sich ihre Adoptiveltern Sorgen um sie machen, wenn sie gar nichts mehr von ihr hörten. Nein, das war eine Illusion. Mom und Dad hatten sich nie für sie interessiert.

Oh, wie dumm sie gewesen war, Julia zu vertrauen!

Sophia schloss die Augen.

Wartete.

Im Dunkeln.

Allein.

Wie schon seit Tagen.

Plötzlich erstarrte sie. Spitzte die Ohren.

Hatte sie sich das Geräusch nur eingebildet, oder hörte sie wirklich den Motor eines Fahrzeugs, das sich bergauf quälte?

Ihr Herz schlug schneller.

Da war es wieder.

Das Dröhnen wurde lauter.

Kam näher.

Sie richtete sich auf und spähte angestrengt aus dem Fenster in die Dunkelheit.

Bitte, lieber Gott, mach, dass sie kommt!

Ein Lichtschimmer drang durch die dicht stehenden Tannen.

Julia!

Sophia fuhr sich mit der Zunge über die trockenen Lippen.

Komm, Schwester! Bringen wir's hinter uns!

Die Lichter erloschen.

Das Motorengeräusch verstummte.

Wieder war es totenstill.

Sophia schluckte. Ihr Hals war auf einmal wie ausgedörrt.

Eine Autotür schlug zu.

O Gott. Sie ist da.

Instinktiv spannten sich Sophias Muskeln an.

Draußen knirschten Schritte im Schnee. Dann war neuerlicher Motorenlärm zu hören.

Was?

Hatte Julia den Wagen wieder angelassen? Panisch blickte sie hinaus. Alles war dunkel, aber das Motorengeräusch kam näher.

Was hatte das zu bedeuten? Kam da etwa ein zweites Fahrzeug?

Sie verrenkte sich beinahe den Hals, um etwas erkennen zu können. Tatsächlich, ein weiterer Wagen rollte auf die kleine Anhöhe zu und blieb stehen. Sophias Blick blieb an Julia hängen, die ein Stück entfernt, ganz am Rand des Lichtkegels stand. Sie griff in ihre Tasche und zog eine Pistole heraus, dann schlich sie in einem Bogen um das zweite Fahrzeug herum und näherte sich von hinten, die Waffe im Anschlag.

Eine Pistole? Nicht den Elektroschocker? Was tat sie da? Um Himmels willen, wollte sie jemanden erschießen?

Sophia dachte an Megan. »Nein!«

Zu spät.

Julia riss die Fahrertür des anderen Wagens auf, sagte etwas und feuerte.

Bamm!

Im Licht der Innenbeleuchtung erkannte Sophia eine Frau. Rebecca Travers? Was hatte Megans Schwester hier zu suchen? Die Frau taumelte aus dem Auto und rannte los, prallte gegen Julia, beide Frauen gingen zu Boden. Sophia sah etwas durch die Luft fliegen. Die Pistole? Schreie hallten durch die stille Nacht, aber Sophia konnte die Worte nicht verstehen. Im Licht der Scheinwerfer sah sie die beiden Frauen in Richtung der Bäume verschwinden. Dann passierte eine Weile nichts mehr. Sophia stieg eilig die kleine Leiter hinunter. Unten in der Nähe der Tür gab es ein schmales Fenster, das nicht mit Läden verschlossen war. Sie blickte hinaus, doch sie konnte niemanden sehen. Hatte Julia Rebecca verwundet? Wusste Megans Schwester, dass sie, Sophia, hier eingesperrt war? Sollte sie an die Tür hämmern und um Hilfe rufen?

Sophia zuckte zusammen, als plötzlich ein weiterer Schuss die nächtliche Stille zerriss. Ihr wurde übel, beinahe hätte sie sich übergeben, doch stattdessen kniff sie die Augen zusammen und spähte angestrengt aus dem kleinen Fenster.

Da, dort hinten rannte jemand im Licht der Scheinwerfer von Rebeccas Wagen durch den Schnee, jemand mit langen blonden Haaren und hocherhobener Pistole.

Julia.

Sie kam aufs Minihaus zu.

Mit hämmerndem Herzen drückte sich Sophia in ihr Versteck. Kurz darauf hörte sie, wie sich der Schlüssel im Schloss drehte. Julia fluchte leise.

O Gott, o Gott, o Gott. Das ist die Gelegenheit!

Das Schloss sprang auf, die Tür öffnete sich. »Sophia?«, rief Julia. In ihrer Stimme schwang Panik mit.

Sophia verhielt sich mucksmäuschenstill.

»Sophia?«

Sie hörte, wie Julia auf den Lichtschalter drückte. »Was zum Teufel …« Dann, lauter diesmal: »Sophia? Verflucht noch mal, wo steckst du? Hör zu, wir haben ein Problem.« Sie betrat das Tiny House. Sophia hielt den Atem an. »Ich habe keine Zeit für Spielchen«, sagte Julia. Ihre Stimme klang frustriert. »Im Ernst. Jetzt ist nicht der richtige Zeitpunkt dafür!« Sie blieb direkt hinter der Tür stehen, kalte Luft wehte herein.

Sophia spürte die Furcht ihrer Zwillingsschwester, spürte ihre zunehmende Nervosität.

»Sophia?«

Julia starrte in die Dunkelheit. Endlich schien sie den dünnen Lichtstreifen unter der Badezimmertür zu bemerken. »Alles okay bei dir?«

Sophias Puls dröhnte in ihren Ohren.

Sie antwortete nicht.

»Warum zum Teufel sagst du nichts?« Offenbar fiel Julia nicht auf ihren Trick herein. »Du hast die Wahl, Sophia: Entweder du sagst etwas, oder ich gehe, und glaub nicht, dass ich noch einmal zurückkomme!«

Was für eine herzlose, grausame Frau ihre Schwester doch war! Am liebsten hätte Sophia geschrien vor Wut und Entsetzen, doch sie schwieg eisern, die Augen auf die Pistole geheftet.

Mit der Julia gerade eben vermutlich Rebecca Travers erschossen hatte.

»Verdammt noch mal, dann eben nicht!«, blaffte Julia, ehe sie mit erstickter Stimme fortfuhr: »Scheiße! Das darf doch nicht wahr sein! Das ist nicht gut … gar nicht gut!«

Sophia spähte vorsichtig um die Ecke der Nische und zur offenen Tür des Minihauses hinaus. Sie hörte Motorengeräusche, sah Scheinwerferlicht, das nicht hangabwärts gerichtet war. Nein, es kam auf die Hütte zu. Noch ein Fahrzeug!

Sophia schöpfte neue Hoffnung.

»Scheiße, Scheiße, Scheiße!« Julia zögerte und zog die Tür zu, doch dann schien ihr klar zu werden, dass man das Minihaus nur von außen absperren konnte. Das war nicht immer so gewesen, wusste Sophia. Sie hatte gesehen, dass die Türverriegelung an der Innenseite abgeschraubt worden war, vermutlich von ihrer Schwester höchstpersönlich.

Julia machte einen Schritt aufs Badezimmer zu.

Sophia spannte die Muskeln an.

Jetzt.

Sie drückte die Knie durch und sprang.

Flog durch die Dunkelheit und prallte mit voller Wucht gegen Julia.

Julia schrie auf und ging zu Boden. Sophia stürzte ebenfalls, doch sie versuchte, das Überraschungsmoment auszunutzen und ihrer Schwester die verfluchte Pistole abzunehmen.

»Bist du wahnsinnig?«, schimpfte Julia.

Möglich. »Und was ist mit dir?«

»Hör auf damit! Um Gottes willen, Sophia, du bringst uns noch beide um!«, keuchte Julia und wand sich wie wild hin und her, um ihre Schwester abzuschütteln. Sophia streckte die Hand aus, um nach der Pistole zu greifen, doch in diesem Moment schmetterte Julia ihr den Griff der Waffe gegen die Wange.

Knack!

Der Wangenknochen splitterte. Sophia schrie auf vor Schmerz. Sie blinzelte, kämpfte gegen die Schwärze an, die sie zu umhüllen drohte. Blut lief aus ihrer Nase. Verzweifelt krallte sie die Finger in Julias Haare und zog mit aller Kraft daran.

»Hör auf, du elende Schlampe! Aua, auuu!«

Blamm!

Ein Schuss löste sich.

Der Lärm war ohrenbetäubend.

Sophia zuckte.

Verspürte einen sengenden Schmerz im Unterleib.

Neieiein!

Die Welt drehte sich. Kraftlos sackte sie zusammen.

Julia rutschte unter ihr hervor, richtete sich auf und fing an zu schreien, doch Sophia hörte ihre Stimme nur wie aus weiter Ferne. Es klang, als wäre Julia unter Wasser, riefe blubbernd und gurgelnd ihren Namen. »Sophia! … Nein … o nein … Sophia! … Bitte nicht …«

Ein weiterer Knall.

Aber nicht von einer Waffe, dachte Sophia und blinzelte angestrengt in die Richtung, aus der der Lärm gekommen war. Sie meinte zu erkennen, dass die Tür offen stand. Vermutlich war sie aufgeflogen und außen gegen die Wand geprallt, aber sie war sich nicht sicher. Ihr Blickfeld verschwamm. Sie berührte ihren Bauch, fühlte die klebrige Wärme ihres eigenen Bluts.

So ist das also, wenn man stirbt …

Jemand weinte. Weit weg, trotzdem konnte sie abgehacktes Schluchzen hören.

Julia?

»Warum hast du das getan? Warum?«, jammerte eine erstickte Frauenstimme. Definitiv Julia. »Du hast alles ruiniert.«

Alles ruiniert? Nein, nein, das stimmt doch gar nicht.

»Du hättest nicht schwanger werden dürfen. Wie konntest du nur so dumm sein?

»Ich … war … nicht … dumm. Es … es … gibt … kein … Baby«,

stieß sie angestrengt hervor und legte schützend die Hand auf ihren flachen Bauch. »Wollte … James … zwingen … Er … sollte … mich … heiraten …«

»Du bist gar nicht schwanger?«, stammelte Julia. »Dann war das alles gelogen?«

Sophia leckte ihre blutüberströmten Lippen und nickte. »Kein … Baby …«, beharrte sie. Sie hörte ein Geräusch, das klang wie das Heulen von Sirenen. In der Ferne. Nein, sie musste sich keine Hoffnung machen. In diese dichten Wälder würde sich bestimmt niemand verirren. Ihr Blick wanderte zur offenen Tür des Minihauses und fiel auf eine verschwommene Gestalt im Türrahmen.

»Du verfluchtes Miststück!«, rief Julia mit gebrochener Stimme und zielte mit der Pistole auf Sophia. »Du bist doch total durchgeknallt!«

»Nein!«, rief eine tiefe Männerstimme, und Sophia hätte beinahe gelächelt.

James? Die Gestalt im Türrahmen war James? Er ist gekommen, um dich zu retten …

»Nicht schießen!«, befahl er.

Sophias Herz machte einen glücklichen Hüpfer, dann verschwanden die Konturen ihres kleinen Gefängnisses, und die Dunkelheit legte sich wie eine schützende Decke auf sie …

»Bleib stehen, sonst knalle ich dich ab!«, kreischte Julia.

Sophia riss die Augen wieder auf. Sah wie durch einen rötlichen Nebel, dass James einen Schritt in das Minihaus machte. Julia hatte die Pistole jetzt auf ihn gerichtet.

»Stop, Julia. Ich weiß Bescheid über dich«, sagte er mit fester Stimme. »Über Sophia. Und über das Baby.«

»Es … gibt … kein … Baby …«, flüsterte Sophia mit letzter Kraft.

»Sie lügt. Um das Kind zu retten.«

»Wohl eher ihre eigene Haut«, blaffte Julia.

»Sie verblutet.« James zog ein Handy aus der Jackentasche und fing an zu wählen, während Julia die Pistole direkt auf sein Herz gerichtet hielt.

»Handy weg!«, befahl sie.

James ließ das Teil sinken.

»Wo ist Megan?«, wollte er wissen. »Was ist mit ihr passiert?«

»Oh, hast du sie etwa nicht gesehen?«, fragte Julia spöttisch. »Ihre hübsche rosa Jacke hebt sich doch so prima vom Weiß des Schnees ab, oder hat das Licht der Scheinwerfer nicht bis dahin gereicht?«

»O Gott, du hast sie erschossen?«

Julia schnaubte. »Megan ist schon länger tot, James.«

»Aber der Schuss …«

»Ich hab Rebecca abgeknallt, wen sonst?«

»Rebecca?«, fragte er perplex. Seiner Stimme war anzuhören, dass er noch immer etwas für Megans Schwester empfand, dass er vermutlich immer etwas für sie empfunden hatte, dass er sie liebte …

Sophia brach das Herz.

»Steck das Handy weg«, sagte Julia noch einmal.

»Es ist vorbei«, entgegnete James. Seine Stimme klang eiskalt.

»Nein … es ist noch lange nicht vorbei.« Sophia sah, dass ihre Zwillingsschwester einen Schritt zurück machte. Sie hörte förmlich, wie die Rädchen in Julias Gehirn ratterten. Und sie hörte Sirenen. Lauter jetzt. Näher. »Wir könnten uns einigen«, schlug Julia vor. »Wirklich, James, ich möchte nur ein kleines bisschen haben.«

»Ein kleines bisschen? Wovon?«

»Von dem Geld, das mir zusteht. Das ich hätte erben sollen.«

»Geld? Es geht dir um Geld? Verflucht noch mal, du hast Megan und Rebecca erschossen, um an mein Erbe zu kommen, und jetzt siehst du zu, wie deine eigene Schwester stirbt? Lass die Waffe fallen, Julia, mach es nicht noch schlimmer!«

»Vergiss es«, sagte Julia und schloss die Finger um den Abzug. »Mir wird niemand auf die Schliche kommen, wenn ich dich aus dem Weg räume, Cahill, und meine geliebte Schwester ist eh schon so gut wie tot.«

Geliebte Schwester.

Nein, so leicht würde Julia nicht davonkommen. Nicht nach dem, was sie ihr angetan hatte. Mit letzter Kraft bäumte Sophia sich auf, packte Julias Knöchel und riss sie zu Boden

Ein Schuss löste sich.

Hallte ohrenbetäubend durch die kleine Hütte.

Entsetzt sah Sophia, wie James schwankte. Ein dunkler Fleck breitete sich in Brusthöhe auf seiner Jacke aus.

O nein!

Seine Knie gaben nach, er sackte zusammen, sein Kopf prallte mit einem Übelkeit erregenden Knacken gegen die Sprossen der Leiter.

Tränen traten in Sophias Augen. »Kein Baby«, wisperte sie, dann schloss sie die Lider und ließ die tröstende Dunkelheit über sich zusammenschwappen. Wie unter Wasser hörte sie dumpfe, donnernde Schritte und gedämpfte Rufe, Befehle.

»Drei verletzte Personen!« Eine Frauenstimme. Sophia konnte sie nicht zuordnen, aber die Stimme kam ihr bekannt vor.

»Haben Sie verstanden?«, meldete sich die Frau erneut zu Wort. »Drei!« Ihre Stimme klang befehlsgewohnt und gleichzeitig tief besorgt. »Schicken Sie die Rettung, sofort! … Ja, an dieselbe Adresse. Beeilen Sie sich!«

»Wissen wir, mit wem wir es zu tun haben?« Eine andere Stimme. Männlich?

»Ich verliere zwei, vielleicht alle drei!« Die Frauenstimme.

Sophia schloss die Augen, spürte eine Hand auf ihrer Stirn, hörte gedämpfte Befehle. »Bleiben Sie bei mir … Können Sie mich hören? Bleiben Sie bei mir …«

Aber Sophia achtete nicht darauf, wollte unter Wasser bleiben.

Eine weitere Stimme drang zu ihr durch, lauter, deutlicher als die anderen.

Julia.

Julia sprach zu ihr.

»Wir sind Schwestern, Sophia. Du und ich. *Zwillinge.* Es ist ein Wunder, dass wir einander gefunden haben. Uns verbindet ein ganz besonderes, unzerstörbares Band. Wir sind zusammen, du und ich, und niemand kann uns das nehmen. Nie mehr!«

Sie hätte das nicht sagen müssen. Sophia wusste das. Aber sie konnte es ihrer Schwester nicht mitteilen, konnte sich nicht konzentrieren, glitt immer tiefer unter Wasser …

»Wir können uns aufeinander verlassen«, flüsterte Julia eindringlich. »Immer. Wir werden immer zusammenhalten, das schwöre ich dir.«

Das schwöre ich dir auch.

Und dann ließ Sophia sich fallen.

KAPITEL 53

5. JANUAR

James öffnete gequält ein Auge.
Sein Kopf schmerzte.
Seine Schulter schmerzte.
Sein ganzer Körper schmerzte.

Der Raum war abgedunkelt, im gedimmten Licht konnte er erkennen, dass er im Krankenhaus lag.

»Wieder einmal«, sagte er laut und leckte sich die spröden Lippen. Er erkannte kaum seine eigene Stimme. Blinzelnd schaute er sich im Zimmer um und sah einen Mann auf dem Stuhl neben seinem Bett sitzen. Er trug einen Mantel und hatte eine Wollmütze zwischen die Knie geklemmt. Der Detective. Natürlich.

»Wie … wie lange …?« Er versuchte, sich zu erinnern, wie er hierhergekommen war und wie lange er schon hier lag. Er war Julia zu seinem Grundstück am Fuß der Cascade Mountains gefolgt und auf ein Tiny House gestoßen – ein Tiny House, von ihm gefertigt! An das, was anschließend passiert war, erinnerte er sich nur bruchstückhaft. Er hatte Schüsse gehört, zwei, und Schreie, und irgendwann hatte er in dem Minihaus gestanden, wo Sophia auf dem Boden lag. Überall war Blut, so verdammt viel Blut …

»Sie sind seit einer Woche hier.«

Nein!

»Auf Sie wurde geschossen, und Sie mussten operiert werden. Außerdem haben Sie sich den Kopf angeschlagen, wieder einmal. Aber ich bin nicht der richtige Ansprechpartner, was Ihre Verletzungen betrifft, das übernimmt der Arzt.«

»Und Rebecca?«, stieß er hervor. Julia hatte auf sie geschossen.

»Ist zurück in Seattle.«

»Aber man hat auf sie geschossen!«

»Ein glatter Durchschuss. Oberarm, gleich unterhalb der Schulter. Die Kugel hat nicht einmal den Knochen getroffen. Sie hat Prellungen und Verletzungen von dem Kampf mit Julia Harper, aber im Großen und Ganzen hat sie Glück gehabt. Sie wird sich vollständig erholen.«

James stieß einen Seufzer der Erleichterung aus. Er war froh, dass sie überlebt hatte und auf dem Weg der Besserung war, doch gleichzeitig verspürte er einen Stich der Enttäuschung. Sie war abgereist, ohne sich dafür zu interessieren, wie es um seine Verletzungen stand. Egal. Sie waren beide am Leben, das war alles, was zählte. »Was ist mit Sophia?«, krächzte er. Seine Kehle war staubtrocken.

»Sie hat ebenfalls überlebt. Man hat sie ins Gefängniskrankenhaus überstellt. Sie wird durchkommen.«

»Und Julia?«

»Sie ist tot. Noch in derselben Nacht gestorben. Sie war die Verbindung zu Gus Jardine. Jennifer Korpi und Harold Sinclaire sind unschuldig. Gus hat sie beide benutzt.«

James empfand nichts. Auch nicht, als er Rivers zuhörte, der ihm jetzt lang und breit erklärte, was er längst herausgefunden hatte: dass die Halbschwester seiner Mutter die Zwillinge zur Welt gebracht und direkt anschließend zur Adoption freigegeben hatte, Vater unbekannt. Die beiden Mädchen, Julia und Sophia, hatten einander erst im Erwachsenenalter gefunden und den Plan geschmiedet, ihn, James, zu verführen, zu heiraten und nach Antritt seines Erbes umzubringen, um selbst an das Vermögen zu gelangen. Zu diesem Zweck hatten sie Gus Jardine angeheuert, Charity Spritz zu ermorden, die offenbar kurz davorgestanden hatte, ihr perfides Spiel zu durchschauen. Auch Willow Valente hatte daran glauben müssen, weil sie misstrauisch geworden war, dass ihre Arbeitskollegin Sophia in Wirklichkeit mehr als eine Person war, außerdem hatten sie versucht, die neugierige Vermieterin Phoebe Matrix zu töten. So wie es aussah, war Julia die treibende Kraft gewesen, aber Sophia war auch kein Engel. Sie würde wegen Beihilfe verurteilt werden und für lange Zeit hinter Gitter wandern.

»Dann ging es also nur um Geld«, stellte James heiser fest.

»Sieht ganz so aus. Allerdings ist da noch etwas: Wir haben Megan Travers' Leichnam entdeckt. Rebecca ist förmlich über ihre tote Schwester gestolpert, weil Julia sich nicht die Mühe gemacht hatte, sie zu begraben – was bei dem gefrorenen Boden wohl auch schwierig gewesen wäre. Sophia behauptet, Julia habe Megan erschossen und mit Gus Jardines Hilfe dorthin geschafft. Sie selbst habe lediglich eingewilligt, Megan zu entführen und in dem Minihaus gefangen zu halten, bis sie sich erfolgreich James geangelt hätten. Als Sophia misstrauisch geworden sei, habe sie stattdessen Sophia eingesperrt.

James schloss erschöpft die Augen. Er dachte an das ungeborene Baby, das wahrscheinlich nie existiert hatte, und an die Tatsache, dass er so naiv gewesen war, auf das mörderische Duo hereinzufallen. Dass er sich sogar mit der Vorstellung arrangiert hatte, Vater zu werden.

Seine Gedanken schweiften zu Rebecca, und erneut zog sich sein Herz schmerzhaft zusammen.

Rivers stand auf. »Wir haben übrigens immer noch Ihre Pistole, und wir werden sie wahrscheinlich noch länger brauchen, als Beweismittel.«

»Behalten Sie sie«, sagte James. Er brauchte keine Erinnerungen.

Die Augen des Cops schienen kurz aufzublitzen. Er setzte seine Mütze auf. »Sind Sie sicher?«

»Ja.« Ganz sicher sogar. »Die Glock gehört dem Department. Oder Ihnen, wenn Sie wollen.«

Rivers grinste schief. »Danke.« Er stand schon an der Tür, als er sich noch einmal umwandte. »Ein Rat, Cahill.«

»Ja?«

»Lassen Sie die Finger von den Frauen. Frauen sind einfach zu gefährlich.«

EPILOG

FEBRUAR
RIGGS CROSSING, WASHINGTON

James rückte seinen Werkzeuggürtel zurecht und schickte sich an, auf einen der Auflieger zu steigen, auf dem ein elegantes, modernes Minihaus mit skandinavischen Elementen stand.

»Oh, oh.« Bobby Knowlton, der vom hinteren Ende der Fertigungshalle nach vorne schlenderte, zupfte ein Katzenhaar von seinem Ärmel und blieb vor dem offenen Tor stehen. »Besuch«, stellte er mit einem Blick auf die Zufahrt fest.

James warf einen Blick über die Schulter und entdeckte einen weißen Subaru, der sich mit hoher Geschwindigkeit näherte.

Rebecca.

Entgegen Rivers' Rat hatte James sie wiederholt angerufen und ihr mehrere Textnachrichten geschickt.

Sie hatte nie geantwortet.

Kein einziges Mal.

Doch da war sie, und sein Puls schnellte in die Höhe, sein Herz raste.

Der Subaru hielt. Rebecca stellte den Motor aus und öffnete die Fahrertür.

»Ich bin gleich wieder da«, sagte James zu Bobby und ging ihr entgegen.

Rebecca, in Jeans, dickem Pulli und langem Mantel, wartete neben der Wagentür.

»Sag nichts.« Er zwang sich zu einem Grinsen. »Du hast mich vermisst.«

Sie verdrehte die Augen. »O Gott, ich wusste, es war ein Fehler«, stieß sie genervt hervor, aber ihre Mundwinkel zuckten dabei. James bemerkte, dass es wieder anfing zu schneien, ein paar Flocken fielen aus dem grauen Himmel und verfingen sich in ihren Haaren.

»Was war ein Fehler?«

»Herzukommen, aber wenn ich nun schon mal da bin …« Sie straffte die Schultern. »Ich habe nachgedacht.«

»Das ist immer gut.«

»Ja. Ich habe nämlich *viel* nachgedacht. Und ich bin zu dem Schluss gekommen, dass ich dich um Entschuldigung bitten sollte. Ich habe deine Textnachrichten bekommen …«

»Und du hast mir nicht geantwortet.«

»Richtig. Deine Anrufe habe ich auch nicht entgegengenommen, ganz einfach, weil ich noch nicht so weit war. Ich musste mit einer Menge Dinge klarkommen. Da war die Sache mit Megan … und all das andere, was passiert ist, aber als ich endlich wieder einen klaren Kopf hatte, wurde mir klar, dass ich mich entschuldigen muss, weil ich einfach abgehauen bin. Sofort nachdem man mich in der Klinik zusammengeflickt hatte und ich die Nachricht bekam, du seist über den Berg, habe ich meine Sachen gepackt und Riggs Crossing verlassen. Ich wollte niemanden sprechen oder sehen. Dich schon gar nicht. Das war nicht richtig von mir.«

Er betrachtete sie. »Du bist den ganzen Weg von Seattle hierhergefahren, um mir das zu sagen?«

»Ja.« Sie nickte.

»Du musst dich nicht bei mir entschuldigen …«

»Doch«, hielt sie dagegen. »Ich habe dir die Schuld an allem gegeben: daran, dass du mein Leben durcheinandergebracht und mich wegen Megan verlassen hast, an ihrem Verschwinden, einfach an allem. Ich wollte, dass du der Böse bist, wollte dich für alles verantwortlich machen – und das habe ich auch getan.«

Er wartete.

»Und dann kam ich her und erfuhr, was wirklich passiert ist, und ich konnte es nicht glauben. *Wollte* es nicht glauben. Ich habe mich in dir getäuscht, James.« Sie räusperte sich. »Es tut mir leid.«

»Ich denke, dafür sind wir beide verantwortlich.« Er bückte sich, um Ralph, der ihm nach draußen gefolgt war, den Kopf zu tätscheln. »Ich war auch nicht gerade der Ritter in der glänzenden Rüstung.

Um ehrlich zu sein, habe ich mich alles andere als ritterlich verhalten.« Er rieb sich verlegen den Nacken. Zum ersten Mal in seinem Leben wusste er nicht, was er einer Frau sagen sollte. Dieser Frau.

Ein Windstoß fegte um die Halle und wirbelte ein paar Schneeflocken durch die Luft. James sah Ralph nach, der begeistert bellend hinterherjagte. Rebecca folgte seinem Blick.

»Ich dachte bloß, du solltest das wissen«, sagte sie nach einem Augenblick und zog den Autoschlüssel aus der Manteltasche.

»Du fährst schon wieder?«

»Ja. Ich habe einen Job und ein Leben in Seattle. Dort ist es sicherer, zumindest wurde da noch nie auf mich geschossen.« Sie zwinkerte ihm zu.

»Aber …« Er ließ ihren Blick nicht los. »Das war eine ganz schön lange Fahrt für ein Zehn-Minuten-Gespräch.«

»Fünf«, korrigierte sie ihn.

Er lachte. »Okay. Fünf. Darf ich dich wenigstens zum Essen einladen?«

»Das ist keine gute Idee.«

»Auf einen Drink?«

»Noch schlechter«, wehrte sie ab, aber zumindest lächelte sie.

»Weißt du«, sagte er nachdenklich, »vielleicht sollten wir beide es noch einmal miteinander probieren. Nachdem ich es beim ersten Mal vermasselt habe.«

»Gründlich vermasselt«, bekräftigte sie.

»Ja. Bekomme ich noch eine Chance?«

Sie lachte. »O nein, James. Ich denke, der Zug ist abgefahren.« Und noch bevor er ein weiteres Wort sagen konnte, stieg sie in den Wagen und ließ den Motor an. Sie winkte nicht einmal, als sie davonfuhr.

Vielleicht, dachte er, fand er doch noch einen Weg, um sie umzustimmen.

Immerhin liebte James Cahill nichts mehr als eine Herausforderung.

Und er war sich absolut sicher, dass Rebecca Travers das wusste.

Mit einem zuversichtlichen Grinsen auf den Lippen kehrte er in die Werkstatt zurück, wo ihn Bobby mit vor der Brust verschränkten Armen erwartete.

»Denk nicht mal dran«, warnte er seinen Freund und rückte seine Baseballkappe zurecht. »Nach all dem, was du durchgemacht hast? Das ist keine Frau wert.«

»Da irrst du dich, Bobby«, hielt James dagegen und zog seinen Hammer aus dem Werkzeuggürtel. »Manche Frauen sind es mehr wert als alles andere.«

FRAUENGEFÄNGNIS VON OTTER CREEK,
KRANKENHAUSTRAKT
FEBRUAR

Sophia lag auf der Untersuchungsliege. Eine dünne Ärztin mit einem ergrauten Afro machte einen Ultraschall. Das Gel fühlte sich kalt und glitschig an auf ihrer nackten Haut, der Ultraschallstab bewegte sich langsam über ihren Bauch, das rauschende Herzschlaggeräusch des ungeborenen Babys füllte den überheizten Raum.

Sophia schloss die Augen, dankbar, dass das Kleine überlebt hatte, und versuchte, an etwas Schönes zu denken, an das sie sich klammern konnte.

Doch woran?

Sie dachte an James und daran, wie sehr sie ihn geliebt hatte. Sie hätte alles für ihn getan, hatte ihm ihr Herz geschenkt, und jetzt? Jetzt verspürte sie nichts anderes als brodelnden Zorn, weil all ihre Träume zerplatzt waren.

Er war der Grund dafür, dass sie hinter diesen dicken Betonwänden saß.

Er war der Grund dafür, dass sie keine Schwester mehr hatte.

Die Schwester, die sie doch gerade erst gefunden hatte.

Er war der Grund dafür, dass sie mutterseelenallein war.

Sie hatte alles für ihn geopfert, einschließlich Julia, und jetzt besaß sie nichts mehr.

Außer dem Baby.

Sie hatte ihn belogen, ihn und Julia, in jener schicksalhaften Nacht im Minihaus. Sie hatte schreckliche Angst gehabt, dass dem Baby etwas zustoßen würde oder dass James Anspruch darauf erheben würde, wenn sie im Gefängnis landete. Deshalb hatte sie gelogen. Hatte behauptet, sie sei gar nicht schwanger. Und wegen der ärztlichen Schweigepflicht wusste er nicht, dass er tatsächlich Vater werden würde.

Während die Ärztin die Untersuchung fortführte, dachte Sophia an das Geld, das Amhurst-Vermögen.

Nicht nur sie hatte das Recht auf einen Anteil – sie wollte, dass ihr Baby erbte. Und zwar viel. Sehr viel.

Aber sie würde dafür sorgen, dass James zunächst nichts von der Existenz seines Kindes erfuhr. Niemand sollte ihr das Baby wegnehmen.

Sie war sich nicht sicher, wie es um das mütterliche Sorgerecht bestellt war, solange sie im Gefängnis saß, aber sie würde alles daransetzen, am Leben ihres Kindes teilhaben zu können.

Sie öffnete die Augen und beobachtete einen Käfer, der über die geflieste Decke krabbelte, direkt auf ein Spinnennetz in der Ecke zu.

Der Käfer verfing sich in den klebrigen Fäden, die Spinne schoss aus ihrem Versteck und stürzte sich auf ihn, betäubte die Beute mit ihrem Biss, bevor sie sie einspann, um sie später zu genießen.

Sophia fühlte sich mit der Spinne verbunden, aufs Überleben bedacht.

Plötzlich erstarrte der Ultraschallstab auf ihrem Bauch.

»Stimmt etwas nicht?«, erkundigte sich Sophia besorgt. Man hatte ihr gesagt, bei ihrer Wunde habe es sich um einen Durchschuss gehandelt, der ihre Milz und den Magen verletzt habe, während die anderen Organe, einschließlich ihrer Gebärmutter, unversehrt geblieben seien.

»Alles in Ordnung.« Die Ärztin blickte konzentriert auf den Monitor, der Stab setzte sich wieder in Bewegung. Nach einer Weile sah Sophia, wie sich die Lippen der Frau zu einem Lächeln verzogen. »Hören Sie mal … Da ist noch ein Geräusch, schwächer, aber durchaus gleichmäßig.«

Sophia lauschte. Tatsächlich. Als hätte das Rauschen ein Echo.

Ach du liebe Güte!

»Sehen Sie hier …« Die Ärztin deutete auf den Monitor. »Zwei. Sie bekommen Zwillinge! Wie finden Sie das?«

»Zwillinge?«, flüsterte Sophia ungläubig.

Sie dachte an die Zukunft.

An James.

An das Vermögen der Cahills und der Amhursts.

Nicht ein Erbe, sondern zwei.

Der Gedanke an Rache brodelte mit doppelter Stärke in ihr auf. Zwillinge, ein Leben lang verbunden. Sie würde ein Kind Cahill nennen und das andere Amhurst oder die Namen leicht variieren.

»Cassie« oder »Cade« und »Amy« oder »Hurst«. Das käme auf das Geschlecht an.

Sie warf einen neuerlichen Blick auf die Spinne an der Decke, die offenbar begonnen hatte, den Käfer auszusaugen, dem nichts anderes übrig blieb, als sein grauenvolles, tödliches Schicksal zu akzeptieren.

Ihre Gedanken schweiften zu James, und die brodelnde Rache in ihrem Herzen verwandelte sich in eisige Kälte.

Sie würde geduldig sein müssen.

Sie würde warten müssen.

Doch hier, innerhalb der dicken Gefängnismauern, hatte sie alle Zeit der Welt, um nachzudenken.

Irgendwann, so dachte sie und betrachtete ihren Leib, würde ihr Gerechtigkeit widerfahren, und sie würde bekommen, was ihr zustand.

Wart's nur ab, James.

LISA JACKSONS ROMANE BEI KNAUR

MONTANA-»TO DIE«-REIHE

Detective Regan Pescoli und
Detective Selena Alvarez

1. Der Skorpion (Left to Die)
Winter in Montana. Ein Psychopath fesselt seine weiblichen Opfer an einen Baum, um sie bei eisiger Kälte erfrieren zu lassen. Seine Nachricht an die Polizei: die Initialen der Toten und ein Stern. Es fehlen noch Buchstaben, um die Botschaft zu entschlüsseln. Dann verschwindet Detective Regan Pescoli …

2. Der Zorn des Skorpions (Chosen to Die)
Der »Unglücksstern-Mörder« hält die Polizei in Atem. Ein psychopathischer Killer, der seine Opfer bei eisiger Kälte an einen Baum fesselt und erfrieren lässt. Seine kryptische Nachricht an die Polizei: »Meidet des Skorpions Zorn.« Doch wer ist der Skorpion? Ausgerechnet Detective Regan Pescoli scheint in seine Fänge geraten zu sein. Es herrschen arktische Temperaturen. Eine fieberhafte Spurensuche in der Wildnis nimmt ihren Lauf …

3. Zwillingsbrut (Born to Die)
Dasselbe hübsche Gesicht, dieselben blaugrünen Augen, dasselbe rote Haar. Ärztin Kacey Lambert ist schockiert. Die Frau, die gerade mit einem schweren Schädeltrauma und komplizierten Knochenbrüchen in die Klinik eingeliefert worden ist, ist ihr wie aus dem Gesicht geschnitten. Sie stirbt. Wenige Tage später gibt es zwei weitere Tote, die Kacey verblüffend ähneln. Was geht hier vor sich?

Ein Fall für Detective Regan Pescoli und Selena Alvarez. Doch auch die Ärztin stellt auf eigene Faust Nachforschungen an. Gibt es eine Verbindung zwischen ihr und ihren Doppelgängerinnen? Bald wird klar, dass sie selbst in großer Gefahr schwebt und es nur mehr eine Frage der Zeit ist, bis Kacey Opfer eines Wahnsinnigen wird …

4. Vipernbrut (Afraid to Die)
Weihnachtszeit in der amerikanischen Kleinstadt Grizzly Falls. Ein perverser Killer zelebriert den Advent auf abstoßende Art und Weise. Er verwandelt seine Mordopfer in Eisskulpturen. Mit grauenhafter Perfektion integriert er seine »Kunstwerke« dann in weihnachtliche Dekorationen. Der »Eismumien-Mörder« macht Schlagzeilen. Als erneut eine gefrorene Frauenleiche auftaucht, macht die Polizei eine schauerliche Entdeckung: Die Tote trägt ein Schmuckstück von Detective Selena Alvarez.

5. Schneewolf (Ready to Die)
Sheriff Dan Grayson wird vor seinem Haus in den Bergen von Montana aus einem Hinterhalt niedergeschossen. Während er in Lebensgefahr schwebt, ermitteln die Detectives Regan Pescoli und Selena Alvarez unter Hochdruck, doch der Kreis der Verdächtigen ist groß – Spuren dagegen gibt es keine. Da taucht die Leiche einer Richterin auf, mit einer einzigen, treffsicher platzierten Kugel im Kopf. Besteht ein Zusammenhang? Als die Detectives die Warnung »Wer ist der Nächste?« erreicht, müssen sie erkennen, dass hier ein Killer kaltblütig seine Abschussliste abarbeitet. Und auf der steht auch Regan Pescoli …

6. Raubtiere (Deserves to Die)
Eine Frau auf der Flucht: Von einem Psychopathen gejagt, taucht sie in Grizzly Falls, Montana, unter.
Wenig später werden dort zwei verstümmelte Frauenleichen gefunden. Beiden wurde der Ringfinger samt Verlobungsring abgetrennt.

Jessica, wie sich die flüchtige Frau inzwischen nennt, fürchtet, dass es sich um tödliche Botschaften für sie handelt, doch kann sie sich wegen ihrer eigenen dunklen Vergangenheit nicht an die Polizei wenden. Während den Detectives Selena Alvarez und Regan Pescoli noch jede heiße Spur fehlt, kommt der Mörder Jessica immer näher.

7. Dunkle Bestie (Expecting to Die)
Bei einer heimlichen Party im nächtlichen Wald wird Detective Pescolis Tochter Bianca von einer dunklen Bestie angefallen. Hals über Kopf ergreift sie die Flucht – und stolpert über die Leiche ihrer seit Tagen vermissten Mitschülerin Destiny. Als ein Kriminaltechniker einen riesigen Fußabdruck neben der Toten entdeckt, gibt es in Grizzly Falls, Montana, kein Halten mehr. Eine Jagd auf die Bestie bricht aus, die sogar ein Reality-TV-Team in die Stadt lockt. Sehr zum Unmut der Detectives Regan Pescoli und Selena Alvarez, deren Arbeit durch den Rummel erschwert wird. Dann verschwindet ein weiteres Mädchen …

8. Opfertier (Willing to Die)
Zunächst sieht alles nach Raubmord aus, als Brindel Latham, die Schwester von Detective Regan Pescoli, mit einer Schusswunde im Kopf in ihrem Haus in San Francisco gefunden wird. Doch Brindels siebzehnjährige Tochter Ivy wird vermisst – und taucht wenig später mit einer haarsträubenden Geschichte bei Pescoli in Grizzly Falls in Montana auf. Obwohl Pescoli sich offiziell noch in Elternzeit befindet, nimmt sie mit ihrer Partnerin Selena Alvarez die Ermittlungen auf. Denn mittlerweile gibt es auch in Grizzly Falls zwei Tote. Spätestens als Pescolis sechs Monate alter Sohn spurlos verschwindet, ist klar: Jemand, der buchstäblich über Leichen geht, will sie und ihre Familie leiden sehen …

NEW-ORLEANS-REIHE

Detective Rick Bentz und
Detective Reuben Montoya

1. Pain. Bitter sollst du büßen (Hot Blooded)
Leise spricht die Stimme auf dem Anrufbeantworter ihre Nachricht – doch umso bedrohlicher ist ihre Botschaft. Radio-Psychologin Samantha Leeds hat einen gefährlichen Verehrer. Schon bald wird klar, dass eine Verbindung besteht zwischen den Drohungen, die die Psychologin erhält, und der unheimlichen Mordserie, die New Orleans erschüttert. Kann Samantha dem finsteren Racheengel entkommen, der ihre dunkelsten Geheimnisse zu kennen scheint? Schutz bietet ihr ein ebenso attraktiver wie mysteriöser Nachbar. Doch darf sie ihm trauen?

2. Danger (Cold Blooded)
Ein grausamer Serienkiller versetzt ganz New Orleans in Angst und Schrecken. Er verbrennt, enthauptet oder vergräbt seine Opfer bei lebendigem Leibe. Detective Rick Bentz ermittelt unter Hochdruck. Als die nächste barbarisch entstellte Leiche gefunden wird, ein Heiligenmedaillon in der Hand, kommt dem Detective ein schrecklicher Verdacht: Könnte der katholische Heiligenkalender dem Mörder als Vorbild für diese Ritualverbrechen dienen? Die schöne Olivia, zu der sich der Detective unwiderstehlich hingezogen fühlt, will die Morde in ihren Träumen vorausgesehen haben. Nur wenig später ist sie spurlos verschwunden …

3. Shiver (Shiver)
Der Todesschrei ihrer Mutter Faith klingt Abby noch immer in den Ohren, auch wenn es schon zwanzig Jahre her ist, seit diese aus dem Fenster ihres Zimmers in den Tod sprang. Ihre düsteren Erinnerungen erhalten neue Nahrung, als eine unheimliche Mordserie New

Orleans erschüttert. Denn alle Morde stehen in einer seltsamen Verbindung zu jener Nervenheilanstalt, in der Abbys Mutter ihrem Leben ein Ende setzte. Dort, versteckt in den Kellergewölben, hat der Killer sich sein Reich geschaffen. Er will die Sünden der Vergangenheit rächen – und Abby wird zur Zielscheibe seines Wahns …

4. Cry (Absolute Fear)

Heimlich zweifelt Eve Renner an der Unschuld ihres Adoptivvaters. Der berühmte Arzt steht im Verdacht, seine ärztliche Pflicht verletzt und somit den Tod einer Patientin verschuldet zu haben. Als sich Eves alter Freund Roy mit ihr mitten in der Nacht in einer abgelegenen Fischerhütte treffen will, um angeblich Beweise zu liefern, sagt sie sofort zu. Dort angekommen, findet sie seine grausam entstellte Leiche. Auf Roys Stirn hat der Mörder eine Zahl tätowiert und die Wände mit Blut beschmiert. Völlig schockiert ruft Eve um Hilfe und bemerkt im nächsten Moment ihren Liebhaber, den Staranwalt Cole Dennis, der eine Waffe auf sie richtet und abfeuert …

5. Angels (Lost Souls)

Er fühlte sich leer. Hungrig. Voller Verlangen nach dem Kick des Tötens. Es gab keine Umkehr. Er wusste, welche er wollte. Sie hatte es verdient zu sterben. Als Kristi an ihr College in New Orleans zurückkehrt, ist ihr Vater, Detective Rick Bentz, beunruhigt. Vier Studentinnen sind dort spurlos verschwunden. Kristi, die unbedingt Kriminalschriftstellerin werden will, entdeckt eine Sekte, die sich einem mysteriösen Vampir-Kult verschrieben hat. Sie ermittelt auf eigene Faust. Doch bevor sie sich einen Eindruck von dieser dubiosen Gruppe verschaffen kann, ist sie auch schon in den tödlichen Fängen des Killers …

6. Mercy (Malice)

Keiner wird dich retten. Keiner wird deine Schreie hören. Jetzt ist der richtige Zeitpunkt. Jetzt wirst du endlich begreifen, was echte Seelenqual ist … Rick Bentz, Detective vom New Orleans Police Department, zweifelt an seinem Verstand: Gerade hat er seine Ex-Frau Jennifer gesehen – doch die ist seit zwölf Jahren tot! Bald wird klar, dass dies alles zum Plan eines Psychopathen gehört, der Bentz durch einen raffiniert ausgeklügelten Rachefeldzug zu einer Reise in die Vergangenheit zwingen will. Als Bentz' schwangere Frau Olivia spurlos verschwindet, beginnt eine nervenzerreißende Suche, die Bentz um das Liebste in seinem Leben fürchten lässt …

7. Desire (Devious)
Der Anblick des Tatorts ist verstörend – selbst für erfahrene Detectives wie Rick Bentz und Reuben Montoya. In der Kirche St. Marguerite ist eine Nonne, bekleidet mit einem vergilbten Brautkleid, erdrosselt worden. Die Tatwaffe: ein Rosenkranz. Die Obduktion ergibt, dass Schwester Camille schwanger war. Schon wenige Tage später stirbt eine weitere Nonne. Auch sie hütete ein Geheimnis. Eine Mordserie, die Detective Bentz an den Rosenkranzmörder erinnert, den er vor zehn Jahren erschossen hatte …

8. Guilty (Never Die Alone)
In New Orleans verschwindet ein Zwillingspärchen kurz vor seinem 21. Geburtstag. Der Fall weckt Erinnerungen an einen Serienmörder, den man den »Einundzwanziger-Killer« nannte, weil er seine Opfer in einer grausigen Zeremonie an deren 21. Geburtstag tötete. Aber dieser Psychopath ist seit Jahren hinter Gittern. Oder doch nicht? Detective Rick Bentz setzt alles daran, das Leben der Zwillinge zu retten. Doch die Zeit rennt ihm davon …

SAN-FRANCISCO-THRILLER

Familie Cahill

Dark Silence (If She Only Knew)

Brutaler Mordanschlag auf einem Highway in San Francisco: Schwer verletzt überlebt Marla Cahill, doch sie kann sich an nichts mehr erinnern. Nicht an ihr Baby, nicht an ihre Beifahrerin, die den Unfall nicht überlebt hat. Und nicht an ihren Ehemann, der sie im Krankenhaus vehement von der Außenwelt abschottet – nur zu ihrem Besten, wie er behauptet. Doch ist Marla wirklich Marla? Und wem kann die Frau ohne Gedächtnis noch vertrauen, wenn ein wahnsinniger Serienkiller ihr nach dem Leben trachtet?

Als Marlas Erinnerungen langsam und in Bruchstücken zurückkehren, ist es beinahe schon zu spät …

Deadline (Almost Dead)

In Kalifornien ist eine Serienkillerin am Werk. Die kaltblütige Mörderin ist eine Verwandlungskünstlerin und nennt sich selbst nur Elyse. Ihr erstes Opfer, eine äußerst wohlhabende ältere Dame, stürzt sie über ein Treppengeländer in den Tod. Ihr zweites Opfer, einen jungen Mann, der in einem Pflegeheim sein Dasein fristet, ermordet sie, indem sie eine tödliche Lebensmittelallergie auslöst. Ihr drittes Opfer, eine junge Frau, erschießt sie kaltblütig. Wer sind diese Menschen? Was haben sie getan? Und was verbindet sie?

Liar – Tödlicher Verrat (You Betrayed Me)

Als James Cahill, Millionenerbe und notorischer Bad Boy, schwer verletzt im Krankenhaus in Riggs Crossing, Washington, zu sich kommt, kann er sich an nichts erinnern. Die Polizei vermutet eine körperliche Auseinandersetzung mit seiner Freundin Megan. Von ihr fehlt seither jede Spur. Was ist in jener Nacht geschehen?

Die beiden Detectives Brett Rivers und Wynonna Mendoza glauben nicht an Cahills Amnesie und beginnen zu ermitteln. Sie stoßen auf ein tödliches Netz aus Lügen, Gier und tiefem Hass – und auf eine abgelegene Hütte in den Bergen, die ein grausames Geheimnis birgt …

WEST-COAST-THRILLER

Sanft will ich dich töten (Deep Freeze)
Er wählt seine Opfer mit Bedacht und tötet sie langsam. Doch eigentlich übt er nur – denn das wahre Ziel seiner Obsession ist die berühmte Schauspielerin Jenna Hughes. Bis zu dem Tag, an dem er sie in seiner Gewalt hat, will er seine Kunst perfektioniert haben. Als Jenna sich vor dem Trubel Hollywoods in einen abgelegenen Ort in den Bergen Oregons zurückzieht, sieht der Killer seine Stunde gekommen. Unablässig beobachtet er sein Opfer, verfolgt jede ihrer Bewegungen – und muss mit wachsendem Zorn erkennen, dass sie eine neue Liebe und damit einen Beschützer gefunden hat …

Deathkiss (Fatal Burn)
Als Shannon Flannery erklärt, sie habe das Gefühl, verfolgt zu werden, nimmt die Polizei sie nicht ernst. Nur von Special Agent Travis Settler erhält sie Unterstützung. Doch dieser ist ihr alles andere als wohlgesinnt, da er in ihrer dunklen Vergangenheit den Grund für die Entführung seiner Adoptivtochter Dani vermutet – deren leibliche Mutter Shannon ist. Erst nach und nach erkennt Travis, dass auch Shannon Opfer ist – und in akuter Lebensgefahr schwebt …

Showdown – Ich bin dein Tod (After She's Gone)
Am Set des Hollywood-Blockbusters *Dead Heat* wird die finale Szene gedreht: Die Jagd auf die flüchtende Heldin endet laut Drehbuch mit einem tödlichen Schuss. Der Schuss fällt, die Heldin stürzt zu Boden – doch sie steht nicht mehr auf. Das Double, das in letzter Sekunde einspringen musste, scheint tot, und die berühmte Holly-

wood-Schauspielerin Allie Kramer spurlos verschwunden. Weil ihr das von ihrer älteren Schwester Cassie umgeschriebene Ende nicht gefiel, oder weil sie ahnte, dass sie in eine Falle tappen würde? Cassie, die seit dem Übergriff eines Fans psychisch angeschlagen ist, setzt alles daran, Allie zu finden. Doch als bizarre Morde an weiteren Set-Mitarbeitern verübt werden, gerät sie selbst unter Tatverdacht …

STAND ALONE

Ewig sollst du schlafen (The Morning After)
Um sie herum herrscht tiefe Dunkelheit. Ein süßlicher, unangenehmer Geruch nimmt ihr fast den Atem, als die junge Frau aus tiefer Bewusstlosigkeit erwacht. Gedämpft hört sie das Prasseln von Erde und ein grausames Lachen – und erkennt in plötzlicher Panik, dass sie lebendig begraben wird. Sie wird nicht das letzte Opfer des sadistischen Killers bleiben.
Dessen verstörende Taten sind für die Journalistin Nikki Gillette zunächst nichts weiter als neuer Stoff für die Titelseiten. Sie ahnt noch nicht, dass der Mörder einen kranken Plan verfolgt, in dem sie selbst eine Schlüsselrolle spielt …

S – Spur der Angst (Without Mercy)
An der auf Härtefälle spezialisierten Internatsschule Blue Rock Academy gehen grauenvolle Dinge vor sich. Eine Schülerin ist spurlos verschwunden. Und wenig später wird ein Liebespaar mit äußerster Brutalität ermordet. Detective Cooper Trent ermittelt undercover – nicht ahnend, dass er an der Internatsschule seine ehemalige große Liebe Jules wiedertreffen wird, die dort als Lehrerin unterrichtet. Schlagartig sind ihre Gefühle füreinander wieder erwacht, aber auch Misstrauen und Angst vor erneuter Verletzung. Als Jules' aufsässige siebzehnjährige Schwester Shay plötzlich vermisst wird und das Gerücht über einen ominösen Geheimbund den Schulbetrieb in Aufruhr versetzt, müssen die beiden als Team

agieren. Dann schneidet ein Blizzard die Schule von der Außenwelt ab. Scharfer Wind und Neuschnee verwandeln die abweisende Bergwelt in ein unüberwindbares Hindernis. Auf sich allein gestellt, machen sich der Detective und Jules auf die Jagd nach einem eiskalten Killer. Eine Jagd, die Jules' Leben in seinen Grundfesten erschüttern wird …

T – Tödliche Spur (You Don't Want to Know)
Die Geister der Vergangenheit lassen Ava Garrison nicht los. Angeblich ist ihr zweijähriger Sohn Noah vom Bootsanleger gefallen und im Meer ertrunken. Doch auch zwei Jahre nach dem vermeintlichen Unfall und Avas Aufenthalt in der Psychiatrie meint sie, ihren Sohn immer noch sehen und hören zu können. Als sie in das prächtige Herrenhaus auf Church Island zurückkehrt, haben ihre Familie und sämtliche Hausbewohner sie längst als »lästige Irre« abgestempelt. Ihre »Erscheinungen« werden als Kapriolen ihres Geistes abgetan. Nur Austin Dern, ein Farmarbeiter, nimmt sie ernst und hilft ihr, die Vergangenheit zu rekonstruieren. Denn Ava ist fest entschlossen herauszufinden, was an jenem Weihnachtsabend wirklich geschah, als Noah verschwand. Ein Entschluss, der dramatische und hochgefährliche Folgen für sie hat.

Z – Zeichen der Rache (Close to Home)
Sarahs Rückkehr in das geschichtsträchtige Anwesen ihrer Familie bringt nicht den Neuanfang, den sie sich erhofft hatte. Ihre Tochter Gracie ist überzeugt davon, dass es in der alten Villa spukt – und auch Sarah meint, den Geist eines ihrer Vorfahren zu sehen. Als mehrere Teenager aus der Umgebung spurlos verschwinden, findet sich Sarah in einem Albtraum aus verdrängten Erinnerungen wieder, in dem Vergangenheit und Gegenwart auf beängstigende Weise verschmelzen. Dann wird ihre ältere Tochter Jade entführt! Während die Polizeiermittlungen auf Hochtouren laufen, weiß Sarah, dass nur sie allein ihr Kind retten kann …

You will pay – Tödliche Botschaft (You Will Pay)

Auf dem Gelände eines ehemaligen Jugendcamps in Oregon werden menschliche Überreste entdeckt. Detective Lucas Dalton, der vor zwanzig Jahren als Betreuer in dem unglückseligen Ferienlager arbeitete, schwant Böses: Handelt es sich um die Knochen der zwei Mädchen, die während jenes Sommers spurlos verschwanden? Lucas rollt den nie geklärten Fall neu auf, doch zunächst will keiner der damals Beteiligten aussagen.

Bis einer nach dem anderen die Drohung »Strafe muss sein« erhält – und der erste Mord passiert …

Paranoid (Paranoid)

Es sollte nur Spaß sein: ein harmloses Ballerspiel mit Platzpatronen. Doch als die siebzehnjährige Rachel auf ihren Halbbruder Luke schießt, wird dieser von einer tödlichen Kugel getroffen. Zwar berichten zwei Mädchen später von einem Schuss, der nicht aus Rachels Pistole gekommen sei, doch der Fall kann nie ganz aufgeklärt werden.

Zwanzig Jahre später fühlt sich Rachel noch immer schuldig, und letztlich ist an diesem Trauma auch die Ehe mit ihrer großen Liebe, Detective Cade Ryder, zerbrochen. Doch dann werden Rachels damalige Entlastungszeuginnen kurz nacheinander brutal ermordet, sie selbst erhält ominöse Drohbotschaften. Als auch noch Rachels Tochter entführt wird, ist klar: Jemand hat beschlossen, für Lukes Tod blutige Rache zu nehmen. Doch weshalb erst jetzt – und was ist damals wirklich geschehen?

Revenge – Du bist niemals sicher

Als Kinder erleben Lucy und ihre Geschwister, wie ihre Mutter beinahe ermordet wird. Lucys Aussage bringt den damaligen Geliebten der Mutter, Ray, hinter Gitter – doch er beschuldigt Lucy, die wahre Mörderin zu sein.

Jahre später kommt Ray frei. Lucy weiß, dass er hinter ihr her ist, und sucht Zuflucht in einer Blockhütte in den verschneiten Bergen Oregons. Aber sie ahnt, dass sie nicht länger davonlaufen kann. Nicht vor ihm – und nicht vor den grausamen Ereignissen jener Nacht, an die sie sich erst jetzt nach und nach erinnern kann …

Gemeinschaftswerke mit Nancy Bush
und Rosalind Noonan

Greed – Tödliche Gier (Sinister)

Vor zwanzig Jahren vernichtete ein Feuer das Anwesen der Dillinger-Familie, kostete Judd Dillinger das Leben und ließ seine Freundin verkrüppelt zurück. Man beschuldigte einen Serienbrandstifter, der zu jener Zeit sein Unwesen trieb. Doch heute geschehen erneut verdächtige Dinge in Prairie Creek.

Ira Dillinger, Patriarch der Familie, hat seine Kinder zu seiner bevorstehenden Hochzeit nach Hause beordert. Die meisten Familienmitglieder sind keine großen Fans der Braut, die es in ihren Augen nur auf das Familienvermögen abgesehen hat. Doch sie scheinen nicht die Einzigen zu sein, denen diese Ehe ein Dorn im Auge ist. Erst wird die rituell gehäutete Leiche eines Kojoten auf der Dillinger-Ranch gefunden, dann brennt die Kirche ab, in der die Hochzeit stattfinden soll. Aus der Asche geborgen wird ein bizarr entstellter Leichnam …

Diabolic – Fatales Vergehen (Ominous)

Ein kleines nächtliches Abenteuer wird für die Teenager Shiloh, Kat und Ruth aus Prairie Creek in Wyoming zum Albtraum: Die wilde Shiloh, deren Stiefvater sie misshandelt, Kat, deren Mutter im Sterben liegt, und die scheue Pfarrerstochter Ruth wollen einfach nur mal etwas anderes erleben, als sie sich nachts aus dem Haus schleichen, um nackt baden zu gehen. Einen zusätzlichen Kick erhält ihr Vorhaben durch die Tatsache, dass in Prairie Creek vor Kurzem drei Mädchen verschwunden sind.

Doch was die drei Freundinnen am Ufer des abgelegenen Sees erwartet, ist ein Albtraum, über den sie auf Ruths Bitte hin jahrelang Stillschweigen bewahren.

Fünfzehn Jahre später wird in Prairie Creek erneut ein Mädchen als vermisst gemeldet. Ruth, die mittlerweile eine psychologische Praxis eröffnet hat, ringt sich endlich dazu durch, die Ereignisse von damals offenzulegen. Am nächsten Tag finden Shiloh, Kat und Ruth ein Foto in der Post, das sie in jener furchtbaren Nacht vor fünfzehn Jahren beim Baden zeigt. Wer auch immer damals dort am See war, ist zurück – und sinnt auf Rache …

CHRIS MCGEORGE

FOUR WALLS

THRILLER

Lebenslänglich für einen brutalen Doppelmord, den sie nicht begangen hat: Cara Lockhart scheint in einem Albtraum gefangen. Doch schon wenige Tage nach ihrer Ankunft im Hochsicherheitsgefängnis High Fern reißen die Wachleute sie brutal aus dem Schlaf: Die Frau auf der Pritsche neben ihr wurde mit einem Kopfschuss getötet. Die Zelle war die ganze Nacht verschlossen – natürlich fällt der Verdacht auf Cara. Dabei ist sie sicher, auch in diesem Fall unschuldig zu sein. Aber wie findet man einen Mörder, wenn man selbst im Gefängnis sitzt?

Ein packender, wendungsreicher Locked-Room-Thriller in einem Hightech-Gefängnis für Frauen

KNAUR

CAMILLA LÄCKBERG & HENRIK FEXEUS

SCHWARZLICHT

KRIMINALROMAN

Wer ermordet eine Frau, indem er sie in eine Kiste sperrt und mit mehreren Schwertern durchbohrt? Weil der Fall an einen grausam missglückten Zaubertrick erinnert, zieht die Stockholmer Kommissarin Mina Dabiri den Profiler Vincent Walder hinzu, der selbst als Mentalist auftritt. Doch wie Mina kommt auch Vincent mit Menschen nicht sonderlich gut zurecht. Erst als eine weitere Leiche auftaucht und Vincent einen Code entschlüsselt, der auf einen Countdown hindeutet, beginnen Mina und er einander zu vertrauen – und die beiden müssen feststellen, dass ihre eigenen dunklen Geheimnisse im Zentrum des Falls stehen.

Düster, fesselnd, außergewöhnlich: der Auftakt der neuen schwedischen Krimireihe von Bestsellerautorin Camilla Läckberg & Mentalist Henrik Fexeus

KNAUR

KAREN ROSE

TRÄNENNACHT

THRILLER

Ein Serienkiller geht in Sacramento um, der Jagd auf Frauen macht. Als der Killer jedoch die junge Daisy Dawson als neues Opfer auswählt, gerät er an die Falsche. Daisy schlägt ihn in die Flucht und reißt ihm dabei ein Medaillon vom Hals. Dessen Gravur eines Lebensbaums entspricht exakt der Tätowierung, die FBI-Agent Gideon Reynolds einst unfreiwillig zugefügt wurde. Die Spur führt Daisy und Gideon in die Schusslinie des Serienkillers – und zu der verborgenen Sekte The Church of Second Eden …

»Diesen Thriller einen Page-Turner zu nennen, ist noch eine Untertreibung!«
USA Today

KNAUR